KB123293

경상대학교 한문학과 허권수 교수 정년퇴임 기념 논총 **2**

慶南地域 儒敎文化의 形成과 展開

허권수

보고사

마지막 강의(2016.11.24)

李家源 先生의 휘호

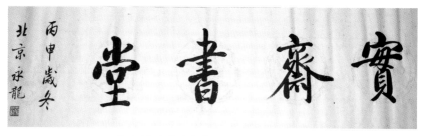

實齋記(저자 친필)

중국 북경사범대학 秦永龍 교수의 휘호

서문

불초는 어려서부터 漢文을 좋아하였는데, 그 가운데서도 특히 선현들의 행적과 남긴 책들에 관심이 많았다. 계속 한문학을 공부하여 박사학위를 받고 한문학을 연구하고 가르치는 교수가 되었는데, 연구 분야도 결국 선현의 학문과 사상 및 그 분들이 남긴 저술이 되었다.

1983년 慶尙大學校에 부임한 이래로 이제 정년퇴직을 눈앞에 둔 지금까지 1백여 편의 논문과 1백여 권의 저역서, 30여 편의 解題 등이 크게 보면 모두 선현들의 학문과 사상 및 저술에 관한 것들이다.

만34년 동안 아주 좋은 학문 환경 속에서 주동적으로 쓴 글도 적지 않지만, 학회나 연구소 및 학술단체 등의 부탁을 받아 쓴 것이 더 많다. 그러나 큰 주제는 선현들의 학문과 사상 및 저술에서 벗어나지 않는다.

다시 보기 싫은 부끄러운 것도 있지만, 어떤 것은 "그때 시간에 쫓겨서 급하게 썼는데도 그런대로 괜찮게 썼고 해야 할 말은 다 했네"라는 생각이 드는 것도 없지 않다. '鷄肋'이란 말처럼 이 글들을 완전히 버리기는 아깝고, 그렇다고 묶어 논문집으로 내려는 생각을 가끔 했으나, 이도 간행물 홍수시대에 쉽게 착수가 되지 않았다. 어떤 교수는 "자기 논문을 읽던 안 읽던 묶어 독자에게 제공하는 것이 저자의 의무입니다"라고 권유하기도 했다.

미적미적하고 있는 가운데 정년퇴임이 다가왔다. 고맙게도 졸업한 同學 제자들이 나도 못 찾는 자료를 다 찾아내어 편집 정리하여 다섯 권의 방대한 책으로 간행해 주었다. 내 혼자서 정리하여 출간하려면 몇 년의 시간이 걸릴지 모를 일인데, 여러 學人들이 힘을 합하여 큰일을 마쳐 주었다.

불초의 글의 내용에 가치가 있으면 오래 살아남을 것이고, 가치가 없으면 곧 사라져 폐지가 될 것이니, 그 생명력은 나의 글에 달려 있을 따름이다.

그 동안 상당히 장기간에 걸쳐 원고의 수집·편집·정리·교정에 賢勞가 많았던 우리 젊은 同學諸彦들에게 衷心에서 우러난 감사를 드린다.

2017년 2월 28일 許捲洙 序

차례

제3부 南冥 曺植의 선비정신과 後人의 評價

─────────────── ·범례· ───────────────

이 책은 實齋 許捲洙 교수가 지난 35년 동안 집필한 연구 논문과 문헌 해제를 모아 출간한 것이다. 집필 기간이 길었던 만큼 각 원고의 서술 형식이 일정하지 않다. 따라서 본문 속 한자 표기, 각주를 단 서식, 각종 기호 등은 저자의 동의를 얻어 게재 원고의 원본을 그대로 실었음을 밝혀둔다.

제1부

慶南地域
漢文敎育과 古文獻

慶南地域 儒敎文化의 形成과 展開

Ⅰ. 도언(導言)

우리 나라에 정확하게 언제 유학(儒學)이 전래되었는지 알 수 있는 자료는 없다. 그러나 아득한 옛날부터 유학이 유리 나라에 들어와 우리 나라 백성들의 생활에 많은 영향을 끼쳤다.

먼저 유학(儒學)과 유교(儒敎)는 어떻게 다른가에 대한 개념의 정의와 차이가 필요하다. 유학은 학문적인 측면을 강조해서 쓰는 말이고, 유교는 사회교화적(社會敎化的)인 측면을 강조해서 쓰는 말이다. 또 유교는 다른 종교와 대비해서 말할 경우에 많이 쓰였다. 여기서 '유교문화'라고 할 때의 유교는 사회교화적인 측면을 강조해서 쓰인 것이다.

한국의 유교문화는 북쪽에서 발생하여 남쪽으로 확산되었으므로, 지역적으로 경남지역의 유교문화의 발생은 북쪽에 비해서 늦을 수밖에 없었다. 그리고 경남은 가야국(伽倻國) 시대를 제외하고는 국가의 도읍지가 되어 본 적이 없기 때문에, 국가 전체의 유교문화의 중심에 있어 본 적이 없었다. 그래서 역대 공사(公私)의 기록 등에 경남지역을 유교문화의 중심에 두고 기록한 자료가 거의 없었고, 경남의 유교문화는 중앙에서 학문에 종사하는 사람들의 관심도 크게 끌지 못한 한계가 있다.

그러나 경남지역은 이 지역이 갖는 역사적 지리적 특성이 있으므로, 경남의 유교문화는 그 자체로서 특성을 갖고 있다고 할 수 있다.

이 글은 경남의 유교문화의 전반적인 흐름을 개괄적으로 서술한 글로, 경남지역의 유교문화의 발생과 그 전개과정을 극히 간략하게 밝히는 데

목적이 있다. 16세기 이후 남명(南冥) 조식(曺植)에 의해서 형성된 남명학
파(南冥學派)의 유학에 대해서는 따로 독립된 장(章)이 있으므로 이 글에
서는 가급적 언급을 하지 않기로 한다.

Ⅱ. 신라(新羅) 이전의 유교문화

1. 상고시대

상고시대에는 경남지역은 국토의 남부에 위치하고 있은 관계로 고조선
(古朝鮮) 중앙정부의 정치적 영향이 미치지 않았을 것으로 생각된다. 그리
고 문헌이 남아 있지 않아 그 유교문화의 양상이 어떠했는지 상고할 길이
없다.

고조선 이후 삼국시대(三國時代)가 성립되기까지의 시기에는 경남지역
은 삼한(三韓)에 속해 있었고, 그 가운데서도 진한(辰韓)에 속했다. 진한에
는 중국 진(秦)나라의 망명인들이 많이 이입됐다 하니, 중국 전국시대(戰
國時代) 진나라의 영향이 있었을 것으로 짐작된다.

> 진한은 마한의 동쪽에 있었는데, 그 노인들이 대대로 전해오며 스스로
> 하는 말에, "옛날에 망명온 사람이다"라고 한다. 진(秦)나라의 부역을 피해
> 서 삼한의 나라로 온 것인데, 마한이 그 동쪽 지역을 베어서 주었다.(辰韓
> 在馬韓之東, 其耆老傳世, 自言, "古之亡人". 避秦役, 來適韓國, 馬韓割其東
> 界地與之).[1]

전국시대에 살았던 사람들이 진(秦)나라의 폭정이 시작되자 견디지 못
하여 동쪽으로 망명해 왔으니, 이들을 통해서 중국의 여러 가지 문화와
함께 유교문화도 함께 들어왔을 것이다. 분서갱유(焚書坑儒) 등 유교문화

---

1) 陳壽 『三國志』 魏志 「東夷傳」.

가 진시황(秦始皇)에게 탄압을 받았지만, 중국은 어느 시대 어느 나라를 막론하고 정치체제와 사회제도는 유교문화와 분리될 수 없었다. 특히 이때 중국에서 망명온 사람들은 진시황의 분서갱유 등을 싫어하여 망명왔으므로 중국의 유교문화를 많이 가져왔을 것이다.

삼한지역의 사람들은 곡식 파종할 때와 수확할 때, 귀신에게 제사를 지냈고, 그 뒤에 집단적으로 음주가무를 즐겼다는 기록이 있다.

> 항상 음력 5월에 파종을 끝내고 나면, 귀신에게 제사를 드렸다. 그러고 나서 무리로 모여서 노래하고 춤추며 술을 마셨는데, 밤낮으로 쉬지 않았다. …… 음력 10월 농사일이 끝났을 때도 또 이렇게 했다. 常以五月下種訖, 祭鬼神. 群聚, 歌舞飲酒, 晝夜無休. …… 十月農功畢, 亦復如之.[2]

제사는 유교문화의 기본이다. 농사가 끝났을 때 제사를 융숭하게 지낸 것은 유교문화가 성행했다는 것을 알 수 있다. 제사의 근본정신은 보답인데, 농작물 수확을 거두고 백성들이 집단으로 모여 제사를 드리고, 그때 마련한 제수로 가무를 즐긴 것이다.

2. 가야국(伽倻國) 시대

오늘날의 경남지역 전부는 가야국의 국토영역에 해당된다. 가야국의 문화는 곧 경남의 고대 문화라 할 수 있다.

가야국의 건국신화에 등장하는 「구지가(龜旨歌)」는 사언(四言)으로 된 한시(漢詩)의 형식으로 『시경(詩經)』과 매우 닮아 있다. 이때 이미 유교 경전에 속하는 『시경』이 이미 경남 지역에 전래되어 그 영향을 끼쳤을 가능성이 크다.

이 「구지가」 기원전 42년에 지어진 작품으로, 고구려 유리왕(琉璃王)의

---

2) 『三國志』 魏志 「東夷傳」.

「황조가(黃鳥歌)」 이후로 한국 문학사에서 두 번째로 오래된 작품이다. 한문으로 시를 지을 정도에 이르렀으니, 가야국 초기의 한문학 수준이 상당히 높았고, 따라서 儒學의 수준도 높았음을 알 수 있다.

또 가야국의 시조인 수로왕(首露王) 때 "하급관료의 제도는 주(周)나라와 한(漢)나라의 제도로 나누어 정했다"[3]라는 기록이 있다. 주나라나 한나라의 제도로 나누어 제정했다는 것은 주나라의 예를 적은 유교경전인 『주례(周禮)』를 읽었다고 볼 수 있다.

1988년 창원시(昌原市) 다호리(茶戶里) 제1호 고분에서 기원전 1세기 경의 것으로 추정되는 모필(毛筆)이 출토되었다. 이는 가야국에서 그 당시 문자생활이 보편화되었음을 증명해 주는 좋은 자료이다. 한자로 문자생활을 했다는 것은 유교문화가 상당히 발전되었음을 알 수 있다.

가야국은 초기인 수로왕 때는 신라(新羅) 석탈해왕(昔脫解王)의 침략을 물리칠 정도로 국력이 강성하였으나, 점점 쇠퇴하여 562년에 신라에 멸망하였다.

신라에 멸망한 이후로, 신라가 멸망한 나라인 가야국의 문화유산에 대해서 특별히 보존하려고 노력하지 않았기에 자연히 남아 있는 기록이 거의 없게 되었다.

고려(高麗) 인종(仁宗) 때 김부식(金富軾)이 『삼국사기(三國史記)』를 편찬하면서도 '삼국(三國)'이라 하여 가야국은 제외하였고, 그 백년 뒤 일연(一然)도 『삼국유사(三國遺事)』를 지으면서 가야국을 독립적인 한 국가로 다루지 않았다. 다만 일연은 「가락국기(駕洛國記)」만 부록으로 수록하였을 뿐이다. 그래서 가야국의 유교문화는 상당했을 것이나 자료가 남아 있지 않아 그 자취를 고찰하기가 어렵게 되었다.

---

3) 『삼국유사(三國遺事)』 권2, 「가락국기(駕洛國記)」.

3. 신라시대(新羅時代)

통일 이전의 신라시대에는 경남지역이 가야국에 속해 있었기 때문에
신라시대 경남지역의 유교문화에 대해서는 따로 언급할 것이 없다.

고운(孤雲) 최치원(崔致遠)이 지은 「난랑비서(鸞郎碑序)」에서 신라의
사상에 대해서 개괄한 다음과 같은 기록이 있다.

> 나라에 현묘(玄妙)한 도가 있으니 풍류(風流)라고 했다. 가르침을 베푼
> 근원은 『선사(仙史)』에 갖추어 상세한데, 그 내용은 삼교(三敎)를 포함하여
> 여러 백성들을 만나 교화하는 것이다. 집에 들어가서는 부모에게 효도하고,
> 밖에 나와서는 나라에 충성하라는 것이 노(魯)나라 사구(司寇)를 지낸 분의
> 가르침이다. 인위적으로 하지 않는 일을 하고, 말로 하지 않는 가르침을 실행
> 하라는 것은 주(周)나라에서 주사(柱史)라는 벼슬을 지낸 분의 으뜸 된 뜻이
> 다. 모든 나쁜 일은 짓지 말고, 모든 착한 일은 받들어 행하라는 것은 축건국
> (竺乾國) 태자(太子)의 교화이다.4)

신라 화랑의 한 사람인 난랑(鸞郎)의 비문의 일부다. 화랑도(花郎道)가
유교, 불교, 도교 삼교를 다 포함하고 있음을 알 수 있는데, 그 가운데
유교문화의 근간인 효(孝)와 충(忠)을 강조한 공자(孔子)의 유교사상이
그대로 들어가 주요한 요소를 이루고 있었음을 알 수 있다. 화랑사상은
신라 통일 이전에 전국에 다 퍼졌으므로, 가야국 멸망 이후 삼국 통일
이전까지의 시기에 경남 지역에 유교문화가 널리 퍼져, 당시 지식인들의
사상 형성에 근간이 되었음을 알 수 있다.

신라에서는 통일 직후인 신문왕(神文王) 2년(682)에 국학(國學)을 세워
교육하였다. 교육의 내용에 관한 기록은 없지만, 당시 당(唐)나라에서 국

---

4) 『삼국사기(三國史記)』 권4, 「신라본기(新羅本紀)」. 國有玄妙之道 曰風流 設敎之源 備詳
仙史 實乃包含三敎 接化群生 且如入則孝於家 出則忠於國 魯司寇之旨也 處無爲之事 行不
言之敎 周柱史之宗也 諸惡莫作 諸善奉行 竺乾太子之化也.

학을 설치하여 유교경전을 강의하고 있었으므로 신라에서도 국학에서 가
르친 내용이 유교경전이었을 것이다.

그 뒤 혜공왕(惠恭王) 원년(765)에는 국학에서 학생 교육방법과 선발방
법으로 독서삼품과(讀書三品科)를 시행하였다.

국학은 예부(禮部)에 속했다. 신문왕(神文王) 2년에 설치하였고, 경덕왕
(景德王) 때 그 명칭을 태학감(太學監)으로 고쳤다가, 혜공왕(惠恭王) 때
이전 명칭으로 회복시켰다.

경(卿)은 1명을 두었는데 경덕왕 때 그 명칭을 사업(司業)으로 개칭하였다
가 혜공왕 때 다시 경으로 바꾸었다. 관등은 다른 경과 동일하다. 박사[약간
명으로서 정원은 정하지 않았다.]와 조교[약간 명으로서 정원은 정하지 않았
다.]와 대사(大師) 2명을, 진덕왕(眞德王) 5년에 두었는데, 경덕왕 때 그 명칭
을 주부(主簿)로 고쳤다가 혜공왕 때 다시 대사로 바꾸었다. 관등은 사지(舍
志)로부터 나마(奈麻)까지이다. 사(史)는 2명인데 혜공왕 원년에 2명을 증원
하였다.

교수하는 내용은 『주역(周易)』, 『상서(尙書)』, 『모시(毛詩)』, 『예기(禮記)』,
『춘추좌씨전(春秋左氏傳)』, 『문선(文選)』으로 구분하여 과정을 삼았으며, 박
사와 조교 1명이 『예기』, 『주역』, 『논어』, 『효경(孝經)』을 가르치거나, 혹은
『춘추좌씨전』, 『모시』, 『논어』, 『효경』을 가르치거나, 혹은 『상서』, 『논어』,
『효경』, 『문선』을 가르쳤다.

모든 학생들이 독서하여, 그 등급을 셋으로 나누어 관직에 진출시켰는데,
『춘추좌씨전』을 읽고, 『예기』나 『문선』의 뜻을 통달하고 동시에 『논어』, 『효
경』에 밝은 사람은 상급이 되고, 「곡례」, 『논어』, 『효경』을 읽은 사람은 중급
이 되었으며, 「곡례」, 『효경』만을 읽은 사람은 하급이 되었다. 오경(五經),
삼사(三史), 제자백가서(諸子百家書)에 전부 통달한 사람은 등급에 관계하
지 않고 발탁하였다.

대사 이하의 관등으로부터 작위가 없는 자에 이르기까지 나이가 15세에서
30세 된 자들이 모두 학생이 되었다. 학업은 9년을 한도로 하되, 만일 재질이
노둔하여 인재가 될 가능성이 없는 자는 퇴학시켰다. 재주와 도량은 가능성이
있지만 아직 성숙되지 못한 자는 비록 9년을 초과하더라도 국학에 있게 하였

고, 작위가 대나마(大奈麻)와 나마에 이른 뒤에는 국학에서 나가게 된다.[5]

당시 신라의 국학에서는 경학(經學)과 사학(史學)과 문학(文學)을 아울러 학습시켰으니, 문사철(文史哲)을 두루 갖춘 인재를 양성하여 국가의 관리로 진출시켰다. 이때 국학의 학생들이 배운 유교경전으로는『주역(周易)』,『시경(詩經)』,『서경(書經)』,『예기(禮記)』,『춘추좌씨전(春秋左氏傳)』,『논어(論語)』,『효경(孝經)』 등이었다. 신라가 비록 불교국가라 해도 정치제도와 교육제도는 철저히 유교를 위주로 하였다.

이렇게 교육 받은 관원들이 경남지역에 부임해 와 백성을 다스렸을 것이고, 또 경남지역 출신의 인재들도 국학에 들어가 교육을 받았을 것이므로 유교경전의 가르침이 경남지역에 널리 보급되었을 것이다.

통일 이후의 신라시대에 경남의 대표적 유학자로는 고운(孤雲) 최치원(崔致遠)을 맨 먼저 들어야 한다. 최치원은 당나라 빈공과(賓貢科)에 합격하여 관직에 나가 문명(文名)을 크게 떨쳤다. 돌아와 신라에서도 벼슬하다가 해인사(海印寺)에 들어가 은거하다가 세상을 마쳤다.

우리나라 사람으로서 한문학의 거의 모든 문체(文體)에 걸쳐 시문을 창작하였고, 최초의 개인문집을 남긴 인물이다. 한문학사(漢文學史)에서는 그를 '한국 한문학의 시조'라고 추앙하는데, 유학을 본격적으로 공부하였다. 다만 그가 지은 것으로 알려져 있는『경학대장(經學隊仗)』은 위서

---

5)『三國史記』「職官志」상. 國學, 屬禮部. 神文王二年置, 景德王改爲大學監, 惠恭王復故. 卿一人, 景德王改爲司業, 惠恭王復稱卿, 位與他卿同. 博士[若干人, 數不定.], 助敎[若干人, 數不定], 大舍二人, 眞德王五年置, 景德王改爲主簿, 惠恭王復稱大舍, 位自舍知至奈麻爲之. 史二人, 惠恭王元年, 加二人. 敎授之法, 以『周易』·『尙書』·『毛詩』·『禮記』·『春秋左氏傳』·『文選』, 分而爲之業. 博士若助敎一人, 或以『禮記』·『周易』·『論語』·『孝經』, 或以『春秋左傳』·『毛詩』·『論語』·『孝經』, 或以『尙書』·『論語』·『孝經』·『文選』, 敎授之. 諸生讀書, 以三品出身, 讀『春秋左氏傳』, 若『禮記』, 若『文選』, 而能通其義, 兼明『論語』·『孝經』者爲上. 讀『曲禮』·『論語』·『孝經』者, 爲中. 讀『曲禮』·『孝經』者, 爲下. 若能兼通五經·三史·諸子百家書者, 超擢用之. 以凡學生, 位自大舍已下至無位, 年自十五至三十, 皆充之. 限九年, 若朴魯不化者罷之. 若才器可成, 而未熟者, 雖踰九年, 許在學, 位至大奈麻·奈麻而後, 出學.

(僞書)로 판명되었다.

그는 비록 경남에서 생장한 것은 아니지만 경남의 유교문화와 관계가
많다. 중국 유학과 사환생활(仕宦生活)에서 돌아와 신라 조정에서 잠시
벼슬했으나 중앙관계에서 뜻을 얻지 못한 뒤 지방관으로 나갔는데, 경남
함양(咸陽)의 군수로 부임하여 장기간 다스린 적이 있었다. 함양의 객사
(客舍) 옆에 있는 학사루(學士樓)는 학사(學士)였던 고운이 올랐기 때문에
붙여진 이름이라 한다. 또 그가 홍수 방지를 위해 조성했다는 함양 상림(上
林) 숲도 그의 애민의식이 발로된 자취가 남아 있는 것이다.

벼슬에서 물러난 뒤 그는 경주(慶州)로 돌아가지 않고 주로 경남지역에
남아서 학문 활동을 하였다. 경남지역 가운데서 그의 자취가 남아 있는
곳으로는 함양 이외에도 동래(東萊)의 해운대(海雲臺), 양산(梁山) 임경대
(臨鏡臺), 김해(金海)의 청룡대(靑龍臺), 마산(馬山)의 월영대(月影臺), 합
천(陜川)의 해인사(海印寺), 청량사(淸凉寺), 홍류동(紅流洞), 지리산(智
異山) 쌍계사(雙磎寺), 청학동(靑鶴洞), 진주(晉州)의 단속사(斷俗寺) 등
이 있다. 쌍계사, 단속사, 해인사 등지에는 그가 독서하던 집이 있었다.
그리고 최후를 맞이한 곳은 바로 가야산(伽倻山) 해인사(海印寺)였다.

이 가운데서도 쌍계사는 최치원과 가장 관계가 깊은데, 쌍계사 입구에
는 좌우의 돌에 쓴 쌍계(雙磎)와 석문(石門)이라고 쓴 네 자의 큰 글씨가
있고, 쌍계사 대웅전 앞에는 진감선사비(眞鑑禪師碑)가 뜰에 서 있는데
최치원이 짓고 직접 글씨를 쓴 금석문이다. 비문 곳곳에 공자(孔子)의 말
을 인용하였는데, 이는 최치원이 유교 경전에 능통하다는 것을 증명하고
또 당시는 유교와 불교가 대립적인 관계가 아니고 상호보완적인 관계였음
을 알 수 있다.

최치원의 문학에 대해서 신재(愼齋) 주세붕(周世鵬)은 회재(晦齋) 이언
적(李彦迪)에게 보낸 서신에서 최치원이 우리나라의 문학을 일으킨 공훈
에 대해서 이렇게 평가하였다.

최문창(崔文昌 : 최치원)의 문학이 신비롭고 특이하였으니, 그가 본 바와 그가 행한 바는 백세(百世)의 스승이라 할 만합니다. 그러나 성의(誠意), 정심(正心) 등 성리학(性理學)에 관한 설은 듣지 못 했습니다. 그가 한쪽 모퉁이에 있는 나라에서 태어나 문학을 인도한 공을 더없이 큽니다. 선성(先聖) 공자(孔子)에게 배향(配享)할 사람으로 이 사람이 아니고 누구겠습니까?6)

신재는 최치원 문학적 성취나 그 견문과 학식은 충분히 백세의 스승이 될 만하다고 인정하였다. 비록 조선시대에 숭상하던 성리학 관계의 학설은 결여되어 있지만, 우리 나라에서 문학을 창도(唱導)한 업적만 가지고도 성균관(成均館) 문묘(文廟)에 종사(從祀)하기에 충분하다고 주장하였다. 당시 최치원이 문묘(文廟)에 종사(從祀)된 것을 가지고 논란이 있었으므로 주세붕이 이렇게 그를 옹호한 것이다.

조선 중기의 학자 당촌(塘村) 황위(黃暐)는 진정으로 학문을 안 것은 최치원에서 비롯됐다고 했다.

우리나라에서는 한갓 전쟁만 숭상하여 시를 논하고 부(賦)를 짓는 선비들은 적막하여 들리는 사람이 없었다. 사람들은 도덕과 문장을 몰랐고, 모두가 다 말을 달리고 활을 당기는 무리들이었으니, 우리 나라는 거의 오랑캐가 될 뻔했다. 우리 나라에 의관을 갖추어 입은 선비가 없었으니, 문학이 이 분에게 있지 않겠는가?7)

황위는 최치원이 당나라에서 돌아옴으로 해서 우리 나라에 학문이 본격

6) 周世鵬『武陵雜稿』권5 12장,「上李晦齋書」, 崔文昌之文藻神異, 其所見所行, 眞可謂百世之師, 而至於誠正之說, 槩乎未聞也. 然其生一隅, 倡文學功莫大焉, 則配享先聖, 非斯人而誰歟!
7) 黃暐『塘村集』권4 8장,「崔孤雲碑序」, 이 비문이『孤雲集』「孤雲先生事蹟」에는,「靑鶴洞碑」라는 제목으로 되어 있고, 지은이는 鄭弘溟으로 되어 있으나, 정홍명의 문집에는 이 글이 실려 있지 있다. 國, 徒尙干戈戰爭, 人不知文章道德, 論詩作賦之士, 寥寥不聞. 走馬控弦之徒, 滔滔皆是. 吾其左袵矣. 海東, 無章甫之儒, 文不在玆乎?

적으로 형성되게 되었다고 보았다. 우리 나라에서 본격적으로 학문을 한 최치원이 지방관으로 혹은 벼슬에서 물러난 뒤 경남지역 각 고을에서 장기간 생활함으로 해서 경남의 유교문화 발전에 기여한 바가 컸을 것이다.

최치원 이외에도 통일 이후의 신라에서는 당나라 유학(留學)이 크게 유행하여 확인할 수 있는 빈공과 합격자만 해도 58명에 이르니, 당나라 유교문화의 영향이 신라에 크게 미쳤을 것이고, 그 영향이 경남지역에도 미쳤을 것으로 사료된다.

Ⅲ. 고려시대(高麗時代)의 유교문화

고려는 건국 초기부터 불교를 국교로 삼았지만, 통치를 위해서는 유교를 버릴 수 없었으므로 유교를 상당히 중시하였다. 태조(太祖) 왕건(王建)은 개성(開城)과 평양(平壤)에 학교를 세워 인재를 키웠다. 태조가 남긴 「훈요십조(訓要十條)」 가운데 제10조는 "경서(經書)와 사서(史書)를 널리 보라[博觀經史]"였으니, 유교 경전을 널리 읽을 것을 강조했음을 알 수 있다.

고려시대는 문화가 서울인 개성에 집중되어 있던 시대였다. 당시 교통이 불편했던 원인도 있지만, 중앙정부의 통치력이 지방에까지 골고루 미치지 못했던 것이다. 그리고 중앙관직에 나아간 관원들은 반드시 모든 식솔을 거느리고 이사를 가서 개성 성안에서 살도록 규정되어 있었다. 그래서 도성과 지방 사이의 문화적 차이가 아주 컸다.

고려의 학제(學制)는 당나라 제도를 모방하여 중앙에는 국자감(國子監)과 동서(東西)의 학당(學堂)을 두었고, 지방에는 국자감을 축소한 학교인 향학(鄕學)을 설치하여 지방 문화 향상에 이바지했다. 987년(성종 6)에는 경학박사(經學博士)와 의학박사(醫學博士)를 각 1명씩 향학에 보내어 교육을 담당케 했고, 992년(성종 11) 지방 주·군에 학교(州學)를 세워 생도에게 공부를 권장하였다.

1127년(인종 5) 3월에 여러 주(州)에 학교를 세워 널리 도(道)를 가르치라는 조서(詔書)를 내렸다. 학교의 제도는 공자(孔子)를 제사하는 문선왕묘(文宣王廟)를 중심으로 하여 강당으로서 명륜당(明倫堂)이 설치되었고, 교사는 조교(助教)라고 하였다.

의종(毅宗) 이후로부터는 국정이 문란하고 학제 또한 퇴폐하니, 향교도 역시 쇠미(衰微)해져 갔다. 그 후 충숙왕(忠肅王)은 학교를 진흥시키려고 가정(稼亭) 이곡(李穀)으로 하여금 여러 고을을 순방하게 하여 향교를 부흥시키려 하였다.

현재 우리 나라에 남아 있는 고려시대 학자 문인들의 문집 가운데 경남지역 출신이 남긴 문집은 하나도 없다. 고려 후기 이후 잦은 왜구들의 침략으로 인하여 많은 경남의 학자들이 지은 문집이 대부분 소실되었을 가능성이 크긴 하지만, 하나도 남아 있지 않다는 것은 고려시대 경남의 학문이 그다지 융성하지 않았음을 알 수 있다. 그리고 고려시대 활동한 문인들 가운데서 생장지역을 알 수 있는 문인들의 숫자가 얼마 되지 않기 때문에, 고려시대 경남지역의 유교문화를 고찰하는 데는 한계가 적지 않다.

고려는 제4대 광종(光宗) 9년(958)부터 과거제도를 실시하였다. 시문의 저술을 위주로 시험 보는 제술과(製述科)와 경서(經書)의 이해 정도를 시험 보는 명경과(明經科)가 있었다. 명경과에서 시험 보이는 과목은 『주역(周易)』, 『서경(書經)』, 『시경(詩經)』, 『춘추(春秋)』였다. 과거시험에 합격하기 위해서는 유교경전에 통달해야 했다. 이 과거제도는 적지 않은 문제가 있었지만, 학문을 보급하고 또 모든 백성들로 하여금 유교 경전을 가까이하여 숙독하게 하는 효과를 가져왔으므로, 유교문화를 크게 발전하게 하는 계기를 만들었다. 경남지역도 여기에서 예외는 아니었을 것이다.

고려의 국왕 가운데서 유교를 가장 중시하여 숭상한 임금은 제6대 성종(成宗)이었다. 그는 983(성종 2)년 최승로(崔承老)의 건의를 받아들여, 유교를 숭상하여 태학(太學)을 수리해 경비를 지원하여 지방의 자제들을 널리 모집하여 서울의 학교에 와서 공부하게 했다. 또 지방의 12목(牧)에 유교경전에 통달한 경학박사(經學博士)를 파견하여 자제들을 가르치게 했다. 이때 12목 가운데 경남에서는 진주(晉州)가 들었으니, 진주에서 중앙에서 파견된 경학박사가 교육을 시작하였다. 지방 고을에 본격적인 유교교육이 시작된 것이다.

성종은 효자, 순손(順孫), 절부(節婦), 의부(義夫) 및 덕행 있는 사람을 표창하였다. 또 "육경(六經)을 본받고 삼례(三禮 : 儀禮, 周禮, 禮記)의 규범에 의하라"라는 교서(敎書)를 내려 유교를 장려하였다. 또 송(宋)나라에 학생을 파견하여 송나라 국자감(國子監)에 입학시켜 공부하게 하였다. 그리고 학자를 파견하여 「문선왕묘도(文宣王廟圖)」 등 유교 문물을 수입하였다.[8]

제8대 현종(顯宗)은 1020년 신라 최치원(崔致遠)을 태학(太學)의 문묘(文廟)에 종사하였는데, 우리나라 학자로서 문묘에 종사(從祀)된 것은 이것이 처음이었다. 이어 1022년에는 신라 설총(薛聰)을 문묘에 종사하였다.

제10대 정종(靖宗)은 1045년에 『예기정의(禮記正義)』, 『모시정의(毛詩正義)』를 간행하여 어서각(御書閣)에 비치하고 또 문신들에게 나누어주었다. 서적이 흔치 않던 시절에 국력을 기울여 유교경전의 주석서를 간행하여 보급하여 유교문화의 발전을 꾀하였다.

1170년 무신(武臣)들이 난을 일으켜 왕실을 둘러싼 귀족관료 학자들은 거의 대부분 살해하였다. 살아남은 관료들이나 선비들은 대부분 도피하였으므로 귀족관료 학자층은 완전히 소멸되었고, 그 자리를 지방 출신의 신흥사대부(新興士大夫)들이 진출하여 새로 관료학자층을 대체하게 되었다.

---

8) 成樂熏 『韓國儒敎史』「高麗의 儒敎」.

고려 무신란 직후에 진주(晋州) 단속사(斷俗寺 : 지금은 山淸에 속함)에
서 당(唐)나라에서 유학의 중요성을 부르짖던 한유(韓愈)의 문집인『한창
려집(韓昌黎集)』이 간행되었다. 그는 본격적인 유학자는 아니지만, 맹자
(孟子) 이후 끊어진 유학의 학통(學統)을 언급하고「원도(原道)」,「원성
(原性)」,「원인(原人)」,「처주공자묘비(處州孔子廟碑)」 등의 글을 지어 유
학을 본격적으로 논하여, 송나라 성리학(性理學)의 선구자의 역할을 하였
다. 그의 문집이 경남 진주에서 간행되었으니, 당시 진주를 중심으로 한
경남지역 학자 문인들의 학문적 관심과 수준을 미루어 짐작할 수 있다.

고려왕조는 초기 태조(太祖) 때부터 태학(太學)을 세워 교육에 힘썼으
나, 학생들이 유교경전의 공부보다는 과거시험 준비에 더 몰두하였으로
태학은 날로 황폐해 갔다. 그리고 무신란으로 인해서 유교가 크게 쇠퇴해
져 갔다.

고려 무신란 뒤인 충렬왕(忠烈王) 때 인물인 회헌(晦軒) 안향(安珦)은
당시 쇠퇴한 고려 후기의 학교의 실태를 이렇게 읊었다.

장명등 밝히고 곳곳에서 부처에게 모두 빌고,　　　香燈處處皆祈佛
집집마다 피리 불고 북 치며 다투어 귀신에게 푸닥거리하네.
　　　　　　　　　　　　　　　　　　　　　　　絃管家家競祀神
홀로 몇 칸 되는 공자(孔子)님 사당 있지만,　　　唯有數間夫子廟
뜰 가득히 가을 풀이요 적막하여 사람은 없네.　　滿庭秋草寂無人[9]

그 당시 불교는 번성하였지만 유교가 얼마나 쇠퇴했는지 알 수 있다.
그래서 안향은 충렬왕 32년(1302) 인재 양성을 위해서 양현고(養賢庫)를
설치하였다. 또 중국에서 공자(孔子)와 공자의 칠십 제자의 초상을 그려오
고 유교경전과 제자서(諸子書), 사서(史書) 등을 들여왔다. 주자(朱子)의

---

[9] 李晬光『芝峰類說』권13,「文章部」. 이 시는『竹溪志』등 여러 문헌에 실려 있는데, 조금씩
자구가 다르다.『芝峰類說』에 실린 것이 가장 이른 것이다.

초상을 늘 걸어두고 존모하는 뜻을 보였고, 자신의 호도 주자의 회암(晦菴)을 본떠 회헌(晦軒)이라고 하였다. 주자 사후 40년 뒤에 태어난 그는 주자학 번성의 기반을 마련하였다. 안향은 이로 인하여 충숙왕(忠肅王) 6년(1337) 문묘(文廟)에 종사되었다.[10]

충선왕(忠宣王) 때 백이정(白頤正)은 원나라에 가서 정주학(程朱學)을 배워 돌아왔다. 이제현(李齊賢)과 박충좌(朴忠佐)가 백이정에게 가장 먼저 배웠다. 그렇지만 유학이 일반 지식인들에게 널리 보급되지는 못했다.[11]

원나라 서울 대도(大都)에 가서 오래 머물며 원나라 대학자 염복(閻復), 조맹부(趙孟頫) 등과 교유하며 원나라 학계의 흐름을 잘 알고 돌아온 익재(益齋) 이제현(李齊賢)으로 인하여 우리 나라의 학문의 격이 한 단계 더 높아졌다.

그러다가 획기적인 계기는 이제현의 제자인 이색(李穡)이 원나라에 유학하여 당시 원나라 학계의 대표인 구양현(歐陽玄)과 우집(虞集)의 문하에서 성리학을 배워 고려로 돌아온 것이다. 이색은 원나라 과거에 급제하여 원나라에서 벼슬하며 원나라의 많은 학자들과 교유를 하여 그 학문이 대단히 깊고 넓었다.

고려로 돌아와 성균관(成均館) 대사성(大司成)이 되어 성균관을 중흥시켰다. 이때 성균관의 교관(敎官)은 정몽주(鄭夢周), 김구용(金九容), 박상충(朴尙衷), 이숭인(李崇仁) 등이었고, 가르친 교재가 주자(朱子)의 『사서집주(四書集注)』였다.

정몽주는 이색의 후배로서 이색으로부터 많은 영향을 받았고 정도전(鄭道傳), 권근(權近), 이숭인(李崇仁), 박상충(朴尙衷) 등은 이색의 제자로 고려 말을 대표하는 성리학자(性理學者)들이다. 조선의 성리학은 정몽주

---

10) 『高麗史』「安裕傳」.
11) 『高麗史』「白頤正傳」.

를 비롯한 이 사람들에 의해서 그 기반을 마련하였다.

고려 성종(成宗) 때 진주(晉州)에 향교가 설치된 이래로 많은 인재들이
향교에서 유학을 공부를 하여 큰 인물로 성장하였음을 알 수 있다.

조선 세종조(世宗朝)에 영의정을 지낸 경재(敬齋) 하연(河演)은 진주
향교(鄉校) 사교당(四教堂)에 붙인 기문(記文)에서 이렇게 말했다.

> 진주란 고을은 지리산(智異山)의 영수(英秀)함과 남해(南海)의 정기가 녹
> 아 합하여 만들어진 곳으로 토지가 비옥하고 풍요롭고 인물이 번화하니,
> 다른 고을과 비교할 바가 아니었다. 내가 일찍이 들으니, 은렬공(殷烈公)
> 강민첨(姜民瞻)이 향교에서 공부하였다고 들었는데, 그 공적이 혁혁하다.
> 그 이후로 인재가 더욱 번성한데, 근고(近古)에는 문경공(文敬公) 강군보(姜
> 君寶), 우리 선조 원정공(元正公) 하집(河楫), 어사대부(御史大夫) 하윤원(河
> 允源), 청주군(菁州君) 하을지(河乙沚), 참찬(參贊) 정을보(鄭乙輔)와 조선
> 초 이후 문충공(文忠公) 하륜(河崙), 문정공(文定公) 정이오(鄭以吾), 양정
> 공(襄靖公) 하경복(河敬復) 등이 향교에 나가서 뛰어난 사람들이다. 문학
> 이나 무예로 모두 그 당시에 이름을 날렸다.[12]

진주 향교에서 유교 경전을 교육하여 국가적인 인재들을 길러낸 경과를
밝혔는데, 향교를 세워 유교경전을 교육함으로 말미암아 많은 인재들이
양성되어 국가민족에 기여했음을 알 수 있다.

고려 말에서 조선 초까지도 진주가 인물이 많이 나오고 물산이 풍부한
곳이었음을 알 수 있다. 쌍매당(雙梅堂) 이첨(李詹)의 「진양평(晉陽評)」이
란 글에 다음과 같은 기록이 있다.

---

12) 河演 『敬齋集』 권2 7장, 「晉州鄉校四教堂記」. 晉之爲邑, 智異之英, 南海之精, 醞釀沖融,
土地之沃饒, 人物之繁華, 非他邑之比. 吾嘗聞, 殷烈公姜民瞻, 學於校中, 功業恒赫. 厥後,
人材尤盛, 近古, 文敬公姜君寶, 吾先祖元正公諱楫, 御史大夫諱允源, 及菁州君河乙沚,
參贊鄭乙輔, 與夫國初以來, 文忠公河崙, 文定公鄭以吾, 襄靖公河敬復, 皆就鄉校, 而拔萃,
若文若武, 俱鳴於當時.

진양은 우리 나라에서 물산이 풍부한 곳이다. 이 고을에서 난 인물로 도덕
이 풍부하고 문장이 대단하여 나라에 도움이 되는 사람이 더욱 많다. 첨서밀
직사사(簽書密直司事) 하대림(河大臨 : 河崙) 이후 요직을 맡고 있는 사대부
들을 이루 다 기록할 수 없다. 재상(宰相)이나 육경(六卿)을 지내고 고향에
물러나 늙어가는 사람 가운데, 높은 연세에 노숙한 덕행으로 유림의 중망을
받고 있는 이는 춘헌(春軒) 하상공(河相公)이요, 온아(溫雅)하여 책 속의
옛 사람들을 벗삼는 이는 하매천(河梅川)이다. 이 이외에도 너무 지나차게
지절을 지키려고 하지도 않고 너무 벼슬을 좋아하지도 않으면서 시대에 이
름을 걸고 자리를 맡고 있는 사람으로는 구성(龜城), 수가(粹可 : 鄭以吾),
정하동(鄭河東 : 鄭麟趾), 처의(處宜) 등이 순박하고 신중하고 탁월하고 정명
(精明)하고 자유로운 사람으로 한 시대의 수준 높은 선비들이다.13)

고려 후기에 들어와 진양강씨(晋陽姜氏), 진양하씨(晋陽河氏), 진양정
씨(晋陽鄭氏) 등 세 가문이 등장하여 많은 인물들을 배출하였다. 그러나
문집을 남긴 인물이 없어 그 학문 세계를 탐구해 보기가 쉽지 않다.
조선 초기 진주 출신의 강기(姜耆)의 후손들 가운데는 현달한 인물이
많았으나 현달한 이후 거의 다 서울로 이주하였다.
진양정씨 가문의 대표적인 인물이라 할 수 있는 면재(勉齋) 정을보(鄭乙
輔)가 있었는데, 고려 말에 대제학(大提學)을 역임하였다. 정을보로부터
그 아래로 5대 연달아 문과에 급제할 정도로 학문이 걸출한 가문이었다.
정을보의 증손자 교은(郊隱) 정이오(鄭以吾)는 조선 태종조에 대제학을
지냈다. 정이오의 아들로 좌의정을 지낸 애일당(愛日堂) 정분(鄭苯)이 김
종서(金宗瑞) 일파로 몰려 세조(世祖)에게 피살된 뒤로 조선 전기 한동안
진양정씨 가문에서 학문하는 인물이 나오지 못했다.

---

13) 李詹 『雙梅堂篋藏集』 권22, 「晉陽評」.

IV. 조선(朝鮮) 전기의 유학

1392년 이성계(李成桂)가 자신의 기반인 무인집단(武人集團)과 고려 후기 등장한 신흥사대부(新興士大夫)들의 지지를 받아 조선왕조(朝鮮王朝)를 건립하였다. 신흥사대부들은 유학 가운데 성리학(性理學)을 정신적인 기반으로 삼고 있었으므로, 조선왕조는 성리학을 통치이념으로 삼아 유교를 국교로 삼았다.

1398년(태조 7) 조선(朝鮮) 태조(太祖)는 숭교방(崇敎坊 : 明倫洞)에 성균관(成均館) 건물을 준공하고 고려의 제도를 그대로 따라 유학(儒學)을 강의하는 명륜당(明倫堂), 공자(孔子)를 모신 문묘(文廟), 유생들이 거처하는 재(齋)를 두었다.

태종(太宗)은 성균관에 땅과 노비를 지급하고 친히 문묘에서 제사지내고 왕세자의 입학을 명령하니, 그 후 이것은 상례(常例)가 되었다. 여러 왕을 거치는 동안 경기도 연해의 섬, 전라남도 해안의 어장과 많은 땅이 성균관에 소속되었다. 지금의 규모는 성종(成宗) 때에 이르러 완성되었는데 향관청(享官廳)과 존경각(尊經閣 : 도서관)도 이때 증설되었고 현종(顯宗) 때 비천당(丕闡堂 : 과거장), 숙종(肅宗) 때 계성당(啓聖堂)이 세워졌다.

조선시대에는 1392년(태조 1)에 여러 도(道)와 안찰사(按察使)에게 명하여 학교를 일으키느냐 폐기하느냐를 지방관(地方官) 고과(考課)의 법으로 삼아 크게 교학(敎學)의 쇄신을 꾀하였다. 각 부(府), 목(牧), 군(郡), 현(縣) 등 각급 대소 고을에 각각 한 곳씩 향교(鄕校)를 설립하여 점차 전국에 이르게 되었다.

각 고을의 향교에는 모두 문묘(文廟), 명륜당(明倫堂) 및 중국과 한국의 선철(先哲), 선현(先賢)을 향사(享祀)하는 동무(東廡)와 서무(西廡), 동재(東齋)와 서재(西齋)가 있었다. 동서, 양재는 강당에 해당되는 명륜당의 전면 좌우에 있었는데 동재에는 양반, 서재에는 서류(庶流)를 두고 보통

내외 양사(兩舍)로 갈랐다. 내사에 있는 자는 내사생(內舍生)이라 하고, 외사에는 내사생을 뽑기 위한 증광생(增廣生)을 두었다.

유생의 수는 부와 목에는 90인, 도호부(都護府)에는 70인, 군에는 50인, 현에는 30인으로 한정하였다. 향교의 관원으로는 교수(敎授)와 훈도(訓導) 각 1인, 소군(小郡)에는 훈도만을 두었으며, 또 향교의 노비가 소속되어 있었다. 유생들의 독서와 일과(日課)를 수령(守令)이 매월 관찰사에 보고하여 우수한 교관에게는 호역(戶役)을 양감(量感)하여 주었다. 향교에는 그 공수(公需)를 위하여 정부에서 학전(學田) 7결 5결을 지급하고 그 수세(收稅)로써 비용을 충당케 하였으나, 지방민으로부터 징수 또는 매수 등에 의한 많은 전지(田地)를 소유한 곳도 적지 않았다.

이들 향교는 중앙의 사학(四學)과 같으며 여기에서 수학한 후 1차 과거에 합격자는 생원(生員), 진사(進士)의 칭호를 받고 성균관에 가서 공부할 수 있다. 공부한 뒤 다시 문과(文科)에 응시하여 합격하면, 고급관직(高級官職)에 오를 수 있는 자격을 얻었다. 그러므로 중기 이후의 향교는 과거의 준비장이 되어 갔는데, 서원(書院)이 일어나게 되자 향교는 더욱더 쇠미하여졌다.

경남의 각 고을에는 향교가 있어 교육을 담당하였으나, 16세기 중반부터 경남 지역에도 서원이 건립되기 시작했다. 1552년 함양(咸陽)에 세워진 남계서원(灆溪書院)은 우리 나라에서 소수서원(紹修書院)에 이어 두 번째로 세워진 사액서원(賜額書院)으로 일두(一蠹) 정여창(鄭汝昌)을 향사하고 있다. 명종(明宗) 때는 점필재(佔畢齋) 김종직(金宗直)을 모신 예림서원(禮林書院)이 밀양(密陽)에 세워졌고, 그 뒤 1574년 남명(南冥) 조식(曺植)을 모신 진주(晋州)의 덕천서원(德川書院)이 세워졌고, 삼가(三嘉)의 용암서원(龍巖書院), 김해(金海)의 덕천서원(德川書院) 등도 임진왜란 이전에 세워졌다. 그리고 1656년에 퇴계(退溪)를 모신 덕곡서원(德谷書院)도 의령(宜寧)에 세워졌다. 이후 경남 지역[14]에는 약 98개의 서원이 있었다.

조선전기의 경남 출신의 대표적인 유학자를 들라면, 호정(浩亭) 하륜(河崙)과 경재(敬齋) 하연(河演)을 들 수 있다.

호정(浩亭)은 벼슬이 영의정에 이르렀고 학문에도 뛰어났다. 그는 고려 전기의 충절로 이름난 하공진(河拱辰)의 후손으로 호정의 선조들은 진주에 세거하였다. 학문적으로도 『사서절요(四書節要)』를 편찬할 정도로 성리학에 식견이 있었다. 그는 진주에서 출생하여 진주향교에서 공부하여 중앙정계에서 진출하였는데, 개성(開城)에 살면서 정몽주(鄭夢周)의 제자가 되었다. 주로 개성과 한양에서 벼슬했고 당시로서는 아직 강학(講學)하는 기풍이 없었기 때문에 강우지역(江右地域)에 학문적 후계자를 남기지는 못했다.

하륜(河崙)은 정이오(鄭以吾)와 함께 1407년(태종 7)『사서절요(四書切要)』를 편찬하여 태종(太宗)에게 올렸으니, 조선 초기 유교의 기반형성에 기여한 바가 크다. 하륜(河崙)의 「찬진사서절요전(撰進四書切要箋)」을 보면 이러하다.

군주의 정치는 마음의 공부에 매여 있으니, 마땅히 마음이 정밀하고 전일하여 중용(中庸)의 도(道)를 꼭 잡아 쥐고서, 함양하고 확충하여 수신(修身), 제가(齊家), 치국(治國), 평천하(平天下)의 근본을 삼아야 될 것입니다. 성현(聖賢)의 글을 두루 뽑아 보건대, 『논어(論語)』, 『맹자(孟子)』, 『중용(中庸)』, 『대학(大學)』에서 이를 다 말하였습니다. 삼가 생각하옵건대, 전하께서는 하늘이 주신 성학(聖學)으로 계속하여 밝히고 공경하셨는데, 당초에 왕위에 오르실 때부터 사서(四書)를 열람하여 공자(孔子) 증자(曾子) 자사(子思) 맹자(孟子)의 학문을 밝히고자 하였으나, 다만 제왕의 정치를 보살피는 여가에 두루 관람하고 다 궁구(窮究)하기가 쉽지 않으므로, 신 등에게 명하여 그 절실하고 중요한 말을 편집하여 바치게 하셨습니다. 신 등이 그윽이 생각하옵건대, 성현(聖賢)의 말씀은 지극한 도(道)와 정밀한 뜻이 있지 아니한 것이 없지마는, 그러나 그 의논을 세움이 혹 사건에 따라 나오고, 혹은 묻는

14) 경남 지역 : 여기서 말하는 경남 지역은 지금의 釜山과 蔚山 지역을 다 포함한 것이다.

사람의 공부의 높고 낮음과 얕고 깊음과 상세하고 소략한 것에 있어 같지
않음이 있게 되니, 군주의 학문에 있어서 진실로 마땅히 먼저 하고 뒤에
해야 할 바가 있어야 될 것입니다. 삼가 그것 가운데 학술(學術)에 간절하고
치도(治道)에 관계되는 것을 주워 모아 정서(淨書)하고 장정(粧幀)하여 바치
나이다. 삼가 바라옵건대 연회(燕會)하는 사이에 때때로 관람하여 심학(心
學)을 바르게 하고, 간략한 데서부터 해박한 데로 들어가서 사서(四書)의
큰 뜻을 다 알아내어, 옛 것을 익혀서 새 것을 알고, 학문이 날마다 나아가고
달마다 진보된다면, 장차 시종(始終)이 흡족하고 덕업(德業)이 높아져서, 성
현(聖賢)의 도(道)가 다시 밝아지고 태평의 정치가 이루게 됨을 볼 수 있을
것입니다.15)

우리나라에서 성리학에 대한 본격적인 지식을 갖추고 유학에 관한 학설
을 내놓은 것은 진주 출신의 하륜(河崙)이 처음이라고 할 수 있다. 그는
「심설(心說)」과 「성설(性說)」을 지어 인간의 심성(心性)에 관한 문제를
처음으로 논하였다.

　마음이란 이(理)와 기(氣)가 합쳐진 것이다. 천지보다 앞서 있는 것으로
시작도 없고, 천지보다 뒤에까지 남을 것으로 끝이 없는 것이 이와 기이다.
　태극(太極)이란 것은 이(理)이고, 그것이 움직이거나 가만히 있는 것이
기이다. 이것은 천지 만물이 마음이 되는 까닭이다. 그래서 무극(無極)하면
서 태극한 것이다. 만물은 각기 하나의 태극을 갖추고 있으니, 만물의 마음인
것이다.
　사람은 만물 가운데서도 그 바르고 통하는 기운을 얻었다. 그래서 이(理)
가 이 기(氣)에 붙어서 온전해질 수 있는 것이다.
　이것이 사람과 사물이 나누어지는 까닭이다. 그러나 바르고 통하는 것도
청탁(淸濁)이나 순잡(純雜)의 가지런하지 않음이 없을 수가 없다. 그래서
지혜로운 사람과 어리석은 사람, 어진 사람과 못난 사람의 같지 않음이 있는

---

15) 河崙『浩亭集』 권2, 「進四書切要箋」. 鄭以吾의 『郊隱集』에도 「撰進四書切要箋」이라 이름
　　으로 수록되어 있다. 『朝鮮王朝實錄』에는 여러 사람이 함께 올린 것으로 되어 있다.

것이다. 치우치고 막힌 것도 한 가닥 양지(良知)가 없지는 않다. 그래서 부자,
군신 등 근본에 보답하거나 분별하는 것에 가까운 윤리가 있게 되는 것이다.
이런 데서 사람과 사물의 마음은 이와 기가 서로 합쳐진 것이라는 것을 알
수 있다.

오로지 기(氣)만 가지고 이야기한다면 오장(五臟)은 하나의 물건이고, 오
로지 이(理)만 가지고 말한다면 다섯 가지 본성(本性)의 총칭이다. 오직 이와
기가 합쳐져야만 그것을 '마음[心]'이라고 말할 수 있는 것이다.

이와 기가 서로 분리되면 이는 이대로 가고 기는 기대로 가게 되니, 마음이
라고 할 수 없는 것이다.

순(舜)임금이 우(禹)임금에게 가르치기를 "인욕(人慾)을 추구하는 마음은
오직 위태롭고, 도(道)를 추구하는 마음은 오직 미묘하다"라고 했다. 이(理)
와 기(氣)는 마음속에서 합쳐진 것인데, 나누어서 말한 것이다. 정밀하게
한결같이 그 중용(中庸)을 잘 잡으라는 경계인 것이다. 이것이 만세토록 심
학(心學)의 연원(淵源)이다.

수천 년 뒤 주자(周子 : 周敦頤)의 「태극도설(太極圖說)」이 있고, 정자(程
子)와 주자(朱子)가 부연해서 설명하여 이기(理氣)에 관한 설은 분명하고
갖추어져 있다. 오늘날 공부하는 사람들은 얼마나 다행한가? 이런 줄을 안다
면 죽음과 삶의 이치도 알 것이고, 살아서는 순리적으로 하고 죽어서는 편안
해 할 줄도 알 것이다.16)

하륜은 「성설(性說)」에서도 성(性) 본질에 대해서 명쾌하게 정리하였다.

---

16) 河崙『浩亭集』권2「心說」. 心者, 理與氣合者也. 先天地而無始, 後天地而無終者, 理與氣
也. 太極者, 理也, 其動靜, 氣也. 此, 天地萬物之所以爲心也. 所以, 無極而太極者, 天地之心
也. 萬物各具一太極者, 萬物之心也. 人, 於萬物之中, 得其氣之正且通者, 故理之寓於是氣者,
無不全. 物, 則得其氣之偏且塞者, 故理之寓於是氣者, 不能全. 此, 人物之所以分也. 然其正
且通者, 不能無淸濁純雜之不齊, 故有智愚賢不肖之不同. 偏且塞者, 亦不無一路之良知, 故
有近於父子君臣報本有別之倫理者, 斯, 可見人物之心, 無非理與氣之相合者也. 專以氣言,
則五臟之一物, 專以理言, 則五性之總名. 惟其理與氣合者, 斯謂之心矣. 理與氣相離, 則理自
理, 氣自氣, 便不可謂之心矣. 舜之命禹曰, 人心惟危, 道心惟微, 以其理之氣之雜於方寸之間
者, 分而言之, 以爲精一執中之戒. 此其萬世心學之淵源也. 數千載之下, 乃有周子太極圖說,
程子朱子, 敷而衍之, 理氣之說明且備. 今之學者, 一何幸也. 知此, 則可以知死生之理矣. 可
以知生順死安矣.

성(性)이란 천리(天理)가 사람의 마음속에 있는 것이다. 인(仁), 의(義), 예(禮), 지(智), 신(信)이란 것은 그 이름이다. 하늘에 있으면 이(理)가 되고, 사람에게 있으면 성(性)이 되나니, 그 실체는 하나다. 고요하여 움직이지 않는 것은 성(性)은 체(體)이고, 느껴서 통하는 것은 용(用)이다.

측은(惻隱), 수오(羞惡), 사양(辭讓), 시비(是非)는 용(用)이 밖으로 드러난 것이다. 밖으로 드러난 것을 보면 그 체(體)가 속에 있다는 것을 알 수 있다. 이것이 이른바 본연지성(本然之性)이다.

자품(資稟)이 가지런하지 않기 때문에 혼미한 것과 밝은 것, 강한 것과 약한 것의 같지 않음이 있나니, 이것이 이른바 기질지성(氣質之性)이다.

맹자(孟子)가 "사람의 본성은 착하다"라고 말한 것은 근원을 궁구한 논의로 기질지성에는 미치지 않은 것이다. 순자(荀子)가 "사람의 본성은 악하다"라고 말한 것이나, 양자(揚子 : 揚雄)가 "사람의 본성은 착한 것과 악한 것이 섞여 있다"라고 말한 것이나, 한자(韓子 : 韓愈)가 "사람은 본성에는 세 등급이 있다'라고 말한 것은 모두 기질지성만 말한 것이지, 본연의 성에는 미치지 못한 것이다.17)

성(性)의 명칭과 실질은 무엇이며, 체(體)와 용(用)의 관계, 본연지성(本然之性)과 기질지성(氣質之性)의 관계, 맹자(孟子)의 성선설(性善說)과 순자(荀子)의 성악설(性惡說)의 관계 등에 대해서 평이하고 명백하게 잘 정리해 놓았다.

우리 나라 유학사(儒學史)에 있어 이기(理氣)와 본성(本性)에 대한 최초의 이론적 정리라고 할 수 있다.

세계가 다른 진양하씨(晋陽河氏) 집안 출신으로 사직(司直) 하진(河珍)의 후손인 경재(敬齋) 하연(河演)은 진주(晋州) 남사(南沙)에서 태어나

---

17) 『浩亭集』 권2 「性說」. 性者, 天理之在人心者也. 仁義禮智信, 其名也. 在天爲理, 在人爲性, 其實一也. 寂然不動者, 其體也, 感而遂通者, 其用也. 惻隱, 羞惡, 辭讓, 是非, 用之見於外者也. 觀其見於外者, 則可以知其體之有諸中矣. 此所謂本然之性也. 惟其資稟不齊, 故有昏明强弱之不同, 此所謂氣質之性也. 孟子言性善, 此, 極本窮源之論, 而不及乎氣質之性. 荀子言性惡, 楊子言善惡混, 韓子言性有三品, 是皆言氣質之性, 而不及乎本然之性.

1396년 문과에 급제하여 중앙정계로 진출하였다. 세종조에 영의정에 이르렀고, 대제학을 맡아 온 나라의 문운(文運)을 주도하였다.

14세 때부터 포은(圃隱) 정몽주(鄭夢周)의 문하(門下)에 나아가 성리학(性理學)을 깊이 연구하였다. 포은의 장려와 훈육의 은혜를 많이 입었다. 경재(敬齋)가 16세 때 남쪽으로 돌아올 적에 포은이 "그대가 남쪽으로 가면 우리 유도(儒道)가 남쪽으로 가는 것이다"라고 말할 정도로 큰 기망(期望)을 하였다.

1423년 세종(世宗)에게 「척불소(斥佛疏)」를 올렸다. 조선은 개국할 때부터 숭유배불(崇儒排佛) 정책을 썼지만 불교의 세력은 여전히 유지되었고, 또 왕실 내부에서 불교를 신봉하였다. 그래서 경재(敬齋)는 단호하게 상소를 하여 그 문제점을 논리정연하게 지적하였다.

이때 명(明)나라에서 편찬된 『사서오경대전(四書五經大全)』과 성리대전(性理大全)이 우리 나라에 막 수입되었는데, 이것을 경재(敬齋)가 경상감사로 있으면서 경상도 감영(監營)에서 간행하여 보급하였다. 이는 이후 조선시대 주자학(朱子學)의 보급과 발전에 결정적인 공헌을 하였다.

1430년 형조판서(刑曹判書)로 있으면서 왕명을 받들어 정승 허조(許稠)와 함께 『국조오례의(國朝五禮儀)』를 편찬하였다. 이는 유교국가(儒敎國家)의 예제(禮制)의 기본골격을 만드는 중요한 사업이었다.

1431년 예문관(藝文館) 대제학(大提學)에 임명되었다. 대제학은 과거시험을 치르게 되면 출제와 채점을 책임지는 고시위원장이 되고, 국가에서 필요로 해서 지어지는 관각문자(館閣文字) 제술(製述)의 총책임자이고, 임금에게 학문을 깅의히는 경연관(經筵官)을 겸직한다. 그러므로 조선시대 관직(官職) 가운데서 가장 영예로운 자리가 대제학(大提學)인데, 한 나라의 학문(學問) 경향과 문풍(文風)을 좌우할 수가 있다. 경재가 대제학으로 있었으나, 나라의 학문 방향과 인재선발 등에 큰 영향력을 끼쳤다.

경재(敬齋)는 일생 동안 학문과 행신(行身)의 근간으로서 '경(敬)'을 중시하였다. 자신의 호를 경재(敬齋)로 하여 경(敬)을 언제나 마음에 간직하

고 살았고, 또 주자(朱子)의 「경재잠(敬齋箴)」을 도해(圖解)하여 「경재잠
도(敬齋箴圖)」를 그려 벽에 걸어두고 늘 완상(玩賞)하였다. 이런 경(敬)을
중시하는 사상은 성리학(性理學)에 대한 깊은 관심과 이해에서 나왔다고
할 수 있다.

　불교(佛敎)를 국교(國敎)로 하던 고려(高麗) 왕조가 망하고, 새롭게 유
교국가(儒敎國家) 조선(朝鮮)을 건설하는 데 있어서 경재(敬齋)는 사상적
으로 중요한 역할을 했다. 잔존하던 불교의 유습(遺習)과 영향을 소멸시키
고 완전한 유교국가를 건설하는 데 적극 노력하였다. 그는 성리학(性理學)
을 공부한 유학자로서 석가(釋迦)의 입산수도(入山修道) 자체를 인륜(人
倫)에 어긋나는 행위로 규정하였다. 그리고 국가에서는 굶어죽는 백성들
을 구제하지 않고 절간에 토지를 기부하는 잘못을 지적하였다.

　경재(敬齋)는 유교(儒敎)를 일으켜 사람들에게 바른 길을 제시하는 일
을 자신의 임무로 삼았다. 그래서 경연(經筵)에서는 유학(儒學)을 강의하
여 국왕이 성현(聖賢)의 학문을 배워 이상적인 정치를 하도록 인도하였다.
세종(世宗)은 허심탄회한 마음가짐으로 강의를 받아들이고, 올바른 도
(道)에 대한 질문도 하였다. 당시 유교가 아직 보편화되지 않은 상황에서
경재는 솔선하여 삼년상(三年喪)을 실시하고 여묘(廬墓)를 하는 등 유교
의 보급에 노력하였다.

　경재(敬齋)는 문장(文章)과 경학(經學)을 두 가지로 나누어 보지 않고
하나로 보았다. 문장을 짓는 데 있어서도, 덕성(德性)을 높이고 경학(經學)
을 연구하여 문장을 지으면 저절로 훌륭한 문장이 될 수 있다고 보았다.[18]

　학문을 하는 데 있어서는 무실(務實)을 강조하였다. 곧 자신을 위한 학
문으로서, 음식, 동정(動靜), 언어(言語) 등 일상생활 가운데서 자신을 기
르고 인격을 함양(涵養)하는 데서 학문을 길러나가는 것이다. 이런 학문적
바탕을 갖추고서 관직에 나가서 정치를 하면 도덕적인 정치를 할 수 있는

---

18) 『敬齋先生文集』 권2 8장, 「晉州鄕校四敎堂記」.

것이다.19)

조선 초기의 대표적인 학자이자 문인인 춘정(春亭) 변계량(卞季良)은 목은(牧隱) 이색(李穡)의 제자이면서 동시에 양촌(陽村) 권근(權近)의 제자였다. 그는 조선 건국 이후 과거제도 등 문물제도를 정비하는 데 깊이 관여하였는데, 고려 후기 이후 전래되어 보급된 성리학(性理學)을 조선왕조에 정착시키는 데 결정적인 공헌하였다. 왕자의 난으로 인하여 정도전(鄭道傳)이 숙청된 이후로는 조선왕조의 문물제도의 정비는 변계량과 권근(權近)에 의해서 주도되었다.

고려 후기에 우뚝 솟은 진주의 대표적인 세 가문 가운데서 진양강씨(晋陽姜氏)는 진산군(晋山君) 강시(姜蓍)의 후손들이다. 강시의 아들인 통정(通亭) 강회백(姜淮伯)은 고려 말에 정당문학(政堂文學)을 지냈고, 조선왕조에 들어와서는 동북면병마순무사(東北面兵馬巡撫使)를 지냈고, 문집 『통정집(通亭集)』을 남겼다.

강회백(姜淮伯)의 아들은 완역재(玩易齋) 강석덕(姜碩德)이고, 강석덕의 아들은 인재(仁齋) 강희안(姜希顔), 사숙재(私淑齋) 강희맹(姜希孟) 형제이다.

진양강씨 가문의 학문에 대해서 세종 때의 집현전 학사 최항(崔恒)은 이렇게 칭찬하였다.

우리나라는 산수가 아름답기로 천하에 으뜸이고, 진주(晋州)의 산은 영남(嶺南)에 서려 있어 웅장하고 빼어나고 기이하고 아름다운 것이 우리나라에서 으뜸이다. 그러니 신이(神異)가 내린 곳에 빼어난 인물이 나게 되어 있다. 덕업(德業)과 문장(文章)을 겸비한 인물이 서로 이어서 훌륭한 자취를 전하는 것은 이상할 것이 없도다.20)

19) 『敬齋先生文集』 권2 8장, 「晋州鄕校四敎堂記」.
20) 『東文選』 권95 「晋山世稿序」.

강희맹은 조선전기의 저명한 문학가로서 서거정(徐居正)의 뒤를 이어 대제학의 후보로 거론될 정도로 학계에서의 위상이 높았다.

강희맹은 관계에 진출한 이후에도 함양(咸陽)에서도 살았지만, 이들 강씨 가문의 대부분의 사람들은 중앙관계에서 현달한 이후로 서울로 옮겨가 살았기 때문에 경남지역에서 이 가문의 학문적 전통이 계승된 사람은 점필재(佔畢齋)의 문인 목계(木溪) 강혼(姜渾) 뿐이다.

진양정씨(晋陽鄭氏)는 세계(世系)가 다른 가문이 여럿 있는데, 대표적인 학자로는 면재(勉齋) 정을보(鄭乙輔)가 있고, 고려말에 대제학(大提學)을 역임하였다. 정을보로부터 아래로 5대에 걸쳐 계속 문과에 급제할 정도로 학문이 걸출한 가문이었다. 정을보의 증손자인 교은(郊隱) 정이오(鄭以吾)도 조선(朝鮮) 태종조(太宗朝)에 대제학을 지냈다.

정이오의 아들 애일당(愛日堂) 정분(鄭苯)이 김종서(金宗瑞)와 함께 단종(端宗)을 도우다가 세조(世祖)에게 피살된 뒤로 진양정씨 가문의 문학적 전통은 단절되었다.

이색(李穡)과 정몽주(鄭夢周), 권근(權近)의 문하에 출입하던 야은(冶隱) 길재(吉再)가 고려말에 벼슬을 버리고 고향 선산(善山)에 돌아와 제자를 가르친 것이 고려말기 개성(開城)에서 융성했던 성리학이 영남지방으로 전해진 계기가 되었다. 길재는 성리학에 대한 저술은 남은 것이 별로 없으나 성리학을 실천한 인물로 최초의 영남 도학자(道學者)라 할 수 있다.

조선 초기에 밀양(密陽) 출신인 춘정(春亭) 변계량(卞季良)은 이색(李穡), 권근(權近)의 문하에서 공부하여 문과에 급제하였다. 대제학(大提學)을 맡아 인재를 선발하는 일을 맡음으로써 조선의 학계와 문단을 주도하였다. 과거시험을 출제하면서 '심성(心性)' 관계 문제를 제시함으로써 성리학 발전에 도움을 주었다. 경남지역 학자들의 위상을 높여줄 수 있었으나, 그는 주로 중앙에서 활약하고 경남지역과는 별다른 관계를 맺지 않았다.

길재의 대표적인 제자인 김숙자(金叔滋)는 본래 선산 사람인데, 그 처가가 밀양(密陽)에 있었으므로 밀양으로 이사를 하여 경남 사람이 되었다.

경남지방에 성리학이 전파되는 데 중요한 역할을 한 인물이었다.

김숙자는 길재로부터『소학(小學)』과 유교경전과 정주(程朱)의 학문을 배웠다. 또 예천(醴泉) 출신의 윤상(尹祥)으로부터『주역(周易)』을 배워 우탁(禹倬)의 역학(易學)을 계승하였다.『소학』에 따라서 실천하였고,『주자가례(朱子家禮)』의 예법을 철저히 실천하여 여묘(廬墓)를 하며 삼년상을 마쳤다. 불교식 풍속을 교정하여 유교식 예법을 솔선하여 실천하여 영향을 많이 미쳤다.

문과에 합격하여 관직에 나아가 고령 현감(高靈縣監), 성균관(成均館) 사예(司藝) 등직을 지내며 유교의 지식을 현실에 적용했다.

그 아들 김종직(金宗直)이 그의 학문을 계승하여 많은 제자를 길러 우뚝이 영남사림파(嶺南士林派)의 영수가 되었다. 그는 고려 말기 이후의 성리학(性理學)과 문학(文學), 영남(嶺南)과 중앙(中央)의 학문을 전부 흡수하여 계통이 없던 학문을 하나로 융합한 인물이 바로 김종직이었다.

점필재의 학문은 목은(牧隱)과 양촌(陽村)의 문학적 전통을 이었고, 그의 학문적 전통은 중앙정부의 관각문학(館閣文學)의 대가(大家)인 용재(容齋) 이행(李荇), 낙봉(駱峯) 신광한(申光漢)에게까지 영향을 미쳤다.

점필재의 학문적 목표는 경학(經學)과 문학(文學)이 균형 있게 조화하는 것이었다. 그는 유명한 경문일치(經文一致)의 주장을 내놓았다.

경술(經術)을 하는 선비는 문장에 솜씨가 없고, 문장을 하는 선비들은 경술에 어둡다"라고 세상 사람들이 말을 하는데, 내가 보기에는 그렇지 않다.

문장이란 것은 경술에서 나온 것이고, 경술이란 것은 문장의 뿌리다. 이것을 풀과 나무에 비유해 본다면, 어찌 뿌리가 없으면서 가지나 잎이 뻗어나가 무성하고, 꽃이나 열매가 무성하고 빼어난 경우가 있겠는가? 시서(詩書)와 육예(六藝)가 다 경술이고, 시서와 육예를 적은 글이 곧 문장이다.

진실로 능히 문장에 바탕해서 그 이치를 궁구하여 정밀하게 살피고, 느긋하게 그 속에서 노닐어, 이치와 문장을 내 가슴 속에서 녹여 하나로 만들고, 그 것을 나타내어 언어와 사부(辭賦)로 만든다면, 솜씨 있기를 기대하지 않아도 저절로 솜씨 있게 될 것이다. 옛날부터 문장으로 그 당시에 이름나후세에 전하는 사람들은, 이렇게 했을 따름이었다.

지금 세상에서 말하는 경술(經術)이라는 것이 구두(句讀)나 훈고(訓詁)를익히는 것일 뿐이고, 지금 세상에서 말하는 문장(文章)이라는 것이, 수식이나 일삼고 남의 글이나 따다 짜서 맞추는 교묘(巧妙)함뿐인 것을 사람들은단지 보게 된다. 구두나 훈고만 익히는 경술(經術)을 가지고 어떻게 임금님의 정사(政事)를 도우고 세상을 경륜(經綸)할 수 있는 문장을 논의할 수있겠는가? 수식이나 일삼고 남의 글이나 따다 짜서 맞추는 문장을 가지고성리(性理)나 도덕(道德)의 학문에 참여할 수 있겠는가? 이에 경술과 문장을나누어 두 갈래가 되니, 사람들은 서로 관계가 없는 줄로 생각하게 되었다.아아! 그 견해가 얕도다.

지금 세상에서 능히 우뚝이 떨쳐 일어나 유속(流俗)에서 벗어나 위로 공자(孔子)나 맹자(孟子)의 깊은 경지를 탐구하여 넉넉히 문인의 경지로 들어간사람이 있다. 어찌 그런 사람이 없겠는가? 그런 사람이 없다면 그뿐이지만,그런 사람이 있다면, 세상 사람들이 하는 말은 한 시대의 현자(賢者)를 모독하는 것이 아니겠는가?[21]

이는 점필재(佔畢齋)가 부친의 스승인 별동(別洞) 윤상(尹祥)의 학문의특징을 이야기하려고 쓴 글이지만, 점필재 자신의 학문적 노선이자 이상(理想)이라고 볼 수 있다. 그리고 점필재 자신이 별동(別洞)의 '사숙인(私淑人)'이라고 자칭하는 것을 볼 때 경학(經學)과 문학(文學)의 철저한 융합(融合)을 통하여 세상에 쓰이고자 했다.

---

21) 『佔畢齋集』畢齋文 권1, 「尹先生祥詩集序」. 經術之士, 劣於文章, 文章之士, 闇於經術.世之人, 有是言也. 以余觀之, 不然. 文章者, 出於經術, 經術者, 文章之根柢也. 譬之草木焉,安有無根柢, 而柯葉之條鬯, 華實之穠秀者乎? 詩書六藝, 皆經術也. 詩書六藝之文, 卽其文章也. 苟能因其文而究其理, 精以察之, 優而游之, 理之與文融會於吾之胸中, 則發而爲言語詞賦, 自不期於工而工矣. 自古, 以文章鳴於時而傳後者, 如斯而已. 人徒見夫今之所謂經術者,不過句讀訓詁之習耳. 今之所謂文章者, 不過雕篆組織之巧耳. 句讀訓詁, 奚以議夫黼黻經緯之文? 雕篆組織, 豈能與乎性理道德之學? 於是乎, 遂歧經術文章爲二致, 而疑其不相爲用.嗚呼! 其見亦淺矣. 居今之世, 有能踔厲振作, 拔乎流俗, 上探孔孟之閫奧, 而優入作者之域者, 豈無其人耶? 無其人已已, 如有之, 世人所云, 不亦誣一世之賢也哉!

조선 건국 초 정도전(鄭道傳)의 건의에 의하여 문과 초장(初場)에서 반드시 강경(講經)을 시험하도록 되어 있던 것을 정도전이 제거된 뒤에 문단을 오로지한 권근(權近), 변계량(卞季良) 등이 강경의 폐지를 주장하여,[22] 국가의 인재 선발이 사장(詞章) 일변도로 기울어지게 되었다. 점필재의 이런 주장은 그것을 교정하기 위한 하나의 충고라고 볼 수 있다. 사장 일변도로 기울다 보니, 문인들이 짓는 글들은 세상의 교화(敎化)에 전혀 염두를 두지 않고, 옛날의 좋은 글귀나 따와서 화려한 수식만 일삼는 경향이 생겨나 하나의 폐단이 될 지경이었다. 점필재는 이런 점을 시정하고자 노력했다.

경학(經學)과 문학(文學)을 하나로 융합하는 학문을 통해서 점필재(佔畢齋)는 문과(文科)를 거쳐 관계에 진출하여, 지방 수령으로 나가서는 교화(敎化)를 펼쳐 예속(禮俗)을 진작시키고, 학교를 정비하여 인재를 양성하고, 중앙관서에서는 주로 홍문관(弘文館) 등의 관직을 맡아 임금의 스승으로서 그 학문과 문장으로 나라에 기여하고자 했다.

점필재의 학문은 천인(天人)을 꿰뚫었고, 나라에 결단할 일이 있을 때는 반드시 그를 찾아가 자문을 구할 정도로 그 학문과 덕행과 정치적 역량을 인정받고 있다. 마치 점필재가 없으면 나라를 다스리지 못할 정도로 성종은 점필재에게 정신적으로 완전히 의지해 있었다.

만성(晩醒) 박치복(朴致馥)은 한국유학사상(韓國儒學史上)에 있어 점필재(佔畢齋)의 위상을 다음과 정의하고, 점필재의 문묘종사(文廟從祀)를 요청하는 상소를 하였다.

도통(道統)이 전하는 것은 반드시 연원(淵源)이 있어야 하고, 연원이 있는 학문은 반드시 강습(講習)하는 것에 바탕을 두어야 합니다. 우리 왕조에서 문묘(文廟)에 종사(從祀)된 것은, 실로 문경공(文敬公) 김굉필(金宏弼)과 문

22) 權近 『陽村集』 권31 13-15장 「論文科書」.
卞季良 『春亭續集』 권1 5-9장, 「請科第罷講經用製述疏」.

헌공(文獻公) 정여창(鄭汝昌)에게서 비롯되었습니다. 그러나 그 연원과 강
습을 공정하게 고찰해 보면, 문충공(文忠公) 신(臣) 김종직(金宗直) 같은
사람이 그들의 스승이 되었습니다. ……. 명분(名分)과 이치의 순수함은 포
은(圃隱)으로부터 창도(唱導)하여 야은(冶隱)에게 전했고, 야은은 다시 선정
신(先正臣) 김숙자(金叔滋)에게 전했습니다. 종직(宗直)은 숙자의 아들입니
다. 천분(天分)이 매우 높고, 문로(門路)가 바르고, 아버지로부터 받은 시례
(詩禮) 교육으로 박문약례(博文約禮)의 가르침에 종사하였고, 세상에 모범
이 되어 사람을 만드는 방법에 힘을 다 쏟았습니다. 덕행(德行)도 있고, 문장
도 있어 영화(英華)가 밖으로 나왔습니다. 자기도 이루고 사물도 이루어 향
기가 후세에 미쳐 정주학(程朱學)의 전통을 열었으니, 송(宋)나라에 있어서
주염계(周濂溪)가 되기에 의심할 것이 없습니다.[23)

점필재의 학문은 문로(門路)가 바르고 덕행(德行)과 문장이 다 갖추어
져, 이를 가지고 인심을 바로잡고 세상의 도덕을 맑게 한 공이 있으므로
문묘(文廟)에 종사(從祀)되기에 충분하다고 생각했다. 그리고 세상에서
점필재가 문장에 능한 것을 가지고 흠인 것처럼 말하지만 정명도(程明道)
는 문장으로 과거에 발탁되었고, 주자(朱子)는 시로써 당시의 유명한 시인
육유(陸游)와 병칭되었지만 흠잡는 사람을 보지 못했다고 했다. 학문(學
問)은 마치 송대(宋代) 성리학(性理學)의 기반을 닦은 염계(濂溪) 주돈이
(周敦頤)의 역할과 같았다고 할 수 있다.

무오(戊午), 갑자(甲子) 두 차례의 참혹한 사화(士禍)를 당하고 난 뒤에
중종반정으로 인하여 관작이 복구되고 점필재에 대한 평가 작업도 다시
전개되었는데, 이때부터 그 이전의 평가의 정도를 회복하지 못한 것 같다.

---

23) 朴致馥『晚醒集』권4 6장,「請金佔畢齋金濯纓堂兩先生從祀文廟疏」, 道統之傳, 必有淵源,
淵源之學, 必資講習. 我朝躋廡, 實自金文敬宏弼, 金文獻汝昌始, 而夷考其淵源講習, 則有若
文忠公臣金宗直爲之師焉. …… 名理之粹, 倡自圃隱, 而傳之於冶隱吉再. 又傳之於先正臣金
叔滋. 宗直即叔滋之子也. 天分甚高, 門路旣正. 過庭詩禮, 從事於博文之訓. 範世模楷, 致力
於鑄人之方. 有德有言, 英華發外, 成己成物, 薰腴被後. 啓關建洛蔾之緒, 在宋爲周濂溪, 無
疑也.

그 이후 퇴계(退溪)가 점필재를 '학문하는 사람이 아니다'라고 평가했지만,
이는 점필재의 남아 있는 저술만 보고서 내린 것이라 타당하다고 하기
힘들다.

　　점필재는 학문하는 사람이 아니다. 그가 평생토록 한 일은, 단지 사화(詞
　華)에 있었는데, 그의 문집을 보면 알 수 있다.[24]

　『점필재집(佔畢齋集)』에 수록되어 후세에 전하는 점필재의 시문은 점
필재가 지은 전체 시문의 십분의 이삼에도 이르지 못한다.[25] 학문에 관한
내용은 많지 않고 시가 대부분이다. 이런 문집을 보고서 퇴계가 이런 말을
할 수 있다. 또 퇴계가 말한 학문의 개념은 정주학(程朱學)에 바탕을 둔
심학(心學)의 조예를 말하는 것으로, 이것을 가지고 점필재의 학문을 평가
하였을 때 높은 점수를 주기는 어려웠을 것이다.
　그러나 퇴계는 예림서원(禮林書院)의 점필재 상향축문(常享祝文)에서
는 점필재에 대해서 최고의 존앙(尊仰)을 하고 있다. 점필재의 학문과 문
장과 그 당시의 영향력과 후세의 공헌에 대해서 극찬을 하고 있다. 특히
후세에 유학이 쇠퇴하지 않는 것은 점필재가 계우(啓佑)해 준 공덕이라고
극찬을 하고 있다. 이 글은 퇴계가 아주 만년에 지은 것인데, 만년에는
점필재에 대한 평가가 바뀐 것으로 볼 수 있다.
　점필재는 도학(道學)의 학통(學統)을 수수(受授)한 중요한 위치에 서
있는 중요한 학자이다.

24) 『退溪言行錄』 권5 5장. 先生曰, "金佔畢, 非學問底人. 終身事業, '只在詞華上, 觀其文集,
　可知."(金誠一).

25) 南袞作「佔畢齋文集舊序」. 佔畢齋詩文, 嘗被成廟宣索, 未及獻, 而宮車晏駕. 繼而有戊午之
　禍, 抄本廿餘帙, 蕩爲煙燼. 尙有亂稿, 閣在樑上, 家人以爲不祥之物, 又擧而投之火. 傍有人,
　就熱焰中, 鉤取一二編, 纔免全燬. 今存者, 十未二三.

우리나라의 도학(道學)의 으뜸 되는 맥은 포은(圃隱) 정선생(鄭先生)에게서 발원하였다. 야은(冶隱) 길선생(吉先生)은 포은의 문하에서 수업(受業)하여 그 바른 맥을 얻었다. 강호(江湖) 김선생(金先生)은 또 야은의 문하에서 배워 그 통서(統緒)를 이어 가정에 전하여 주었다. 그러한즉 점필재선생의 학문의 연원(淵源)의 순수함은 한결같이 바른 데서 나왔으니, 어떠하겠는가? 저으기 듣건대 그 당시 점필재선생의 문하에서 나온 명현(名賢)과 뛰어난 선비들은 십수 명에 그치지 않았다 한다. 한훤당(寒暄堂), 일두(一蠹), 매계(梅溪) 등은 다 점필재가 장려하여 일어나게 한 바이고 정암(靜庵), 회재(晦齋), 퇴계(退溪) 제현이 서로 이어서 일어나서, 위로 수사(洙泗), 염락(濂洛)의 도통(道統)을 이었고 아래로 억만년 가없는 아름다움을 열어 주었다.26)

직접 학통(學統)이 닿는 정암(靜庵)은 물론이고, 그 이후 사승(師承)을 거치지 않고 학문을 이룬 회재(晦齋), 퇴계(退溪)까지도 점필재의 영향력 속에서 일어난 학자라고 김뉴(金紐)는 정리하고 있다.

점필재 자신은 부친 강호(江湖)로부터 야은(冶隱)의 학문을 전수받았는데, 『소학(小學)』 공부를 중시하는 실천을 겸비한 학문적 경향이었다.

점필재는 어려서부터 부친으로부터 실천적인 학문을 철저하게 전수받았다. 점필재가 그 강호(江湖)의 교육방법에 대해서 이렇게 기술하였다.

우리들을 가르칠 때는 학문을 함에 있어서 단계를 뛰어넘지 못하게 하셨다. 그래서 처음에는 『동몽수지(童蒙須知)』, 『유학자설(幼學字說)』, 『정속편(正俗篇)』을 가르쳐 주시고, 이것들을 모두 외우게 한 뒤 『소학(小學)』에 들어가도록 하셨다. 그 다음으로 『효경(孝經)』, 『대학(大學)』, 『논어(論語)』, 『맹자(孟子)』, 『중용(中庸)』, 『시경(詩經)』, 『서경(書經)』, 『춘추(春秋)』, 『주역(周易)』, 『예기(禮記)』를 읽게 하셨고, 여러 역사서와 제자백가를 마음대

---

26) 『冶隱續集』 卷下 부록, 金紐 『繼開淵源錄』. 吾東方道學宗脈, 發源於圃隱鄭先生. 冶隱吉先生, 受業於圃隱之門, 而得其正脈. 江湖金先生, 又學於冶隱之門, 接其統緒, 而傳之家庭, 則佔畢齋先生學問淵源之粹然, 一出於正, 爲何如哉? 竊聞寒暄一蠹梅溪, 皆其所獎發, 而靜庵晦齋退溪諸賢, 相繼而起, 上以接洙泗濂洛之統, 下以開億萬年無疆之休.

로 읽도록 하셨다.

그리고 활쏘기 배우는 것도 금하지 않으셨다. 일찍이 "활과 화살은 몸을 호위할 수 있는 것이니, 잘 익혀두지 않아서는 안 된다. 하물며 옛날 사람들은 이것을 가지고서 그 사람의 덕(德)을 관찰하였으니, 바둑 등에 비교할 바는 아니다"라고 하셨다.

글씨 쓰기를 권하여 이르시기를 "글씨는 마음의 그림이니, 해서(楷書)는 반드시 단정하게 써야 하고, 초서(草書)와 전서(篆書) 또한 숙달되게 익혀야 한다"라고 하셨다. 산가지 잡는 방법을 익힐 것을 권하시면서 "일상생활 속의 사물은 이것이 아니면 그 숫자를 쉽게 파악할 수 없는 것이니, 위치를 기울어지게 해서는 안 된다"라고 하셨다.

또 "사람의 자식 된 사람으로서 『예기(禮記)』를 읽지 않아서는 안 된다. 평소에 상례나 제례의 절차를 익혀 두지 않으면 급한 일을 당하여 아득히 아무 것도 모르게 된다. 이때문에 불법(佛法)에 빠지기도 하고, 무당에게 미혹되기도 한다. 세상 사람들이 신종추원(愼終追遠)의 뜻을 잃어버리는 것이 매양 여기에 말미암은 것이다"라고 말씀하셨다[27].

엄격한 과정(課程)을 세워서 자식을 공부시키면서 책을 통해 얻을 수 있는 지식 이외에 활쏘기, 글씨 쓰기, 산가지 잡는 법, 상제(喪祭)의 예절까지 다 가르쳤다. 이런 교육방법이 장차 점필재로 하여금 다방면에 능통한 학자가 될 수 있는 바탕이 된 것이다.

글을 읽는 방법에 대해서 부친으로부터 이런 교육을 받았다.

---

27) 『彝尊錄』下 「先公事業」, 제4 16-17장. 教余輩爲學不可躐等. 初授童蒙須知·幼學字說·正俗篇, 皆背誦, 然後令入小學. 次孝經, 次大學, 次語孟, 次中庸, 次詩, 次書, 次春秋, 次易, 次禮記, 然後令讀通鑑及諸史百家, 任其所之. 至於學射, 亦不禁. 嘗曰, "弓矢, 衛身之物, 不可不閑習. 況古之人, 以此觀德, 非博奕比也". 勸之書字則曰, "書, 心畫也. 模楷必端正, 草及篆, 亦須要精熟". 勸之握筆, 則曰, "日用事物, 非此, 未易究其數, 位置不可以傾側也". 又曰, "爲人子者, 不可不讀禮記. 平時不講求喪祭節文, 至於倉卒, 茫然無所知. 是以淪於佛法, 惑於巫覡. 世之人, 失愼終追遠之義者, 每坐此也".

우리들에게 글 읽는 방법을 가르치시기를 "글을 읽을 때는 마음을 거칠게 가져서 대충대충 쉽게 지나치지 말고, 모름지기 자세하게 간파해야 한다. 그리고 비록 별로 힘들여 짓지 않은 구절을 만났더라도 모름지기 잘 맛을 새겨 거기에 다른 뜻이 있지 않고 의심할 여지가 없어진 다음에야 다음으로 읽기를 넘어가야 한다. 글을 읽을 때는 옛사람의 찌꺼기라고 생각하지 말고, 자신의 직분 안에 있는 일로 힘써 체인(體認)해야 한다. 뜻을 얻지 못하였을 때는 자기에게서 실천하고, 영달하여서는 남을 다스리되, 모든 경우 성현을 본받아야 한다"라고 하셨다.[28]

글을 한 구절 한 구절 자세하게 읽어나가되 그 내용이 모두가 자신과 관계 있는 절실한 일로 간주해야 하고, 궁극적으로는 성현을 법도로 삼겠다는 정신으로 읽어야 한다고 강조했다. 문장을 짓기 위한 자료나 장만하는 독서가 아니고, 체득하여 실천에 옮길 수 있는 독서가 되어야 함을 강조했다.

점필재는 부친으로부터 실천을 중시하는 이런 교육을 받아 학문과 문장을 이룬 뒤 이런 방법을 제자들에게 그대로 전수하였다.

가만히 생각해 보건대 고을의 풍속이 경박해지고 조정의 정치교화(政治敎化)가 막히는 것은, 그 문제의 근원이 학교의 강학(講學)을 밝게 하지 못하는 데 있습니다. 강학이 밝아진다면 효제충신(孝悌忠信)의 교훈을 사람마다 익혀 학교로부터 일반 마을에까지 훈도(薰陶)되고 발전되어 나가는 것이 저절로 중단됨이 없을 것입니다. 그렇게 되면 오륜(五倫)이 각각 차례를 얻고, 사민(四民)이 각각 자기의 일에 편안히 종사하게 되고, 이로 인해서 집집마다 다 봉(封)해 줄 만한 풍속을 이룰 수 있을 것입니다.[29]

---

28) 『彝尊錄』下「先公事業」제4 17장. 嘗訓余輩以讀書之法曰, "讀書, 勿麤心大膽, 容易放過. 須仔細看破. 雖置文句做得不着力處, 要把玩, 莫是有別意存, 無可疑, 然後讀過, 可也". 又曰, "讀書, 勿謂'古人糟粕'. 務要體認自家分內事. 窮而行己, 達而治人, 一切以聖賢爲法".

29) 『佔畢齋集』文集 권1 22장,「與密陽鄕校諸子書」, 竊思之, 鄕閭風俗, 所以澆漓, 朝廷政化, 所以壅閼, 其病源, 專在於學校講學之不明也. 講學苟明, 則孝悌忠信之敎, 人人服習, 由庠序 而及閭巷, 薰蒸條鬯, 不能自已, 五倫各得其序, 四民各安其業, 比屋可封之俗, 亦因以馴致矣.

풍속이 나빠지고 조정의 정치와 교화가 먹혀들지 않는 것은 강학을 하
지 않아서 그런 것인데, 강학을 통해서 이런 문제점을 해결하여 윤리를
바로잡고 백성들이 자기 직분에 충실하게 만들 수 있다고 점필재는 보았
다. 학문을 밝히는 것이 곧 사회의 모든 문제를 해결하는 관건이 될 수
있다는 신념을 갖고 있었다.

점필재는 관직에 나가기 전부터 유학을 진작시키고, 젊은 사람들을 가
르쳐 인도하는 일을 자신의 임무로 삼았으니, 쇄소(灑掃)의 예를 행하고서
육예(六藝)의 학문을 닦는 제자들이 많이 몰려들었다.[30] 학문을 통해서
인재를 기르고 나아가 국가사회를 다스려나가려고 했던 것이다.

점필재가 본격적으로 제자를 기르기 시작한 것은 1471년(성종 2) 함양
(咸陽) 군수로 부임하면서부터 시작되었다. 점필재는 공무의 여가에 관내
에 거주하는 총명한 사람들을 선발하여 가르쳤는데, 일과(日課)를 정하여
강독(講讀)하니 배우는 사람들이 그 소문을 듣고 먼 곳에서부터 모여들었
다.[31]

점필재는 함양 군수로 6년 동안 재직하였는데, 향음주례(鄕飮酒禮)와
양로례(養老禮)를 행하여 유학을 진흥하고 보급하기 위해서 대단히 노력
했다. 그리고 점필재는 고을원으로 나가면 반드시 그 지역의 선비와 서민
들에게 불교적인 의식을 버리고, 『주자가례(朱子家禮)』에 의거하여 사당
(祠堂)을 세우고 신주(神主)를 만들어 조상의 제사를 받들 것을 권장하여
예속(禮俗)이 진작되었다.

이때 뇌계(濡溪) 유호인(兪好仁), 남계(藍溪) 표연말(表沿沫) 등 많은
인재들과 자주 어울려 강학하여 제자로 길렀고, 점필재의 스승으로서의
이런 주도적인 역할은 뒷날 강우지역(江右地域)의 학문 홍기(興起)에 많
은 영향을 끼쳤다.

---

30) 『佔畢齋集』 年譜 天順 3년 己卯年條.
31) 『佔畢齋集』 年譜 成化 7년 辛卯年條.

　함양에 근무할 때 한훤당(寒暄堂) 김굉필(金宏弼)과 일두(一蠹) 정여창(鄭汝昌) 등 뛰어난 제자들을 얻었다. 한훤당은 경북 현풍(玄風) 출신이지만, 합천(陜川)에 와서 산 적이 있고, 일두는 하동(河東)에서 태어나 함양(咸陽)으로 옮겨가 살았다. 한훤당과 일두는 본래 친구 사이로 함께 점필재의 문하에 와서 배우기를 청하였다. 점필재는 옛 사람들이 학문한 순서에 따라 가르쳐서 먼저『소학』과『대학』을 읽게 하고 나서, 그 다음에『논어』와『맹자』를 읽게 하였다. 두 사람은 점필재의 가르침의 방향을 알고서 도의(道義)를 연구하였다.

　특히 한훤당이 학업을 청하자, 점필재는 실천적 학문을 위해서는 사람되는 공부의 기초가 되는『소학』의 공부를 중시하였다. 그런데 이런『소학』공부를 중시하는 전통은 야은(冶隱)으로부터 강호(江湖)를 거쳐 점필재에 이르렀다.

　한훤당은 점필재의 가르침을 듣고 마음 속으로 정성껏 지켜『소학』책을 손에서 놓지 않았다. 점필재는 경서를 읽을 때, 복잡한 구절의 해석에 너무 집착하지 말고, 성현이 가르친 말의 정신을 잘 체인(體認)하여 자기 수양에 도움을 얻으라고 당부였다.

　점필재는 모든 제자들을 일률적으로 가르치는 것이 아니라 배우러 오는 제자의 자질과 특성에 따라서 가르침을 달리했다. 마치 병을 잘 아는 의원이 증세에 따라서 처방을 달리하듯이.

　점필재는 제자들에게 과거를 포기하고 은거할 것을 권유한 적은 없었고, 오히려 적극적으로 관계에 나아가기를 장려하였다. 문장을 통해서 학문의 실력을 발휘하여 과거에 합격하여 자신들의 제자들의 존재를 발양(發揚)할 것을 주장했다.

　그러나 과거하여 벼슬에 나가려는 목적은 선비로서 지금의 우리 임금을 요순(堯舜) 같은 성군(聖君)으로 만들고, 우리 백성들을 요순시대처럼 태평한 시대에 사는 백성으로 만들려는 데 있었다. 점필재 자신도 그렇고 제자들에게도 그런 사상을 심어주었는데, 영달하여 호의호식(好衣好食)

하는 것이 선비가 공부하는 목적이 아니고, 사람이 살기에 가장 이상적인 요순시대와 같은 국가를 만들겠다는 것이 점필재의 뜻이었다.

벼슬에서 물러나 밀양(密陽)의 전장(田莊)에 있을 때도 늘 주자(朱子)의 학규(學規)에 의거하여 본원(本源)을 함양하는 것을 덕(德)에 나아가는 기반으로 삼고, 성리(性理)를 탐구하는 것을 학업을 닦는 근본으로 삼아 가르쳐, 배우는 이들의 식견이 높아지도록 하였다. 경전(經傳)을 강독할 때는 반드시 정자(程子) 주자(朱子)의 본래 취지에 부합되도록 힘쓰고, 말하는 것마다 반드시 충효를 위주로 하였다. 항상 도학(道學)을 밝히는 것을 자신의 사업으로 삼았다.

점필재의 교육을 받은 제자들로는 한훤당(寒暄堂) 김굉필(金宏弼), 일두(一蠹) 정여창(鄭汝昌), 생육신 남효온(南孝溫) 이외에 어릴 때부터 가까이서 모신 생질 강백진(康伯珍)과 강중진(康仲珍), 점필재의 처남인 매계(梅溪) 조위(曺偉) 등이 유명하다.

점필재의 제자들은 점필재의 훌륭한 교육을 받아 자력으로 과거에 급제하거나 추천을 받아 조정에 진출한 것이다. 점필재가 제자들을 조정에 끌어들이려고 특별이 국왕에게 부탁을 하거나, 기득권 세력과 세력을 다툰 적이 없다. 오로지 출중한 실력에 근거하여 조정에 나갔을 뿐이었다.

그리고 지금까지 몇몇 종의 국사나 국문학사 등에서 점필재와 그 제자들은 조정에 진출하여 기득권 세력인 이른바 훈구파(勳舊派) 세력과 권력 쟁탈전을 벌인 것처럼 서술되어 있지만, 사실은 점필재는 기존 훈구세력과의 조화 속에서 자기 학파의 영향력을 확장해 나갔다. 또 훈구파의 자제들 가운데는 점필재의 제자도 적지 않다. 점필재가 당시 조선의 학문의 중심에 있었음을 알 수 있다.

점필재의 제자들은 학문과 문장실력을 겸비하고서 실천이 따르는 도덕적인 조행(操行)은 성종(成宗)의 인정을 받기에 충분했다. 이들의 분위기는, 훈구세가(勳舊世家) 자제들이 교기(驕氣)를 가지고 부화(浮華)한 것과는 달랐다.

점필재의 제자들로 무오사화(戊午士禍) 당시 조정에 진출해서 벼슬하
던 인물은 김일손(金馹孫)의 공초(供招)에 의하면 다음과 같다.

> 윤필상(尹弼商) 등이 신문하니, 일손이 이렇게 답했다. 신종호(申從濩)는
> 종직(宗直)이 서울에 있을 적에 수업하였고, 조위(曺偉)는 종직의 손아래
> 처남으로서 젊어서부터 수업하였고 채수(蔡壽), 김전(金詮), 최보(崔溥), 신
> 용개(申用漑), 권경유(權景裕), 이계맹(李繼孟), 이주(李胄), 이원(李黿) 등
> 은, 과거에서 제술(製述)로 종직(宗直)의 평가를 받았고, 정석견(鄭錫堅),
> 김심(金諶), 김흔(金訢), 표연말(表沿沫), 유호인(兪好仁), 정여창(鄭汝昌)
> 등도 모두 수업하였는데 언제 수업했는지는 알지 못합니다. 이창신(李昌臣)
> 은 홍문관 교리가 되었을 적에 종직이 응교(應敎)로 있었는데, 창신이『사
> 기(史記)』의 의심난 곳을 질문하였습니다. 강백진(康伯珍)은 생질로서 젊었
> 을 적부터 수업하였고, 유순정(柳順汀)은 한유(韓愈)의 글을 배웠고, 권오
> 복(權五福)은 종직이 동지성균관사(同知成均館事) 시절에 성균관에서 머무
> 르며 공부하였고, 박한주(朴漢柱)는 경상도 유생으로서 수업하였고, 김굉필
> (金宏弼)은 종직이 상(喪)을 만났을 때에 수업했습니다. 그 나머지도 오히
> 려 많다고 할 수 있으니, 이승언(李承彦), 곽승화(郭承華), 장자건(莊子健)
> 등입니다.[32]

김일손(金馹孫)이 공초에서 밝힌 점필재의 제자는 모두 25명이다. 이들
은 그 당시 관적(官籍)에 올라 있던 인물이 대부분이지만, 빠진 사람도
많았다.

『점필재집(佔畢齋集)』 부록의 문인록(門人錄)에는 모두 59명이 실려
있다. 이 59명 가운데 영남에 거주하던 제자는 39명이고, 타도 거주자는

32)『燕山君日記』권30, 4년 칠월조. 弼商等問之, 馹孫對曰, "申從濩, 宗直在京時, 受業. 曺偉,
以宗直妻弟, 自少受業. 蔡壽, 金詮, 崔溥, 申用漑, 權景裕, 李繼孟, 李胄, 李黿, 製述科次.
鄭錫堅, 金諶, 金訢, 表沿沫, 兪好仁, 鄭汝昌, 亦皆受業, 其歲月則不知. 李昌臣, 爲弘文校理,
宗直時爲應敎, 昌臣, 以史記質疑. 康伯珍, 以三寸姪自少受業. 柳順汀受韓文. 權五福, 則宗
直同知成均時, 居館. 朴漢柱, 以慶尙道儒生受業. 金宏弼, 宗直遭喪時, 受業. 所謂其餘而多
者, 李承彦, 郭承華, 莊子健也.

20명이었다.[33] 이에서 점필재의 제자는 영남지방에만 국한되지 않는다는 것을 알 수 있으니, 점필재의 학문적 문학적 영향은 전국적으로 확산되었음을 알 수 있다.

점필재의 제자 가운데서 경남과 관계 있는 학자를 들면 다음과 같다.

경학(經學)으로 뛰어난 제자로는 맨 먼저 동방오현(東方五賢)으로 추앙되어 문묘(文廟)에 종사(從祀)된 한훤당(寒暄堂) 김굉필(金宏弼)을 들 수 있다. 한훤당은 본래 현풍(玄風) 출신이었으나, 그의 처향(妻鄕)인 합천군(陜川郡) 야로(冶爐) 남교동(藍橋洞)에 한훤당(寒暄堂)이라는 서재를 짓고 거주하면서 독서하였으므로, 경남지역과 밀접한 관계가 있다. 점필재가 함양군수로 부임한 그 다음해인 1472년에 한훤당이 그 문하에 처음으로 나갔는데, 이때 한훤당의 나이 21세로 합천에 거주하고 있을 때였다.

김종직은 김굉필에게 너무 자구(字句)만을 천착하지 말고 마음 공부를 할 것을 권유하고 있다. 천인(天人)의 구조 전체를 보는 도학(道學)을 공부할 것을 권유한 것이라고 볼 수 있다.

김굉필은 자칭 '소학동자(小學童子)'라고 일컬으며 평생『소학』을 대단히 중시하였고, 자신의 행신(行身)의 지표로 삼았다. 이런『소학』중시 경향은 바로 점필재로부터 전수받은 것이라고 할 수 있다.

김굉필은『소학』을 자신을 수양하고 다른 사람을 가르치는 근본으로 삼았고, 30세가 넘어서야 다른 책을 읽었다. 이런『소학』위주의 학문이 정암(靜庵) 조광조(趙光祖)를 얻음으로써 우리 나라 유학사상(儒學史上) 하나의 학통을 형성하였다.

우리 나라 사람들이 성리학을 숭상하고 송대(宋代) 유학자들의 학설을 존중할 줄 아는 것은 다 정암의 덕택인데, 정암의 학문은 한훤당에게서 발원하였다. 그 뒤 정암은 조정에 진출한 이후 중종(中宗)의 신임을 얻어

---

33) 李樹健『嶺南學派의 形成과 發展』320쪽. 일조각 1995. 그런데 이 책에서는 佔畢齋 門人錄에 실린 제자를 58명으로 해 놓았다.

삼대(三代 : 夏, 殷, 周)의 정치를 회복하고자 했을 때『소학』으로써 인재를 기르는 근본으로 삼아 학문의 방향을 제시하였고, 국왕과 세자에게 특별히 『소학』을 강의하였다.[34] 그리고 정암은『소학』을 정치 현실에서 실현하고자 노력하였다. 점필재로부터 전래된『소학』중시의 경향이 정암에 의하여 선비들 사이에 널리 보급되었다고 할 수 있다.

퇴계(退溪)가 점필재를 도학자(道學者)로 보지 않았지만, 그 당시 조선의 학문적 수준을 고려할 때 점필재의 학문에 한계가 없을 수가 없다. 퇴계 시대의 안목으로 보면 부족한 점을 충분히 느낄 수 있었을 것이다. 그러나 점필재는 자기의 역할을 충분히 다하여 영남의 인재들을 배양하여 중앙정계에 많이 진출시켰고, 한훤당 같은 제자에게『소학』을 독실하게 공부하게 하여 마침내 도학자의 반열에 올라 동방오현(東方五賢)으로 추앙되어 문묘(文廟)에 종사(從祀)되게 되었다. 이런 관점에서 점필재는 우리나라 학술사(學術史)에 있어서 도학(道學)과 문학(文學)을 하나로 융합하였고, 또 도학의 기반을 마련했다고 평가할 수 있겠다.

일두(一蠹) 정여창(鄭汝昌)은 함양(咸陽) 출신이므로 점필재가 함양군수로 부임했을 때 교육을 받았을 것이나 정확하게 맨 처음 입문한 연도는 밝혀져 있지는 않다. 점필재는 일두를 옛 사람들의 공부하는 순서에 따라 가르쳤다.

> 점필재선생의 문하에 나아가서 가르침을 청하였다. 점필재는 옛 사람의 공부하는 차례로써 가르쳤다. 먼저『소학』과『대학』을 읽고, 그 다음에『논어(論語)』와『맹자(孟子)』에 나아갔다. 날마다 가르침을 받들어 강령(綱領)과 지취(旨趣)를 찾아 알고 도의(道義)를 궁구하였다. 여러 해 동안 갈고 닦았는데『중용(中庸)』과『대학(大學)』에 더욱 정밀하였다. 그러나 얻은 것이 있다고 여기지 않았다. 두류산(頭流山)에 들어가 발분하고 뜻을 면려하였

---

34)『靜庵集』부록 권5「年譜」33장. 권6 3장, 6장, 退溪撰「靜庵行狀」.
　　金淨『冲庵集』年譜 卷上 31장.

는데, 주자(朱子)의 학규(學規)에 의거하여 본원(本源)을 함양하는 것으로써 덕(德)에 나가는 기반으로 삼고, 성리(性理)를 탐구하는 것을 학업을 닦는 근본으로 삼았다.[35]

일두는 점필재에게서 가르침을 받은 뒤에 다시 두류산에 들어가 학문을 강마(講磨)하여 그 식견이 더욱 고명해졌는데, 그 학문적 출발은 점필재로부터 말미암은 것이었다.

그 뒤 1476년 서울에서 벼슬하면서 경연관(經筵官)으로 있던 점필재의 가르침을 받았다. 일두는 한훤당(寒暄堂)과 함께 성리학(性理學)을 주로 공부하였다. 일두는 도학(道學)을 공부하고서 자신의 견해를 나타낸 「이기설(理氣說)」, 「선악천리론(善惡天理論)」, 「입지론(立志論)」 등을 지었다. 그 당시 학자들 가운데서 이기(理氣)에 관한 견해를 저술로 남긴 사람은 일두를 제외하고는 거의 없었다. 이 밖에도 『용학주소(庸學注疏)』라는 경서 주석도 하였으나, 오늘날은 전하지 않는다.

1498년 무오사화로 인하여 함경도 종성(鍾城)에 유배되었다가 병사했다가 1504년에 이르러 부관참시(剖棺斬屍)되었다. 우의정에 추증되고, 동방오현(東方五賢)으로 추앙되어 문묘(文廟)에 종사(從祀)되었다.

그러나 제자를 기르지 못하여 그의 학문은 후세에 전해지지 못하였고, 그의 시문은 거의 대부분이 흩어지고 없어졌는데, 오늘날 간행되어 있는 『일두집(一蠹集)』은 뒤에 다시 수습하여 편집한 것으로, 점필재와 주고받은 시문은 하나도 남아 있지 않다. 뒤에 수습했다 하여 그의 문집에 추가로 실린 많은 글들은 대부분 곤재(困齋) 정개청(鄭介淸)의 글임이 밝혀져[36] 그의 문집을 가지고 연구한 논문들은 재검토할 필요가 있다.

---

35) 『一蠹遺集』 권3 14장, 「一蠹行狀」. 詣佔畢齋門下, 請學. 先生, 以古人爲學次第敎之. 先讀 小學·大學, 遂及語孟. 日承指敎, 尋知綱領旨趣, 硏窮道義, 屢年磨礱, 尤精於庸學, 然不以爲 有得. 入頭流山, 發憤勵志, 依朱子學規, 以涵養本源爲進德之基, 以窮探性理偉修業之本.
36) 2012년 경북대학교 鄭羽洛교수가 밝혀내었다.

매계(梅溪) 조위(曺偉)는 점필재의 처남으로서 10세 때부터 가르침을 받았다. 그는 본래 김천(金泉) 출신이지만, 점필재가 함양 군수로 재직할 때 자주 함양에 와 머물러 공부하였고, 점필재가 이임한 지 9년 뒤인 1484년에 함양 군수로 부임하여 교화(敎化)를 펼쳤으므로 경남지역과 관계가 밀접하였다. 점필재가 함양 군수로 부임한 뒤 만들어낸 대표적인 인재로서 문과에 급제하여 중앙관계에 진출했다.

무오사화가 일어나자 『점필재집(佔畢齋集)』을 편찬한 일 때문에 처벌을 받아 의주(義州)로 유배되었다가, 다시 순천(順天)으로 이배(移配)되었는데, 그 곳에서 희천(熙川)에서 이배되어 온 한훤당(寒暄堂)과 친밀하게 같이 지내다가 1503년 11월에 먼저 병사하였다.

그는 문학으로 성종(成宗)의 총애를 입었고, 당시 국가에서 번역 간행한 『두시언해(杜詩諺解)』의 서문을 쓸 정도로 문학으로 이름이 있었다.

뇌계(㵢溪) 유호인(兪好仁)은, 함양 출신으로 점필재가 함양군수로 재임할 때 그 훈도를 많이 받아 문과에 급제하여 홍문관(弘文館)의 부수찬(副修撰) 등직을 지냈는데, 성종의 지극한 총애를 입었다. 어머니 봉양을 위하여 외직을 자청하여 합천군수(陜川郡守)로 나왔다가 나이 50세로 작고했다.

사람됨이 충성심과 효성이 있고, 청렴하고 검소하였으며, 사람됨이 침중(沈重)하고 간엄(簡嚴)하였다. 시와 문장이 고고(高古)하고 필법이 주경(遒勁)하였으므로 사람들이 삼절(三絶)이라고 일컬었다. 점필재의 문학이 당시에 으뜸이었으나, 뇌계의 문학도 거기에 손색이 없었다.[37]

뇌계가 한 평생 관심을 가졌던 일은 도(道)인데, 스승 점필재가 세상을 떠나고 나면 도가 어떻게 될는지 걱정을 했다.

남계(藍溪) 표연말(表沿沫)은 함양 출신이다. 문과에 올랐고 중시(重試)에 장원하여 성균관(成均館) 대사성(大司成), 홍문관(弘文館) 제학(提學)

---

37) 『佔畢齋集』「門人錄」5장.

등 청요직(淸要職)을 두루 지냈다.

무오사화(戊午士禍)가 일어나자 점필재 제자라 하여 함경도(咸鏡道) 경원(慶源)에 유배되었다가 거기서 작고하였다. 총명이 보통 사람들보다 뛰어났고, 문장으로 세상에 이름을 울렸다. 어려서 점필재를 따라 배웠는데, 점필재는 유학의 도통(道統)을 전해 주었다.[38]

그의 문장과 도학(道學)이 출중하였으나, 사화로 그 시문이 대부분 다 흩어져 버려 후세에 학문적인 영향은 거의 없었다.

탁영(濯纓) 김일손(金馹孫)은 본래 경북 청도(淸道) 출신이지만, 함양(咸陽)에 청계정사(青溪精舍)를 짓고 독서 강학하였으므로 경남지역과 밀접한 관계가 있다. 함양에 있으면서 일두(一蠹)와 절친하게 지냈다.

탁영은 17세 때부터 점필재를 따라 배웠는데, 점필재의 만년 제자이다. 점필재를 대단히 추앙하였고, 점필재도 그를 매우 사랑하여 원대한 인물이 될 것으로 기대하였다.

그러나 탁영은 스승 점필재(佔畢齋)를 너무 추앙한 나머지 점필재가 젊은 시절 지은 「조의제문(弔義帝文)」을 사초(史草)에 올렸다가, 유자광(柳子光) 등에게 공격을 받을 빌미를 제공하여 무오사화(戊午士禍)를 일으키게 만들었다. 조선 전기 점필재의 노력으로 조정에 기반을 확보한 영남사림파(嶺南士林派)의 많은 학자들이 처형되거나 귀양가는 등 일망타진되는 비운을 가져오게 만들었다.

목계(木溪) 강혼(姜渾)은 진주(晉州) 출신인데, 밀양(密陽)으로 점필재(佔畢齋)를 찾아가 입문하여 위기지학(爲己之學)에 관하여 들었다. 점필재 만년의 제자이다. 한훤당(寒暄堂), 일두(一蠹) 등 동문들과 도의(道義)

---

38) 表沿沫『藍溪集』권3 5장,「諸賢讚述」. 先生聰明絶人, 文章鳴世. 少從佔畢齋金先生學. 金先生傳之以斯文之統. 門下諸賢, 稱先生, 而不敢字焉. 其淵源之正, 造詣之深, 樹立之卓, 百世之師表也. 其爲國之忠, 事親之孝, 服喪之禮, 千載之模楷也. 君臣之際, 則以成廟名卿, 昏朝羅禍, 而中廟更化, 伸枉致祭. 其師友之盛, 則寒暄・一蠹・睡軒・濯纓 及曹梅溪兪氵雷溪金止止・金顔樂諸賢, 或以道義相引重, 或以文章相獎詡. 蓋先生之德業行誼, 大有補於世敎云.

를 강마(講磨)하여 유림에 명망이 있었다. 문과에 급제하여 이조판서(吏曹
判書) 대제학(大提學) 등 요직을 거쳤다. 무오사화 때는 장형(杖刑)을 받
고 유배되었으나, 1506년 중종반정(中宗反正) 이후 다시 기용되었다.[39]
그의 시문은 가족들이 상서롭지 못한 것이라 생각하여 다 불살라 버렸다.
지금 전하는 『목계일고(木溪逸稿)』는 후손들이 다시 수집하여 간행한 것
이다. 그는 대제학(大提學)을 지냈으므로 점필재의 학문과 문장의 정신을
현실에 반영하였을 것으로 볼 수 있다.

노계(蘆溪) 안우(安遇)는 어려서 김종직(金宗直)에게 수업하였고 김굉
필(金宏弼), 남효온(南孝溫) 등과 교제가 깊었다. 남효온은 그의 절개와
지조를 높이 평가하여 동한(東漢)의 절의에 비기기도 하였다. 1518년(중
종 13) 경상도 관찰사 김안국(金安國)의 천거를 받아 벼슬에 비로소 나아
갔다. 중종(中宗)이 인견하였을 때 『대학』의 성의(誠意), 정심(正心)의 요
체와 중요성을 역설하였고, 당시 지방의 교육이 부실한 이유로 향교(鄕校)
훈도(訓導)의 자질이 깊이 관계되어 있음을 지적하여, 훈도에게도 벼슬길
로 진출할 수 있도록 건의하였다.

이 밖에도 경남 출신의 점필재 제자로는 오졸자(迂拙子) 박한주(朴漢
柱), 강혼(姜渾), 강겸(姜謙), 강경서(姜景叙), 노필(盧王筆), 유순정(柳順
汀) 등이 있어 점필재의 학문과 문장을 계승하였다.

V. 조선 중기의 유학

점필재에 의해서 형성된 조선 전기의 영남사림파(嶺南士林派)는 무오
사화와 갑자사화로 인하여 그 학맥이 후세에 직접적으로 계승되지는 못했
지만, 그 한 세대 뒤에 남명(南冥) 조식(曺植) 같은 실천적 학자가 등장하

---

39) 姜渾 『木溪逸稿』 권2 20장, 「家狀」.

는 데 기반을 제공했을 것이다. 그리고 전기 영남사림파에 의해서 형성된 선비정신은 남명이나 그 제자들에 의해서 더욱 발전할 수 있었을 것이다.

신재(愼齋) 주세붕(愼齋)은 1495년(연산군 1) 합천군(陜川郡)에서 태어났다. 일곱 살 때 아버지를 따라 칠원현(漆原縣 : 지금의 咸安郡 漆西面) 무릉리(武陵里)로 이주해서 살았다.

천성적으로 공부를 좋아하여 열 살 이전에 이미 『소학(小學)』과 사서(四書)를 다 읽었다. 1521년(중종 16) 문과에 급제하여 권지부정자(權知副正字)로 관계에 첫발을 내디뎠다.

조선 초기 유교를 국교화(國敎化)하여 꾸준히 장려해 온 결과, 이때에 이르러 성리학(性理學) 연구의 수준이 높아져 갔다. 『성리대전(性理大全)』이 명(明)나라 영락제(永樂帝) 때 편찬되어 조선 초기에 우리나라에 전래되었는데, 조선 중기쯤에 와서 많은 학자들이 이 책을 읽고 연구하게 되었다. 그러나 그 분량이 너무 많아 통독하기가 어려웠으므로 사재(思齋) 김정국(金正國)이 그 축약본인 『성리절요(性理節要)』를 편찬하였다. 이때 경상감사로 나왔던 상진(尙震)이 경상도에서 목판으로 찍어 보급했는데, 이 책의 서문을 신재가 섰다. 신재는 이때 30세 정도의 하급 관리였는데도 상진이 서문을 부탁한 것으로 볼 때 그의 성리학적 조예가 어느 정도 깊었는가를 미루어 짐작할 수 있다.

1541년 풍기군수(豐基郡守)로 부임하였다. 부임하자마자 향교로 가서 문묘(文廟)에 배알(拜謁)하였는데, 사당의 기둥이 부러지고 동서의 재사(齋舍)는 비가 새고 바람을 막을 수 없었다. 유생들은 나태하여 다 흩어져서 학문을 강론하지 않은 지 오래 되었다. 국가의 인재양성의 제도가 현장에서는 비정상적으로 행해지고 있음을 신재가 직접 목도하고 크게 놀라 자신의 녹봉을 들여 향교를 옮겨 세우도록 하고 석채례(釋菜禮)를 하도록 하였다. 때로 직접 유생들을 가르치기도 하였다.

풍기는 고려 때 유학을 중흥시킨 문성공(文成公) 안향(安珦)의 고향이었으므로 신재는 안향이 독서하던 곳을 찾아 거기에 백운동서원(白雲洞書

院)을 세워 안향을 봉안(奉安)하여 제사지냈다. 경사자집(經史子集)에 관한 책 천여 권을 비치하고, 서원의 경비에 충당할 수 있도록 서원에 딸린 토지를 마련하여, 선비들이 아무런 걱정 없이 수신(修身)과 학업에만 전념할 수 있는 곳으로 만들었다. 그의 이런 조처는 우리나라 학문 발전에 지대한 업적을 남긴 일이다. 풍기군수로 4년 동안 재직하면서 백운동서원의 기반을 확실하게 만들고, 또 서원지에 해당하는 『죽계지(竹溪志)』를 편찬하여, 안향의 시문과 그에 관한 전기 자료 및 서원을 세우게 된 경위, 중국 서원의 사례 등을 모아 편집하여 간행했다. 4년 뒤 내직으로 옮겨 경연(經筵) 시강관(侍講官)이 되어, 명종(明宗)에게 성학(聖學)에 진강(進講)하였다. 덕성(德性)을 함양하는 것을 우선으로 하도록 하고, 천리(天理)와 인욕(人慾), 군자와 소인의 관계에 대해서 상세하게 아뢰어 어린 명종이 잘 이해하도록 하였다.

이때 「심도설(心圖說)」[40]을 그려서 명종에게 올렸다. 마음을 알기 쉽게 도해한 것이다. 하늘과 땅이 삼라만상을 낳고 키워주는 어진 마음을 본받아 요순(堯舜)처럼 백성을 사랑하는 정치를 하도록 하기 위해서 이 그림을 그려 바쳤다. 이 「심설도」는 조선시대 성리학자들 가운데서 마음의 작용을 그림으로 나타낸 것 가운데 비교적 선구적인 것으로 퇴계(退溪)의 「성학십도(聖學十圖)」보다 22년이나 앞선 것이었으나, 그 동안 묻혀 세상에 알려지지 않았다. 앞으로 깊이 연구하면 퇴계의 「성학십도」와의 관계를 밝힐 수 있다.

1545년 신재는 홍문관(弘文館) 부제학(副提學)에 발탁되었는데, 『대학(大學)』의 내용을 분석한 「대학석리소(大學釋理疏)」를 올려 『대학』의 가르침을 정치에 반영하도록 했다.

1549년 황해도 관찰사로 부임하였다. 신재는 부임하여, 고려 전기의 학

---

40) 「심도설(心圖說)」: 그 동안 전해지지 않는 것으로 알려졌으나, 2001년 경에 중국 북경대학(北京大學) 도서관에서 발견되었다.

자인 최충(崔冲)을 향사(享祀)할 수양서원(首陽書院)을 해주(海州)에 창
설하였다. 우리나라 역사상 유학을 본격적으로 공부한 최초의 학자가 최충
이고, 그는 교육을 통해서 유학을 보급하고 인재를 양성한 공이 있다고
신재는 생각했던 것이다. 서원을 다 짓고 나서 다시 도서를 비치하고 토지
를 마련하여 서원의 경비에 충당할 수 있도록 했다. 신재의 이런 적극적인
서원창설운동의 정신을 그 뒤 퇴계가 이어받아 많은 서원을 건립하는 노
력을 했고, 그 뒤 우리나라 전역에 900여 개의 서원이 건립되게 되었다.
우리나라 사람들이 학문을 좋아하고 자기를 수양하여 착한 사람이 되려고
하는 것은 서원에서 많은 선비를 양성했고, 이 선비들이 자기가 사는 향촌
에서 백성들을 교화시킨 효과라고 할 수 있다.

1550년 다시 내직인 성균관 대사성(大司成)에 임명되어 우리나라 최고
교육기관의 수장(首長)이 되었다. 부화(浮華)한 선비들의 기습(氣習)을 제
거하여 실질적인 학문(學問)에 힘쓰도록 지도했다.

이때 명종(明宗)의 어머니인 문정왕후(文定王后)가 승려를 우대하고
불법(佛法)을 장려하므로, 신재는 불교의 교리를 파헤쳐 그 허점을 공격한
「벽불소(闢佛疏)」를 지어 올렸다.

신재는 많은 시문을 남겼는데, 그의 문집『무릉잡고(武陵雜稿)』에 수록
되어 있어 조선 중기 유학연구에 많은 자료를 제공하고 있다.

신재(愼齋)보다 6년 후배로서 경남지역에서는 남명(南冥) 조식(曺植)
이 나왔고, 경북지역에서는 퇴계(退溪) 이황(李滉)이 나왔다. 남명과 퇴계
는 학문적으로 양대산맥을 형성했고, 많은 제자들을 양성하였다. 남명의
제자로 파악된 인물로는 136명 정도인데,[41] 이들 가운데는 사환한 사람도
있고 평생 학문연구에만 종사한 사람도 있는데, 이들이 경남의 학문의
저변을 확대하고 깊이를 더하였다. 이들이 또 강학(講學)을 통해서 자신들
의 제자들을 길렀기 때문에 학문에 종사하는 사람의 수는 기하급수적으로

---

41) 李相弼『南冥學派의 形成과 展開』92쪽, 와우출판사 2003년.

증가하였다. 몇 차례 사화(士禍) 이후 한 동안 침체하였던 경남지역의 학문이 다시 활기를 띄게 되었다.

경남지역에서 학문활동을 했던 남명의 제자들이 많이 있다. 이들에 대해서는 '남명학파(南冥學派)'라는 항목에서 따로 서술하므로 여기서는 줄인다.

그러나 남명은 '정자 주자 이후로는 꼭 책을 지을 것은 없다[程朱以後, 不必著書]'라는 말을 남겨 저술보다는 실천을 중시하였다. 이런 교훈의 영향으로 남명 이후 경남지역 학자들은 문집을 남긴 사람이 적고, 남긴 문집도 그 분량이 얼마 되지 않아, 학문을 논한 저작이 특히 저조하였다. 이 결과 경남지역의 학문에 있어서 이론적인 발전이 성황을 이루지 못했다.

남명보다 조금 연장자이거나 동년배로서 거의 동시대에 경남지역에서 활약한 학자로는 관포(灌圃) 어득강(魚得江), 갈천(葛川) 임훈(林薫), 청향당(清香堂) 이원(李源), 황강(黃江) 이희안(李希顔), 유헌(游軒) 정황(丁熿) 등을 들 수 있다. 이들을 어득강을 제외하고는 대부분 남명과 절친한 관계에 있었다. 또 이희안만 제외하고는 퇴계와도 절친한 관계였다.

퇴계(退溪) 이황(李滉)은 비록 경북 예안(禮安 : 지금의 安東市 陶山面)에서 생장하였지만 그의 초취(初娶) 처가가 의령(宜寧)에 있었고, 재취(再娶) 장인(丈人)이 안의(安義 : 지금의 居昌郡 迎勝面)에서 살았기 때문에 경남지역을 9차에 걸쳐 다녀갔고 신재(慎齋) 주세붕(周世鵬), 갈천(葛川) 임훈(林薫), 남명(南冥) 조식(曺植), 청향당(清香堂) 이원(李源) 등 경남지역의 많은 학자들과 교류하였고, 경남과 관계 있는 많은 양의 시를 남겼다.

그리고 경남지역 학자들 가운데서도 퇴계의 문하에서 공부한 이들이 적지 않다. 덕계(德溪) 오건(吳健), 죽유(竹牖) 오운(吳澐), 죽각(竹閣) 이광우(李光友) 등은 퇴계 남명 양문에 다 출입하였고, 퇴계(退溪) 문하(門下)에만 출입한 문인으로는 구암(龜巖) 이정(李楨), 취원당(聚遠堂) 조광익(曺光益), 지산(芝山) 조호익(曺好益), 추천(鄒川) 손영제(孫英濟), 첨모당(瞻慕堂) 임운(林芸), 몽재(蒙齋) 허사렴(許士廉), 구봉(龜峰) 주박(周博), 중호(重湖) 윤탁연(尹卓然), 황곡(篁谷) 이칭(李偁), 조암(操菴) 남필문(南弼文), 무진재(無盡齋) 박신(朴愼), 죽당(竹堂) 허윤렴(許允廉)), 천산재(天山齋) 허천수(許千壽), 춘당(春塘) 오수영(吳守盈) 등이 있었다. 이들은 경남지역 유학 발전에 퇴계의 영향도 상당히 컸다고 할 수 있다.

구암(龜巖) 이정(李楨)은 사천(泗川)에서 태어나 사천에서 살았다. 사천에서 유배생활을 하고 있던 규암(圭菴) 송인수(宋麟壽)에게서 어린 시절 위기지학(爲己之學)을 배웠다.

1536년 문과에 장원하여 관직에 나갔다. 1541년에 영천(榮川 : 오늘날의 榮州) 군수로 부임하였는데, 이때 도산(陶山)으로 퇴계를 찾아가 제자가 되었다. 퇴계가 인물로 여겨 대단히 중시하였다. 퇴계의 많은 제자 가운데서 가장 학문적 교왕이 많았던 인물이고, 퇴계로부터 학문적으로 인정을 받았던 인물이라고 할 수 있다. 그는 퇴계 문하에 들어간 이후 30여 년 동안 퇴계로부터 150통[42]의 서신을 받았으니, 구암이 얼마나 활발하게 퇴계와 학문을 토론했는지를 증명해 주고 있다.

중국에서 나온 성리학 관계의 서적 가운데서 우리나라에서 간행되지 못한 것이 간혹 있었는데, 퇴계와 서신을 주고받으면서 정정(訂正)하여 확정하였고, 상의하여 발문(跋文)을 붙였다. 이를테면 『공자통기(孔子通紀)』, 『이정수언(二程粹言)』, 『정씨유서(程氏遺書)』, 『정씨외서(程氏外書)』, 『이락연원속록(伊洛淵源續錄)』, 『염락풍아(濂洛風雅)』, 『격양집(擊壤集 : 邵康節文集)』, 『연평답문(延平答問)』, 『주자시집(朱子詩集)』, 범조우(范祖禹)의 『당감(唐鑑)』, 구준(丘濬) 의 『가례의절(家禮儀節)』, 설선(薛瑄)의 『독서록(讀書錄)』, 호거인(胡居仁)의 『거업록(居業錄)』, 『황명명신언행록(皇明名臣言行錄)』, 『이학록(理學錄)』, 『의무려선생집(醫無閭先生集)』 같은 책을 구암이 맡아 다스리던 고을에서 간행하여 보급했다.[43]

---

42) 『陶山全書』 原集에 115통, 續集에 34통, 遺集에 1통 실려 있다.

구암은 성리학 발전에 공헌이 많았는데, 중국에서 들어온 성리학 관계
의 중요한 문헌을 퇴계와 토론을 거쳐 정정(訂定)하였고, 퇴계가 그 가치
를 인정한 문헌을 간행하여 보급함으로서 퇴계를 도와 성리학의 저변확대
에 크게 기여하였던 것이다. 이뿐만 아니라 구암은 또 퇴계의 저서도 간행
하여 퇴계의 학문이 보급되도록 노력하였다.

1552년 구암이 성균관 사성(司成)으로 부임했을 때 퇴계는 성균관의
책임자인 대사성(大司成)으로 있었다. 같은 부서에 있으면서 서로 경서(經
書)의 뜻을 강론하며 여러 학생들을 계발하였다.[44]

구암은 김유신(金庾信) 등 신라(新羅)의 인물들을 선양하기 위해서 경
주(慶州)에 서악정사(西岳精舍)를 세우면서 퇴계의 자문을 많이 받았다.

또 퇴계와 고봉(高峰) 기대승(奇大升) 사이에 서신을 주고받으며 이기
설(理氣說)을 토론한 것을 두고 남명(南冥)이 아주 못마땅하게 여기며 세
상을 속이고 이름을 도둑질한다고 비판했을 때, 퇴계는 남명의 말을 구암
에게 서신으로 전하며 "이 말은 정말 약석(藥石)이다. 이런 이름은 매우
두려렵소. 우리 유자(儒者) 가운데서도 이런 말을 하는 사람이 있는데,
하물며 다른 부류의 사람이겠소? 이런 뜻을 그대도 알지 않아서는 안 되
오."[45]라고 하여, 구암이 성리학 토론에 지나치게 정력을 쏟는 것에 대해
경계하였다.

구암이 순천부사(順天府使)에 부임해서는 한훤당(寒暄堂) 김굉필(金宏
弼)이 유배생활하던 곳에 경현당(景賢堂)을 세워 춘추로 향사(享祀)하여

<hr>

43) 『龜巖集』 권2 14,15장 「行狀」, "嘗師事退溪老先生, 向學一念, 炳炳如丹. 其在東都, 命駕宿
春, 逐年往省, 不避人謗. 凡宦遊家居, 前後數十年間, 聯篇累牘, 殆無虛月. 疑難必質, 施爲必
詢, 至於片言隻字, 亦稟而集之, 其相信倚重, 如此其篤. 中朝性理之書, 或有未盡刊行於吾東
者, 亦與退溪往復訂定, 相與跋之, 如孔子通紀, 二程粹言, 程氏遺書 外書, 伊洛淵源續錄,
濂洛風雅, 擊壤集, 延平答問, 朱子詩集, 范太史唐鑑, 丘瓊山家禮儀節, 薛文淸讀書錄, 胡敬
齋居業錄, 皇朝名臣言行錄, 理學錄, 醫無閭先生集等書, 必入梓於所歷州府."
44) 李楨 『龜巖集』 권2 3장 「行狀」. 民族文化推進會 간행 韓國文集叢刊 제33집.
45) 『陶山全書』 권28 38장 「答李剛而」, "此言眞藥石, 此名甚可懼. 此是吾輩人中, 乃有此等語,
況他人耶? 此意, 令公亦不可不知."

영원히 이어나가도록 했다. 그리고 한훤당의 실기(實紀)에 해당되는『경
현록(景賢錄)』을 편찬하여 간행하였다. 구암이 한훤당 관계의 자료를 수
집하여 간행함으로 인해서 한훤당에 관한 자료를 일목요연하게 상고할
수 있게 되었다.

　구암이 퇴계에게서 학문적으로 어떤 영향을 받았는가에 대해 용주(龍
洲) 조경(趙絅)은 "구암은 퇴계의 참된 도(道)를 얻었다."[46]라고 하였다.
미수(眉叟) 허목(許穆)은 "마침내 큰 도(道)를 도산(陶山)에서 들었다."[47]
라고 했다. 구암은 퇴계에게 배워 참되고 바른 도(道)를 얻어 성현(聖賢)의
경지에 이르려고 노력한 인물이었음을 알 수 있다. 문집『구암집(龜巖集)』
이외에 성리학 관계의 중요한 시문을 모은『성리유편(性理遺編)』이 있다.

　덕계(德溪) 오건(吳健)은 퇴계의 제자가 되기 전에 이미 남명(南冥) 조
식(曹植)을 따라 배웠다.

　1521년(中宗 16) 산청(山淸)에서 나서 살았다. 11세 때 부모가 다 별세
했고, 또 집이 가난하여 스승을 따라 배울 수가 없었다. 다만 집에 구결이
달린『중용(中庸)』한 책이 있어 그 것을 계속해서 읽었는데, 처음에는
글의 뜻을 이해할 수 없었으나 차차 글의 뜻을 꿰뚫어 알게 되었다.『논어
(論語)』·『맹자(孟子)』같은 책도 이런 식으로 이치를 캐냈다. 산에 들어가
10여 년 동안 독서하자 학문이 크게 진전되었다.

　1558년 문과에 급제하여 성주(星州)의 교수로 부임하여 동강(東岡) 김
우옹(金宇顒), 한강(寒岡) 정구(鄭逑) 등 많은 인재를 얻어 교육하였다.
이때 덕계는 성주 목사(星州牧使)로 재직하고 있던 퇴계의 제자 금계(錦
溪) 황준량(黃俊良)과 함께『주자서(朱子書)』를 강론하였다.

　이것이 계기가 되어 1563년 도산(陶山)으로 퇴계를 찾아뵙고 그 제자가
되었다. 이때도 주자서에 대한 가르침을 받았고 또『근사록(近思錄)』『심

---

46) 趙絅「龜巖集序」, "公可謂李先生之玄珠哉!".
47) 許穆『眉叟記言』권16 6장「龜山祠碑」.

경(心經)』 등에 대해서 질문하였다. 이로부터 식견이 더욱 진보하고 학문
은 더욱 성장하였다.

그 뒤 『연평답문(延平答問)』에 대해서 퇴계에게 문목(問目)을 보내어
상세히 질문하였다.

경연(經筵)에서 논사(論思)의 책무를 맡아서는, '경(敬)에 입각하여 이
치를 궁구하고 뜻을 겸손하게 가지고 자신을 비우는' 공부로써 임금을
인도하였다.

1571년 1월 덕계는 이조좌랑으로 있으면서 퇴계의 빈소에 내리는 선조
(宣祖)의 사제문(賜祭文)을 지었다.[48] 명의상으로는 선조로 되어 있지만,
퇴계의 학덕을 흠모하는 덕계의 마음이 들어 있고, 또 퇴계의 학문적 영향
이 어떠한지를 밝히고 있다.

퇴계는 덕계를 인정하여 파산(巴山) 유중엄(柳仲淹)에게 보낸 서신에서
"자강(子强 : 吳健의 자)은 천성이 순박하고 진실하여 유학에 힘쓰는 것이
아주 간절하고 독실하니, 정말 이른바 '유익한 벗'이다"라고 했다.[49]

퇴계는 덕계와 더불어 『중용』과 『대학』을 강론하면서 "이런 것은 모두
내가 사색하지 못했던 바라네. 그대의 논하는 것을 들으니, 아주 옳고 아주
좋네. 다른 책에 있어서는 내가 그대보다 혹시 나은 것이 있을지라도 『중
용』과 『대학』에 이르러서는 내가 아는 바가 아마도 그대에게 미치지 못할
걸세."라고 탄복했다. 그리고 다른 사람들과 더불어 말할 때도 덕계가 논한
바에 대해 언급하면서 매우 칭찬하여 "오 아무개의 『중용』·『대학』에 대
한 공부는 아주 정밀하고 깊다. 이런 것은 갑자기 얻은 것이 아니니, 고요
한 가운데서 체인하고 연구하여 오래도록 공을 쌓은 것이 아니면 아마도
이런 경지에 쉽게 이를 수 없을 것이다."라고 했다.[50]

---

48) 『德溪集』 年譜 권1 14장.

49) 『陶山及門諸賢錄』 권1 23장 「吳健條」. "子强資性朴實, 用力於此學, 亦甚懇篤, 眞所謂益友
也. 其遠來之意不易, 而某自無得力而副其意者".

50) 『德溪集』 권7 15장 「行錄」, 此皆吾未思索者, 聞公所論, 極是極好. 他書則, 吾於公, 容有相

덕계는 어려서부터 남명의 경의지학(敬義之學)을 배워 그대로 실천하여 강직한 것으로 명성을 날렸고, 그의 시문에도 그러한 기질이 잘 나타나 있다. 경남지역의 그의 제자로는 수오당(守吾堂) 오간(吳侃), 모계(茅谿) 문위(文緯) 등이 있다. 덕계는 남명 사후 2년 뒤 바로 세상을 떠났기 때문에 남명의 대표적인 제자이면서도 후세에 영향력은 크게 없었다.

취원당(聚遠堂) 조광익(曺光益)과 지산(芝山) 조호익(曺好益)은 퇴계(退溪)의 종자형 위재(韋齋) 조효연(曺孝淵)의 손자다. 둘 다 창원(昌原)에서 살면서 문과에 급제했고 퇴계의 제자가 되었다.

조광익은 13세 때부터 퇴계에게 나아가 『심경(心經)』을 배우기를 요청했다. 『심경』을 배우기에는 나이가 너무 어리다고 생각한 퇴계가 "학문은 단계를 뛰어넘어서는 안 된다."라고 하고는 『소학(小學)』을 읽을 것을 권유하였더니 "이미 오랫 동안 읽었습니다."라고 대답했다. 퇴계가 시험해 보니, 그 내용을 훤히 꿰뚫고 있어 퇴계 문하의 여러 사람들이 놀라고 탄복하였다.[51]

선조(宣祖)가 고봉(高峰) 기대승(奇大升)에게 "당대의 인재가 누구인가?"라고 묻자, 고봉은 율곡(栗谷) 이이(李珥), 한강(寒岡) 정구(鄭逑), 취원당(聚遠堂)과 지산(芝山)을 들어 대답하였다.

율곡은 "조가회(曺可晦:曺光益의 자)가 심성을 논한 글을 보면 성리학의 정통에서 나온 것임을 알 수 있다."라고 할 정도로 그의 인품과 학문을 칭찬하였다.[52]

조호익은 어려서부터 남다른 자질이 있었고, 조금 자라 위기지학(爲己之學)이 있음을 알고서 항상 작은 방에서 독서하며 나오지 않았다.

1561년 도산의 퇴계 문하에서 공부하였는데, 더욱 마음을 가다듬어 노

長處, 至於庸學, 吾所知, 其不及於公矣." 又與他人言時稱賞德溪曰, "吳某庸學之功, 極爲精深. 此非造次所得, 非靜中體認硏窮積久之功, 恐非未易到此."

51) 『聚遠堂年譜』 1장.
52) 『陶山及門諸賢錄』 권3 35,36장.

력하였다.

1563년에는 창원에 있는 자기 집을 방문한 퇴계를 맞이하여 『대학』에 대하여 강론하였다.

1565년 형 조광익과 함께 도산(陶山)으로 찾아가 『주자어류(朱子語類)』와 『근사록(近思錄)』에 대해서 질문하였다.

1567년 억울하게 죄목에 걸려 평안도 강동(江東)에서 17년 동안 유배생활을 했는데, 심의(深衣)와 복건(幅巾)을 착용하고서 단정히 앉아 강독하기를 그치지 않으니 원근의 학생들이 구름처럼 모여들었다. 향음주례(鄕飮酒禮)를 시행하고 읍양(揖讓)의 예절을 가르치고 충신(忠信)의 도리를 깨우치니, 사풍(士風)이 크게 일어났다. 평안도 유생들이 글을 올려 지산의 업적을 알리자, 선조는 '관서부자(關西夫子)'라는 네 글자를 크게 써서 내리고 장려하였다.

그 뒤 영천(永川)으로 돌아와 살며 제자들과 더불어 강학하기를 게을리하지 않았다. 저서로는 문집 이외에 『심경고이(心經考異)』, 『가례고증(家禮攷證)』, 『주역해석(周易釋解)』, 『역상추설(易象推說)』 등이 있다.

지산은, 퇴계는 성현이 되기를 기약하고서 공부한 인물로, 주자(朱子)의 적전(嫡傳)을 이어 유학의 정맥을 우리 나라에서 되살렸으므로 중국에서도 비교할 사람이 없다고 극도로 존숭하였다.

죽유(竹牖) 오운(吳澐)은 퇴계(退溪)의 종자형 오언의(吳彦毅)의 손자이자, 퇴계의 큰 처남 몽재(蒙齋) 허사렴(許士廉)의 사위니 곧 퇴계의 처질서가 된다. 함안(咸安)에서 태어나 살다가 의령(宜寧)으로 이주하였고, 임진왜란 이후에는 영주(榮州)로 옮겨가 살았다.

1564년 퇴계의 문하에 나아가 배웠다. 그 이전 19세 되던 1558년에 김해(金海) 산해정(山海亭)으로 남명(南冥)을 찾아가 제자가 되었다.[53] 죽유는 퇴계의 학덕의 영향을 말하여 "아! 선생의 도덕과 학문은 온 세상의

---

53) 『竹牖年譜』 2장.

선비들이 이미 마음으로 취하고 뼈에 젖어들어 있다."54)라고 하여 퇴계를 극도로 존숭하였다.

1566년 문과에 급제하여 내외의 관직을 두루 역임하여 청송부사(靑松府使)에 이르렀고, 임진왜란 때 의병활동을 하였다.

1611년 죽유는 퇴계가 주자의 서간문을 선발하여 『주자서절요(朱子書節要)』를 편찬한 것을 본받아, 주자의 글 가운데서 봉사(封事), 주차(奏箚), 잡저(雜著), 서(序), 기(記) 등에서 선발하여 『주자문록(朱子文錄)』 3책을 편집하였다. 주자의 애군우국(愛君憂國)의 정신과 경륜대략(經綸大略)을 알려고 하면 반드시 이런 종류의 글을 읽어야 한다고 생각했기 때문이었다. 『주자대전(朱子大全)』은 너무 분량이 방대하여 구해보기도 힘들고, 또 구한다 해도 다 읽기 어렵고, 『주자서절요』는 서간문만 들어 있으므로 그 범위가 국한되어 있기 때문에 이런 종류의 선집이 필요했다고 보았던 것이다.

죽유는 우리 나라 역사에 관심이 많아 고조선(古朝鮮)부터 고려 말기까지의 역사를 요약 정리한 『동사찬요(東史纂要)』를 저작하였다. 『동사찬요』는 기전체(紀傳體) 사서(史書)와 편년체(編年體) 사서의 체재를 절충하였다.

첨모당(瞻慕堂) 임운(林芸)은 안의현(安義縣) 갈천(葛川 : 지금의 居昌郡 北上面 葛溪里)에서 살았다. 퇴계의 친구 갈천(葛川) 임훈(林薰)의 아우인데, 기질(氣質)이 깨끗하고 몸가짐이 단중(端重)하였다. 사서(四書)와 『근사록(近思錄)』·『심경(心經)』·『주자서(朱子書)』 등을 깊이 연구하였고, 천문(天文)·지리(地理)·역법(曆法)·수학(數學) 등도 연구하지 않은 것이 없었다. 퇴계가 서울에서 벼슬하고 있을 때 자주 찾아뵙고 어려운 점을 질문하였다. 그 뒤 다시 도산(陶山)으로 찾아가서 가르침을 받았다.55)

---

54) 『竹牖集』 권3 20장 「眞城李氏族譜序」, "噫! 先生之德之學, 一世之士, 已心醉骨浹."

추천(鄒川) 손영제(孫英濟)은 밀양(密陽)에서 살았다. 1561년 명경과(明經科)에 급제하여 지평(持平) 등직을 거쳐 예안 현감(禮安縣監)으로 부임하였다. 1569년 3월 퇴계가 조정에서 돌아왔을 때부터 그 이듬 해 12월 퇴계가 서거할 때까지 가르침을 받았고, 정사에 대해 자문을 받았다. 그리고 퇴계의 여러 제자들과 빈번히 교왕하였다. 예안 현감으로 6년 동안 재직했는데, 퇴계의 영향을 받아 학문을 일으키는 것을 급선무로 삼았다. 향교 건물을 수리하고 제기를 새로 장만하고 학규(學規)를 새로 손질하여 게시하였는데, 모두 퇴계의 자문을 받아서 했다. 퇴계 서거 후 도산서원(陶山書院)을 창건하게 되었는데, 건축공사 때 자신의 녹봉을 기울여 도왔다.[56]

경남 출신은 아니지만 조선 중기에 경남 지역에 와서 살았던 학자 문인으로는 호음(湖陰) 정사룡(鄭士龍)을 들 수 있다. 그는 대제학(大提學)을 지낼 정도로 관각문학(館閣文學)의 거벽(巨擘)이었는데, 관직의 여가에 의령(宜寧)의 정암(鼎巖) 부근의 별장에 와서 지내며 이 지역의 학자들과 어울렸고 진주(晉州), 의령, 함안(咸安) 등지의 풍물을 시로 읊은 것이 많다.

용주(龍洲) 조경(趙絅)은 광해군(光海君)의 난정(亂政)을 피해 거창(居昌)에 내려와 살면서 모계(茅谿) 문위(文緯)를 따라 배웠고, 이 지역의 학자들과 교류가 많았다. 나중에 「남명신도비명(南冥神道碑銘)」을 지었다.

연산군(燕山君) 때의 용재(容齋) 이행(李荇)은 함안(咸安)에서 관노(官奴)로 생활하다 풀려 돌아갔는데, 나중에 대제학을 지냈다. 자암(自庵) 김구(金絿)는 남해(南海)에서, 규암(圭菴) 송인수(宋麟壽)는 사천(泗川)에서 유배생활을 하였는데, 이들은 경남의 유학에 적지 않은 영향을 미쳤다. 구암(龜巖) 이정(李楨)이 바로 송인수(宋麟壽)의 제자인데, 경남의 유

55) 陶山及門諸賢錄 권5 3장.
56) 孫英濟 『鄒川集』 권2 5-11장 「行狀」.

학에 있어서 비중 있는 인물이다.

　　퇴계(退溪) 남명(南冥) 양문(兩門)에 출입하였던 한강(寒岡) 정구(鄭逑)는 성주(星州)에서 살았지만 임진왜란 직전에 경남의 창녕(昌寧), 함안(咸安) 등지의 군수로 재직하면서 학문을 일으키고, 많은 제자를 길렀다. 경남지역 출신의 한강의 제자는 43명에 이른다. 이 가운데 문집을 남긴 사람만 들어 봐도 모계(茅谿) 문위(文緯), 사호(思湖) 오장(吳長), 창랑(滄浪) 이도유(李道由), 동계(桐溪) 정온(鄭蘊), 동계(東溪) 권도(權濤), 한사(寒沙) 강대수(姜大遂), 능허(凌虛) 박민(朴敏), 지족당(知足堂) 박명부(朴明榑), 광서(匡西) 박진영(朴震英), 오한(聱漢) 손기양(孫起陽), 외재(畏齋) 이후경(李厚慶), 용호(龍湖) 박문영(朴文木英), 연강재(練江齋) 문후(文後), 복재(復齋) 이도자(李道孜), 조은(釣隱) 한몽삼(韓夢參), 묵옹(默翁) 권집(權潗), 상암(霜巖) 권준(權濬), 창주(滄洲) 허돈(許燉), 강재(疆齋) 성호정(成好正) 등이 있다. 이들은 거의 경남 전역에 광범위하게 분포되어 있으면서 상호간에 서로 빈번하고 지속적인 학문 교류를 하였다.

　　고려 말기 이후로 경남 지역에 지방장관으로 부임하여 유학 발전에 기여한 인물을 들어 보면 고려 말기의 운재(芸齋) 설장수(偰長壽), 조선 전기의 모재(慕齋) 김안국(金安國), 중기의 회재(晦齋) 이언적(李彦迪), 동고(東皐) 최립(崔岦), 청강(淸江) 이제신(李濟臣), 학봉(鶴峯) 김성일(金誠一) 등을 들 수 있다. 모재는 경상감사로 부임하여 경상도 70개 고을의 향교에 학문을 장려하는 시를 지어 주었다. 회재는 감사로 부임하여 남명(南冥)을 조정에 추천하였다.

VI. 조선 후기의 유학

　　여기서 조선 후기라고 구분한 시기는 인조반정(仁祖反正) 이후 조선이 망할 때까지의 시기에 해당된다. 남명(南冥)의 제자들은 임진왜란 때 목숨을 걸고 의병활동을 하여 구국의 공훈을 세웠으므로, 선조조 후반부터 점차적으로 관직에 진출하여 선조 말년에 이르러서는 강력한 정치세력으로 성장하였다. 광해조(光海朝)에는 정인홍(鄭仁弘)을 영수로 하여 대북정권(大北政權)을 형성하여 조정의 정치를 독점하기에 이르렀다.

이때 정치권력에서 축출된 서인(西人)들은 비밀리에 세력을 규합하여 1623년 인조반정을 성공시켜 대북파를 완전히 축출하였다. 그 결과 정인홍 등이 처형됨에 따라 대북세력은 완전히 와해되어 역사상 다시는 재기하지 못했다. 얼마간 남은 북인(北人)들은 서인으로 변신하거나 퇴계학파(退溪學派)가 주도하는 남인(南人)으로 편입되어 들어갔다.

그 이후로 경남 지역은 중앙 관계에 진출할 수 있는 통로가 끊어져 출사하는 인물이 거의 없게 되어버렸다. 혹 문과에 급제해서 중앙정계에 진출해도 크게 현달하지 못했다. 정치적으로는 물론이고 학문적으로나 문학적으로도 침체기에 접어들게 되었다. 경남지역의 남인들 가운데서 학문을 깊이 하려는 사람들은 주로 퇴계학파(退溪學派)에 접근하려고 노력하였고, 경남지역에 거주하는 서인들은 기호지역 서인들의 영향권 안에 들게 되었다.

정인홍(鄭仁弘)과 한강(寒岡) 정구(鄭逑)의 제자인 동계(桐溪) 정온(鄭蘊)은 이때 새로 형성된 남인계 학자들을 주도한 대표적인 인물이었다. 동계의 문인으로는 존양재(存養齋) 송정렴(宋挺濂), 팔송(八松) 정필달(鄭必達), 송천(松川) 김천일(金千鎰) 등을 들 수 있다.

이 시기에 경남지역에서 활약한 남인계 학자들을 보면 겸재(謙齋) 하홍도(河弘度), 학포(學圃) 정훤(鄭暄), 한사(寒沙) 강대수(姜大遂), 창주(滄洲) 허돈(許燉), 조은(釣隱) 한몽삼(韓夢參) 동계(東溪) 권도(權濤) 등이 활약하였다. 하홍도의 문인으로는 석계(石溪) 하세희(河世熙), 삼함재(三緘齋) 김명겸(金命兼), 설창(雪牕) 하철(河澈), 무위자(無爲子) 곽세건(郭世楗) 등이 있었다.

이들이 떠난 다음 세대에는 전국적으로 알려진 인물도 없고, 경남의

유학(儒學)은 서울의 학계와는 교류가 없는 속에서 한 지역에 국한된 유학
으로 격하되고 말았다.

이때부터 각각의 가문 위주로 학문을 이어나갔다. 남인계열 가문의 인
사들은 경북의 퇴계학파(退溪學派)의 학자들에게 찾아가 제자가 되었는
데, 갈암(葛庵) 이현일(李玄逸)의 제자로는 와룡(臥龍) 허호(許鎬), 퇴암
(退庵) 권중도(權重道) 등이 있고, 밀암(密庵) 이재(李栽)의 문인으로는
서계(西溪) 박태무(朴泰茂), 이봉(夷峯) 황후간(黃後榦) 등이 있었다. 대
산(大山) 이상정(李象靖)의 제자로는 오담(梧潭) 권필칭(權必稱), 남애(南
厓) 김수오(金壽五), 제암(濟菴) 이항무(李恒茂)가 있었다. 강고(江皋) 유
심춘(柳尋春)의 제자로는 죽오(竹塢) 하범운(河範運) 등이 있었다. 정재
(定齋) 유치명(柳致明)의 제자로는 월촌(月村) 하달홍(河達弘), 만성(晚
醒) 박치복(朴致馥), 단계(端磎) 김인섭(金麟燮) 등이 있었다.

서인계열(西人系列) 가문의 사람들은 노론계(老論系) 학자들을 따라
배웠다. 우암(尤庵) 송시열(宋時烈), 동춘당(同春堂) 송준길(宋浚吉)의 제
자로는 하명(河洺)이 있었고, 농암(農巖) 김창협(金昌協)의 제자로는 정암
(正庵) 이현익(李顯益)이 있었다. 성담(性潭) 송환기(宋煥箕)의 제자로는
삼주(三洲) 신호인(申顥仁)이 있고, 도암(陶庵) 이재(李縡)의 제자로는 황
고(黃皋) 신수이(愼守彝)가 있었다.

임진왜란 때 의병장 농포(農圃) 정문부(鄭文孚)는 본래 서울에서 사환
(仕宦)하다가 이괄(李适)의 난에 연루되어 옥사했으므로 그 두 아들과 아
우 정문익(鄭文益)이 진주로 옮겨와 살게 되었다. 농포의 후손 가운데 학
자로 이름난 사람은 사무재(四無齋) 정집(鄭楫), 일수헌(一樹軒) 정장(鄭
樟), 지와(芝窩) 정규원(鄭奎元), 쌍주(雙洲) 정태원(鄭泰元) 등과 정문익
(鄭文益)의 후손인 명암(明庵) 정식(鄭栻) 등이 유명하다.

병자호란(丙子胡亂) 이후 남인계열의 영수이자 대학자인 미수(眉叟)
허목(許穆)은 젊은 시절 부친이 거창(居昌) 산청(山淸) 등지의 고을원으로
재직했으므로 아버지를 따라 경남지역에 와서 오래 거주하였다. 그 뒤

40대에 다시 경남지역에 와서 사천(泗川), 의령(宜寧), 함안(咸安), 칠원(漆原), 창원(昌原) 등지에서 십여 년 동안 우거(寓居)하며 제자를 길렀다. 하홍도 등 경남지역의 학자들과 교유하면서 학문적으로 영향을 미쳤다. 미수의 제자로는 삼가현(三嘉縣) 덕촌(德村)에 살던 혁림재(赫臨齋) 허희(許熙)가 있었다.

둥춘당(同春堂) 송준길(宋浚吉)은 사환의 여가에 안의현(安義縣)에 와서 우거(寓居)하며 독서와 강학을 하였는데, 이 지역 학자들에게 많은 영향을 주었다. 뒤에 이곳 유림들이 그의 교화를 기념하여 성천서원(星川書院)을 세워 향사(享祀)하였다.

수촌(水村) 임방(任堕), 연암(燕巖) 박지원(朴趾源) 등은 지방관으로 경남(慶南)에 부임하여 경남의 학문 발전에 도움을 주었다. 특히 연암은 안의 현감(安義縣監)으로 5년 동안 재직하면서 자신이 중국에서 견문한 바를 직접 실행에 옮기기도 하였다.

이 시기에 우암(尤庵) 송시열(宋時烈), 서포(西浦) 김만중(金萬重), 소재(疎齋) 이이명(李頤命) 등이 경남지역에서 유배 생활을 하였는데, 경남의 학문 발전에 기여한 바가 있었다. 특히 우암은 이 지역 노론계 가문의 학문 형성에 많은 고무적인 역할을 했다.

갈암(葛庵) 이현일(李玄逸)과 그 제자 제산(霽山) 김성탁(金聖鐸)은 경남지역은 아니지만 경남에 인접한 전남(全南) 광양(光陽)에서 유배생활을 하는 동안 경남의 인사들이 찾아가 제자가 되거나 학문 강론을 많이 했으므로 경남의 학문 발전에 기여한 바가 적지 않았을 것이다. 갈암은 유배에서 풀려 돌아가면서 진주(晋州) 청원(淸源里)에서 근 1년 머물면서 강학(講學)을 하며 제자들을 길렀다.

조선 후기 침체된 경남의 유학에 새로운 활력을 크게 불어넣은 학자는 근기남인(近畿南人) 성재(性齋) 허전(許傳)이었다. 그가 1864년 김해부사(金海府使)로 부임하여 관아에서 강학하자 경남지역 각 가문의 선비들이 구름처럼 모여들었다. 인조반정 이후로 경남지역에는 뚜렷한 스승이 없어

기호지역이나 경북지역으로 스승을 찾아가려 하니, 많은 시간과 물력이 소요됨으로 해서 구학(求學)의 욕구는 있었으나 현실적인 제약 때문에 좋은 스승을 만나고 싶어도 뜻을 이루지 못하던 사람들에게 성재(性齋)는 구세주 같은 존재였다.

그리고 경남지역에서 남명학파(南冥學派)는 이미 그 학맥이 끊어진 지 오래 되었으므로, 그 지역 고유적인 학문의 배타적인 거부감도 존재하지 않았다. 그래서 성재의 학문은 경남에서 바로 흡수가 되었다.

성재는 근기남인(近畿南人) 가문의 대학자로 초당(草堂) 허엽(許曄), 악록(岳麓) 허성(許筬)의 후손이었는데, 북인계열(北人系列)에서 인조반정 이후 남인계열로 전환한 가문의 인물이라 할 수 있다. 경남지역의 남인 가운데는 북인계열에서 전환한 가문이 많았으므로 서로 의기가 투합된 면이 있었을 것이다.

성재의 제자 가운데 경남 출신은 다음과 같다. 해려(海閭) 권상적(權相迪), 만성(晩醒) 박치복(朴致馥), 단계(端磎) 김인섭(金麟燮), 직암(直菴) 권재규(權在奎), 두산(斗山) 강병주(姜柄周), 남천(南川) 이도묵(李道默), 매하(梅下) 김기주(金基周), 물천(勿川) 김진호(金鎭祜), 교우(膠宇) 윤주하(尹冑夏), 혜산(惠山) 이상규(李祥奎), 월연(月淵) 이도추(李道樞), 니곡(尼谷) 하응로(河應魯), 일산(一山) 조병규(趙昺奎), 삼원당(三元堂) 허원식(許元栻), 소와(素窩) 허찬(許巑), 하봉(霞峯) 조호래(趙鎬來), 항재(恒齋) 이익구(李翊九), 대눌(大訥) 노상익(盧相益), 소눌(小訥) 노상직(盧相稷), 약헌(約軒) 하용제(河龍濟) 등이 있다. 이들은 성재에게 배워 문집을 남기고 많은 학문활동을 하였다.

또 성재의 제자들은 자기 가문에서 오래 동안 이루지 못했던 조상의 묘도문자(墓道文字), 문집(文集) 서문(序文), 정자나 재사(齋舍)의 기문(記文) 등을 모두 성재에게 요청하여 받아 걸어 가문의 위상을 높이려고 노력하였다.

조선 말기 퇴계의 학설과 약간 차이가 있는 심즉리설(心卽理說)을 내놓았던 한주(寒洲) 이진상(李震相)의 문인들도 경남에 많았는데, 그들은 한주의 학설을 적극 신봉하며 경남에 전파하려고 노력했다. 후산(后山) 허유(許愈), 면우(俛宇) 곽종석(郭鍾錫), 교우(膠宇) 윤주하(尹胄夏), 물천(勿川) 김진호(金鎭祜), 자동(紫東) 이정모(李正模), 사촌(沙村) 박규호(朴圭浩) 등이 한주의 대표적인 제자들이었다.

성재(性齋)와 한주(寒洲)의 제자 가운데서 박치복(朴致馥), 김인섭(金麟燮), 허유(許愈), 곽종석(郭鍾錫) 노상직(盧相稷) 등이 많은 제자를 길렀으므로 저변이 엄청나게 확대되어 경남 유학의 부흥하여 제2의 전성기를 이루었다.

서인계열의 사람들은 전남 장성(長城)에 거주하던 노사(蘆沙) 기정진(奇正鎭)을 사사하였는데 월고(月皐) 조성가(趙性家), 이곡(梨谷) 하인수(河仁壽), 계남(溪南) 최숙민(崔琡民), 노백헌(老栢軒) 정재규(鄭載圭) 등이 그 대표적인 제자이다.

그 밖에 지와(芝窩) 정규원(鄭奎元)은 매산(梅山) 홍직필(洪直弼)의 제자이고, 죽성(竹醒) 정은교(鄭誾敎)와 신암(新庵) 이준구(李準九), 송산(松山) 권재규(權載奎)는 면암(勉庵) 최익현(崔益鉉)의 제자이고, 후산(厚山) 이도복(李道復), 각재(覺齋) 권삼현(權參鉉) 등은 연재(淵齋) 송병선(宋秉璿)의 제자다.

19세기 중반 이후로 경남지역에 문운이 부흥하여 많은 학자들이 나왔고, 문집의 분량도 증대하여 갔다. 이런 변화에 가장 큰 영향을 준 사람이 바로 성재(性齋)였다.

특히 면우(俛宇) 곽종석(郭鍾錫)은 800여 명의 제자를 양성하였고, 문집의 분량도 우리나라 학술사(學術史)에 있어서 가장 방대했다.

Ⅶ. 일본강점기의 유학

1910년 일본에게 조선왕조가 망했지만 유학(儒學)에 종사하는 많은 학자들은 그대로 학문활동을 계속하여 나갔다. 그 문집의 종류나 분량면에서도 조선시대보다도 더 증가하였다. 그러니 앞으로 일본강점기의 유학을 연구하여 학술사적으로 정리할 필요가 있다. 지금의 유학사에서 일본강점기에는 한국 유학이 아주 없어진 것처럼 서술하고 있고, 각종 교과서 등에서는 20세기 초기의 유학에 대해서 전혀 언급을 하지 않고 있다. 이에는 다른 이유도 있겠지만, 이 시대의 유학에 관심을 두고 체계적으로 정리하지 않은 것이 가장 큰 원인이다.

조선 말기 경남의 대표적인 학자 만성(晚醒) 박치복(朴致馥), 후산(后山) 허유(許愈), 면우(俛宇) 곽종석(郭鍾錫) 등이 많은 제자를 길렀는데, 이 제자들은 주로 일제시대에 활약하였다.

면우의 제자 가운데 대표적인 학자로는 약헌(約軒) 하용제(河龍濟), 영계(潁溪) 허병률(許秉律), 매당(梅堂) 이수안(李壽安), 극재(克齋) 하헌진(河憲鎭), 위암(韋庵) 장지연(張志淵), 항재(恒齋) 송호곤(宋鎬坤), 이재(履齋) 송호언(宋鎬彦), 계재(溪齋) 정제용(鄭濟鎔), 백촌(柏村) 하봉수(河鳳壽), 진암(眞庵) 이병헌(李炳憲), 회봉(晦峯) 하겸진(河謙鎭), 백촌(柏村) 하봉수(河鳳壽), 심재(深齋) 조긍섭(曺兢燮), 수산(壽山) 이태식(李泰植), 평곡(平谷) 김영시(金永蓍), 제남(濟南) 하경락(河經洛), 추범(秋帆) 권도용(權道溶), 묵재(默齋) 하정근(河貞根), 담헌(澹軒) 하우선(河禹善), 중재(重齋) 김황(金榥) 등이 있었다.

이 가운데서 회봉(晦峯), 심재(深齋), 중재(重齋) 등은 활발하게 저술활동을 하며 많은 제자들을 길렀다. 회봉과 심재 두 사람은 창강(滄江) 김택영(金澤榮)과 학문적 교류를 많이 했는데, 회봉은 김택영과 함께 김부식(金富軾)이 지은 『삼국사기(三國史記)』를 교정하였고, 또 방대한 『동유학안(東儒學案)』을 저술했는데 이는 우리나라 최초의 학술사(學術史)라 할 수 있다. 이병헌(李炳憲)은 중국에 자주 출입하면서 강유위(康有爲)의 공자교(孔子敎)를 들여와 단성(丹城)의 배산서당(培山書堂)에서 공자교(孔子敎) 운동을 벌여 유교를 중흥하려고 노력하였다.

김황은 광복 후에까지 활약한 유학자인데, 우리나라 역사상 가장 방대한 양의 저서를 남겼다. 김황의 제자 가운데는 후일 대학교수로 진출한 사람이 많아 전통학문을 현대학문과 접맥시키는 교량적 역할을 하고 있다.

담헌(澹軒) 하우선(河禹善)은 강우(江右) 유림들의 성력을 합쳐 남명(南冥)의 문인록인『덕천사우연원록(德川師友淵源錄)』의 편찬을 주도하여 남명의 제자와 그 사숙인(私淑人)들을 체계적으로 정리하여 남명학파에 속하는 학자들을 연구할 수 있는 자료를 정리하였다.

조선 말기와 일제 초기에 경남지방에서는 유학자들이 성력을 합쳐 유교 관계 서적과 유학자들의 문집을 많이 간행했다. 특히 기호지방의 저명한 학자로 많은 저술을 남긴 학자들의 저서를 처음으로 간행하여 보급하는 일이 많았다. 대표적인 사례를 연대별로 들면 다음과 같다.

1873년 성재(性齋) 허전(許傳)의『사의절요(士儀節要)』를 함안(咸安) 수동(壽洞)에서 간행하였다.

1882년 미수(眉叟) 허목(許穆)의『경례유찬(經禮類纂)』을 의령(宜寧) 모의(慕義)에서 간행하였다.

1891년 성재 허전의 문집인『성재집(性齋集)』을 단성(丹城) 은락재(隱樂齋)에서 간행하였다.

1903년『성재속집(性齋續集)』을 밀양(密陽) 노곡(蘆谷)에서 간행하였다.

1904년『주자어류(朱子語類)』를 진주(晉州) 사곡(士谷)에서 간행하였다.

1905년 미수의『미수기언(眉叟記言)』을 의령 모의 이의정(二宜亭)에서 간행하였다. 1906년 성재의『사의(士儀)』를 단성 이택당(麗澤堂)에서 간행하였다.

1914년부터 1917년까지『공자편년(孔子編年)』,『주자연보(朱子年譜)』,『안자연보(安子年譜)』를 진주 연산(硯山) 도통사(道統祠)에서 간행했다.

1917년 성호(星湖) 이익(李瀷)의 『성호문집(星湖文集)』을 밀양 퇴로(退老) 서고정사(西皐精舍)에서 간행했다.

1918년 하려(下廬) 황덕길(黃德吉)의 『하려문집下廬文集)』과 『동현학칙(東賢學則)』을 창원(昌原) 장산재(長山齋)에서 간행하였다.

1922년 『성호전집(星湖全集)』을 밀양 사포(沙浦)에서 간행하였다.

1922년 『미수연보(眉叟年譜)』를 밀양 노곡에서 간행하였다.

1930년대 초반 쯤에 성재 허전의 『종요록(宗堯錄)』과 『철명편(哲命篇)』을 함안 검와(儉窩)에서 간행하였다.[57]

이렇게 조선 말기부터 일제 초기까지 약 50년에 걸쳐 많은 중요한 전적(典籍)들이 간행되었는데, 이 간행의 주역들은 대부분 성재(性齋) 허전(許傳)의 제자들이었다.

비록 나라가 망하고 일제의 우리 전통문화 말살과 왜곡이 계속되었지만, 유학자들의 우리 전통문화에 대한 보존과 계승에 대한 사명감은 철저하였고, 여러 어려움을 무릅쓰고 간행에 옮겨다. 이는 우리 문화에 대한 강한 자부심에서 우러나온 것이라고 볼 수 있다.

VIII. 결어(結語)

지금까지 경남 지역의 유학(儒學)의 흐름에 대해서 소략하게나마 통시적으로 고찰해 보았다. 경남은 지리적으로 서울에서 멀리 떨어져 있고, 가야시대를 제외하고는 어떤 국가의 중심이 되어 본 적이 없었으므로, 전국적인 관점에서 본다면 경남의 유학은 전국민으로부디 크게 주목받을 수는 없었다. 그리고 경남 출신의 학자일지라도 전국적으로 명성이 크게 나게 되면 서울로 옮겨가서 활약하고 그 후손들이 서울 사람이 되었기 때문에 그 수준의 차이가 없을 수 없었다.

그런 가운데서도 신라(新羅) 말기에는 최치원(崔致遠)이 경남지역에서 학문활동을 함으로 인해서 경남 유학의 서막을 열었다.

고려 말기부터 조선 초기에 걸쳐서 진주(晉州)를 기반으로 한 하씨(河氏)·강씨(姜氏)·정씨(鄭氏) 등 세 가문에서 많은 저명한 학자들이 나왔다. 이들 가문 출신의 학자들은 사환 이후 서울로 옮겨가 살았고, 그 가운데 일부는 단종복위사건(端宗復位事件)으로 인해 몰락했으므로 원래부터 있어 왔던 경남지역에서 유학의 맥이 이어지지 못하고 말았다.

15세기 후반 김종직(金宗直)이 함양 군수(咸陽郡守)로 부임하여 일두(一蠹) 정여창(鄭汝昌) 등 많은 제자들을 길러 학문을 융성하게 만들었고 조정에 진출하여 하나의 학파를 형성했다. 그러나 계속된 사화(士禍)로 인하여 철저하게 파괴되었다.

16세기부터 조식(曺植)이 나와 많은 제자들을 양성함으로 말미암아 경남지역의 학문이 최전성기를 맞이하게 되었다. 그러나 이런 상황도 오래가지 못하였으니, 1623년 인조반정(仁祖反正)으로 인하여 그 제자들이 중앙무대에서 축출 당함으로 해서 경남지역의 유학은 오랜 침체기에 접어들게 되었다.

이런 상황이 오래 지속되자 자연히 중앙의 학계와는 교류가 끊어지게 되었고, 몇몇 가문의 인사들은 퇴계학파(退溪學派)나 서인계열(西人系列) 학파의 학자들을 사사하여 학문을 이어감으로서 경남 고유의 유학은 점점 상실되어 갔다.

1864년 성재(性齋) 허전(許傳)이 김해 부사(金海府使)로 와서 제자를 양성함으로 인해 경남의 학문은 크게 일어났다. 그의 제자 5백 명 가운데 경남 출신이 4백여 명에 가깝고, 이 제자들이 또 다시 자기 고장에서 제자들을 길렀으므로 경남지역에서는 많은 학자가 나왔고, 그들이 남긴 많은 문집이 남아 전하게 되었다.

이 시기에 성주(星州)에 거주하던 이진상(李震相)의 제자들과 기호나

호남의 서인계열의 학자들에게 배운 제자들이 동시에 배출됨으로 인해서 경남의 유학은 제2의 전성기를 맞이하게 되었다.

조선 말기에 이르러 만성(晩醒) 박치복(朴致馥), 후산(后山) 허유(許愈), 면우(俛宇) 곽종석(郭鍾錫) 등이 학문연구와 강학활동으로 경남의 학문은 융성하였다. 이 가운데 면우는 8백여 명의 제자를 길렀는데, 그 가운데 경남 출신이 대부분이다.

일본강점기에 들어가서도 회봉(晦峯) 하겸진(河謙鎭), 중재(重齋) 김황(金榥)을 대표로 하는 면우 등의 제자들이 활발하게 학문활동을 하며 많은 제자들을 기르게 되어 여타 지역보다 우수한 유학(儒學)의 수준을 유지해 나가게 되었다.

특히 남명이 일으킨 현실에 쓰일 것을 강조한 실천유학은 임진왜란 때 나라를 멸망의 위기에서 구출하였다. 이런 전통은 일제강점기까지 이어져 1919년 3.1운동 직후 파리평화회의에 한국유림대표들이 우리나라의 독립을 청원하는 장문의 서신을 보냈는데, 면우 곽종석은 전국유림대표에 추대되었고 그의 제자들이 대거 참여함으로써 독립운동에 있어서도 전국 유림의 앞장을 섰다. 이는 곧 배운 것을 그대로 실천하는 경남 유학의 특징이었다.

1910년 이후에 나온 유학자들의 문집에는 많은 한문학 작품이 들어 있지만, 이런 문적(文籍)들은 아직 연구되지 않은 것이 대부분이다.

慶南地域 漢文學에 대한 歷史的 考察

Ⅰ. 序論

지금까지 出刊된 5종의 韓國漢文學史나 漢文學도 포괄하여 다룬 韓國文學史는 다 공통적인 문제점을 갖고 있다. 그 가운데서 큰 문제점만 지적해 보면 첫째, 앞부분은 상세하나 후대로 갈수록 疎略해지는 점이다. 둘째, 저자가 전공하는 분야는 상세하게 서술하나 저자가 잘 모르는 분야는 소략하게 다룬다는 점이다. 셋째, 서울 위주의 서술이고 지방의 文人이나 文學狀況에 대해서는 소홀히 취급하고 있다는 점이다.

아무리 뛰어난 능력을 가진 학자라 할지라도 수천 년의 역사를 가진 韓國漢文學史를 혼자서 집필할 수 없다. 韓國漢文學史를 혼자서 집필하는 한 앞의 이런 문제점이 해소될 수가 없다. 비록 개별 作家나 作品에 대한 연구가 충분하다 해도 사정은 크게 나아질 것이 없다.

그러므로 정상적이고 객관성을 갖춘 漢文學史를 서술하기 위해서는 먼저 漢文學史의 時代別 硏究와 地域別 硏究를 활발하게 진행되어야 한다. 이런 연구가 많이 축적된 상황에서 종합하여 韓國漢文學史를 서술할 때 實狀에 가까운 韓國漢文學史가 출현할 수 있을 것이다. 그러므로 漢文學史의 어떤 시대를 전문으로 연구하는 연구자가 나와야 하고, 또 어떤 지역의 한문학을 전문으로 연구하는 연구자도 나와야 하겠다.

이런 관점에서 본다면 慶南地域의 漢文學을 史的으로 고찰하는 일은 매우 의미 있는 일이고, 앞으로 올바른 韓國漢文學史 著作의 기초작업이 될 것이다.

韓國의 古代文化는 북쪽에서 발생하여 남쪽으로 확산되었으므로 지역적으로 慶南地域의 한문학의 발생은 북쪽에 비해서 늦을 수밖에 없었다. 그리고 伽倻時代를 제외하고는 서울이 되어 본 적이 없기 때문에 文學活動의 中心에 있을 수가 없었다. 그래서 歷代의 詩話나 文論 등에 慶南地域의 漢文學에 대한 기록이 별로 없었고, 중앙에서 문학에 종사하는 사람들의 관심도 크게 끌지 못한 한계가 있다.

그러나 慶南地域은 이 지역이 갖는 歷史的·地理的 特性이 있으므로 漢文學도 慶南漢文學으로서의 특성을 갖고 있다. 慶南의 漢文學을 올바로 고찰하여 그 實狀을 考明하는 일은 韓國漢文學史 연구의 先行作業으로 누군가가 꼭 해야 할 일이다.

이 글에서 慶南 漢文學의 發生과 그 展開過程을 극히 粗略하게 밝혀 보려 한다.

II. 新羅 以前의 漢文學

1. 上古時代

上古時代 慶南地域은 국토의 남부에 위치하고 있은 관계로 古朝鮮 中央政府의 정치적 영향이 크지 않았을 것으로 생각된다. 그리고 문헌이 남아 있지 않아 그 文學의 양상이 어떠했는지 상고할 수도 없다.

古朝鮮 이후 三國時代가 성립되기까지의 시기에는 慶南은 三韓地域이었고, 그 가운데서도 辰韓에 속했다. 辰韓에 中國 秦나라의 亡命人들이 많이 移入됐다 하니, 中國戰國時代의 文學의 影響이 있었을 것으로 짐작된다.

辰韓在馬韓之東, 其耆老傳世, 自言, "古之亡人". 避秦役, 來適韓國, 馬韓割其東界地與之.[1]

戰國時代에 살았던 사람들이 秦나라의 暴政이 시작되자 견디지 못하여 동쪽으로 망명해 왔으니, 이들을 통해서 中國의 여러 가지 文化와 함께 漢文學도 함께 들어왔을 것이다.

三韓地域의 사람들은 곡식 파종할 때와 수확할 때 집단적으로 飮酒歌舞를 즐겼다는 기록이 있다.

> 常以五月下種訖, 祭鬼神, 群聚, 歌舞飮酒, 晝夜無休. 其舞, 數十人俱相隨, 踏地低昂, 手足相應, 節奏有似鐸舞. 十月農功畢, 亦復如之.[2]

원시인들의 예술은 종합예술이었으므로 노래와 춤이 결합되어 있었다. 노래의 歌詞가 곧 詩이므로 詩를 좋아했음을 알 수 있다. 그러나 이때의 漢文學 작품이 남아 있는 것은 없지만, 당시 사람들이 詩를 매우 좋아했으므로 漢文의 구사능력이 있었다면 漢詩도 짓고 읊고 했을 가능성을 배제할 수가 없다. 서기85년에 세워진 平安南道 龍岡郡의 「粘蟬縣神祠碑銘」의 내용을 보면 그 당시 漢文의 구사능력이 대단하였고, 『詩經』・『書經』 등의 經書를 熟讀한 흔적이 뚜렷하다. 북쪽과 문화적 차이가 없지 않다고 해도 三韓地域의 사람들도 漢文으로 作文, 作詩하는 능력이 이미 구비되었다고 볼 수 있다.

2. 伽倻時代

오늘날의 慶南地域 전부는 伽倻國의 疆域에 해당된다. 伽倻國의 문학은 곧 慶南의 古代文學이라 할 수 있다.

伽倻國 漢文學의 嚆矢는 바로 伽倻國 建國神話이다. 伽倻國의 建國神話에 등장하는 「龜旨歌」는 漢詩의 형식이지만, 첫구의 '龜何'에 吏讀式의

---

1) 陳壽 『三國志』 魏志 「東夷傳」.
2) 『三國志』 魏志 「東夷傳」.

표기가 그대로 남아 있으니, 漢文學이 완전히 정착되기 전의 불완전한
漢詩라 할 수 있다.

> 龜何龜何
> 首其現也
> 若不現也
> 燔灼而喫也[3]

이 龜旨歌는 高句麗 琉璃王의 「黃鳥歌」 이후로 우리 文學史에서 두
번째로 오래된 작품이다. 建國神話에서는 神이 지어 九干 등에게 부르게
한 것으로 되어 있지만, 伽倻國 지도자들의 集體的인 創作能力의 결집이
라고 볼 수 있다. 그러나 '거북'이 상징하는 것이 무엇인가에 대해서는
歷來로 설이 다양하다. 金海 龜旨峯의 모양이 거북과 비슷하다는 설이
가장 타당한 것으로 보인다.

伽倻國 말기의 樂師 于勒이 十二曲을 지었다 했는데, 그 歌詞를 漢詩로
지었는지 우리 말로 지었는지 알 수 없지만, 우리 말로 지었을지라도 한글
이 없던 당시에 이를 기록했다면 반드시 漢文으로 번역하여 표기했을 가
능성이 크다.

伽倻國의 散文文學은 「駕洛國記」에 적지 않게 수록되어 있다. 「駕洛國
記」는 『三國遺事』에서 高麗 文宗朝의 金官知州事[4]인 어떤 文人이 지은
것을 刪略해서 싣는다고 했다.[5] 「駕洛國記」는 高麗時代에 들어와서 정리
되었지만, 거기에 실린 내용은 伽倻國의 說話文學이다. 伽倻國의 建國神
話를 위시해서 首露王의 阿踰陀國 公主 許黃玉 迎接기록, 琓夏國 含達王
夫人의 卵生子說話, 昔脫解의 鳥類變身說話 등등 기이하면서도 다채로운

---

3) 『三國遺事』 紀異 「駕洛國記」.

4) 許傳이 편찬한 『崇善殿誌』에서 그 文人은 金良鑑이라고 밝혀 놓았다.

5) 『三國遺事』 紀異 「駕洛國記」.

산문작품은 초기 소설의 雛形으로 볼 수 있다.

『三國遺事』에 실린 萬魚寺說話는 國王의 힘으로도 어쩔 수 없는 재앙을 佛力으로 제거한다는 내용을 담은 佛敎 宣揚의 의도로 지어진 說話이다.

1988년 昌原市 茶戶里 제1호분에서 기원전 1세기경의 것으로 추정되는 毛筆이 출토되었다. 이는 伽倻國에서 그 당시 문자생활이 일상화되었음을 증명해 주는 좋은 자료이다.

伽倻國은 건국초기인 首露王 때 新羅 昔脫解의 侵略을 물리칠 정도로 國力이 강성하여 新羅에 못지 않았으나, 점점 쇠퇴하여 562년 新羅에 멸망하였다.

新羅에 멸망한 이후로 멸망한 나라인 伽倻國의 文學遺産에 대해서 특별히 보존하려고 노력하는 사람이 없었기에 자연히 남아 있는 것이 거의 없게 되었다. 金富軾이 『三國史記』를 편찬하면서도 三國이라 하여 伽倻國을 제외하였고, 一然도 『三國遺事』를 편찬하면서도 伽倻國을 독립적인 한 국가로 다루지 않고, 다만 「駕洛國記」만 부록으로 수록하였을 뿐이다. 최근에 와서 趙東一교수의 『한국문학통사』와 李家源선생의 『朝鮮文學史』에서 伽倻文學을 다루었을 정도였다.

3. 新羅時代

統一以前의 新羅時代에는 慶南이 伽倻國에 속해 있었기 때문에 新羅時代의 慶南地域 漢文學은 따로 언급할 것이 없다.

統一以後의 新羅時代 慶南 漢文學의 대표적 文學家로는 孤雲 崔致遠을 치지 않을 수 없다. 崔致遠은 韓國漢文學의 開山祖로서 唐나라에서 文名을 크게 떨쳤고, 또 우리나라 사람으로서 最初의 個人文集을 남긴 인물이다. 그는 비록 慶南에서 생장한 것은 아니지만 中國 遊學과 仕宦生活에서 돌아와 新羅 조정에서 잠시 벼슬했으나, 中央官界에서 뜻을 얻지 못한 뒤 地方官으로 나갔는데, 咸陽의 郡守로 나가 다스린 적이 있었다. 咸陽의 郡衙 옆에 있는 學士樓는 學士인 孤雲이 登臨하였기 때문에 붙어진 이름이라 한다. 후대의 많은 文人들이 學士樓를 두고 詩를 읊으면서 崔致遠과 연계시켰다.

벼슬에서 물러난 뒤 주로 慶南地域에서 文學活動을 하였다. 慶南地域 가운데서 그가 자취를 남긴 곳으로는 咸陽 이외에도 東萊의 海雲臺, 梁山 臨鏡臺, 馬山의 月影臺, 陜川의 海印寺, 淸凉寺, 智異山 雙磎寺, 晋州의 斷俗寺 등이 있다. 雙磎寺·斷俗寺·海印寺에는 그가 독서하던 집이 있었다. 그리고 최후를 맞이한 곳은 바로 伽倻山 海印寺였다.

이 가운데서도 雙磎寺는 崔致遠과 가장 관계가 깊은데, 雙磎寺 입구에는 좌우의 돌에 쓴 雙磎·石門 大字가 있고, 雙磎寺 大雄殿 앞에는 眞鑑禪師碑가 뜰에 있는데 崔致遠이 짓고 글씨를 쓴 碑石이다. 또 뜰에는 그가 심었다는 느티나무가 있고, 뒤에는 최치원이 독서하던 집이 있었다. 崔致遠이 이 절에 머무를 때 顥願스님에게 준 詩가 지금까지 남아 있다.

종일 머리 숙이고 붓끝 놀리노라니,	終日低頭弄筆端
사람마다 입을 닫으니 마음을 말하기 어렵구나.	人人杜口話心難
티끌 세상 멀리 떠났기에 비록 기뻐할 만하지만,	遠離塵世雖堪喜
風情이 무르녹지 않는 것을 어쩔 수 있으랴?	爭奈風情未肯闌
그림자는 개인 노을 속의 붉은 단풍 오솔길에서 다투고,	影鬪晴霞紅葉徑
소리는 밤비 내린 흰 구름 이는 여울에 이어졌네.	聲連夜雨白雲端
읊조리는 혼이 경치 대하니 얽매임이 없는데,	吟魂對景無羈絆
세상의 깊은 관계에서 道安을 그리워한다네.	四海深機憶道安[6]

알아주는 사람 없는 가운데 俗世를 떠나 山寺에서 혼자 文翰을 즐기면서 자연경치를 玩賞하면서 名利를 초월하여 조용히 지내는 그의 모습이

---

6) 『晋陽誌』 권2 「佛宇」. 이 詩의 尾聯의 '景'자가 『孤雲文集』 권1에서는 缺字로 되어 있다.

나타나 있다.

慶南地域과 관계 있는 詩로는 위의 詩 이외에 「題伽倻山讀書堂」과 「黃山江臨鏡臺」 두 수가 남아 있다.

崔致遠의 文學에 대해서 愼齋 周世鵬은 晦齋 李彦迪에게 보낸 書信에서 崔致遠이 우리나라의 文學을 일으킨 功勳에 대해서 이렇게 평가하였다.

> 崔文昌之文藻神異, 其所見所行, 眞可謂百世之師, 而至於誠正之說, 槩乎未聞也. 然其生一隅, 倡文學功莫大焉, 則配享先聖, 非斯人而誰歟![7]

愼齋는 崔致遠의 文學的 能力을 百世의 스승으로 인정하였다. 비록 朝鮮時代에 숭상하던 性理學 관계의 學說은 결여되어 있지만, 우리나라에서 文學을 唱導한 業績만 가지고도 文廟에 從祀하기에 충분하다고 주장하였다.

崔致遠과 동시대 인물로서 新羅 眞聖女王의 亂政을 비판한 혐의로 구금되었다가 「憤怨詩」를 짓고 풀려난 王巨仁이 있었는데, 그는 大耶州(지금의 陜川)에 살고 있었다. 그의 시는 慷慨한 지식인의 苦惱를 알 수 있다.

景德王 때 玉寶高가 智異山에 들어가 거문고를 오십 년 동안 배운 뒤 新調 三十曲을 지었다.[8] 그 노래의 歌詞는 곧 詩인데, 당시 漢文으로 기록되었을 가능성이 크고 제목으로 보아 漢詩였을 가능성이 크다.

新羅時代의 慶南地域 漢文學은 崔致遠으로 인하여 정상적인 궤도에 올랐다고 할 수 있다. 唐나라 賓貢科에 합격하여 文名을 떨친 수준을 가지고 돌아와 中年 이후 주로 慶南地域에서 文學活動을 했다. 그리고 그는 우리나라 文人으로서는 여러 종류의 文體에 고루 능하였고, 最初로 개인 文集을 남겼으므로 흔히 韓國漢文學의 開山祖로 일컬어진다. 이러한 文學

---

7) 周世鵬 『武陵雜稿』 권5 12장, 「上李晦齋書」.

8) 『三國史記』 雜志 「樂志」.

史的 位相을 가진 崔致遠이 후대의 慶南지역 漢文學에 끼친 影響을 매우 크다고 할 수 있다.

Ⅲ. 高麗時代의 漢文學

高麗時代는 文化가 서울인 開城에 집중되어 있었으므로 서울과 지방과의 문화적 차이가 매우 컸던 시대였다. 당시 교통이 불편했던 원인도 있지만, 中央政府의 統治力이 지방에까지 골고루 미치지 못했던 것이다.

현재 남아 있는 高麗時代 文人들의 文集 가운데서 慶南地域 출신이 남긴 文集은 하나도 없다. 고려 후기 이후 잦은 倭寇들의 침략으로 인하여 많은 文集이 燒失되었을 가능성이 있긴 하지만, 하나도 남아 있지 않다는 것은 高麗時代 慶南의 漢文學이 별로 융성하지 않았음을 알 수 있다. 그리고 高麗時代 활동한 문인들 가운데서 生長地域을 알 수 있는 文人들의 숫자가 얼마 되지 않기 때문에 高麗時代 慶南地域의 漢文學을 고찰하는데는 한계가 적지 않다. 詩話 등 몇몇 기록에 등장하는 慶南地域 漢文學의 현황을 보면 다음과 같다.

高麗前期 晋州 출신의 鄭與齡은 武臣이었음에도 정승 李之氐가 晋州의 山水畫를 내놓고 詩를 지을 것을 요청했을 때 즉석에서 詩를 지어 滿座의 사람들이 그 精敏함에 탄복했다고 한다. 그 詩는 이러하다.

몇 점의 푸른 산이 푸른 호수를 배었는데,	數點靑山枕碧湖
공의 말씀 이 것이 晋陽의 그림이라 하네.	公言此是晋陽圖
물가의 초가집 얼마간 알아보겠는데,	水邊草屋知多少
그 가운데 우리 집도 있건만 그렸는지?	中有吾廬畫也無[9]

---

9) 『破閑集』 권상 1장.

그림을 보고 지은 詩인데 그림보다 더 경치를 잘 묘사했고, 그리고 고향에 대한 그리움을 奇妙하게 표현하였다. 당시 晉州 출신의 武臣이 이 정도로 즉석에서 수준 높은 시를 지어낸 것을 볼 때 晉州의 文人들의 수준은 어떠했는지를 짐작할 수 있다.

武臣亂 직전의 인물로 우리 말로 된 「鄭瓜亭曲」을 지었던 鄭叙는 東萊 출신이었는데, 그가 지은 「題墨竹圖後」라는 漢詩 한 수가 남아 있다. 慶南地域 文人이 지은 最早의 現存 漢詩이다.

高麗時代 승려로 지리산에서 三十餘年을 은거하며 智異山 주위 七十餘 庵子마다 한 수의 偈를 남긴 無己는 승려시인이라 할 수 있는데, 詩語는 疎易한 듯하나 뜻은 高深하여 唐나라의 僧侶 寒山·拾得의 詩와 흡사한 점이 있었다.10)

海左七賢의 盟主인 李仁老는 武臣亂을 당하여 智異山 靑鶴洞을 찾아 숨고자 하였으나 끝내 청학동을 찾지 못하고 말았다. 이때 「遊智異山」이라는 시를 지었다.

두류산 멀고 저녁 구름 나직한데,　　頭流山逈暮雲低
수많은 골짜기와 바위 會稽山과 같네.　　萬壑千巖似會稽
지팡이 짚고서 청학동 찾으려 하나,　　策杖欲尋靑鶴洞
숲을 사이에 두고 공연히 잔나비 울음만 듣네.　　隔林空聽白猿啼
누대는 아련한데 三神山은 멀고,　　樓臺縹緲三山遠
이끼 속에 네 글자는 희미하도다.　　苔蘚微茫四字題
桃花源이 어느 메냐 물어 보렸더니,　　試問仙源何處是
흐르는 물에 떨어진 꽃잎 사람 미혹하게 하네.　　落花流水使人迷11)

이 詩는 韓國文學史上 智異山을 두고 지은 最早의 것이다. 이 이후로

<hr>

10) 崔滋 『補閑集』.
11) 『破閑集』 권上 5장.

많은 文人들이 지리산을 두고 詩를 읊고 遊記를 남겼으니, 智異山 遊覽文學의 先河가 된다고 할 수 있겠다.

　1170년 高麗 武臣亂 이후로 王室을 둘러싼 貴族官僚文人層들은 거의 대부분 살해되거나 도피하였으므로 관료문인층은 완전히 소멸되었고, 그 자리를 지방 출신의 新興士大夫들이 진출하여 관료문인층을 대체하게 되었다. 이런 형세로 인하여 高麗 前期 조정에 진출하였다가 중기에 그 맥이 끊어졌던 晋州지역의 인물들도 高麗末期에 이르러 中央官界에 두각을 드러내게 되었다. 그 가운데서 대표적인 가문으로 晋陽河氏・晋州姜氏・晋州鄭氏를 들 수 있는데, 이들 家門에서 많은 인물들이 나왔고, 文學活動에 참여한 이들도 많았다. 이들은 개인 문집이 남아 있는 경우는 드물지만, 晋陽姜氏의 경우『晋陽世稿』의 형태로 一門의 사람들의 문학작품을 묶어 출간하였다.

　高麗武臣政權期에 晋州 斷俗寺에서 唐나라 韓愈의 문집인『韓昌黎集』이 간행되었고, 또 元나라 元好問의「遺山樂府」가 晋州에서 간행되었다. 당시 晋州를 중심으로 한 慶尙右道 文人들의 文學的 關心과 水準을 말해 주는 현상이라 하겠다.

IV. 朝鮮前期의 漢文學

　朝鮮 建國初期에 密陽 출신인 春亭 卞季良이 文衡을 맡음으로써 慶南地域 文人들의 자부심을 키워줄 수 있었으나, 그는 주로 中央에서 활약하고 慶南地域과는 별 큰 관계를 맺지는 않았다. 智異山에 있는「五臺寺重修記」와 晋州 출신인 浩亭 河崙의 아버지 河允潾의「神道碑銘」을 지었을 정도였다.

　高麗末期에 崛起한 晋州의 대표적인 세 家門 가운데서 晋陽姜氏는 晋山君 姜蓍의 자손들이다. 姜蓍의 아들 通亭 姜淮伯은 高麗에서 政堂文學

을 지내고 朝鮮에 들어와서는 東北面兵馬巡撫使를 지냈고, 문집 「通亭集」을 남겼다. 남긴 작품으로는 「弓王古都有感」・「斷俗寺見梅」 등이 있는데, 「斷俗寺見梅」라는 시는 다음과 같다.

한 가지 기운 돌고 돌아 다시 오나니,	一氣循環往復來
臘日 전 매화에서 하늘 뜻 볼 수 있네.	天心可見臘前梅
스스로 큰 솥의 국 맛 조리하는 열매이면서,	自將鼎鼐調羹實
부질없이 산중에서 열렸다 떨어졌다 하네.	謾向山中落又開[12]

姜淮伯의 아들은 玩易齋 姜碩德이고 손자는 仁齋 姜希顔・私淑齋 姜希孟 兄弟이다.

晋陽姜氏 家門의 文學에 대해서 崔恒은 이렇게 稱道하였다.

우리나라는 山水가 아름답기로 천하에 으뜸이고, 晋州의 산은 嶺南에 서려 있어 웅장하고 빼어나고 기이하고 아름다운 것이 우리나라에서 으뜸인즉 神異가 내린 곳에 英俊한 인물이 나게 되어 있다. 德業과 文章을 겸비한 인물이 서로 이어서 훌륭한 자취를 전하는 것은 이상할 것이 없도다.[13]

姜碩德의 작품으로는 「歸來圖」・「瀟湘八景圖」 등이 있고, 姜希顔의 작품으로는 「四友亭詠松」이 있다. 姜希孟은 조선 전기의 저명한 문학가로서 徐居正의 뒤를 이어 文衡의 후보로 거론될 정도로 문단에서의 위상이 높았다. 그가 지은 「養蕉賦」・「友菊齋賦」는 朝鮮前期의 賦文學을 대표하는 작품이라 할 수 있다. 漢詩로는 「烟籠江水」를 대표작으로 들 수 있겠고, 산문 「訓子五說」・「忌蚤說」・「升木說」 등은 寓言的 요소가 농후한 작품으로서 그의 문학을 통한 諷刺精神을 알아 볼 수 있다.

---

12) 『東文選』 권22.
13) 『東文選』 권95 「晋山世稿序」.

그러나 이들 姜氏 家門은 仕宦에 顯達한 이후로 서울로 옮겨 살았기 때문에 慶南地域에서 이 家門의 文學的 傳統이 계승되지 못하였다.

晋陽鄭氏 家門의 대표적인 文學家로는 勉齋 鄭乙輔가 있는데, 高麗末에 大提學을 역임하였다. 「晋州矗石樓」가 그의 대표작이라 할 수 있다. 鄭乙輔로부터 아래로 連五代에 걸쳐 文科에 급제할 정도로 文學이 걸출한 가문이었다. 鄭乙輔의 曾孫子 郊隱 鄭以吾도 朝鮮 太宗朝에 大提學을 지냈다. 그의 「次韻寄鄭伯亨」이라는 시는 이러하다.

이월은 바야흐로 저물고 삼월 오는데,	二月將闌三月來
한 해의 봄빛이 꿈속에서 돌아오네.	一年春色夢中回
천금으로도 아름다운 계절은 살 수 없는데,	千金尙未買佳節
뉘 집에 술 익었는지? 꽃이 한창 피었는데.	酒熟誰家花正開[14]

봄을 맞이하여 술을 마시며 즐기려는 낭만적인 情感이 온 詩에 두루 흘러넘친다. 詩가 아주 평이한 가운데 마음에 호소하는 맛이 있다.

許筠은 鄭以吾를 李詹과 함께 朝鮮初期의 가장 뛰어난 문학가로 쳤고, 특히 이 시에 대해서는 唐나라 시인들의 情趣에도 손색이 없다고 평하였다.

이 밖에도 鄭以吾의 詩로는 「翰院寄晋陽諸生」 등이 있고, 傳 작품으로 「烈婦崔氏傳」이 있다.

鄭以吾의 아들 愛日堂 鄭苯이 金宗瑞 일파로 몰려 世祖에게 피살된 뒤로 晋陽鄭氏 家門의 文學的 傳統도 단절되었다.

高麗前期의 節臣인 河拱辰의 後孫인 浩亭 河崙은 벼슬이 領議政에 이르렀고, 文學에도 뛰어났다. 학문적으로도 『四書節要』를 편찬할 정도로 性理學에 식견이 있었다. 尹淮는 河崙의 文學的 能力에 대하여 이렇게 이야기하였다.

---

14) 許筠 『惺叟詩話』.

當國以來, 專典文翰, 事大辭命, 文士著述, 必竟公潤色印可, 而後乃定[15]

이 기록에 의하면 당시 朝廷에서 詩文에 있어서 모든 사람들을 압도할 최고의 藻鑑을 가진 인물로서의 권위를 가졌음을 알 수 있다.

그는 문집『浩亭集』을 남겼는데, 그 가운데는 고향 晋州를 위해서「鳳鳴樓記」·「晋州矗石樓記」등의 글을 지었다.

河崙의 直系後孫은 후대에 계승되지 못하여 그의 文學이 이어지지 못했다. 直系後孫은 아니지만 이 家門의 후손 가운데 朝鮮中期의 覺齋 河沆과 그 堂姪 松亭 河受一 등이 晋州의 文壇에 저명하였다.

다른 계통의 晋陽河氏로 司直 河珍의 후손인 敬齋 河演은 世宗朝에 領議政에 이르렀고, 大提學을 맡아 一國의 文運을 주도하였다. 그는 文章을 위한 文章이 아닌 學問과 修行에 바탕을 둔 문장을 주장하였다.

日用飲食動靜言語, 無非學也. 培食涵養, 循序而進. 及其成功, 尊德性, 硏經學, 非有意於文章, 而其爲文也, 出於義理之原.[16]

그의 詩「箕城三十韻」平壤의 名勝 삼십 곳을 읊은 작품으로서 景物詩로서 이름이 높다.

河演의 家門도 仕宦으로 인하여 서울로 옮겨가게 되자 慶南地域에서 河演의 文學的 傳統을 계승하지 못했다. 그 뒤 그의 후손인 暮軒 河渾이 陜川에 자리잡아 살면서 來庵 鄭仁弘의 제자로서 南冥系列의 문학을 계승하였다. 河演의 傍孫이 다시 晋州로 還故하였는데, 朝鮮中期에 활동한 謙齋 河弘度와 台溪 河溍이 그 傍孫의 후예이다.

朝鮮初期 咸安에 기반을 두었던 咸從魚氏 家門의 文學도 주목할 만하다. 魚淵과 그 아들 綿谷 魚變甲, 魚變甲의 아들 龜川 魚孝瞻, 魚孝瞻의

---

15)『浩亭集』권4 13장「神道碑銘」.
16) 河演『浩亭集』권2 7장,「晋州鄕校四敎堂記」.

아들 西川 魚世謙, 魚孝恭 등은 仕宦과 文學으로 朝鮮前期에 저명하였다. 魚淵의 현손 灌圃 魚得江은 朝鮮 중기에 慶南地域에서 詩文으로 名聲을 날렸다. 이들은 作品은 『咸從世稿』에 수록되어 있는데, 魚變甲의「題壁上」과 魚世謙의「招子晉辭」등은 『東文選』에 選錄되었다.

高麗末期로부터 朝鮮初期에까지 晉州의 문단을 주도하였던 姜氏・鄭氏・河氏 家門의 文學的 傳統은 오래 이어지지 못했다. 그 시기에 慶南地域에서 특기할 만한 문학가가 별로 없었다.

이때 慶南 漢文學에 다시 활기를 불어넣어 振興시킨 문학가는 바로 佔畢齋 金宗直이었다. 그는 高麗末期 節義를 지킨 冶隱 吉再로부터 전래된 士林派의 傳統을 이어 士林派文學을 唱導하였고, 科擧를 통해서 中央官界에 진출하여 刑曹判書에까지 이르렀고, 大提學의 物望에까지 올랐다. 道德的으로 缺損이 있고 學問的 깊이가 없는 勳舊派들이 독점하고 있던 官職에 嶺南士林派가 진출할 수 있도록 기반들 닦는 데 많은 노력을 했다. 그 결과 자신의 제자들을 관계에 많이 진출시켰다.

金宗直은 특별히 慶南地域과 관계가 많다. 金宗直 密陽에서 生長하고 墓所도 密陽에 있다. 아버지 江湖 金叔滋가 慶尙右道處置使로 3년, 慶尙左道處置使 3년, 慶尙右道兵馬節制使 1년, 金海 敎授 1년 등 주로 慶南地域에서 仕宦을 했으므로 어려서 慶南 各地域을 두루 다니며 각 지역의 人情 風俗을 두루 접할 수 있었을 것이다. 金宗直은 靈山訓導, 嶺南兵馬評事, 蔚山 通判 등직을 거쳐 41세 때 咸陽郡守로 부임하여 45세 때까지 4년 동안 재직하였다. 이때 鄕飮酒禮와 養老禮를 실시하였고, 이 지역의 많은 제자들을 길렀다. 백성들이 그를 흠모하여 生祠堂을 만들었고, 사후에는 栢淵書院에 享祀할 정도였다.[17]

이때 제자들과 함께 智異山을 유람하여「遊頭流錄」등의 문장과 많은 詩를 지었다. 「中秋天王峯不見月」・「釋戒澄遊智異山序」등의 글을 남겼다.

---

17) 『咸陽郡誌』 권1 「官蹟」.

　金宗直의 문하에서 배운 慶南地域 인물로는 一蠹 鄭汝昌, 寒暄堂 金宏弼, 濯纓 金馹孫,[18] 㵢溪 兪好仁, 迂拙齋 朴漢柱, 藍溪 表沿沫 등이 있다. 秋江 南孝溫은 慶南 사람은 아니지만 祖籍이 宜寧인 관계로 慶南地域을 자주 찾아와 佔畢齋 문인들과 交往이 잦았다. 특히 金宗直이 咸陽郡守로 재직하는 동안 이 제자들과 자주 어울리며 慶南 漢文學은 興盛期를 맞이하였다. 金馹孫의 賦作品으로는 「秋懷賦」가 있고, 산문작품으로 「晋陽修禊序」・「頭流紀行錄」・「管處士墓誌銘」 등이 유명하다. 특히 「晋陽修禊序」는 王羲之 등의 蘭亭契會를 본뜬 것으로, 晋州 인근의 官員들의 文學的 모임의 상황을 기술한 글이다. 「管處士墓誌銘」은 墓誌銘의 형식을 취한 假傳體 문장으로 특색이 있다. 兪好仁의 작품으로는 「夢遊靑鶴洞辭」・「題沙斤驛亭」・「咸陽藍雷竹枝曲」・「敎坊謠」 등이 있는데, 향토적 정서가 짙은 작품이 많다.

　金宗直의 뒤에 梅溪 曺偉가 咸陽郡守로 부임하여 활동하면서 한 동안 金宗直이 하던 文學的 主導者로서의 역할을 이어나갔다.

　金宗直과 曺偉의 唱導로 흥성했던 慶南地域의 文學은 金宗直 弟子群들이 1498년 戊午士禍와 1504년 甲子士禍로 거의 다 處刑 당하거나 流配가게 됨에 따라 완전히 滅絕되고 말았다. 글 읽는 소리가 끊어지고 책을 소장하는 것을 두려워하는 분위기가 되다 보니, 慶南地域의 漢文學이 침체되지 않을 수가 없었다. 그 당시 士林派 文人들 전부가 큰 타격을 받았지만, 慶南地域의 피해가 더 극심했다.

　戊午士禍 이후 약 30여 년의 공백이 있은 뒤에 다시 晦齋 李彦迪이師承없이 自力으로 공부하여 官界에 진출하여 嶺南士林派의 位相을 복구하기 시작했고, 학문적으로도 본격적으로 性理學을 연구하기 시작했다.

　그 십년 후배로서 慶南地域에서는 南冥 曺植이 나왔고, 慶北地域에서는 退溪 李滉이 나왔다. 南冥과 退溪는 學問的으로 兩大山脈을 형성했고,

18) 濯纓은 淸道에서 살았지만, 咸陽에 寓居한 적이 있다.

많은 弟子들을 양성하였다. 南冥의 제자로 파악된 인물로는 136명 정도인
데,[19] 이들 가운데는 仕宦한 사람도 있고, 평생 학문연구에만 종사한 사람
도 있으며, 이들이 慶南 漢文學의 저변을 확대하고 깊이를 더하였다. 이들
이 또 講學을 통해서 자신들의 제자들을 길렀기 때문에 文學從事者의 수
는 기하급수적으로 증가하였다. 한동안 寥寥하였던 慶南 漢文學이 다시
활기를 띄게 되었다.

慶南地域에서 문학활동을 했던 대표적인 南冥門人을 들어보면 다음과
같다. 德溪 吳健, 覺齋 河沆, 來庵 鄭仁弘, 守愚堂 崔永慶, 濯溪 全致遠,
篁嵒 朴齊仁, 忘憂堂 郭再祐, 大笑軒 趙宗道, 浮查 成汝信, 松巖 李魯,
茅村 李瀞, 寧無成 河應圖, 竹閣 李光友, 竹牖 吳澐 등을 들 수 있다. 그러
나 南冥은 "程朱以後, 不必著書"라는 말을 남겨 著述보다는 實踐을 중시
하였고, 또 '詩荒戒'라 하여 詩에 너무 빠지면 사람의 마음을 황폐하게
만든다 하여, 시 짓는 것을 탐탁하게 여기지 않았다. 이런 결과로 南冥
이후 慶南地域 문인들은 文集을 남긴 사람이 적고, 남긴 문집도 그 분량이
얼마 되지 않는다. 그리고 詩의 창작이 특히 저조하였다. 이 결과 詩文
創作의 감소를 초래하여 慶南文學의 발전에 바람직하지 않은 영향을 끼
쳤다.

德溪 吳健은 독실한 공부 끝에 登科하여 仕宦하였는데, 南冥의 敬義之
學을 그대로 실천하여 剛直한 것으로 명성을 날렸고, 詩文에도 그러한
氣質이 잘 나타나 있다. 慶南地域의 그의 門人으로 守吾堂 吳侃, 茅谿
文緯 등이 있다. 德溪는 南冥 사후 2년 뒤에 세상을 떠났기 때문에 南冥의
대표적인 제자이면서도 후세에 영향력은 거의 없었다.

來庵 鄭仁弘은 義兵活動과 政治的 影響力으로 南冥學派의 세력을 크게
확장시킨 인물이었다. 光海君의 절대적인 신임을 받아 大北政權을 주도했
다. 그는 어려서부터 문학적 재능을 발휘했으나, 정치에 깊이 관여하다

---

19) 李相弼 『南冥學派의 形成과 展開』 92쪽, 와우출판사 2003년.

보니 문학에 전념하지 못했다. 그의 門人으로 桐溪 鄭蘊, 嶧陽 文景虎, 戇菴 姜翼文, 感樹齋 朴汝樑, 暮軒 河渾, 雪壑 李大期, 洛厓 吳汝橞, 慕亭 裵大維 등이 있고, 이들은 다 文集을 남길 정도로 詩文의 분량이 상당하였다. 특히 鄭蘊은 仁祖反正 이후 嶺南南人의 主導者가 되어 慶南文壇의 주도자로서의 역할을 하였다.

覺齋 河沆은 독실하게 南冥을 尊慕하며 그 가르침을 철저하게 따랐다. 그러나 詩는 상당히 많은 분량을 남겼으나 문장은 별로 없다. 그의 門人에 德溪의 아들인 思湖 吳長과 당질인 松亭 河受一이 있는데, 河受一은 文科에 급제하여 중앙관계에 진출하였으면서 제자 양성에 힘을 기울여, 朝鮮中期의 慶南文壇을 주도하였다.

南冥보다 조금 연장자이거나 동년배로서 거의 동시대 慶南地域에서 활약한 문인으로는 灌圃 魚得江, 愼齋 周世鵬, 葛川 林薰, 淸香堂 李源, 黃江 李希顔, 游軒 丁熿 등을 들 수 있다. 이들을 魚得江을 제외하고는 대부분 南冥과 절친한 관계였다. 또 李希顔만 제외하고는 退溪와도 절친한 관계였다. 특히 周世鵬은 많은 시를 지었는데, 慶南地域의 山水를 읊은 시를 많이 남겼다.

이 시기에 연령적으로는 남명의 제자가 될 수 있었으나 南冥에게 수학하지 않은 인물로는 靑蓮 李後白, 玉溪 盧禛 등을 들 수 있다. 盧禛은 五曹의 判書에 除授될 정도로 仕宦으로 현달하였고, 문장으로도 이름이 높았다. 朝鮮中期 古文四大家인 月沙 李廷龜가 盧禛의 門人이었으므로, 盧禛의 影響은 서울에까지 미쳤다고 할 수 있다. 李後白은 兩館提學을 지내고 大提學의 物望에 올랐으나 갑자기 사망하는 바람에 大提學을 맡지는 못했지만, 당시 중앙에서도 가장 뛰어난 문장가로 추앙을 받을 정도였다.

退溪는 비록 慶北에서 생장하였지만 그의 初娶妻家가 宜寧에 있었고, 再娶丈人이 安義에서 살았고 從姊兄 吳彦毅와 曹孝淵이 咸安과 昌原에서 살았기 때문에, 慶南地域을 9차에 걸쳐 다녀갔고 慶南地域과 관계 있는 많은 양의 시를 남겼다.

그리고 慶南地域 文人들 가운데서도 南冥에게 가지 않고 退溪의 門下
에서 공부한 이들이 적지 않다. 德溪 吳健, 竹牖 吳澐, 竹閣 李光友 등은
南冥 退溪 兩門에 다 出入하였고, 退溪門下에만 출입한 문인으로는 龜巖
李楨, 聚遠堂 曺光益, 芝山 曺好益, 鄒川 孫英濟, 瞻慕堂 林芸, 蒙齋 許士
廉, 龜峰 周博, 重湖 尹卓然 등이 있다. 慶南地域 文學發展에 退溪의 影響
도 상당히 컸다고 할 수 있다.

慶南 출신은 아니지만 朝鮮前期에 慶南地域에 와서 寓居한 인물로는
湖陰 鄭士龍을 들 수 있다. 그는 大提學을 지낼 정도로 館閣文學의 巨擘이
었는데, 官職의 여가에 宜寧의 鼎巖 부근의 別墅에 와서 지내며 이 지역의
문인들과 어울렸고, 晋州·宜寧·咸安 등지의 風物을 詩로 읊었다.

龍洲 趙絅은 光海君의 亂政을 피해 居昌에 내려와 살면서 茅谿 文緯를
따라 배웠고, 이 지역의 인사들과 교류가 많았다. 나중에 「南冥神道碑銘」
을 撰述하였다.

燕山君 때의 李荇은 咸安에서 官奴生活을 하였고, 自庵 金絿는 南海에
서 圭菴 宋麟壽는 泗川에서 流配生活을 하였는데, 이들은 慶南의 漢文學
에 적지 않은 영향을 미쳤다. 龜巖 李楨이 바로 宋麟壽의 제자인데, 慶南
漢文學에 있어서 비중 있는 인물이다.

南冥 退溪 兩門에 출입하였던 寒岡 鄭逑는 星州에서 살았지만, 慶南
의 昌寧·咸安 등지의 郡守로 재직하면서 學問을 일으키고 많은 제자를
길렀다. 慶南地域에 거주한 鄭逑의 門人은 43명에 이른다. 이 가운데 문
집을 남긴 사람만 들어 봐도 茅谿 文緯, 思湖 吳長, 滄浪 李道由, 桐溪
鄭蘊, 東溪 權濤, 寒沙 姜大遂, 凌虛 朴敏, 知足堂 朴明榑, 匡西 朴震英,
螯漢 孫起陽, 畏齋 李厚慶, 龍湖 朴文楧, 練江齋 文後, 復齋 李道孜 釣隱
韓夢參, 霜巖 權濬, 滄洲 許燉, 疆齋 成好正 등이 있다. 이들은 거의 慶南
全域에 광범위하게 분포되어 있으면서 상호간에 서로 빈번한 文學的 交
往을 하였다.

朝鮮 初期부터 慶南地域에 지방장관으로 부임하여 문학발전에 기여한 인물을 들어 보면 高麗末期의 芸齋 偰長壽, 朝鮮中期의 晦齋 李彦迪, 東皐 崔岦, 淸江 李濟臣 등을 들 수 있다. 李濟臣은 晉州牧使로 있었는데, 그가 지은 『淸江詩話』 속에는 南冥을 위시한 江右地方의 문학에 관한 기록이 많이 들어 있다.

V. 朝鮮後期의 漢文學

여기서 朝鮮後期라고 획정한 시기는 仁祖反正 이후 조선이 망할 때까지의 시기에 해당된다. 南冥의 제자들은 壬辰倭亂 때 목숨을 걸고 義兵活動을 하여 救國의 功勳을 세웠으므로, 壬辰倭亂 이후로 점차 官職에 진출하여 宣祖末年에는 강력한 정치세력으로 성장하였고, 光海朝에는 鄭仁弘을 필두로 하여 大北政權을 형성하여 朝廷의 정치를 좌지우지하게 되어 정치권을 독점하기에 이르렀다.

이때 政治權力에서 축출된 西人들이 비밀리에 세력을 규합하여 1623년 仁祖反正을 성공시켰다. 그 결과 鄭仁弘이 처형됨에 따라 大北勢力은 완전히 와해되어 역사상 다시는 회복하지 못했다. 얼마간 남은 北人들은 西人으로 변신하거나 退溪學派가 주도하는 南人으로 편입되어 들어갔다.

慶南地域은 中央關係에 진출할 수 있는 통로도 끊어져 仕宦하는 사람이 거의 없게 되어버렸다. 政治的으로는 물론이고 學問的으로나 文學的으로도 침체기에 접어들게 되었다. 慶南地域의 南人들은 退溪學派에 접근하려고 노력하였고, 慶南地域에 거주하는 西人들은 畿湖地域 西人들의 영향권 안에 들게 되었다.

來庵 鄭仁弘과 寒岡 鄭逑의 제자인 桐溪 鄭蘊은 이때 南人系의 文人들을 주도한 대표적인 인물이었다. 鄭蘊의 門人으로는 存養齋 宋挺濂, 八松 鄭必達, 松川 金千鎰 등을 들 수 있다.

이 시기에 활약한 南人系 문인들을 보면 河崙의 傍孫으로 松亭 河受一의 門人이었던 謙齋 河弘度, 寒沙 姜大遂, 滄洲 許燉, 釣隱 韓夢參, 東溪 權濤 등이 활약하였다. 河弘度의 문인으로는 石溪 河世熙, 三緘齋 金命兼, 雪牕 河澈, 無爲子 郭世楗 등이 있었다.

이들이 떠난 다음 세대에는 전국적으로 알려진 인물도 없고, 慶南의 漢文學은 중앙과의 교류가 없는 속에서 한 지역의 文學으로 하강하고 말았다.

이때부터 各家門 단위로 文學을 이어나갔고, 南人系列의 家門의 인사들은 慶北의 退溪學派의 학자들에게 찾아가 제자가 되었는데, 葛庵 李玄逸의 門人으로는 臥龍 許鎬, 退庵 權重道 등이 있고, 密庵 李栽의 문인으로는 西溪 朴泰茂가 있고, 大山 李象靖의 門人으로는 梧潭 權必稱, 南厓 金壽五, 濟菴 李恒茂가 있고, 江皐 柳尋春의 門人으로는 竹塢 河範運 등이 있다. 定齋 柳致明의 門人으로는 月村 河達弘, 晩醒 朴致馥, 端磎 金麟燮 등이 있다. 西人系列의 인사들은 老論學者들을 따라 배웠는데, 尤庵 宋時烈 同春堂 宋浚吉의 문인인 河洛이 있고, 農巖 金昌協의 門人으로는 正庵 李顯益이 있다. 性潭 宋煥箕의 門人으로는 三洲 申顯仁이 있고, 陶庵 李縡의 門人으로는 黃皐 愼守彝가 있다.

農圃 鄭文孚는 본래 서울에서 仕宦하다가 李适의 난에 연루되어 옥사하자, 그 두 아들과 아우 鄭文益이 晋州로 옮겨와서 살게 되었는데, 이 家門의 인물들 가운데서도 農圃의 아들 鳳谷 鄭大榮, 農圃의 後孫인 四無齋 鄭楫, 一樹軒 鄭樟, 芝窩 鄭奎元, 雙洲 鄭泰元 등과 鄭文益의 후손인 明庵 鄭栻 등이 유명하다. 鄭栻은 江右地域의 第一의 文章으로 추앙되어 「矗石樓重修記」, 「義巖碑記」 등을 지었다.

丙子胡亂 이후 眉叟 許穆은 젊은 시절 부친이 居昌 · 山淸 · 昌原 등지의 고을원으로 재직했으므로 아버지를 따라 慶南地域에 와서 거주하였다. 그 뒤 40대에 다시 경남지역에 와서 泗川 · 宜寧 · 咸安 · 漆原 등지를 옮겨다니며 십여 년 동안 寓居하며, 宜寧의 山水와 風俗을 읊은 시와 이 지역의

역사를 기록한 문장을 남겼다. 河弘度 등 경남지역의 문인 학자들과 교유하면서 문학적 영향을 미쳤다. 許穆의 제자로는 三嘉縣 德村에 살던 赫臨齋 許熙가 있었다.

東春 宋浚吉은 仕宦의 여가에 安義縣에 와서 寓居하며 讀書와 講學을 하며, 이 지역 文人들에게 많은 영향을 주었다. 뒤에 이곳 士林들이 그의 敎化를 기념하여 星川書院을 세워 享祀하였다.

水村 任埅, 燕巖 朴趾源 등은 지방장관으로 慶南에 부임하여 慶南의 漢文學 발전에 도움을 주었다. 특히 燕巖은 安義縣監으로 5년 동안 재직하면서 자신이 中國 여행 시 견문한 바를 직접 실행에 옮기기도 하였다.

이 시기에 尤庵 宋時烈, 西浦 金萬重, 踈齋 李頤命 등이 慶南地域에서 流配生活을 하였는데, 慶南의 漢文學 발전에 기여한 바가 있었을 것이다. 특히 宋時烈은 이 지역 西人家門에 많은 고무적인 역할을 했다.

葛庵 李玄逸과 그 제자 霽山 金聖鐸은, 慶南은 아니지만 慶南에 인접한 全南 光陽에서 유배생활을 하는 동안 경남의 인사들이 찾아가 墓道文字와 文集序文을 받은 경우가 많은데, 慶南의 漢文學 발전에 기여한 바가 적지 않았을 것이다.

朝鮮後期 침체된 慶南 漢文學에 새로운 活力을 크게 불어넣은 인물은 近畿南人 學者官僚인 性齋 許傳이었다. 그가 金海府使로 부임하여 官衙에서 講學하자 慶南地域의 各家門의 선비들이 구름처럼 모여들었다. 慶南地域에는 뚜렷한 스승이 없었고, 畿湖地域이나 慶北地域으로 스승을 찾아가려 하니, 많은 시간과 物力이 소요됨으로 해서 求學의 욕구는 있었으나 현실적인 제약 때문에 좋은 스승을 만나고 싶어도 뜻을 이루지 못하던 사람들에게 許傳은 구세주 같은 존재였다. 그리고 慶南地域에서는 南冥學派도 이미 學脈이 끊어진 지 오래 되었으므로, 그 지역 자체 學問의 배타적인 거부감도 존재하지 않았다. 그래서 性齋의 학문은 경남에서 바로 흡수가 되었다.

性齋는 近畿南人 가문의 대학자인데 草堂 許曄, 岳麓 許篈의 후손이었

으므로, 北人系列에서 仁祖反正 이후 南人系列로 전환한 가문의 인물이라
할 수 있다. 慶南地域의 南人 가운데는 北人系列에서 전환한 가문이 많았
으므로 서로 意氣가 투합된 면이 있었을 것이다.

許傳의 門人은 海閣 權相迪, 晚醒 朴致馥, 端磎 金麟燮, 直菴 權在奎,
斗山 姜柄周, 南川 李道默, 梅下 金基周, 勿川 金鎭祜, 膠宇 尹胄夏, 惠山
李祥奎, 月淵 李道樞, 尼谷 河應魯, 一山 趙昺奎, 三元堂 許元栻, 素窩
許巘, 霞峯 趙鎬來, 恒齋 李翊九, 小訥 盧相稷, 約軒 河龍濟 등 305명이나
된다. 이들은 있어 많은 작품을 창작하고 또 제자들을 길렀다.

또 이 門人들이 속한 各家門에서는 그 동안 이루지 못했던 조상의 墓道
文字 文集序文 亭臺의 記文 등을 모두 性齋에게 요청하여 가문의 위상을
높이려고 노력하였다.

그 당시는 主理說을 내 놓았던 寒洲 李震相의 문인들이 경남에 많았는
데, 그들은 寒洲의 學說을 적극 신봉하며 경남에 전파하였다. 后山 許愈,
俛宇 郭鍾錫, 膠宇 尹胄夏, 勿川 金鎭祜, 紫東 李正模, 沙村 朴圭浩 등이
주요한 문인들이었다.

許傳과 李震相의 제자 가운데서 朴致馥·金麟燮·許愈·郭鍾錫·盧相
稷 등은 많은 제자를 길렀으므로, 저변이 엄청나게 확대되어 慶南 漢文學
의 부흥기를 이루었다.

西人系列의 사람들 가운데는 湖南 長城의 蘆沙 奇正鎭을 師事하였는데
月皋 趙性家, 梨谷 河仁壽, 溪南 崔琡民, 老栢軒 鄭載圭 등이 그 대표적인
門人이다. 그밖에 芝窩 鄭奎元은 梅山 洪直弼의 門人이고, 竹醒 鄭闇敎와
新庵 李準九, 松山 權載奎는 勉庵 崔益鉉의 門人이었고, 厚山 李道復은
淵齋 宋秉璿의 門人이었다.

19세기 중반 이후로 慶南地域에 文運이 부흥하여 많은 文人들이 나왔
고, 文集의 分量도 방대하여졌다. 이런 변화에 가장 큰 영향을 준 사람이
비로 性齋였다.

특히 俛宇 郭鍾錫은 800여 명의 제자를 양성하였고, 文集의 분량도 우

리 나라 漢文學史上 가장 방대했다.

VI. 日本强占期의 漢文學

1910년 日本에 朝鮮王朝가 망했지만 漢文學에 종사하는 많은 文人들은 그대로 文學活動을 계속하여 많은 詩文을 지었다. 그 文集의 종류나 분량 면에서도 朝鮮時代보다도 더 증가하였다. 그러니 앞으로 日本强占期의 漢文學을 연구하여 文學史的으로 정리할 필요가 있다. 지금의 文學史에서는 倭强占期에는 漢文學이 아주 없어진 것처럼 서술하고 있고, 중등학교 교과서에서는 20세기 초기의 문학을 교육하면서 日本에 留學하던 몇몇 대학생들이 쓴 시 몇 편이 온 나라의 문학의 전부인양 소개하고 있다. 이에는 다른 이유도 있겠지만, 이 시대의 漢文學의 양상을 체계적으로 정리하지 않은 것이 가장 큰 원인이다.

朝鮮末期 晚醒 朴致馥, 后山 許愈, 俛宇 郭鍾錫 등이 많은 제자를 길렀는데, 이들이 주로 일제시대에 활약하였다.

郭鍾錫의 門人 가운데 대표적인 인물로는, 約軒 河龍濟, 潁溪 許秉律, 梅堂 李壽安, 克齋 河憲鎭, 韋庵 張志淵, 恒齋 宋鎬坤, 履齋 宋鎬彦, 溪齋 鄭濟鎔, 柏村 河鳳壽, 眞庵 李炳憲, 晦峯 河謙鎭, 深齋 曺兢燮, 壽山 李泰植, 平谷 金永蓍, 濟南 河經洛, 秋帆 權道溶, 默齋 河貞根, 澹軒 河禹善, 重齋 金榥 등이 있었다.

이 가운데서 河謙鎭, 曺兢燮, 金榥 등이 활발하게 著述活動을 하며 많은 제자들을 길렀다. 이 두 사람은 滄江 金澤榮과 文學的 교류를 많이 했는데, 河謙鎭은 金澤榮과 함께『三國史記』를 교정하였고, 또 방대한『東儒學案』을 저술했는데, 이는 우리 나라 최초의 學術史라 할 수 있다. 曺兢燮은 金澤榮이 편찬한『麗韓九家文』을 두고 많은 文學批評的인 논쟁을 하였다. 李炳憲은 中國에 자주 출입하면서 康有爲의 孔子敎를 들여와 丹城의 培山

書堂에서 孔子教 運動을 벌여 儒教를 중흥하려고 노력하였다.

　金榥과 河禹善은 光復後에까지 활약한 한문학자인데, 金榥은 방대한 저서를 남겼다. 金榥의 제자 가운데는 大學教授로 진출한 사람이 많아 傳統學問을 現代學問과 접맥시키는 교량적 역할을 하고 있다. 河禹善은 『德川師友淵源錄』의 편찬을 주도하여 南冥의 제자와 私淑人들을 체계적으로 정리하여 이 강우지역 人物 연구에 크게 기여를 했다..

Ⅶ. 結論

　지금까지 慶南地域의 漢文學에 대해서 소략하게나마 通時的으로 고찰해 보았다. 慶南은 지리적으로 서울에서 멀리 떨어져 있고, 伽倻時代를 제외하고는 어떤 국가의 중심이 되어 본 적이 없었으므로, 慶南의 漢文學은 크게 주목받을 수가 없었다. 그리고 慶南 출신의 文人일지라도 전국적으로 이름이 나게 되면, 서울로 옮겨가 살았기 때문에 중앙과는 현격한 차이가 났다.

　그런 가운데서도 新羅末期에는 崔致遠이 慶南地域에서 文學活動을 함으로 인해서 慶南漢文學의 序幕을 열었다. 高麗末期부터 朝鮮初期에 걸쳐서 晋州를 기반으로 한 姜氏 河氏 鄭氏 세 家門에서 많은 저명한 文學家들이 나왔다. 이들 家門은 仕宦 이후 서울로 옮겨가 살았고, 혹은 端宗廢位事件으로 인해서 몰락했으므로, 慶南地域에서 漢文學의 脈이 이어지지 못하고 말았다.

　15세기 말 金宗直이 咸陽郡守로 부임하여 一群의 門人들과 함께 文學隆盛의 분위기를 만들었으나, 士禍로 인하여 철저하게 파괴되었다.

　16세기부터 曺植이 나와 많은 門人들을 양성함으로 말미암아 慶南地域의 문학이 最全盛期를 맞이하게 되었다. 그러나 이런 상황도 오래가지 못하고, 1623년 仁祖反正으로 인하여 그 門人들이 중앙무대에서 축출 당함으로 해서 慶南의 漢文學은 침체기에 접어들게 되었다.

이런 상황이 오래 지속되자 자연히 中央의 문학과는 교류가 끊어지게 되었고, 몇몇 家門의 인사들은 退溪學派나 西人學派의 學者들을 師事하여 학문을 이어감으로서 慶南 고유의 文學은 점점 상실되어 갔다.

19세기 중반부터 許傳이 金海府使로 와서 講學함으로 인해서 慶南의 文學은 크게 일어났다. 이 시기에 慶北의 李震相 門下에서 배운 門人들과 全羅道의 西人學派에서 배운 학자들이 동시에 배출됨으로 인해서 慶南의 文學은 第二의 全盛期를 맞이하게 되었다. 日本强占期에 들어가서도 俛宇의 제자들이 다시 제자를 기르게 되어 여타 지역보다 우세한 漢文學의 수준을 유지해 나가게 되었다.

慶南地域 中等學校 漢文敎育의 問題點

Ⅰ. 서론

우리 나라에서는 문화 전통의 특수성에 비추어 볼 때, 정상적인 언어 생활을 하기 위해서는 漢字·漢文에 대한 올바른 소양을 필수적으로 갖추어야만 한다.

한자·한문에 대한 올바른 소양은 정상적인 한문 교육을 통해서만이 가능하고, 그 교육의 시기는 기억력이나 상상력이 왕성한 청소년기인 중등학교 과정에서 가장 적절하다.

그러므로 중등학교에 있어서 한문 교육은 지극히 중요한 일이고 그 교육 방법은 정상적인 궤도를 가야한다. 이미 1972년부터 중등학교에서 한문 과목이 독립과목으로 부활되고, 한문 교사 자격증 소지자가 한문 교육을 담당하도록 제도화되어 있다. 또 1976년부터 漢文敎育科 출신의 한문 교사 자격증 소지자가 배출되어 일선학교에서 漢文敎育을 담당하게 되었다.

그러나 경남 지역에서는 옛날이나 지금이나 한문 교사 자격증이 없는 타교과목 전공 교사에 의해서 파행적인 한문 교육이 진행되고 있다. 그 주된 이유는 경남 지역에는 한문 교사 자격증 소지자를 배출할 교육 기관이 없다는 것이다. 또 타지역 출신의 한문 교사 자격증 소지자가 경남 지역에 부임하려 늘지 않고, 혹 부임한 교사도 기회만 있으면 자신의 연고지로 옮기려 하기 때문이다.

이러한 경남 지역 중등학교 한문 교육의 심각한 문제점과 피교육자가 받는 손해를 지적하고, 나아가 그 대책을 제시하고자 하는 것이 이 글의 목적이다.

II. 본론

1. 교사의 문제

86년도 4월 한국 교육 개발원에서 조사한 바에 의하면, 경남 지역의 중·고등학교에서 필요로 하는 한문교사의 숫자는 모두 335명 이었는데 이 가운데 확보된 숫자는 52명으로 그 확보율은 15.52%에 불과하였다.

88년 12월에 필자가 조사한 바에 의하면, 설문에 응한 289개교(400개 학교에 설문지 발송)에서 확보하고 있는 한문 교사 자격증 소지 교사는 43명에 불과했으니 그 확보율은 8.79%인 셈이다. 설문 조사에 응답하지 않은 상당수의 학교가 있어 정확한 통계가 되지 못한다고 해도 한문 교사 자격증 소지자가 불어나지 않은 것만은 사실이다.

2년 8개월이란 시일이 지났음에도 한문 교사 자격증 소지자가 늘어나지 않았는데, 그 이유는 무엇일까?

慶南道內에 한문 교사 자격증 소지자를 배출할 漢文敎育科나 漢文學科가 없었다. 88학년부터 경남지역의 유일한 국립 종한 대학인 慶南大學校에 漢文學科가 신설되기는 했었으나, 敎職課程의 설치 인가를 얻지 못했으므로, 한문 교사 자격증 소지자를 배출할 기능이 없다.

순위고사가 실시되지 않는 현재의 상황에서, 공립 중등학교 교사는 국립 사범대학 출신자를 임용·발령 내는 길뿐이다. 국립 사범대학 가운데서 漢文敎育科가 설치되어 있는 곳은 江原大學校 師範大學과 公州師範大學 뿐이다. 전국 공립 중등학교에서 필요로 하는 한문 교사 자격증 소지자를 상기 두 대학 漢文敎育科 출신자로서는 도저히 충족시킬 수 없다. 더욱이 상기 두 대학 출신자로서 경남 지역에 연고가 있거나 경남 지역에서 근무하기를 희망하는 사람은 거의 없으므로 경남 지역 공립 중등학교에서 한

문 교사 자격증 소지자를 漢文敎師로 충원할 수 있는 길은 원천적으로 막혀 있다.

경남 지역의 사립 중등학교의 경우에는 한문 교사 자격증 소지자를 학교에서 漢文敎師로 채용할 수는 있지만, 한문 교사 자격증 소지자로서 경남 지역과 연고가 있거나 근무를 희망하는 사람은 드물기 때문에 우수한 漢文敎師를 확보하기는 어렵기 마찬가지다. 또 한문 교사 자격증을 소지한 교사는 국어 교사보다 활용도가 낮기 때문에 사립 중등학교에서는 채용하기를 꺼린다. 또 이미 채용된 漢文敎師들도 기회만 주어지면 자기들의 연고지로 옮겨가려고 애를 쓰고 있는 실정이다. 이런 까닭에 경남 지역에서는 한문 교사 자격증을 소지한 漢文敎師가 점점 늘어나기는 커녕 도리어 감소되는 경향을 보이고 있다.

慶南道內 289개의 중등학교 가운데서 한문 교사 자격증을 소지하고 있는 45명을 제외한 나머지는 한문 교사 자격증이 없는 타 과목 전공 교사들이 한문을 가르친다.

그들을 전공별로 보면 국어 교사가 220명으로 가장 많고, 그 외 미술 8명, 기술 7명, 영어 5명, 농업 5명, 과학 4명, 가정 3명, 수학, 사회, 체육, 법학 각 1명씩이다.

혹자는 국어 교사가 漢文을 가르치는 것이 무슨 문제점이 있느냐고 반문한다. 그러나 사실은 이런 잘못된 인식을 가진 사람들이 많기 때문에 漢文科目이 부활·독립된 지 20년이 가까워지는 오늘 이 시점까지도 정상적인 漢文敎育이 이루어지지 않고 있다.

물론 국어 교사가 여타 과목 교사보다야 대체로 한문 실력이 낫겠지만, 사실 오십보 백보인 셈이다. 漢文科目과 國語科目 사이에는 공통되는 영역이 없지 않지만, 그것은 극히 일부분에 지나지 않고 대부분은 다른 영역이다. 대부분의 대학의 國語敎育科나 國語國文學科에서 漢文講讀·漢文演習 등의 과목을 전공선택과목으로 개설하고 있다. 그러나 졸업생 모두가 이 두 과목을 이수하고 졸업하는 것도 아니고, 또 설령 이수한다해도 이 정도의 학습으로서는, 漢文을 담당하기에는 漢文에 대한 소양이 너무나 부족하다 하겠다. 개중에는 상당한 漢文實力을 갖춘 사람이 많지만, 대부분은 句讀도 찍기 어려울 실력밖에 되지 못하는 것이 현실이다.

漢文科目을 담당하려면, 최소한 漢文의 원천인 文·史·哲에 대한 기본적인 이해와 漢文學史에 대한 通時的·共時的 흐름, 漢文 各 文體의 발생과 특징, 漢文古典, 漢字의 生成과 發展, 漢文文法 등에 대한 전문적인 지식이 있어야 한다.

여타 과목 전공자들이 漢文科目을 담당하는 것의 부당성은 더 논의할 필요조차 없다. 요리사가 양재 학원의 강사를 하고, 야구 선수 출신이 수영 코치를 맡았다면 언론에서 떠들썩하고 사람들에게 크게 화제가 될텐데 그런 것과는 비교도 안될만큼 중요한 한문 교육에서 한문 교사 자격증 없는 사람들이 한문을 맡아 가르쳐도 그것이 잘못된 줄을 알고 지적하는 사람은 거의 없다.

한문 교사 자격증 소지자가 아닌 사람들은 漢文을 정규적으로 배우지 않았으므로 漢文을 잘 모른다. 남에게 漢文을 가르칠 실력은 더욱 아니다. 또 자기가 전공한 담당 과목이 따로 있으므로 漢文 수업 준비를 소홀히 하지 않을 수가 없다. 그리고 매년 학교 안의 사정으로 漢文을 담당하는 교사가 항상 바뀌므로 자신들의 부족한 漢文 실력을 보강하려고 들지도 않는다.

그리고 상상력이 풍부하고 감수성이 예민한 학생들이 창의적인 질문을 하면, 그 학생의 실력을 계발·성장시켜야 할 교사가 "내가 영어 선생이지 漢文 선생이냐!", "그따위 쓸데 없는 질문 다시는 하지마", "선생이 가르쳐 주는 것도 다 모르면서 질문은 무슨 질문이냐?"는 등의 폭언으로 학생들의 질문을 막아, 자신이 난처해지는 것을 미연에 모면하려고 애쓴다. 이런 풍토에서 학생들의 漢文 실력 저하는 명약관화한 일이다.

현자 慶南 도내에서는 漢文 교사의 90% 정도가 무자격 교사인데, 이들이 漢文 과목을 담당하여 비정상적인 漢文敎育을 함으로써 학생들이 받는 피해는 이루 다 말할 수가 없다.

2. 이수 단위의 문제

현행 중학교 교과 과정의 시간 배당 기준에 의하면, 漢文科目은 1학년에서 주당 1시간, 2·3학년에서 주당 1~2시간씩 이수하도록 되어 있으나 실제로 거의 대부분의 학교에서 주당 1시간 정도씩 이수하고 있는 형편이다.

고등학교 교과 과정의 시간 배정 기준에 의하면, 일반 고등학교 인문·사회 계열은 『漢文Ⅰ』, 『漢文Ⅱ』를 8~14단위 이수하고 일반 고등학교 자연 계열 및 실업계 고등학교에서는 『漢文Ⅰ』을 4~6단위 이수하도록 되어 있다. 그러나 경남 도내 거의 모든 고등학교에서는 최소한의 단위만 이수하고 있는 실정이다.

필자의 조사에 의하면, 경남 도내의 상당수 실업계 고등학교에서는 漢文科目을 전혀 가르치지 않는 학교도 있고, 국어 시간 속에 포함시켜 가르치는 학교도 있고, 漢文 시간은 배당되어 있되 검인정 교과서를 채택하여 漢文科目을 가르치는 것이 아니라, 시중에 흔히 나도는 「常用漢字 1300字 完成」등의 책을 교재로 삼아 漢字의 음이나 외우면서 펜글씨 연습을 하는 학교(실업계 고등학교)도 있었다.

이처럼 학교 관리자가 漢文敎育을 소홀히 취급해도 한문 교사 자격증을 가진 담당 교사가 없기 때문에, 그 부당성을 지적하여 바로잡으려는 사람이 없다. 만약 영어 과목을 이런 식으로 소홀히 취급했다면 얼마나 큰 소동이 일어날지는 상상해 볼 필요조차 없다.

학교에서는 또 한문 교사 자격증을 가진 담당 교사가 없기 때문에 될 수 있으면 漢文時間을 줄여 최소 단위만 이수하게 되어 소규모의 학교에서는 한 사람의 한문 교사도 필요없게 되었다.

일선 학교 관리자들은, 국어 교사에게는 한문을 맡길 수 있지만 한문 교사에게 국어를 맡기기가 곤란하므로, 국어 교사의 이용 가치가 더 높다고 생각하여, 한문 교사 채용을 꺼리고 있다. 그러니 한문 교사 자격증을 가진 한문 교사 확보율이 증가할 턱이 없다.

경남 도내에 이미 확보되어 있는 43명의 한문 교사 자격증 소지자들도 각자가 근무하는 학교에서 漢文科目만을 맡는 것이 아니고, 상당수가 국어 과목을 맡고 漢文은 극히 적은 시간을 맡고 있는 경우가 허다하다. 학교 관리자들이 漢文은 어느 과목 전공자라도 가르칠 수 있다고 여겨, 漢文科目은 제껴 두고 시간표를 짠 뒤에 각각의 교사들이 담당한 시간수가 균등하지 못할 때, 漢文科目을 이용하여 각 교사 간의 시수차를 조정하고 있는 실정이다.

3. 행정상의 문제

현재 경남 지역에서는 한문 교사의 90% 정도가 과목 상치의 무자격 교사임에도 불구하고 문교부·道敎育委員會 및 일선 학교 관리자들은 이 문제의 심각성을 전혀 모르고 있다. 이미 학생들 사이에서 무자격 한문 교사들은, "한문 선생이란 한문자습서를 학생들보다 한시간 전에 보는 사람", "한문 연합고사 시험 문제를 한문 선생이 답을 알아도 그 이유는 모른다", "대입 학력고사 다음날은 숨어버리는 선생은 漢文선생", "숙제 많이 내 주고 수업 시간에도 검사하느라 시간 다 보내는 선생" 등으로 낙인을 찍고 있어, 무자격 한문 교사는 교사의 무능을 노출시키고 권위를 실추시키는 역할도 톡톡히 하고 있다.

그래도 문교 행정 담당자들은 무자격 한문 담당 교사를 유자격 교사로 바꾸려는 노력을 조금도 기울이지 않고 있다. 또 학교 경영자들도 무자격 한문 담당 교사가 유자격 한문 교사보다 활용도가 높기 때문에 역시 무자격 한문 담당 교사를 유자격 한문 교사로 바꾸려고 노력하지 않는다.

漢文敎育의 중요성을 인식하고 그 책임을 진 한문 교사 자격증을 가진 전담 교사가 없기 때문에, 漢文敎育의 효과를 높일 수 있는 각종 학습자료

-도서·괘도·슬라이드·풍속 사진첩·인물 사진첩·필적집-의 필요성을 주지시키는 사람이 없고, 학교 당국에서도 물론 이런 방면에 신경을 쓰지도 않는다. 그래서 학습자료도 지금까지 구비되어 있지 못하고 구비하려고 노력하지도 않고 있다.

Ⅲ. 피교육자가 받는 손해

경남 도내 중등학교의 90% 정도에서 무자격 한문 담당 교사에 의한 비정상적인 漢文敎育이 이루어지기 때문에 이런 교육을 받은 학생들이 받는 손해는 이루 다 말할 수가 없다.

거의 대부분 경남 도내 중·고등학교 출신자들로 구성된 慶尙大學校 학생 400명을 무작위로 추출하여 설문 조사한 결과 대학 교재나 신문·잡지를 읽는데 불편을 느낀다고 답변한 학생이 321명이었고, 漢字·漢文에 대한 상식 부족으로 일상 언어 생활에서 불편을 느낀다고 답변한 학생이 301명이나 되었으니, 비정상적인 漢文敎育이 야기하는 문제가 얼마나 심각한가를 충분히 짐작할 수 있겠다.

물론 학생 개개인의 자질과 노력 여하에도 관계가 있겠지만, 학생들이 이처럼 漢字·漢文에 대한 실력이 저하된 가장 큰 원인은 무자격 한문 담당 교사에 의해서 실시되고 있는 비정상적인 漢文敎育에 있다.

이밖에 우리의 역사 고전·전통 문화 등에 대한 무지와 말의 개념을 파악하지 못함으로 인해서 초래되는 수업의 지장 등 그 피해는 이루 다 말할 수가 없다.

국민 교육 헌장의 서두에서, "조상의 빛난 얼을 오늘에 되살려" 라는 구절이 들어 있는데, 오늘날 진정으로 조상의 빛난 얼을 되살리려고 한다면, 바로 漢文敎育의 정상화가 그 바른 길이다.

Ⅳ. 대책

현재 중·고등학교에서 漢文科目이 이수 시간을 준수하지 않는 것은, 각종 입시에서 漢文科目이 빠졌거나 그 비중이 낮은 것이 그 큰 원인이다.

한 가지 예를 든다면, 몇 년 전까지만 해도 고등학교에서 한문 공부를 열심히 한 학생이나 한문 공부를 팽개치고 연필을 굴려 답을 쓴 학생이나, 대입 학력고사에서 취득하는 점수는 큰 차이가 나지 않았다. 배점이 워낙 적었고, 또 전공자가 아니라서 문제의 난이도가 대중이 없었기 때문이다.

대입 학력고사에서는 현재는 전공자에 의해서 문제가 출제되고 문항 수도 상당히 늘어났으니, 이점은 눈에 보이게 개선된 점이다. 그러나 고입 연합고사에서는 아직도 한문 과목의 배점이 4점밖에 안되고 있으므로, 그 배점을 10점 정도 높여 타 과목과의 형편을 맞추어야 한다. 총 200점 만점에 漢文 점수가 3~4점밖에 안된다는 것은 너무나 형편이 맞지 않는다.

또 실업계 고교에서의 漢文敎育의 정상화를 위해서는, 각종 취업 시험에 漢文科目을 부과해야 한다. 직장 생활도 원초적으로는 언어 생활에 바탕한다. 우리말 단어의 70% 이상이 漢字에서 유래했으므로, 漢字·漢文에 대한 올바른 지식이 있어야만 올바른 언어 생활을 할 수 있고, 나아가 원만한 직장 생활도 할 수 있다.

경남 도내의 무자격 漢文 담당 교사를 유자격자로 바꾸기 위해서는 慶南道內에 漢文敎師 양성 기관이 있어야 하겠다. 다른 시·도도 마찬가지겠지만, 가장 손쉬운 방법은 이미 설치되어 있는 慶南大學校 漢文學科에 敎職課程 설치 인가를 해주는 것이다.

또 국가 고시 제도를 실시하든지 순위 고사를 부활하든지 하여 국립 사범 대학 출신자 아닌 사립 사범 대학이나 교직 과정 이수자들도 자유로이 공립중·고등학교에 임용될 수 있는 길을 터주어야 한다. 또 慶尙大學校 敎育大學院 漢文敎育科는 漢文敎師들의 연수 장소로 충분히 활용되어

漢文教育의 발전을 가져올 수 있어야 하겠다.

　漢文教育의 중요성을 알지 못하고서 자격이나 능력이 없으면서 무책임하게 漢文教育을 담당하는 타 전공 漢文 담당 교사들은 교육자적 양심에서 더 이상 漢文科目 담당을 하지 않으려고 노력해야 하겠다.

晉陽郡 琴山面의 古文獻

Ⅰ. 世居家門과 人物

琴山面은 晉陽郡의 동쪽에 위치한 면으로 남강을 사이에 두고 晉州와 격해 있다.

이 지역에 世居해온 가문으로 全義李氏, 林川趙氏, 昌寧成氏 등을 꼽을 수 있겠다. 이들은 대체로 朝鮮中期에 이 지역으로 이주해 왔는데 상당한 재력을 기반으로 仕宦을 했고, 文集도 몇 종 남기고 있다.

全義李氏로서 맨 처음 士林에 명망을 얻은 인물로는 李公亮을 들 수 있겠다. 그는 호가 安分堂으로 南冥 曹植의 자형이 된다. 學德으로 朝鮮 明宗 때 參奉에 薦擧되었고, 그의 아들 李俊民이 벼슬을 높이 함에 따라 吏曹判書에 追贈되었다.

아들 李俊民(1524~1590)은 호가 新菴인데 벼슬은 判書에까지 올랐다. 李俊民代에 와서 琴山을 떠나 서울로 이주하게 되었다.

李俊民의 사위로 趙宗道(1537~1597)와 趙瑗(1544~1595)이 있는데, 趙宗道는 호가 大笑軒으로 南冥 曹植의 문인이자 생질의 사위가 된다. 丁酉再亂 때 安義의 黃石山城에서 倭軍과 싸우다가 戰死했다. 그의 조상은 咸安에 世居해 왔는데 趙宗道 자신이 琴山面에 잠시 산 적이 있었다. 그의 宗家는 현재 山淸郡 丹城面 召南里에 있다.

趙瑗은 본관이 林川으로 호는 雲江이다. 1575년(宣祖 5) 別試文科에 丙科로 급제하여 벼슬은 承旨에 이르렀다. 저서로는 「讀書講疑」가 있고 「嘉林世稿」를 편찬하였다. 유명한 女流漢詩人 李玉峯의 夫君이었다.

希哲, 希逸, 希進 등 세 아들을 두었는데, 希逸은 호가 竹陰으로 1602년 (宣祖 34) 別試文科에 丙科로 급제하여 벼슬이 吏曹參判에 이르렀다. 특히 書畫에 뛰어났으며 文集으로『竹陰集』을 남겼다. 希進(1597~1644)은 호가 丹圃인데 숙부 趙璘의 양자로 들어갔다. 1607년(宣祖 40) 增廣生員試에 3등하였고, 1617년(光海君 9) 別試文科 丙科로 급제하였으나, 당시 大北의 權兇들이 정권을 擅斷하던 때인지라 碧沙察訪에 제수되었으나 벼슬을 버리고 고향으로 돌아와 학문에 전념하였다. 仁祖反正 이후에 成均館 典籍에 제수되어 다시 벼슬길에 나갔다. 그뒤 琴山에 인접한 고을인 宜寧縣監으로 나가 治績을 많이 세웠다. 벼슬은 靑松府使에 이르렀다. 文集으로는『丹圃集』이 있다.

昌寧成氏는 長興庫 副使를 지낸 成祐 때 琴山으로 移住하였다. 그 아들 安重은 1492년(成宗 23) 式年文科 丙科로 급제하여 承文院 校理를 지냈다. 그의 아들 日休는 戶曹參判에 追贈되었다. 日休의 아들 斗年은 孝行으로 參奉에 제수되었으나 나가지 않았다. 斗年의 아들 汝信은 호가 浮査인데 南冥 曺植의 門人으로 일찍부터 文名이 있었고, 晋陽誌 편찬에 참여하였다. 文集으로『浮査集』이 전한다. 汝信의 넷째 아들 鏄은 호가 三齋인데, 文集으로『三齋集』이 전한다.

琴山面의 書院으로는 臨川書院이 있었는데 1702년(肅宗 28)에 건립되었으나 끝내 賜額書院이 되지는 못했다. 李俊民, 姜應台, 成汝信, 河憕, 韓夢參 등 5位를 享祀하고 있다.

이상에서 琴山面에 世居해 온 가문과 그 대표적인 인물을 대략 고찰해 보았다.

Ⅱ. 古文獻

1. 木板

1) 靑坡集 木板

『靑坡集』은 朝鮮初期의 文臣인 李陸(1438~1498)의 文集이다. 李陸은 固城李氏로 字가 放翁 靑坡는 그의 호다.

1464년(世祖 10) 別試文科에 壯元及第하였고, 그 뒤 1466년 拔英試에 2등, 1468년 文科重試에 乙科로 급제했다.

벼슬은 成均館 大司成, 漢城府右尹, 兵曹參判 등을 지냈고 成宗朝, 燕山朝 때 明나라에 使臣으로 갔다 왔다.

『靑坡集』은 2卷 1冊으로 되어 있는데 第1卷은 詩, 第2卷은 記·說·序·策과 靑坡劇談이 실려 있고, 文集의 卷頭에 慵齋 成俔이 지은 靑坡碑銘이 붙어 있다.

靑坡劇談은 稗說類의 글로서 그 내용은 麗末鮮初의 良相, 名賢, 文豪, 詩人, 藝人들과 관련된 逸話, 奇談 등을 채집하여 수록하고 있다. 이 靑坡劇談은 宣祖朝에 荷谷 許葑이 海東野言을 편찬하면서 많이 인용하고 있고, 肅宗朝의 野史叢書인 『大東野乘』에도 收錄되어 있다.

『靑坡集』의 板數는 모두 80板인데 半葉은 10行 每行19字로 되어있고, 半郭의 크기는 가로 16cm, 세로 23.7cm이다. 板刻의 年代는 알 수가 없다.

현재 木板은 琴山面 葛田里 北方 靑谷寺 入口에 있는 固城李氏 齋室인 永月齋에 보관되어 있다. 그 가운데 2卷 第19張이 빠져있다. 이 木板은 현재 慶南文化財 제10 - 16105호로 지정되어 있다. 상태는 비교적 양호한 편이나 관리가 허술하여 도난의 우려가 있다.

2. 文集

1) 新菴公傳記

信菴 李俊民의 詩文 및 傳記資料를 모아 全義李氏 新菴公派 花樹會에서 간행한 책으로 編輯者는 후손 李元燮이다. 총 24張으로 半郭은 10行, 每行 28字이다.

내용은 全義縣建置沿革始末, 太師公先山俗傳, 崔瀣가 지은 李俊民의 조상 李彦冲의 墓地銘, 慶尙道節制使承幹配貞夫人晋山河氏墓碣, 司憲府監察 李樌墓碣, 繕工監參奉李公亮墓碣, 등이 첫머리에 실려 있고, 그 다음에 李俊民의 謚狀, 神道碑銘, 宣祖賜祭文 등 李俊民에 관한 傳記文字가 실려 있다.

李俊民의 作品으로는 詩 47首, 策 1篇, 序 2篇이 있고, 맨 뒤 後孫의 林川書院瞻拜後小記 및 作者未詳의 新菴李公迎謚宴會序 등이 첨부되어 있다.

李俊民은 南冥의 생질로서 1549년(明宗 4) 式年文科에 丙科로 급제하였고 1556년(明宗 11) 文科重試에 급제하여 大司憲, 左參贊, 禮曹, 戶曹, 兵曹의 判書 등을 역임하였고, 外職으로는 江陵, 江界府使, 平安兵馬節度使, 全羅, 平安, 京畿觀察使, 開城留守 등을 역임하였다.

그는 성품이 강직하여 1555년(明宗 10) 正言으로 있을 때 戚臣 李樑이 專橫하는 것을 탄핵하다가 外職으로 쫓겨나기도 했다.

黨爭이 일어나 朝臣들이 東西로 갈리자 일절 관여하지 않았고 그 調停에 나선 栗谷 李珥를 지지하였고, 栗谷 死後 栗谷을 헐뜯는 사람들을 원수처럼 여겼다.

그는 仕宦을 주로 하였으므로 詩文에 전념하지는 못했지만, 그의 詩는 豪健하여 盛唐의 體格이 있었다 한다. 평소에 原稿를 모아 두지 않았고, 얼마간 남아 있던 原稿마저 壬辰倭亂 때 불타버려 그의 文集을 내지 못했다.

後孫 元燮이 각 고을의 題詠과 故老들의 입으로 전해 오는 것을 수집하여 만든 이 책은 李俊民의 著作 가운데서 극히 일부분만 수집된 것이다. 이 책은 현재 晋陽郡 井村面 禮下里에 사는 李東浩氏가 소장하고 있다.

2) 芳洲集

이 책은 芳洲 文國鉉(1838~1911)의 文集이다. 그는 字가 泰用이고 芳洲는 그 호다. 본관은 南平으로 南冥 曺植의 弟子인 玉洞 文益成의 12세손이다. 文氏는 高麗末에 陜川으로 와서 살다가 益成의 셋째 아들인 활 때, 陜川에서 晋州로 入居하였다.

文國鉉은 7세 때부터인 憲宗 10년에 遯庵 李鉉王의 門下에 들어가 20년간 배웠고, 1864년(高宗 1) 近畿南人系列의 大學者 性齋 許傳(1797~1886)이 金海府使로 부임하여 鄕飮酒禮를 행하고 鄕約을 강론하고, 官衙에서 儒生들을 가리키니 嶺南, 특히 右道의 儒生들이 대거 金海로 몰렸다. 이때 文國鉉도 性齋의 문하에 나가 배웠고 1866년 5월에는 性齋가 德川書院을 拜謁하고 돌아가는 길에 嘉坊里로 文國鉉의 집을 방문하고서 大明花記를 지어 주기도 했다.

그는 또 1862년 晋州民亂의 도화선이 된 丹城民亂의 首唱者 丹溪 金麟燮을 集賢山 大嵒書院으로 찾아뵙고 弟子가 되었다.

그의 文集은 1923년에 그의 아들 洪一 등이 木活字로 刊行했다. 總 78板인데 半葉은 10行, 每行 22字이다. 내용은 제1권에는 詩 119首가 실려 있고, 제2권에는 書 43편이 실려 있고, 제3권에는 序 2편, 記 1편, 跋 2편, 說 2편, 祭文 4편, 上梁文 1편, 告由文 1편, 銘 2편, 墓碣銘 2편, 行錄 3篇, 遺事 5편, 雜著 1편 등 26편의 글이 실려 있다. 제4권 附錄으로 族弟 文璟庭이 지은 行狀, 一族인 文秉純이 지은 墓碣銘과 河憲鎭 외 8인의 挽詞, 品社稧員 金基老, 河祐植, 文護鉉의 跋文이 3편 있다.

저자 文國鉉은 당시 嶺南 일원의 學者, 文人들과 폭 넓은 交遊를 맺어

晋州를 중심으로 한 慶尙右道의 선비들의 動靜, 學問的 분위기 및 思想史的 흐름을 알 수 있는 자료로서의 가치가 있다.

그가 선배로 여겨 從遊한 學者로는 晚求 李種杞, 南黎 許愈, 晚醒 朴致馥, 四未軒 張福樞 등이 있고 交遊한 인물로는 俛宇 郭鍾錫, 大溪 李承熙, 膠宇 尹冑夏, 一山 趙昺奎, 復菴 趙垣淳, 素窩 許燦 등을 들 수 있겠다.

그는 특히 다시 세를 확장해 가던 天主敎를 극력 반대했고, 만년에 집 근처에 서재를 짓고 學問을 연구하면서 제자들을 가르쳤다.

이 文集은 그 玄孫되는 晋州農林專門大學 文炳圓敎授가 소장하고 있다.

3) 丹圃集

丹圃 趙希進(1579~1644)의 文集이다. 그는 林川趙氏로 字가 與叔이고, 丹圃는 그 號다. 趙瑗의 아들로 叔父 趙璘에게 양자 갔다. 文科에 及第하여 벼슬은 靑松府使에 이르렀다.

그는 독서를 좋아하여 經史에 달통하였고, 稗官文學에까지 관심을 가졌다. 특히 詩文에 능했다.

그의 詩文 原稿는 兵火에 소실되어 몇 편만 남아 있던 것을 5대손 德常이 1761년(英祖 37) 晋州牧使로 재임할 때 板刻하였는데 분량은 1冊이다.

4) 一峯集

一峯 趙顯期의 文集이다. 자는 揚卿이고 一峯은 그 호인데, 丹圃 趙希進의 孫子이다.

어려서부터 文學과 經濟를 자부하여 세상에 이름이 알려졌다. 進士試에 급제한 뒤, 나라에서 義禁府都事, 眞寶縣監 등에 제수하였으나 모두 취임하지 않았다.

1674년(顯宗 10) 吳三桂가 廣西에서 起兵하여 中國이 어지럽자, 그는 뒷날 반드시 우리 朝鮮의 憂患이 될 것이라고 생각하여 萬言疏를 올려

富國强兵策을 제시하니, 顯宗이 칭찬하여 받아들이려고 하였다.

一峯集은 本集 11卷 6冊과 別集 2卷 1冊으로 되어있다.

5) 拙修齋集

拙修齋 趙聖期(1638~1689)의 文集이다. 그는 字가 成卿이고 拙修齋는 그 號로 一峯 趙顯期의 아우이다.

열서부터 부지런히 독서하여 聖人의 경지에 이를 것을 스스로 기약했다. 부친의 명으로 과거에 급제했으나 병으로 벼슬에 나아가지 않고 평생 포의로 학문 연구에 전념했다. 문장에 뛰어났고, 특히 性理學에 조예가 깊어 栗谷 李珥의 性理說이 流行渾融에 치우쳤다고 그 잘못을 지적하기도 했다.

그의 인물됨을 三淵 金昌翕은 "尤翁山峙脚, 拙修海騰波.(우암은 산처럼 우뚝하고, 졸수재는 바다에 파도가 일어나는 것 같도다.)"라고 하여 尤庵 宋時烈에 대비하기도 했다.

燕巖 朴趾源의 『許生傳』에 卞富者가 許生에게 "벼슬하러 나가서 北伐 計劃을 도울 것이지 어찌 어둠 속에 묻혀서 한평생을 마치려고 하느냐"고 하자 許生은 "옛부터 어둠 속에 묻혀 한 평생을 보낸 사람이 어찌 한량이 있겠소? 趙聖期는 敵國에 사신갈만 했지만 포의로 늙어 죽었소."라고 한 말에서 그 경륜과 식견 등을 알 수 있겠다.

또 國文學史上 중요한 소설로 다루어지고 있는 『彰善感義錄』의 작자로 알려져 있다.

이 『拙修齋集』은 모두 12卷 6冊으로 되어 있다.

이상의 林川 趙氏 一門의 文集은 현재 모두가 琴山面 長沙里 上儀에 있는데, 원래 晋陽郡 集賢面 新塘里의 新塘書院에 있던 것들로 書院이 훼철될 때 趙昌植氏의 선조가 보관하게 된 깃이다.

3. 古文書

古文書란 特定한 目的을 위하여 작성된 문헌을 편집된 서적류는 제외된다. 古文書는 역사적인 사실을 규명하는 데 있어 절대적인 또는 결정적인 사료가 될 수 있고 書籍類의 누락이나 착오를 보충할 수가 있다.

여기서 말하는 고문서는 책이 아닌 종이에 쓰여진 모든 기록을 말한다. 이런 종류의 고문서는 그 기능이 一回性인데다가 종이 조각 형태로 남아 있어 시간이 지남에 따라 분실, 소실, 훼손이 되기 쉽다.

그러므로 木板이나 典籍보다 발굴 정리 작업이 시급하다.

이 글에서는 조사한 고문서의 종류에 따라 敎旨, 試紙(科擧答紙), 洞案 등으로 나우어 서술한다.

1) 敎旨

敎旨란 國王이 臣下에게 官職, 官爵, 資格, 諡號, 奴婢, 土地 등을 내려줄 때 쓰는 文書이다. 官職을 내리는 교지를 告身이라 하고, 文武科 及第者에게 내리는 교지를 紅牌라 하고, 生員·進士 及第者에게 내리는 교지를 白牌라고 한다.

① 告身

ㄱ. 姜萬馨爲折衝將軍龍驤衛副護軍兼五衛將者. 光緖十一年

ㄴ. 姜萬馨爲僉知中樞府事者 夫人朴氏封淑夫人者.

② 紅牌

閑良姜榮浩武科丙科二百十四人及第者. 光緖十四年

③ 白牌

姜萬馨進士及第者. 光緖六年

幼學姜信文進士及第者. 光緒十七年

幼學姜性熙生員及第者. 光緒十一年

2) 試紙

① 齋肅端冕見之南郊賦(姜萬馨, 庚辰年 增廣文科)

② 書義……一人元良萬邦以貞(應試者 未詳)

③ 易義……乾坤者亦之門(應試者 未詳)

④ 福以攸好德爲根本賦(姜信文, 進士試)

⑤ 書義……用成和萬民(姜性熙, 生員試)

⑥ 書義……重華(姜尙熙)

⑦ 書義……祇台德先(姜信燁)

이상 7點의 試紙들은 그 내용이 모두 儒教經典의 뜻을 부연한 글로
史料的 價値는 별로 없다. ①번을 제외하고는 언제 어떤 종류의 시험에
응시한 것인지도 규명할 수가 없다.

이상의 教旨 및 試紙에 등장하는 姜氏一門의 인물들의 世系를 알아보
면 다음과 같다.

```
                              成尙順
                                │ 妻
    兄. 姜榮馨 - 廷熙 - 信燁 - 渭錫
              子    子    子
    弟. 姜萬馨 - 尙熙
              子 性熙 - 信文 - 入養
                   子    子
```

이 教旨와 試紙들은 모두 琴山面 長沙面 上儀에 사는 成尙順氏가 소장하고 있는데, 80여년 전에 姜氏一門이 山淸郡 新安面에서 移住하면서 갖고 온 것이다.

3) 洞案

이것은 琴山面 槽洞 洞案인데 1775년(英祖 51)에 만들어진 것인데 당시 洞里에 거주하던 사람들의 명단만 적혀 있을 뿐 序文, 跋文 등이 없어 史料的 價値는 별로 없다.

Ⅳ. 金石文

琴山面 일대에는 중요한 金石文은 없고 다만 80여 년 전에 晉州 儒林들이 세운 退溪 李滉의 「過靑谷寺」란 詩碑가 있을 뿐이다.

1533년(中宗 28) 2월에 退溪가 宜寧 嘉禮 妻家에 왔다가 3月 26日 月牙山 法輪寺로 친구 姜晦叔, 姜應之를 방문했으나 마침 두 친구가 부재 중이라 거기서 하룻밤을 잤다. 이때 宜寧에서 法輪寺로 오다가 길을 잘못 들어 琴山을 경유하게 되었다. 靑谷寺를 지나면서 이 시를 지었다.

해 저물녘 금산길에 비 만났는데,	金山道上晚逢雨
청곡사 앞엔 차가운 샘 솟아나네.	靑谷寺前寒瀉泉
눈 녹은 진뻘에 찍힌 기러기 발자국 같은 인생,	爲是雪泥鴻跡處
죽고 살고 헤어지고 만나는 일 생각하니 눈물이 줄줄 흐른다.	存亡離合一潸然

Ⅳ. 結論

남강을 사이에 두고 진주 동쪽에 위치한 琴山面에는 全義李氏, 林川趙氏, 昌寧成氏가 世居하여 李公亮, 李俊民, 趙瑗, 成汝信, 成錞 등의 인물이 배출되었다. 이 밖에도 固城李氏, 南平文氏, 長興高氏 등이 집성촌을 이루고서 살고 있다.

이 지역에 남아 있는 목판본으로는 李陸의 『靑坡集』 冊板 80板이 전부인데 언제 어떤 경위로 판각되었는지 알 수가 없다. 현재 이 冊板은 琴山面 葛田里 北方 靑谷寺 入口에 있는 固城李氏 齋室인 永月齋에 보관되어 있는데 慶南文化財 제10-16105호로 지정되어 있다.

文集類로는 新菴 李俊民의 誌文 및 傳記資料를 모아 후손 李元燮氏가 편찬한 『新菴公傳記』, 文國鉉의 『芳洲集』, 趙希進의 『丹圃集』, 趙顯期의 『一峯集』, 趙聖期의 『拙修齋集』 등이 있다.

古文書로는 告身 2點, 紅牌 1點, 白牌 3點, 試紙 7點이 있으나 史料的인 가치는 별로 없다.

洞案으로는 1775년에 만들어진 槽洞 洞案이 있는 바, 내용상으로는 사료적 가치가 없지만, 洞案이 남아 있는 경우가 매우 드물므로 그 희귀성은 인정된다.

金石文으로서 중요한 것은 없고 다만 退溪 李滉의 「過靑谷寺」란 詩碑가 있을 뿐이다.

오늘날 사라져가는 古文獻을 조사, 발굴, 정리, 연구하는 일은 매우 중요하면서도 화급한 일이다. 거기에는 많은 人力, 物力, 시간이 소요된다. 그러나 각처에 흩어져 날로 사라지고 있는 古文獻은 반드시 조사, 발굴, 정리, 연구 되어야만 한다.

이번 琴山面의 古文獻 조사에서 귀중한 자료를 발굴하지는 못해도 우리 주변에 흩어져 있는 자료들이 보존 관리가 허술한 채 방치되어 있는 것을 목도하고서 그 효과적인 보존관리가 필요함을 절감하였다. 대학 등 연구기

관에서의 체계적인 조사 작업이 계속되어야 하겠고 행정적 지원도 있어야
하겠다.

晉陽郡 水谷面의 古文獻

Ⅰ. 序

水谷面은 1914년 행정구역 개편 때, 水谷面과 元塘面의 內洞, 外洞 일부와 大覺面의 士谷 大牛 紫梅里, 馬洞面의 堂村洞 일부, 泗川郡 昆明面의 本村洞 일부, 山淸郡 栢谷面 大牛洞 일부와 巴只面의 德洞 일부를 병합하여 오늘날의 수곡면의 모습을 갖추었다. 그 뒤 1951년 河東郡 可宗面의 元溪里를 합쳐 모두 8개 리가 되었다. 이곳은 晋陽河氏, 晋陽姜氏, 昌寧成氏, 晋陽鄭氏, 陜川李氏, 晋陽柳氏, 密陽朴氏, 載寧李氏, 淸州韓氏, 密陽孫氏, 星州李氏, 金海金氏 家門의 세거지였다.

晋陽河氏는 麗末鮮初에 이 지역에 맨 먼저 정착하였다. 대표적인 인물로는 襄靖公 河敬復, 覺齋 河沆, 喚醒齋 河洛, 新溪 河天澍, 松亭 河受一, 守肯齋 河天一, 東亭 河鏡昭, 梅軒 河鏡輝, 晦峯 河謙鎭 등이 있다. 昌寧成氏 家門의 대표적인 인물로는 浮査 成汝信의 아들인 惺惺齋 成鐄, 共衾堂 成東一 등이 있다. 文化柳氏에는 南冥의 제자인 潮溪 柳宗智가 있고, 密陽孫氏에는 역시 南冥의 제자인 撫松 孫天祐가 있다.

이 지역은 河沆, 柳宗智, 孫天祐, 河天澍 등 남명 문인이 많이 거주한 지역으로 慶尙右道 士林의 중요 근거지였으므로, 대대로 학자들이 많이 배출되었다. 이런 까닭에 유교문화가 융성하여 진양군의 다른 면에 비해 많은 문헌이 남아 있는 편이다. 이번 학술조사에서는 시간 및 인력 상의 이유로 문헌을 많이 소장하고 있는 집만을 몇 곳 선정하여 조사를 시시했으므로 조사되지 않은 많은 문헌이 있으리라 생각된다.

Ⅱ. 金石文

金石文이란 金文과 石文을 아울러 일컫는 말로서 鐘·鼎·銅器 등에 새겨진 글을 金文이라 하고, 碑碣·塔 등에 새겨진 글을 石文이라 한다. 금석문의 주종을 이루는 것은 비갈이다. 수곡면의 금석문도, 여타 종류는 별로 없고 비갈이 대부분이다. 그중 내용상 가치가 있는 것은 다음과 같다.

- 襄靖公 河敬復 墓碑 : 원계리에 있다.
- 潮溪 柳宗智 墓碣 : 원당리에 있다.
- 覺齋 河沆 墓碣 : 성산에 있다.
- 栢谷 陳克敬 墓碣 : 백곡리에 있다.
- 松亭 河受一 墓碣 : 사곡리에 있다.
- 孫敬禮 墓碣 : 원계리 내독산에 있다.
- 李忠武公 軍事訓鍊遺蹟碑 : 원계리 앞뜰에 있다. 1597년 이순신 장군이 군사를 훈련하던 곳에, 1975년 지역 주민들의 힘으로 건립되었다.

Ⅲ. 冊板

- 朱子語類 : 경상남도 유형문화재 제161호로 지정되었다. 현재 사곡리 光明閣에 소장되어 있다.
- 松亭集 : 松亭 河受一의 문집 목판. 사곡리 落水庵에 소장되어 있는데 缺板이 많다.

Ⅳ. 古文書

수곡면의 고문서는 浮查 成汝信의 第3子 成鎤의 宗家에 가장 많이 소장되어 있고, 그 밖에 韓梁氏宅이나 金正萬氏宅에도 몇 점의 고문서가 소장되어 있다. 각 집안에 소장되어 있는 고문서의 종류와 수량은 다음과 같다.

(1) 成肇錫氏宅(琴洞, 속칭 골기미)

　1) 戶口單子 : 幼學 成冕周(壬子式)의 호구단자 외 25점.

　2) 書義 : '后克艱厥後, 臣克艱厥臣, 政乃義'란 題로 된 것 1점.

　3) 對策 : 成東一의 科擧紙 1점.

　4) 上疏草稿本 : 守愚堂 崔永慶의 伸冤을 위한 소. 1점.

　5) 分財記 : 乾隆 13년(1748) 2월 15일 작성.

　6) 禮曹繼後立案 : 成構가 無後하여 同生弟인 成株의 第2子 處義를 양자
　　로 삼은 일을 禮曹에서 인준한 문서. 1점.

　7) 通文 : 昌寧 勿溪書院譜廳通文으로 甲子年(1804) 11월 21일에 陰城縣
　　監 成海應과 橫城縣監 成東一이 작성. 1점.

　8) 完文 : 成東一의 증손 鎭民에게 卜結과 3명의 장정을 除給하는 완문.
　　1점.

　9) 所志 : 漆谷府使 成東一의 奴 元俸의 명의로 주인 성동일이 고령에
　　탄핵을 받아 죄를 입게 된 것을 사면해 달라는 내용의 소지 외 2점.

　10) 婚書 : 萬曆 46년(1618) 12월 27일 成汝信이 아들 鋧을 결혼시키면서
　　친필로 써서 보낸 혼서. 1점.

　11) 傳令 : 摠理使가 前縣監 성동일에게 보낸 것으로 乙亥年(1815) 4월에
　　작성된 것. 1점

　12) 敎旨 : 乾隆 54년(1789)에 성동일을 折衝將軍에 임명하는 교지 외
　　18점.

　13) 明文 : 成栻의 노비매매증서로 康熙 48년(1709)에 작성된 것. 1점.

　14) 祿票 : 五衛將 성동일에게 祿俸을 지급하는 증명서.

　15) 戶牌 : 성동일(癸酉生, 庚子武科)의 호패 외 3매.

　16) 拓本 : 柳尋春이 지은 성동일의 묘갈명 탁본 외 1점.

(2) 韓梁氏宅(元堂里 西村)

　1) 戶口單子 : 韓사철 일가의 호구단자 외 4점. 180여년 전에 작성된 것으
　　로 추정됨.

　2) 儒案 : 晦軒實記藏板閣 儒案. 李道默의 序文이 있다.

(3) 김정만씨댁(紫梅里)
1) 所志 : 2점
2) 賣買文記 : 3점.

V. 文獻

(1) 韓梁氏宅
1) 孤松遺稿(韓大器 著, 1冊, 筆寫本)
2) 栢村集(河鳳壽 著, 4冊)
3) 寬蓼集(河泳台 著)
4) 梅堂集(李壽安 著, 3冊)
5) 琴溪集(成師顔 著)
외 21종

(2) 韓梁氏 작은집
1) 希齋集(鄭種和 著)
2) 玉峯集(河啓洛 著)
3) 共衾堂實記(成東一 著)
4) 愚齋集(姜台秀 著)
5) 耕隱實記(成文周 著)
6) 潛齋遺稿(河寓 著)
7) 愼庵集(崔兢敏 著)

(3) 孫湄壽氏宅
1) 晦峯集(河謙鎭 著)
2) 于亭集(成煥赫 著)
3) 弘庵集(金鎭文 著)
4) 濟南集(河經洛 著)
5) 愚山集(韓愉 著)
외 85종

(4) 강현호씨댁
  1) 无爲子遺集(郭世楗 著)
  2) 竹塘先生實記(崔濯 著)
  3) 東岩生生實記(李瀔 著)
  외 10종

VI. 結語

수곡면은 고문헌이 비교적 풍부한 지역으로서 특히 경상우도 지역 사림의 문집류가 많았다. 琴洞의 成肇錫氏宅에 소장되어 있는 고문서는 그 종류가 다양하고 연대가 오래된 것이 많아 고문서로서의 가치가 높다.

孫渭壽氏宅이나 韓梁氏 집안에 있는 고문헌은 이 지역의 유교문화의 연구에 참고가 될 만한 자료가 많았다. 앞으로 발굴하여 정리 보급할 필요가 있다.

고문헌을 소장하고 있는 집들이 대부분 관리를 허술히 하고 있어 도난이나 훼손의 우려가 크다. 대학 도서관이나 연구 기관에 기증하여 훼손없이 영구 보존할 수 있게 하는 것이 民族文化를 계승해 나가는 길이라 생각된다. (晦峯 河謙鎭의 장서가 많이 남아 있지만 열람을 하지 못해, 본 조사에서 누락되어 아쉽다.)

-부록자료 : 『无爲子遺集』 解題

『无爲子遺集』은 无爲子 郭世楗(1618~1686)의 文集이다. 郭世楗의 자는 公可, 호는 无爲子, 본관은 玄風이다. 玄風郡 率禮 마을에서 태어났다. 19세의 나이에 丙子胡亂의 소식을 듣고 군사를 일으켜 싸우러 가다가 중도에서 和議가 성립되었다는 소식을 접하고는 돌아와, 晋州 大覺里 大愚村에 寓居하였다.

郭世楗의 부친은 文科에 급제하여 察訪을 지낸 鷗谷 郭瀚이다. 祖父는
弦皐 郭再祺로 啓功郎을 지냈고, 壬辰倭亂 때 형인 忘憂堂 郭再祐를 따라
倡義하여 倭賊을 막는 공을 세웠다. 曾祖는 文科에 급제하여 觀察使를
지낸 定菴 郭越이다.

어려서부터 재주가 출중하였고, 뜻이 컸다고 한다. 科擧工夫를 하였으
나 급제하지는 못했다. 나중에 眉叟 許穆의 門下에 나가 배워 학식이 넓고
뜻이 높게 되어, 許穆의 인정을 받았다고 한다. 초야에 묻혀 있으면서도
義理에 관계된 큰 일이 있으면 강개·격앙하여 자신을 돌보지 않고 바로잡
으려고 하였다. 己亥禮訟(1659)·癸丑年(1663)의 寧陵遷葬 등의 일이 있
자, 郭世楗은 長文의 疏를 올려 宋時烈 등의 잘못을 공격하였으나 받아들
여지지 않았다.

甲寅年(1674)에 肅宗이 즉위하여 여러 西人들이 禮를 그르쳤다 하여,
領議政 金壽興을 中途付處하고, 禮를 논의한 여러 신하들은 처벌을 기다
리고 있었다. 그러나 宋時烈은 그대로 조정의 권한을 잡고 있었고, 또 顯宗
의 誌文을 짓는 일을 맡고 있었다. 이에 郭世楗은 상소하기를 "돌아가신
先王이 잘못된 禮를 바로잡았는데, 이러한 先王의 行蹟을 바로 쓰려면
자기의 죄를 자수해야 하고, 先王의 아름다움을 덮어버리면, 先王의 거룩
한 덕이 인멸될 것이니, 宋時烈이 이 글을 지을 수는 없습니다. …邪論에
추종한 金壽興은 오히려 귀양을 갔는데, 邪論을 맨 먼저 지어낸 宋時烈만
이 유독 법망에서 빠져서야 되겠습니까?"라고 하여 그 부당성을 지적하였
다. 이 상소는 宋時烈을 비롯한 西人들을 축출하는 데 결정적인 역할을
하였다.

이로 인하여 肅宗은 郭世楗을 司饔院 奉事로 敍用하였다. 이해 겨울에
軍資監 主簿로 옮겼다. 이듬해 刑曹佐郎·工曹正郎을 역임하고, 1677년
通訓大夫에 승진하여 益山郡守로 나갔는데 치적이 있었다.

1680년 庚申大黜陟으로 西人들이 재집권하여 南人들은 조정에서 축출
되었다. 郭世楗도 이에 연루되어 4년 동안 투옥되어 있다가 고문을 받고

풀려 나왔다가 병을 얻어 2년 만에 죽었다.

그의 상소는 대부분 西人의 領袖인 宋時烈을 공격한 것이었으므로 갑술년(1694) 이후로 西人들의 핍박을 받아 그의 후손은 몰락하였다. 그가 남긴 詩文은 宗家에 화재가 나서 모두 없어지게 되었다.

이 책은 2권 1책으로 된 목판본인데, 1936년에 山淸郡 新等面 丹溪里에 살던 權東林에 의하여 편집·간행되었다. 권두에 晦峯 河謙鎭의 序文이 있다. 1권에는 郭世楗이 남긴 詩文이 실려 있는데, 詩 1首, 疏 6篇, 書 4篇, 跋 2篇, 文 3篇이 실려 있다.

疏 가운데 「應旨疏」는 1673년(顯宗 14) 재해가 계속되자 국왕이 求言하는 敎旨를 내린 것에 응하여 올린 것으로, 孝宗의 陵인 寧陵을 옮긴 일과 慈懿大妃의 服制의 잘못으로 재해가 초래 되었다고 하여, 이 두 일을 결정하는 데 주도적인 역할을 한 宋時烈을 신랄하게 공격하였다. 「論斥宋時烈 製進誌文疏」는, 顯宗陵의 誌文을 宋時烈이 짓도록 결정한 것의 부당성을 지적하였다. 「辭職疏」는 司饔院 奉事에 발탁되자 禮制를 바로잡는 데 공이 많은 許穆·尹鑴·洪宇遠 등의 공적을 밝혀 이들이 자기보다 공이 많은데, 이들보다 앞서 벼슬을 받을 수 없다고 벼슬을 사퇴하는 것이다. 「辨誣 疏」는 閔蓍重이 자신을 西人 郭有道의 손자라고 하여 宋時烈을 공격한 상소에 대해서 역공을 가하자, 자신의 先系를 밝혀 두고 있음을 肅宗에게 증명해 보인 것이다. 「擬請謙齋河先生躋配德川書院疏」는 謙齋 河弘度의 學問이나 德行이 南冥 曺植을 享祀하고 있는 德川書院에 從享할 만하다는 것을 임금에게 청원한 것이다.

이 밖에 「奉賀眉叟許相公祗膺賜几杖殊錫文」은 眉叟 許穆이 几杖을 하사받은 것을 축하한 글인데, 그가 스승인 許穆의 學問과 人格에 얼마나 경도되어 있는지를 엿볼 수 있다.

附錄文字로는 5세손 郭東禎이 지은 「家狀」, 重齋 金榥(일명 佑林)이 지은 「行狀」, 深齋 曺兢燮이 지은 「墓碣銘」 등이 있다.

이 「无爲子遺集」은 服制를 둘러싼 南人, 西人간의 黨爭의 이해와 당시

이 지역 儒林들의 동향을 알아보는 귀중한 참고자료가 된다.

이 책은 晋陽郡 水谷面 元堂里 惟人齋에 소장되어 있는 것인데, 자료를 제공해 주신 愚溪公의 후손인 姜鉉鎬씨와 晋州敎大 附屬國民學校長 姜塤 先生께 감사드린다.

제2부

慶南地域 家門의
形成과 學問的 傳統

晉州의 姓氏에 대한 小考

I. 導言

오늘날의 우리나라 지식인들은 姓氏나 族譜에 대해 반감을 갖는 사람이 많다. 성씨 이야기만 나오면 '族閥, 門中 利己主義, 私的 集團' 등의 선입견을 갖고 있다. 그런데 21세기 첨단과학시대에 새삼스레 왜 姓氏 언급을 해야 하는가? 사람을 사람답게 만들기 위해서는 성씨가 갖는 가치와 그 기능을 알아야 하기 때문이다. 일본강점기 말기에 創氏改名을 강요당했을 때 우리의 성씨를 지키려고 결사적으로 노력했는데, 오늘날 우리 후손들 가운데는 스스로 버리려는 사람들이 많다.

오늘날 우리나라는 경제적으로는 세계 10대국 대열에 들게 될 만큼 국제적으로 비중 있는 국가로 성장하였다. 그러나 문화면에 있어서는 아직 경제만큼 수준을 높이지 못하고 있다. 윤리도덕적인 면에서는 점점 더 퇴보하고 있어, 뜻 있는 사람들을 안타깝게 하고 있다. 자살률 세계 2위, 청소년 범죄율 세계 1위 등 각종 흉악한 사건이 그치지 않고 있다. 사회정회위원회·청소년선도위원회 등을 만들어 범죄율의 감소를 위해 노력하지만, 범죄는 도리어 날이 갈수록 더 늘어나고 있다.

인구수 비율의 고소고발이 日本의 1백배에 이른다. 국민 상호간에 회합보다는 대립이 더 심해져 가고, 자기만 앞세우고 남은 인정하려고 하지 않는다. 정치경제 등 여러 방면에서 일을 처리할 때 합리적인 방법으로 하는 것보다는, 정당하지 못한 방법으로 처리하는 경우가 더 많다. 성실하고 부지런하게 자기 일을 묵묵히 하는 사람이 정당한 대접을 받지 못하고,

기회주의적으로 목소리를 높이는 사람이 대접받는 사회가 되어가고 있다. 공정한 사회를 만들겠다고 대통령이 부르짖지만, 불공정한 사례가 곳곳에서 매일 일어나고 있다.

학교의 교육은 날로 파괴되어 개탄의 소리가 높다. 대부분의 학교에서 교사가 학생을 통제하지 못하고 끌려가고 있는 실정이다. 이 모든 것이 정상적인 교육의 부재 때문이다. 학교교육이 정상적으로 가지 못하고, 이렇게 파괴된 가장 큰 원인은, 家庭教育이 이루어지지 않기 때문이다.

어떤 어린이가 태어나서 어릴 때 자기 가정에서 교육이 이루어지지 않으면, 학교에서 교육을 시키기가 어렵다. 언론이나 사회에서는 지식 교육은 물론, 인성교육까지 모든 책임을 교사에게 떠넘기지만 교사가 할 수 있는 역할에는 한계가 있다. 가정교육이 전혀 안 된 학생을 교사가 교육시키기를 바라는 것은 무리다.

사람이 인격이나 지식을 형성하는 데 있어 어릴 때의 교육이 중요하다는 것을 잘 알았던 인물이 바로 朱子이다. 주자는 어릴 때의 교육을 잘 시키려는 목적에서 많은 공력을 들여 『小學』을 편찬하였고, 만나는 사람들에게 小學 教育의 중요성을 부단히 강조하였다. 宋나라 王安石은 자기 어린 자식을 가르치기 위해 스승을 구할 때 조건을 아주 까다롭게 제시하였다. 그러자 그의 친구들이 "어린애를 가르칠 것인데 아무나 가르치면 되지 않소? 무엇 때문에 그렇게 까다롭게 조건을 제시하며 선생을 구합니까?"라고 묻자, 왕안석은 "사람의 머리 속에는 먼저 들어온 것이 주인이 되기 때문에[先入爲主] 시작하는 단계에서 교육을 잘못 받으면 나중에 고치기 힘든 법이오."라고 대답했다.

조선시대 우리나라는 가정교육이 세계 어느 나라보다도 잘 되어온 나라라 할 수 있다. 중국에서 들어온 『禮記』·『小學』·『童蒙訓』·『家範』·『明心寶鑑』 등의 訓蒙書가 있었고, 우리나라 학자들이 『童蒙先習』·『擊蒙要訣』·『啓蒙篇』 등을 만들어 가르쳤다.

그러나 이런 교재 못지않게 父祖들의 몸으로 하는 교육을 통해 자제들이 체험적으로 가르침을 받았다. 우리나라에서 많이 써오든 말 가운데 '濡染'이라는 말이 있다. 이 말은 자제들이 父祖의 부단한 정신교육을 받아 인격이나 학식을 형성해 가는 과정을 의미하고 있다.

Ⅱ. 姓氏와 族譜의 기능

혼란한 사회를 바로잡을 수 있는 확실한 방법은 가정교육을 회복하는 데 있다. 가정교육에는 家門意識이 중요하게 거기에는 族譜가 큰 역할을 해 왔다. 그러나 오늘날 族譜는 우리나라 지식인들의 천시대상이 되어 있다. 지금 미국 하바드대학에서는 '한국의 족보가 세계에서 가장 잘 된 것'이라 하여, 열심히 연구하고 있다. 우리나라 족보가 우리나라보다 더 많이 소장되어 있다. 미국의 유타대학에도 우리나라의 많은 족보가 소장되어 있다.

그러나 우리나라의 국사를 전공하는 대부분의 교수들은 족보를 가짜라고 간주하여 史料로서의 가치를 인정하지 않고 있다. 족보를 무조건 믿는 것도 문제가 있지만, 족보를 완전히 무시하는 것은 매우 큰 문제다. 족보의 사료로서의 가치, 교육적인 가치를 스스로 폐기하는 행위이다.

일부 족보 가운데는 위조와 假託이 없지 않지만, 자기 나라의 족보를 일고의 가치도 없는 것으로 생각하는 것은 많은 문제가 있다. 우리나라 것이라면 무조건 천시하는 것은 일본의 식민지교육의 奸巧한 有道에 자기도 모르게 영향을 받고 있는 것이다.

영국의 유명한 역사학자 토인비는 "만약 지구가 밀방하게 되어 다른 행성으로 옮겨갈 경우 꼭 가져가야 할 열 가지 귀중한 인류의 문화유산 가운데 한국의 家族制度가 꼭 들어가야 한다."라고 말했다. 그리고 그는 노년에 영국의 아파트에서 노부부만 살았고 그의 아들은 미국에 살았는데, 한국에 와서 한국의 노인들이 자식들에게 봉양 받는 것을 보고 참 좋은 제도라고 매우 부러워했다고 한다.

1981년 독일의 사회학자 보르노 박사가 우리나라에 왔다가 돌아갈 때 한국 기자들이 기자회견을 열어 '한국 사람들에게 해주고 싶은 말을 해 달라'고 요청했다. 그는 "한국 사람들은 지금 갖고 있는 한국의 족보문화를 잘 지키면 될 뿐입니다."라고 하였다.

1982년 프랑스 인류학자 레비스트로우스가 한국을 방문하여 河回 마을을 방문하였는데, 경북도청·안동시청 관계자나 柳氏 집안사람들은 한국의 전통가옥이 불편할 터이니 대구나 안동의 좋은 호텔을 예약하여 유숙하게 하려고 계획하였다. 그런데 본인이 그 마을의 전통가옥에서 자고 가겠다고 자청하기 때문에 거기서 자고 갔다. 그리고 나서 그는 "너무나 좋았다."고 가는 곳마다 말했다고 한다.

우리나라 사람들은 특히 지식인들이 스스로 우리 것을 무시하니 일본·중국이나 서양 사람들이 우리 것을 무시해 왔다. 나라가 힘이 없으면 아무리 좋은 문화라도 정당한 평가를 받지 못한다. 지금까지 우리 조상들이 사용해 왔던 나무와 흙으로 지은 집, 모시나 삼베 무명으로 된 옷, 채소나 곡식 위주의 음식·막걸리·놋그릇 등이 다 천시되어 왔지만, 지금은 웰빙 의류·주택·식품 등으로 각광을 받고 있다. 막걸리는 거의 멸절되어 가다가 다시 살아났다.

성씨를 위주로 가족관계를 체계적으로 다룬 족보는 우리의 우수한 문화유산 가운데 하나이다. 족보는 중국에서 생겨났지만, 우리나라가 훨씬 더 발전하고 성행하였다.

어떤 사람이 태어나 족보에 실리게 되면 이 세상에서 그의 人間으로서의 座標가 확정된다. '무슨 성, 무슨 본관, 무슨 파, 몇 대, 어디에서 世居하는 집안이고, 어떤 인물이 나온 집안이고, 어느 집안과 婚事를 많이 맺었나' 등등의 사실은 한 개인에게 다 부가된다. 그러면 그 사람은 한 개인이 아니고, 그 집안 공동체의 일원이 되는 것이다. 누구의 몇 대손, 누구의 아들, 누구의 몇 촌, 누구의 사돈 등등.

그렇게 되면 자기 행동을 함부로 할 수가 없다. 함부로 하여 잘못을 저지르거나 더 나아가 범죄를 저지르게 되면, 자기 한 사람의 수치나 파멸이 아니고 자기 가족이나 자기 집안, 나아가 자기 성씨까지도 파멸로 빠지게 만든다. 오늘날 사람들이 생각할 때는 귀찮은 일이지만, 늘 자기 처신에 신경을 쓰게 되고 정신적으로나 행동적으로 수양을 하게 된다. 스스로 자신을 늘 교육하고 교정하는 일을 계속하게 된다.

오늘날의 모든 범죄나 사회적 비리가 '匿名性'의 환경에서 유래한다. 나쁜 짓을 해도 누가 누구인지를 모르기 때문에 부끄러움이 없다. 우리나라 속담에 "우물물 세 번 이상 바꿔 먹은 사람은 상대를 하지 마라."라는 말이 있는데, 밑천을 모르는 사람하고는 상대하지 말라는 말이다. 밑천을 모르는 사람은 오늘날 말로 하자면 '정보가 공개되지 않은 사람'이다. 정보가 공개 안 된 사람은 언제 무슨 일을 저지르고 사라질지 모르기 때문에 흉악한 일을 저지를 수 있다는 말이다.

요즈음은 개인의 권리를 주장하며 자기의 신상에 관한 정보가 공개되면 인격이 침해를 받는 것으로 생각하는 사람이 많다. 그러나 자신의 言行이 떳떳하다면 자신에 관한 사항이 공개되어 안 될 것이 무엇이겠는가? 송나라 학자 司馬光은 "내가 평생 동안 한 일 가운데서 남에게 이야기하지 못할 것이 하나도 없다.[平生所爲, 未嘗有不可對人言者]"라고 하였다. 떳떳하게 행동하면 자기 정보가 공개되어도 아무 문제가 안 될 것이다.

앞에서 보르노 박사가 "한국 사람들은 한국인의 족보문화를 잘 지켜나가라"라고 한 것은, 그가 장난삼아 한 말이 아니고 앞으로 과학기술이 극도로 발달한 시대에 살면서 사람을 사람답게 유지해 나가려면 가족문화가 아니면 안 되는데, 서양은 이미 가족문화가 붕괴되었는데 한국에 남아 있는 족보를 중심으로 한 가족문화를 보고서 인류를 살릴 수 있는 유일한 길이라고 생각했던 것이다.

사람이 사람을 온갖 방법으로 해치는 시대에서 사람을 구제하기 위해서는 人性敎育을 하지 않을 수 없는데, 인성교육을 하려면 성씨의 의미와 가치를 알아야 할 것이다.

Ⅲ. 晉州의 姓氏

우리 진주는 新羅 文武王 2년(662) 州가 된 이래로 여러 성씨의 많은 인물이 나왔을 것이다. 그러나 高麗 武臣亂(1170) 이전의 역사에 진주 출신 인물로 기록된 경우는 河拱辰(? - 1011)과 姜民瞻(? - 1021) 두 사람이고, 그 나머지 인물들은 대부분 무신란 이후의 인물이다. 고려 무신란 때 우리나라의 대부분 文籍이 불타버렸기 때문에 우리나라 성씨의 中始祖들은 거의가 다 고려후기부터 시작하고 있다.

진주는 고려후기부터 조선초기까지 많은 인물들이 배출되었다. 文宗때 領議政을 지낸 敬齋 河演이 지은 晉州鄕校 「四敎堂記」를 보면 이런 기록이 있다.

> 진주의 고을 됨은 智異山의 뛰어남과 南海 바다의 정기가 기운을 길러 융합하여 토지가 비옥하고 인물이 번성하니, 다른 고을에 비할 바가 아니다. 내가 일찍이 들으니, 殷烈公 姜民瞻은 향교에서 공부하여 공적이 혁혁하였다고 한다. 그 이후로 인재가 더욱 성하였다.
> 근세와 와서 文敬公 姜君寶, 우리 선조인 元正公 諱 楫, 御史大夫 諱 允源 및 菁州君 河乙沚, 僉贊 鄭乙輔와 국초 이래로 文忠公 河崙, 文定公 鄭以吾, 襄靖公 河敬復 등이 모두 향교에서 공부한 사람들 가운데 뛰어난 사람으로 문신이나 무신으로서 그 당시 세상에 이름을 떨쳤다.[1]

---

1) 河崙『敬齋集』권3 7-8장, 「四敎堂記」. 晋之爲邑, 智異之靈, 南海之精, 醞釀沖融, 土地之沃饒, 人物之繁華, 非他邑之比. 吾嘗聞殷烈公姜民瞻, 學於校中, 功業烜赫, 厥後, 人材尤盛. 近古, 文敬公姜君寶, 吾先祖元正公諱楫, 御史大夫諱允源, 及菁州君河乙沚, 僉贊鄭乙輔, 與夫國初以來, 文忠公河崙, 文定公鄭以吾, 襄靖公河敬復, 皆就鄕校而拔萃, 若文若武, 俱鳴於當世.

이 글에서 조선 문종 때까지 진주 출신의 저명한 문관이나 무관으로는
강민첨·강군보·하즙·하윤원·하을지·정을보·하륜·정이오·하경복
등을 거론했다. 영의정을 지낸 하연 자신까지 포함하여 전국적으로 저명한
인물은 모두가 姜氏·河氏·鄭氏이다.

『世宗實錄』「地理志(1454)」에 실린 진주의 성씨를 보면 다음과 같다.

> 본 고을의 土姓은 네 가지가 있는데, 鄭氏·河氏·姜氏·蘇氏이다.
> 州가 된 이후의 성이 세 가지가 있는데, 柳氏·任氏·康氏이다.
> 續姓은 두 가지인데, 金氏[禮州에서 왔다]·朴氏[근본을 상고할 수 없다]
> 이다.
> 班成에 사는 성이 네 가지인데, 玉氏·成氏·邢氏·周氏이다.
> 續姓은 한 가지인데, 金氏[固城에서 왔다]이다.
> 永善에 사는 성이 세 가지인데, 林氏·任氏·陽氏이다.
> 岳陽에 사는 성이 다섯인데, 陶氏·吳氏·任氏·孫氏·朴氏이다.
> 續姓은 하나인데, 金氏[김해에서 왔다]이다.
> [이상 세 縣의 續姓은 지금 모두 아전이 되어 있다.][2]
> 亡福山鄕·松慈鄕 두 鄕의 성은 文氏이다.

『세종실록』「지리지」에서는 진주의 土姓을 鄭氏·河氏·姜氏·蘇氏 등
네 가지로 제시하고 있다. 그 이후 成宗 때 편찬된 『東國輿地勝覽(1477)』
「晉州牧篇」에는 진주의 성씨가 이렇게 기록되어 있다.

> 本州 : 鄭氏, 河氏, 姜氏, 柳氏, 蘇氏, 任氏, 康氏.
> 金氏, 朴氏[둘 다 온 것이다]
> 班城 : 荊氏[어떤 데는 邢氏로 쓰기도 한다], 周氏, 玉氏, 玄氏, 成氏.
> 金氏[續姓이다].

2) 『世宗實錄』 권 150, 28장, 「地理志」 晉州牧條.

永善 : 楊氏, 韓氏, 任氏, 林氏.
福山 : 文氏[松慈도 같다]
岳陽 : 陶氏, 吳氏, 任氏, 孫氏, 朴氏.
　　　金氏[續姓이다]
花開 : 金氏.
薩川 : 朴氏.

『晋陽誌(1632)』姓氏篇에서는『東國輿地勝覽』의 晉州牧 姓氏條의 내용을 그대로 인용하고, 그 아래에 '寓居'를 이렇게 추가하여 두었다.

李氏[鐵城], 申氏[高靈], 李氏[全義], 全氏[全州], 李氏[驪興], 趙氏[林川], 尹氏[坡平], 梁氏[南原], 李氏[載寧], 崔氏[全州], 黃氏[昌原], 韓氏[淸州], 崔氏[朔寧], 成氏[昌寧], 張氏[丹陽], 陳氏[驪陽], 柳氏[文化], 朴氏[泰安], 曺氏[昌寧], 金氏[蔚山], 文氏[南平], 鄭氏[慶州], 金氏[咸昌], 李氏[全州], 愼氏[居昌], 許氏[金海], 鄭氏[延日], 卞氏[草溪], 孫氏[密陽], 柳氏[靈光], 安氏[順興], 朴氏[密陽], 南氏[宜寧], 白氏[水原], 李氏[咸安], 车氏[咸平], 禹氏[丹陽].3)

조선 성종 이후 임진왜란 직후까지 진주 지방에 37개의 성씨가 새로 옮겨와 살았으니, 엄청난 인구의 이동이 있었음을 알 수 있다. 燕山君의 暴政, 四大士禍·黨爭·壬辰倭亂·仁祖反正·丁卯胡亂·丙子胡亂 등이 京畿地方의 士族들을 慶尙道 지역으로 옮겨 살게 한 원인이 되었다.
1937년에 출간된『嶠南誌』에는『晉陽誌』에 실린 성씨에 李氏[星山]·柳氏[全州]·鄭氏[海州]·郭氏[玄風]·孔氏[檜山]를 추가하고, 车氏[咸平]을 삭제하였다.4)『진양지』편찬 이후 1937년까지의 성씨 이동 상황을 기록한 것이다.
『世宗實錄』「地理志」에서부터 진주의 土姓으로 치는 河氏·鄭氏·蘇

3)『晋陽誌』권3 姓氏.
4)『嶠南誌』권53 2장, 晉州郡 姓氏條.

氏·姜氏는 三韓 때부터 존재한 것이라고 河演은 추정하고 있다. 그러나 蘇氏는 일찍이 진주를 떠나 진주에서 활동한 소씨의 인물은 한 사람도 없고, 柳氏도 일찍 진주를 떠나 진주에서 활동한 유명한 사람은 없다. 河氏·姜氏·鄭氏는 진주를 본관으로 하면서 진주에서 世居해 왔다. 다만 서로 시조가 달라 計寸을 못하는 各派가 몇 개 존재하고 있다.

Ⅳ. 진주의 土姓

嘉靖(1522~1566) 초에 丹城縣監을 지낸 趙應卿씨가 자기도 河氏 집안의 외손이라 하여 정력을 쏟아 『晉陽四大姓族譜』를 만들었다. 그는 河氏를 세 개의 派, 姜氏를 네 개의 파, 鄭氏를 열 개의 파로 나누어 분명하게 갖추어 진주의 鄕射堂에 간수해 두었다.5)

이 진주의 토성에 대해 차례로 고찰해 보면 다음과 같다.

1. 河氏

河演은 河氏의 근원에 대해 이렇게 기록하였다.

> 우리 집안은 옛날 姓에 속하는 네 집안 가운데 하나인데, 居陀州 때부터 시작되었다. 원래 士族이었으나 世系는 전하는 것이 없다. 오직 『高麗史』에 河侍郎 拱辰이 있는데, 들으니 같은 근원이라 하나 파가 갈라진 것은 분명하지 않다. 또 姜給事가 준 시에 우리 선대를 일컬어 河僕射라고 했으나, 諱를 알 수 없으니 슬퍼 탄식할 일이다.
>
> 諱가 珍이란 분이 있었는데, 벼슬이 司直이었다.……정승의 아들 諱楫은 晉川府院君으로 시호가 元正公이고, 그 아들은 諱允源은 晉山府院君이다. 나의 돌아가신 아버지 左議政府君에 이르기까지 내외의 관직을 두루 역임하셨고, 자손이 많다.6)

5) 河橙 『滄洲集』 권1 9장, 「晉陽河氏族譜序」.

滄洲 河憕이 말한 세 개의 파는 다음과 같다.

1) 侍郎公派

河拱辰을 시조로 하는 진양하씨이다. 진주의 大谷面 丹牧과 수곡면 士谷 등지에 세거한다. 저명한 인물은 다음과 같다.

* 河拱辰 : 高麗 顯宗朝 契丹에 사신 가서 구류되었는데 충절을 지키다 죽임을 당했다. 門下侍郎 平章事에 追贈되었다.
* 河乙沚 : 忠惠王朝 文科狀元, 鷄林元帥.
* 河允潾 : 肅川郡守. 贈領議政.
* 河崙 : 河允潾의 아들. 號는 浩亭, 文科, 領議政, 佐命功臣, 晉山府院君, 시호는 文忠, 『浩亭集』. 太宗 廟廷에 配享.
* 河敬復 : 世宗朝 武科, 贊成, 시호는 襄靖.
* 河漢 : 河敬復 아들, 武科 知中樞府事, 시호는 剛莊.
* 河魏寶 : 明宗朝 生員.
* 河晉寶 : 明宗朝 文科. 南冥 제자. 司諫. 청백리.
* 河國寶 : 宣祖朝 생원.
* 河希瑞 : 호는 雲錦亭. 中宗朝 진사, 南冥 친구.
* 河麟瑞 : 河希瑞 아우, 진사, 南冥 친구.
* 河洛 : 河麟瑞의 아들, 호는 喚醒齋, 南冥 제자. 宣祖朝 생원 진사, 世子師傅, 壬亂殉節. 『喚醒齋集』
* 河沆 : 河洛 아우. 호는 覺齋, 南冥 제자. 宣祖朝 진사, 叅奉 천거. 『覺齋集』. 大覺書院 享祀.
* 河惺 : 河魏寶의 아들. 호는 竹軒, 宣祖朝 生員, 倡義, 長水縣監. 『竹軒集』.
* 河憕 : 호는 滄洲, 河國寶 系子. 宣祖朝 進士, 德川書院長, 『晋陽誌』 편찬. 『滄洲集』.
* 河悏 : 河魏寶 아들. 宣祖朝 進士.
* 河受一 : 호는 松亭, 宣祖朝 文科, 吏曹正郎. 『松亭集』. 大覺書院 享祀.

---

6) 河演 『敬齋集』 권2 5장, 「世譜序」.

* 河鏡輝 : 河洛 아들. 호는 梅軒, 宣祖朝 進士, 倡義 父子殉節.
* 河璿 : 河洛 손자, 호는 松臺, 宣祖朝 진사, 主簿, 『松臺集』.
* 河必淸 : 호는 台窩, 英祖朝 文科, 典籍.
* 河世熙 : 河受一 현손. 호는 石溪, 謙齋 河弘度 제자.
* 河世應 : 河受一 현손. 호는 知命堂, 肅宗朝 生員.『知命堂集』.
* 河友賢 : 河受一 후손. 호는 豫庵, 『豫庵集』.
* 河鎭伯 : 河峽 后孫. 호는 菊潭, 正祖朝 進士, 『菊潭集』

2) 司直公派

高麗 中期 司直을 지낸 河珍을 중시조로 하는 하씨 일파로, 주로 玉宗 安溪, 산청 南沙, 鳴石面 觀旨里, 陜川 및 昌寧 등지에 世居한다.

* 河楫 : 文科, 贊成事, 晉川府院君, 시호는 元正.
* 河允源 : 河楫의 아들. 忠惠王朝 文科. 恭愍王朝 摠郎, 開城 수복한 공으로 이등공신.
* 河自宗 : 文科, 兵曹判書.
* 河演 : 河自宗의 아들. 호는 敬齋. 圃隱 鄭夢周의 제자. 文科, 世宗朝 大提 學, 領議政. 시호는 文孝.『敬齋集』. 文宗 廟廷에 配享.
* 河潔 : 文科. 太宗朝 大司諫.
* 河應圖 : 호는 寧無成, 南冥 제자, 宣祖朝 진사, 縣監, 『寧無成集』.
* 河弘度 : 河潔의 後孫. 호는 謙齋, 河受一 제자, 三朝徵士. 宗川書院 享祀, 『謙齋集』.
* 河溍 : 河潔의 후손. 호는 台溪, 仁祖朝 文科, 司諫, 『台溪集』.
* 河澈 : 河弘度 조카. 호는 雪牕, 贈大司諫.

3) 雲水堂派

金谷面 雲谷에 世居한다.

* 河潤 : 호는 雲水堂, 成宗朝 文科. 順天府使.

* 河天瑞 : 河潤의 손자, 호는 望楸亭. 宣祖朝 察奉, 壬亂 倡義, 贈左承旨.

4) 丹溪派

진주에는 살지 않고 경북 安東 등지에 산다.

* 河緯地 : 생육신. 호는 丹溪, 文科, 禮曹參判, 忠烈公.

2. 鄭氏

鄭氏는 上系가 다른 派가 특히 많다.

1) 鄭藝를 시조로 하는 파

* 鄭乙輔 : 호는 勉齋, 文科, 尙書, 菁川君, 文良公.
* 鄭以吾 : 호는 郊隱, 文科, 大提學, 『郊隱集』.
* 鄭苯 : 鄭以吾의 아들. 호는 愛日堂, 文科, 左議政, 시호는 忠莊公.
* 鄭蘊 : 鄭苯의 아우. 判書.

2) 鄭時陽을 시조로 하는 파

* 鄭櫶 : 晉陽府院君.
* 鄭陟 : 호는 整庵, 文科 判尹, 시호는 文戴公, 청백리.
* 鄭誠謹 : 文科, 直提學, 청백리.
* 鄭經世 : 호는 愚伏, 大提學, 西厓 제자. 시호는 文肅公, 『愚伏集』.

3) 隅谷派

* 鄭溫 : 호는 隅谷, 大司憲, 託盲不仕.

3. 姜氏

모두 高句麗 兵馬元帥 姜以式을 시조로 삼는다. 그러나 計寸이 안 되는 두 파가 있다.

1) 博士公派 : 박사 姜啓庸을 시조로 삼는다. 이 파는 朝鮮 前期에 이미
   진주를 떠나 진주에는 사는 후손이 얼마 안 된다.

* 姜君寶 : 宰輔, 鳳山君.
* 姜蓍 : 高麗末 文科, 贊成事, 시호는 恭穆公.
* 姜淮伯 : 姜蓍의 아들. 호는 通亭. 高麗末 文科, 都巡問使, 陽村 權近의
  제자.
* 姜淮仲 : 姜淮伯 아우. 호는 通溪, 文科, 大提學.
* 姜碩德 : 姜淮伯의 손자. 호는 玩易齋, 시호는 戴愍公.
* 姜孟卿 : 姜淮伯 손자. 文科, 世祖朝 領議政, 文景公, 佐翼功臣, 晉山府院君.
* 姜希顔 : 姜淮伯 손자. 호는 仁齋, 文科, 府尹, 畵家.
* 姜希孟 : 姜淮伯 손자. 호는 私淑齋, 文科狀元, 贊成, 翊戴佐理功臣, 晉山君,
  文良公,『私淑齋集』.
* 姜龜孫 : 姜希孟 아들. 文科, 燕山朝 右議政, 肅憲公.
* 姜渾 : 姜淮伯의 현손. 호는 木溪, 文科, 贊成, 靖國功臣, 晉川君, 佔畢齋
  金宗直 제자,『木溪集』.

2) 殷烈公派 : 殷烈公 姜民瞻의 후손이다.
진주에 세거하는 姜氏들의 대부분은 殷烈公 후손이다.

* 姜民瞻 : 文科, 兵部尚書, 殷烈公. 契丹 침입 격퇴.
* 姜翼文 : 호는 戇菴, 文科, 正言.『戇菴集』.
* 姜大遂 : 호는 寒沙, 文科, 府使,『寒沙集』.

V. 진주를 본관으로 하는 姓氏

진주를 본관으로 하는 성씨가 12가지에 이르나, 姜氏·河氏·鄭氏·柳

氏를 제외하면 대부분이 숫자가 아주 적다.

1. 晉州柳氏(시조 柳仁庇)

   * 柳順汀 : 文科, 중종 때 領議政, 靖國功臣, 菁川府院君, 시호는 文成, 中宗廟
     庭 配享.

2. 晉州蘇氏(시조 蘇繼笒)

   * 蘇世良 : 호는 屛庵, 文科, 大司諫.
   * 蘇世讓 : 蘇世良 아우. 호는 陽谷, 文科, 贊成.

3. 晉州金氏

   * 金良彦 : 平壤 世居, 宣祖朝 贈崇政大夫 判中樞府事.

4. 晉州李氏

   * 李致彦 : 英祖朝 文科.

5. 晉州朴氏

   * 朴氜 : 호는 湖隱, 燕山朝 효자.

6. 晉州邢氏

   * 邢士保 : 中宗朝 賢良科, 文科, 典籍. 班城邢氏 邢順(高麗 太祖朝 禮賓郎)
     의 후손.

7. 晉州張氏

   * 張彦邦 : 진주장씨 시조, 引進副使.

8. 晉州崔氏

* 崔瑞林 : 호는 寬谷, 愼獨齋 金集 제자, 叅奉에 천거, 泰仁 龍溪祠 享祀.

9. 晉州康氏(시조 康汝楫)

* 康守衡 : 초명은 和尙. 高麗 忠烈王朝 贊成事.
* 康遇聖 : 嘉善大夫, 일본 억류 10년 『捷解新語』의 저자.

VI. 結語

진주는 신라 때부터 州가 되었고, 고려 成宗 때부터는 牧이 되어 慶尙右道의 행정과 교육 문화의 중심이 되었다. 토지가 비옥하고 물산이 풍부하여 인구가 비교적 많은 편이었다. 1925년까지는 慶尙南道의 도청소재지였다.

조선시대 牧이라는 큰 고을을 유지하였고, 많은 士族들이 거주하였다. 또 12개에 이르는 姓氏가 本貫을 진주에 두게 되었으니, 전국적으로 비교해 봐도 아주 많은 편에 속할 것이다.

河氏·姜氏·鄭氏는 신라 때부터 있었고, 또 이 성씨는 숫자도 가장 많고 많은 인물들이 배출되었다. 朝鮮 中期 愼齋 周世鵬은 진주에 와서 이런 시를 남겼다.

비봉산 앞에 명봉루 있는데	飛鳳山前鳴鳳樓
누각에서 자는 손의 꿈 맑고 그윽하도다.	樓中宿客夢淸幽
땅이 신령스러워 인물이 걸출한 姜氏·河氏·鄭氏는	地靈人傑姜河鄭
그 이름 남강과 더불어 만고에 흐르리라.	名與南江萬古流[7]

---

7) 周世鵬 『武陵雜稿』 別集(1581년) 권3 5장, 「鳳鳴樓」. 그런데 이 시가 『圃隱續集』 권1 3장에는 「題晋州飛鳳樓」라는 제목으로 실려 있는데, 글자가 약간 다르다. 飛鳳山前飛鳳樓. 樓中宿客夢悠悠. 地靈人傑姜河鄭, 名與長江萬古流.

16세기 이전에 姜氏·河氏·鄭氏는 진주를 대표하는 大姓으로서 이미 융성하여 있었음을 알게 해 주는 자료이다.

일제강점기·해방·육이오사변과 경제개발 등을 거치면서 많은 인구의 유동이 있어, 世居하던 세 성씨의 구성원들 가운데 진주를 떠난 사람이 많다. 반면에 직장이나 학교 등을 따라 타지에서 진주로 유입된 인구도 많다. 그래서 진주의 성씨는 옛날처럼 土姓들의 숫자가 많지는 않고 여러 가지 성씨가 뒤섞이게 되었다.

진주에서 세거한 사람이 아니라 해도 진주 시민이 된 사람은 진주의 성씨에 관해 그 유래와 변천을 어느 정도 알고 있는 것이 진주문화를 이해하는 데 도움이 되리라 생각된다.

安分堂 家門의 形成과 展開

I. 序論

朝鮮은 儒教를 指導理念으로 하여 통치되어 온 나라다. 조선시대에는 出仕를 하거나 草野에 있거나를 막론하고 지식인들은 누구나 儒教를 철저히 공부하여 그 것을 행동에 반영하려고 노력하였다. 그래서 儒教가 사회 각분야에 끼친 영향은 말할 것도 없고, 개개인 意識構造나 行動方式에도 크게 침투하였다. 朝鮮의 文化는 儒教에 바탕을 둔 문화라고 할 수 있다.

儒教를 철저히 공부하여 이를 생활화한 양반선비들이 儒教文化를 主導하는 계층이었다. 이 계층을 일반적으로 儒林이라고 부르는데, 이 儒林들은 각각의 儒教文化를 중시하는 各家門에서 배출된 儒者들로 구성되어진다. 儒教文化가 지배하는 사회에서 많은 儒者를 배출하여 儒林社會에 많은 기여를 하고 영향력을 행사하는 家門을 좋은 家門, 곧 兩班家門으로 인정해 왔다.

17세기 仁祖反正 이후로 仕宦하기가 어려워진 慶尙道, 특히 慶尙右道 지역에서는 후기로 오면 올수록, 仕宦보다는 文翰과 操身 등을 기준으로 하여 儒林社會에서 각개인 儒者의 位相이 결정되었고, 이런 儒者의 배출 정도에 따라서 各家門의 位相이 결정되었다. 이런 기준에서 慶尙右道지역을 대표할 만한 家門이 여러 곳 형성되어 존재해 왔다. 주로 丹城 일대에 世居해 온 安分堂 權逵(1496-1548)의 後孫들로 이루어진 安分堂 家門은 그 가운데 중요한 위치를 차지하는 한 家門이다.

安分堂은, 朝鮮中期의 학자로서 南冥 曺植(1501-1572)·退溪 李滉

(1501-1570)과 道義之交의 관계에 있는 비중 있는 인물이었다. 그의 아들 權文任과 손자 權濟가 文科에 급제하는 등, 그 後孫들을 혁혁한 文翰과 宦業 등으로 慶尙右道지역 儒林社會에서 중요한 位相을 유지해 왔다. 이로 인해서 安東權氏 여러 派들 가운데서도 安分堂派라는 독자적인 一派를 형성하였다.

本考에서는 安分堂이라는 인물의 家系, 生涯, 學問思想을 고찰하여 밝히고, 安分堂의 後孫들에 의해서 형성된 安分堂 家門이 어떻게 형성되었고, 어떻게 擴大·變化되었으며, 오늘날 어떤 형태로 남아 있는지를 究明하고자 한다. 이를 통해서 나아가 慶尙右道지역의 전반적인 儒敎文化를 밝히는 데 부분적이라도 기여하고자 하는 의도에서 이 글을 쓴다.

Ⅱ. 安分堂의 傳記的 考察

1. 家系

安分堂 權逵의 字는 子由, 安分堂은 그 號인데, 宋나라 邵康節의 「安分吟」에서 그 말을 취해 온 것이다.

本貫은 安東인데, 그 始祖 權幸은 본래 新羅 王姓인 金氏였다. 敬順王 3년(929) 甄萱이 古昌(오늘날의 安東)을 포위했을 적에 權幸은 金宣平, 張貞弼과 함께 高麗 太祖 王建을 도와 甄萱을 격파하여, 王建의 王業의 기틀을 닦는 데 결정적인 공헌을 했다. 이런 까닭으로 王建이 특별히 '權氏' 姓을을 하사하고, 三韓壁上功臣에 冊錄하고, 三重大匡 太師에 임명하였다. 權幸 때문에, 安東의 백성들은 戰禍를 면할 수 있었고 또 安東이 郡에서 府로 승격되었기 때문에 이 權幸 등 三太師의 功을 景慕하여 安東府에 廟宇를 지어 오늘날까지 享祀해 오고 있다.[1]

---

1) 李滉 『陶山全書』 권59 35장, 「安東府三功臣廟增修記」.

高麗後期에 이르러 權幸의 十二代孫 權漢功은 號가 一齋인데, 三重大
匡 都僉議政丞을 지냈고, 推誠同德協贊功臣에 冊錄되고, 醴泉府院君에
봉해졌고, 諡號는 文坦이다.

權漢功의 아들은 權仲達인데, 大匡輔國 知密直司事를 지냈고, 推誠定
策安社功臣에 冊錄되었고, 花原君에 봉해졌고, 諡號는 忠憲이다. 權仲達
은 高麗末期의 詩文의 大家 牧隱 李穡의 丈人이다.[2]

權仲達의 막내 손자인 權執德은 中訓大夫 軍器寺正을 지냈는데, 朝鮮
太宗朝에 漢陽으로부터 비로소 三嘉縣 大幷으로 옮겨와 살았다.[3]

權執德의 셋째 아들 權忖은 文科에 급제하여 梁山郡守를 지냈다. 權忖
은 곧 安分堂의 高祖이다.

權忖의 맏아들 權繼祐는 進士에 합격하여 司勇을 지냈다. 權繼祐는 三
嘉縣에 인접한 丹城縣 丹溪로 옮겨 살았는데, 丹溪에 세거하던 茂松尹氏
家門의 判中樞府事를 지낸 尹汧의 딸에게 장가들어 妻鄕으로 入居하였기
때문이다[4]. 權繼祐의 자손들은 丹溪를 중심으로 하여 丹城縣 일대의 각지
로 뻗어나갔다.

그 맏아들 權金錫(1447-1585)은 字가 鍊翁인데 1467(世祖 13)년에 進
士에 합격하여 典獄署 奉事로 재직 중 漢陽에서 세상을 떠났다. 南冥의
아버지 曹彦亨이 그 아들 權時敏과 절친한 관계에 있었으므로, 그 墓碣을
지었다[5].

權金錫의 셋째 아들[6] 權時得은 武科에 급제하여 內禁衛 司直을 지냈다.
이 분이 安分堂의 아버지이다. 東溪派의 派祖인 東溪 權濤, 默翁派의 派祖

2) 『安東權氏安分堂派譜』 권1 2장.
3) 『三嘉續修邑誌』 권1, 姓氏條.
　　『嶠南誌』 권64 5~6장. 三嘉縣篇 蔭仕條.
4) 李時馣 『雲窓誌』, 新等八坊考證 第三坊.
5) 『安東權氏安分堂公派譜』 권1 5~6장, 「奉事公碣文」.
6) 『安東權氏安分堂公派譜』 권1 「世系另圖」.

인 默翁 權潗, 霜嵒派의 派祖인 霜嵒 權濬은, 權時得과 형제간인 참봉權時準의 증손들이다.

安分堂의 어머니는 驪興閔氏로 牧使를 지낸 閔旭禎의 따님이다. 閔旭禎은 高麗末期에 禮儀判書를 지낸 閔安富의 증손인데, 閔安富는 고려가 망하자 杜門洞에 들어갔다가 나중에 山陰縣 大浦里에 숨어 살았다.[7]

安分堂은 셋째 아들인데, 위로 權遇, 訓導를 지낸 權遂 두 형과 아래로 아우 權遵이 있다.

安分堂 자신은 丹溪里에서 태어났지만, 그가 21세 때 圃隱 鄭夢周의 현손인 叅奉 鄭浣의 딸과 결혼함으로 인해서, 처가가 있는 丹城縣 元堂里 內元堂 마을로 이주를 하게 되었다. 內元堂 마을에는 원래 開城金氏인 蔚山郡守를 지낸 金縢이 살고 있었다. 鄭浣이 金縢의 손녀에게 장가들면서 이 마을로 옮겨와 살게 되었다. 安分堂이 鄭浣의 딸에게 장가들어 이 마을로 옮겨 살게 된 것이다.[8] 그러나 언제 옮겨 살았는지는 정확하게 알 수 없다. 『花山世紀』에 들어 있는 「安分堂年譜」에 의하면 安分堂이 30세 때 縣의 남쪽 源塘洞으로 옮겨 산 것으로 되어 있고, 『安分堂實紀』에 들어 있는 「安分堂年譜」에 의하면 32세 때 옮겨 산 것으로 되어 있다.

元堂 八坊 가운데서 第五坊을 이름하여 '立石'이라고 하는데, 시내 위에 서 있는 돌이 있기 때문에 이렇게 부른 것이다. 士大夫들 가운데서 幽靜한 것을 좋아하는 사람들이 간혹 그 곳에서 살았다.[9] 安分堂 이후 立石里는 安分堂 자손들이 특히 많이 世居하는 곳이 되었다.

丹城의 水淸洞은 權克行의 아버지 權深이 처음으로 자리잡은 이후로 權克行이 후손들이 世居하는 곳이 되었다. 權克行의 조부 權文著는 安分堂의 第二子인데, 安分堂의 둘째형 權遂의 앞으로 出系하였다. 權克行의 두 아우 權克平, 權克明의 후손들도 주로 이 곳에 世居하게 되었다.[10]

---

7) 『嶠南誌』 권54 6장, 山淸篇 人物條.

8) 朴明圭 · 金俊亨 · 鄭震英, 「嶺南의 儒林文化」, 미원문화재단 연구과제 결과보고서, 1997년.

9) 李時馪 『雲窓誌』, 元堂八坊考證.

2. 安分堂의 生平

安分堂 權逵는 1496년(燕山君 2) 10월에 丹城縣 丹溪里에서 태어났다. 태어나면서부터 자질이 뛰어났고, 소년시절부터는 才藝가 출중하여 우뚝이 두각을 드러내었다.

7세 때(1502) 季父로부터 『小學』을 배웠는데, 가르치는 말이 떨어지자마자 곧바로 그 내용을 경건하게 실천해 나갔는데, 발을 뻗고 앉거나 용모를 함부로 하는 일이 없었다. 의젓하여 뭇 아이들과 어울려 놀지 않고 늘 부모의 곁을 떠나지 않고 부모의 뜻을 받들어 和樂하고 즐겁게 하는 것을 목표로 하였다.

11세(1506) 때 『大學』을 배웠는데, 책을 읽고 외우는 일에 있어서 어른들이나 스승의 권유 없이도 스스로 날마다 정해진 日課가 있었다.

17세(1512) 때 經史子集의 여러 책에 두루 통달하였다. 精密한 말이나 奧妙한 뜻은 반드시 깊이 窮究하고 분명하게 分辨한 뒤에라야 그만두니, 造詣가 날로 깊어졌다. 부지런히 學問을 쌓아나가는 중에 아버지의 命으로 科擧를 위한 공부도 아울러 하였다.

19세(1514) 때 程子, 朱子 등이 지은 性理學 관계의 典籍을 읽었다. 세속의 鄙俚한 책은 한 번도 눈에 댄 적이 없었다.

21세(1516) 때 圃隱의 현손인 鄭浣의 딸에게 장가들었다. 25세(1530) 겨울에 丹城 培養里에 살던 淸香堂 李源과 함께 斷俗寺에서 글을 읽었다.

30세(1525) 때 源塘洞으로 옮겨 살았다. 洞府가 깊숙하여 逍遙하는 즐거움이 있기 때문이었다.[11] 또 다른 이유로는 거기에 妻家가 있었기 때문이었다. 당시까지는 男女均分相續의 제도가 실행되고 있었기 때문에, 처가로부터 分配 받은 田莊, 奴婢 등이 源塘洞에 있었으리라 짐작할 수가 있다.

---

10) 李時馪 『雲窓誌』.
11) 『花山世紀』 권2 3장, 「安分堂年譜」.

安分堂이 31세(1526) 때 退溪가 내방하였다. 이때 退溪는 宜寧 걸음이 있었다가 먼저 培養에 이르렀다.. 淸香堂으로부터 安分堂이 새로 卜居하는 곳을 듣고서 淸香堂의 안내를 받아 安分堂을 찾아왔다. 서로 經書의 뜻을 강론하였다.

父親喪을 당한 南冥 曹植을 三嘉縣 冠洞의 盧幕으로 찾아가 弔問하였고, 그 뒤 小祥, 大祥, 禫祭 때도 역시 찾아가 조문하였다. 南冥의 부친 曹彦亨은 安分堂의 부친과 친구이고, 또 일찍이 조부 奉事公의 墓碣銘을 지었기 때문에 더욱 정중하게 조문을 하였던 것이다. 돌아와서 말하기를, "曹楗仲은 居喪하는 절차가, 禮法으로 보나 슬퍼하는 마음으로 보나 모두 지극하여, 『儀禮』에 비춰봐도 하나도 맞지 않은 것이 없다. 그 學問의 힘은 진실로 속일 수가 없도다"라고 칭찬하였다.

35세 되던 해(1530)에 부친 司直公이 병이 깊어 여러 달 동안 계속 낫지 않자, 安分堂은 寢食을 돌보지 않고 밤낮으로 정성을 다하여 약시중을 들었으나, 결국 세상을 떠나게 되었다. 安分堂은 지나치게 슬퍼하다가 몸을 상하여 거의 생명을 잃을 지경에 이르렀다. 居喪하는 절차는 하나같이 모두 『朱子家禮』에 맞았다.

服을 마치고는 세상사와 관계를 끊고 모친을 봉양하면서 讀書하며 심오한 뜻을 연구했다.

38세(1533) 되던 해 가을에 鄕試에 합격하였다. 이때 淸香堂도 함께 합격하였다. 이 이전에도 여러 차례 합격하였으나, 기록이 남아 있지 않아 연대를 考證할 수가 없다. 이듬해 봄에 覆試에 응시하였으나 합격하지 못했다. "사람의 本分이 되는 일상생활에 필요한 彝倫 가운데 마땅히 행해야 할 바가 많은데, 어찌 꼭 名利에 마음을 치닫게 해야만 하겠는가?"라고 탄식하고는, 모친에게 아뢰어 허락을 얻어 科擧를 포기하였다. 安分堂이 鄕試에 여러 번 응시한 것도 모친의 뜻을 어기지 않으려고 억지로 응시한 것이지, 꼭 벼슬길에 나서야겠다는 욕심을 가져서 그런 것은 아니었다.

40세(1535) 때 그윽하게 속세와 떨어져 있어 조용히 지내기에 좋은 源塘

洞에다 집을 한 채 짓고는 安分堂이라는 扁額을 걸었다. 그리고는 邵康節의 「安分吟」을 써서 벽에 걸어 두고서, 자신의 지향하는 바를 표방하여 「安分說」이라는 글로 지었다.

安分堂이라고 이름 붙인 書齋 속에서 날마다 거기서 거처하면서 밤 늦게까지 단정하게 앉아 책을 읽으며 늙음이 장차 닥쳐온다는 것을 알지 못하였다.

41세 때 모친의 回甲宴을 마련하였다. 安分堂은 詩를 지어 이 날의 感懷를 읊었고, 많은 사람들이 安分堂의 詩에 和答을 했지만, 다 없어져 전하지 않는다. 다만 이때 9세이던 아들 權文任이 지은 시는 사람들의 입으로 전해져 오늘날 남아 있다.

42세(1537) 때 母親喪을 당하였는데, 喪禮를 치르는 절차가 父親喪 때와 꼭 같았다. 服을 다 마치자, 새벽에 일어나 家廟에 참배하였고, 물러나 조용히 앉아 聖賢의 책을 보았다. 心性을 연구한 공부와 潛心修養하여 스스로 터득한 깊은 경지가 어떠했는지 짐작할 수가 있겠다.

46세(1541) 때 安分堂은 뜰에다 홰나무 한 그루를 심으면서 "나의 자손 가운데 반드시 興起하는 사람이 있을 것이다"라고 했다.[12] 그 뒤 과연 아들 權文任과 손자 權濟는 文科에 급제하고 손자 權渫은 武科에 급제하여 그 홰나무 아래에서 잔치를 여는 경사가 있었다.[13]

47세(1542) 때 從姪 仙院 權世倫이 와서 배웠다. 權世倫은 선생이 세상을 떠나자 祭文을 지어 祭祀를 올렸는데, 安分堂을 欽仰하는 마음이 매우 간절했다.

50세(1545) 때 金海의 山海亭으로 南冥을 방문하여 여러 經書의 의문나는 뜻을 講論하였다. 돌아와서 사람들에게 말하기를 "南冥은 壁立萬仞의 氣像이 있고, 또 그 涵養하는 공부는 오로지 敬義 두 글자에 있으니,

---

12) 李時馞 『雲窓誌』.

13) 『花山世紀』 권1 8장, 「安分堂遺事」.

진정한 學問이다"라고 감탄했다. 이때 南冥은 아직도 그 氣像이나 學問이 그렇게 크게 이름 나지는 않았는데, 安分堂이 며칠간 같이 講論해 보고서 그 學問의 조예와 특징을 정확하게 파악하였으니, 그 통찰력이 대단하다고 할 수 있다. 南冥은 安分堂을 推重하여 畏友로 여겼다.

51세(1546) 때 遺逸로 薦擧되어 叅奉에 除授되었지만 나아가지 않았다. 己卯士禍 이후 어진 士類들이 小人奸臣輩들에게 몰려 몸을 희생하는 경우를 목도하였고, 바로 앞 해에 乙巳士禍가 일어나 많은 士類들이 죽임을 당하거나 유배되었기 때문에 더욱 벼슬에 나갈 뜻이 없었다.

이 해 가을에 宜寧 嘉禮村으로 退溪를 방문하였다. 이때 退溪가 宜寧 처가에 와서 머무르고 있었기 때문이다. 여러 날 동안 學問을 講論하다가 헤어졌다. 헤어진 뒤 退溪는 「題安分堂詩」에 次韻한 詩를 보내왔다. 그 詩는 이러하다.

선비의 갓 쓰고서 한 평생 잘못 보낸 신세,	儒冠已誤百年身
웃으며 서로 쳐다보니 귀밑머리 허옇구려.	一笑相看兩鬢銀
긴밀한 관계 이루어지니 잠깐 만나도 오랜 벗 같고,	密契旣成傾蓋舊
깊은 우정은 흰머리라 하여 서먹할까 어찌 걱정하리오?	深情寧患白頭新
산에서 나물 캐고 물에서 낚시하니 내 분수에 달갑고,	採山釣水吾甘分
道를 즐기며 가난을 편안히 여겨 그대 진실하게 살게나.	樂道安貧子任眞
여기서부터 강가 벌판까지 십 리 길이 되는데,	從此江郊十里路
幅巾 쓰고 명아주 지팡이 짚고 자주 왕래하기를.	幅巾藜杖往來頻[14]

世俗的인 온갖 牽累를 벗어나 참된 本性을 지키면서 悠悠自適하게 살아가는 儒學者의 高雅한 모습이 잘 나타나 있다.

이 해에 아들 權文任에게 명하여 南冥의 문하에 가서 執贄하고 배우도록 했다.

---

14) 『花山世紀』 권1 부록, 李滉作 「題安分堂」.

淸香堂의 조카 竹閣 李光友가 특별히 왔기에 講學하였다.

53세(1548) 때 몸이 파리해지는 병을 얻어 점점 위독해지더니, 이 해 10월 17일에 正寢에서 세상을 떠났다. 訃告가 나가자 알고 지내던 원근의 인사들이 모두 "學德을 갖춘 큰 인물이 세상을 떠났도다"라고 탄식하였다.

南冥은 弔問하러 와서 哭하고, 평소에 交分이 두터웠던 친구인 安分堂을 위해서 墓地를 잡아주었고, 下棺할 때 직접 臨穴하여 哭하며 永訣하였다.[15] 많은 친구들 가운데서도 南冥이 安分堂을 관계가 아주 密切한 친구로 생각하고 있었다는 것을 이런 점에서 알 수가 있다. 安分堂의 묘소는 立石村 뒤 乾坐의 언덕에 있다. 安分堂이 세상을 떠난 지 24년 뒤에 부인이 세상을 떠나 安分堂의 묘소 아래에 장사지냈다.

安分堂은 官爵이 혁혁하거나 文章으로 이름을 날린 그런 인물은 아니고, 安分知足하면서 爲己之學에 침잠하여 自樂하던 君子라 할 수 있다. 그래서 그 氣像이 산뜻한 것은 마치 光風霽月과 같았고, 純粹하기는 精金美玉과 같았던 것이다. 평생 벼슬에 나간 적 없이 草野에서 지냈지만, 그 名聲은 遠近에 널리 알려져 나라 안에 모르는 사람이 거의 없었다.

安分堂 死後 후손들이나 인근의 儒林들이 朝廷에 贈職이나 諡號를 요청한 적이 없었는데, 이는 安分堂의 名利에 대해서 淡泊했다는 사실을 충분히 이해했기 때문일 것이다.

安分堂은 南冥 뿐만 아니라 退溪 李滉과도 道義之交를 맺었다. 退溪의 初娶 岳丈인 進士 許瓚은 宜寧 嘉禮에 집이 있었고, 再娶 岳丈인 奉事 權礩은 安義縣 迎勝村에 寓居했기 때문에 慶南지방을 8차 방문한 적이 있었다.[16] 退溪가 源塘洞으로 安分堂을 방문한 적이 있고, 또 安分堂이 宜寧 嘉禮村으로 처가에 와 머물던 退溪를 방문한 적도 있었다.

15) 『花山世紀』권2 8장, 「安分堂年譜」.

16) 許捲洙 「慶南 소재의 退溪遺跡에 대한 小考」, 『慶南文化硏究』제18집.

3. 安分堂의 學問思想

安分堂은 南冥, 退溪 등과 道義之交를 맺고 學問을 講論한 것을 볼 때 그 學問의 수준이 어떠했는가를 충분히 짐작할 수 있다. 그의 학문은 聖賢들이 남긴 四書五經에 기본하여 당시 숭상되던 程子, 朱子 등 宋儒들의 理學 관계 典籍을 읽었다는 것은 「年譜」 등을 통해서 알 수 있다. 安分堂이 著述한 글은 본래 적지 않았으나, 丁酉再亂 때 다 불타 없어지고 말았다. 그래서 그의 學問과 思想의 全貌를 정확하게 究明하기가 어렵다.

> 선생의 아름다운 말과 훌륭한 행적은 많지 않은 것이 아니었다. 丁酉再亂 때 온 집안이 縣의 북쪽 골짜기로 피난을 갔다. 그런데 倭寇가 갑자기 들어 닥쳐 孫婦[17] 姜氏는 貞節을 지키다가 죽었고, 남녀들은 다 달아나 숨었다. 집안에 소장하고 있던 文籍은 남김없이 싹 다 없어졌다.[18]

현재로서 安分堂이 지은 유일한 글로는 「安分說」의 일부가 남아 있는 데, 그 글은 이러하다.

> 康節邵先生의 「安分吟」이라는 詩에 가로되, "자신의 分數를 편안하게 여기면 욕됨이 없고, 幾微를 알면 마음이 절로 한가롭게 된다네. 비록 인간세상에서 살지라도, 도리어 인간세상을 벗어날 수 있으리"라고 하였다. 세상의 즐거운 일로는 자신의 分數를 편안하게 여기는 것보다 더 나은 것이 없다. 亞聖 孟子께서 이른바 "일찍 죽거나 오래 살거나 할 것 없이 다 자기 몸을 닦아서 기다리는 것이 자신의 命運을 세우는 것이다"라고 하셨다. 지금 사람들은 자기의 命運이 어디에 있는지도 알지 못하고서, 富貴榮華를 마치 힘으로 얻어 올 수 있는 것으로 생각하여, 그 것을 얻으려고 급급하지만, 이미 자기 分數 밖의 일이다. 가소롭도다(이하 缺).[19]

---

17) 原文에는, '宗孫婦'로 되어 있으나 夫君 權澤은 宗孫이 아니다.
18) 『安分堂實紀』 17장.
19) 『花山世紀』 권1 1장. 安分堂遺文篇.

安分堂은 참으로 세속적인 名利·榮達을 완전히 초월한 學德이 완숙한 경지에 도달했음을 알겠다. 사람들이 제도적으로 만든 人爵보다는 사람이 태어날 때 하늘로부터 받은 天爵이 훨씬 더 가치 있고 보람차다는 것을 다른 사람들보다 훨씬 앞서 깨달은 것이다. 자신의 바깥에 있는 것보다는 자기 마음 속에 있는 仁義 德 등을 더 중시하였고, 아는 것보다는 자신을 修養하는 것을 더 중시하였다. 曾子가 말한, "저들이 그 富裕함을 가지고 써 하면 나는 나의 仁으로써 하고, 저들이 자기의 官爵을 가지고서 하면 나는 나의 義로써 하겠다. 내가 어찌 위축될 것이 있겠는가?"라는 정신과 같은 것이라 할 수 있다.

"자기의 分數를 아는 것이 가장 즐겁다"라고 말할 수 있는 것은 마음이 光明正大하여 조그마한 物慾도 개재하지 않았다는 것을 알 수 있다.

이런 마음으로 살았기 때문에 安分堂은, 出處의 大節에 조금도 흠을 남기지 않았고, 또 國家와 民生을 완전히 등지고서 자기 한 몸만을 깨끗이 간직하여 名節만을 얻으려는 그런 인물도 아니었다. 士禍 등등으로 목숨을 잃거나 귀양가는 그런 부류의 사람들이나, 세상과 인연을 끊고, 깊은 산 속에서 살아가는 부류들이나, 특이한 행실로 세상 사람들의 耳目을 끌려는 부류들과는 동일선상에서 이야기할 수가 없다. 평생 벼슬하지 않고 理窟에 침잠해 지내던 宋나라 邵康節의 인생관과 상통하는 데가 없지 않다.

安分堂은 實踐的 治學方法을 이렇게 제시하였다.

> 배우는 사람의 실천적인 공부는 모름지기 '靜'자 위에서 해 나가야 합니다. 그러나 한 쪽으로 치우치는 病痛이 있기 때문에 결국은 그 무게를 '敬'자로 돌려야 한다.[20]

'靜'과 '敬'과 공통되는 개념도 있지만, '敬'은 動과 靜을 다 포괄할 수가

---

20) 『花山世紀』 권2, 姜蘭馨撰 「安分堂墓誌銘」.

있고 더 마음의 활동에 따라서 어디서나 작용할 수가 있다. 그래서 공부하
는 사람에게 '敬'이 關鍵이므로, '敬'에 비중을 많이 두도록 安分堂이 자신
의 견해를 피력하였다.

安分堂의 從姪로서 安分堂이 47세 때 제자로 입문한 權世倫은, 동시대에
직접 安分堂을 모시고서 같이 살면서 가르침을 받았다. 그가 安分堂 靈前에
올린 祭文에서 安分堂이 道가 높은 君子였다는 것을 이야기하였다.

> 하늘을 즐기고 命을 아시고, 道가 높고 德이 이루어졌습니다. 가슴 속은
> 산뜻하여 光風霽月과 같고, 氣像은 순순하여 精金良玉과 같았습니다. 정말
> 로 우리 아저씨는 진실한 君子이십니다. 이제는 적막하여 德스러운 敎育을
> 직접 받기가 어렵습니다. 누구를 우러러 모셔야 될 것인가 하는 한결같은
> 슬픔은, 세월이 오래 되면 오래 될수록 더욱 간절해집니다.[21]

이 祭文도 완전하게 남아 있지는 않지만, 安分堂과 동시대에 살면서
직접 가까이서 본 사람이 지었다는 데서 文獻的 價値가 매우 크다고 할
수 있다. "道가 높았다", "진실한 君子다"라는 말은, 그 당시 모든 선비들이
操身에 많은 정성을 들이고 있던 분위기였으므로 누구에게나 감히 함부로
쓸 수 없는 말이었다. 더구나 자기의 堂叔에게 이런 稱頌하는 말을 한
것은 객관적인 인정을 받지 못하는 경우라면, 다른 사람들의 非難이나
嘲笑를 면할 수 없는 말이다. 安分堂의 道가 확실히 높았고, 그 學德이
君子의 경지에 이르렀음을 대부분의 사람들이 인정했다는 것을 알 수가
있겠다.

"누구를 우러러 모셔야 될 것인가"하는 말에서 權世倫이 자신의 큰 스
승을 잃고 정신적으로 방황하고 있는 모습을 볼 수 있다. 그 당시 쟁쟁한
학자들이 많이 있었지만, 쉽사리 돌아가신 스승을 잊고서 새롭게 스승으로
모실 만한 인물을 찾기 어려울 정도로 安分堂이 그에게 끼친 영향이 크고

---

21) 『安分堂實紀』 14장, 「祭文」.

인상이 깊었다는 것을 알 수 있다. 權世倫은 司馬試에 합격한 사람이라는 점을 감안할 때 그 學問的 造詣가 깊었다는 것을 짐작할 수 있다. 이런 인물이 직접 동시대에 살면서 보고 배웠으므로, 安分堂에 대한 평가는 어느 누구가 남긴 기록보다 정확하고 신빙성이 있다고 할 수 있다.

동시대에 살면서 安分堂을 직접 본 사람이 남긴 또 다른 글은 셋째 아들 權文任이 지은 墓碣銘이다. 그러나 이 묘갈명은 너무나 간략하여 安分堂의 行蹟에 관한 내용은 "네 아들에게 詩書로써 가르쳤다"라는 것 뿐이라서 安分堂의 행적을 아는 데는 큰 도움이 되지는 않는다.

Ⅲ. 家門의 形成과 位相

엄밀한 의미로는 본래 兩班家門이 되려면 대대로 實職의 벼슬을 해야만 양반가문이 될 수 있다. 거기다가 國家와 民族을 위해서 큰 공을 세운 인물이 나오면 더욱더 兩班家門으로서의 位相이 높아질 수 있었다.

그러나 후대로 내려오면서 벼슬하기가 쉽지 않았기 때문에 자기 당대에 는 벼슬하지 못해도 祖上 가운데 벼슬한 사람이 있으면 그 後孫들은 양반 이라고 생각하고 행세하였다. 仁祖反正 이후로 慶尙右道지역은 宦路에 진출하기가 용이하지 않았으므로, 이 지역의 兩班家門은, 朝鮮後期에 이 르면, 대개 먼 조상 가운데서 벼슬한 인물만 있을 뿐, 文科及第者는 아주 드물었고, 小科도 많지 않았다.

그래서 이 이후로는 兩班家門으로 위상을 유지해 나가는 방법으로는 다음 몇 사례가 있었다.

첫째, 文翰을 갖추었다. 집안에서 學者나 이름난 詩人 文章家가 배출되 어야 했다. 그러기 위해서는 가문마다 書堂을 갖추고, 집안 자제들을 공부 시키기에 정성을 쏟았다. 그 결과 집안에서 學者나 文章家가 배출되어 著述을 남기면, 집안의 힘을 기울여서 편집·간행하여 관계 있는 집안에

頒帙하였다.

둘째, 儒林社會에서 크게 활약하는 것이다. 鄕校에 출입하여 鄕校 일에 영향력을 미치거나, 大賢을 享祀하는 書院에 출입하여 주도적인 위치에 서는 것이다.

셋째, 이름난 大先生과 관계를 맺어 家門의 子弟들을 제자로 入門시키기도 하고, 또 조상들의 行跡을 闡揚히는 데 필요한 碑文, 墓誌銘, 行狀이나 조상들의 文集에 필요한 序跋文字, 亭臺의 記文, 上樑文 등을 아주 이름난 大先生에게 받는 것이다.

넷째, 지체 있는 家門과 婚姻을 맺어서 家門의 位相을 유지해 나가는 것이다.

다섯째, 집안 子弟들의 處身이 올발라 사회적으로 模範이 되고, 孝烈의 행실이 있어 원근에 널리 알려지면 家門을 선양하는 데 크게 도움이 되었다.

文翰을 갖추는 것은 하루 아침에 될 수 있는 일이 아니다. 또 文翰이 상당한 수준에 이르러야 儒林社會에서 位相을 확보하여 영향력이 있게 된다. 儒林社會에서 위상을 확보해야만, 이름 있는 大先生과 관계를 맺을 수 있고, 婚姻도 文翰이 있는 兩班家門과 할 수 있는 것이다. 이런 이유로 하여, 朝鮮後期에 이르면, 文翰이 兩班家門을 유지하는 데 가장 필요한 요건이 되었다. 곧 많은 學者, 선비들이 배출되는 가문이 兩班家門으로서 儒林社會의 인정을 받을 수 있는 것이다.

주로 丹城縣에서 世居해 온 安分堂派 家門은, 특히 文翰이 燦然한 가문이다. 澤齋 柳潛은 權氏家門을 다음과 같이 소개했다.

> 우리 고을은 땅이 좁아 꼭 말 정도만 한데, 權氏들이 좋은 동네에 터잡고 있는 것이 거의 반을 넘는다. 3,400년을 지나는 동안 文科 武科 小科에 이름이 든 사람이 6,70명에 이르니, 그 얼마나 번성한가?[22]

---

22) 柳潛 『澤齋集』, 부록 「丹邱姓苑」 511쪽.

물론 丹城에 사는 權氏가 모두 다 安分堂派는 아니지만, 安分堂派에 속하는 인물이 삼분의 일 정도 차지한다해도, 각종 科擧 及第者數는 대단히 많은 것이다.

1. 文翰과 儒行

安分堂의 후손 가운데서 文翰과 學問으로 이름난 인물을 연대순으로 들면, 다음과 같다.[23]

權文顯은 安分堂의 장남으로서 字는 明叔, 호는 竹亭이다. 아우 權文任과 함께 南冥의 門下에서 受學하였는데, 일찍부터 文章으로써 이름이 있었다. 열아홉 번이나 鄕試에 합격했으나, 끝내 文科에는 급제하지 못했다. 詩文集을 남겼다.

權克泰는 安分堂의 증손인데, 德을 지니고서 山水自然 속에 묻혀 지냈다. 아들 다섯을 잘 가르쳐 모두 대단한 名望이 있었다.

權克行은 安分堂의 증손자로서 자는 士中, 호는 池亭이다. 生員에 합격하였는데, 문장과 行義로 세상에 널리 알려졌다. 詩文集을 남겼다. 丁酉再亂 때 大邱 지역을 다니다가 「籌邊樓上梁文」을 지었는데, 당시 慶尙監司 韓浚謙이 보고서 칭찬하였으나, 薦擧하여 등용하지는 못했다. 權克行이 자신의 命運을 슬퍼하여 「悲命賦」를 지었는데, "여섯 번 初試에 합격해도 급제하지는 못했고, 두 번이나 倡義를 했지만, 功勳은 없다네"라는 내용이 있다.[24]

權克益은 安分堂의 증손으로 자는 士兼이다. 天性이 剛直·慷慨하였는데, 明나라가 망한 이후로는 隱居하며 스스로 志節을 지켰다.[25]

---

23) 安分堂의 둘째 아들 權文著는 安分堂의 둘째형 權逢의 앞으로 入養하였지만, 그 후손들은 실제로 安分堂의 후손이므로, 다 포함시켰다.

　　文翰과 學問이 있는 후손일지라도, 文科·武科 급제자, 司馬試 합격자, 蔭仕者 등은 해당 부분에서 다룬다.

24) 柳潛 『丹邱姓苑』 559,560頁.

權銶은 安分堂의 玄孫인데, 처음 이름은 權大有, 자는 子建, 세상에서 陽田處士라고 불렸다. 文翰과 學行이 있었다. 葛庵 李玄逸과 道義之交를 맺었고, 子姪들을 그 문하에 가서 수학하도록 하였다.

權德輝는 安分堂의 5대손으로 權克泰의 손자다. 자는 天章, 호는 晩悟齋이다. 葛庵 李玄逸의 門人인데, 文翰과 行誼를 갖추려고 스스로 勉勵하였고, 箴을 지어 자신을 警戒하였다. 蘆峯 아래에다 띠집을 짓고서 子姪들을 가르쳤다. 密庵 李栽가 그의 「八詠詩」에 次韻하여 그를 讚美하였다.

權認亨은 安分堂의 5대손으로 權文著의 현손이다. 性稟이 沈精하였는데, 修身을 잘 하였고 讀書를 부지런히 하였다. 부모 섬기기에 그 정성을 다하였다.[26]

權重和는 權德輝의 아들로 權重泰의 아우이다. 자는 汝中, 호는 蘆軒이다. 文翰과 行誼가 일찍 이루어졌다. 小山 李光靖과 道義之交를 맺었다.

權重遠은 權重和의 아우로, 자는 汝勗, 호는 菊圃이다 修養하여 신중히 처신하였으므로 사람들이 참된 隱者로 인정하였다,

權重呂는 權重和의 아우로서 자는 汝大, 호는 昭軒, 어려서부터 穎悟하였고, 學行이 있었으며, 文詞에 능했다. 詩文集을 남겼다.

權重萬은 安分堂의 6대손으로 權文任의 5대손이다. 자는 仁卿, 호는 守中堂이다. 葛庵 李玄逸의 門人으로서 學問에 淵源이 있었다. '爲善最樂[착한 일을 하는 것이 가장 즐겁다]'라는 네 글자를 벽에다 써 붙여 놓고서, 보면서 自省하였다. 文山書堂을 지어 後進들을 교육하였다.

權大成은 安分堂의 6대손으로 權認亨의 아들이다. 天性이 純厚하고 孝友를 근본으로 삼았다. 文詞에 힘을 쏟았고, 詩文集을 남겼다. 형제 네 사람이 모두 溫恭慈愛하니, 사람들이 四樂堂이라고 불렀다.

權大弼은 權大成의 아우로서 孝友가 출중하였고, 行身이 반드시 禮法

에 맞았다.

權億는 安分堂의 7대손으로, 자는 熙甫, 호는 玉川이다. 經書와 史書를 널리 보았고, 文章이 아주 뛰어났는데, 儀禮에 더욱 힘을 쏟았다. 居喪을 잘하였고, 林泉에 은거하면서 弟子들을 양성하였다. 詩文集을 남겼다.

權偁은 安分堂의 7대손으로, 자는 敬來, 호는 溪翁이다. 착한 일을 즐겨 하고 義理를 좋아하며, 林泉에 은거하였다.

權俒은 安分堂의 7대손으로 처음 이름은 儋, 자는 大叟, 호는 南窓이다. 형제 3인이 한 언덕에다 常棣軒을 짓고 友愛 있게 함께 지냈다. 大山 李象靖의 門人으로 文章과 行誼로 士林의 推重을 받았다. 詩文集을 남겼다. 判書 李承輔가 그의 墓碣銘을 지었다. 權俒이 지은 「屛箴」은 이러하다.

> 보고 듣고 말하고 움직이는 것이, 모두 마음으로 말미암아 밖으로 나타나는 것. 마땅히 하지 말아야 할 것은 하지 말아야지, 사물에 끌리면 마음을 녹여 버린다네. 聖賢이 訓戒를 내리되 한결같이 禮로써 규제하였다네. 이를 회복하고 이를 살펴서, 先師를 대해야겠네.[27]

깊이 있는 공부가 없으면 지어낼 수 없는 글로서, 心性을 수양하는 방법을 제시해 주고 있다.

權守經은 安分堂의 8대손으로 자는 士汝, 호는 龜峰이다. 文翰과 行誼가 있었으나, 은거하여 벼슬하지 않았다. 詩文集을 남겼다.

權得一은 安分堂의 8대손으로 權鍼의 현손이다. 처음 이름은 孝一, 자는 源伯이다. 孝友가 출중하였고, 家門의 名聲을 떨어뜨리지 않으려고 노력하였다. 여러 士友들과 新安書社를 이건하여 後進들을 교육하였다. 詩文集을 남겼다.

權道一은 權得一의 아우로서 자는 道源, 호는 三默齋이다. 孝友가 독실하였고, 德行이 있었다. 누추한 시골에 거처하면서도 道를 즐기며 자신의

---

27) 柳潛『丹邱姓苑』562頁.

분수를 지켰다. 詩文集을 남겼다.[28]

權文一은 安分堂의 8대손으로 權佶의 아들이다. 태어나면서부터 穎悟하였고, 文詞가 크게 이루어지고 筆法이 楷正하였다. 불행이 일찍 세상을 떠나자 사람들이 애석하게 여겼다. 그에 관한 기록을 모은 實紀가 편집되어 있다.

權海樞는 權守經의 아들로서 자는 子行, 호는 自窩이다. 文章에 능했고, 禮를 좋아하였다.

權國樞는 安分堂의 9대손으로 자는 武若, 호는 守拙堂이다. 詩文集을 남겼다.

權達銓은 安分堂의 9대손으로 자는 景澹, 호는 陽溪이다. 渼湖 金元行의 門人이다. 그의 이름과 자를 모두 金元行이 지었고, 또 '必可以聖人爲學[반드시 성인을 배울 수 있다]'라는 일곱 글자를 써 주었다. 訃告를 듣고서 遠近의 知舊들이 탄식하면서 말하기를, "어진 사람이 요절하였구나! 어진 선비가 죽었구나! 우리 고을에 뜻을 둔 선비들은 누구를 따라 배우며 누구를 본보기로 삼겠는가?"라고 했다. 남긴 詩文은 화재를 만나 다 없어졌다.

權顯明은 安分堂의 9대손으로 權佶의 손자이다. 자는 見之, 호는 竹下이다. 자질이 溫雅·穎敏하였다. 10세 때 어른들이 韻字를 불러 詩를 짓게 했더니, "곁에 있는 분들 시 짓는 게 느리다고 말하지 마소서. 마음은 시냇가 푸른 버들 가지 사이에 있다네[傍人莫道詩成遲, 心在溪邊綠柳枝]"라고 즉각 지어내어 좌중의 사람들을 驚歎하게 만들었다. 性理學에 힘을 쏟아 造詣가 精深하였다. 세상에서 三玉이라고 일컬었는데, 사람 됨이 玉과 같고, 文章이 玉과 같고, 글씨가 玉과 같다 해서, 그렇게 부른 것이다. 憲宗 때 文山祠를 창건하였다. 詩文集을 남겼고, 性齋 許傳이 그의 墓庭碑를, 沙村 朴圭浩가 墓碣銘을 지었다.

權德明은 安分堂의 9대손으로 權鍼의 5대손이다. 博學하고 篤行하였고,

---

8) 丹城鄉誌編纂委員會 편 『丹城鄉誌』 202頁.

敬義에 服膺하였다. 詩文集을 남겼다.

權基修는 權重道의 후손인데, 호는 鳩湖이다. 才藝가 絶倫하고 文章이 贍富하다. 「生朝詩」와 「十蟲詩」가 人口에 膾炙되었다.

權憲斗는 安分堂의 10대손으로 權海樞의 아들인데, 호는 南湖이다. 好學不倦하였다. 詩를 읊으며 悠悠自適하게 지냈다.

權憲武는 安分堂의 10대손으로 權僖의 증손이다. 才藝와 學問이 있었고, 孝友가 篤實하였다. 형 權憲文이 江陵 任所에서 세상을 떠나자, 수천 리를 달려가 고향으로 返葬하니, 고을 사람들이 칭찬하였다. 壽職으로 都正을 받았다.

權憲重은 安分堂의 10대손으로 權佶의 현손이다. 자는 仁老, 호는 炭叟이다. 날마다 張思叔의 「座右銘」을 외우며 修身하였다. 마음이 坦率하였으며 다른 사람들과 진실하게 사귀었고, 世俗의 변화에 흔들리지 않았다. 詩文集을 남겼다.

權憲覺은 安分堂의 10대손으로 權鋮의 6대손이다. 자는 殷用, 호는 晚醒이다. 隱居하며 篤學하였는데, 文翰과 行誼가 아울러 갖추어졌다. 詩文集을 남겼다.

權憲璣는 安分堂의 10대손으로 자는 汝舜, 호는 石帆이다. 白雲洞七賢 가운데 한 사람이다. 詩文集을 남겼는데, 晦峯 河謙鎭이 그 序文을 썼다. 兼山 權奎集이 그의 行狀을, 秋帆 權道溶이 그의 遺事를 지었다.

權在恒은 安分堂의 11대손으로 자는 致弦, 호는 逸圃이다. 孝行이 있었고, 詩文集을 남겼다.

權天奎는 安分堂의 11대손으로 權佶의 현손이다. 志行이 明潔하였고, 學問에 潛心하여, 家門의 名聲을 떨어뜨리지 않으려고 노력하였다. 자기 本性대로 處身하여, 物慾이 없었다.

權相柱는 安分堂의 11대손으로 자는 致貞, 호는 竹軒으로 學問과 行誼가 있었다. 沙村 朴圭浩가 그의 行狀을 지었다.

權相纘은 安分堂의 11대손으로 자는 中慶, 호는 于石이다. 孝友가 出天

하였고, 篤志好學하여, 先業을 잘 계승하였다. 어려서는 仲父인 石帆 權憲機에게서 배웠고, 나중에 四未軒 張福樞의 門人이 되었는데『夙夜箴集說』을 받았다. 后山 許愈, 俛宇 郭鍾錫 등을 從遊하였다. 士友들의 推重을 받았고『南冥集』重刊의 일에 참여하였다. 詩文集을 남겼는데, 惕窩 權宅容이 그의 行狀을 지었다.

權相直은 安分堂의 11대손으로, 자는 敬五, 호는 敬山이다. 學行이 있어 名望이 높았다. 端磎 金麟燮, 后山 許愈, 俛宇 郭鍾錫, 晦堂 李聖烈 등을 따라 배웠고, 詩文集을 남겼다. 조카인 惕窩 權宅容이 그의 行狀을 지었다.

權相政은 權相直의 아우인데, 자는 衡五, 호는 學山이다. 后山 許愈, 俛宇 郭鍾錫의 門人이다.[29] 거주하는 마을 뒤에 尙友亭을 지어 後進들을 교육하였다. 詩文集을 남겼다.

權奎集은 安分堂의 12대손으로 權文任의 후손이다. 자는 學揆, 호는 兼山이다. 性稟이 剛方하였고, 文學이 贍富하였는데, 특히 詩와 賦를 잘 지었다. 일찍부터 功令文을 익혀 京鄕間에 이름을 날렸다. 士友들이 모두 敬畏하였다. 后山 許愈의 門人이다. 詩文集을 남겼다.

權正容은 安分堂의 12대손으로, 자는 文中, 호는 春坡인데, 資稟이 卓犖하였고, 文章이 일찍부터 성취되었다. 詩文集을 남겼는데, 俛宇 郭鍾錫이 그 序文을 썼다.[30]

權燦容은 安分堂의 12대손으로 자는 泰永, 호는 梅塢이다. 孝友가 出天하였고, 才藝가 明敏하였고, 文行이 찬란하여, 士友들의 推重을 받았다. 詩文集을 남겼다.

權銖容은 安分堂의 12대손으로 權文任의 후손이다. 자는 子行, 호는 龍溪이다. 后山 許愈, 俛宇 郭鍾錫의 門人이다.[31] 詩文集을 남겼는데, 述菴 金學洙가 그 序文을 지었다.

---

29) 權宅容『惕窩集』권3 48장,「先考學山府君言行略述」.
30) 嶠南誌 권55 10-13장,「丹城篇」.
31) 權宅容『惕窩集』권3 40장,「龍溪權公行狀」.

權泰珽은 安分堂의 12대손으로 權相纘의 아들이다. 자는 應善, 호는 惺齋이다. 가정의 가르침을 따라 文藝가 夙成하여 士友들의 推重을 받았다. 詩文集을 남겼다.

權宇容은 安分堂의 12대손으로 자는 道彦, 호는 蘆菴이다. 秋帆 權道溶의 門人이다. 孝誠이 지극하였고, 先代의 事業에 관심이 많았다. 社稷壇 重修에 功이 많았다. 詩文集을 남겼는데, 勿齋 權復根이 그의 行狀을 지었다.

權道溶은 安分堂의 12대손으로 權文任의 후손이다. 자는 浩仲, 호는 秋帆 또는 吳隱拙夫이다. 后山 許愈, 俛宇 郭鍾錫, 大溪 李承熙 등의 문인으로, 古今의 學問에 널리 통했고, 많은 門人들을 양성하였다. 풍부한 저술을 남겼다. 獨立運動에 공이 많았다.

權輔容은 安分堂의 12대손으로, 자는 聖可, 호는 明隱이다. 詩文集을 남겼는데, 述菴 金學洙가 序文을 썼다.

權昌容은 安分堂의 12대손으로 자는 克度, 호는 松岡이다. 秋帆 權道溶의 문인이다. 文元書堂이 퇴락하자, 이건하여 養直齋로 改名하였다. 社稷壇을 重修할 것을 發議하였다. 野翁契를 창설하여 선비들과 學問을 講磨하였다.

權㸁容은 安分堂의 12대손으로 처음 이름은 道容, 자는 英一, 호는 葛軒이다. 才藝가 출중하였고, 學問을 좋아하였고, 文章에 능했다. 孝友가 지극하였고, 宗事에 관심이 많았다. 詩文集을 남겼다.

權慶容은 安分堂의 12대손으로 자는 子宣, 호는 海養이다. 學問이 精深하고 人品이 高邁하여, 鄕內 여러 書堂의 초빙을 받아 講學하였다. 門人들이 芝蘭契를 결성하여 매년 立石에서 契會를 열어 그의 學德을 추모하고 있다. 詩文集을 남겼다.

權宅容은 安分堂의 12대손으로 자는 安善, 호는 惕窩이다. 晦峯 河謙鎭의 門人인데, 자신도 많은 門人들을 가르쳤다. 詩文集을 남겼는데, 淵民 李家源이 그 序文을 썼다.

權載浩는 安分堂의 13대손으로 權文任의 후손이다. 자는 養彦, 호는

畏軒이다. 學問에 힘썼고 行實이 敦厚하였다. 詩文集을 남겼다.

權載旭은 安分堂의 13대손으로 자는 益九, 호는 松湖이다. 어려서부터 文學에 뜻을 두었고, 어진이를 높였고 士友들을 좋아하였다. 先代의 사업에 정성을 다하였다. 詩文集을 남겼다.

權震慶은 安分堂의 14대손으로 權載浩의 아들이다. 자는 應雷, 호는 修堂이다. 丹城鄕校 典校로 있으면서 鄕校 重修에 공이 많았다.

安分堂의 후손으로서 儒行을 갖춘 인물을 들면, 다음과 같다.

退菴 權重道는 安分堂의 6대손으로 權德輝의 아들이다. 葛庵 李玄逸의 門人인데, 葛庵이 光陽에서 유배생활을 할 때 光陽으로 직접 찾아가서 執贄하고 제자가 되었다. 葛庵이 解配되어 安東 錦陽에서 講學할 때 여러 차례 찾아가 學問을 토론하였다. 篤學·力行하였고, 특히 性理學을 깊이 연구하였다. 『蘆山自警錄』, 『錦陽記善錄』, 『洛閩言敬錄』 등을 著作하였고, 詩文集을 남겼다. 勿川 金鎭祜가 일찍이 이르기를, "『洛閩言敬錄』은 聖學의 綱領이고, 存養하는 중요한 法道다"라고 칭찬하였다.[32] 당시 사람들이 "半嶺의 儒宗이다"[33]라고 매우 推重하였다. 士林에서 享祀하자는 논의가 있었다. 密庵 李栽, 霽山 金聖鐸 등과 交分이 두터웠다. 金聖鐸이 그의 墓碣銘과 文集 序文을 지었고, 尼溪 朴來吾가 그 行狀을 지었다.

權佶은 安分堂의 7대손으로 호는 敬慕齋이다. 才識이 通敏하였는데, 經書와 史書에 潛心하였다. 특히 『小學』 읽기를 좋아하였고, 지극한 행실이 있었다. 일에 임하여 판단을 잘 했는데, 고을 사람들의 집회에 다투는 소리가 있으면 그 자리에 權佶이 없다는 것을 알았다 한다.[34] 學問과 行誼로 儒林에서 推重을 받았고, 童蒙敎官에 贈職되었다. 詩文集을 남겼다. 拓菴 金道和가 그의 墓碣銘을 지었다.[35]

---

32) 柳潛 『丹邱姓苑』 560頁.

33) 權宅容 『惕窩集』 권3 79장, 「處士權公墓表」.

34) 柳潛 『丹邱姓苑』 566頁.

35) 『嶠南誌』 권55 11장, 「丹城篇」.

이 밖에 安分堂의 후손으로 權世容, 權珪容, 權壽容 등이 俛宇 郭鍾錫의 門人이다.

學者로서 일생 동안 蘊蓄한 學問을 詩文을 통해서 발휘한다. 先祖가 남긴 詩文을 후손들이 文集 형태로 편집·간행하여 淵源家에 頒帙함으로써 자기 家門의 學問과 文翰을 儒林社會에서 공인을 받게 된다. 그래서 한 家門의 位相은, 文集을 낸 인물의 숫자와 그 質과 量에 의해서 좌우된다.

安分堂의 후손들이 남긴 文集의 숫자는 여타 家門보다 월등하게 많다. 이는 곧 安分堂의 家門은 學問과 文翰이 아주 繁盛하여, 여타 家門보다 뛰어났다는 것을 증명해 준다.

문집을 남긴 후손들을 보면 다음과 같다. 그들의 行跡은 앞의 여러 章에서 대부분 소개되었기에, 중첩을 피하기 위해서 號와 성명만 밝힌다.

源塘 權文任, 竹亭 權文顯, 池亭 權克行, 敬慕齋 權佶, 退菴 權重道, 昭軒 權重呂, 權大成, 玉川 權憘, 南窓 權侊, 龜峰 權守經, 誠敬齋 權得一, 三默齋 權道一, 癡窩 權以一, 守拙堂 權國樞, 權顯明, 權德明, 遜窩 權憲貞, 炭叟 權憲重, 權憲覺, 于石 權相纘, 石帆 權憲璣, 逸圃 權在恒, 敬山 權相直, 學山 權相政, 直菴 權在奎, 兼山 權奎集, 海簑 權慶容, 葛軒 權邴容, 梅塢 權燦容, 龍溪 權銖容, 松坡 權忠容, 惺齋 權泰珽, 蘆菴 權宇容, 春坡 權正容, 潛山 權世容, 秋帆 權道溶, 明隱 權輔容, 惕窩 權宅容, 畏軒 權載浩, 松湖 權載旭 등이 각각 文集을 남겼다.

또 여러 사람의 詩文을 모아 世稿 형식으로 편찬해 낸 책으로는 『花山世紀』와 『永嘉世稿』가 있는데, 이 책 속에는 安分堂, 竹亭 權文顯, 源塘 權文任, 權文彦, 源堂 權濟, 晴川 權深, 權澤 등이 지은 詩文과 附錄文字가 실려 있고, 끝에는 權澤의 부인 烈婦 姜氏의 事行이 붙어 있다. 『永嘉世稿』는 『花山世紀』의 續編에 해당되는 책인데, 權克益, 筠軒 權鍼, 忍默齋 權德揆, 權重恒, 敬慕齋 權佶, 誠敬齋 權得一, 三默齋 權道一, 權文一, 竹下 權顯明, 權秉明, 石南 權憲錫, 炭叟 權憲重, 權憲亨, 權憲驥, 權相泰, 松窩 權憲相, 遜窩 權憲貞, 權龍奎, 權相大, 直菴 權在奎, 橘圃 權文奎, 權昌奎,

權相淳 등의 詩文 및 附錄文字가 들어 있다.

이 밖에 남긴 詩文을 佚失하여, 관계된 자료를 모아 實紀 형식으로 편집·간행되어 있는 인물은 다음과 같다.

安分堂 權逵, 源湖 權鍵, 守中堂 權重萬, 溪翁 權偲, 蝸室 權興樞, 竹軒 權相柱 등이다.

安分堂의 후손 가운데서 조사된 것만 쳐도 文集이 40종이나 되고, 實紀가 6종이나 된다. 學問과 文翰이 얼마나 번성했는지를 알 수 있다. 安分堂을 시발로 해서 한 家門의 學問과 文翰을 좋아하고 즐기는 傳統이 확고히 수립되어 면면히 계승되어 왔다는 사실을 증명할 수 있다.

2. 科擧와 仕宦

安分堂 자신은 科擧에 及第하여 出仕하지 않았지만, 그 자손들 가운데는 文科, 武科, 小科에 합격한 인물이 많았고, 출사한 사람이 많았다. 科擧하여 出仕함으로 인하여 家門의 名聲을 선양하여 그 위상을 높이는 데 결정적인 역할을 하였다.

安分堂의 자손들 가운데서 먼저 文科에 及第한 사람의 명단과 그들의 行蹟을 고찰하면 다음과 같다.

權文任은 安分堂의 第三子로서 字는 與叔, 號는 源塘이다. 1562년(明宗 17) 進士에 합격하였고, 1576년(宣祖 9) 文科에 及第하여 벼슬은 通訓大夫 藝文館 檢閱을 지냈다. 19세 때 南冥 曺植의 문인이 되어 敬義에 바탕한 實踐爲主의 가르침을 받았다. 위인인 端重하여 아무렇게나 말하거나 웃지 않았으므로 南冥이 그를 敬重하였다. 孝友가 특별하였고, 子姪들에게 文學과 德行으로써 가르쳤다. 德溪 吳健과 道義之交를 맺었다.[36]

그러나 科擧에 及第했을 때의 나이가 이미 49세였는데, 향년 53세로 세상을 떠났으므로, 官職이 藝文館 檢閱에 그치고, 말아 자신의 蘊蓄한

---

36) 權文任 『源塘文集』 19張, 「墓誌文」.

바를 발휘할 기회를 만나지 못하였다.

　문집『源塘文集』을 남겼고, 文山書院에 配享되었다. 性齋 許傳이 그의
墓碣銘을 지었다. 그가 지은「桐江訪子陵詩」는 선비의 出處大節을 밝힌
시로써, 남명의「嚴光論」과 서로 表裏의 관계에 있는 중요한 작품이다.37)

　權濟는 安分堂의 長孫으로서, 字는 致遠, 號는 源堂이다. 南冥 문하에서
수학하여 敬義의 旨訣을 얻어 들었고, 나중에 立齋 盧欽에게서 배웠다.
1591(宣祖 24)년 44세 때 文科에 급제하였는데, 簡易 崔岦, 芙蓉堂 成安義,
松亭 河受一, 蘆坡 李屹 등과 同榜이었다. 弘文館 正字, 博士, 著作, 禮曹佐
郎, 古阜郡守 等職을 역임하였다. 壬辰倭亂 때는 倡義하여 여러 차례 軍功
을 세웠다.38)

　權憲八은 安分堂의 10대손이고, 退庵 權重道의 玄孫으로, 字는 公幹이
다. 1834(純祖 34)년에 文科에 급제하여 司憲府 持平으로 있으면서 임금
으로부터「斥邪綸音」한 통을 下賜받았다. 黃山道 察訪 등을 지냈는데,
治績이 있었고, 官衙에 있으면서도 식구들이 직접 베를 짤 정도로 勤儉하
게 지냈다.39)

　權龜洛은 安分堂의 8대손으로 字는 成叔으로 經禮에 밝았다. 1837(憲宗
3)년에 文科에 급제하여 通訓大夫 司憲府 監察을 지냈는데, 內殿에서 綸
音을 내려 嘉尙히 여겼다.40)

　安分堂의 후손 가운데서 武科에 급제한 사람은 다음과 같다.

　安分堂의 손자인 權濮은 武科에 급제하여 宣傳官을 지냈다.

　權德齊는 安分堂의 5대손으로 武科에 급제하여 僉知中樞府事를 지냈

37) 權文任『源塘文集』23장,「謹書桐江詩後」(9대손 憲璣 작).
38) 許愈『后山集』권16 7~9장.
　　『嶠南誌』권55 5장,「丹城篇」.
39)『嶠南誌』권55 6장,「丹城篇」.
　　『丹邱姓苑』562頁.
40)『嶠南誌』권55 6장,「丹城篇」.
　　『安東權氏安分堂公派譜』권1 29장.

다.41)

權重垕는 安分堂의 6대손으로 1726년(英祖 2) 武科에 급제하여 效力副尉 權管을 지냈다42).

權宜一은 安分堂의 8대손으로 1776년(英祖 52)에 武科에 급제하여, 通訓大夫 興海縣監, 折衝將軍 慶尙右道兵馬虞候를 지냈다.

權思明은 權宜一의 아들로서 純祖 때 武科에 급제하여, 宣傳官을 지냈다. 성품이 雄威하고 聰穎이 絶倫하였다.43)

權思麟은 安分堂의 9대손으로 자는 子仁인데, 武科에 급제하여 營將을 지냈다.

權升夏는 安分堂의 후손으로 자는 景錄인데, 武科에 급제하여 公州 營將을 지냈다.

權思性은 折衝將軍 僉知中樞府事 兼 五衛都摠府 將軍을 지냈다.

權宅夏는 安分堂의 10대손으로 武科에 급제하였다.

權思惟 權是明의 아들로 武科에 급제하여 總管을 지냈다.

權憲文은 安分堂의 10대손으로 權宜一의 손자이다. 憲宗 때 武科에 급제하여 여러 벼슬을 거쳐 兵使에 이르렀고, 가는 곳마다 治績이 있었다. 文學에도 뛰어났다.44)

安分堂의 후손 가운데서 蔭仕한 사람은 다음과 같다.

安分堂의 第二子인 權文著는 字는 粲叔인데, 蔭仕로 將仕郞 和陵 叅奉을 지냈다.

權錘는 安分堂의 玄孫으로서 尙衣院 別坐를 지냈다. 형인 副護軍 權鍵과 함께 모두 德行이 있어 鄕黨의 推重을 받았다.45)

---

41) 『安東權氏安分堂公派譜』 권1 20장.
42) 『安東權氏安分堂公派譜』 권1 13장.
43) 『嶠南誌』 권55 8장, 「丹城篇」.
44) 『嶠南誌』 권55 8장, 「丹城篇」.
45) 『嶠南誌』 권55 7장, 丹城篇.

安分堂 후손 가운데서 司馬試 합격자는 다음과 같다.

權克行은 安分堂의 증손자로서 訓導 權深의 아들이다. 자는 士中, 호는 池亭이다. 生員에 합격하였는데, 문장과 行義로 세상에 널리 알려졌다. 壬辰倭亂 때 부자가 함께 倡義하여 勳功이 있다. 文集을 남겼다. 農山 張升澤이 그의 墓碣銘을 지었다.[46]

權鍼은 安分堂의 현손으로서 호는 筠軒인데 肅宗 때 生員에 합격하였다. 天性이 純厚하고 孝友가 출중하였다.[47]

權德亨은 安分堂의 5대손으로 호는 南隱인데, 進士에 합격하였다.[48]

權是明은 安分堂의 8대손으로 자는 性則인데, 나중에 이름을 起中으로 바꾸었다. 生員에 합격하였다. 柳汝龍이 그의 德行을 찬미한 이런 시를 지어 주었다.

安分堂이 끼친 韻致 이 사람에게 남아 있나니,   安翁遺韻此人存
깨끗하고 깨끗한 그 마음씨에 강직한 그 말씨.   濯濯其心夬夬言
이득 보고서 어찌 조금이라도 마음 변했던가?   見得何曾移寸尺
행하거나 그만두는 것 시속 변화 따르려 하지 않았네.

         行休不肯逐寒暄[49]

安分堂의 風貌를 간직한 후손으로서, 깨끗하고 時俗의 변화에 영합하지 않고 살아가는 곧은 行身을 부각시켜 읊었다.

權憲貞은 安分堂의 10대손으로서 權顯明의 아들이다. 字는 學老, 號는 遯窩이다. 1844(憲宗 10)년 生員에 합격하였다. 資稟이 篤厚하고, 학문이 博洽하고, 德行이 있었다. 義莊을 설치하여 어려운 사람들을 구제하는 일

46) 丹城鄕校 編『丹城鄕誌』189頁.
47)『嶠南誌』권55 9장,「丹城篇」.
48)『安東權氏安分堂公派譜』권1 29장. 東溪 權濤의 증손인 景林堂 權德亨이 있는데, 동명이인이다.
49) 柳潛『丹邱姓苑』565頁.

을 했다. 壬戌 民亂 이후 三政策을 지었다. 文集을 남겼다.[50)]

權在奎는 安分堂의 11대손으로서 權顯明의 손자이다. 호는 直菴이다. 高宗 때 進士에 합격하였다. 資稟이 뛰어나고 문장이 일찍이 이루어졌다. 南冥처럼 惺惺子라는 방울을 차고 다니며 자신을 반성하였고, 벽 위에 「勤」·「謹」두 글자를 써 붙여두고 늘 操身을 신중히 하였다. 性齋 許傳의 門人이다. 性齋가 일찍이 그를 방문하여 "참된 儒家의 子弟다"라고 칭찬하였다. 詩文集을 남겼다.[51)] 『丹城蓮桂案』의 序文을 지었다.

이 이외에 安分堂의 후손으로서 여러 통로를 거쳐 官職을 얻은 인물은 다음과 같다.

安分堂의 第四子 權文彦은 宣敎郞을 지냈고, 孝行으로 通政大夫 工曹參議에 贈職되었다.

安分堂의 손자 항렬에서 權混은 承議郞을 지냈고, 仁祖朝에 行誼로 通政大夫 工曹參議에 贈職되었다. 權沉은 察訪을 지냈다. 權深은 山陰 訓導를 지냈다. 權洤은 宣務郞 金井道 察訪을 지냈다. 權澤은 宣務郞을 지냈다. 權涵은 承仕郞 軍資監 奉事를 지냈다.

安分堂의 증손 항렬에서 權克昌은 通德郞을 지냈다. 權克亨은 儒行이 있어 英祖 때 戶曹佐郞에 贈職되었다. 權克泰는 호가 鷗菴인데, 承訓郞을 지냈고, 戶曹佐郞에 贈職되었다.

安分堂의 현손 항렬[52)]에서 權鍵은 호가 源湖인데, 儒行으로 알려졌으며 龍驤衛 副護軍을 받았다. 權鐸은 宣務郞 召村 察訪을 지냈다.

安分堂의 5대손 항렬에서 權德興는 호는 文岡인데, 通德郞을 지냈다.

安分堂의 7대손 항렬에서 權佶은 호가 敬慕齋인데, 學行으로 童蒙敎官

50) 『嶠南誌』 권55 10장, 「丹城篇」.
　　柳潛 『丹邱姓苑』 566頁.
51) 『嶠南誌』 권55 10장, 「丹城篇」.
52) 安分堂의 第二子 權文著는 安分堂의 중형 앞으로 양자를 나갔으므로, 그 후손들은 현손 이하는 여기에 포함시키지 않는다.

에 贈職되었다. 才識이 通敏하고, 經書와 史書에 潛心하였다. 詩文集을 남겼고, 拓菴 金道和가 墓碣銘을 지었다. 權侚은 權鍼의 후손으로 호가 自知堂인데, 天性이 恬淡·穎悟하였다. 孝行으로 童蒙教官에 贈職되었다. 權儵은 通政大夫를 지냈다.[53] 權佾은 壽職으로 折衝將軍 僉知中樞府事를 받았다.

安分堂의 8대손 항렬에서 權禎一은 通德郎을 지냈다. 그 아우 權祥一 역시 通德郎을 지냈다.[54]

權憲武는 壽職으로 都正을 받았다.

權貞夏는 蔭仕로 通德郎을 지냈다.

仁祖反正 이후 嶺南 南人으로서 官界 진출이 용이한 일이 아니었다. 그런데도 한 家門에서 文科 급제자 4명, 武科 급제자 11명, 司馬試 합격자 6명, 蔭仕로 진출한 사람이 2명, 그외 여러 가지 통로를 거쳐 官銜을 얻은 사람 21명이 배출되었으니, 安分堂의 후손들은 顯祖의 名聲을 실추시킴 없이 燦然한 家門으로 발전시켜 나갔다고 말할 수 있다.

3. 忠孝烈行

朝鮮時代에는 家門의 位相을 평가하는 데 있어서 그 가문에서 忠節, 孝行, 貞烈을 갖춘 인물이 얼마나 많이 배출되었는가 하는 점이 중요한 척도가 되었다. 安分堂 후손 가운데서 忠節, 孝行, 貞烈을 갖춘 인물을 소개하면 다음과 같다.

먼저 忠節로는, 安分堂의 손자인 權濟를 들 수 있다. 1592년 倭賊이 대거 침략해 오자 八道가 다 무너지고, 백성들이 다 피난갔을 때, 忘憂堂 郭再祐, 松菴 金沔, 存齋 郭赾 등이 倡義하였는데, 權濟는 약간의 家僮과 함께 수백 명의 義兵을 일으켜 火旺山城을 지키던 郭再祐에게로 달려가

53)『安東權氏安分堂公派譜』권1 21장.
54)『安東權氏安分堂公派譜』권1 26장.

여러 가지 작전을 도와 공을 세웠다.[55] 그리고 여러 義兵將들 사이에서
활약하여 永川 兄山江 戰鬪에서 여러 차례 功을 세웠다. 그러나 權濟는
이미 文科에 급제한 상태에서 자신의 입으로 자기의 功勳을 말하지 않았
기 때문에 褒賞이 미치지 않았다.[56]

權深은 壬辰倭亂 때 忘憂堂 郭再祐와 함께 창의하였고, 그 아들 權克行
도 倡義하였다.

秋帆 權道溶은 日本强占期에「抗日布告文」을 짓는 등 獨立運動을 하
다가 獄苦를 치렀는데, 해방후 독립유공자로 뽑혀 大統領表彰이 추서되
었다.

安分堂의 후손 가운데 孝行으로 알려진 인물은 다음과 같다.

權洚은 權文任의 아들이다. 孝誠이 지극했는데, 生父 權文彦의 병이
위독하자, 손가락을 갈라 피를 내어 입에 흘려 넣어 소생시켰다. 葛庵 李玄
逸이 그의 墓表를 지었다.[57]

權偶은 9세 때 어머니를 잃었는데, 어른처럼 슬퍼하여 몸이 파리하였다.
연달아 父親喪을 당했는데, 슬피 울부짖으면서 발을 구르면서 禮制대로
다 하니, 사람들이 玉溪 盧禛의 孝行에 비교하였다. 后山 許愈가 그의
行狀을 지었다.

權柱漢은 權重道의 손자로, 호는 敬齋이다. 孝行으로 이름이 났는 바,
도적이 그 문 앞을 지나가면서 서로 경계하기를, “효자의 마을이다. 들어가
지 말라”고 하였다.

權思樞는 權重呂의 증손으로 호는 進泉이다. 天性이 지극히 효성스러
웠는데, 부모를 섬김에 있어서 부모의 뜻과 몸을 다 같이 봉양하니, 鄕里에
서 칭찬하였다.

權相柱는 權侃의 현손으로 일찍이 부모를 잃었는데 형제간에 友愛가

55) 權顯明『竹下遺稿』권2 10장,「從先祖佐郎公遺事小識」.
56) 許愈『后山集』권16 8장,「佐郎源堂權公墓碣銘」.
57)『嶠南誌』권55 14장,「丹城篇」.

돈독하였고, 祭祀를 정성껏 모셨다.

烈行으로는, 安分堂의 孫婦이자 權澤의 부인인 姜氏를 들 수 있다. 丁酉再亂 때 온 집안이 고을의 북쪽 골짜기로 피란갔을 때, 倭賊이 갑자기 들어 닥쳐 姜氏가 貞節을 지키다가 죽임을 당했다. 나라에서 旌閭를 내렸다.[58]

밖으로는 壬辰倭亂 같은 國難을 당하여 倡義하고, 평소에는 부모에게 孝誠을 다하고, 형제간에 友愛있게 지내고, 부녀자는 貞烈을 지키는 사람이 나온 儒敎의 가르침을 철저히 따르는 典型的인 家門이라 할 수 있겠다.

4. 師友關係

한 家門의 子弟들이 文翰과 學問을 갖추려면 學德이 높은 先生을 따라 배워야 하고, 또 有益한 벗들과 交遊하면서 學問을 講磨하고, 德行을 勸勉해야만 한다.

安分堂은 退溪, 南冥, 淸香堂 등과 道義之交를 맺고서 學問을 講磨하였다. 그리고 그 아들 權文顯, 權文任, 權文彦과 손자 權濟는 南冥의 門下에 출입하였다.[59]

權文任은 德溪 吳健과 道義之交를 맺었고, 1565년 吳健과 養性軒 都希齡과 함께 南冥을 陪從하여 智谷寺와 斷俗寺 등지에서 몇 일 동안 놀면서, 學問을 講論하였다. 南冥이 세상을 떠나자 權文任은 祭文을 지어 들고 가서 南冥에게 祭를 드렸는데 "선생의 氣像은 하늘의 해 달 별에서 나누어져 나왔고, 學問은 程子와 朱子를 계승하였네"라고 하였다.[60]

權文顯은 淸香堂 李源, 惺齋 琴蘭秀와 함께 雷龍亭의 講學하는 자리에

---

58) 『安分堂實紀』 17장.
　　『嶠南誌』 권55 15장, 「丹城篇」.
59) 德川書院편 『德川師友淵源錄』. 권3,4.
60) 德川書院편 『德川師友淵源錄』 권3 14장.

참석하여, 理氣에 대해서 토론학 적이 있었다.[61]

權文彦은 형들을 따라서 南冥의 門下를 출입하면서 敬義之學에 대해서 듣고서 깊은 감명을 받았다.

이 밖에 安分堂의 손자인 權深, 權潗이 南冥의 私淑人으로 南冥의 學統을 이었다.[62]

權深의 아들인 權克行은 壬辰倭亂 때 忘憂堂 郭再祐를 도와 贊劃한 바가 많았다. 1614년 大北派의 專橫을 저지하려다가 光海君으로부터 極刑을 당할 위기에 몰린 桐溪 鄭蘊을 구제하기 위해서, 思湖 吳長 등과 함께 노력했다.[63]

權鋧은 退溪學統의 嫡傳인 葛庵 李玄逸과 道義之交를 맺었고, 子姪들을 葛庵의 문하에 나가서 배우도록 인도하였다.

晩悟齋 權德輝는 葛庵 李玄逸의 문인이다. 葛庵의 아들인 密庵 李栽가 그의 「八詠詩」에 次韻하여 그를 讚美하였다.

晩悟齋의 아들인 退菴 權重道도 葛庵 李玄逸의 門人이다. 그리고 葛庵의 아들인 密庵 李栽, 葛庵의 제자인 霽山 金聖鐸 등과 交分이 두터웠다. 金聖鐸이 그의 墓碣銘과 文集 序文을 지었다.

守中堂 權重萬 역시 葛庵의 門人인다.

南窓 權侃은 大山 李象靖의 門人이다. 權侃은 그 선조인 安分堂이 逝世한 지 200여년이 지난 뒤에 文籍이 없어진 가운데서도 전해들은 자료들을 모아『安分堂實紀』한 部를 만들어서 大山에게 보이고는, 安分堂의 行狀을 지어줄 것을 요청하였다. 그러나 大山은 병으로 앓다가 이 일을 마치지 못하고 세상을 떠나게 되었다. 大山이 세상을 떠나자 權侃은 몇 백 리 길을 멀다하지 않고 달려와 弔問하였다.[64] 權侃은 大山이 세상을 떠난

---

61) 德川書院편 『德川師友淵源錄』 권4 6장.

62) 德川書院편 『德川師友淵源錄』 권5.

63) 德川書院편 『德川師友淵源錄』 권5 16장.

64) 李光靖 「安分堂實紀序」.

뒤에 그 아우인 小山 李光靖에게서 『安分堂實紀』의 序文을 받았다.

蘆軒 權重和는 小山 李光靖과 道義之交를 맺었다. 李光靖 역시 退溪學派의 대표적인 학자이다.

陽溪 權達銓은 渼湖 金元行의 門人이다. 金元行은 農巖 金昌協의 손자로 老論系列의 학자로, 尤庵 宋時烈의 嫡傳이다. 權達銓이 老論 쪽의 학자에게 배우게 된 사실은 매우 드문 일인데, 尤庵 쪽과 가까운 江樓에 사는 權氏들의 주선에 의한 것으로 추정된다.

直菴 權在奎는 性齋 許傳의 門人이다. 許傳은 近畿南人系列의 학자로 畿湖 지방에서 退溪의 學統을 계승한 대표적인 학자인데, 金海府使로 부임하여 講學함으로써, 慶尙左道 지방의 學問에 많은 영향을 끼쳤다.

于石 權相纘은, 四未軒 張福樞의 門人이다. 四未軒은, 旅軒 張顯光의 후손으로서 禮學과 性理學에 조예가 깊은 朝鮮後期의 학자였다. 權相纘은 또 后山 許愈, 俛宇 郭鍾錫의 문하에도 출입하였다. 后山 許愈와 俛宇 郭鍾錫 등은 朝鮮末期의 大學者였다.

敬山 權相直은 端磎 金麟燮, 后山 許愈, 俛宇 郭鍾錫 등을 따라 배웠다.

學山 權相政은 后山 許愈와 俛宇 郭鍾錫을 따라 배웠다.

兼山 權奎集은 后山 許愈의 門人이다.

龍溪 權銖容은 后山 許愈, 俛宇 郭鍾錫의 門人이다.

秋帆 權道溶은 后山 許愈, 俛宇 郭鍾錫, 大溪 李承熙의 門人이다.

安分堂이 당대의 최고 학자인 退溪, 南冥과 道義之交를 맺은 것처럼 후손들이 관계를 맺은 스승이나 친구들이 모두 당대의 제일류의 학자들이었다. 仁祖反正 이후 조선 哲宗·高宗朝까지는 주로 慶尙左道의 대학자들을 찾아가 스승으로 삼은 경우가 많은데, 이는 仁祖反正 이후로 慶尙右道의 학문이 침체했음을 말해 주는 것이다. 朝鮮末期에 와서는 慶尙右道 지역에서 端磎 金麟燮, 后山 許愈, 俛宇 郭鍾錫 등 大學者들이 崛起하였기 때문에 이들을 스승으로 삼은 경우가 많았다.

安分堂은 타고난 天資로 學問과 德行을 갖추었는데, 거기다 退溪와 南

冥과 道義之交를 맺고서 서로 講磨함으로써, 한 단계 더 성장할 수 있었고,
儒林에서의 위치도 더욱 높고 확고하게 될 수 있었다. 그 후손들은 이러한
安分堂 같은 顯祖가 이루어 놓은 家學의 基盤 위에서 그 學問的 傳統을
잘 계승하여, 儒林社會에서 安分堂 家門이라는 한 이름 있는 집안을 형성
하여 유지해 나왔던 것이다.

IV. 儒林社會에서의 역할

安分堂의 後孫들 가운데는 많은 學者와 선비들이 배출되었는데, 이들은
그 學問을 바탕으로 하여 儒林社會에서 다방면으로 많은 활약을 하여 安
分堂 자손으로서의 존재가 부각되었다.

朝鮮時代에 士族들이 鄕黨의 綱常을 유지하고 風俗을 바로잡기 위해서
鄕會를 설치·운영했는데, 이 鄕會를 통해서 士族들의 輿論을 모아 守令
을 견제하고 鄕吏들을 규찰하면서 자신들의 영향력을 행사하였는데, 여기
에 참여한 人士들의 名單이 鄕案이다. 어떤 家門의 인물이 鄕案에 얼마나
많이 올랐느냐에 따라서 儒林社會에서 그 家門이 어떤 位相을 갖고 있는
가를 알 수 있는 척도가 될 수 있다. 安分堂의 後孫으로서 1621년부터
1707년까지 12번에 걸쳐 작성된 丹城鄕案에 오른 인물은, 安分堂의 손자
權澤을 위시해서 權克行, 權克昌, 權克寧, 權震南, 權斗寅, 權克泰, 權斗一,
權鼎南, 權泰南, 權憓, 權鍵, 權鋭, 權鍼, 權說, 權鉉, 權鋗, 權錘, 權譚,
權認, 權鐸, 權德元, 權德揆 등 모두 23명이다.[65] 이 기간에 丹城鄕案에
오른 인물은 모두 303명이고, 그 가운데 안동권씨는 68명이고, 安分堂의
후손은 23명이 올라 있다. 丹城縣에서 同一姓氏로서는 安東權氏가 가장
많고, 安東權氏 가운데서도 霜嵒公派 16명, 東溪公派 10명, 默翁公派 8명

---

65) 安分堂의 둘째 형인 權逐의 후손들로 이루어진 訓導公派는, 실제로 安分堂의 第二子 權文
   著의 후손으로, 모두 安分堂의 血孫이기 때문에 모두 포함시켰다.

보다 安分堂의 후손들이 월등하게 많다. 이는 安分堂의 후손들이 丹城縣
의 儒林社會에서 가장 영향력 있는 家門으로의 위치를 확고히 하였음을
증명해 주는 것이다.[66]

　安分堂 후손 가운데서 江右地域의 중심 되는 書院인 德川書院의 院任
을 맡은 인물로는 退庵 權重道, 守中堂 權重萬, 權成洛, 南窓 權侊, 權顯明,
權德明, 權憲成, 直菴 權在奎 등이 있다.

　安分堂의 후손으로『德川書院院生錄』에 올린 인물은 權濟, 權克昌, 權
克泰, 權鍵, 權鍼, 權德華 등이 있다.

　安分堂의 후손으로서『山海師友淵源錄』에 올린 南冥의 門人으로는 安
分堂의 第三子인 權文任이 있다.『德川師友淵源錄』에 올린 南冥의 門人
으로는 權文任, 權文顯, 權文彦, 權文著, 權濟가 올려져 있다.『德川師友淵
源錄』에 올린 南冥을 私淑한 인물로는 權深, 權渷, 權克行, 權克泰, 權鍵,
權混, 權鍼이 있고, 이 밖에『德川師友淵源錄』에는 올리지 못했지만, 私淑
한 인물로는 權重道, 權侊, 權憲貞, 權憲璣, 權相續,[67] 權相政, 權道溶 등이
있다.

　이 가운데 權重道는『南冥年譜』편찬에 참여하여 견해를 개진하였다.
珠潭 金聖運 등이『南冥年譜』를 刪改하면서 洛川 裵紳이 지은 南冥의
「行錄」을 삭제하려고 했을 때 그에게 서한을 보내어

　　'堯舜을 노래하고 三代를 읊조렸다'라는 내용은 다른 行狀 등에는 없는
　　것이고, 洛川이 이런 내용을 기록한 것은 보지 않고 그렇게 말하지는 않았을
　　것인데, 어찌『年譜』에서 刪去할 수가 있겠소?

라고 하여 개인적인 의견으로 刪改하는 것을 반대하였다. 南冥의『學記』
에 들어 있는 "無極은 形而上的인 것이고, 太極은 形而下的인 것이다"라

66) 朴明圭·金俊亨·鄭震英,「嶺南의 儒林文化」, 미원문화재단, 1977.
67) 李相弼『南冥學派의 形成과 展開』, 高麗大學校博士學位論文, 1998.

는 내용은 傳寫할 때 발생한 誤謬이므로『學記』중의 "無極은 太極의 誤字이고, 太極은 陰陽의 誤字이다"라고 주장하였다. 잘못된 것을 그대로 두어 後學들의 疑惑을 야기시킬 필요가 없다고 주장했다.[68]

그리고 1702년 德川書院의 강당인 敬義堂을 중수했을 때 權重道는 그「重修記」를 지었다. 그 당시 德川書院을 출입하는 수많은 쟁쟁한 학자·선비들이 있었는데도 그 가운데서 權重道가「重修記」를 지었다는 것은 그의 學問, 文章, 人望이 어떠했는가를 端的으로 말해 주고 있는 것이다.

權憲貞은 德川書院 院任으로 있으면서 여러 儒生들과 講會를 열고, 또『南冥集』을 간행하여 세상에 널리 배포하였다.[69]

權相政은 德川書院의 祠宇를 중건할 때 그「上樑告由文」을 지어 德川書院 興替의 歷史를 죽 밝혔다.[70] 또 南冥의 후손 弦齋 曺庸相이 東岡 金宇顒이 지은「南冥行狀」가운데서 여러 곳에 대해서 曲解하야 不滿을 갖고 있는 것에 대해서 일일이 깊이 있는 바른 해석을 하여 주었다.[71] 그리고『南冥編年』의 誤漏에 대해서 지적하였다. 곧 安分堂이 乙巳年(1545)에 南冥을 山海亭으로 방문하여 學問을 講討한 사실이 빠진 것과, 그 아들 權文任을 南冥에게 受學하도록 한 연도가 丙午年(1546)인데도 잘못 乙巳年條에 들어 있다는 것을 지적하였다.

秋帆 權道溶은 朝鮮末期와 日本强占期에 儒林 및 言論界에서 크게 활약한 인물이다. 그는 后山 許愈, 俛宇 郭鍾錫, 大溪 李承熙 등을 따라 배웠고, 朝鮮末期의 愛國啓蒙運動의 중심인물인 白巖 朴殷植, 俛宇 門下의 同學인 韋庵 張志淵 등과 交分이 두터웠다. 그는 德川書院의 원래 제도를 회복하기 위해서 儒林들에게 지지를 호소하는「請復德川書院院制通文」를 지었다.[72]『退溪言行錄』가운데 南冥을 두고 "莊周의 學問을 主唱했

---

68) 權重道『退庵集』권2,「答金大集」.

69) 權憲貞『㵓窩遺稿』권4 附錄「家狀」.

70) 權相政『學山集』(筆寫本) 권3 12,13장,「德川書院祠宇上樑告由文」.

71) 權相政『學山集』(筆寫本) 권2 22-25장,「答曺彝卿」.

다", "보는 바가 莊周와 한 가지다", "學問上의 공부가 없다", "어찌 道理를 참되게 알겠는가?"라는 등등 貶下한 내용이 있는데, 이에 대해서 權道溶은 「擬通」이라는 글을 지어 "정말 이런 말을 했다면 南冥이 어떻게 南冥이 될 수 있겠는가? 退溪의 말이 너무 심하다. 그러나 『言行錄』은 제자들이 기록한 것이기 때문에 혹 지나친 말이 있는 것이니, 退溪의 本意는 그렇지 않았을 것이다"라고 두 學派間에 야기될 수 있는 言爭의 소지를 해소하려고 노력을 했다.

1920년대에 南冥 후손들과 老論系列의 人士들에 의해서 眉叟 許穆이 지은 南冥神道碑의 내용을 문제삼아 이를 넘어뜨리고, 尤庵 宋時烈이 지은 神道碑를 세우려고 爭論이 일어났을 때, 權道溶은 眉叟가 지은 碑文의 내용에 문제가 없으니, 넘어뜨려서는 안된다는 태도를 취하였고, 南冥 후손들의 견해를 반박하는 글을 지었다.

그리고 權道溶은 朝鮮末期, 日本强占期를 살아가면서 儒敎를 改革하여 현실에 맞게 하려고 적극적으로 노력하였다. 眞菴 李炳憲의 孔子敎運動에 적극적으로 관심을 갖고 참여하였다. 1921년에 지은 「安義鄕校學規」 및 1926년에 지은 「文山書堂學規」 등의 글은 儒敎의 교육제도를 새롭게 바꾸려는 그의 구상이 담겨 있다. 또 「儒敎大同論」이란 글을 지어, 儒敎는 다른 宗敎가 갖고 있는 迷信的인 요소는 없고 세계의 전인류가 함께 어울려 살 수 있는 그런 가르침이라는 것을 밝혀 이야기했다.

安分堂의 후손들은 德川書院 이외에도 潏川書院, 新溪書院, 龜川書院 등에도 참여해 왔다.

安分堂의 후손들은 또 鄕會나 鄕校 등지에서 여러 행사에 참여하여 鄕民들을 儒敎的 校理를 통해서 교화시켜 나갔다. 權顥明은 고을의 老少賢者들을 鄕校로 초청하여 鄕飮酒禮를 행하거나 講會를 열 때, 그 儀節을 읽었고,[73] 1832년 『丹城邑誌』를 편찬하는 일에도 참여하였다.[74]

---

72) 權道溶 『秋帆文苑』 권12.

　權顥明의 아들인 權憲貞은 당시의 丹城縣監 李彙溥가 壽民堂에서 고을의 儒林을 모아 鄕飮酒禮를 행할 때 그 儀節은 陶山에서 베껴 온 것이었는데, 縣監이 權憲貞에게 儀節을 읽는 역할을 맡겼다.75) 儀節을 읽는 역할은 곧 그 의식을 主宰한 것으로서 縣監으로부터 그 學問과 德望을 인정받은 것이라고 할 수 있다. 李彙溥는 退溪의 10대손으로『退溪集』의 내용을 보충한『陶山全書』편찬을 주재하는 등 退溪의 후손들 가운데서 그 영향력이 대단하였다. 權憲貞을 인정한 것에는 退溪와 安分堂 사이의 先代의 世誼도 많이 참작이 되었을 것임을 짐작할 수 있다. 權憲貞은 나중에 李彙溥가 榮川郡守로 옮겨간 뒤, 그에게「安分堂實紀」의 跋文을 지어 달라고 요청하여, 李彙溥가 지었다.76)

　安分堂의 후손 가운데서 權德一, 權成洛, 權憲亨, 權興樞 등은 鄕校의 都有司, 掌議로서 鄕校의 운영에 참여하였다.77)

　江樓里 인근에는 전란을 겪은 이후로 오래도록 書堂이 없었는데, 肅宗朝에 나이든 人士들이 縣監에게 건의하여 여덟 마을에서 나오는 세금을 거두어서 그것을 운영해 가지고서 新安書社를 건립하기에 이르렀다. 그 뒤 여러 곳으로 옮겨다니다가 영조 때 嘉谷의 양지 쪽에다 옮겨 다시 건립하였는데, 이 일에 安分堂의 후손인 權佶이 참여하였고,「新安影堂開基文」,「新安影堂上樑文」,「新安書社重修記」등의 글을 지었다.78) 權佶이「新安書社重修記」를 지었다는 것은 그가 매우 주도적인 역할을 했고, 또 그 學問과 文章이 같이 일을 추진한 儒林들 사이에서 인정 받고 있었다는 것을 알 수 있다.

73) 權憲貞『遯窩遺稿』권3,「先考竹下處士府君行狀」.
74)『永嘉世稿』권14,「竹下公年譜」.
75) 權憲貞『遯窩遺稿』권3,「李侯鄕飮酒禮序」.
76)『安分堂實紀』27장.
77) 朴明圭·金俊亨·鄭震英,「嶺南의 儒林文化」.
78) 權佶『敬慕齋集』권2,「新安書社重修記」.

智異山 白雲洞에는 南冥의 遺躅이 있어 남쪽지방의 儒林들이 돌에 다글을 새기고, 白雲精舍를 지으려고 하여 1887년 白雲洞儒契를 결성하였다. 그 첫 契會를 1929년 安分堂 후손들의 齋舍인 敬岡精舍에서 續契를 개최했는데, 安分堂 후손으로서 이 契案에 든 인물은 權相纘, 權奎集 등이 있다.

安分堂과 南冥과의 密切한 관계와 安分堂의 후손들이 사는 곳이 德川書院과 가까운 이유로 安分堂의 후손들은 慶尙右道지역의 南冥學派에서 크게 역할을 하였다.

그러나 安分堂의 후손들은 南冥學派 안에서 안주하지 않고 慶尙左道지역의 대학자 및 畿湖지역의 학자들과도 관계를 맺고서 學問的 交流를 하였다. 또 鄕會, 鄕校의 활동에도 적극적으로 참여하여 활동함으로써 자신의 발전은 물론 家門의 名譽를 실추시키지 않으려고 부단히 노력해 왔다.

V. 家門意識과 傳統

朝鮮時代에 지체 있는 家門은 세상에 잘 알려진 先祖를 정점으로 하여 결속을 함으로써 그 家門을 다른 姓氏들과의 差別性을 부각시켜 家門의 成員들에게 精神的인 優秀한 傳統을 이어나가도록 했다. 이렇게 하기 위해서는 顯祖를 享祀하는 書院이나 祠宇를 건립하여, 儒林의 公議를 얻어 매년 享祀하기도 하고, 또 집안의 子弟들을 올바르게 교육하기 위한 제도를 마련하기도 하고, 族譜를 정기적으로 編刊하기도 하고, 조상이 남긴 詩文 遺稿를 編刊하여 淵源家 및 書院 등 관계기관에 頒給하거나, 집안에서 필요로 하는 碑誌類文字나 文集·實紀의 序跋 등을, 유명한 人物의 글을 받음으로써 家門의 位相을 높이기도 했다.

安分堂 후손들이 중심이 되어 추진된 文山書院 건립의 과정은 이러하다.

丹城의 士林들 사이에서 安分堂을 腏享하자는 논의가 수백 년 동안

있어 오다가 1843년(憲宗 9)에 이르러 安分堂의 杖屨之所인 文山에다 安
分堂의 祠宇를 건립하여, 그 이듬해 享祀를 하고, 그 아들 源塘 權文任을
配享하였다. 그 뒤 1858년(철종 9)에 이르러 온 고을의 선비들 사이에서
祠宇를 書院으로 승격시키자는 公議가 일제히 일어났다. 그 다음해 온
고을의 선비들이 禮曹 및 監司에게 건의하였고, 儀節은 다 갖추어졌다.
이 일에 있어서 竹下 權顥明이 시종 노력하였고, 그 儀節을 직접 주재하
였다.[79]

　　그러나 權顥明은 書院으로 인가를 받기 전에 세상을 떠나게 되었다.
그러자 그 아들 權憲貞이 그 뜻을 이어 정성을 다하여 道儒들의 公論을
모아 禮曹에 다시 건의하여, 禮曹로부터 "賜額書院이 아니므로, 監營이나
고을의 지원을 받도록 하라"는 회답을 받았다.[80] 그러나 그 10년 뒤인
1868년(高宗 5)에 大院君의 書院毁撤 조치가 있었기 때문에 文山書院은
서원으로서 기능을 한 시기가 극히 짧았으므로, 儒林社會에 크게 그 존재
가 알려질 겨를이 없었다.

　　安分堂 후손 家門의 실질적인 교육기관으로서의 역할을 한 것은 文山書
堂이었다. '文山'이라고 이름을 붙인 것은 地名을 따른 것이었다. 文山書堂
이 처음으로 세워진 것은 1690년(肅宗 16)인데, 權鏶이 그의 回甲年에
창건하였다.[81] 집안 子弟들이 學業을 익히는 장소로 쓰는 동시에 원근에
서 양식을 싸 가지고 책을 지고 오는 사람들이 머무르며 공부할 수 있도록
받아 주었다. 문 앞에 있는 논을 사들여 書堂을 운영하는 데 필요한 비용으
로 충당하였다. 權鏶이 세상을 떠난 뒤로는 한 동안 폐허가 되어 있었다.

　　그 뒤 1744년에 중수하였고, 1764년에는 重創을 하였다. 1778년(正祖

---

79)　權憲貞 『遯窩遺稿』 권3, 「先考竹下處士府君行狀」.
80)　權文任 『源塘文集』 부록 「道狀」.
　　　權憲貞 『遯窩遺稿』 권4, 부록 「家狀」.
81)　權相直 『敬山集』, 「文山書堂實錄」.
　　　그러나 權俒의 「文山書堂重創記」(『南窓集』 권2)기록에 의하면 權重萬이 1721(景宗 1)년
　　　에 마을의 여러 부형들과 함께 세운 것으로 되어 있다.

2)에 火災로 소실되었다가, 그 다음 해에 옛날 터의 뒤쪽 한 계단 높은
곳에다 移建하였다. 마루 양쪽에 翼室을 붙여 左右의 齋로 삼았는데, 왼쪽
은 景德軒, 오른쪽은 把梅軒이라고 命名하였다. 景德軒이라고 이름 붙인
것은 南冥을 우러러 景慕한다는 뜻이고, 把梅軒이라고 한 것은 斷俗寺
앞의 政堂梅를 書堂 섬돌 앞에다 옮겨왔기 때문이었다.[82]

그 뒤 1846년(憲宗 12) 權侃의 증손 權憲鎭이, 權輿樞, 權在中 등과
의논하여 중건하였다.[83] 이 書堂의 운영에 참여한 儒林들의 儒契를 만들
었는데, 그 契案이 여러 차례 작성된 적이 있었다.

1904년(光武 8)에 이르러 權相直이 여러 一族들과 重創하였고, 그 다음
해에 權相直이 다시 權璋容 등과 힘을 합쳐 문간채 3간을 건립하였는데,
가운데는 대문으로 하고, 서쪽은 마구간으로 동쪽은 창고로 만들었다.[84]

또 궁벽한 마을이라 자제들이 책을 얻어보기가 어렵다는 점을 감안하여
온 家門의 힘을 합하여 經書와 史書 수백 권을 사서 書堂의 書室에 소장하
여 子弟들이 마음대로 閱讀할 수 있게 하였다.

또 원근 각지의 儒林들이 洞天이 좋은 이 곳을 찾아 文山書堂에서 유숙
하면서, 이 지역의 인사들과 論學·詠詩하는 경우가 많았다. 이런 모임이
있을 때 여러 사람들이 읊은 시를 모은 『文山齋唱酬錄』 등이 남아 있어
그 당시의 분위기를 짐작할 수 있다.

文山書堂 운영과 함께 一族의 敎育과 단합을 위해서 시행되었던 것이,
洞約, 洞契이다. 安分堂이 원래 이주했던 內元堂 마을에서는 1750년경에
洞規와 洞案 등이 마련되어 운영되었는데, 洞民들 간에 相扶相助하려는
목적에서였다. 安分堂의 후손들이 사는 九印洞에서도 洞契가 시행되어
왔는데, 중간에 흉년이 계속되는 바람에 흐지부지되었다가 1760년에 이르
러 權佶이 부친의 명에 의하여 다시 옛날 洞契를 손질하여 새로운 規約을

82) 權侃 『南窓集』 권2 「文山書堂重創記」.

83) 『守中堂實紀』 권하, 「文山書堂重修記」(郭鍾錫 작).

84) 權相直 『敬山遺稿』 76, 77장, 「文山書堂實錄」.

만들고 토지를 사들여 기금도 만들고, 매년 講會도 열었다.

立石里의 立石本洞契는 1770년경에 相扶相助의 목적으로 결성되었다. 중간에 제대로 운영되지 않다가, 1870년에 權政八·權憲璣 등에 의해서 다시 시행되었다.[85]

이런 洞約·洞契 등의 운영은 儒敎的인 사회교육활동으로 결국 宋나라 藍田呂氏의 鄕約의 정신을 계승한 것인데, 儒敎文化의 보급·유지에 많은 영향을 끼쳤는데, 安分堂의 후손들이 集姓村을 이루고 살던 立石里와 九印洞 등에서는 비교적 모범적으로 실시되었다고 할 수 있다.

『安分堂實紀』의 편찬작업 역시 家門의 位相을 높이고 후손들이 名祖의 후손이라는 自矜心을 갖도록 하려는 목적에서 추진된 것이었다. 安分堂이 남긴 詩文과 그의 行蹟에 관한 文籍은 丁酉再亂 때 모두 불타 없어져 버렸다. 이런 상태에서 6대손 權重道가 남아 있는 자료를 수집하여 「家傳實錄」을 지었다. 이를 바탕으로 하여 權佶과 權俒이 『安分堂實紀』 편찬에 착수하였다. 權佶이 1780년(正祖 4) 그의 친구 朴來吾에게서 安分堂의 行狀을 받았고, 1782년 權俒이 李光靖에게서 實紀의 序文을 받았다. 1843년 文山書院이 이루어지자, 權顥明이 지은 「廟宇上樑文」, 現職縣監 崔遇亨이 지은 「奉安文」, 前縣監 張錫愚가 지은 「常享祝文」, 現職縣監 李源龜가 지은 「陞享告由文」 등의 글이 추가되었다. 그리고 이 일을 주재했던 權顥明이 지은 『安分堂實紀』追叙를 추가하였다.

이 이후 權憲貞이 지은 「講舍上樑文」, 「謹書先祖行錄後」, 權正立, 權璞容, 前縣監 李彙溥, 李源龜 등이 지은 跋文이 추가되었다. 朝鮮末期 權奎集이 性齋 許傳, 大司憲을 지낸 姜蘭馨에게 부탁하여 받은 安分堂墓碣銘이 추가되었다. 다시 『安分堂實紀』와 『源塘集』을 합본하고 다시 權在奎가 跋文을 붙여 책을 만들었다가, 1882년에 비로소 木版本으로 간행하였다.[86]

---

85) 朴明圭·金俊亨·鄭震英 「嶺南의 儒林文化」.

86) 朴明圭·金俊亨·鄭震英 「嶺南의 儒林文化」.
　　이 이외에 金俊亨교수가 개인적으로 立石里에 대해서 조사한 자료들이 여러 곳에서 참고

이 밖에 安分堂 가문의 齋舍·樓亭은 다음과 같다.

敬岡精舍는 立石에 있는데, 1567년에 건립하여 몇 차례 重建하였다. 安分堂의 齋舍인데, 金榥이 그 記文을 지었다.

敬楸齋는 丹城 九印洞에 있는데, 1843년에 건립되었다. 그 뒤 1987년 重建되었다. 安分堂의 증손 權克益을 위해서 건립한 齋舍이다.

三然齋는 丹城 沙月里 內元에 있는데, 1900년에 건립되었다. 安分堂 증손 權克泰를 위한 齋舍이다. 都炫圭가 그 記文을 지었다.

紫巖書堂은 立石에 있는데, 1904에 重建하였다. 安分堂의 현손 權鏴의 書堂이다. 郭鍾錫이 그 記文을, 金鎭祜가 上樑文을 지었다.

念修齋는 丹城 九印洞에 있는데, 1939년에 건립되었다. 安分堂의 7대손 權佶을 위한 齋舍이다.

如在堂은 立石에 있는데, 1950년에 건립되었다. 安分堂 玄孫 權급을 위해서 건립한 집이다. 權宅容이 그 記文을 지었다.

雙槐亭은 丹城 沙月里에 있는데, 1942년에 건립되었다. 安分堂이 두 그루의 홰나무를 심은 일을 기념해서 건립한 집이다. 權道溶이 그 記文을 지었다.

來蘇亭은 立石에 있는데, 1958년에 건립되었다. 安分堂의 7대손 權俒을 위한 齋舍이다. 權道溶이 그 記文을 지었다.

修堂亭은 丹城 江樓에 있는데, 1990년에 건립되었다. 安分堂의 14대손 權震慶을 위한 정자인데, 河東根이 그 記文을 지었다.[87]

安分堂의 遺蹟을 표방하기 위하여, 1988년 權寧達, 權尙鉉 등이 여러 一族들의 힘을 규합하여 敬岡精舍 옆에 安分堂의 遺蹟碑를 세웠다. 碑文은 退溪의 後孫인 淵民 李家源이 지었다. 이 遺蹟碑의 建立은, 安分堂의 學德을 세상에 闡揚하고, 후손들의 自矜心을 높일 수 있는 계기가 되었다.

가 되었다.

87) 丹城鄕誌編纂委員會『丹城鄕誌』, 1991.

우리나라 역사상 맨 먼저 族譜를 편찬한 姓氏가 安東權氏로 1476(成宗
7)년에 成化譜 2권이 나온 뒤, 1588년 戊子譜, 1605년 乙巳譜, 1654년 甲午
譜, 1701년 辛巳譜, 1734년 甲寅譜, 1794년 甲寅譜가 나왔다. 그 뒤 1960년
司直公派譜가 편찬되었고, 1992년 安分堂公派譜가 편찬되었다. 安分堂
후손들만 수록하여 派譜를 만든 데는 사정이 없지 않았지만, 安分堂 後孫
들의 譜冊이란 矜持를 지금까지 갖고 있다고 할 수 있다.

門內의 一族 가운데서 綱常에 罪를 얻지 않게 교육함은 물론, 다른 家門
의 成員들보다 더 倫理道德的으로 더 수준 높게 살 수 있도록 서로 勸勉하
는 傳統이 安分堂의 후손들 사이에서는 강렬했는데, 이 역시 家門意識이
발로한 현상이라고 할 수 있다.

VI. 結論

지금까지 安分堂 權逮를 중심으로 그의 생애와 學問思想, 그의 후손들
로 이루어진 이 가문의 形成과 展開過程을 다방면으로 考究해 보았다.
安分堂은 타고난 뛰어난 天資로 學問과 德行을 갖추었는데, 거기다 退溪
와 南冥과 道義之交를 맺고서 서로 講磨함으로써, 두 大學者의 推許를
받은 당대의 最高學者의 대열에 든 인물이었다. 이로 인하여 安分堂은
儒林에서의 위치도 더욱 높고 확고하게 될 수 있었다.

安分堂의 후손들은 주로 丹城 立石里 일대에 집성촌을 이루고 살면서,
名祖 安分堂의 學問과 德行을 家門의 전통으로 삼고서, 그 家門의 名聲을
추락시키지 않겠다는 정신을 갖고서 450여년 동안 살아오면서, 學問, 文
翰, 儒行, 仕宦, 科擧, 忠孝烈 각방면에서 慶尙右道 일원에서 명실상부한
兩班家門을 유지해 왔다. 安分堂 후손들은, 朝鮮王朝가 망할 때까지, 文科
及第者 4명, 武科 及第者 11명, 司馬試 합격자 6명, 蔭仕로 진출한 사람이
2명, 그 외 여러 가지 통로를 거쳐 官銜을 얻은 사람 21명이 배출되었으니,

安分堂의 후손들은 顯祖의 名聲을 실추시킴 없이 燦然한 家門으로 발전시
켜 나갔다고 말할 수 있다.

文翰과 儒行을 갖춘 인물이 많이 배출되었고, 이들은 文集 40종, 實紀
6종, 世稿 2종 등 풍부한 著述을 남겼다. 丹城鄕案에 오른 安分堂의 후손
들의 숫자는, 鄕案에 오른 전체 인물 숫자 303명 가운데 23명을 차지하였
다. 이는 다른 어떤 가문에서도 볼 수 없는 대단한 현상이다. 그만큼 安分堂
의 후손들 가운데는 많은 인재가 있었다는 것을 증명해 준다.

安分堂이 당대의 최고 학자인 退溪, 南冥과 道義之交를 맺은 것처럼
후손들이 관계를 맺은 스승이나 친구들이 모두 당대의 제일류의 학자들이
었다. 仁祖反正 이후 조선 哲宗·高宗朝까지는 주로 慶尙左道의 대학자,
葛庵 李玄逸, 大山 李象靖 등을 찾아가 스승으로 삼은 경우가 많았는데,
이는 仁祖反正 이후로 慶尙右道의 학문이 침체했음을 말해 주는 것이다.
朝鮮末期에 와서는 慶尙右道 지역에서 端磎 金麟燮, 后山 許愈, 俛宇 郭鍾
錫 등 大學者들이 崛起하였기 때문에, 다시 이들을 스승으로 삼은 경우가
많았다.

또 文山書堂, 文山書院 등 家門의 子弟들을 배양할 수 있는 교육기관도
충실하게 운영하였고, 洞約·洞契 등을 운영하면서 家門의 位相 유지와
결속을 위해서 노력해 왔다.

安分堂의 후손들은 대대로 德川書院 등 여러 書院과 丹城 鄕校등의
儒林社會의 活動에 적극적으로 참여하여 주도적인 역할을 수행해 왔다.

安分堂의 후손들은 이러한 安分堂 같은 顯祖가 이루어 놓은 家學의
基盤 위에서 그 學問·德行의 傳統을 잘 계승하여, 儒林社會에서 安分堂
家門이라는 한 이름 있는 집안을 형성하여 유지해 나왔던 것이다.

碧珍李氏 來進 家門의 形成과 展開

Ⅰ. 序論

密陽은 朝鮮前期 佔畢齋 金宗直이 학문을 일으키고 제자들을 기른 이래로 많은 학자들이 배출되었고, 이 학자들을 중심으로 각 姓氏들이 家門을 형성하여 儒學이 크게 꽃을 피운 고을이다. 많은 학자들을 배출한 여러 가문끼리 선의의 경쟁을 벌여 다른 고을보다도 많은 학자들이 나왔고, 따라서 문집이 많이 나왔다.

이 가운데서 碧珍李氏 麗隱亭派는 朝鮮 中宗 때 星山君 李軾이 密陽에 奠居한 이래로 우뚝이 門戶를 이루었다.

來進이라는 100여 호 남짓한 하나의 동족 마을에서 많은 학자와 많은 문집이 나와 密陽의 鄕風을 주도한 것은, 실로 대단한 일이다. 碧珍李氏는 國中 著姓이지만, 그 가운데서도 이 來進을 중심으로 門戶를 이룬 麗隱亭派는 密陽의 儒林에서 주목을 받는 位相을 오래 동안 유지해 오고 있다.

來進 출신의 학자 개개인을 대상으로 한 학문과 사상에 관한 연구는 각각 따로 있기 때문에 본고에서는, 이 가문이 형성되게 된 과정과 배출한 인물, 密陽 儒林에서의 역할, 집안의 院祠와 亭臺 등에 대해서 개괄적으로 소개하고자 한다.

Ⅱ. 碧珍李氏의 發祥과 繼承

碧珍李氏는 高麗 初期에 碧珍將軍을 지낸 李悤言을 시조로 삼는다. 여

타 姓氏의 시조들의 생애는 불명확한 경우가 많은데, 李恖言의 행적은
『高麗史』에 다음과 같이 명확하게 기록되어 있다.

> 李恖言은 역사 책에서 그 世系를 잃었다. 新羅 말기에 碧珍郡을 지키고
> 있었다. 그때 도적들이 사방에서 일어났으나, 恖言이 성을 굳게 지키고 있었
> 으므로 백성들이 그 덕분에 편안히 지낼 수 있었다.
> 太祖 王建이 이총언에게 사람을 보내어 함께 힘을 합쳐 戰禍를 진정하자
> 고 설득하였다. 恖言이 그 글을 받들고서 매우 기뻐하여, 아들 永을 보내어
> 군대를 거느리고 가서 태조를 따라 정벌하게 하였다. 그때 영의 나이 18세였
> 는데, 태조가 大匡 思道貴의 따님을 영에게 시집보내었다.[1]
> 恖言을 碧珍將軍으로 임명하고, 인근 고을의 丁戶 229호를 더 내려주었다.
> 또 忠州, 原州, 廣州, 竹州, 堤川에 있는 창고 곡식 2200석과 소금 1785석을
> 주었다. 그리고 손수 쓴 서신을 보내 金石 같은 信義를 보여주며 말하기를,
> "자손들에 이르러서도 이 마음은 변치 않을 것이오"라고 했다. 恖言이 이에
> 감격하여 軍丁을 단결시키고, 군량을 비축하여 두고서, 新羅나 後百濟가 반
> 드시 타투는 외로운 성으로써 우뚝이 동남쪽의 聲援이 되었다. 太祖 21(938)
> 년에 일생을 마쳤다.
> 아들은 達行과 永이 있다.[2]

많은 성씨의 시조의 행적이 族譜에만 실려 있고, 『高麗史』 등 믿을 만한
史書에는 전혀 기록이 없는 경우가 대부분이다. 그러나 碧珍李氏의 경우
는 시조 李恖言의 행적이 『高麗史』 列傳과 世家에 명확히 실려 있다. 또

---

1) 이 구절에 대한 기왕의 여러 번역에 대해서, 일부 후손측에서 이의를 제기하여 "太祖가
大匡으로 삼아 思道란 貴女를 처로 삼았고"라고 번역해야 하고 '貴女는 公主다'리고 주장했
지만, 문맥상으로 볼 때 그렇게 해석하는 것은 무리다.
2) 鄭麟趾等 『高麗史』 권92, 列傳5. 李恖言, 史失世系. 新羅季, 保碧珍郡. 時, 群盜充斥, 恖言
堅城固守, 民賴以安. 太祖, 遣人, 諭以共戮力, 定禍亂. 恖言, 奉書甚喜, 遣其子永, 率兵, 從太
祖征討. 永時年十八, 太祖, 以大匡思道貴女妻之. 拜恖言本邑將軍, 加賜傍邑丁戶二百二十
九. 又與忠原竹堤州倉穀二千二百石, 塩一千七百八十五石, 且致手札, 示以金石之信曰,
"至于子孫, 此心不改". 恖言乃感激, 團結軍丁, 儲峙資糧, 以孤城介於羅濟必爭之地, 屹然爲
東南聲援. 二十一年卒, 年八十一. 子達行及永.

官撰 編年體 史書인 『高麗史節要』에도 거의 같은 내용이 상세히 실려 있고, 朝鮮 成宗朝에 편찬된 『東國輿地勝覽』에도 李悤言에 관한 기사가 실려 있다. 이후에 나온 星州邑誌인 『京山志』 등에 실려 있는 등 여러 문헌에 시조의 기사가 상세히 실려 있다.

시조의 큰 아들 李達行은 후사가 없다.

李永의 행적은 『高麗史』 등에 실린 것 이외에는 더 밝혀진 것이 없다. 知京山府事를 지냈다고 敬收堂의 世德祠 祝文에 '先祖考知京山府事府君' 이라 되어 있고, 碧珍李氏 여러 인물들의 先系에 知京山府事를 지낸 것으로 기록되어 있으나, 『東國輿地勝覽』에 등장하는 高麗 肅宗朝에 知京山府事를 지낸 李永과는 연대가 100년 이상 차이가 나기 때문에, 同一人이라고 보기 어렵다.

麗隱亭派 계통을 위주로 할 때 3세는 中樞院事 李芳淮,[3] 4세는 平章事 李慶錫, 5세는 上護軍 李曾, 6세는 金紫光祿大夫 上護軍 李實, 7세는 光祿大夫 上護軍 李芳華, 8세는 銀靑光祿大夫 上護軍 李殷, 9세는 主簿同正 右司郎中 太子詹事 李堂揆이다.[4] 이상은 配位와 墓所를 알지 못한다.

10세는 李雍으로 禮賓丞同正을 지냈고, 銀靑光祿大夫 知樞密院事 判工部事에 追贈되었다. 배위는 晉州姜氏로 殷烈公 姜民瞻의 후예인 姜珦의 따님이다. 이옹은 樞密院事派의 派祖가 된다.[5]

11세는 李堅幹인데, 一諱는 廷蘭이다. 字는 直卿, 호는 菊軒이다. 高麗 忠烈王, 忠宣王, 忠肅王 三朝에 걸쳐 通憲大夫 民部典書 進賢館大提學 知密直司事 弘文館事 등직을 역임하였다. 『東文選』에 그의 한시 2수가 選錄되어 있다. 뛰어난 문장으로 이름을 떨쳤다.

---

3) 『碧珍李氏大同譜』 上系에 의하면, 方淮, 方準, 芳準이라고 하기도 한다.
4) 碧珍李氏 인물의 碑文 등에, 上系 각 인물의 官職名에 약간의 차이가 있는데, 본고는 『碧珍李氏大同譜』를 위주로 하였다.
5) 『碧珍李氏大同譜』 卷首 上系.
   李沃憲 편저 『碧珍李氏 역사와 문화의 자취』 상 170頁.

1317년에 元나라에 사신갔다가 中國 常州의 宿舍에서 두견새 소리를 듣고 느낀대로 시를 지었는데, 이 詩를 본 중국 사람들이 " 이 詩句는 천지와 더불어 함께 존재하리라"라고 찬탄할 정도였다. 이때부터 이름이 천하에 드날려 山花先生이라 불려졌다.

조선 전기 直提學을 지낸 定軒 李漢[6]이 지은 「西征錄後敍」에 이견간에 대한 기록이 비교적 상세히 실려 있다.[7]

이견간이 지었다는 『西行錄』 가운데는 記行詩 23수, 「罷征東行省議」 1편, 「與元宰相伯顏論西僧病國傷民書」 2편이 수록되어 있는데, 君子다운 사람은 어느 곳에서나 마음을 다하여 혜택이 나라 전체에 골고루 퍼진다는 사실을 알 수 있게 해 준다.

佛教를 國敎로 삼았던 高麗時代에 살면서도 독실하게 儒者의 道를 지켰으며, 蒙古族인 元나라 치하에서도 『春秋』의 學을 강론하였다.[8]

---

6) 李漢 : 그의 행적에 관한 기록이 여러 가지로 다르다. 본관은 星山, 生員이다. 그러나 正憲公墓表에는, "조선 太宗朝의 문신. 본관은 韓山. 호는 定軒, 벼슬은 直提學을 지냈다"라 고 되어 있다.

7) 碧珍李氏 종중에서 『西征錄』과 「西征錄後敍」 자체를 인정하지 않는 사람이 대부분이다. 참고로 「서정록후서」에 실린 내용을 소개하면 다음과 같다. 선생은 德行이 높았고 학문이 넓었으므로 그 당시 "先秦의 禮樂이요, 盛唐의 文章이다"라는 칭송하는 말이 있었다. 20년 동안이나 詞命을 맡았는데, 중국의 士大夫들도 역시 그 풍채를 그리워하지 않는 사람이 없었다. 元나라 使臣 갔을 때 元나라 太學士 周昉이 선생과 함께 『春秋』를 講論하다가 자리에서 일어나 절을 하며, "선생은 천하의 선비입니다. 三韓의 문화가 이런 경지에 이를 줄은 생각도 못 했습니다". 옛적에 내가 耘谷 元氏에게 들으니 "高麗 중엽에 선비가 많았다 고 하지만 진실로 儒者의 道를 올바로 따른 사람은, 祭酒 禹倬과 李文安公 堅幹과 文忠公 李齊賢 等 몇 사람 뿐이다. 祭酒의 『周易』과 文安公의 『春秋』는 비록 옛날의 專門家라도 이보다 나은 사람은 거의 없을 것이다. 文安公과 文忠公은 人品이 심히 고상하였으니 나라 를 위해 허락한 충성과 나라를 다스릴 經綸은 唐나라 陸宣公과 더불어 같은 정도가 될 것이다"라고 하였다.

8) 이상의 내용은, 『碧珍李氏大同譜』, 柳川 李晚煃가 지은 「菊軒遺墟碑」와 蒼巖 李琛鎭이 지은 「菊軒神道碑」의 내용을 참고하였다. 그러나 이 두 비문도 「西征錄後敍」를 많이 참고하 였다. 이만규가 지은 「遺墟碑」의 번역문이 碧珍李氏 관계 사이트에 많이 올라 있으나, 번역 에 오류가 너무 많아 자료로 쓸 수 없을 정도이다. 『碧珍李氏文獻錄』 권1에 실린 내용은, 번역이 비교적 정확하게 되어 있다.

星州의 汝谷書院, 密陽의 龍安書院 등에 享祀되고 있다. 시호는 文安이다. 『山花先生遺稿』가 있다.

李堅幹의 아들 李玭는 修文殿 大提學을 지냈다.

李玭의 아들 李君常은 司宰副令을 지냈다.

李君常은 아들 셋을 두었는데, 맏이는 李希吉인데, 禍難을 만나 14세 때 『西征錄』을 품고서 中國에 들어갔다가 나중에 雲南刺史가 되었다. 둘째는 李希慶인데 兵馬都元帥를 지냈다. 왜구 격퇴에 공이 많았다. 셋째는 李希祖이다.

李希慶은 장년을 겨우 넘은 나이에 都元帥에 임명되어 倭寇를 격퇴하는 데 節義를 다하였다. 朝鮮朝에 들어와서 贈禮曹參判에 追贈하였다. 곧 星山君 李軾의 高祖가 된다.

李希慶은 아들 다섯을 두었다. 맏아들 李建之는 吏曹判書를 역임하였고, 明나라 조정에서 正獻이란 諡號를 내렸다.

둘째 아들 李審之는 資憲大夫 兵曹判書를 지냈다. 世居地인 星州 檜谷에서 善山 金烏山 아래 荊谷里로 移居하였다. 生六臣 李孟專이 바로 그 아들이다.

셋째 李粹之는 雲峰監務를 지냈다. 世居地 星州 檜谷에서 仁同 若木으로 移居하였다.

넷째 李愼之는 吏曹參判을 지냈고, 吏曹判書에 追贈되었다. 世居地 星州 檜谷에서 昌寧 合山으로 移居하였다.

다섯째 李思之는 호가 麗隱亭이다. 恭愍王 때 中郎將을 지냈는데, 恭愍王의 知遇를 입었다. 高麗가 망하자 杜門洞에 들어가 罔僕自靖하였다. 묘소는 星州 竹內山 元帥公의 墓下에 있는데, 舊碣이 마멸되어 1904년 響山 李晩燾가 지은 碑를 새로 세웠다. 麗隱亭派의 派祖인데, 密陽 來進에 세거하는 碧珍李氏는 麗隱亭派에 속한다. 牧隱 李穡, 騎牛子 李行, 陶隱 李崇仁과 절친한 관계를 맺어 詩文을 주고받았다. 密陽 龍安書院에 享祀되고 있다.[9]

李思之의 아들은 李仲林인데, 大護軍을 지냈다. 密陽 龍安書院에 享祀되고 있다.

李仲林의 아들은 李哲元인데, 別坐를 지냈다. 아들 星山君 李軾의 勳貴로 嘉善大夫 兵曹參判에 追贈되었다. 묘소는 密陽 來進 마을 서쪽 合谷에 있다. 配位는 善山金氏로 良襄公 金嶠의 따님이다.

Ⅲ. 星山君 李軾의 來進 奠居

碧珍李氏 麗隱亭派가 來進에 奠居하게 된 것은 朝鮮 中宗 때 靖國功臣 星山君 李軾이 中宗反正 이후 密陽 壽洞에 거처를 정했다가 몇 년 뒤 來進里로 옮겨온 때부터이다. 1500년대 초반이니, 碧珍李氏들이 來進에 정착한 것은 이미 500년의 역사를 지니고 있다.

李軾은 字가 子瞻이다. 太學士 山花 李堅幹에게는 7대손이다.

李軾은 원래 서울 興仁門 밖의 집에서 태어났다. 성품이 맑고 굳세었으며, 文武之才를 겸비하였는데, 어릴 때부터 세상을 구제할 큰 뜻을 품고 자랐다.

자라서 武科에 급제하여 宣傳官 등을 지냈고, 벼슬이 訓鍊副正에 이르렀다. 그때 燕山君이 날로 음란해지고 포학한 짓을 계속 하여 朝鮮의 宗廟社稷이 위태로운 지경에 이르렀다. 1506년에 드디어 李軾은 朴元宗 등과 함께 成宗의 繼妃인 貞顯王后의 密旨를 받아 中宗을 옹립하고 그 부인 愼氏를 왕비로 책봉하였다. 이때 중종 옹립에 공이 있는 사람들을 靖國功臣 107명을 책봉하였는데, 李軾은 26번째 序次로 星山君에 봉해졌다. 이 107명의 정국공신 가운데는 나중에 趙光祖에 의해서 76인이 僞勳이라 하여 削勳됐지만, 이식은 실제적인 공훈이 그대로 인정되어 공신의 지위를

---

9) 李晩燾 『響山全書』 권17 「高麗中郎將麗隱李公墓碣銘」.

계속 유지했으니, 공이 컸음을 알 수 있다.

그 뒤 李軾은 1509년 4월 司僕寺副正으로 있으면서 平安道에 長城을 쌓을 것을 輪對時 中宗에게 건의하였다.10) 이때 이식은 이미 中國에 가서 遼東에서 山海關까지 축조된 明나라 城郭制度를 살펴보고 온 일이 있었다.

1510년 4월에는 對馬島 致慰官으로 있으면서 慶尙道 薺浦 등지에서 군사를 거느리고서 침입한 倭寇를 무찔렀다. 그 뒤에도 여러 날 敬差官으로서 熊川城을 포위하여 공격하는 왜적을 계속 무찔렀다.11)

1516년 5월에 滿浦僉使로 있으면서 '강 건너 편에 지은 오랑캐들의 막을 철거해야 한다'고 조정에 건의하여, 中宗이 삼정승과 육판서들을 불러 함께 논의하게 하였다. 이때 刑曹判書 李長坤이 "다 헐어버리면 이때문에 원한을 맺을까 염려가 됩니다. 그러나 난을 일으킬지는 확실히 알 수 없습니다"라고 의견을 내놓아, 이식의 건의에 동의하지 않았다.12)

李軾은 反正功臣이지만, 반정 이후 개혁의 과정에서 반정의 주역들과는 뜻이 맞지 않았다. 朴元宗 등 세 공신이 권력이 너무 강하여 왕비 愼氏를 책봉한 지 3일 만에 중종의 뜻과 반하여 폐위시켜 私第로 추방하였다. 그 이유인즉, "이미 왕비 愼氏의 아버지를 죽였는데, 愼氏가 왕비로서 대궐을 주관하기에 적합하지 않다"는 것이었다.

이런 까닭으로 李軾은 滿浦僉使 등 주로 외직에 있었다. 이런 자리에 있으면서도 늘 백성들의 생업 보호와 안전을 위해 조처를 하였고, 또 조정에 건의하여 倭寇와 북쪽 오랑캐로부터 나라를 보위하려고 노력하였다.

李軾이 來進에 자리잡은 이유는, 이 곳에 자기의 賜牌之地가 있었고, 高江의 경치가 좋아서 이 곳에 자리잡은 것이다. 이식은 幾微를 살펴 急流에서 勇退함으로 해서, 그 뒤 1519년에 있었던 己卯士禍 때도 아무런 禍難

10) 『中宗實錄』 권7, 中宗 4년 1월 11일.
11) 『中宗實錄』 권11, 中宗 5년 4월 10일
12) 『中宗實錄』 권25, 중종 11년 5월 17일.

을 당하지 않을 수 있었다. 이 곳에서 초연하게 逍遙하며 일생을 마쳤다. 壬辰倭亂 때 文籍이 다 湯殘되어 그에 관한 자세한 행적은 알 수 없다.[13]

후손들이 李軾에 관한 기록을 다 모아『星山君實紀』로 編刊해 내었고, 2002년에는『朝鮮王朝實錄』등에 나오는 記事 등을 보충하여『合編星山君實紀』라는 이름으로 증보하여 번역본을 내었다.

李軾은, 또 密陽 儒林들의 公議로 그 先代 山花 李堅幹, 麗隱 李思之, 大護軍 李仲林 등과 함께 龍安書院에서 享祀되고 있다.

1545년 경에 그 아들 李德昌이 벼슬에서 물러나 있으면서 부친 이식이 거닐던 곳에 부친의 뜻을 이어 高江亭을 지었다. 그 뒤 정자가 없어져 오랜 세월이 지난 뒤 1806년에 이르러 후손들이 정자를 중건하고, 이름을 曲江亭으로 바꾸어 오늘날까지 이르고 있다.[14]

Ⅳ. 星山君 李軾의 後孫

星山君 李軾은 아들이 없어 아우 原從功臣 李輪의 둘째아들 李德昌을 후사로 삼았다.[15]

李德昌은 1503년에 태어났다. 字는 擇之이다. 仕宦하여 通訓大夫 尙州 判官에 이르렀다. 1545년 벼슬을 버리고 고향으로 돌아와 강 위에 정자를 짓고 한가로이 노닐면서 노년을 보내다가 1575년에 일생을 마쳤다. 配位는 驪州李氏로 進士 李遠의 따님인데, 騎牛子 李行의 후손이다.

李德昌의 아들은 忠義衛 李曄, 李曜, 李彭世가 있다. 후손들은 來進을 근원으로 하여 密陽의 竹月, 鞍谷, 近寄, 大平, 貴明, 棗音, 昌寧의 釜谷 등지로 퍼져나가 살고 있다.

---

13) 合編『星山君實紀』星山君實紀刊行委員會 2002년.
14) 合編『星山君實紀』「曲江亭重修記」.
15) 合編『星山君實紀』「星山君遺墟碑銘」.

李曄의 아들은 僉議 李晚生, 李貴生, 忠義衛 李未生이 있다.

李晚生은 秉節校尉를 지냈다. 1583년 李繼胤을 낳았다. 李繼胤의 字는 孝承, 號는 泗濱이다. 어려서부터 聰敏하고 기억력이 좋아 매일 1천 자의 문장을 외웠다.

壬辰倭亂 때 倭賊의 침입으로 密陽이 완전히 함락되어 10세의 어린 몸으로 湖南지방에서 피란하며 다녔는데도, 늘 『小學』 책을 품속이나 소매 속에 간직하고 다녔다. 피란 과정에서 仲父 李貴生 부부의 희생적인 보살핌으로 생명을 보전하여 宗家를 이을 수 있었다. 丁酉再亂 때도 모친을 모시고 珍島에서 피난한 것이 7년인데, 草木의 열매를 주어와 맛난 음식으로 만들어 어머니를 봉양하니, 섬 사람들이 감화되어 양식을 보내고 토지를 양보하는 사람도 있었다. 丙子胡亂 때는 倡義하였으나, 和議가 성립되었다는 소식을 듣고는 慷慨하여 눈물을 흘렸다. 그 뒤로는 문을 닫고 세상 사람들과 어울리지 않았고, 오직 모친 곁에서 마음을 즐겁게 하려고 노력하였다.

20세 경에 寒岡 鄭逑의 문하에 나아가 修學하였는데, 寒岡의 獎許를 입었다.

1623년 고을의 名士들과 함께 「藍田呂氏鄕約」을 본받아 鄕約 15條를 만들어 무너진 士習과 鄕風을 바로잡았다. 또 顔氏家訓을 본받아 家訓을 지었는데, 규모가 精深하고 體用이 상세히 갖추어졌다.

벼슬은 秉節校尉에 그쳤다. 1659년에 별세했는데, 묘소는 密陽 서쪽 板谷에 있다.

李繼胤은 아들 여섯을 낳았다. 그 가운데 다섯 아들이 모두 아름다운 德이 있어 그 당시 '다섯 마리 학[五鶴]'이라는 칭송이 있었다. 이 밖에도 이계윤은 아들들을 가르칠 때 『小學』을 가장 우선하였다. 『小學』은 佔畢齋의 제자인 寒暄堂 金宏弼이 그 가치를 알고 매우 중시하여 평생 애독한 이후로 계속 선비들 사이에서 중시를 받아 왔다. 아들들이 이계윤의 『小學』 교육을 한평생 가슴에 새겼다. 장남은 東巖 李而樟, 둘째는 李而柱,

셋째는 竹坡 李而楨, 넷째는 李而相, 다섯째는 覽懷堂 李而杜, 여섯째는 李而栢이다.

泗濱이 1639년 6남 5녀에게 나누어 준 分財記가 원본 그대로 남아 있어, 朝鮮 中期 社會經濟史 연구에 귀중한 자료로 쓰이고 있다.

장남 東巖 李而樟은 1609년에 태어났다. 字는 汝直이다. 어릴 때부터 慨然히 말하기를, "우리 집안은 근래에 떨치지 못 하고 있다. 과거가 아니면, 선조들의 功烈을 이을 수 없고, 또 부모님 뜻을 즐겁게 할 수가 없다"라고 하고는, 네 아우들과 약속하여 힘써 과거공부를 하였다. 1642년에 진사시에 합격하였으나, 그 이후로는 벼슬하지 않고 五友堂을 지어서 부모를 모시고 형제들과 함께 우애 있게 지냈다.

東巖의 셋째 아우 李而相은 여러 차례 鄕試에 합격하였는데, 1652년 함께 서울로 갔다가, 아우가 천연두가 걸렸다. 정성을 다해 치료했으나, 끝내 세상을 떠났다. 이 일로 동암은 다시는 벼슬에 뜻을 두지 않았는데, 그 이듬해인 1653년 세상을 떠났으니, 향년 겨우 45세였다. 侍郞 鄭晳이 평하기를, "성품은 자상하고, 志氣는 차분하였고, 樞機를 더욱 신중히 하였고, 평생 다른 사람의 잘못을 말하지 않았다"라고 했다.

군수를 지낸 聞巖 辛礎의 따님에게 장가들어 4남 3녀를 낳았다.[16]

東巖의 장남 松岡 李命徵은 1625년 태어났다. 字는 大來이다. 어려서는 자질이 노둔했는데, 어떤 손님이 와서 "文學은 바라는 바가 아니고, 부자가 됐으면 한다"라고 말하자, 松岡은 크게 노하여 그 얼굴에 침을 뱉었다. 10세 때부터 지혜의 문이 문득 열려 각고하여 글을 읽어 詞賦로 이름을 떨쳤다. 향시에 합격하여 1676년 東堂試에 對策으로 합격하였는데, 정승 金壽恒이 척의가 있어 끌어주려고 보자고 하였으나, 사절하고 만나지 않았다.

이때부터 과거를 포기하고 程朱書를 주로 읽으며 名理를 궁구하였다.

---

16) 盧相稷 『小訥集』 권44, 「成均進士東巖李公行狀」. 韓國文集叢刊 續150.

一家契를 설치하여 喪葬, 祭祀, 接賓 등에 필요한 수요를 도왔다. 계속되는 居喪으로 몸을 상한 나머지 1678에 별세하니, 향년 55세였다.

배위는 達城徐氏로 東皐 徐思選의 손녀다.

松岡은 竹坡와 覽懷堂을 숙부로, 聽翁 李命夔, 拙庵 李命采를 종형제로 하여 어려서부터 講學하여 다른 사람들이 듣지 못 한 바를 들었다. 또 동시대의 孤山 尹善道, 權放翁 등과 교유하며 淸議를 扶持하여 남쪽 지방 儒林世界에서 名望이 크게 있었다.

松岡이 마음에서 얻어 몸으로 실행한 것은 孝, 悌, 忠, 信, 仁, 義, 禮, 智, 心, 性, 德 등 11개의 說에 다 나타나 있다.[17]

李而杜는 1618년에 태어나 1692년에 75세로 별세하였다. 자는 景直이다. 배위는 通德郎 辛德曄의 따님인데, 聞巖 辛礎의 손녀다. 형님 東巖이 곧 처고모부가 된다.

아들이 없어 아우 覽懷堂 李而杜의 아들 李命夔를 후사로 삼았다.

이명기는 1653년에 태어났다. 字는 聖弼이고, 호는 聽翁이었는데, 窮通得失을 하늘의 뜻에 맡긴다는 뜻에서 그렇게 붙인 것이다.

어려서부터 재기가 英發하고 천성이 莊重하고 법도가 있었다. 1677년에 진사에 합격하여 太學에 유학하였다. 진사에 급제하였을 때 祝賀宴을 주관하던 密陽府使 金熹이 "정말 나라를 빛낼 인재다"라고 감탄하였다. 당시 葛庵 李玄逸이 國子祭酒로 있었는데, 聽翁은 갈암을 스승의 예로 섬겼다. 갈암이 "우리 儒林에 사람이 있도다"라고 할 정도로 稱許를 입었다. 그 뒤 갈암이 吏曹判書로 있으면서 청옹을 추천하려고 했으나, 喪을 당했다는 소식을 듣고 중지하였다. 1713년 文科에 급제하였으니 그의 나이 61세였다. 1716년 서울로 들어가다가 병을 얻어 南原에서 세상을 떠났는데 향년 64세였다.

聽翁이 세상을 떠난 몇 달 뒤에 조정에서 成均館 學諭에 제수하였고,

---

17) 盧相益 『小訥集』 권35, 「松岡李公墓誌銘」.

31년 뒤에는 承政院 注書에 증직하였다.

諸子百家에 두루 달통하였고, 특히 大學 공부에 힘을 써서 조금도 게을리 하지 않았다. 학문을 이루고 과거에 급제하였으나, 관직을 얻어 큰 뜻을 펴지 못 하고 일생을 마치고 말았기에, 많은 사람들이 안타까워하였다.

남긴 시문을 모아 『聽翁集』을 간행했는데, 그 문학과 사상을 살필 수 있다.[18)

李命羹의 아들은 李宜翰이다. 이의한은 1692년에 태어나 1766에 세상을 떠나니 향년 75세였다. 字는 季鷹, 호는 一和齋인데, 만년에는 紫雲翁이라고도 하였다. 一和는 精一, 中和의 뜻을 함축하고 있고, 紫雲은 朱子의 호인 紫陽과 雲谷에서 딴 것으로 볼 수 있다.

紫雲은 어려서부터 天性이 仁孝하고 聰明이 絶倫하였다. 자라서 經史와 性理書를 두루 읽고 諸子百家도 널리 보았다. 문장이 자연스럽고 널리 통달하여 鑑識이 있는 선배들이 '當世의 大提學 감'이라고 크게 칭송하였다.

모친의 뜻을 받들어 과거공부를 했는데, 鄕試만 합격하고 進士 文科에는 급제하지 못 했다. 당시 豊原君 趙顯命이 慶尙監司로 부임하여 경상도 전역의 碩儒를 모아 「西銘」을 策題로 내어 선비들을 시험했는데, 紫雲의 성적이 상위를 차지했다. 조현명이 크게 稱賞했고, 당시의 선비들도, '나라를 빛낼 인재다'라고 稱許하지 않는 사람이 없었다.

만년에 進取에 뜻을 끊고 爲己之學에 전념하였는데, 六經과 四書에 더욱 힘을 썼고, 朱子書,『心經』,『近思錄』,『退溪集』 등을 참고하여, 입으로는 외우고 마음으로 생각하며 沈潛하여 실천하였는데, 寢食을 잊을 정도였다. 밖에 나갈 때도 반드시 책을 휴대하고 나갔다. 일찍이 말하기를 "책 속에 무한한 참된 맛이 있어, 육미보다 낫다"라고 했다. 好學樂善하는 정성은 나이들수록 더욱 돈독하여 오래도록 참되게 蘊蓄하여 조예가 깊어지고 自得한 것이 많았다. 그 당시 墓道文字나 亭臺의 記文 가운데 紫雲이

18) 李命羹 『聽翁集』 附錄.

지은 것이 많았다.

紫雲은 訥隱 李光庭의 문하에서 공부하여 다른 사람들이 듣지 못했던 것을 들었다. 당대의 명현들을 널리 교유하여 麗澤의 도움을 받았다. 霽山 金聖鐸, 江左 權萬, 梅山 鄭重器, 百弗庵 崔興遠, 大山 李象靖과 道義를 講磨하여 品德이 高尙하고 순수하였다.

孝友가 천성에서 나와 禮를 다해서 부모를 섬기고 형제와 다른 집에 살아도 재산은 함께 썼다. 일가들에게 敦睦하게 대했고, 婢僕들에게도 恩義를 베풀었다. 다른 사람이 初喪 당한 소식을 들으면 親疎에 따라서 素食을 할 정도였다.

평생 생물을 해친 적이 없었다. 비록 곤충이나 초목 같은 미미한 것이라도 밟은 적이 없었다. 본성이 和泰하여 다른 사람의 장단을 비교하지 않았고 다른 사람의 시비를 말하지 않았다. 손님이나 친구를 대할 때 장엄하게 얽매인 모습을 하지 않았고, 느긋하게 웃고 말하였고, 차별을 두지 않았다. 그래서 사람들이 모두 사랑하고 좋아하였으며 진실로 감복하였다. 곤궁함에 처해서도 편안하였다. 일찍이 스스로 말하기를 "나는 세 가지 말하지 않는 것이 있다. 술을 좋아하면서도 술에 대해서 이야기하지 않는다. 옷이 떨어져도 떨어졌다는 것을 말하지 않는다. 창자가 비어도 배고프다는 것을 이야기하지 않는다"라고 했다. 대개 마음에 간직한 바가 있어서 바깥 사물을 가볍게 여긴 것이다.

교육을 즐거움으로 삼았는데, 배우기를 원하는 사람이 있으면 마음을 열고 가르쳐 성취시킨 사람이 많았다.

李宜翰의 아들 李元紘은 1729년에 태어났다. 자는 維國, 호는 文淸子이다. 文行이 있었으나, 1765년에 37세로 요절하니 사람들이 안타까워하였다.

李元紘의 아들 李宗儉은 1748년에 태어났다. 자는 尙彦, 호는 南里翁이다. 大山 李象靖의 문하에서 수학하였고 문집이 있다.

李繼胤의 셋째 아들 李而楨은 1619년에 태어났다. 자는 公直, 호는 竹坡이다. 竹坡는 6,7세 때 『小學』을 배웠다. 이미 글의 내용을 궁구했는데,

통하지 않는 곳이 있으면 반드시 살펴 물어 깨우친 그런 뒤에야 그만두었
다. 조금 자라서는 글방 선생 鄭寔을 따라 배웠고, 1639년 鶴沙 金應祖가
密陽府使로 부임하여 講帳을 열자 그 문하에 들어가 배웠다. 학사는 장려
하여 가상히 여겼고, 시를 지어 면려하였다.

文科에는 끝내 합격하지 못 하였는데, 친분이 있던 宰相이 그 재주를
아껴 끌어주려고 했으나 죽파는 "운명이 있는 것이니, 구차하게 해서는
안 되오"라고 사양하였다.

이때부터 물러나 백씨 進士 李而樟과 계씨 李而杜 등 여러 형제들과
함께 부모님 집 근처에 五友堂이라는 집을 지어 주야로 함께 거처하면서
양친을 위해서 정성을 다해서 맛난 음식을 마련하는 등 효성을 다해 봉양
하였다. 건강이 안 좋으면 약을 조제하고 요리하는 것을 자신이 직접 했다.
부모상을 당해서는 두 차례 다 廬墓를 했다.

그의 岳丈 菊潭 朴壽春은 寒岡의 문인으로서 密陽에서 退溪學派를 계
승하여 대표적인 학자가 되었다. 『東方學問淵源錄』, 『讀書指南』 등 많은
저서를 하였고, 밀양의 南岡書院에 享祀되고 있다.[19] 竹坡는 岳丈 菊潭의
영향을 크게 받아 退溪學派와 接脈하게 되었다.

조상을 받드는 정성이 대단했는데, 나이 들어서도 더욱 돈독하여 매월
초하루 參禮를 행했고, 四仲之祭 때는 미리 와서 齋戒를 했는데 반드시
古禮를 준수하였다.

密陽鄕校가 壬辰倭亂 때 소실되었다. 난후 大成殿과 東西 兩廡는 겨우
지었으나 땅이 좁고 제도가 초라하였고, 곧바로 기울고 무너지기 시작하였
다. 그래서 옛날 터의 동쪽으로 옮기기로 결의하였다. 이때 竹坡가 중요한
역할을 하였다.

1567년에 退溪의 명으로 佔畢齋의 서원을 德城에 창건했다. 그곳은 앞
에 큰 내가 있어 여름날 장마물이 불으면 간혹 享禮를 지낼 수가 없었다.

19) 鄭景柱 「밀양의 퇴계학맥」, 『退溪學과 韓國文化』 제31호, 慶北大學校 退溪研究所.

이에 禮林으로 옮겨 세우고, 迃拙齋 朴漢柱와 松溪 申季誠을 配享하였다. 이 일을 竹坡가 주도하였다. 이 밖에도 閔氏 五賢의 享祀를 위해 祠堂을 세운 일, 佔畢齋神道碑, 迃拙齋와 松溪의 閭表碑를 세운 일도 실로 竹坡가 주관한 것이다. 유교를 尊衛하고 인재를 일으키는 일에 있어서는 그 마음을 쓰지 않는 것이 없었다.

자제의 교육에는 엄격하게 법도가 있었는데, 기거하고 학업을 익히는 절차는 모두 『禮記』「內則篇」에 따라 했다.

곤궁해서 공부할 수 없는 사람이 있으면 반드시 비용을 대어 주어 권했다. 정상적으로 부과된 과목 이외에 고인의 至論을 많이 배우도록 했다.

당시의 대학자 眉叟 許穆이 남쪽 고을을 유람할 때 竹坡의 이름을 듣고 집에까지 와서 여러 날 동안 講討하였다. 眉叟는 자기도 모르게 마음으로 감복하고서 "우리 유림에서 제일 가는 인물이다"라고 하였다. 眉叟는 본래 簡亢한 인물로 알려져 있는데, 이러한 품평을 한 것은 죽파에게 사람들이 믿을 만한 實行이 있었기 때문이다.

만년의 힘을 쏟은 공부는 『性理大全』과 『朱子家禮』였다. 『성리대전』의 요점을 모아 『性理大要』를 편찬하였다. 『朱子家禮』는 丘氏의 儀節과 여러 선현들의 說을 참고해서 뒤에 붙여 『家禮節要』로 편찬하였다. 손수 經史子集을 베껴서 공부하는 바탕으로 삼았는데, 베낀 것이 수백여 권에 이르렀다.

난리로 譜系가 흐릿해진 것을 늘 걱정하여 九族이 유래한 것을 찾아다니며 밝혀 여러 해 걸려서 책을 이루었다.

평소 닭이 울면 일어났는데, 의관을 정제하고서 책상을 대하여 고요히 앉아 있으면 어깨와 등이 반듯했다. 비루하거나 사리에 어긋난 말은 입에서 나오지 않았고, 태만한 기운은 몸에 붙이지를 않았다.

큰 의리와 관계되는 것은 칼로 두 토막을 자르듯 머뭇거림이 없었다. 春秋大義가 속에서 쌓여 말로 나타났다.

1616년 세상을 떠나니 향년 79세였다.[20]

竹坡의 둘째 아들 李命采는 1656년에 태어났다. 자는 聖亮, 호는 拙庵이다. 어린애 때부터 책을 보면 밟거나 넘지 않고 반드시 머리에 이거나 지고 다녔다. 겨우 말을 배울 때부터 글을 지을 줄 알았다. 6세 때 이미 經史에 통하였고, 筆法이 入神의 경지에 이르렀다. 16세 때부터 鄕試에 14번 합격했다가, 47세 때 進士에 합격하였다. 文科에 두 차례 합격했으나, 취소가 되었다. 得失을 가지고 마음이 흔들리지 않으니, 사람들이 그 도량에 감탄하였다. 이후로 문을 닫고 독서하니, 동남지방의 인사들이 奇重하게 여겼고, 일이 있거나 變禮가 있을 때는 그에게 나아가 바로잡았다. 葛庵 李玄逸의 문하에 나아가 공부하였는데, 갈암이 "우리 儒林에 사람이 있다"라고 稱賞하였다. 『易圖說』, 『居喪節要』, 『心學至論』, 『奉先抄儀』, 『崇禎 年譜』, 「五經體用分合說」 등을 지었다. 나아가 天文, 地理, 兵法, 老莊 등에 대해서도 그 내용을 다 궁구하였다.[21] 그의 학문이 深博했음을 알 수 있으나, 두 차례 화재로 저서가 남아 전하지 못하여 그 학문의 진면목을 考究할 길이 없다.

일찍이 "詞章은 士君子의 당당한 사업이 아니다"라고 말하며, 文學보다 실천을 중시했다.

어릴 때부터 德性이 絶倫하였고 孝友로 이름이 났다.

李繼胤의 넷째 아들인 李而相은 1622년에 태어나 1651년 30세로 요절하였다. 자는 卿直, 호는 柘庵이다. 여러 차례 鄕試에 합격하여 과거 보러 서울로 갔다가 천연두가 걸려 갑자기 죽게 되어 행적이 남아 있는 것이 별로 없다.

李繼胤의 다섯째 아들인 李而杜는 1625년에 태어났다. 자는 士直, 호는 覽懷堂이다.

어려서부터 天資가 近道하였고, 擧止가 端重하여 어른 같았다. 孝悌를

---

20) 李而楨『竹坡集』附錄.

21) 鄭宗魯『立齋集』 권36 17장, 「拙庵李公墓碣銘」.

자신의 임무로 삼았고, 바깥 사물을 마음에 두지 않았다. 掌令 李汝翊이, "다른 날 門戶를 창성하게 할 사람은 바로 이 아이다"라고 하였다. 부친이 『小學』으로써 가르쳤는데, 부친의 가르침을 받들어 실천하는 데 뜻을 오로지하였다. 형들과 五友堂에 거처하면서 정성을 다해 양친을 봉양하였다. 부모의 뜻에 따라 과거에 응시하였으나, 본인의 뜻은 아니었다. 喪을 당해서는 두 차례 廬墓를 하였고, 80세에 이르러서도 부모님을 사모하였다.

여러 형들이 세상을 떠난 뒤에 홀로 家廟에 참배하고 매월 초하루에는 성묘하는 등 門戶를 유지하는데 정성을 다하였다.

자신을 엄밀하게 다스려 조심하였고, 겸손하였다.

당대의 名碩인 瓢隱 金是榲, 鶴沙 金應祖, 澗松 趙任道, 一庵 辛夢參 등과 道義交를 맺어 經傳을 토론하고 반복하여 질문하였다. 평소에 힘을 들이는 것은 退溪와 寒岡 두 선생의 책이었는데, 정신을 오로지하여 가슴에 새겼고, 몸으로 실천하여 늙어서까지 해이해지지 않았다.

1689년 아들 李命夔가 文科에 합격하였다가 黨論으로 罷榜되었다. 그 소식을 들은 사람들이 안타까워했으나, 覽懷堂은 느긋하게 웃으면서 "少年登科는 하나의 불행이야. 이 일이 다행이 아닐 줄 어찌 알겠느냐?"라고 하며 개의치 않았다. 여기서 남회당이 外慕가 없었음을 알 수 있다.

만년에 葛庵 李玄逸이 錦陽에서 강의하는 것을 듣고, 아들 聽翁 李命夔를 보내어 제자가 되게 했다. 葛庵이 1700년 光陽에서 解配되어 돌아갈 때 密陽에 와서 先塋에 참배하였는데, 그 걸음에 특별히 覽懷堂을 방문하여 義理를 講論하였다. 돌아간 뒤에도 서신을 주고받았다. 서로 더불어 발전하려는 뜻이 이러했다.

특히 退溪의 학문을 景慕하였는데, 退溪의 「遊淸凉山詩」에 차운하여 장편시를 지었는데, 그 시 속에 퇴계를 존모하면서도 자신의 학문이 부족하여 퇴계를 옳게 배우지 못한 것을 아쉬워하고 있다.

蒼雪 權斗經이 인근 昌寧의 고을원으로 있으면서 그 氣風을 듣고 높이 欽仰하여 찾아와 그 집을 覽懷堂이라고 堂號를 붙여주었다.

나이가 들어서도 학문에 침잠하여 학문이 더욱 정밀해졌다. 後學들을 가르치기를 게을리하지 않아 鄕黨의 名士들이 문하에서 많이 나왔다. 늘 儒敎를 保衛하고 先賢들을 尊慕하였고, 鄕校를 붙들어 세우고, 서원을 創修하여 鄕風을 일으키니, 士論이 귀의하였고, 자손들이 감화되었다. 고을에서 鄕八賢으로 추앙되었다.[22]

覽懷堂의 맏아들 李命載는 1645년에 태어났는데 자는 子眞, 호는 聽竹軒으로 유림에 名望이 있었다. 『聽竹軒遺稿』가 있다.

李命載의 맏아들 李宜恒은, 자는 一如, 호는 默齋이다. 儒行이 있어 사람의 추중을 받았다.

셋째 아들 李命夔는 文學과 操行이 있어 文科에 급제하여 注書에 追贈되었는데, 仲父의 뒤로 入系하였다.

V. 來進 家門의 密陽 儒林에서의 활동

來進의 碧珍李氏 門中에서는 많은 학자들이 나와 密陽의 士論을 주도했는데, 密陽 유림사회에서 큰 일이 있을 때 늘 주도적인 역할을 한 인물들이 많이 있었다. 그 사례를 들면 아래와 같다.

1. 禮林書院의 이건

密陽을 대표하는 학자인 佔畢齋 金宗直을 享祀하는 禮林書院은 1567년에 德城에 창건했다. 그곳은 앞에 큰 내가 있어 여름날 장마물이 불으면 간혹 享禮를 지낼 수가 없었다. 이에 禮林으로 옮겨 세웠다. 또 迂拙齋 朴漢柱와 松溪 申季誠을 配享하였다. 이 일을 竹坡 李而楨이 주도하였다.

---

22) 李而杜 『覽懷堂集』 附錄.

2. 鄕賢의 崇慕와 儒敎의 진흥

閔氏 五賢의 享祀를 위해 祠堂을 세운 일, 佔畢齋의 神道碑를 세운 일, 迂拙齋 朴漢柱와 松溪 申季誠의 閭表碑를 세운 일도 실로 竹坡가 주관한 것이다. 儒敎를 尊衛하고 인재를 일으키는 일에 있어서는 그 마음을 쓰지 않는 것이 없었다.

곤궁해서 공부할 수 없는 사람이 있으면 반드시 비용을 대어 주어 학문을 권했다.

3. 表忠碑閣 건립의 추진

1738년 密陽 출신인 四溟堂 松雲大師碑銘과 그 碑閣 건립을 위하여 사명당의 5대 法孫인 南鵬이 추진하여 관계의 보조를 얻어 당대 名士들의 글을 얻어 완성의 단계에 이르렀으나, 海印寺 측의 반대로 장애에 부딪치게 되었다. 이때 密陽의 官民은 물론 儒者와 승려들이 단합하여 해인사의 반대를 물리쳤는데, 이때 밀양의 선비인 紫雲 李宜翰과 朴世久 등이 密陽 儒林을 대표하여 조정에 진정서를 내어 이 일을 도와 1742년에 碑石과 碑閣의 일을 완공하게 하였다.[23]

4. 均賦廳重建記

고을의 賦稅를 법과 등급에 따라 공평하게 사정하여 부과하고 장부를 만들어 비치하는 관청인 書役所가, 密陽府가 시작할 때부터 있었다. 오랜 세월에 건물은 퇴락하고 담장도 무너졌다. 1751년 密陽府使로 부임한 李德顯이 俸祿을 희사하여 100여 간 되는 건물을 중창하고 이름도 均賦廳으로 바꾸고 徵稅에 공정을 기하려고 하였다. 또 자신의 봉록을 들여 鄕船 4척을 건조하여 희사하였다. 이런 사실을 紫雲 李宜翰이 「均賦廳重創記」

---

23) 『密陽誌』 密陽文化院 2006년.

를 지어 칭송하였다.24)

VI. 來進 家門의 院祠樓亭

오랫 동안 동족부락을 유지하면서 학자를 배출한 來進 碧珍李氏 가문에는 자연히 서원이나 齋舍 등이 많아 형성되게 되었다. 대표적인 것을 들면, 아래와 같다.

1. 龍安書院

山花 李堅幹과 星山君 李軾을 享祀하기 위하여 1813년 靈華谷에 龍安齋를 건립하였다. 규모가 너무 작아 교육적 기능을 수행하기 어려워, 1818년에 지금의 자리인 來進里 龍安谷으로 옮겨 龍安祠라 편액을 걸었다. 1868년 大院君의 書院 毀撤에 따라 龍安齋라 이름을 걸고 麗隱 李思之와 大護軍 李仲林을 追享하기로 하고, 祠宇를 중수하였다. 1988년에 이르러 儒林의 公議로 龍安書院으로 승격하여 매년 음력 9월 中丁에 享祀를 한다. 이 건물은 경상남도 보존문화재 제297호로 지정되어 보호 관리되고 있다.

2. 曲江亭

密陽君 初同面 儉巖里 曲江 마을 언덕에 있다. 中宗反正으로 功臣인 星山君 李軾이 反正功臣들과 뜻이 맞지 않아 벼슬을 버리고 密陽으로 내려와 소요하던 곳에다 그 아들 李德昌이 1545년에 지었던 정자다. 처음에는 高江亭이라고 했다. 洛東江의 흐름을 굽어볼 수 있는 경치 좋은 곳이다.

1806년에 다시 중건을 하면서 강물이 回流하는 것이 曲水의 풍치를 방불케 한다 하여 曲江亭으로 이름을 바꾸었다. 曲江은 본래 黃河의 서쪽

---

24) 『密陽誌』 密陽文化院 2006년.

으로 뻗은 지류인 渭水의 지류인데, 長安의 동남쪽을 흘러 지나 북쪽으로
위수에 합류된다. 唐나라 詩聖 杜甫가 「曲江」이라는 詩를 지은 곳으로,
경치가 아주 좋다.

3. 竹坡亭

密陽君 武安面 良孝里에 있다. 竹坡 李而楨이 만년에 은거하며 학문에
침잠하기 위하여 1670년에 창건하였다. 죽파는 문학이 夙就하고 踐履가
독실하며, 효성이 지극하고 우애가 돈독하여 형제와 함께 五友堂에서 독
서하였다. 禮學, 性理學, 易學 등의 서적을 깊이 탐구하여 실천에 옮겼고,
鄕約의 진흥을 위해 심혈을 기울였다.

죽파의 별세후 오래 동안 폐허가 되어 있다가 1948년 그 10세손 李斗燦
이 죽파의 遺業을 追慕하여 중건하였다. 蔡山 權相圭의 「竹坡亭重建記」
가 있다.

4. 覽懷堂

密陽君 武安面 來進里에 있다. 覽懷堂 李而杜가 만년에 은거 藏修하던
집으로 五友堂이 있던 곳이다. 堂號는 蒼雪 權斗經이 지었는데, '覽物起懷'
라는 뜻에서 딴 것이다.

퇴락되었던 것을 1898년 曹冕周 등이 鄕論을 모아 覽懷堂을 중수하였
다. 響山 李晩煃의 「覽懷堂重建記」가 있다.

5. 聽翁亭

聽翁 李命夔의 遺德을 흠모하여 10세 주손 李憲正 등이 후손들과 의견
을 모아 1947년 동네 서당 昌星齋의 옛터에 창건한 것이다. 지세가 높아
수호하기 곤란하다고 느낀 후소늘이 1981년 동네 가운데 이건하였다.

VI. 結論

　1500년대 초반에 密陽 來進에 奠居한 星山君 李軾의 후손들인 碧珍李氏 麗隱亭派 來進 家門은, 500여 년 동안 同族村을 이루어 世居하며 士林 家門의 표본이 되어 왔다. 이후 계속해서 많은 學者들이 나와 文集을 남겼고, 고을의 鄕校와 書院에 적극 참여하여 士論을 주도하였다.

　그리고 家訓을 만들어 子孫들을 교육하여 조상의 좋은 점을 배우고, 同族間에는 화목하게 지내고, 나아가 鄕約을 실시하여 鄕風을 先導하는 등 선비정신의 수립과 보급에 誠力을 기울였다.

　通國의 著姓인 碧珍李氏 가운데서 麗隱亭派 來進 家門은 국가민족이 戰亂에 휩싸였을 때 올바른 지도자인 王建을 도와 나라를 안정시키고 民生을 구출한 시조 碧珍將軍 李悤言, 詩文과 學問으로 中國에까지 이름을 떨친 山花 李堅幹, 不事二君의 節義를 지킨 麗隱 李思之, 反正功臣이면서도 榮達보다는 恬退에 가치를 둔 星山君 李軾, 『小學』으로 子孫敎育에 성공한 泗濱 李繼胤, 자기 자식보다 宗家를 더 생각한 李貴生, 자식의 科擧 合格 취소에도 초연했던 覽懷堂 李而杜 등 훌륭한 조상을 많이 두었다.

　이러한 事行들은 사람으로서 갖추어야 할 최고의 德目이다. 이런 훌륭한 조상이 있었기에 오랜 세월 동안 후손들이, 來進 家門의 名聲과 位相을 유지해 왔던 것이다.

　이는 단순히 碧珍李氏 來進 家門만의 精神的 資産이 아니고, 혼탁해 가는 人類社會를 구원하는 데 도움을 줄 수 있는 精神的인 좋은 慈養이 될 것이다.

　흔히 세상 사람들은 서울에 世居하면서 仕宦을 위주로 하여 名公巨卿을 많이 배출한 家門을 名門으로 생각하지만, 진정한 명문이 되기는 어렵다. 1910년 朝鮮이 倭人들의 손에 망했을 때 倭人들에게 붙어 협조하거나 倭王이 주는 이른바 恩賜金을 받은 자들이 대부분 名公巨卿이거나 그 후손들이다.

참된 名門은 孝友를 위주로 한 倫理道德을 중시하고, 學問을 숭상하고, 學者를 우대하고, 자기 家門은 물론 鄕村을 先導하는 전통을 유지해 나가는 집안이 좋은 집안이다. 곧 선비정신을 충실히 실천하여 사람다운 사람이 많이 나오는 가문이다. 碧珍李氏 來進 家門이 이런 선비 家門의 傳統을 모범적으로 지켜왔다고 할 수 있다.

晉陽姜氏 恭穆公派 家門의 形成과 展開

I. 서론

晉陽姜氏는 우리나라의 대표적인 名門大族으로 역사상 많은 인물을 배출해 각 방면에서 크게 활약해 왔다.

진양강씨는 모두 高句麗 嬰陽王 때의 장군 姜以式을 시조로 삼는다. 후손들은 恭穆公派가 속한 姜啓庸의 후손들인 博士公派, 姜民瞻장군 후손들인 殷烈公派, 강계용의 아우인 姜渭庸의 후손들인 少監公派, 姜遠庸의 후손들인 侍中公派로 나뉜다.

姜邯贊장군 계통인 仁憲公派도 다 같이 姜以式장군의 후손이나, 본관은 衿川으로 한다.

본고는 그 가운데 恭穆公派를 중심으로 이 家門의 형성과 그 후손들의 演變과 특징을 살펴보는 것을 목적으로 한다. 한편의 글에서 恭穆公派 가문의 모든 인물을 다룰 수 없고, 또 이 가문의 중요인물에 대해서는 이미 다른 학자들의 개별 발표가 있기 때문에, 이 글에서는 恭穆公을 중심으로 그 선조와 후손 가운데서 1685년 간행한 『晉山姜氏族譜』에 수록된 인물까지만 한정하여, 관직이 3품 이상이거나 文集이나 著書를 남겼거나, 忠節이 있거나 특별한 行蹟이 있는 경우에 한하여 論及하려고 한다.

따라서 본고는 크게 恭穆公派의 전체적인 윤곽만 밝혀, 공목공파 가문을 전반적으로 이해하는 데 도움을 줄 수 있도록 하는 역할을 하는 데 그친다.

Ⅱ. 晉陽姜氏의 유래

1. 始祖 姜以式將軍

姜以式장군은 본래 隋나라 사람으로 中國 天水姜氏의 일파였는데, 高句麗로 귀화하여 고구려 장수가 되었다.

597년 隋나라에서 고구려를 침략할 목적으로 도발적인 외교문서를 보내왔을 때, 강이식은 "이런 무례한 글은 칼로 갚아주어야 합니다"라고 하여 일전을 불사할 것을 국왕에게 건의하였다.

이듬해 고구려의 군사가 遼西에 침입해 오자 遼西摠管 韋沖과 접전을 벌이다가 거짓 패하여 臨渝關[현 山海關 부근]에서 철수해 나오니, 수나라 文帝가 30만 대군을 동원하여 漢王 楊諒을 行軍大摠管으로 삼아 임유관으로 나가게 하고, 周羅睺로 水軍摠管을 삼아서 바다로 나가게 하였다. 이에 주라후는 평양으로 향한다는 말을 퍼뜨렸으나, 사실은 양식 실은 배를 인솔하여 遼海로 들어와 양양에게 군량을 대주려는 작전을 펼치려고 한 것이었다.

嬰陽王이 姜以式을 兵馬元帥로 삼으니, 수군을 거느리고 바다 가운데로 들어가 수나라 군대를 맞이해 쳐서 배를 격파하였다. 그리고는 군중에 영을 내려 성책을 지키고 나가 싸우지 말라고 하였다. 수나라 군사는 양식이 없는 데다 또 6월의 장마를 만나 굶주림과 전염병으로 숱한 사람이 낭자하게 죽어가 퇴군하기 시작하였다. 강이식이 이를 추격하여 전군을 거의 섬멸하고 무수한 무기를 노획하여 개선하였다. 수나라의 1차 침략을 강이식이 담력과 전략으로 격퇴하였다.[1]

晉州姜氏는 모든 派가 강이식을 시조로 삼는다. 그의 관직이 元帥이기 때문에 元帥公이라고 일컫는다.

---

1) 申采浩 『朝鮮上古史』 제9장.

2. 博士公派의 성립

博士公派는 연대가 오래되고 문적이 없어 세계를 밝히기 어려워, 姜以式의 먼 후손 高麗 門下侍中 姜希經을 족보상의 1대로 삼는다.[2] 손자 때까지는 單代로 내려오다가 증손자 때 姜啓庸과 姜渭庸이 있었는데, 강계용은 恭穆公 姜蓍의 5대조가 된다.

강계용은 벼슬이 國子博士였으므로 그 후손들을 博士公派라 일컫는다. 강계용의 아들 姜引文은 유학으로서 이름이 났다. 강계용의 손자 姜師瞻은 벼슬이 監察御史였으므로 그 후손들을 御史公派라고도 한다. 어사공은 공목공의 증조부이다.

본래 恭穆公의 선조들이 살던 옛 터는, 晉州 飛鳳山 아래 鳳谷[3]에 있었는데, 恭穆公이 議政 元正公 河楫의 사위가 되자, 진주 서쪽 沙月 마을[지금의 山淸郡 丹城面 沙月里]로 옮겨가서 살았다. 거기서 通亭 姜淮伯 형제를 낳았다. 이 형제들은 그 뒤 각자 서울로 옮겨가 살았는데, 통정공만 진주 동쪽 月牙山 아래 木溪 위에 가서 살았다. 文敬公 姜孟卿 형제와 木溪 姜渾이 그 터에서 태어났다.[4]

恭穆公의 조부 姜昌貴는, 版圖正郎을 지냈는데, 門下侍中에 추증되고 晉原府院君에 추증되었다.

恭穆公의 부친 姜君寶는, 문과에 급제하여 벼슬은 政堂文學, 僉議評理, 藝文館 大提學을 거쳐 門下左侍中에 이르렀다. 鳳山君에 봉해지고, 시호는 文敬이다. 후손 姜燭이 그에 관한 기록을 모아『鳳山君御谷實紀』를 편찬하였다.

천성이 好學하여 선대의 家業을 이어 文科에 급제하여 재상의 반열에

2) 이와 다르게 된 족보도 몇 종류 있다. 大東文化研究院에서 영인한『南譜』에는, 강이식 아래 姜洪을 달아놓았고, 姜希經 위로 6대를 더 채워 놓았다.
3) 鳳谷 :『晉山世家』권1 「遺蹟」의 주석에, "지금 晉州 관아의 뒤다"라고 되어 있다.
4)『晉山世家』권1 遺蹟.

올랐다. 敬으로써 守身하고, 孝로써 어버이를 섬기고, 仁으로써 사물을 대하였다. 천성이 警敏하였는데, 文學으로 뜻을 이루어 臺閣에서 英名을 날렸다.

일을 처리하는 능력이 있어 다섯 왕의 朝代에 벼슬하였다.

부인은 慶州金氏로 典客令 金呂珍의 따님인데, 鷄林郡夫人에 봉해졌다.[5]

陽村 權近은 「文敬公輓詞」에서 "착한 일을 쌓아 집안이 오래 전해가니, 계속 경사가 끝나지 않네.[積善傳家遠, 綿綿慶不窮]라고 칭송하였다.[6]

Ⅱ. 恭穆公의 일생과 사적

恭穆公 姜蓍는, 晉陽姜氏 중시조 姜希經의 8대손이다.[7] 호는 養眞堂이다.[8]

1339년(忠肅王 8) 12월 22일에 출생하였다.

1357년 19세 때 成均試에 합격하였고, 1362년 大官署丞에 임명되었다. 그 이후 郞將 兼 監察糾正으로 두 번 옮겼다가 典工佐郞, 廣興倉使를 역임하였는데, 번잡한 일을 다스리거나 어려운 일을 처리함에 있어 가는 곳마다 직책에 맞게 하였다. 閤門引進副使가 되어서는 예법을 차리는 모습이 법도에 맞으므로 朝列大夫를 더하여 주었다. 陝州의 원으로 나가서는 행정 업적이 뚜렷하였다. 典法, 版圖, 典理에서 모두 摠郞을 지냈다. 中顯大夫로 衛尉尹,[9] 中正大夫 三司左尹, 奉順大夫 軍器判官을 역임하였다. 그

---

5) 姜浩溥 「文敬公君寶狀後序」, 『晉山世家』 권1 수록.

6) 權近 「輓文敬公」, 『晉山世家』 권1 수록.

7) 『萬家譜』(韓國學中央研究院 소장) 晉陽姜氏篇 참조.

8) 姜夏永 「司評公鶴孫家狀」, 『晉山世家』 권1 수록.

9) 『晉山姜氏族譜』(1685년본), 『晉山姜氏文集』 등에는 모두 '尉殿'으로 되어 있는데, '衛尉'의 잘못이다.

뒤 江陵道按察使로 나갔는데, 1378년(禑王 4) 가을과 겨울이었다.

이듬해 1379년에 通憲大夫 繕工判官에 임명되었다. 얼마 뒤에 奉翊大夫를 더해 주었다. 1380년에는 외직으로 나가 安東大都護府使가 되었다.

부친 文敬公이 考終하여 親喪을 당했다. 겨우 期年이 되자 左常寺로 起復하였다. 1382년(禑王 8) 版圖判書에 전임되었다가 얼마 있지 않아 내직으로 密直副使가 되었다.

곧이어 端誠輔理功臣의 勳號를 하사 받고 겨울에 匡靖大夫 判厚德府事 兼 判典醫寺事 上護軍에 轉任되었다.

1383년 봄 門下評理商議에 임명되었다가 겨울에 晉山君에 봉해졌으니, 품계는 重大匡이다.

1390년 여름 匡靖大夫 判慈惠府事 上護軍 同判都評議使司事에 임명되었다. 겨울에 推忠補祚功臣 大匡商議 門下贊成事 同判都評議使司事 兼 判繕工寺事 左右衛上護軍을 더해 주었다.[10]

恭穆公에 이르러 이 가문의 위상을 크게 격상시켰고, 공목공에 이어 그의 형제와 아들들이 모두 정승의 반열에 들어 일국의 명문이 되었다.

공목공은 1392년 모친상을 당하여 3년 동안 廬墓를 하였으니, 당시 불교가 성행하던 시대에 이미 儒敎思想을 철저히 실천했음을 알 수 있다.

자신을 단속하는 데는 근면으로써 하고 관직을 지키는 데는 신중함으로써 했다.

1392년 高麗 왕조가 망하자 不事二君을 결심하고 두 아들 通亭 姜淮伯, 通溪 姜淮仲과 함께 杜門洞으로 들어갔다. 새 왕조에서 출사를 강요하여 恭穆公에게 화가 닥치려 하자, 通亭이 부친을 구제하기 위하여 부득이 출사하였다.[11]

1400년 11월 26일 향년 62세로 일생을 마쳤다. 국왕이 그의 장례를 도우

---

10) 權近 『陽村集』 권39, 「有明朝鮮國贈諡恭穆姜公墓誌銘」.

11) 李和聖 「高麗司憲府監察勿溪姜公遺墟碑銘」 『愛磵集』 권4 37장.

라고 명령하고 恭穆이라는 시호를 내렸다.

推忠佐理功臣 重大匡 晋州府院君 元正公 河楫의 따님에게 장가들어 아들 다섯을 두었다. 河楫은 조선 世宗朝의 名相 文孝公 敬齋 河演의 증조인데, 晋州 南沙 尼丘山 아래에 살았다.

恭穆公은 知陝川郡事로 있으면서 元나라에서 李嵓이 수입한『農桑輯要』라는 農書가 농업생산을 위해서 절실히 필요하다는 것을 인식하고, 간행하여 보급하였다[12].『농상집요』는 元나라 初年에 大司農司에서 편찬한 종합적인 農書로 1273년에 완성되었다. 당시 원나라는 다년간의 전쟁으로 黃河 유역의 농업생산이 황폐한 것을 회복하기 위해서 국가에서 이 책을 편찬하여 각지에 보급하여 농업생산을 지도하고자 하였다. 이 책은 현존 중국 最早의 농서이다. 특히 桑蠶에 관한 부분은 우리 나라에서『農事直說』등의 농서가 편찬되어 보급된 이후에도 계속 사용될 정도로 우수한 농서였다. 이 책의 가치를 공목공이 알아내어 간행해 보급했으니, 조선 초기 농업생산 증진에 크게 기여했음을 알 수 있다. 나중에 그 증손자 仁齋 姜希顔이『養花小錄』을, 私淑齋 姜希孟이『衿陽雜錄』등 農業과 관계된 실용적 서적을 저술한 것은, 모두 恭穆公의 이런 정신에 그 연원이 있다.

恭穆公의 아우 姜筮는 左政丞을 지냈고 시호는 良僖이다. 당시 門下侍中으로 실권을 잡았던 李仁任의 사위였다.

姜筮의 종제 姜孫奇가 지은「良僖公墓祭文」에서, "나라의 주춧돌로서, 밖에 나가면 장수요 안에 들어오면 정승이었습니다. 어떤 일을 해 볼까 했나니, 殷나라 傅說이나 漢나라 諸葛亮 같았습니다.[爲國柱石 出將入相 庶幾有爲 殷傅漢亮][13]"라고 稱許했으니, 국가적으로 아주 큰 영향력이 있었던 인물이었음을 알 수 있겠다.

---

12) 李穡「農桑輯要序」,『晉山世家』권1 수록.
13) 姜孫奇「良僖公墓祭文」,『晉山世家』권1 수록.

1382년(우왕 8) 禾尺들이 倭寇로 가장하여 寧海郡에 침입하여 관청과 민가를 불사르자, 前 密直副使로서 判密直 林成味와 함께 이를 평정하였다.

조선왕조 개국 後 「鄭津開國原從功臣錄券」에 의하면, 1395(태조 4)년 前 節制使인 그는 서열 65번째로 原從功臣에 책봉되어, 田土와 노비를 하사받았다. 1403년(태종 3) 判漢城府事가 되었고, 1416년 議政府 贊成事로 致仕하였다.14)

1685년에 간행된 『晉山姜氏族譜』에는 실려 있지 않지만, 姜浩溥의 「文敬公君寶狀後序」에는 姜君寶의 아들로 姜筮의 아래에 參判을 지낸 姜籌와 佐郎을 지낸 姜策 등 두 아들이 더 있는 것으로 기재되어 있다.

Ⅲ. 恭穆公의 아들들

恭穆公은 姜淮伯, 姜淮仲, 姜淮順, 姜淮叔, 姜淮季 등 다섯 아들을 두었다. 그 가운데서 장남 姜淮伯과 차남 姜淮仲이 가장 저명하고 그 후손들이 번창하였다.

1. 姜淮伯

맏아들 姜淮伯은 자가 伯父, 호가 通亭인데 1357년에 태어났다. 사람됨이 老成하고 일을 논하는 것이 온화하면서 간절하였고, 經書를 강론하는 것이 정밀하면서도 상세하였다.15)

陽村 權近의 문하에서 性理學을 공부하였는데, 양촌의 稱賞을 입었다. 1376년 문과에 급제하여 成均館 祭酒가 되었다. 密直提學, 密直副使

---

14) 한국정신문화연구원, 『한국민족문화대백과사전』.
15) 李崇仁 「賀代言詩序」『晉山世家』 권1 수록.

簽署司事 등을 역임하고, 推忠協輔功臣에 策錄되었다.

恭讓王이 즉위하자 趙浚 등과 함께 통정을 世子師로 삼았으나, 通亭은 명성이 부족하다는 이유로 고사하였다. 判密直司事로 승진하여 吏曹判書를 겸직하였다.

恭讓王이 圖讖說의 의거하여 南京[漢陽]으로 천도하려 하자, 통정이 상소하여 그 잘못을 지적하니 공양왕이 받아들였다.

외직으로 나가 交州江陵道都觀察黜陟使로 나갔다. 얼마 뒤 다시 내직으로 불러 政堂文學 兼 司憲府 大司憲 등직에 제수되었다.

당시 災變이 자주 일어났으므로 통정이 공양왕에게 修省하여 하늘의 警戒에 응답하라고 건의하자 왕이 따랐다.

鄭夢周, 河崙, 李崇仁 등과 오랑캐 복제를 혁파하고 중국의 제도를 따르자고 건의하였으나, 얼마 있지 않아서 鄭夢周의 獄事가 일어나자 통정은 사직하였다. 右常侍 金子粹가 상소하여 通亭과 金震陽을 抵罪할 것을 요청했으므로 공양왕은 마지 못 하여 통정의 관작을 삭탈하고 晉陽에 유배시켰는데, 문을 닫고 조용히 근신하며 지냈다.

朝鮮 개국후 통정의 계씨 姜淮季가 恭讓王의 사위라 하여 참살 당했는데, 통정은 謹愼함으로써 화를 면할 수 있었다.

조선 개국초 개국에 협조하지 않았다 하여, 姜淮伯은 李崇仁, 金震陽 등과 함께 太祖 李成桂의 의해서 그 職牒을 회수 당하고, 杖 1백 대를 맞고 먼 지방으로 귀양 보내지는 처벌을 당했다.[16]

얼마 있지 않아 太祖 李成桂가 고려의 인물을 찾아 발탁하였다. 통정은 모친상을 당하여 居喪 중이었는데도 起復하여 鷄林府尹으로 임명했다가 얼마 뒤 東北面都巡問使로 옮겨 주었다.[17]

1385년과 1388년 두 차례에 걸쳐 明나라를 다녀왔다.

16)『太祖實錄』권1 太祖1년 7월 28일조.
17) 姜希孟『私淑齋集』「通亭公行狀」.

通亭의 詩는『晉山世稿』에 수록되어 있는데, 申叔舟가 通亭의 시문을 평하여 端麗하다고 했다.[18]

95題 111수의 漢詩가 수록되어 있다. 산수자연을 읊은 시, 고향을 그리워하는 시, 당시 정치를 풍자한 시, 백성들의 고통상을 읊은 시, 자신을 성찰한 시 등 그 내용이 다양하다. 평이한 詩語에 典雅한 내용을 담고 있다.

고려 말기에 佛教에 의지하거나 術數를 신봉하여 복을 비는 것의 허탄함과 부처를 만들고 탑을 만드느라고 국가 재정의 파탄을 가져오는 일 등이 잘못되었다는 것을 논하는 상소를 하였다.[19]

2. 姜淮仲

姜淮仲은 호는 通溪인데 1382년 문과에 급제하여 여러 관직을 거쳐 刑曹參判 兼 寶文閣 大提學을 지냈다.[20] 후손 海隱 姜必孝의 기록에 의하면 '조선왕조에서 兵曹參判, 大提學 등에 제수했으나, 出仕하지 않은 것으로 되어 있다.[21] 尙州의 鳳岡書院에 향사되어 있다.

忠淸道觀察使 黜陟使로 나가서 善本 古書인 여러 先儒들이 주석을 단『古文眞寶』에 이런 後誌를 남겼다.

　이 책에 실린 시문은 先儒들이 古雅한 것을 정선하여 부각시킨 것이다. 학문을 계승할 선비들은 마땅히 矜式으로 삼아야 할 책이다. 高麗 王朝에 埜隱 田祿生선생이 合浦[지금의 昌原]에 鎭將으로 나와서 군대를 통솔하는

---

18) 申叔舟「晉山世稿叙」.
19)『高麗史』列傳.
20) 1685년 간행『晉山姜氏族譜』.
21) 姜必孝『海隱遺稿』권20 1장,「祖考同樞府君家狀」. 그러나 이 기록은 신빙성이 떨어진다.『朝鮮王朝實錄』을 고찰해 보면, 通溪는 조선 건국 이후 世宗朝에 이르기까지 左右司諫大夫, 義州牧使, 咸吉道都巡問使, 京畿道觀察使, 工曹參判, 忠淸道觀察使 등직을 맡아 계속 관직에 있다가, 1423(세종 3)년 摠制로 있다가 별세하였다.

여가에 刻工을 모집하여 간행한 것이다. 그로 말미암아 이 책이 공부하는 사람들에게 유익하다는 것을 다 알게 되었다. 세월이 오래되자 흐릿해지고 또 주석이 없는 것을 문제로 여겨 왔다. 己亥(1419)年에 내가 충청도 관찰사로 부임해 왔는데, 그 다음해 公州 敎授가 이 책을 꺼내 내게 보여주었다. 이 책은 보완한 주석이 있어 분명하게 풀이하여 마음과 눈에 환히 와 닿았다. 그래서 沃川郡守 李護에게 감독하여 重刊하도록 했더니, 몇 달 되지 않아 일을 끝냈다. 이 어찌 斯文의 하나의 慶幸이 아니겠는가? 이제 두 판본을 對校해 보니, 舊本은 야은선생이 삭제하거나 증보한 것이 자못 있어 지금 판본과 중간에 약간 다른 것이 있다.22)

　　通溪가 漢詩文 학습의 필독서인『古文眞寶』의 가치를 알고, 田祿生이 간행한 것과 다른 판본 가운데서 주석이 상세한 것을 구하여, 충청도 관찰사로 있으면서 간행하여 보급하였다. 이 일은 韓國漢文學史上 획기적인 일로서 대단히 의미 있는 일이다. 통계가 조선 초기에 이 책을 간행하여 보급함으로 해서 朝鮮朝 일대를 통해 이 책은 漢文學을 공부하는 사람의 필독서가 되었고, 한문학 발전에 많은 기여를 했다고 할 수 있다.

　　　　姜淮順은 司宰少監을 지냈다.
　　　　姜淮叔은 諸衛將軍, 군수 등직을 지냈다.
　　　　姜淮季는 1389년 문과에 급제하여 世子의 侍學이 되었고, 1390년 高麗恭讓王의 사위가 되어 晉原君에 봉해졌다. 恭讓王이 폐위되자 그의 사위라는 이유로 피살되었다.23)

Ⅳ. 姜淮伯의 아들들

　　강회백은 姜宗德, 姜友德, 姜進德, 姜碩德, 姜順德 등 5명의 아들을 두

22)『通溪公淮仲遺事』
23) 鄭麟趾『高麗史』.

었다.

1. 姜宗德

장남 姜宗德의 호는 勿溪이다. 司憲府 掌令을 지냈다. 부인은 慶州李氏로 典書 李廷堅의 따님이다.

高麗王朝가 망하자 남쪽으로 내려와 安東府 서쪽 甘泉谷에 숨어 살았다. 司憲府 掌令에 제수되었으나 나가지 않았다.[24) 그가 숨어 살던 곳을 姜住洞이라 한다.[25)

2. 姜友德

차남 姜友德은 자가 子輔이다. 1385년에 태어나 18세 때 부친상을 당했는데, 당시로서는 보기 드물게 儒教 禮法에 따라 廬墓를 하였다.

喪服을 벗자 門蔭으로 散員이 되었다가 1415년 承仕郎 義盈庫 主簿가 되었고, 그 해 가을 宣務郎 禮安縣監이 되었다. 1418년 谷城郡守가 되었다가 1420년에 禮賓寺 主簿, 1422년 伊川縣監, 1427년 永春縣監, 1432년 司醞署令, 義盈庫使, 漢城判官, 司膳署令을 역임하였다. 1434년 9월 知昌寧縣事로 나갔다가 1438년 여름 朝散大夫를 더해 주었다. 1439년 8월 10일 임지에서 향년 55세로 세상을 마쳤다. 다스렸던 다섯 고을의 사람들이 귀천할 것 없이 부모를 잃은 것처럼 슬퍼했고, 간혹 그를 위해서 상복을 입는 사람도 있었다.

사람됨이 聰敏하고 寬厚하여 여러 관직을 역임하면서 직무를 잘 처리하였다. 몇 개 고을의 원이 되어 나갔는데, 아전들은 두려워하고 백성들은 그리워하였다. 淸白하게 志節을 지켰고, 재산을 일구려고 하지 않았다.

---

24) 실제로는 『朝鮮王朝實錄』을 고찰해 보면, 太宗, 世宗朝에 司憲府 持平, 掌令 등직에 오래 있었다.

25) 李和聖 『愛碉集』「勿溪姜公遺墟碑銘」.

부지런하고 신중하게 公事를 奉行하였고, 위세도 두려워하지 않았다[26].

이상의 내용은 姜友德의 비문에 실려 있는 내용인데, 비문을 지은 이는 直提學 柳義孫으로 강우덕의 아들 姜孟卿의 동서인데, 강우덕의 아우 姜碩德의 요청으로 지은 것이다. 강맹경이 判官 때 지은 것이니 강우덕의 사후 얼마 지나지 않아서 직접 만나 본 사람이 지은 것으로 내용은 신빙성이 있다고 할 수 있다.

아들 姜孟卿이 귀하게 됨에 따라 左議政에 추증되었다. 묘소는 진주 班城縣 班野洞에 있는데 그의 別墅와는 3리 거리이다. 부인은 載寧李氏로 知丹州事를 지낸 李蕙의 따님이다.

3. 姜進德

3남 姜進德은 1427년(世宗 9) 戶曹佐郎으로서 親試에 합격하여 承旨에 이르렀다. 부인은 文化柳氏로 檢漢城을 지낸 柳元顯의 따님이다.

4. 姜碩德

4남 姜碩德은 字가 自明 호는 玩易齋이다. 學行으로 啓聖殿直으로 출사했다가 얼마 뒤 內資少尹으로 승진했다. 大司憲, 吏曹參判 등직을 거쳐 知敦寧府事에 이르렀다. 시호는 戴敏公이다. 부인은 府院君 沈溫의 따님이었으니, 완역재는 곧 世宗大王의 손아래 동서이다.

文節公 李行을 師事하였는데, 諸子百家에 통달하여 탐구하지 않음이 없었다.

그의 시문은 『晉山世稿』에 수록되어 있는데, 32題 36수의 漢詩와 7편의 산문이 남아 있다. 申叔舟가 그 詩文을 평하여 高雅하다고 했다[27] 徐居正

---

26) 柳義孫「昌寧公友德碑銘」, 『晉山世家』 권1 수록.

27) 申叔舟「晉山世稿叙」.

은 『筆苑雜記』에서 "천성이 옛 것을 좋아하여 풍류가 있고 文雅하여 근세에 비할 사람이 없다. 시를 짓는 것이 아주 古高했고, 書畫도 절묘했다"라고 했다. 아들 姜希孟은 玩易齋의 시를 高古하고 雅澹하다고 평했다. 古人의 법도에 맞추려고 하지 않았고, 남에게 쉽게 보여 주려고도 않았다.

장인 沈溫의 아우 沈泟이 1418년 太宗의 병권 장악을 비난하다가 처형되었다. 심온도 중국에 사신으로 갔다가 돌아오자 체포되어 사사되었다. 이 사건으로 인하여 완역재도 연좌되어 10년 동안 폐출되어 초야에서 지냈다. 그 뒤 世宗이 완역재의 학행을 알고 楊根郡事로 발탁하였는데, 치적이 제일이었다.

그 이후 여러 차례 옮겨 司憲府 執義 兼 知刑曹事, 同副承旨 등에 제수되었다. 계속해서 左承旨, 戶曹參判, 司憲府 大司憲, 吏曹와 刑曹의 參判을 역임했다.

開城의 풍속이 각박하여 吏民들을 통제하기 어려워 여러 차례 留守를 바꾸어도 통제가 되지 않았다. 세종은 완역재가 청렴하고 신중하여 진정시킬 수 있겠다고 생각하여 그를 開城留守로 보내어 개성의 민심을 진압하였다. 成均館이나 관아 등의 건물을 수리하고, 흐릿해진 孔子 초상화를 보수했다. 부역으로 백성들을 번거롭게 하지 않았으나 일은 잘 성취되었다.

그때 세종이 문교를 숭상하여 『五禮儀』를 편찬했는데, 완역재를 知禮曹事로 임명하여 禮書를 읽게 하여 吉禮와 凶禮에 관한 것은 그에게 맡기였다.

中樞院事를 거쳐 知敦寧府事에 이르렀다가 65세로 일생을 마쳤다. 世祖가 하룻 동안 朝會를 중지하고 부의를 내리고 벼슬 등급을 높여주고, 시호를 戴敏이라고 내렸다. '典禮를 어기지 않으면 戴, 옛것을 좋아하여 게을리 하지 않으면 敏'이라고 諡注에서 밝혔다.

천성이 豪邁하여 流俗에 휩쓸리지 않았다. 사람됨이 貞白하고 慷慨하였고, 착한 일을 행하고 道를 즐겼다. 孝友가 誠信함에서 나왔다. 늘 두 아들에게 훈계하기를 "富貴榮達은 하늘에 달린 것으로 구해도 얻을 수 있는 것이 아니고, 스스로 힘을 다할 수 있는 바는 孝悌忠信, 禮義廉恥일 따름이다. 여기에 부끄러움이 있으면 나머지는 볼 것도 없다. 너희들은 이 점을 삼갈 지어다"라고 했다. 분노와 욕심을 특별히 경계하여 "성낸 기운은 쉽사리 불 붙나니, 화합을 태워 한갓 스스로 상하게 할 뿐이네. 사물이 다가오면 더불어 다투지 말지니라. 일이 지나가고 나면 마음이 맑으리라.[怒氣遽炎火, 焚和徒自傷. 物來莫與競, 事過心淸凉.]"이라는 古詩28)를 써서 벽에 붙여 두고 늘 보았다.

조정에서 일을 처리함에 있어서 綱領과 義理가 매우 엄밀하였다.

독서를 좋아하여 手不釋卷이였는데, 司馬遷의 『史記』를 특별히 좋아했다. 나중에 병이 위독한 지경에 이르러 다른 생각은 다 없어졌는데도 유독 書史에 대해서만은 잊지 못하여 밤에 잠을 이루지 못 할 때, 여러 아들들로 하여금 번갈아 가면서 글을 읽게 하고서 들었다. 그러다가 警語를 들으면 눈물을 줄줄 흘러 내렸는데, 그 이유를 물어보자 "병이 들어 다시는 성현들의 精微한 뜻을 궁구하지 못 하게 되는 것이 한스럽다"라고 했다.

글씨는 鍾繇와 王羲之를 법도로 삼았는데, 篆書 隸書 楷書 草書에 있어서 정밀한 경지에 이르지 않은 것이 없었다. 世宗의 왕비 昭憲王后 沈氏의 墓誌銘을 해서로 썼는데, 절묘하여 사람들이 다투어 탁본해 가 소장하여 보배로 삼았다.29)

『晉山世稿』 권2에 실린 그의 시 가운데 「會註杜子美詩」는 世宗이 集賢殿 學士들에게 명하여 杜甫詩에 주석을 다는 과정을 읊은 시인데, 文學史的으로 대단히 중요한 시 작품이다. 아울러 幷序가 있어 그 작업 과정을 비교적 자세히 알 수 있어 더욱 가치 있다.30)

玩易齋가 杜詩에 정통하여 杜甫詩 注釋 사업에 참여했음을 동시대 朴彭

28) 古詩라고 했는데, 지금은 「戴愍公行狀」 이외에는 보이지 않는다.
29) 姜希孟 「玩易齋先生戴愍姜公行狀」.
30) 『晉山世稿』 권2 「會註杜子美詩」.

年이 소상히 기록해 놓았다.

承政院 左承旨 晉陽 姜公[姜碩德]은 여러 대 동안 높은 벼슬을 지냈고 翰林學士의 지위에 올랐으나, 소박하게 초야의 사람 같은 정취가 있었다. 經典을 널리 연구하였고, 詩學에 더욱 조예가 깊었다. 그의 저술이 참으로 杜甫의 詩法을 얻어서 명성이 당시를 풍미하였다. 正統 8년(1443) 여름 4월에 성상께서 杜子美 詩註의 정수를 모아 편찬하도록 명하고 鷲山 辛公 이하 여섯 사람을 예속된 관원으로 삼았는데, 匪懈堂이 사실상 총재였다.[31]

강석덕은 詩學에 조예가 깊었는데, 특히 杜詩의 詩法을 얻어 당시에 명성이 세상을 풍미했음을 알 수 있다.

강석덕의 사위 監察 南俊은 直提學 南簡의 아들인데, 開國功臣 宜寧府院君 領議政 南在의 증손이다. 남준의 손자가 바로 生六臣 秋江 南孝溫이다.

사위 府使 金元臣은 中樞府事 金修의 아들이다. 김원신의 아들 金勘은 문과에 급제하여 大提學에 이르고 延昌府院君에 봉해졌다. 김원신의 손자 金謹思는 영의정을 지냈다.

사위 長原君 黃愼은 領議政 南原府院君 黃守身의 아들이고, 領議政 黃喜의 손자이다.

사위 僉議 朴楣는 四曹의 판서를 지낸 靖難功臣 密山君 朴仲孫의 아들이다. 그 아들 5명 가운데 4명이 문과에 급제하여 仕宦하였다.[32]

5. 姜順德

姜順德은 監察을 지냈다. 『朝鮮王朝實錄』에 의하면 軍資監 主簿, 縣監 등을 지낸 것으로 되어 있다. 부인은 安城君 李叔蕃의 따님이다.

31) 朴彭年 『朴先生集』 권1 「三絶詩序」.
32) 姜渾 『木溪逸稿』 권1, 「淑夫人姜氏墓碣銘」.

V. 姜淮仲의 아들들

1. 姜安壽

通訓大夫 禮賓寺尹을 지냈고, 嘉靖大夫 戶曹參判에 추증되었다. 부인은 南陽洪氏로 崇政大夫 南陽君 洪恕의 따님이다.

2. 姜安福

都官正郎을 지냈고, 戶曹參判에 추증되었다.

VI. 姜淮伯의 손자와 그 후손들

1. 姜孟卿

姜友德의 장남이다. 자는 自章이다. 어릴 때부터 글을 읽고 문장을 지었다. 17세에 進士에 합격하고 20세에 문과에 급제하였다. 翰林으로 뽑혀 承政院 注書가 되었다. 司憲府 監察로 옮겼다가 忠淸道 監司로 나갔다. 내직으로 돌아와 吏曹佐郎에 임명되었다가. 승진하여 議政府 檢詳, 舍人, 司憲府 執義 등직을 거치는 등 淸要職을 두루 역임했는데, 명성과 공적이 있어 조정의 薦望은 강맹경을 우선으로 하지 않는 경우가 없었다.

典故를 잘 알아 논의를 맑게 펼쳤고, 생각이 精敏하여 여러 가지 機務가 구름처럼 몰려들어도 느긋하게 처리해 내니, 사람들이 정승감으로 기대하였다.

文宗 즉위초에 都承旨를 맡았는데, 군주가 어리고 權奸들이 王命을 독점하려고 했으나, 강맹경은 지극히 공정하게 일을 처리하여 권세를 잡은 자들을 두려워하지 않았다.

端宗 때는 吏曹參判, 漢城判尹, 參贊 등을 지냈다.

世祖가 즉위한 이후 輸忠勁節佐翼功臣에 책봉하고, 晉山君에 봉하고, 禮曹判書를 겸직케 하였다. 그 이후 차례로 贊成, 右議政, 左議政을 거쳐 49세에 領議政이 되었다. 의정부에만 재직한 것이 7년이었다. 세조 초기에 조처한 일 가운데 강맹경이 건의한 것이 많았다. 관직에 있으면서는 특이하게 하려고 하지 않았고, 주관 없이 따라 하지도 않았다.

타고난 자질이 粹美하고, 도량이 활달하였다. 사람됨이 沈靜, 寬毅, 方嚴, 雅重하여 大臣의 체모를 얻었다. 검소한 것을 좋아하고 화려한 것을 즐기지 않았다.

사람을 대하는 데 있어서 한결같은 정성으로 하였고, 거짓으로 속이는 짓은 하지 않았다. 부귀하다고 하여 본래의 마음을 바꾸지 않고, 항상 스스로 부족하게 생각하였다.

1457년 明나라 황제의 등극을 축하하는 사절로 北京에 다녀왔다.

禮法 制度를 상세히 알았으므로, 世祖는 賓禮 祭禮 등 국가의 大禮에 贊이나 儐을 맡게 했는데, 예법에 틀리는 바가 없었다.

효성이 지극하여 벼슬을 버리고 고향 晉州로 돌아가 母夫人 侍養하려고 했으나, 세조가 허락하지 않았고, 다만 해마다 한 번 고향으로 歸覲하도록 했다. 행차가 떠날 때는 세조가 직접 전송하는 잔치를 베풀어 주고, 모부인에게 드리도록 많은 물건을 내려주고, 고향에 가서 잔치를 열도록 해 주었다.

강맹경은 지위가 정승에 이르렀지만 지극히 검소하였는데, 1458년 世祖가 그의 집에 행차하여 좀 먹은 기둥을 보고서 "어찌 좀 먹은 기둥을 고치지 않는지? 사람을 다치게 할까 두렵다. 수상의 저택이 이러한데, 이는 아름답지 못 한 일이다"라고 했다. 讓寧大君은 강맹경의 집 마루 앞에 질항아리라 몇 개 놓여 있는 것을 보고는 세조에게 "이 속에 황금 덩어리가 있지 않겠습니까?"라고 하자, 세조는 "이 집에는 원래 황금 덩어리가 없는 줄을 익히 알고 있습니다"라고 하였다. 그 뒤 세조가 "어찌하여 정승이 恬淡하기가 이 정도에 이르렀는지요?"라고 하자, 강맹경이 "성상의 은택을 넉넉하게 입어 토지와 노복을 마음대로 못 하는 것이 없는데, 다시 무엇을 더 바라겠습니까?"라고 답하자, 세조가 그 말을 옳게 여겼다.[33]

병이 났을 때 세조가 御醫 몇 명에게 명하여 치료를 전담하게 하고, 내시가 연락부절로 왕래하게 하여 병세를 보고 받았다. 약을 쓸 때는 세조가 직접 처방을 내려 결정하였다.

병세가 위독해지자, 강맹경은, "喪制는 한결같이 『朱子家禮』를 따르라"고 했다. 부고가 알려지자, 세조는 눈물을 흘리며 슬퍼하고 조회를 3일 동안 정지하도록 하고, 7일 동안 素膳하였다. 관아에서 葬禮에 관한 일을 처리하도록 했다.[34]

晉山府院君의 봉함을 받았고, 시호는 文景이다.

姜孟卿은 국왕의 신임을 입어 그 지위가 人臣의 극치에 이르렀으나, 청렴함과 검소한 덕행으로 자손에게 교훈을 남겨 家業이 오래 지속되는 바탕을 닦았다고 할 수 있다.

姜孟卿의 장남 姜允範은 武科에 올라 監司를 지냈다.

2. 姜叔卿

姜友德의 차남으로 字는 景章, 호는 守軒이다. 1428년에 태어났다. 어려서 부친을 잃었으면서도 그 교훈을 잘 받들어 豪奢를 버리고 독서를 습관화하였다.

景禧殿直으로 첫 출사하여 司憲府 監察, 江原道 都事, 都官佐郎, 宗簿寺 判官을 역임하고, 宗親府 典籤으로 승진하여 司宰副正을 지냈다. 부임하는 곳마다 일을 잘한다고 추앙을 받았다.

친형 姜孟卿이 영의정으로 재임하면서 世祖에게 모친을 봉양해야 하는 상황을 여러 차례 아뢰자, 세조가 동정을 하면서도 좌우에서 떠나게 할

---

33) 姜希孟 『私淑齋集』 권7, 「晉山府院君文景姜公墓碑銘」.
34) 申叔舟 「領議政晉山府院君文景姜公神道碑銘」 『晉山姜氏族譜』(1685年刊).

수는 없자 아우 姜叔卿을 密陽府使로 임명하였다. 젊은 나이었지만 위엄
과 은혜로써 다스리니, 오래 뿌리를 내린 간악하고 교활한 무리들이 숨을
죽이고 감히 준동하지 못했다. 온 고을이 크게 잘 다스려졌다.

임기를 마치고 내직으로 들어와 軍器監正 兼 司憲府 執義에 임명되었
다. 모부인이 연만하여 벼슬을 버리고 고향에 돌아와 봉양하며 산수간에서
자유롭게 지내며, 다시 벼슬에 나갈 뜻이 없었다. 成宗이 즉위하자 내외의
遺逸을 천거하라고 명하였는데, 강숙경이 여러 경로로 추천되었다. 성종
이 그가 어질다는 것을 알고서 그 뜻을 꺾지 않고자 하여 인근 咸安郡[35]의
군수로 임명하여 봉양에 편리하도록 했다.

얼마 있지 않아 모부인이 별세하였다. 탈상을 하자 조정에서 中樞府
經歷으로 다시 불렀지만 나가지 않았다. 1481년 3월 54세를 일기로 晉州의
집에서 세상을 떠났다.[36] 1694년 유림들의 公議에 의해서 晉州 鼎岡書院
에 入享되었다.

1506년에 손자 姜渾이 靖國功臣의 勳功으로 崇祿大夫로 승진하고 晉山
君에 봉해짐에 따라 姜叔卿에게 資憲大夫 吏曹判書 知義禁府事가 추증되
었다.

姜叔卿의 손자 木溪 姜渾은 佔畢齋 金宗直의 제자로 詩文에 뛰어났다.
1483년 生員에 장원했고, 1486년에 문과에 급제하여 여러 관직을 거쳐
崇政大夫 左贊成에 이르렀다. 靖國功臣이 되어 菁川君에 봉해졌고, 시호
는 文簡이다. 문집으로 『木溪逸稿』가 있다.

姜叔卿의 손서는 灌圃 魚得江인데 문과에 급제하여 大司諫에 이르렀다.
문학으로 이름이 있고, 『灌圃詩集』을 남겼다.

姜叔卿의 사위 許錘는 참봉을 지냈는데, 그 아들은 현감을 지낸 許公綽
이다. 晉州 智水面 勝山 일원에 사는 허씨들이 이 후손들이다.

---

35) 咸安郡: 『晉山世家』나 『狀碣』 등에 '成安郡'으로 되어 있으나, 咸安郡의 오류이다. 어느
    시대에도 成安郡은 존재하지 않았다.
36) 柳義孫 「執義守軒公叔卿碣銘」 『晉山世家』 권1 수록.

3. 姜希顔

姜碩德의 장남이다. 자는 景愚, 호는 仁齋이다. 어려서부터 그림과 글씨에 천부적인 재능을 보였다. 1438년 進士에 합격하고 1441년 문과에 급제하여 翰林에 임명되었다. 그 이후 司瞻寺 主簿로 옮겼다가 禮曹佐郎에이르렀다. 世宗이 寶玉을 얻어 明나라 황제가 내린 '體天牧民, 永昌後嗣' 여덟 글자를 篆書로 새기려고 하니, 조정의 논의에서 仁齋를 추천하였다. 敦寧府 主簿로 옮겼다가 吏曹正郎, 副知敦寧府事, 司憲府 掌令, 知司諫院事, 集賢殿 直提學, 知兵曹事, 吏曹 戶曹 禮曹參議를 지내고 외직인 黃海道 觀察使로 부임했다. 모부인의 병환으로 내직으로 돌아와 戶曹參議에임명되었다. 바로 嘉善大夫로 승진하여 上護軍이 되었다.

돌아와 仁壽府尹에 임명되어 재임 중 1465년 향년 48세로 작고했다.

천성이 沈正 雅淡하면서 寬平 樂易하였고, 능력으로 다른 사람들을 앞지르려고 하지 않았고, 번화한 것을 흠모하지 않았다.

문장과 詩賦는 그 정수를 얻었고, 모든 書體의 글씨와 그림이 그 당시독보적인 존재였다. 그러나 솜씨를 감추고 내보이지 않았다. 사물의 이치도 한번 보면 다 이해했다.

世宗 때『龍飛御天歌』의 해설과『東國正韻』편찬에 참여하였다. 1455년 謝恩副使로 明나라에 다녀왔다. 명나라 인사들이 仁齋의 풍모를 보고보통 인물이 아니라는 것을 알아보았고, 글씨와 그림을 보고는 크게 칭찬을 하고 구하려는 사람들이 많이 몰려드렸다. 인재는 겸손하게 사양하고돌아왔다.

시문 그림 글씨에 모두 뛰어나 三絶이라 일컬어져 당대의 독보적인 존재였다. 시문과 글씨와 그림이 다 뛰어난 경우는 드문 일이다. 그림 작품「高士觀水圖」가 남아 있다.

우리나라 최초의 원예학 전문 저서라 할 수 있는『養花小錄』을 저술했다. 꽃을 재배하는 기술을 자세히 설명했는데, 그 속에 造化를 經綸하는

뜻을 담았다.[37] 단순히 꽃의 종류와 꽃의 재배방법만 소개한 것이 아니고,
꽃과 인생을 연결시켜 그 속에 哲理를 담았으니, 놀이로서의 꽃 재배가
아니라, 心性工夫로서의 養花였다. 또 그 조부 通亭의 斷俗寺 政堂梅를
소개하여 政堂梅를 歷史的 文物로 만들었다.

그의 시문은 『晉山世稿』에 수록되어 있는데, 申叔舟가 그의 시문을 평
하여 平淡하다고 했다.[38]

강희안의 사위 校勘 金孟綱은 贊成 金漑의 아들이다.

사위 監察 魚孟濂은 左議政 咸從府院君 魚世謙의 아들이다. 어맹겸의
사위 陸昌守 李彦博은 讓寧大君의 증손자다.

4. 姜希孟

姜碩德의 차남이다. 자는 景醇, 호는 私淑齋이다. 1424년에 태어났다.
숙부 姜順德에게 入系하였다가 나중에 本宗으로 還歸하였다.

사숙재는 어려서부터 독서에 전념하고 다른 기예는 일삼지 않았다. 또
천성이 聰慧하여 한번 보면 다 기억하였다. 18세 때 司馬試에 합격하였지
만 爵祿에 연련하지 않았다. 24세 때 文科에 장원하여 淸要職을 두루 거쳤
는데, 늘 春秋館의 직책을 겸임하였다. 사숙재는 館閣에서만 40여년을 재
직하면서 그 당시 조정에서 필요로 하는 글을 많이 지어냈다.

吏曹參議, 禮曹參議 등을 거쳐 進賀使로 北京에 갔는데, 중국 인사 가운
데서 사숙재의 시를 구하는 사람들이 구름처럼 모여들었다. 그 뒤 禮曹判
書 知成均館事로서 文衡을 맡았다. 여러 관직을 거쳐 左贊成, 兵曹判書,
吏曹判書, 判中樞府事 에 이르렀다. 翊戴功臣, 佐理功臣에 策錄되어 晉山
君에 봉해졌다. 시호는 文良이다. 世祖가 신하 세 사람이 있음을 칭찬하여
"韓繼禧의 微妙함, 盧思愼의 豁達함, 姜希孟의 剛明함"이라고 하였다.

---

37) 金壽寧「仁齋公希顔行狀」, 『晉山世家』 권1 수록.
38) 申叔舟「晉山世稿叙」.

史官이 그를 평하기를 "사람됨이 공손 근엄하고 신중 치밀하여, 벼슬을 맡고 직책에 임함에 있어 행동이 일에 합치하였다. 經史를 널리 열람하여 典故를 많이 알았다. 禮制를 참작하여 결정할 때 문장이 정밀하고 깊이가 있으며 속되지 않았는데, 종이를 잡기가 무섭게 곧 문장이 이루어졌다. …… 姜希孟은 책을 많이 보고 기억을 잘하였다. 문장이 우아하고 정밀하여 그 당시의 동류 가운데서 그보다 앞서는 사람이 없었다. 다만 평생 임금의 뜻에 영합하며 은총을 바랐다.[39]

강희맹은 조선 초기 최고의 名閥家에서 태어났지만, 공손하고 신중하여 경사를 열심히 읽는 학자 선비의 자세를 견지했던 것을 알 수 있다.

강희맹은 조부 通亭, 부친 玩易齋, 형 仁齋의 시문을 모아 『晉山世稿』를 편찬하여, 申叔舟, 崔恒 등의 서문을 받아 간행하였다.

1483년 2월 향년 60세로 세상을 떠나자, 성종은 朝會를 2일 정지하고, 常例보다 두 배로 부의를 내리고, 文良이라는 시호를 내렸다.[40]

그의 문집 『私淑齋集』은 成宗의 명으로 편간하였다. 서거정은 사숙재의 문학을 평하여 "문장을 지음에 浩汗하고 굳세었다. 붓만 잡으면 곧 바로 이루었는데 더하거나 줄이거나 하지 않아도 文理가 精緻하였다. 사숙재의 문장은 家法 淵源의 바름이 있었나니, 내가 일찍이 논하기를, '通亭의 端雅함과 玩易齋의 간결함과 仁齋의 충담함은 각각 그 장점을 다했는데, 사숙재는 아울러 다 갖추고 있다'라고 했더니, 논하는 사람들이 나를 보고 말을 안다고 했다."[41]

私淑齋는 또 『衿陽雜錄』이라는 農書를 지었는데, 자신이 직접 衿陽[始興]의 別墅에 물러나 직접 농사를 돌보면서 농민들과 농사에 관한 의견을 나누며 관찰하여 지은 저서이다. 특히 農謠를 漢詩로 옮겨 놓은 것은 勞動謠로서 가치가 있다. 許筠이 『國朝詩刪』에 選入하면서 '私淑齋의 시 가운

39) 『成宗實錄』 권151, 성종 14년 2월 18일.
40) 蔡壽 「私淑齋先生文良公行狀」, 『晉山世家』 권1 수록.
41) 徐居正 「私淑齋神道碑銘」, 『私淑齋集』 부록.

데서 가장 나은 것'이라고 하였다.42)

사숙재는 조선왕조의 기본법전인『經國大典』편찬에 참여하였고, 국가의 기본 예법서인『國朝五禮儀』편찬에도 참여하였다.43)

私淑齋는 특히 자식 교육에 정성을 기울였는데, 자식을 바른 길로 인도하기 위해서「訓子五說」을 지어 주었다.44)

姜龜孫은 姜希孟의 장남으로 자가 用休다. 1450년에 태어나, 1568년 進士에 합격하여 蔭職으로 출사하여 관직에 임명되었다. 그러나 私淑齋는 학문이 이루어지도 전에 갑자기 벼슬길에 올라서는 안 된다 하여, 벼슬을 버리고 돌아가 공부하도록 했다. 10년 간 공부한 뒤인 1479년 문과에 올랐다. 京畿道 觀察使 吏曹判書 등 여러 관직을 거쳐 1505년 右議政에 이르렀다. 燕山君이 날로 淫虐이 심해지는 것을 보고는 廢立을 염두에 두고 있다가, 1506년 進賀使로 北京에 갔다가 돌아오는 길에 울분으로 세상을 떠났다. 시호는 肅憲이다45). 禮法의 가문에서 태어나 詩禮의 家訓을 받아 사직을 위해 크게 일할 인물이었으나, 無道한 燕山君을 만나 경륜을 펼치지 못하고 일생을 마쳤다.

강구손의 증손자 醉竹 姜克誠은 문과에 올라 賜暇讀書하였다. 舍人에 이르렀다.

강구손의 증손서 江村 許橿은 眉叟 許穆의 조부다.

姜鶴孫은 姜希孟의 차남으로 1455년 서울에서 태어났다. 백부 仁齋 姜希顔의 문하에서 공부하였고, 佔畢齋 金宗直의 문하에도 나아가 就正하였다. 1480년 生員에 합격하여 造紙署 司紙에 임명되었다. 司憲府 監察을 거쳐 1492년 掌隷院 司評을 지냈다. 1493년 丕壤 判官으로 나갔는데, 백성들을 다스리고 아전들을 통솔하는 것이 자애롭고 嚴明하여 은혜와 正義를

42)『私淑齋集』권11「衿陽雜錄」農謠.
43) 姜夏永「司評公鶴孫家狀」『晉山世家』권1 수록.
44) 姜希孟『私淑齋集』권9.
45) 姜錫夏「肅憲公龜孫家狀」『晉山世家』권1 수록.

아울러 베풀었다. 백성에게 이로운 것이 있으면, 노고를 꺼리지 않고 밤낮을 헤아리지 않고 시행했다. 숨어 있는 奸狀을 적발하는 것이 귀신 같아, 아전들이 두려워하고 백성들이 그리워하여 지역이 안온하였다. 늘 아이종한 명과 나귀를 타고 관내 각 마을을 순방하며 백성들의 생활상을 직접 살폈다. 학업을 장려하여 絃誦의 소리가 끊어지지 않게 하였다.

1498년 漢城府 庶尹으로 재직중 9월에 戊午士禍가 일어났는데, 佔畢齋의 제자라 하여 파면되어 全羅道 靈光으로 귀양가게 되었다.

1504년 9월 寒暄堂 金宏弼, 姜訶 등과 다시 나포되어 와서 燕山君의 親鞫을 받았다. 이른바 甲子士禍다. 강학손은 고문을 당해도 얼굴빛이 조금도 변하지 않고 큰 목소리로 "죄 없는 名流들을 다 죽이고 나면, 나라는 누구와 다스릴 겁니까? 죽이려면 빨리 죽이시오. 번거롭게 물을 것 없소"라고 항변했다. 그 기개로 인하여 사형은 면하고 다시 靈光으로 유배되었다. 中宗反正 이후 관작이 복구되었으나, 다시는 벼슬에 나가지 않았다. 靈光郡 八龍村[46]에 八龍亭을 짓고 經書와 禮書를 토론하면서 후진들을 가르쳤다. 시골에 살면서 농민들의 灌漑를 위해 제방을 쌓고 다리를 놓는 등 농민들이 이용하는 데 편리하도록 했다. 오늘날까지도 司評野, 司評池, 司評橋 등이 남아 있어 강학손의 恩澤이 지역민들에게 흘러내리고 있음을 알 수 있다.

1515년에 이르러 다시 漢城府 判尹으로 불렀으나 나가지 않았다. 누가 벼슬에 나갈 것을 권하자 "다시 士禍가 있을 줄 어찌 아느냐?"라고 하며 나가지 않았는데, 그 4년 뒤 己卯士禍가 일어나 靜庵 趙光祖 등 諸賢이 화를 입었다. 사람들이 그의 明鑑에 탄복하였다.

1523년 향년 69세로 세상을 떠났다.

부인은 高靈申氏로 監司 申澍의 따님인데, 곧 領議政 申叔舟의 손녀이다.

---

46) 八龍村 : 지금의 全南 靈光郡 白岫邑 莊山里.

강학손은 性理學을 연구하여 조예가 깊었고 학식이 대단히 넓었다.[47]

강학손의 손서 叅奉 奇進은 高峯 奇大升의 부친이다.

강학손의 증손자 姜克敬은 무과에 급제하여 訓鍊院 判官으로 있었는데, 임진왜란 때 倡義하였다가 鷺梁에서 순절하였다.

강학손의 현손 睡隱 姜沆은 文科에 급제하여 佐郎으로 있던 중 임진왜란을 만나 왜군에게 포로가 되어 일본으로 끌려갔다. 일본에서 굴복하지 않고 지조를 지키며 儒學을 전파하였다. 1600년에 돌아와 靈光에서 살았다. 顯宗朝에 都承旨에 추증되었다. 문집『睡隱集』이 있고 일본에서 억류 생활하는 동안의 체험과 견문을 수록한『看羊錄』이 있다.

姜希孟의 사위 판서 成世明은 知中樞府事 成任의 아들이고, 대제학 成俔의 조카다.

사위 同知中樞府事 金誠童은 上洛府院君 右議政 金礩의 아들이다.

사위 監察 權曼衡은 花川君 병조판서 權瑊의 아들이다.

姜宗德의 7대손 姜瑜는 문과에 급제하여 觀察使를 지냈다. 1667년 족보의 서문을 지었다.

姜希孟의 8대손 聱齁齋 姜錫圭는 醉竹 姜克誠의 현손인데, 1654년 進士에 합격하고 1660년 문과에 급제하여 正郎, 春秋館 編修官 등직을 지냈다. 문학에 뛰어났다.

그 아들 四養齋 姜浩溥는 尤庵學派를 이어 평생 朱子學과 經學을 연구하였는데, 학문이 넓고 깊다. 풍성한 내용의 문집『四養齋集』과『朱子大全』과『朱子語類』를 분류 정리한『朱書分類』, 주자의 대표적 문장 1백편을 뽑은『朱文百選』과 중국 여행기인『桑逢錄』등 많은 저서를 남겼다.

강극성의 증손 姜裕後는 문과에 급제하여 嘉善大夫 觀察使에 이르렀다.

47) 姜夏永「司評公鶴孫家狀」,『晉山世家』권1 수록.

Ⅶ. 姜淮仲의 손자와 그 후손들

1. 姜徽

通溪 姜淮仲의 장자는 姜安壽인데, 通訓大夫 禮賓寺尹을 지냈고, 嘉靖大夫 戶曹參判에 추증되었다.

姜徽는 姜安壽의 장자로, 嘉善大夫 副護軍을 지냈다.

姜徽의 아들 姜子平은 生員 進士에 합격하고, 別試에 장원하여 여러 관직을 거쳐 通政大夫 全羅道觀察使를 지냈다. 左贊成에 추증되었다. 부인은 孝寧大君의 증손녀이다.

姜胤은 姜安壽의 차남으로 문과에 급제하여 正郎을 지냈다.

姜徯는 姜安壽의 삼남으로 1424에 서울에서 출생하였다. 字는 望之다. 천성이 廉靜하고 耿直하였다. 1442년에 齊陵直으로 첫 출사하여, 直長, 主簿, 監察, 宣傳官, 司圃 등직을 지냈다. 1468년에 淸風郡守에 임명되었다가 1472년에 그만두고 宜寧 無等谷 別墅로 돌아와 江湖에서 優游自適하다가 1485년 세상을 떠났다.[48]

姜徯의 현손 姜壽男은 南冥 曹植의 제자다. 문과에 급제하여 正郎 등직을 지냈다. 임진왜란을 만나 倡義하여 朔寧에서 왜적과 싸우다가 왜적에게 살해되었다. 吏曹判書에 추증되고, 忠烈이라는 諡號를 받았다. 宜寧 漁江書院에 奉享되어 있다.

강휘의 셋째 아들 姜子順은 班城尉에 봉해지고, 文宗의 따님 敬淑翁主에게 장가들었다.

姜子平의 아들 姜詞은 1472년 진사에 급제하고 1490년 문과에 급제하여 大司諫에 이르렀다. 직언으로 燕山君을 간하다가 아들 姜永叔, 姜茂叔, 姜與叔과 함께 1504년 10월 4일에 함께 화를 당했다. 中宗 때 判書에 추증되었고, 그 뒤 尙州 鳳岡書院에 享祀되어 있다. 부인 善山金氏는 부군과

48) 「淸風公家狀」,『晉山世家』권1 수록.

아들들이 화를 당하자, 한 달 이상 絶食하며 주야로 곡하다가 세상을 떠났다. 中宗 때 旌閭를 내렸다. 그 사실은『東國輿地勝覽』에 실려 있다.

강자평의 장녀는 臨瀛大君의 아들 定陽君 李淳에게 시집갔다.

둘째딸은 愼守謙에게 시집갔다. 신수겸은 燕山君의 장인 愼承善의 아들이고, 연산군의 처남이자 中宗의 장인인 愼守謹의 아우이다.

姜永叔의 장남 叅奉 姜澔는 參判 藍溪 表沿沫의 사위이다.

삼남 姜溫은 문과에 급제하여 議政府 舍人을 지냈고, 領議政에 추증되었다.

姜澔의 아들은 兵曹正郎을 지낸 姜士安이고, 그 繼子는 姜紳이다.

姜溫의 장남 姜士尙은 문과에 급제하여 右議政에 이르렀다. 시호는 貞靖이다.

姜溫의 삼남 笑菴 姜士弼은 문과에 급제하여 賜暇讀書하고 江原道觀察使를 지냈고, 吏曹參判에 추증되었다.

姜安福의 장남 姜利纉은 正郎을 지냈고, 吏曹判書에 추증되었다.

姜利纉의 아들 姜漬는 靖國功臣에 봉해지고 벼슬이 資憲大夫 左參贊에 이르렀다.

姜安福의 3남 姜利誠은 別坐를 지냈다.

姜安福의 4남 姜利敬은 진사에 합격하여 현감을 지냈다. 1468년 兵曹判書 南怡의 逆獄에 연루되어 억울하게 처형되고, 그 8형제도 모두 각지로 유배되었다. 姜利行, 姜利恭, 姜利洪은 경상도 河東으로, 姜利誠은 泗川으로, 姜利仁, 姜利順은 전라도 順天으로, 姜利讚・姜利溫은 海南으로 유배되었다.[49)]

姜利溫은 進士에 급제했는데, 그 뒤 甲子士禍 때 梟首되는 慘禍를 당하자, 남은 7형제들은 더욱 위축되어 은거로 일생을 마쳤다.

姜利敬의 아들 琹齋 姜漢은 16세 때 고을 선비로부터 上疏文 제작을

___

49)『睿宗實錄』권1. 1569년 1월 13일 기사.

의뢰받은 것이 인연이 되어 成宗을 만날 기회를 얻어 부친의 원통함을 하소연하여 伸寃할 수 있었다. 1496년 진사에 합격하여 判決事를 지냈다. 『童蒙須知』를 간행하여 유학 발전에 공이 있었다. 性理學에 조예가 깊고 명필로 이름이 났다. 咸陽의 龜川書院에 奉享되어 있다.

姜利敬의 증손자 介菴 姜翼은 진사에 합격하여 奈奉을 지냈다. 南冥 曹植의 제자로 학행이 있어 灆溪書院에 配享되어 있다.

姜利敬의 증손서는 진사 鄭惟明인데, 그 아들이 桐溪 鄭蘊으로 문과에 급제하여 參判을 지냈는데, 학문과 節行으로 이름이 높다.

姜安福의 6남 姜利行은 판서에 추증되었는데, 부인 陽川許氏는 領議政 許琮, 左議政 許琛의 누님인데, 두 형제로 하여금 燕山君 生母 尹妃 賜死 事件에 연루되지 않도록 기지를 발휘한 것으로 유명하다.

姜利行의 장남 姜澂은 1466년 태어났다. 자는 彦深, 호는 心齋이다. 외숙 尙友堂 許琮의 지도를 받아 약관에 進士에 합격하고, 1494년 문과에 급제하여 承文院 權知正字, 藝文館 檢閱, 待敎, 弘文館 著作, 博士, 副修撰, 校理, 副應敎, 直提學, 副提學 등으로 있으면서 經筵에서 8년 동안 侍講하였다. 左副承旨로 있을 때 燕山君이 옛날 사냥하는 것을 直諫한 것을 뒤늦게 문제 삼아 樂安으로 유배했다.

中宗反正 이후 原從功臣이 되고 江原道 觀察使로 발탁되었다. 同知中樞府事로 있으면서 聖節使로 北京을 다녀왔는데, 중국 인사들이 그 醞藉한 것에 탄복했다. 돌아와 부모 봉양을 위해서 全州府尹으로 나가 교육 정책을 손보아 인재를 양성했다. 禮曹參判을 지냈다. 書法이 굳세고 아름다워 그 당시 명성을 독차지했고, 中宗이 心齋의 글씨를 좋아하여 「明道箴」 등 여러 가지 글씨를 쓰게 했다. 시 짓기를 좋아했는데, 시에 意態가 있었다.

中宗 때 다시 進賀使로 北京에 갔는데, 마침 황제가 視學하는 盛典을 만나게 되어 참관하기를 요청하여 황제의 허락을 받아 참관했다. 복명하자 中宗이 그 전반에 대해서 물어보고 매우 칭찬했다.

돌아와 知中樞府事에 임명되었다가 외직인 慶州府尹으로 나갔는데, 독서하고 학교 중수하는 행정을 펼쳤다.

평생 自奉을 검약하게 하였고, 늘 사람들에게 훈계하기를, "좋지 못 한 옷과 좋지 못한 음식을 부끄러워하는 것은 공부하는 사람들이 크게 경계해야 할 바다"라고 했다. 紛華한 것을 보면 마치 자신이 더럽혀지는 듯이 했다.[50] 湖陰 鄭士龍이 그 神道碑銘을 지었다.

姜澂의 증손 姜宗胤은 진사에 합격하여 현감을 지냈는데, 부인은 牧使 盧慶麟의 따님인데, 강종윤은 栗谷 李珥와는 동서지간이 된다.

강징의 3남 姜億은 1544년 문과에 급제하여, 사간원 正言 등직을 역임하였다.

강억의 증손 潛隱 姜恰과 陶隱 姜恪은 병자호란이 일어나자, 慶北 奉化郡 法田里에 奠居하였는데, 이후 그 후손들이 대대로 학문에 정진하였다. 문과급제자 23명, 2품 이상 문관 17명, 학행으로 암행어사의 추천을 받은 인물 10여 명 등 많은 인물이 배출되어 '法田姜門'를 형성하여 내외에 이름이 널리 나 있다.[51]

강징의 5남 姜偉는 1539년 문과에 급제하여, 해주목사를 지냈다.[52] 1544년 請諡使 書狀官, 1546년 書狀官으로 두 번 北京을 다녀왔다.

강안복의 7남 姜利興은 생원이다.

그 현손 姜興業은 무과에 급제하여 千摠으로 있다가 1636년 江華島가 함락될 적에 殉死했다. 兵曹參議에 추증되고 旌閭가 내려지고, 강화도 忠烈祠에 奉享되어 있다.

강안복의 8남 姜利溫은 진사인데, 吏曹參判에 추증되고 晋川君에 봉해졌다.

50) 鄭士龍『湖陰雜稿』권7 7-10장,「副摠管姜公神道碑銘」.
51)『心齋 姜澂』362-365쪽, 晉州姜氏參判公(澂)派宗會 2013.
　　『法田門中誌』晉州姜氏 法田門中 應敎公宗會, 2015.
52)『心齋 姜澂』367쪽, 晉州姜氏參判公派宗會, 2013.

姜利行의 현손 姜渭聘은 진사에 합격하여, 順安縣令, 淸風郡守 등직을 지냈다. 丙子胡亂 때 江華島에서 순절했다. 그 뒤 吏曹判書에 증직되고, 忠烈이라는 시호를 받았다. 강화도 忠烈祠에 奉享되어 있다.

姜徽의 6대손이자 姜詗의 현손인 姜紳은 1567년 진사에 장원하고, 1577에 謁聖試에 장원하였다. 여러 관직을 거쳐 右參贊에 이르고 平難功臣에 책록되고 晉興君에 봉해졌다. 시호는 忠孝이다. 생부는 右議政 姜士尙인데 贈領議政 晉山君 姜士安에게 입계하였다. 『晉興君日記』를 남겼다.

姜紳의 2남 姜弘立은, 謁聖試에 급제하여 여러 관직을 거쳐 1614년 巡檢使를 역임한 뒤 1618년 晉寧君에 봉해졌다. 이때 後金이 명나라 변경을 침입하는 등 세력을 확장하자, 명나라는 조선에 원병을 청해왔다.

조정에서는 후금을 의식하면서도 임진왜란 때 명나라가 원병을 보냈으므로 어쩔 수 없이 출병을 결정했다. 강홍립은 五道都元帥로 임명되어 출정했다. 강홍립이 두 차례 사양하는 글을 올렸으나 광해군은 그대로 임명하였다. 그가 중국어에 능하여 명나라와 소통을 위해서 그렇게 한 것으로 보인다.[53] 富車에서 패배하자, 강홍립은 "조선군의 출병은 부득이 이루어졌다"고 밝히고 後金軍에 투항했다. 이는 출정 전 '형세를 보아 향배를 정하라'고 한 光海君의 밀명에 의한 것이었다. 그러나 이러한 사정을 모르는 조정에서는 강홍립의 관직을 박탈했다.

그는 後金에 계속 억류 당하다가 1627년 丁卯胡亂 때 後金軍과 함께 입국해 江華에서의 화의를 처리했다. 그때 상황에서는 강홍립만이 국가적인 難題를 해결할 수 있는 유일한 창구였다. 講和의 성립으로 후금 군이 철수한 뒤 그는 국내에 머물게 되었다. 臺諫의 반대에도 불구하고 仁祖가 知事에 제수하였다. 그가 정묘호란 때 조선의 입장을 대변해 주었고, 포로 생활 10년 동안에도 辮髮을 하지 않고 지조를 지킨 것을 인조가 가상하게 여긴 것이었다. 병중임에도 母親喪에 追服하여 廬墓하다가 그해 세상을

---

53) 『光海君日記』[中草本] 17권, 光海君 1년 6월 2일조.

떠났다.

贈領議政 姜溫의 손자이고 右議政 姜士尙의 장남인 姜緖는 문과에 급제하여 右承旨에 이르렀다. 사람을 알아보는 눈이 있어 세상에서 추중되었다.

강서의 사위 丁好善은 문과에 급제하여 관찰사를 지냈다. 대학자 茶山 丁若鏞은 정호선의 7대손이다.

姜士尙의 3남 姜絪은 생원에 합격하여 학행으로 출사하여 漢城右尹 資憲大夫에 이르렀다. 扈聖功臣에 책록되고 晉昌君에 봉해졌다.

강인의 장손 姜頊은 생원에 합격하여 通政大夫 牧使에 이르렀다. 參判에 추증되고, 晉南君에 봉해졌다. 부인은 韓山李氏로 右贊成 李德泂의 손녀다.

강욱의 아들 姜碩賓은 1654년 생원 진사에 다 합격하고 1662년 문과에 급제하여 가선대부에 오르고 晉善君에 봉해졌다.

姜士尙의 4남 姜紞은 通政大夫 군수에 이르렀다.

姜士尙의 사위 閔汝健은 현령을 지냈다. 그 증손이 大司憲 閔蓍重, 좌의정 閔鼎重, 肅宗의 國舅 驪興府院君 閔維重이다. 민여건의 외증손은 大提學을 지낸 蔡裕後이다.

姜溫의 손자이자 姜士弼의 장남인 姜綖은 1590년 문과에 올라 여러 淸要職을 거쳐 通政大夫 左承旨 兼 經筵 參贊官 春秋館 修撰官에 이르렀다. 吏曹判書에 추증되었다.

姜綖의 차남 姜弘重은 1603년 생원에 합격하고 1606년 문과에 올라 嘉善大夫 江原道觀察使에 이르렀다. 이조판서에 추증되었다.

강연의 사위 元斗樞는 廣州府尹을 지냈는데, 그의 사위는 대학자 南溪 朴世采이다.

강홍중의 손자 姜碩耉는 1654년 생원에 합격하고, 1663년 문과에 올라 司憲府 執義, 司諫院 司諫을 지냈다. 長淵府使로 있을 1685년에 족보를 간행했다. 편집은 주로 江華 經歷을 지낸 姜碩老가 했다.

강홍중의 차남 姜珝은 1633년 생원시에 장원하여 牧使를 지냈다. 부인
은 都事 韓允謙의 따님이고, 우의정 韓孝純의 손녀다.

강홍중의 사위 東溟 鄭斗卿은 문과에 장원하여 資憲大夫에 이르렀다.
문장으로 세상에 이름이 있었고, 문집을 남겼다.

姜士弼의 차남 姜緒는 軍資監 主簿를 지냈다.

VIII. 恭穆公 가문의 특징과 전통

恭穆公의 후손들은 高麗末 朝鮮初期에 번성하기 시작하여 朝鮮 世宗,
世祖, 成宗 朝代에 최고조에 이르렀다. 그러나 조선 초기에 극도로 번성했
다가 쇠퇴한 가문이 많으나, 恭穆公의 후손들은 조선 말기까지 지속적으
로 門勢를 유지해 왔다.

이 家門을 쇠멸하지 않게 한 原動力은 무엇일까? 필자는 다음의 같은
이유를 제시한다.

1. 好學의 전통

博士公 姜啓庸의 아들 給事 姜引文이 元나라의 日本 정벌 때 書狀官으
로 발탁되어 갔다가 생명의 위험을 느끼고는 자손들에게 다시는 공부하여
과거하지 말라고 경계했지만, 그 손자 文敬公 姜君寶에 이르러 천성적으
로 好學하여 다시 儒學을 공부하여 文科에 급제하여 文名을 떨쳐 현달한
이후로 호학하는 정신이 이 家門에 계속 이어져 왔다.

그 이후 대대로 많은 후손들이 文科에 급제했는데, 大提學에 이른 이가
여러 있어 高麗 후기 이후 우리나라의 문학을 주도하였다. 恭穆公 가문의
好學精神은 이때부터 본격적으로 기반을 닦았다고 할 수 있다.

姜碩德은 독서를 좋아하여 手不釋卷이였는데, 司馬遷의 『史記』를 특별
히 좋아했다. 나중에 병이 위독한 지경에 이르러 다른 생각은 다 없어졌는

데도, 유독 書史에 대해서만은 잊지 못했다. 밤에 잠을 이루지 못 할 때, 여러 아들들로 하여금 번갈아 가면서 글을 읽게 하여 들었다. 그러다가 警語를 들으면 눈물을 줄줄 흘러 내렸는데, 그 이유를 물어보자 "병이 들어 다시는 성현들의 精微한 뜻을 궁구하지 못하는 것이 한스럽다"라고 했다.

私淑齋 姜希孟은 어려서부터 독서에 전념하고 다른 기예는 일삼지 않았다. 經史를 널리 열람하여 典故를 많이 알았다. 禮制를 참작하여 결정할 때 문장이 정밀하고 깊이가 있으며 속되지 않았는데, 종이를 잡기가 무섭게 곧 문장이 이루어졌다. 姜希孟은 책을 많이 보고 기억을 잘하였다.

私淑齋 姜希孟의 아들 姜龜孫이 1568년 進士에 합격하여 蔭職으로 출사하여 관직에 임명되었다. 그러나 사숙재는 '학문이 이루어지도 전에 갑자기 벼슬길에 올라서는 안 된다' 하여, 아들에게 명하여 벼슬을 버리고 돌아가 더 공부하도록 했다. 10년 동안 더 공부한 뒤인 1479년 문과에 올라 벼슬길에 나갔다.

2. 謙讓과 節儉의 전통

恭讓王이 즉위하자 通亭 姜淮伯을 世子師로 삼았으나, 통정은 자신은 아직 名聲이 부족하다는 이유로 고사하였다.

姜碩德은 늘 아들들에게 훈계하기를 "富貴榮達은 하늘에 달린 것으로 구해도 얻을 수 있는 것이 아니고, 스스로 힘을 다할 수 있는 바는 孝悌忠信, 禮義廉恥일 따름이다. 여기에 부끄러움이 있으면 나머지는 볼 것도 없다. 너희들은 이 점을 삼갈 지어다"라고 했다. 분노와 욕심을 특별히 경계하였다.

姜孟卿은 지위가 영의정에 이르렀지만 지극히 검소하였다. 1458년 世祖가 그의 집에 행차하여 그 집의 좀 먹은 기둥을 보고서 "어찌 좀 먹은 기둥을 고치지 않는지? 사람을 다치게 할까 두렵다. 首相의 저택이 이러한

데, 이는 아름답지 못 한 일이다"라고 했다. 같이 갔던 讓寧大君이 강맹경의 집 마루 앞에 질항아리라 몇 개 놓여 있는 것을 보고는 세조에게 "이 속에 황금 덩어리가 있지 않겠습니까?"라고 농담을 하자, 세조는 "이 집에는 원래 황금 덩어리가 없는 줄을 익히 알고 있습니다"라고 하였다. 그 뒤 세조가 "어찌하여 정승이 恬淡하기가 이 정도에 이르렀는지요?"라고 하자, 강맹경이 "성상의 은택을 넉넉하게 입어 토지와 노복 등 마음대로 못 하는 것이 없는데, 다시 무엇을 더 바라겠습니까?"라고 답하자, 세조가 그 말을 옳게 여겼다.

私淑齋 姜希顔은 천성이 沈正 雅淡하면서 寬平 樂易하였고, 능력으로 다른 사람들을 앞지르려고 하지 않았고, 번화한 것을 흠모하지 않았다. 사람됨이 공손 근엄하고, 신중 치밀하여 벼슬을 맡고 직책에 임함에 있어 행동이 일에 합치하였다. 특히 자식 교육에 정성을 기울였는데, 자식을 바른 길로 인도하기 위해서 「訓子五說」을 지어 주었다.

心齋 姜澂은 평생 自奉을 검약하게 하였고, 늘 사람들에게 훈계하기를 "좋지 못한 옷과 좋지 못한 음식을 부끄러워하는 것은 공부하는 사람들이 크게 경계해야 할 바다"라고 했다. 紛華한 것을 보면 마치 자신이 더럽혀지는 듯이 했다.

姜鶴孫 平壤 判官으로 있으면서 늘 아이종 한 명과 나귀를 타고 마을을 순방하였다.

3. 實學的 전통

恭穆公 姜蓍가 知陜川郡事로 있으면서 元나라에서 수입한 『農桑輯要』라는 農書가 농업생산을 위해서 절실히 필요하다는 것을 인식하고 간행하여 보급하였다. 현실 학문을 중시하고 백성을 구제하기 위해서였다. 그 당시는 학문으로 불교와 성리학만이 숭상되던 시기에 이런 農書를 발굴하여 간행 보급한다는 것은 선각자적인 인식이 있었기 때문에 가능한 것이

었다.

나중에 그 증손자 仁齋 姜希顔이 최초의 원예전문서인『養花小錄』을 짓고, 私淑齋 姜希孟이 체험을 바탕으로 한 農書인『衿陽雜錄』을 저술한 것은 다 그 연원이 있다.

恭讓王이 圖讖說의 의거하여 漢陽으로 천도하려 했는데, 通亭 姜淮伯이 상소하여 그 잘못을 반박하자 공양왕이 받아들였다. 고려 말기에 佛敎에 의지하거나 術數를 신봉하여 복을 비는 것의 허탄함과 부처를 만들고 탑을 만드느라고 국가 재정의 파탄을 가져오는 일이 잘못되었다는 것을 논하는 상소를 하였다.

姜鶴孫은 전라도 靈光郡 八龍村에 살면서 농민들의 灌漑를 위해 제방을 쌓고 연못을 파고 다리를 놓는 등 농민들이 이용하는 데 편리하도록 했다. 오늘날까지도 司評野, 司評池, 司評橋 등이 남아 있어 백성들에게 강학손의 恩澤이 흘러내리고 있음을 알 수 있다.

4. 예술적 전통

玩易齋 姜碩德은 書畫에 절묘하였다. 書法은 鍾繇와 王羲之를 법도로 삼았는데, 篆書 隷書 楷書 草書에 있어서 정밀한 경지에 이르지 않은 것이 없었다. 世宗의 왕비 昭憲王后 沈氏의 墓誌銘을 해서로 썼는데, 절묘하여 사람들이 다투어 탁본해 가 소장하여 보배로 삼았다

그의 아들 仁齋 姜希顔은 詩書畫 三絶이었고, 어려서부터 그림과 글씨에 천부적인 재능을 보였다. 世宗이 寶玉을 얻어 明나라 황제가 내린 '體天牧民, 永昌後嗣' 여덟 글자를 篆書로 새기려고 하니, 조정의 논의에서 仁齋를 추천하였다.

私淑齋 姜希孟도 글씨를 잘 썼다.

心齋 姜澂도 글씨가 아주 뛰어나 중국 사람들도 탄복하고 수장할 정도였다. 書法이 굳세고 아름다워 그 당시 명성을 독차지했고, 中宗이 心齋의

글씨를 좋아하여 「明道箴」 등 여러 가지 글씨를 쓰게 했다.

5. 吏能의 전통

恭穆公의 후손들은 관리로서 국가기구에 참여하고 지방 고을을 다스리는 행정능력이 출중한 사람들이 많았다.

玩易齋 姜碩德은 행정능력이 출중했는데, 그 당시 開城의 풍속이 각박하여 吏民들을 통제하기 어려웠다. 여러 차례 留守를 바꾸어도 통제가 되지 않았다. 그래서 세종은 玩易齋가 淸謹하여 진정시킬 수 있겠다고 생각하여 그를 開城留守로 보내어 개성의 민심을 진압하였다.

姜叔卿이 密陽府使로 부임하였는데, 젊은 나이었지만 위엄과 은혜로써 다스리니, 오래 뿌리를 내린 간악하고 교활한 무리들이 숨을 죽이고 감히 준동하지 못 했다. 온 고을이 크게 잘 다스려졌다.

姜鶴孫은 1493년 平壤 判官으로 나갔는데, 백성들을 다스리고 아전들을 통솔하는 것이 자애롭고 嚴明하여 은혜와 正義를 아울러 베풀었다. 백성에게 이로운 것이 있으면, 노고를 꺼리지 않고 밤낮을 헤아리지 않고 시행했다. 숨어 있는 奸狀을 적발하는 것이 귀신 같아, 아전들이 두려워하고 백성들이 그리워하여 지역이 안온하였다.

6. 興學의 전통

학문은 혼자 하는 것이 아니다. 자기가 학문이 뛰어났으면 다른 사람을 가르치고 인도해야 하고, 또 다른 많은 사람들이 학문 할 수 있는 풍도를 만들어야 한다. 恭穆公 姜著는 자신부터 興學에 誠力을 기울였는데, 이런 전통이 후손에게 이어졌다.

공목공은 농업을 진흥하기 위해서 원나라서 수입한 『農桑輯要』를 간행하여 보급하였다. 우리나라에서 최초로 발간된 농서이다.

通溪 姜淮仲은 漢文學 詩文學習의 典範書인 『古文眞寶』 가운데서 주석

이 잘 달린 책을 발굴하여 간행 보급하여 우리나라 漢文學이 크게 발달하는 데 공헌하였다.

玩易齋 姜碩德은 杜甫詩에 정통하여 杜詩 주석하는 일에 참여하였다. 두보의 시는 문학적으로 가치가 있을 뿐만 아니라, 그 내용이 忠君憂國의 사상을 담고 있기 때문에 통치에도 많은 도움을 줄 수 있어 역대 통치자들이 매우 중시하는 책이었다. 成宗 때 세계 최초의 杜詩 完譯本인『杜詩諺解』가 나올 수 있는 기초작업을 한 것이었다.

완역재는 開城留守 부임하여 成均館이나 관아 등의 건물을 수리하고, 흐릿해진 孔子 초상화를 보수했다. 부역으로 백성들을 번거롭게 하지 않았으나 일은 잘 성취되었다.

그때 세종이 문교를 숭상하여『五禮儀』를 편수했는데, 완역재를 知禮曹事로 임명하여 禮書를 읽게 하여 吉禮와 凶禮에 관한 것은 공에게 맡기였다.

世宗이 集賢殿 學士들에게 명하여 杜甫詩에 주석을 달게 했는데, 玩易齋가 杜詩에 정통하여 杜甫詩 注釋 사업에 참여했다.

姜孟卿은 禮法 제도를 상세히 알았으므로 世祖는 賓禮 祭禮 등 大禮에 贊이나 償을 맡게 했는데, 예법에 어긋나는 바가 없었다.

私淑齋 姜希孟은 독서를 많이 하여 해박한 지식을 갖고 있어『龍飛御天歌』의 해설과『東國正韻』,『經國大典』,『國朝五禮儀』편찬에 참여하였다.

姜鶴孫은 平壤判官으로 재직하면서 늘 학업을 장려하여 絃誦의 소리가 끊어지지 않게 만들었다.

心齋 姜澂은 全州府尹과 慶州府尹으로 재직하면서 교육정책을 손보아 학교를 일으키고 인재를 양성했다.

7. 孝友의 전통

학문이란 사람 되는 것을 배우는 것이다. 사람 되는 것을 버려두고 학문을 위한 학문은 아무런 가치가 없다. 恭穆公의 후손들은 학문도 뛰어났지만, 孝道와 友愛를 모범적으로 실천하였다.

姜孟卿은 효성이 지극하여 벼슬을 버리고 고향 晉州로 돌아가 母夫人 侍養하려고 했으나 世祖는 허락하지 않았고, 다만 해마다 한 번씩 고향으로 歸覲하도록 했다. 행차가 떠날 때는 세조가 직접 전송하는 잔치를 베풀어 주고, 모부인에게 드리도록 많은 물건을 내려주고, 고향에 가서 잔치를 열도록 해 주었다.

姜叔卿이 軍器監正 兼 司憲府 執義에 임명되었으나, 모부인이 연만하여 벼슬을 버리고 고향에 돌아와 봉양하며 산수간에서 자유롭게 지내며, 다시 벼슬에 나갈 뜻이 없었다.

8. 忠節의 전통

선비는 殺身成仁, 捨生取義의 자세로 국가민족을 위해야 한다. 恭穆公의 후손 가운데서 충절이 뛰어난 인물이 적잖게 나왔다.

姜鶴孫의 증손자 姜克敬은 무과에 급제하여 訓鍊院 判官으로 있었는데, 壬辰倭亂 때 倡義하였다가 鷺梁에서 순절하였다.

姜㳨의 증손 姜壽男은 문과에 급제하여 正郎으로 있다가 임진왜란을 만나 倡義하여 朔寧에서 왜적과 싸우다가 왜적에게 살해되었다.

姜詗은 직언으로 燕山君을 간하다가 아들 姜永叔, 姜茂叔, 姜與叔과 함께 1504년 함께 화를 당했다. 中宗 때 判書에 추증되었고, 그 뒤 尙州 鳳岡書院에 향사되어 있다. 부인 善山金氏는 부군과 아들들이 화를 당하자, 한 달 이상 絶食하며 주야로 곡하다가 세상을 떠났다. 中宗 때 旌閭를 내렸다.

姜興業은 무과에 급제하여 千摠으로 있다가 1636년 淸軍에 의해서 江華島가 함락될 적에 殉死했다.

9. 使行의 전통

恭穆公의 후손들 가운데는 중국 사신으로 다녀온 사람들이 많았다. 그만큼 뛰어난 인재가 많았다. 朝鮮時代에 사신으로 선발되어 中國에 간다는 것을 국가를 대신하여 專對의 책임을 맡는 것이다. 學問, 經綸, 詩文創作能力, 判斷力, 對處能力 등 모든 면에서 출중해야 선발될 수 있는 것이다. 개인적으로는 중국의 역사 문화 산천 풍물 인문 등을 알 수 있고, 중국 학자들과 대화를 나눌 수 있어 학문하는 데 크게 정보를 얻을 수 있는 절호의 기회다.

恭穆公의 후손으로서 사신으로 다녀온 대표적인 사례만 들면 다음과 같다.

通亭 姜淮伯은 1385년과 1388년 두 차례에 걸쳐 明나라를 다녀왔다.

姜孟卿은 1457년 명나라 황제의 등극을 축하하는 사절로 北京에 다녀왔다.

姜希顏은 1455년 謝恩副使로 明나라에 다녀왔다.

姜希孟은 1463년 進賀使로 北京에 다녀왔다.

姜龜孫은 1506년 進賀使로 北京에 갔다. 돌아오는 길에 燕山君의 亂政에 대한 울분으로 세상을 떠났다.

中宗反正 직후에 姜澂은 聖節使로 北京을 다녀왔는데, 중국 인사들이 그 醞藉한 것에 탄복했다. 그 뒤 다시 進賀使로 北京에 갔는데, 마침 황제가 視學하는 盛典을 만나게 되어 참관하기를 요청하여 황제의 허락을 받아 참관한 적이 있었다.

강징의 5남 姜偉는 1544년 請諡使 書狀官, 1546년 書狀官으로 두 번 北京을 다녀왔다.

姜希孟의 9대손 姜浩溥는 1727년 北京을 다녀와 『桑蓬錄』이라는 방대한 燕行記錄을 남겼다. 『상봉록』은 수많은 燕行錄 가운데서 한문본과 한글본이 동시에 남아 있는 드문 기록이다.

IX. 결론

중국 근세의 대문호이자 사상가인 魯迅이 말하기를 "학문이나 예술은 독한 전염병과 달라 아무리 가까이 있어도 절대 전염이 안 된다"라는 말을 남겼다. 아무리 祖先이 훌륭한 名門家의 자손으로 태어나도 저절로 학문이나 예술이 되는 것은 아니라는 진리를 아주 자극적인 말로 표현하였다. 출중한 祖先이 약간의 도움은 될 수 있겠지만, 결국은 자기 자신의 노력과 관리 여하에 따라 후손들의 志業이 성취되어 家門의 位相이 정립된다는 의미이다. 자손들이 노력하지 않으면서 잘 되겠다는 생각을 하지 않도록 교육하는 父祖의 훈계가 필요하다.

恭穆公 姜蓍의 가문은 朝鮮朝 최고의 名閥이라고 할 수 있다. 孫子 玩易齋 姜碩德이 國王 世宗과 동서관계인 것을 비롯해서 막내 아들 姜淮季가 恭讓王의 사위였다. 李仁任, 李仁復, 黃喜, 申叔舟, 南在, 金磧, 讓寧大君, 臨瀛大君 등 당시 최고의 名閥 집안과 혼척 관계를 맺었다. 또 府院君, 君 등에 봉해졌고, 功臣에 책록된 인물, 최고의 관직 領議政 등 고관대작에 이른 인물, 諡號를 받은 인물 등 실로 동시대 여타 가문과 비교가 안 될 정도로 번창했다.

家門마다 시대가 흐름에 따라서 盛衰가 있기 마련이지만, 이 가문은 門勢를 계속 오랫동안 유지해 온 몇 안 되는 가문 가운데 하나이다. 恭穆公의 후손들은 단순히 官爵이나 권세만 믿고 驕傲하게 처신하지 않았고, 孝友忠信 등 기본에 충실하면서 열심히 讀書하였다. 매사에 절제하고 겸양하고 신중하고 溫恭하였기 때문에 祖先들이 형성해 둔 이런 가문의 위상을 오래 동안 전승해 나갈 수 있었다.

世子師라는 좋은 자리에 임명되었으나 아직 명성이 부족하다고 스스로 固辭한 通亭의 정신이나 門蔭으로 충분히 관직에 나갈 수 있는 아들을 10년 동안 공부를 더 하게 하여 自力으로 文科에 급제하여 관직에 나가게 한 私淑齋 등의 정신이 이 집안을 유지해 나온 自家 原動力이라 할 수 있다.

好學과 學問獎勵의 정신, 忠節과 孝友의 정신, 謙讓과 節儉의 생활자세, 實學的 傳統, 藝術的 체질, 行政能力, 使行의 傳統 등이 이 가문의 優良한 특징이자 전통으로서 바람직한 士大夫 家門의 모범이 된다 할 수 있다.

法勿里 商山金氏家門의 形成과 展開*

Ⅰ. 序論

高麗末期에 朱子學이 수입되었는데, 이를 처음으로 연구한 新興士大夫
집단이였다. 이들은 李成桂 등 武臣勢力과 힘을 합쳐 朝鮮을 건국하였다.
이에 따라 주자학은 조선의 통치이념으로서 중요한 위치를 차지하게 되었
고, 學問, 思想, 禮法, 生活樣式 등 각방면에 걸쳐 막대한 영향을 끼치게
되었다. 이러한 현상은 朝鮮後期로 갈수록 더욱 강화되어, 朱子學을 바탕
으로 한 독특한 朝鮮의 兩班文化를 형성하게 되었다. 朝鮮의 양반문화는
지역에 따른 특수성이 나타나게 되었고, 더 나아가 各家門은 각가문 나름
대로의 독특한 兩班文化를 형성하여 보존해 왔다. 朝鮮의 兩班文化는 學
問, 思想 등 朝鮮의 고급문화의 주류를 이루고 있다.

우리나라의 이러한 전통적인 兩班文化가 조선말기에 접어들어 外勢가
침입하자 변질되기 시작하여, 나라가 망하고 倭人의 통치하에 들어감에
따라 대대적이고 계획적으로 파괴되기 시작했다. 아울러 새로 들어온 문물
과 생활양식이 양반문화와 정면 충돌을 일으켜, 양반문화를 잠식하여 양반
문화의 本來面目을 거의 찾아보기가 어렵게 되었다. 해방 이후 서양문화
의 무분별한 수입과 한국전쟁으로 인한 혼란으로 양반문화는 세력을 잃었
고, 1970년대 家庭儀禮準則의 공포와 새마을운동을 거쳐면서 얼마간 남아
있던 양반문화마저 급속히 사라지게 되었다. 그리하여 양반문화는 현실생
활과는 아무런 관계가 없는 구시대의 유물로 취급되어 완전히 뒷전으로

---

* 이 논문은 경상대학교 사회학과 정진상 교수와 공동으로 집필하였다.

밀려났다.

그러나 지금 현대문화의 소용돌이 속에서 살아가는 韓國 사람들의 뇌리에는 아직도 兩班文化에 대한 의식이 강하게 남아 있고, 자신이 兩班家門 출신임에 대해서 은연중에 자긍심이 강하다. 오늘날 宗親會가 더 활성화되어 가고, 族譜의 편찬이 더 활발하게 진행되고 있는 사실이 이를 단적으로 증명해 준다.

본 연구는 慶尙南道 山淸郡 新等面 法勿里의 商山金氏 家門을 조사대상으로 삼아서, 朝鮮時代에 兩班家門이 어떻게 형성되어 변천되어 왔으며, 나라가 망하고 왜인의 지배를 받고 해방과 한국전쟁을 거치는 동안 어떻게 양반문화가 변모하여 왔으며, 현대문화 속에서는 어떤 양상으로 남아 있는 가를 밝히려는 것이다.

法勿里의 商山金氏를 조사대상지역으로 삼은 이유는, 고려말기부터 600여 년 동안 한 마을에서 동족부락을 이루고서 살아 왔고 지금도 동족마을을 그대로 유지하고 있는 兩班家門이기 때문이다.

연구의 방법은, 주로 이 가문 출신 학자 문인들이 남긴 文集을 토대로 문헌적 연구를 하고, 동시에 현지답사와 이 가문 출신 인사들 가운데서 과거의 문화에 대하여 소양을 갖추고 있는 분들과의 면담을 통하여 자료를 수집하여 분석·정리하였다.

Ⅱ. 家門의 形成과 家門意識

1. 家門의 形成

慶南 山淸郡 法勿里(조선시대 丹城縣 法勿)에 世居해 오고 있는 商山金氏는 高麗末期 副提學을 지낸 金後가 처음으로 入居하였다.

오늘날 남아 있는 기록으로 확인할 수 있는 法勿里 최초의 거주자는 고려말 吏部典書였던 許邕이다. 허옹은 고려왕조가 어지러워지자 벼슬을 버리고 '丹溪의 溪上'에 처음으로 卜居하였다가 다시 이곳으로 옮겨왔다고 한다.

金後(1365-1397)는 자가 覺夫, 호가 丹邱齋 또는 隱樂齋인데, 圃隱 鄭夢周의 門人이고, 고려말 紅巾賊 퇴치에 공이 큰 元帥 金得培의 三從孫으로 그에게 어려서 글을 배웠다. 그 뒤 蔭叙로 出仕하여 軍器寺 直長, 侍講院 經歷 등직을 지낸 뒤 1389(恭讓王 원년)에 文科에 급제하여 通政大夫 寶文閣直提學을 지냈다. 정몽주가 살해되자 輓詩를 지어 슬퍼하였고, 고려가 망한 뒤 耘谷 元天錫, 伏崖 范世東 등과 함께 同志契를 결성하여 高麗를 위해 절개를 지켰다.

金後는 조정이 어지럽자 어버이 봉양의 편의를 위해서라는 핑계로 金海府使로 나갔다가 28세 되던 1392년에 고려가 망하자 妻鄕인 丹城으로 이거하였다.

商山金氏는 본래 慶州金氏로 敬順王의 후예였는데, 高麗中期에 敬順王의 15대손인 甫尹 金需가 商山君에 봉해짐에 따라서 商山金氏로 새로 設貫하게 되었다. 그 이후로 金後까지 대대로 簪組가 혁혁하였다. 김수의 아들은 大將軍 金鞱이고, 김도의 아들은 侍中 金湜, 김식의 아들은 侍中 金希逸, 김희일의 아들은 侍講院 翰林 金文道, 김문도의 아들은 典敎 金傑, 김걸의 아들은 應敎 金逈應, 김유응의 아들은 翰林 金之衍, 김지연의 아들은 兵部典書 金鑑인데, 바로 金後의 高祖다. 증조는 兵部典書 金實, 조부는 典敎提學 金有和, 부친은 典敎糾正 金慶生이다. 김후의 선조들은 조선시대의 영의정에 상당한 侍中이 둘, 조선시대의 判書에 상당한 典書가 둘, 大將軍 하나, 그 밖에는 藝文館, 寶文閣, 成均館 등 文翰과 교육을 관장하는 淸要職인데, 모두 세상 사람들이 부러워하는 자리다.

金後의 선조들을 볼 때 중앙에서 인정 받는 혁혁한 가문임을 알 수 있다. 이러한 가문의 후예지만, 거주하는 지역을 옮겨 타지역으로 移居하면 그 위상을 인정 받기가 쉽지 않다. 그러나 金後의 경우는 이미 이 지역에 기반을 잡고 있던 처가와 처외가의 위상에 힘 입어 丹城 지역에 入居하자마자, 名門兩班으로 공인을 받았다. 그의 부인은 安東張氏로 典書 張綱의 딸이었고, 張綱은 이 지역에 세력을 형성하고 있던 典書 許邑의 사위였기 때문이다.[1]

그리고 金後는 高麗王朝를 위해서 不事二君의 지조를 지켰고, 우리 나라 특히 嶺南의 학자들에게 존경을 받는 性理學의 開山祖이자 大文學家이고 충신인 鄭夢周의 문인으로서, 性理學을 講明하는 데 힘을 썼다.[2] 또 그가 역임한 寶文閣 直學士는 비록 품계는 4품에 불과하지만, 보문각의 실제적인 책임자로서 왕에게 經書를 강의하고 詩文을 唱酬하는 중요하면서도 영예로운 자리이다. 거기에다 그의 아들이 文科에 올라 淸要職을 지냈고, 손자 세 사람 모두 중앙관계에서 仕宦하였고, 그의 두 딸은 領議政 李居易의 아들 判書 李伯臣과 大司諫 梁思貴의 아들인 判官 梁峻에게 출가하는 등 중앙관계의 권세 있는 고관들과 혼인관계를 맺고 있다. 이런 여러 가지 정황으로 인하여 그가 28세의 젊은 나이에 妻鄕에 贅居하였지만, 그의 후손들은 어렵지 않게 단시일에 名門의 지위에 오를 수 있었던 것이다.

그가 호를 丹邱齋라고 한 것은, 丹城에서 땄겠지만, 그 속에는 두 가지 의미가 함축되어 있다. 丹丘(邱는 丘와 음과 訓이 같지만 孔子의 이름 자인 '丘'자를 피하여 '邱'자를 주로 쓴다)는 楚나라 屈原의 「遠游」에 처음 나오는 말로 '신선이 사는 곳으로 낮이나 밤이나 밝다'고 한다. 내가 사는 곳은 李成桂 등 무력을 가진 자들이 高麗를 찬탈하여 세운 朝鮮과는 관계가 없는 신선세상이라는 의미를 함축하고 있다. 다른 하나의 의미는 '一片 丹心을 지키는 사람이 사는 언덕'이라는 의미로 자신의 出處大節이 반영된 그런 號라고 볼 수 있다.

그의 후손은 대부분 法勿里에 살아 오고 있고 일부는 巨洞 등 法勿里 주변 마을에 살고 있고, 멀리는 晋州, 昌原, 馬山, 金海 등지에 살아 오고

---

1) 金榥 『重齋文集』 後集19권 54, 55장, 「通政大夫寶文閣直提學金海府使丹丘齋先生金公墓碑」, 重齋先生文集刊行委員會, 1988.
2) 鄭源鎬 『嶠南誌』 55권 4장, 丹城人物條, 오성사 1985.

있다. 法勿里에 사는 金後의 후손은 가장 많았을 때는 200호에까지 이르렀으나, 지금은 대부분 떠나 서울 釜山 大邱 晋州 등지에 가서 살고 있다. 후손의 총수는 1500명 정도에 이른다고 한다.[3]

2. 家門意識

法勿里의 商山金氏들은 한 마을에서 600여 년을 살아 오면서 이 지역에서 이름 있는 가문으로 위치를 확고히 하였고, 이 점에 대한 또 자신들의 矜持가 대단하였다. 恒窩 金聲鐸의 「讀世稿有感」이란 시에 그 긍지가 잘 나타나 있다.

三足齋의 문장은 百世에 향기롭고,
大瑕齋의 節義는 천추에 빛나네.
聖人의 학문에 밝고 나라 위해 죽으니,
두 대의 어짊과 충성 나란히 아름답도다.[4]

三足齋 金浚의 문장과 그 아들 大瑕齋 金景謹의 忠節을 천추에 빛날 업적으로 여겨 대단한 자부심을 갖고 있음을 알 수 있다. 학문과 충절을 아울러 갖추기가 어려운데, 부자간에 두 가지를 다 갖추었으므로, 대단한 자부심을 느꼈던 것이다.

더욱이 大瑕齋에 대해서는 다음과 같이 언급하였다.

---

3) 金相朝(73세)씨 증언. 金相朝씨는 金後의 후손으로 法勿里에서 태어났다. 어려서 서당에서 漢文을 배우다가, 집안 어른들의 허락을 받지 못한 상태에서 10세 때부터 小學校에 입학하여 졸업을 하였다. 그 뒤, 공무원 교사 육군장교 등을 거쳐 梁山 統營 泗川 咸陽 등지의 군수를 지냈다. 국사에 조예가 깊어 다년간 경상대학교에서 국사를 강의하기도 하였고, 이 지역의 家門, 人物, 典籍 등에 대하여 해박한 지식을 갖고 있다. 문중 일에 관심이 많아 「舊丹城縣 法勿禮里 洞案攷」 등 法勿里에 관계된 여러 편의 글을 썼다. 본 조사에서 여러 가지 증언으로 많은 도움을 주었다.

4) 『恒窩集』 2권 9장.

저의 선조 大瑕公은 인물, 문장, 德行, 道義가 당세에 들림이 있었습니다. 그리고 큰 난리를 당해서 白衣의 신분에 혼자의 힘으로 왜적을 꾸짖고 굽히지 않았으니, 그 영걸스런 氣風과 의연한 공훈은 족히 千古에 떨칠 만 했습니다. 한스러운 것은 자손이 한미하여 만에 하나도 褒崇하여 세상에 알리지 못했습니다.

大瑕齋는 人物과 文章, 德行과 道義가 당시에 이미 널리 알려져 있을 정도의 훌륭한 인물이었는데도 자손들이 한미하여 세상에 선양하여 흡족한 평가를 받지 못하고 있음을 안타까워 하면서 자손된 책임을 다하지 못하는 것을 부끄러워하고 있다.

그 남긴 글과 옛 유적은 兵火에 타버려 수습할 길이 없으니 자손된 사람은 울음을 삼키면서 통탄해 하는 바입니다. 단지 家乘에 流傳해 오는 것을 모아 實紀 한 권을 만들었습니다.

또 이 가문은 선비가 가장 많은 것으로써 朝鮮末期에 이 지역에서 알려져 있었다.

대개 勿川先生이 서울 冷泉의 許性齋와 寒浦의 李寒洲의 衣鉢을 전수받고서부터 이 지역의 배우는 사람들을 다스렸으니, 金氏一門이 가장 많았다고 한다.5)

이 가문에는 본디부터 선비들이 많았지만, 특히 勿川 金鎭祜가 性齋 許傳, 寒洲 李震相의 문하에 출입하여 그 旨訣을 얻은 뒤 인근의 배우려는 사람들을 가르치니, 이 가문의 학문이 더욱 더 興盛하였던 것이다.

조상의 현창과 직접 관련되는 것은 아니지만 양반이 身分意識을 드러내

5) 『弘菴集』 부록 4장, 「墓碣銘」.

는 중요한 방식 중에 하나는 자신이 거주하는 마을을 언급하는 것이다. 아직까지도 촌로들은 사람을 처음으로 만나면, 먼저 姓氏와 貫鄕을 물은 다음 어느 마을에 사는지를 잇달아 묻는다. 진짜 양반인지를 확인하기 위한 절차이다. 조선말기에 僞譜가 성행한 데다가 양반의 거주지역은 班村이라 하여 동족부락을 이루고 있었다. 양반의 거주지역이 아닌 곳은 여러 성씨들이 이런 저런 연유로 섞여 거주하는 것이 일반적이다. 양반들은 이런 마을들을 民村이라고 불렀다. 물론 유력한 두서너 개의 양반 가문이 한 마을에서 병존하여 있는 경우도 있었다. 그러나 대부분의 경우 하나의 유력한 양반 가문이 마을의 중심에 있고, 그 주위에 몇 개의 민촌이 반촌을 둘러싸고 있는 것이 보통이었다.

商山金氏가 대성을 이루고 있는 山淸郡 新等面 法勿里는 비교적 규모가 큰 반촌이다. 일제시대의 조사를 보면 1935년 당시에 150호의 동족마을이었다.[6] 현재에도 약 80호의 동족 마을을 유지하고 있다. 근처에는 梨橋 등의 민촌이 있었는데, 法勿里의 商山金氏 가문은 민촌에 사는 사람들에 대해 지배권을 가지고 있었다. 해방직후까지도 이 마을의 양반들은 나이가 어려도 민촌의 사람들에게 낮춤말을 쓸 정도로 확연한 班常區別意識이 있었다. 민촌에 사는 사람들도 모두 노비나 하인인 것은 아니었다. 이들 중에 많은 사람들은 어엿한 양반 가문의 족보를 가지고 있고 자신들의 조상이 양반이라는 의식이 있기는 하지만, 양반으로서의 가문을 유지하지 못할 정도로 몰락해서 양반 대우를 받지 못하였다.

동족마을에 다른 성씨가 거주를 하는 일은, 그 마을에 예속되어 있는 노비들은 제외하고는 극히 드문 일이었다. 예외적으로는 이 마을 양반가문의 여자와 혼인관계를 통하여 다른 성을 가진 양반이 처족의 마을에 들어오는 경우는 간혹 있었다. 그렇지 않은 경우에는 일족 지배하에 있는 반촌의 분위기에서 견디기 힘들었을 것이다.

<hr>

6) 『朝鮮の聚落』, 459쪽.

　法勿里는 아직도 동족마을을 유지하고 있으나 이웃의 민촌에 대한 실질
적인 지배권은 거의 남아 있지 않다. 신분제가 철저하던 과거에는 생각할
수도 없었던 일이지만, 요즈음에는 과거의 민촌에 살던 사람들과 통혼을
하고 있고, 지역의 행정적인 일에서도 지배 종속관계라기보다는 대등한
지위에서 협조관계를 맺고 있는 것으로 보인다. 이는 신분제의 해체의
과정에서 나타나는 자연스런 귀결이라 할 수 있겠다.

Ⅲ. 家門의 位相提高

　전통사회에 살던 사람들은 개인의 명예 못지 않게 가문의 명예를 대단
히 중시하였고, 가문의 位相을 提高하여 名門으로 공인 받으려고 다방면
으로 노력하였다. 科擧에 합격하고 仕宦하여 家門을 빛내려고 노력하였
고, 學問과 詩文實力으로 지식인 사회에서 인정받으려고 노력하였고, 鄕
村의 儒林社會에서 주도적인 역할을 하려고 노력하였다. 그리고 영향력
있는 저명한 學者나 文人들과 師友關係를 맺어 자신의 聲價를 높이려고
하였고, 자신도 어느 정도 연령이 되면 스승으로서 제자들을 양성하였다.
書院, 祠宇, 樓亭 등을 건립하여 조상을 顯彰하고 儒林들의 관심을 끌려고
노력하였다. 조상이 남긴 詩文이 있으면 이를 문집으로 간행하여 유림사
회에 보급함으로써 학문하는 가문임을 알리려고 노력하였다. 家門의 단합
을 도모하고, 後代들의 교육에 정성을 들여 仕宦者, 學者, 文人이 많이
배출되고 悖倫的인 사건이 발생하지 않도록 여건을 마련하였다. 집안에
필요한 墓道文字, 文集序文, 記文, 上樑文 등을 비중 있는 저명한 인물에
게 받아 家門의 聲價를 높이려고 하였다. 名門家와 혼인을 맺어 가문의
위상을 높히려고 노력하였다. 冠婚喪祭 등 傳統禮節을 엄격히 준수하고,
특히 賓客의 접대를 잘 하여 家門의 좋은 소문이 전파되도록 노력했다.

1. 登科와 出仕

金後에 의해서 형성되어 이 지역의 兩班名門으로 부상한 法勿里의 商山
金氏는 그 아들 金張이 文科에 올라 司諫院 左正言, 藝文館 檢閱, 待教
등직을 역임하였다. 그의 관직은 6품직을 넘지 못했지만, 모두가 다 淸要職
이다. 藝文館 檢閱은 翰林이라 하여 학문과 문장을 고루 갖춘 사람이 선발
되어 들어가는 관직으로, 가장 영예로운 자리이다.

金張의 세 아들도 모두 文科에 올랐는데, 장자 金克用은 司諫院 司諫을
지냈고, 차자 金利用은 司憲府 持平을 지냈고, 삼자 金貞用은 成均館 博士
兼宣傳官을 지냈다. 모두 고관은 아니더라도 국왕에게 諫言을 하거나 관
리들을 규찰하거나 유생들을 교육하는 중요한 중앙관직이었다.

이들 이후로 文科에 급제한 이 가문의 인물로는 金利用의 손자 金暄,
金貞用의 손자 金達生, 金守敦, 金利用의 曾孫 金濂, 金景訥의 후손인 金
麟燮 등 모두 9명이었다.

武科에 급제한 인물로는 金達生의 아들인 金祿敦, 金達生의 손자인 金
景訥, 金景訒 형제, 金景訥의 아들인 金應虎 등 모두 4명이었다.

小科에 급제한 인물로는 金潤生, 金貞用의 아들인 金光礦, 金光範 형제,
金潤生의 현손인 金用貞, 金克用의 아들인 金處權, 金光範의 아들인 金益
敦, 金益敦의 아들인 金하·金灝 형제, 金達生의 아들인 金浚, 金應斗의
아들인 金碩, 金碩의 손자인 金墩, 金鎰의 아들인 金彦寶, 金聲列의 아들
金在鉉 등 모두 13명이다.

仕宦한 이로 文科를 거쳐 出仕한 인물과 최종관직을 보면 金守敦은
藝文館 檢閱, 金暄은 察訪, 金濂은 藝文館 檢閱, 金麟燮은 通政大夫 司憲
府 掌令 등이 있다.

武科에 급제하여 出仕한 인물과 최종관직을 보면 金祿敦은 郡守, 金俊
民은 縣令, 金景訥은 縣監, 金景訒은 判官, 金景虎는 僉正 등이 있다.

蔭叙로 出仕한 인물과 최종관직을 보면 金瀯은 副司直, 金沖은 郡守

등 모두 2명이 있다.

忠勳으로 贈職된 인물과 관직을 보면 金景謹은 司憲府 監察, 金俊民은 兵曹判書에 추증되었다.

임진왜란 때 功을 세운 金景謹에게 관직이 追贈되기를 가문에서 오래 전부터 바라왔고, 조선 말기에 와서 관직을 추증 받아 그 억울함은 풀었으나 관직이 공훈에 미치지 못함을 아타까워 하고 있다. 조선 高宗 때 이 가문의 인물인 梅下 金基周의 「上性齋先生書」를 보면, 다음과 같은 기록이 있다.

> 先叔祖 大瑕公의 일은 삼가 들으니, 吏曹에서 그 높은 충성을 覆啓하여 임금님에게 반드시 알려져서, 追贈을 입기에 이르렀습니다. 잔약한 후손들의 수백년 동안의 억울한 마음을 하루 아침에 시원하게 펴 주었으니, 이승과 저승에 감격하기 그지 없고, 영광스러워 저 세상을 빛나게 할 것입니다. 다만 숙조의 평소의 節義와 문장, 인물과 風儀는 당시 사람들이 南臺를 받을 것으로 생각했는데, 겨우 監察의 지리에 그쳤습니다.[7]

大瑕齋의 공훈에 비해서 추증된 벼슬이 미흡하다고 생각할 만큼 대하재에 대한 이 가문의 推仰의 정도는 대단하였다. 그 학행으로 봐서 생존시에 司憲府 持平에 바로 추증받을 만한 정도가 되는데도 追贈된 관직이 監察에 그쳐 서운한 마음을 온 가문의 사람들이 모두 품었지만, 300여년 동안 품어 온 억울한 심정만은 풀 수 있었다고 토로하고 있다.

대하제의 焚黃儀式은 인근의 儒林들이 운집한 가운데서 거행했는데, 자손들로서는 감격스럽고 기쁜 일이었던 것이다.[8] 이 일로 인해 인근의 유림사회에서 가문의 위상을 제고시킬 수가 있었다.

嶺南地方은 高麗末 吉再가 관직을 버리고 善山으로 歸隱하여 학문 연

---

7) 『梅下集』 3권 8장.

8) 『白下集』 4권 1장, 「叔祖大瑕齋先生焚黃告由文」.

구와 제자 양성을 한 이래로 학문하는 경향이 風靡하였다. 중앙의 관직의 대부분은 勳舊派들이 독점하다시피 하였다. 길재의 제자인 金叔滋의 아들인 佔畢齋 金宗直이 文科에 급제하여 중앙관계에 진출하여 禮曹判書를 지내고, 조선시대 관직 가운데서 가장 영예로운 직책인 大提學의 물망에 여러 차례 오르는 등 관계에서 상당히 得志하였다. 그의 영향으로 그의 嶺南의 제자들이 대거 조정에 진출하였다. 이들은 조정에서 勳舊派의 견제의 대상이 되었다. 그러다가 戊午士禍로 인하여 金宗直의 제자들은 일 망타진 되니, 嶺南 인물들의 出仕가 거의 없었다.

그 뒤 晦齋 李彦迪, 退溪 李滉 등에 의하여 영남 인물들의 중앙관계 재진출이 성공하였다. 동시대의 南冥 曺植은 여러 차례 國王의 徵召를 받았으나 끝내 관직에 나가지 않았다. 그의 門人 鄭仁弘 등에 의해서 光海朝에 잠시 조정을 주도하다가 1623년 仁祖反正으로 인하여 嶺南, 특히 慶尙右道(대개 오늘날의 慶尙南道 서부지역) 인물의 관계 진출의 길은 완전히 막혔다. 그 뒤 1728년 鄭希良의 亂으로 인하여, 이 지역 사람들의 관계 진출은 더욱 어렵게 되었다. 그래서 仁祖反正 이후 慶尙右道에 世居하는 兩班家門 출신의 인물들은 仕宦하기가 어려워, 사환한 인물이 거의 없게 되었다.

法勿里의 商山金氏 家門도 이러한 현상이 여실히 드러난다. 文科及第者가 中宗 때 金濂 이후로 朝鮮後期 憲宗 때 金麟燮 한 사람 뿐인 것을 보면 알 수 있다. 이런 정황에서 高官大爵은 아니지만, 이 정도로 仕宦한 인물을 배출한 것은 晉州를 중심으로 한 慶尙右道 지역에서는 비교적 그 수가 많은 것으로, 家門의 자랑이고 가문의 위상을 높이는 작용을 하였다.

法勿里 출신인 金相朝씨, 金棟列씨, 계속 그 마을에서 거주하면서 仁智齋의 有司를 번갈아 맡고 있는 金棟珍씨, 金聲培씨, 金敦熙씨 등과 면담[9]을 해 본 결과 이들은 다른 가문과 비교할 때 조금은 더 名門이라고 생각한

---

9) 1997년 5월 12일 1차 면담, 8월 26일, 27일 2차 면담, 10월 30일 3차 면담.

다고 답하였는데, 그 이유 중의 하나가 大科·小科에 급제한 인물이 많다
는 것이었다.

2. 祖先의 顯彰

朝鮮時代부터 지금까지 우리나라 兩班家門에서는 祖先을 顯彰하기 위
한 事業을 많이 해 오고 있다. 현창사업은 대개 다음과 같다. 조상을 기념
하기 위한 書院 祠宇 樓亭 등의 건립, 조상의 묘소에 碑碣 등 石物을 설치
하는 일, 조상이 남긴 詩文이나 관계자료를 수집하여 文集이나 實紀를
편찬하여 世誼가 있는 家門에 반포하는 일 등을 들 수 있다.

法勿里의 商山金氏 家門도 이런 경향에서 예외가 아니다. 이 家門은
많은 인물이 배출된 것에 비해서는, 書院 祠宇는 거의 없다. 이는 이 가문
사람들의 謙讓의 도리를 아는 것이라고 볼 수 있는 것으로서, 이 가문의
사람들이 서원에 享祀되는 인물의 學問과 德行의 기준을 아주 높게 잡았
던 결과이었다. 이 가문에는 주로 학자들이 생전에 講學과 讀書에 실제로
활용했던 齋室 書堂 精舍 등이 대부분이다. 이 것은 이 집안의 경제적
사정과도 밀접한 관계가 있다고 하겠다.

이 가문에는 토지를 대규모로 소유한 대지주는 출현한 적이 없었다고
한다. 가장 많은 토지를 소유한 집이 논 400두락, 형편이 괜찮은 집은 100
두락, 보통 10두락에서 20두락 사이로 선비로서 생계를 겨우 유지하는
정도의 형편인 집이 많았다고 한다.

양반 가문임을 나타내는 대표적인 건축물은 조상을 享祀하거나 후학에
게 강학하는 재실이나 누정이다. 재실이나 누정은 전통적인 건축양식에
따라 일정한 규모를 깆춘 선축물인데 이는 가시적인 것으로서 양반 가문
의 위세를 드러내는 데 중요한 역할을 한다.

丹邱齋 金後의 재실인 隱樂齋, 三足齋 金浚의 齋室인 虎山齋, 商山金氏
의 집안 書堂인 仁智齋, 집안의 서당으로 可述에 있는 龜陽齋, 집안의

講學之所인 南塘齋, 大瑕齋 金景謹을 기념하기 위한 法川書堂, 金應虎를 기념하기 위한 靑陽齋, 槐亭 金尙鈒을 기념하기 위한 槐陰亭, 端硯 金麟爕을 奉祀하는 杜谷書堂, 勿川 金鎭祜를 奉祀하는 勿川書堂, 傅巖 金應斗를 기념하는 傅巖精舍, 西磵 金在洄을 기념하기 위한 西磵亭, 幾軒 金基鎔을 기념하기 위한 岐陽精舍 등이 있다.

원래 樓亭과 齋舍가 이보다 훨씬 더 많았으나 大院君 때 훼철된 것도 있고, 자연이 퇴락한 것 가운데는 直系後孫들의 재력이 못미쳐 결국 없어진 것도 있고, 直系後孫들의 경제적 어려움으로 인해서 해체하여 재목을 매각한 경우도 있다고 한다.

商山金氏 家門의 齋舍와 누정을 도표로 나타내면 <표 4-1>과 같다.

가장 오래된 건물인 隱樂齋는 商山金氏 제학공파의 파조인 단구재 김후를 위한 재실로서 商山金氏 문중의 재실이다. 때때로 文集이나 族譜 편찬의 일이나 門中會議의 장소로 사용되기도 하였다.

仁智齋는 1816년에 창건되고, 37년 후인 1852년에 중수되어 지금까지 잘 관리되고 있는 商山金氏 문중의 대표적인 齋室으로 門中의 도서관 기능을 했다. 본래 3000 권 있던 장서가 많이 흩어져 없어졌지만, 지금도 약 1천여 권이 소장되어 있다. 또한 인지재 藏書節目을 정하여 일정한 규정에 따라 도서의 관리가 이루어졌다.[10]

齋舍 樓亭 書堂 등이 지어지면 그 관리를 위해 位土가 있어야만 했다. 위토는 고지기에 의해 경작되었는데, 고지기는 평상시에 재실을 관리하고, 소작료는 행사가 있을 때의 비용으로 제공하였다. 고지기는 세습되는 것이 보통이었다. 그러나 산업화 이후 고지기가 점점 사라져 지금은 완전히 없어졌다. 최근에는 재실관리를 일가의 사람들이 맡아서 하고 있다. 인지재의 경우 창건 이후 1902년까지 재실에 딸린 토지가 130두락에 이르렀고[11],

---

10) 『勿川集』, 「仁智齋藏書節目」.
11) 『仁智齋齋誌』.

<표 4-1> 商山金氏 재실, 누정 일람표

명칭	연도	위치	용도 / 대상인물	비고
隱樂齋	1677	新等 坪地	齋舍/金後(丹丘齋)	商山金氏 중시조
仁智齋	1816/1852	新等 坪地	書堂	장서 5천권
杜陵書院	1713	新等 杜谷	書院/金湛 李滉	毁撤, 墟址
虎山齋	1810	新等 長川	齋室/金浚(三足齋)	
興雲亭	1810	新等 長川	墓閣/金達生(水晶堂)	
南塘齋	1840	新等 勿山	商山金氏 講學之所	
麗澤堂	1889	新等 坪地	書堂	性齋 許傳
勿山影堂	1891	新等 坪地	祠堂	性齋 許傳
勿川書堂	1914	新等 坪地	書堂/金鎭祜(勿川)	1984년 移建
傅岩精舍	1899	新等 坪地	書齋/金應斗(傅岩)	重建
靑陽齋	1904	新等 坪地	書齋/金應虎	
法川書堂	1915	新等 坪地	書堂/金景謹(大瑕齋)	
龜陽齋	1923	新等 巨洞	書塾	1996년 개축
杜谷書堂	1930	新等 杜谷	書堂/金麟燮(丹溪)	
西磵亭	1935	新等 坪地	齋室/金在洵(西磵)	1989년 重修
臨溪齋	1995	新等 坪地	書齋/金鍾晧	
丹丘館	1993	新等 坪地	齋室/商山金氏	

지금도 여기에 딸린 재산이 논 10두락과 기금 2천만원 정도가 된다고 한다.

물천서당은 물천이 강학하던 서당으로 1914년 처음 지을 때에는 마을에서 좀 떨어진 곳에 있었다가, 1984년에 건물을 뜯어 마을의 북쪽 어귀로 옮겨서 지었다. 사용과 관리의 편리함을 위해 이건했다고 한다. 그러나 정작 건물을 옮겨 왔지만, 유학을 공부하는 학자들이 대부분 세상을 떠났기 때문에 실제로 거의 쓰이지도 않고, 관리도 이전보다 도리어 더 힘들게 되었다고 한다.

현재의 재실의 관리는 과거와 비교해 볼 때 많이 소홀해진 편이다. 과거에는 재실은 거기서 늘 거처하는 사람이 있어, 건물의 관리가 저절로 되었으나, 최근에는 1년에 한 차례 墓祀가 있을 때만 사용하기 때문에, 따로 관리인을 두지 않으면 금방 훼손되기 쉽다. 재실에 딸린 토지를 경작케하고 관리를 맡기기도 하지만, 지금은 토지를 경작하기를 원하는 사람을 구하기 어렵다고 한다. 그래서 평소에는 마루에 먼지가 쌓이는 등 관리가 거의 안되고 있다. 건물의 보존을 위해 따로 조치를 취하지 않으면 안되게 되었다. 지방 관청에서 역사적 가치가 있는 건물에 대해서는 문화재로 선정하여 관리하지 않으면 안될 상황이다.

이러한 관리가 어려운 사정임에도 불구하고 臨溪亭과 같은 경우는 극히 최근에 祖先을 위해서 서재를 새로 지었다. 이는 경제력이 있는 자손이 조선을 위해서 서재를 지은 것인데, 양반가문의 위세를 나타내기 위한 수단으로서 아직도 齋舍 樓亭 등이 그 기능을 잃지 않고 있음을 보여주는 사례라고 말알 수 있다. 다만 임계정의 경우는 겉모습은 전통적인 건축양식을 따르고 있지만 실내 구조는 현대식의 주거공간으로 실용적인 편리함을 많이 고려하였다. 그렇게 함으로써 건물의 사용을 통한 관리의 편이성을 고려한 것으로 보인다.

商山金氏 문중 사업의 하나로 자손들로부터 많은 성금을 모아 최근에 건립한 丹丘館은 양반 가문의식이 아직 강하게 남아 있음을 보여주는 중요한 사례라고 볼 수 있다. 商山金氏 문중에서 광범위한 모금을 통해 건축비용을 조성하여 1993년에 완공한 단구관은 마을의 뒷편의 산기슭에 위치하고 있는데, 규모로 볼 때 商山金氏의 재실 중 가장 큰 건물이다. 매년 정기적으로 열리는 묘사를 위해 특별히 지었다.

이 家門의 祖先들의 碑碣에 쓰인 글을 보면 丹邱齋 金後의 묘소에는 重齋 金榥이 墓碑銘을 지었다. 韓大器는 金浚의 傳을 지었다. 性齋 許傳은 大埇齋 金景謹의 墓碑銘, 小山 金碩, 默齋 金墩, 海寄 金欐 등의 墓碣銘을 지었다. 晩醒 朴致馥은 靜軒 金德龍의 墓碣銘을 지었다. 后山 許愈는 遯齋

金復文의 墓碣銘을 지었다. 俛宇 郭鍾錫은 金俊民의 神道碑銘과 知止軒 金麒燮, 龍岡 金相洵, 餘齋 金大洵, 孝子 金瑀의 墓碣銘을 지었다. 小訥 盧相稷은 隱巖 金宕, 松溪 金國鉉의 墓碣銘을 지었다. 素窩 許𤲟은 金俊民의 아들 金鳳承의 墓碣銘을 지었다. 深齋 曺兢燮은 梅廬 金在鉉의 墓碣銘을 지었다.

齋舍에 걸린 글을 보면 仁智齋重修記는 郭鍾錫이 지었고, 勿川書堂에는 朴致馥 郭鍾錫 河謙鎭 등 당시 명망 있던 학자들의 글이 걸려 있다.

商山金氏 가문은 조선 후기 이후 중앙관직에서 소외되어 있었던 만큼 학문과 문집의 발간에 특별한 관심을 보여 많은 유학자들을 배출하고 문집 발간에 정성을 쏟음으로써 양반가문으로서의 위상을 유지하고자 노력했다.

보통의 경우 개인문집은 한 인물의 사후에 제자들이 遺文을 모아 편집하고 직계 자손이 비용을 부담하여 발간한다. 물론 아주 저명한 학자의 경우에는 儒林이나 제자들이 갹출하여 문집을 발간하는 경우도 있다. 編輯體例는 대체로『朱子大全』을 따르는데 詩, 疏箚, 書, 序, 記, 跋, 雜著, 祭文, 祝文, 墓道文字와 附錄 등으로 구성되어 있고, 대부분 문집의 경우 詩와 書가 압도적인으로 많은 양을 차지하고 있는데 朝鮮後期 慶尙右道의 학문적인 경향, 유림들의 동향, 思惟體系, 生活樣式 및 鄕土史의 자료로서의 가치가 크다.

商山金氏 가문의 경우 한말에서 일제시대에 이르는 기간에 문집 발간이 활발했다. 그리고 최근에 와서도 수십년 전에 작고한 祖先의 문집을 발간하는 일이 계속되고 있는데『平谷集』,『修齋集』,『晦川遺輯』,『南坡遺稿』등이 그러한 사례에 속한다.

이 家門의 인물들이 남긴 개인 詩文集을 보면 다음과 같다. 金湛의『汲古齋集』, 金紐의『璞齋集』, 金碩의『小山集』, 金墩의『默齋集』, 金履杓의『尙友堂集』, 金弘道의『丹邱詩選』, 金在鉉의『梅廬遺集』, 金麟燮의『端磎集』, 金鎭祜의『勿川集』, 金基鎔의『幾軒集』, 金忠燮의『野堂集』, 金大洵의『餘齋遺稿』, 金聲鐸의『恒窩集』, 金基周의『梅下集』, 金基堯의『小塘

集』, 金在植의 『修齋集』, 金鎭文의 『弘菴集』, 金永達의 『毅堂遺稿』, 金永耉의 『平谷集』, 金永宇의 『林塘亭遺錄』, 金永奎의 『存谷遺稿』, 金昇柱의 『晦川遺輯』, 金相峻의 『南坡遺稿』, 金容九의 『誠菴遺稿』, 金弘徵의 『省克堂集』, 金宗禧의 『梅溪集』, 金廷燮의 『竹菴集』, 金國鉉의 『松溪集』, 金躍漢의 『惺庵集』 등이 있다.

詩文集을 남기지 못한 조상들이 남긴 詩文을 모아 金麟燮이 『商山世稿』를 편찬하였고, 實紀로는 金景謹의 『大瑕齋實紀』가 있다. 『商山世稿』의 편찬은 金麟燮이 하였지만, 이는 온 가문의 장기간의 열망이 결집된 것이고, 또 그 간행을 위해서 가문에서 재물을 모아 이 일을 도우려고 하였다.

요즈음 端磎先生을 뵈었더니 "先集을 왜 빨리 간행하여 오래도록 전하도록 하지 않느냐?"라고 말씀하시기에, 저가 "집안 부형들에게 알린 그런 뒤에 도모하겠습니다"라고 대답했습니다. 이는 절름발이가 자기의 힘을 헤아리지 않고서 망령되이 용감한 사람 노릇 하는 것입니다. 형님께서는 일찍이 선조들의 아름다운 행실과 뛰어난 절개가 날로 인멸되어 남아 있지 않은 것을 걱정하여, 여러 집에서 전해 오는 것을 채집하여 한 권의 책으로 만들자"고 하셨습니다. 이는 실로 삼백년 동안 여기에 눈을 돌릴 겨를이 없었던 일입니다. 그러나 오직 우리 후손들이 氣力과 分數가 점점 약해져 성대한 뜻을 만에 하나도 받들지 못하게 되겠습니다. 지금 완성하지 못하면 나중에는 엄두를 낼 수가 없습니다. 그래서 이제 편지로써 형님에게 알리니, 이 뜻으로써 문중의 자손들을 깨우치는 것이 어떨런지요?

저가 생각하기에는 재물 모으는 방법으로는 곡식으로 하는 것이 제일 좋을 것입니다. 지금 추수가 다 끝났으니, 곡식은 집집마다 있을 것입니다. 그 가세의 우열의 등급에 따라서 몇 말 몇 섬씩 모은다면, 누가 "안된다"고 하겠습니까? 한 번 모여서 충분히 논의하여 이 일을 잘 마치기를 바랍니다.[12]

『商山世稿』 뿐만 아니라 집안의 학자 한 개인의 詩文集도 문중에서

---

12) 『恒窩集』 3권 7, 8장, 「與族兄半厓翁」.

비용을 부담하여 간행한 경우가 있었다. 性齋 許傳의 제자인 梅下 金基周의 문집인『梅下集』을 간행할 적에 문중에서 돈을 내어 도왔다.

> 지금 가는 逵錫은 基鎔의 죽은 三從兄 梅下公 諱 基柱 字 聖規氏의 아들입니다. 가지고 간 책자는 梅下公의 遺稿입니다. 공이 세상을 떠난 것이 지금 33년이 되었는데도 원고가 아직도 보자기 속에 있습니다. 이는 그 아들이 마음에 하루도 편할 수 없는 일이요, 곁에서 보는 사람들도 답답해 하는 바입니다. 몇 년 전에 문중에서 돈을 내어 어렵게 어렵게 장차 목판에 새겨서 후세에 오래 전하기를 도모하는 바입니다.[13]

문중의 학자가 지은 글을 상자 속에 사장시키지 않고 간행하여 세상에 널리 영원히 전해져 그 이름이 없어지지 않도록 문중에서 공동으로 도왔던 것이다. 글을 숭상하고 학자를 높이는 가문의 정신이 전해지고 있는 證佐라 하겠다.

樓亭을 짓고 碑碣을 세우고 문집을 간행하여 세상에 반포하는 일 등은 祖先을 현창하여 훌륭한 점을 영원히 세상에 널리 알리려는 목적에서 하는 일이다. 훌륭한 조상이 많이 있다는 것은 바로 兩班 家門임을 입증할 수 있는 것이다.

3. 族譜의 編纂

족보는 양반이 자신의 혈통이 양반신분임을 나타내는 가장 중요한 지표이다. 족보를 발간하는 목적은 "조상을 섬기기 위해서"[14]라고 명분을 내세우지만 실은 양반가문에 대한 소속의식을 갖도록 하고 족보에 등재된 사람들이 양반신분임을 드러낼 수 있는 중요한 장치이다. 그래서 족보 발간이 계획되면 족보에 실릴 單子와 함께 발간비용을 갹출하는데, 여기에

---

13)『幾軒集』2권 11~12장,「上倪宇先生書」.
14)『勿川集』,「商山金氏族譜序」, 229쪽.

대한 협조는 잘 되고 있다. 그만큼 양반가문의식에서 비롯되는 족보에 대한 관심이 높은 것이다.

法勿里에 世居하는 商山金氏는 提學公派에 속하는데, 이 가문에서 族譜를 최초로 편찬한 것은 1685년(肅宗 11, 乙丑)인데, 편찬을 주도한 사람은 察訪 金潤章이다. 그 뒤 1710년(肅宗 36, 庚寅)에 다시 편찬하였는데, 편찬자는 縣監 金慶賚이다. 1751년(英祖 27, 辛未) 金致龍이 편찬하여 草稿를 다 만들었으나 간행되지는 못했다가, 1763년에 이르러 서울에 사는 일가들과 합의가 되어 전체 족보 4책 가운데 合錄하였다. 그 뒤 1824년(純祖 24, 甲申) 各道에 사는 各派가 합의하여 大同譜 8권을 만들었다. 法勿里의 商山金氏는 提學公派로 분류된다.

1879년(高宗16, 己卯)에 서울에서 大同譜를 편찬하려고 하였으나 法勿里, 晋州, 昌原 등지에 사는 提學公派는 의견이 맞지 않아 참여하지 않았다. 이때 提學公派는 金麟燮이 전담하여 隱樂齋에서 派譜를 편찬하였다. 이때는 우리 나라의 史書나 諸家의 文集 가운데 있는 商山金氏 조상에 관계된 기록을 다 발췌하여 족보의 卷首에 실어, 후손들로 하여금 조상의 내력과 源流를 일목요연하게 알도록 만들었다.15) 이때 昌原과 居昌에 있는 후손들은 의견이 일치되지 않아 이 派譜에도 單子를 내지 않았다.

가장 최근에 발간된 商山金氏 대동보는 1970년 庚戌譜이고 提學公派 派譜는 1957년에 발간된 丁酉譜이다. 파보는 올해(1998년) 발간할 예정으로 현재 편집 중에 있다.

이 이후로 50년 주기로 大同譜와 派譜를 번갈아 편찬하기 때문에 지금까지 대개 20년 혹은 30년 간격으로 족보가 편찬되어 오고 있다. 1997년 8월 26일에도 派譜를 편찬하기 위해서 仁智齋에서 宗會를 개최한 바 있다.

양반 가문의 족보에 대한 관심은 예로부터 지대한데 요즈음에 와서는 그 관심이 줄어들기는커녕 오히려 커지고 있다. 또한 이번에 간행되는

---

15) 『恒窩集』 4권 14~15장, 「商山世譜跋」.

파보의 경우는 후손들이 족보를 실제로 이용할 수 있도록 기왕의 족보와는 달리, 한자로 된 것을 그대로 두지만 새로 등재되는 인명은 국한문혼용을 하고, 序文과 같이 한문으로 된 것은 토를 달고 띄어쓰기를 한다. 특기할 만한 것은 과거에는 딸들의 경우 족보에 단지 사위의 이름만을 등재하고, 부인의 경우는 본관과 부친 성명만을 썼지만, 이번 족보부터는 딸의 경우에도 사위의 이름과 함께 등재하기로 결정했다. 이 사안에 관해 족보편찬위원회에서는 한 사람의 반대도 없었다고 한다.16)

4. 婚姻을 통한 家門 유지

法勿里의 商山金氏들은 丹城 鄕內의 大姓인 安東權氏, 星州李氏, 인근 三嘉縣에 거주하는 坡平尹氏, 金海許氏 등과 혼인관계를 맺어 왔다. 家門의 位相을 提高한 특기할 만한 혼인을 들면 다음과 같다.

이 家門의 位相을 提高하는 데 가장 큰 작용을 한 혼인은, 萬戶 金行이 南冥 曺植의 사위가 된 것이다. 學者로서 在野士林의 영수로서 國王도 함부로 부르지 못하는 南冥은 당시 朝野에서 비중이 대단했고, 그의 제자들이 壬辰倭亂 때는 대부분 倡義를 하여 救國의 대열에 섰고, 이 지역 학자들의 學統도 대부분 南冥에서 비롯되었다.

金行의 두 딸이 東岡 金宇顒과 忘憂堂 郭再祐에게 각각 출가한 것도 이 가문의 위상을 높이는 데 크게 작용을 하였다. 金宇顒은 南冥의 高足으로서 退溪의 문하에도 출입하여 寒岡 鄭逑와 함께 兩岡으로 일컬어지는 학자로, 중앙관계에서 吏曹參判을 역임하였다. 郭再祐는 義兵將으로서 너무나 잘 알려져 있다.

이밖에 忠康公이라는 諡號를 받은 東溪 權濤, 吏曹參判을 지낸 知足堂 朴明榑 등이 이 家門에서 娶妻하였으니, 혼인을 통해서 가문의 위상이 提高되었다고 할 수 있겠다.

---

16) 김상조씨의 증언, 1997년 10월 30일.

IV. 家門의 기반

1. 經濟的 기반

兩班이 士를 업으로 하면서 양반신분의 문화를 유지하기 위해서는 일정한 물질적 기초가 필요하다. 농업사회인 조선시대에 양반신분의 중요한 경제적 기반은 토지와 노비였다. 商山金氏 家門의 토지와 노비 소유의 변화를 구명하면 그 경제적 기반을 알 수 있겠지만 자료의 제약으로 몇 가지 방증 자료를 통해 추정해 볼 수밖에 없다.

먼저 인구의 변화에 주목해 볼 필요가 있다. 商山金氏 가문은 法勿里를 중심으로 世居해 왔기 때문에 인근의 토지가 한정되어 있는 한, 인구의 변화는 경제적 기반을 상대적으로 드러내주는 지표가 될 수 있기 때문이다. 앞에서 본 바와 같이 상산김씨 가문이 法勿里에 거주하기 시작한 것은 조선초기였다. 이때에는 물론 다른 성씨가 거주하고 있었지만, 商山金氏로서는 단독 가구로 시작한 셈이다. 이후 가문이 퍼져 商山金氏는 법물야면의 평지리, 거동, 당촌 등 여러 마을에 거주하기 시작하였는데, 1678년 호적 대장에는 14호, 1717년에는 15호, 1732년에는 29호, 1762년에는 32호, 1789년에는 45호, 1825년 호적대장에는 55호로 나타나고 있다.[17] 이처럼 商山金氏 가문은 조선 후기에 가구의 수가 계속 증가하였다. 일제시대에 실시한 한 조사에 의하면 新等面 坪地里의 총 호수 211호 중 150호가 商山金氏가문이었다.[18] 이 시기에는 商山金氏 가문은 평지리에 집중하여 동족부락을 형성한 것으로 보인다. 평지리 商山金氏의 인구는 해방직전까지 계속 증가하다가 한국전쟁 이후부터 이농으로 감소하기 시작하여 현재는 약 80호가 거주하고 있다.

다음에 토지와 노비 소유의 변화를 보자. 商山金氏의 入鄕祖인 金後가

---

17) 『丹城縣戶籍臺帳』
18) 善生永助, 『朝鮮의 聚落』, 朝鮮總督府, 1935, 459쪽.

처음 法勿里에 자리 잡았을 때에는 중소지주로서의 경제적 기반을 가지고
있었던 것으로 보인다. 일반적으로 在地士族은 土姓吏族에서 분화되어
왔는데 이들은 조선초기의 田柴科 체제가 붕괴되면서 소정의 邑吏田 외에
사유지를 확대하거나 관노비를 영점하여 재지사족으로서의 경제적 기반
을 마련해 갔다. 또 재지사족은 이족과 분화하는 과정에서 本貫地를 떠나
上京從仕하면서 관직을 매개로 토지와 노비를 획득하기도 하였고, 아직
개간되지 않은 산간벽지를 개간하여 새로운 근거지를 마련하기도 하였다.
이렇게 하여 마련된 농장은 자녀들에게 상속됨으로써 재지사족의 경제적
기반이 되었던 것이다. 商山金氏 家門의 경우도 이러한 일반적인 과정을
통하여 경제적 기반을 마련한 것으로 보인다.

　法勿里에 자리를 잡은 초기에 商山金氏家의 경제적 기반이 구체적으로
어떠했는지를 정확히 알 수는 없지만, 1480년(성종 11)에 작성된 商山金氏
家의 재산상속 문서를 통해서 그 대략을 짐작할 수 있다. 이 문서는 입향조
인 김후의 손자인 金貞用의 재산을 세 남매가 부모 사후에 서로 의논하여
분배하고 이를 문서로 남겨놓은 것이다.

〈표3-1〉 1480년 商山金氏 한 가문의 재산 규모[19]

구분	분배인	光礪몫	韓健妻몫	光範몫	故裵哲令妻몫	합계
노비	노	10명	11명	14명	2명	37명
	비	16명	12명	13명	1명	42명
	합계	26명	23명	27명	3명	80명 (유모1명 포함)
토지	논	73두락	73두락	72두락	19두락	237두락
	밭	半日耕	半日耕	半日耕		1.5일경
기타		瓦家1座	瓦家1座	瓦家1座		瓦家 3좌

19) 정진영, '유교문화- 단성현 법물야면의 商山金氏가를 중심으로-'에서 재인용.

김정용의 재산의 규모는 노비 80명과 토지 237두락의 논과 1.5일경의 밭, 그리고 기와집 3채였다. 이같은 재산규모는 商山金氏 가문이 초기에는 상당한 경제적 기반을 가지고 있는 전형적인 재지사족이었다는 것을 말해 주고 있다. 또 위의 표에서 볼 수 있는 바와 같이 부모의 재산은 자녀들 사이에 철저하게 均分相續되었다는 사실이다. 이러한 자녀 균분상속의 관행은 세대가 갈수록 양반가문의 경제적 기반이 약화될 수 있는 가능성을 나타내고 있고, 실제로도 이러한 분할 상속으로 인하여 후기로 갈수록 경제적 기반이 취약해지기도 하였던 것으로 보인다.

조선후기, 특히 18세기 이후는 조선봉건체제가 해체기에 접어든 시기였다. 그 변화의 양상 중 중요한 것으로는 농업의 발달과 상품화폐경제의 발전, 그리고 신분제의 변동을 들 수 있다. 이러한 변동은 향촌사회에서의 양반신분의 지배를 위협하는 것이었다. 이 시기에 商山金氏 가문도 이전의 양반신분을 유지할 수 있는 경제적 기반을 점차 상실해 갔던 것으로 보인다.

17세기와 18세기의 신분제의 동요 양상을 당시 법물야면의 호적대장을 통해 살펴 본 것이 <표3-2>이다.

〈표3-2〉 법물야면 신분구성의 변화[20]

	양반호	중인호	평민호	천민호	합계
1678년	13	4	37	46	100%
1762년	23	12	59	6	100%

약 1세기 간에 일어난 신분구성의 변화의 특징은 양반, 중인, 평민호의 증가와 천민호의 감소로 요약할 수 있다. 이러한 상황에서 商山金氏 가문의 노비 소유도 이전 시기와 비교해 볼 때 격감했다고 할 수 있다. 토지소

---

20) 『丹城縣戶籍臺帳』

유에 대해서는 구체적인 자료가 없어 정확히 알 수 없지만, 1862년 단성 농민항쟁에서 商山金氏 가문이 주도적인 역할을 했다는 점을 미루어 보면 이미 경제적으로는 거의 영향력이 없었음을 알 수 있다. 이미 조선후기에 는 다른 지역의 대다수 양반신분과 마찬가지로, 商山金氏가의 경우도 중 소지주로서의 경제적 기반을 상실한 것으로 보인다. 商山金氏 가문 중에 서 대토지 소유자는 거의 없었던 것으로 보인다. 추수기준으로 400석 정도 하는 집이 가장 부유한 경우였으며 대체로 20-30석을 수확하는 정도였다.

그리하여 한말과 일제시대에 이 가문의 "옛 어른들이 몸소 농사일을 하는 것을 꺼려하지 않았다"거나 "끼니를 걸러 가며 공부하는 경우가 있었 다"는 증언21)을 미루어 보면 商山金氏 문중에서 유학을 업으로 하는 선비 들도 농경에 직접 종사하는 경우도 없지 않았던 것으로 보인다.

양반 중에서도 지주로서 양반문화를 유지할 수 있는 물질적 기반을 가 진 경우가 일제시대까지 있었지만, 이러한 경우도 해방후 농지개혁으로 양반의 경제적 기반이 완전히 소멸되었다.22) 그러나 商山金氏 가문의 경 우는 조선 후기 이래 대지주로서의 경제적 기반을 가진 경우는 없었기 때문에 농지개혁 자체가 직접적으로 큰 의미를 가지는 것은 아니었다. 농지개혁으로 사유의 토지를 분배 당한 경우는 거의 없고, 다만 재실에 딸린 약간의 토지가 분배되는 정도였다.

한편 갑오개혁 때 법제적으로 사노비가 해방되어 노비가 차지하는 사회 적 비중은 현저히 약화되었지만, 사회적 신분으로서의 노비는 해방 전까지 끈질기게 잔존했다. 그러나 이러한 현상은 신분제의 마지막 遺制라고 해 야 할 것이다. 대체로 이러한 유제마저도 해방후 농지개혁과 전쟁으로 잔존하던 노비가 대부분 외지로 나가면서 노비를 통한 양반신분의 유지기 반이 완전히 허물어졌다.23) 法勿里의 경우 1970년대까지도 노비가 존재한

---

21) 金相祖씨의 증언, 1997년 10월 30일.
22) 정진상, '해방후 신분제 유제의 해체', 『사회과학연구』, 경상대 사회과학연구소, 1996.
23) 정진상, 앞의 글 참조.

특이한 사례도 있었지만, 해방후에는 노비의 존재가 거의 소멸되었다.

요컨대 法勿里 商山金氏 가문의 경우는 처음 法勿里에 정착할 때에는 중소지주로서의 경제적 기반을 가지고 있었으나 조선후기부터 인구의 증가 등으로 전형적인 양반신분의 문화를 유지할 수 있는 경제적 기반을 거의 상실했던 것으로 보인다.

2. 政治社會的 기반

양반이 향촌사회에서 지배신분으로서의 권위를 유지하기 위한 정치사회적 자원 가운데서 대표적인 것이 관직과 학문이었다. 이 외에 전쟁이나 농민항쟁 등 정치사회적 변동의 과정에서 수행한 역할도 고려할 필요가 있다. 이러한 점들에서 보면 法勿里 商山金氏 가문은 조선초기 이래 정치사회적 기반이 커다란 부침을 겪었다. 여기서는 조선초기와 후기, 구한말, 일제시대, 그리고 해방후에 겪은 商山金氏 가문의 정치사회적 기반의 변화를 추적해 보고자 한다.

商山金氏 가문이 법물에 정착하기 시작한 초기에는 경제적으로도 중소지주로서의 물질적 기반을 가지고 있었을 뿐 아니라, 얼마 동안은 관료로의 진출을 통해 정치사회적으로도 상당한 기반을 가지고 있었다. 조선왕조 시기에 관료로 진출하는 통로는 과거였는데, 적어도 임진왜란 이전까지는 商山金氏 가문에서 지속적으로 과거합격자를 배출하였다. 『嶠南誌』 인물편에 실린 과거합격자만 하더라도 文科 8명 등 많은 과거합격자를 내었다. 그러나 네 차례의 사화를 거친 이후 영남의 사림파, 특히 경상우도의 사림파가 관직진출에서 배제됨으로써 임진왜란 이후에는 丹磎 金麟燮이 文科에 급제한 것을 제외하면 생원 진사가 몇 있을 뿐 과거합격자가 급격히 줄어들었다. 관직을 통한 정치사회적 영향력의 행사라는 측면에서 보면 商山金氏 가문은 조선중기 이후에는 매우 취약한 기반을 가지고 있었다고 할 수 있다.

임진왜란에서 商山金氏 가문의 討倭活動은 양반가문으로서의 권위를 높이는 데 중요한 계기가 되었다. 임진왜간 기간 중 丹城은, 이웃하고 있는 진주성을 중심으로 활동하던 왜적들의 침입이 잦았다. 商山金氏 가문의 많은 사람들은 때로는 관군으로 때로는 의병으로 활발한 토왜활동을 벌였다.

金俊民은 선조조에 武科에 급제하여 임진왜란 당시 巨濟縣令을 맡고 있었는데 鄭仁弘 의병부대의 의병장이 되어 丹溪, 丹城 지역에 침략한 왜적을 격멸하는 데 공을 세웠다. 그는 1593년 6월 26일 제2차 진주성 전투에서 장렬히 전사하여 나중에 형조판서에 추증되고 진주 창렬사에 제향되었다.

金景訥은 선조조에 武科에 급제하여 宣傳官 務安縣監을 지냈는데, 임진왜란 당시에는 관찰사 金晬의 軍官으로 있으면서 의병장 곽재우와의 갈등을 조정하여 관군과 의병이 화합하는 데 힘썼다.

金景謹은 김경눌의 형으로 覺齋 河沆의 문인이었는데 왜란이 일어나자 단성의 權濟와 집안 조카 金應虎 등과 함께 단성에서 의병을 일으켰다. 관찰사 김수는 그를 단성의병장에 임명하였다. 이후 정유재란기에 선영을 돌보기 위해 성주에 갔다가 단성으로 돌아오는 길에 三嘉 兎洞에서 왜적들을 만나 항전하다가 전사하였다. 高宗朝에 경상도 星州에 사는 進士 鄭建和 등 수백명의 탄원으로 司憲府 監察의 贈職이 내려졌다.[24]

金命胤은 武科를 거쳐 大邱判官, 晉州牧使, 濟州牧使를 역임하고 임진왜란에 공을 세워 사후에는 병조판서에 추증되었다.

金應虎는 김경눌의 아들로서 훈련첨정을 역임하였고 임진왜란 당시에는 곽재우 휘하의 의병으로 활동하였다.

이처럼 商山金氏 家門의 여러 인물들이 임진왜란 시기에 관군이나 의병으로 활동하여 충절을 지킴으로서 가문의 명예를 유지하는 데 크게 기여

---

24) 『大瑕齋實記』.

하였다. 이러한 토왜활동은 商山金氏 가문이 조선 후기에는 관직으로의
진출이 미미하였는데도 여전히 향촌사회에서 양반가문으로서의 권위를
유지하는 데 중요한 기반이 되었다.

임진왜란에서의 商山金氏 가문의 활동은 壬辰倭亂 이후 향촌사회의
지배력을 강화하기 위한 수단으로 작성한 鄕案에 잘 반영되고 있다. 향안
은 조선 후기 향촌사회에서의 양반신분을 확인하는 자료라고 할 수 있
는데, 향안에 등재된 鄕員은 鄕廳을 통해 鄕吏를 규제하고 수령을 견제함
으로서 향촌사회의 지배에 일정하게 참여하고 있었다.

法勿里가 속해 있었던 丹城에서는 임진왜란 이후인 1621년에 향안이
처음 작성되었다. 丹城鄕案의 최초 입록자는 16명이었는데 商山金氏 문중
에서는 임진왜란 때 활동한 金景訥이 올라있다. 이후 17세기 간에 작성된
향안 속에 매번 商山金氏 문중의 인물들이 입록되었다.

1862년 단성농민항쟁에서 商山金氏 가문의 인물들이 한 역할은 주목할
만하다. 1862년 임술년에 三南地方을 휩쓴 농민항쟁은 조선봉건체제 해체
기의 농민들의 저항운동이었다. 조선시대의 향촌 사회 지배구조는 조선
중기까지는 수령과 사족 및 향리의 3자가 균형을 유지하면서 운영되었지
만, 조선 후기에는 사족의 영향력이 급속히 약화되면서 守令權이 강화되
어 守令-吏鄕의 수탈구조가 성립되었다.25) 수령-이향 수탈구조 하에서
부세 운영이 파행적으로 나타난 것이 바로 三政의 문란이었다. 농민항쟁
의 원인은 바로 三政, 즉 田政, 軍政, 還穀의 문란이었다. 이 중에서도
환곡의 문란이 가장 극심하였다.

단성 농민항쟁에서도 가장 중요한 문제로 떠오른 것은 환곡이었다. 이
러한 문제를 해결하고자 적극적으로 나선 것은 商山金氏 家門의 金橘과
金麟爕 부자였다. 이들 부자는 1839년에 세거지 法勿里에서 단계로 옮겨
와 살고 있었다. 특히 김인섭은 20세(1846년, 헌종 12)의 나이로 文科에

---

25) 정진상, 「갑오농민전쟁에 관한 사회사적 연구」, 서울대 박사학위논문, 1992, 43쪽.

급제하여 承文院 權知副正字, 成均館 典籍, 司諫院 正言 등을 역임하였고,
32세 되던 철종 9년(1858) 이후에는 관직에서 물러나 농업경영에 힘쓰고
있었다.[26] 따라서 단성의 환곡문제와 이로 말미암은 향촌사회의 파탄을
누구보다 보다 생생하게 인식할 수 있는 입장에 있었다. 또한 이들 부자는
김씨들의 세거지인 法勿里를 떠나 있었지만, 여전히 세거지의 족친과 빈
번한 교류를 지속하고 있었다. 따라서 이들은 단성의 유력가문의 하나인
商山金氏의 宗族的 기반과, 김인섭의 중앙관료로의 진출과 학문을 통해
일족을 대표하면서 단성의 향촌사회를 주도하는 위치에 설 수 있었다.

 김인섭은 단성에서 농민항쟁이 발발하기 바로 직전인 1861년 2월에 경
상감사인 金世均에게 賦稅收取라는 구실로 자행되는 吏胥, 鄕任들의 농민
수탈의 실상을 조목조목 상세히 보고하여 이것에 대한 해결책을 강구해
주기를 요구하였다. 그러나 이후에도 이것에 대한 해결책은 강구되지 않았
고, 김인섭은 단성의 여러 사족들과 더불어 감영과 단성현감에게 계속해서
해결을 촉구하였다. 이러한 와중에 현감 林炳黙이 移貿米 3천 석을 횡령한
사실이 탄로가 났다. 1862년 새해 벽두부터 탐학한 吏胥들을 성토하는
군중대회가 개최되고, 감사에게 다시 等狀을 올리기로 결정하는 등 본격
적인 탐학관리들에 대한 투쟁을 전개해 나갔다.[27] 물론 이러한 과정에서
김령과 김인섭 부자는 주도적인 역할을 하였다. 김인섭은 등장을 작성하였
고, 김령은 이것을 감영에 전달하는 대표가 되었다. 이들은 감영의 조치가
미온적임에 따라 보다 적극적으로 탐학한 수령과 이서들을 규탄하여 邑弊
를 바로 잡고자 농민들을 동원하였다. 官屬들도 또한 여기에 대항하였다.
이러한 과정에서 김령을 비롯한 많은 사족들이 크게 다치게 되고, 사족을
중심으로 한 군중들의 시위가 더욱 격화되었다. 마침내 현감은 감영으로
도망하였고, 이속들 또한 흩어져 邑政은 완전히 마비상태가 되었다.[28]

26) 『丹磎集』, 「行狀」.
27) 『丹磎集』, 上禁府原情狀草.
28) 정진영, 앞의 글.

이러함에도 불구하고 중앙에서는 탐학한 수령을 파면하는 데 그칠 뿐, 적극적으로 사태를 해결하려고 하지 않고 있었다. 그러다가 진주에서 농민들의 항쟁이 일어나고 按覈使 朴珪壽가 파견됨으로써 비로소 문제화되기 시작하였다. 그러나 朴珪壽는 丹城이나 晉州에서의 문제가 모두 이 지역의 士族들이 조종하고 주도한 것으로 파악하여 도리어 嶺南士族들을 극렬히 비난하기에 이르렀다. 중앙에서 파견된 宣撫使 李參鉉도 단성의 문제를 적극적으로 해결하기 보다는 적당히 무마하고자 하였다. 결국 사족들은 그들이 줄기차게 요구하였던 여러 문제들에 대해 아무런 해결책도 얻을 수 없었다. 더욱이 신임수령인 이원정은 이전의 이서들을 다시 불러들임으로써 결국 항쟁은 수포로 돌아가고 말았다.

읍폐의 해결은 고사하고 김령과 더불어 항쟁에 참여하였던 많은 사족들이 구금되었고, 급기야는 김인섭이 체포되어 서울로 압송되어 義禁府에 구속되기에 이르렀다. 김인섭은 사건의 내용과 전말을 설명하였는데, 30대의 곤장을 맞고 풀려날 수 있었다. 그러나 보다 적극적으로 활동하였던 김령의 경우에는 全羅道 荏子島에서 1년간 유배생활을 하게 되었다. 수령 임병묵 또한 탐학한 죄로 함경도 穩城으로 유배되었다.

김령 등에 의해 주도되었던 단성에서의 농민항쟁은 성공하지는 못하였지만, 다른 한편에서는 사족이 농민의 이해를 일정하게 대변함으로써 그리고 관으로부터 핍박받음으로써 농민들의 절대적인 신임과 지지를 받을 수 있는 계기를 마련하였다. 이것은 향촌사회에서 부정되어 가는 사족의 권위를 되세우는 것이 되었으며, 이후 오랫동안 향촌사회에 商山金氏 가문의 영향력을 유지하게 되었다. 단성의 농민들은 金欞과 그 아들 金麟燮의 농민항쟁 주도를 고맙게 여겨 김령이 임자도로 귀양갈 적에는 각종 물자를 갹출하여 노자로 쓰게 했고, 新安江邊의 赤壁에 김령의 공적을 기리는 磨崖碑를 만들었고, 나중에 김령의 집에 토지까지 사 주는 등 자기들의 억울함을 대변해 준 것을 대단히 고맙게 여겼다.

개항 이후 서구 자본주의의 침투는 조선사회의 양반신분의 지위를 크게 위협하였다. 서울의 집권관료들은 서구의 물결에 나름대로 대응을 했지만, 향촌사회의 양반신분은 구래의 권위를 지키려고 안간힘을 썼다. 그것은 위정척사운동과 의병투쟁으로 나타났다. 특히 1894년 일본군의 침략하에서 추진된 갑오개혁에서 유교적 교양으로 관리를 임용하던 과거제가 폐지되고 새로운 관리임용제도가 시행됨으로써 양반유생들은 결정적인 타격을 받게 되었다. 개화파 정부는 選擧條例와 銓考局條例를 제정하여 과거의 관리임용제도를 혁신하여 각 아문대신은 먼저 자기 아문에 소속시킬 奏任官과 判任官을 구두시험으로 선발하고 '選狀'을 발급하여 전고국에 보내면 전고국에서는 보통시험과 특별시험을 부과하였다. 보통시험은 國文, 漢文, 寫字, 算術, 內國政略, 外國事情 등의 과목을 부과하고 특별시험은 선장에 기록된 추천내용의 사실로서 선발하였다.[29] 이러한 새로운 관리임용제도에 대해 兩班儒林들은 크게 반발하였다. 특히 일본군의 침략하에서 구성된 갑오개혁 정부에서 그러한 제도를 시행한 것이 兩班儒林의 반발을 산 중요한 요인이 되었다. 그리하여 兩班儒林들의 衛正斥邪운동은 더욱 격렬하게 되고, 을미사변과 단발령의 공포와 맞물려 양반유생들의 의병투쟁이 전개되었던 것이다.

法勿里 商山金氏 가문의 인사들도 이러한 움직임에 대한 거부감을 당연히 표현하고 있었지만, 이 시기의 의병투쟁에 직접 나선 경우는 없었던 것 같다. 비록 의병투쟁에 직접 나서지는 않았으나, 商山金氏 가문의 유학자들은 유학을 중심으로 하는 도덕적 질서의 타락을 개탄하고 칩거하는 모습을 보임으로써 소극적인 저항을 했다는 사실은 그들이 남긴 문집 곳곳에서 발견된다.[30]

을사조약으로 국권이 상실되고 경술국치로 조신이 일본의 식민지로 되사 유학의 전통을 이어 가고자 하는 양반유림들이 전국 각지에서 의병투

---

29) 이광린, 『한국사강좌-근대편』, 일조각, 1981, 324-325쪽.
30) 『修齋集』, 『晦川遺輯』 등 참조.

쟁을 전개하였다. 한말에 商山金氏 문중에서 유학으로 명성이 높았던 勿
川 金鎭祜는 을사조약이 체결되자 俛宇 郭鍾錫과 함께 賣國五賊을 斬首
해야 한다는 상소를 올리고 열국의 공관에 大義를 담판하고자 상경하려고
하였으나 공관이 이미 폐쇄되었다는 소식을 접하고 중도에서 그만두기도
하였다.[31]

　　3.1운동은 일본 식민지지배에 대한 조선 민중의 전면적인 저항이었다.
法勿里 商山金氏 가문의 여러 인사들은 3.1운동에 적극 참여하여, 나라가
위기에 처하였을 때에 취해야 할 선비의 자세를 보였다. 일제시대에 商山
金氏 門中을 대표한 유학자인 平谷 金永蓍는 단계에서의 만세시위에서
주도적인 역할을 하였다. 金永蓍는 고종 인산일인 3월 1일에 거사가 있다
는 소식을 사전에 알고 큰 아들 金相峻을 서울에 보내어 참여케 하여 김상
준의 귀향 후 서울에서의 3.1운동 전말을 보고받고 단계 고을의 여러 동지
들에게 독립만세 운동에 같이 나설 것을 권유하였다. 그는 3월 18일 남부
지방에서는 최초로 단계 시장에서 군중들을 모아 만세운동을 벌였다. 1차
만세시위사건으로 김상준과 김동민을 비롯한 12명이 체포되었다. 그러나
그는 이에 구애되지 않고 3월 20일에 재차 만세시위를 주도하여 약 3천여
명이 태극기를 흔들며 독립만세 운동을 벌였다. 이에 왜경은 군중에 발포
하여 수많은 사상자가 생기고 수십명이 구금되었는데 金永蓍도 구속되어
징역 2년 6월을 받았다.[32]

　　商山金氏 가문의 이러한 반일 독립운동은 향촌사회에서 가문의 권위를
높이고 양반으로서의 위신을 유지하는 데 커다란 역할을 하였다.

　　商山金氏 가문의 반일저항은 일제가 패망하여 물러갈 때까지 계속되었
다. 일제말 황국신민화를 추진한 일제의 정책에 맞서 끝까지 창시개명을
거부하였는가 하면 일제가 추진한 도로개설을 저지하고, 보통학교를 法勿

---

31) 『勿川集』
32) 『平谷集』

里에 세우려는 계획을 무산시켰다. 이러한 저항은 물론 결과적으로는 외세에 저항하는 민족주의적인 성격을 가지는 것이었지만, 商山金氏 가문 인사들의 저항의 직접적인 동기는 유학을 중심으로 하는 도덕적 질서가 외래 문물에 의해 와해되어 가는 현실에 대한 마지막 몸부림이었다고 볼 수 있다. 실제로 商山金氏 가문의 자제들은 신식교육을 받을 기회를 가문의 어른들에 의해 저지당하는 사례가 많았다고 한다.[33]

해방이 되고 급속한 산업화가 이루어지면서 양반신분의 잔존하던 경제적 기반과 함께 정치사회적 기반도 거의 해체되었다. 유학을 통해 관직에 오를 수 있는 기회는 이미 갑오개혁 때 상실되었다. 학문을 통해 양반의 권위를 유지하려는 노력 또한 신식교육의 보편화로 통로가 막히게 되었다. 유학의 초기 교육과정인 서당교육이 이미 일제시대 말에 붕괴하기 시작하여 해방 이후에는 거의 자취를 감추었다. 관직과 학문이라는 양반신분의 정치사회적 기반이 완전히 허물어진 것이다.

V. 儒林에의 參與와 役割

1. 儒林에서 활약한 인물

法勿里의 商山金氏 家門에서는 朝鮮時代에 9명의 文科 及第者와 13명의 小科 及第者를 배출하여 名門家로서의 위상을 확립하였다. 이 밖에 많은 학자와 문인들을 배출하였고, 儒行으로 鄕村의 儒林社會에서 名望을 얻은 인물이 많이 나와, 朝鮮末期에는 慶尙右道 지역에서 法勿里를 "선비의 淵藪", "글 구덩이"라고 일컬을 정도였다.

『嶠南誌』 丹城縣 儒行條에 載錄된 이 家門의 인물이 3명, 文學條에 載錄된 이 家門의 인물은 19명에 이른다. 여기서 말하는 文學은 詩文과

---

33) 金相朝씨의 증언, 1997년 10월 30일.

學問을 말한다. 大小科 급제 및 仕宦한 인물은 儒行과 文學이 있어도 여기
에 포함시키지 않았다.

여기에 해당되는 인물들의 성명과 두드러진 면모를 보면 다음과 같은데,
먼저 儒行條부터 살펴 본다.

金湛(1560-1626)은 호가 汲古齋인데, 문장과 학문이 한 시대에 이름났
다. 史論 수십 편을 지었는데, 中國 사신이 보고서, "歐陽脩와 蘇軾의 문
장 수준이다"라고 칭찬할 정도였다. 후손들의 그의 글을 수집하여 『汲古
齋集』을 편찬하였다.

金履杓는 호가 尙友堂인데, 氣宇가 淸高하고 心法이 嚴密하였다. 定齋
柳致明의 문인으로서 유치명이 畏友라고 칭찬하였고, 性齋 許傳과도 交遊
하였다. 많은 제자를 길렀고, 『尙友堂遺稿』를 지었다. 仁智齋의 서적 재수
집 때 많은 노력을 하였고, 직접 집안 자제들의 교육을 담당하였다.

金鎭祜(1845-1908)는 호가 勿川 또는 約泉인데, 性齋 許傳, 晩醒 朴致
馥, 寒洲 李震相의 門人이고, 俛宇 郭鍾錫과 교유하였다. 天資가 剛明하
고 造詣가 精深하여, 學問과 行誼로 一方의 師表가 되었다. 『勿川集』을
지었다.

文學條에는 다음과 같은 인물이 실려 있다.

金瀟은 호가 晩覺齋인데, 博學하고 문장 잘하고 行誼가 있었다.

金滾은 호가 養閒齋인데, 經學을 열심히 공부하였고 특히 『周易』에 조
예가 깊어 『硏幾篇』을 지었다.

金應奎(1581-1648)는 호가 養存齋인데, 숙부인 大瑕齋 金景謹에게 배
워 文章과 德行이 겸비하였고 易學에 조예가 깊었다. 親喪을 당해서는
廬墓하였고, 壬辰倭亂 때는 三嘉에서 倡義하였다. 光海朝 때는 桐溪 鄭蘊
의 誣獄을 伸辨하는 嶺南 儒林의 上疏活動에 참여하였다. 그는 源堂 權濟
의 사위이기도 하다.

金復文 호가 遯齋인데, 聰明하고 强記하여 德器가 夙成하였고, 詩賦에
능하였다.

金確(1615-1690)은 호가 幼淸인데, 孝友가 出天하고 氣像이 峻嚴하였다. 澗松 趙任道의 문인이다.

金만은 호가 竹圃인데, 學問을 독실히 하였고, 孝友로 이름 났다. 초야에 숨어 지냈지만 士林의 推重을 받았다. 澗松 趙任道와 蘆坡 李屹의 문인이다.

金尙鈒(1621-1686)은 호가 槐亭인데, 은거하면서 文史로 自娛하니, 친구들이 漢나라의 郭林宗에 견주었다.

金㙉는 호가 獨立窩인데, 博學하고 義理를 좋아하여, 義倉을 설치하고 鄕約을 실시하여 風俗을 바로잡았다.

金國鉉은 호가 松溪인데, 학문을 독실히 하고 덕행이 갖추어졌다. 尊周攘夷의 義理를 엄격히 지켰는데, 시를 지어 悲憤의 뜻을 나타내었다.『松溪遺集』을 지었다.

金南采는 호가 林窩인데, 풍채가 아름답고 文詞에 능했고 필법이 精妙하였고,『林窩遺稿』를 지었다.

金履龜는 호가 槐隱인데 才德이 夙成하였다. 어버이가 돌아가시자 科擧를 포기하고 은거하면서 修德하였다.『槐隱遺稿』를 지었다.

金基定은 호가 梅岡인데, 定齋 柳致明의 문인으로서 학문의 旨訣을 얻어 들었다. 筆法에도 능했다.

金昌燮은 호가 南耕인데 천성이 簡亢하여 기개가 있었다. 문장을 지음에 이치에 들어 맞았고 필법은 遒勁했다. 性齋 許傳의 문인으로서 威儀와 動止가 무리에서 뛰어나 스승의 칭찬을 들었다.『南耕遺集』을 지었다.

金麒燮은 호가 知止軒인데, 經書를 열심히 연구하였고 操行을 신중히 했다. 은거하면서 효성을 지극히 하여 어버이가 병이 났을 때 대변을 맛보고 북극성에 빌기도 했다. 흉년이 들면 곡식을 풀어서 빈민들을 구제했다. 許傳의 문인으로『知止軒遺稿』를 지었다.

金基周(1844-1882)는 호가 梅下인데, 문예가 숙성하였다. 許傳의 문인으로서 經書의 義理를 講訂하여 스승의 稱許를 입었다.『梅下文集』을 지었다.

金廷燮은 호가 竹菴인데, 孝友로 이름났고, 才藝가 출중하였다. 易理에 精通하여 발명한 바가 많았는데, 그림으로 그려 해석하였다. 『竹菴遺集』을 지었다.

金相洵은 호가 龍岡인데, 문장이 숙성하였고 학문이 精篤하여 士友들의 推重을 받았다. 『龍岡遺集』을 남겼다.

金基堯(1854-1933)는 호가 小塘인데, 天資가 粹異하고 實踐이 독실하고 文詞가 典雅하였다. 『小塘文集』을 지었다.

金大洵은 호가 餘齋인데, 勿川 金鎭祜의 아들이다. 일찍부터 뜻을 독실히 하여 가정의 학문을 전수받아 文學과 行誼로 士友들의 推重을 받았다. 『餘齋遺集』을 지었다.

이상에서 본 바와 같이 法勿里의 商山金氏 가문에서는 많은 학자와 문인들이 나왔다. 이 인근은 물론 전국적으로 이름난 學者와 文人들과 士友관계를 맺어, 자신은 물론 가문의 聲價를 높였다. 이 가문에서 가문의 위상을 높이는 데 결정적인 작용을 한 중요한 두 가지 사실을 밝히면 다음과 같다.

三淸堂 金澂은 朝鮮 明宗朝에 進士에 급제하여 副司直을 지냈는데, 三嘉 鄕校에 논 300두락과 노비를 기증하여 儒學을 진작시켰다. 이때문에 三嘉 鄕校에서는 그를 위해서 특별히 別廟를 건립하여 매년 춘추로 제사를 지내 온다. 三嘉縣監 鄭友容이 특별히 그의 遺事를 지어 그의 아름다운 행적을 널리 알렸다.

朝鮮後期의 近畿南人學派를 대표하는 대학자 性齋 許傳이 1864년부터 金海府使로 재직하면서 金海 관아에서 講學을 하였다. 이때 이 家門의 端磎 金麟燮, 勿川 金鎭祜, 梅下 金基周, 南耕 金昌燮 등 많은 인물들이 그의 문하에 들어가 공부하게 되었다. 그 뒤 許傳이 서거한 뒤, 그의 문집을 法勿里의 隱樂齋에서 板刻하였고, 許傳의 影堂을 法勿里 뒤쪽의 小塘洞에 건립하였

고, 그 옆에 강학을 위한 麗澤堂을 건립하였다. 許傳의 影堂과 麗澤堂을
건립하는 일은 곧 性齋 學統의 嫡傳임을 인정받는 일이 되므로, 法勿里의
商山金氏들은 이의 유치를 위해서 적극적으로 나서게 되었다. 이때 許傳의
영당을 세우겠다고 나선 家門은 여럿 있었는데, 최후까지 경합을 벌였던
가문으로는 咸安에 世居하던 一山 趙昺奎 등이 중심이 된 咸安趙氏 家門과
密陽에 世居하던 小訥 盧相稷을 중심으로 한 交河盧氏 가문이 있었다. 그러
나 결국은 法勿里에 세우기로 결론이 났는데, 이에는 商山金氏 家門의 勿川
金鎭祜와 晚悔 金肇鉉의 노력이 가장 컸다.[34] 특히 金肇鉉은 건물 材木을
희사함으로 인해서 許傳의 影堂과 麗澤堂을 유치하게 되었는데, 그의 貢獻
은 결정적인 것이었다.[35]

이 이후로 麗澤堂은 慶尙右道 儒林의 會合·講學의 중심지가 되었고,
이 영향으로 이 家門의 學問的 열기가 고조되어 갔다. 그래서 이 慶尙右道
의 유림들 사이에 이 家門이 세거하는 法勿里는 儒林社會에 이름이 높았
고, 1890년대 이후부터 자연히 이 가문이 儒林의 주도적 역할을 할 수
있게 되어 갔던 것이다.

지금도 麗澤堂의 부속건물인 藏板閣에는 『性齋文集』 목판 1,300여 장
소장되어 있고, 그 옆의 勿山影堂에는 性齋 許傳의 眞影이 봉안되어 있다.
商山金氏 문중의 선비들은 주로 麗澤堂을 讀書와 강학의 장소로 많이
활용했다.

조선말기 일제시대를 거쳐 1960년대까지도 그러한 역할은 계속되었
다.[36] 근세의 大學者인 重齋 金榥의 부친인 梅西 金克永이 이 마을 부근에
寓居한 것도, 자식의 大成을 위해서 학자가 많은 이 곳 法勿里를 고른
것이라고 한다.

丹城 鄕校에는 1621년(光海君 13)부터 기록된 鄕案이 남아 전해 온다.

---

34) 許愈 『后山集』 13권 22, 23장, 「麗澤堂記」.
35) 金相朝씨 증언. 1997년 10월 30일.
36) 金相朝씨 증언. 1997년 10월 30일.

商山金氏는 21명이 올라 있는데, 한 가문의 인원으로는 많은 수를 차지하고 있다.

1918년 德川書院이 훼철된 이후 다시 敬義堂을 중건했을 때 이 가문의 弘菴 金鎭文이 「敬義堂重建記」를 지었다.[37] 德川書院은 慶尚右道에서는 가장 중요한 서원이었는데, 그 강당인 敬義堂을 중건할 때 그 記文을 지은 것은 당시 德川書院을 출입하는 儒林 가운데서 경상우도 지역에서 文學으로 추앙을 받고 있는 인물이라는 것을 알 수 있다.

2. 儒林에서의 師友關係

傳統社會에서 儒林들의 생활에 있어서 師友關係는 대단히 중요하다. 한 학자의 學問的 경향과 處世의 방법이 師友의 영향을 받아 결정되고, 儒林社會에서의 位相도 師友關係로 인하여 定立된다.

法勿里의 商山金氏 家門의 위상 정립에 영향을 끼친 것으로 볼 수 있는 영향력 있는 인물로는 南冥 曺植(1501-1572)을 들 수 있다. 그 이전 인물들의 師友關係는 밝힐 수 있는 자료를 찾을 수가 없다. 南冥의 門人으로는 남명의 사위였던 萬戶를 지낸 金行을 들 수 있다. 金行이 退溪와 兩大山脈을 이루는 學問的 수준에 있는 南冥의 사위가 되어 南冥의 문하를 출입함으로 인해서 이 家門에 더 없이 큰 영광이 되었다. 이 이후로 大瑕齋 金景謹, 養存齋 金應奎, 遯齋 金復文, 幼淸 金碻, 槐亭 金尚鈒, 小山 金碩, 默齋 金墩 등이 南冥을 특별히 尊慕하여 私淑한 이 家門의 인물들이다.[38] 金墩은 1764년(英祖 40) 進士 朴挺新과 함께 南冥의 門人錄인 『山海師友淵源錄』을 교정하고 그 跋文을 지었다.

隱巖 金宕은 眉叟 許穆의 문하에 출입하여 널리 배워 德行이 갖추어졌다.

---

37) 金鎭文 『弘菴集』 3권 1～2장, 「敬義堂重建記」.
38) 德川書院編 『德川師友淵源錄』 私淑條. 1957년.

南冥 이후 이 家門 인물들의 큰 스승으로 받들던 인물은 安東 水谷에
世居하던 定齋 柳致明이었다. 그는 退溪學派의 嫡傳을 계승한 당시 嶺南
第一의 학자이며, 중앙에서 吏曹參判을 역임하였다. 鶴峰 金誠一, 敬堂
張敬孝, 葛庵 李玄逸, 密庵 李栽, 損齋 南漢朝를 거쳐 온 退溪學派의 衣鉢
을 전수 받은 柳致明의 門人이 된다는 것은 대단한 영예였다. 특히 柳致明
이 사는 安東 水谷과는 거리가 먼 慶尙右道 지방에서는 더욱 그러하였다.

端磎 金麟燮은 出仕한 이후로 柳致明의 名望을 듣고서 30세 되던 1856
년에 아버지의 소개 서신을 갖고 安東 水谷으로 柳致明을 직접 찾아가
가르침을 청하였다. 그로부터 학문하는 방법과 出處의 大節을 얻어 들었
다. 그가 관직에 오래 머물지 않고 향촌에 묻혀 학문 연구에 전념한 데는
柳致明의 영향이 크다.[39] 金麟燮은 일곱 차례 柳致明에게 서신을 올려
禮學에 대하여 질의하였고, 小山 金碩과 默齋 金墩의 遺稿 序文을 청하기
도 하여, 자신이 柳致明의 문하에 출입할 적에 柳致明처럼 비중 있는 인물
의 글을 청하여 家門의 聲價를 높이려고 하였다. 柳致明의 『定齋集』에도
金麟燮에게 답하는 서신이 3편 실려 있는데, 出處의 大節, 孝養의 방법,
朱子의 글을 읽고 즐길 것 등을 이야기하고 있다.[40] 1903년 金麟燮이 세상
을 떠났을 때 柳致明의 아들 洗山 柳止鎬가 挽詞를 보내어 와 그의 죽음을
슬퍼하였을 정도로, 柳致明의 집안에서의 金麟燮의 존재는 뚜렷하였다.

이밖에 尙友堂 金履杓와 梅岡 金基定 등이 柳致明의 문하를 출입하였다.

法勿里의 商山金氏 가문과 가장 밀접한 관계를 가진 대학자는 바로
性齋 許傳이다. 그는 近畿南人學派의 嫡傳을 계승하여 近畿地方에 거주
하는 南人을 대표하는 학자였다. 퇴계의 學統이 寒岡 鄭逑를 거쳐 眉叟
許穆에 이르러 近畿地方에 전파되었는데, 許穆의 학문은 星湖 李瀷에게
전수되었고, 다시 順庵 安鼎福, 下廬 黃德吉을 거쳐 性齋 許傳에게 전수되

---

39) 金麟燮 『端磎集』 16권 10~20장, 「遠遊錄」.
40) 柳致明 『定齋集』 13권 16~17장, 「答金聖夫」.

었다. 그리고 그의 14代祖인 草堂 許曄은 退溪의 門人이고, 13代祖인 岳麓 許筬은 退溪·南冥 兩門의 문인이었으므로, 본래부터 嶺南과 관계가 있었다. 앞에서 언급했지만 1864년 許傳이 金海府使로 부임하자, 慶尙右道 지역의 많은 인물들이 그 문하로 모여들었다. 許傳의 대단한 학문을 배우는 것도 목적이었지만, 그 이면에는 仁祖反正 이후 中央政界의 거물급 인사와 접촉할 기회를 얻지 못해 침체를 면치 못하던 이 지역 각 가문의 자제들이 앞을 다투어 몰려 들었다. 이때 너무 많은 인물들이 모여 들었으므로 老論 출신의 暗行御史 朴瑄壽는 '徒黨을 嘯聚한다"고 許傳을 탄핵하기까지 했다.

이때 許傳의 문하를 출입한 인물이 가장 많았던 가문이 바로 法勿里의 商山金氏 家門이다. 허전과 가장 밀접한 관계를 맺었던 인물은 端磎 金麟燮이다. 金麟燮은 20세 되던 1846년(憲宗 12) 처음으로 許傳을 서울에서 찾아 뵙고 제자가 되어[41] 그의 집에 머물러 있다가 明經科에 올라 承文院에서 筮仕하였다. 이래로 한 평생 許傳을 스승으로 섬겼다. 鄕村에 退居한 이래로는 주로 書信을 통하여 학문을 논하였는데, 與書가 16편, 答書가 10편으로 대단히 書信往復이 활발한 편이었다. 『性齋文集』에는 金麟燮에게 답하는 서신이 4편 실려 있다. 金麟燮은 許傳 서거 후 祭文을 지어 슬퍼하였고, 許傳의 行狀을 지었다. 스승의 행장을 짓는다는 것은 스승을 가장 잘 아는 首弟子임을 증명한다. 金麟燮이 지은 行狀은 비록 『性齋文集』의 附錄에 실리지는 못했지만,[42] 許傳 門下에서 그의 위상이 어떠했는 지를 보여 주는 좋은 자료이다. 1888년부터 商山金氏 家門의 齋室인 隱樂齋에서 『性齋文集』의 刊役이 시작되었을 때 晩醒 朴致馥과 함께

---

41) 『端磎集』 7권 8장, 「答許性齋先生」.
42) 보통 하나밖에 없는 行狀인데, 性齋 許傳의 경우에는 行狀은 3종이나 남아 있다. 端磎 金麟燮이 지은 것이 있고, 晩醒 朴致馥이 지은 것이 있고, 小訥 盧相稷이 지은 것이 있다. 『性齋文集』의 附錄에는 盧相稷이 지은 것이 수록되어 있다. 여기에서 이 지역 가문 사이에 許傳의 首弟子라는 명예로운 위치를 두고 경쟁이 치열했다는 것을 알 수 있다.

對校하여 釐正하는 일을 맡았다.

許傳은 金麟燮이 부친 金櫨의 喪을 당하자 직접 丹溪로 찾아가 문상하였고, 그 부친의 墓碣銘을 지어 주었다. 또 金麟燮의 居所인 太虛樓에 記文을 지어 주어 그를 면려하였다.[43]

法勿里의 商山金氏 家門에서 許傳의 門人이 많은데 이는 金麟燮이 먼저 관계를 잘 설정해 놓았기 때문이었다.

勿川 金鎭祜 역시 許傳의 비중 있는 門人이다. 그는 처음에 朴致馥에게 배우다가 스승인 朴致馥의 주선으로 허전의 문하에 출입하게 되었다. 金鎭祜가 허전에게 올린 서신이 3편 있고, 『性齋文集』에는 허전의 答書가 1편 들어 있다. 허전이 서거한 뒤 제문을 지어 슬퍼하였고, 『性齋文集』 간행 및 麗澤堂 건립에 주도적인 역할을 하였다.

이 밖에 이 家門에서 許傳의 門人이 된 사람은 金履杓, 金昌燮, 金聲五, 金聲稷, 金麒燮, 金聖鐸, 金相洵, 金肇鉉, 金在鉉, 金正鉉, 金基周, 金友鉉, 金永采, 金壽老, 金基老 등이 있다. 허전의 影堂과 麗澤堂을 法勿里에 짓게 된 데는 이렇게 많은 제자들이 이 곳에 집단적으로 거주하고 있었던 것도 하나의 원인이 되었다.

이 家門의 인물들 가운데는 朝鮮末期 嶺南 學界에서 비중 있는 학자인 寒洲 李震相, 晩醒 朴致馥, 后山 許愈, 俛宇 郭鍾錫 등의 문하를 출입한 사람이 많았다.

端磎 金麟燮, 勿川 金鎭祜 등은 평생 많은 제자들을 가르쳤는데, 金麟燮의 門人들 가운데서 이름 있는 사람으로는 柳海曄, 文國鉉, 趙昺澤, 權大熙, 金聲鐸 등이 있고, 金鎭祜의 문인 가운데서 이름 있는 사람으로는 李教宇, 朴憲脩, 河經洛, 沈鶴煥, 鄭鍾和, 許喆, 李鉉德, 金基鎔, 金在植, 金永蓍, 金在洙 등이 있다.

이렇게 전국적으로 명망 있는 학자의 제자가 되어 密切한 관계를 맺은

---

43) 許傳 『性齋文集』 13권 15장.

것이, 자신은 물론 家門의 위상을 크게 높이는 데 기여할 수 있었다.

VI. 儒敎文化의 전통

1. 書堂敎育

우리나라에서는 高句麗 시대의 扃堂으로부터 시작하여 書堂교육이 대단히 성행하였다. 서당은 주거하는 공간에서 아주 가까운 거리에 있기 때문에 생활하면서 공부하기에 아주 편리하였다. 그 교육의 수준은 천차만별이지만, 朝鮮時代에는 대체로 『千字文』 등 訓蒙書를 배운 뒤, 『十八史略』·『通鑑節要』·『小學』을 배우고 四書와 三經을 배우는 것이 보통이다. 수업년한도 가정형편에 따라 마음대로 중도에 그만둘 수가 있었다. 서당에서 기초를 닦은 뒤 큰 선생을 찾아서 더 높은 과정으로 나가고 집안에 스승이 없을 경우에는 멀리 스승을 찾아서 가기도 했던 것이다.

양반으로서의 지위를 유지하기 위해서 필수불가결적인 요소가 바로 학문(유학)에 대한 소양이다. 양반의 자제는 어릴 때부터 마을의 서당에서 수학을 하고, 나이가 들면 더 큰 스승을 찾아가거나 고을의 향교에 유생으로 등록을하여 교육과정을 이수한다. 이러한 교육과정은 물론 과거를 통하여 관직에 진출하는 것을 가장 중요한 목표로 하지만, 교육을 받는 것 자체가 양반 신분을 유지하는 중요한 척도가 된다. 유교적 교양의 정도를 나타내는 가장 확실한 지표는 한문을 해독하고 구사할 수 있는 능력이다.

일제시대까지도 신식교육을 거부하고 서당교육을 받았다. 일본제국주의들이 이 법물리를 양반마을로 간주하고서 보통학교를 법물에 세우려고 했으나, 김씨 문중의 반대로 세우지 못하고 이웃동네에 세워야 했다. 자제들을 보통학교에 보내지 않았던 것은 물론이다. 어릴 때의 기초과정이 끝나면 문재가 있는 청년들은 단성에 있는 단성향교에서 수업을 받았다. 商山金氏 가문에서는 조선 후기에 향교에서 수업하고 대과에 급제하여 높은 벼슬에 오른 사람은 거의 없지만, 진사 초시 등의 합격자를 많이 배출하였고 학문의 전통이 강한 마을로 인근에 알려져 있다. 높은 벼슬을 하지 못하더라도 학문이 높으면 양반으로서의 권위가 인정되었던 것이다.

法勿里의 商山金氏 가문에는 仁智齋라는 齋室을 갖추고서 집안 자제들의 교육하는 서당으로 쓰기도 하고, 講會 및 接賓의 장소로 활용하였다. 당시 仁智齋라는 이 건물은 이미 嶺南에 전역에 이름이 날 정도로 유명한 곳이었고, 또 집안 출신의 훌륭한 학자를 스승으로 모시고서 집안의 자제들을 교육 하였다. 誠齋 金商德의 「仁智齋拜金勿川先生」이라는 시를 보면 仁智齋에서의 교육장면을 비교적 생생하게 묘사하였다.

> 黃梅山 아래요 丹溪의 위에,
> 嶺南에 이름난 仁智齋 있네.
> 위대한 우리 선생 산처럼 중후하게 앉았으니,
> 여러 학생들 進退함에 단정한 용모라네.[44]

勿川 金鎭祜는 性齋 許傳의 제자로서 당시 儒林에서 명망이 높았는데, 이 勿川을 函丈으로 모시고서 교육하니 집안의 자제들이 자연히 그 操行을 본받아 용모가 단정하게 되었던 것이다. 金商德은 慶州金氏로서 勿川의 친구인 俛宇 郭鍾錫의 제자인데, 仁智齋로 勿川을 찾아 뵙고 이 가문의 敎育現場을 보고서 감복하여 시로 남겼던 것이다.

法勿里 商山金氏 家門에서는 書堂을 운영하여 집안의 자제들을 교육하였는데, 그 당시 서당의 교육적 분위기는 다음과 같았다.

> 공은 물러나 집인의 여러 친척들과 함께 즐겁게 書塾에 들어가 經書의 뜻을 강론하였는데, 부지런히 힘써 게을리 하지 않았다. 族大父 尙友堂은 성격이 嚴正하였는데, 집안의 子姪들을 가르치니 듣고서 따르는 사람이 많

---

44) 金商德『誠齋遺稿』1권 3장.

왔다.45)

이 기록은 金基周(1844-1882)의 墓碣銘에 나오는 것인데, 김기주가 어
릴 때의 일이니까 1850년대 후반의 法勿里 商山金氏 집안의 서당의 분위
기가 이러했음을 알려 주는 것이다. 집안 어른 가운데서 학문이 뛰어난
尙友堂 金履杓를 스승으로 삼아 집안의 자제들을 가르쳤는데, 배우는 자
제들의 수가 대단히 많았음을 알 수 있다.

仁智齋뿐만 아니라 勿川 金鎭祜의 勿川書堂 역시 서당교육의 중요한
장소였다. 이런 전통은 朝鮮末期를 지나 日人들 强占時期에서 여전히 계
속되었다. 振菴 許洞은 어릴 때 본 상황을 다음과 같이 기록하였다.

> 내가 열 살 때 돌아가신 형 厚庵公을 따라 法勿里의 麗澤堂에서 독서하였
> 다. 이때 法勿에 사는 金氏의 문장과 학문이 융성하여 남쪽지방에서 뛰어났
> 다. 바야흐로 聰俊한 자제들을 勿川書堂에 모으고 文學과 禮를 교육하였다.46)

> 法勿里 金氏는 約泉翁으로부터 英才가 많이 나와 남쪽 지방의 文藪가
> 되었다.

法勿里 商山金氏의 文章과 學問은 당시 남쪽지방에서 으뜸이었고, 집
안에는 聰俊한 자제들이 많았는데, 훌륭한 집안의 스승을 쫓아 성실하게
공부하고 있었음을 알 수 있다.

이 밖에도 독서와 교육에 쓰인 서당이 많이 있었으니, 大瑕齋를 위한
法川書堂이 있었는데, 平谷 金永蓍가 여기서 거처하면서 독서와 강학을
하며 지냈다. 小塘亭은 小塘 金基堯가 강학하던 곳이었고, 西磵亭은 西磵
金在洵의 精舍였고, 岐陽精舍는 幾軒 金基鎔의 정사였다. 勿溪書堂은 修

---

45) 『梅下集』 5권 2장, 「梅下墓碣銘」.
46) 許洞 『振菴集』 2권 95쪽, 「毅堂遺稿序」.

齋 金在植의 精舍였다.

강학과 독서를 위해서는 서적이 필수품이다. 그러나 옛날에는 서적이 아주 귀했기 때문에 책을 구하기가 여간 어려운 것이 아니었다. 서적을 구비하는 것이 학자를 기르는 첫걸음이었다. 法勿里의 商山金氏 가문은 이런 점을 일찍이 터득하여, 마을 안에 있는 仁智齋에 많은 藏書를 비치하고서 평상시 자제들의 교육에 활용하고 독서하고 싶은 집안 사람들에게 대출을 해 주니, 일종의 門中 圖書館의 기능을 해왔던 것이다. 이 藏書의 유래에 대해서 端磎 金麟燮이 기록한 글을 보면, 다음과 같다.

> 우리 집안은 經術과 文章으로써 알려졌다. 일찍이 나이 든 노인들에게 들으니, 先祖 翰林公과 進士公 형제가 아버지의 가르침에 따라 書舍를 널찍하게 짓고서 만권의 책을 소장하였다고 한다. 그 뒤 八君子가 나와, 낮에는 읽고 밤에는 생각하여 학문이 날로 발전하여 우뚝히 東方의 名家가 되었다.
> 불행히도 중간에 남긴 책이 다 없어지고, 집안의 명성이 날로 쇠퇴하게 되었다. 이에 杏塢 숙부와 여러 부형들이 탄식하는 생각이 여기에 미치게 되어, 갑인년(1854)부터 임신년(1872)까지 전후 거의 20년 동안 어렵게 꾸려서 날로 달로 증가하여 經史子集이 대략 갖추어지게 되었다.[47]

仁智齋에 장서를 설치한 효과로 八君子의 德義와 문장이 나올 수 있었고, 道德性命의 근원을 밝힐 수 있고, 역대 治亂의 전말과 인물의 선악을 고찰할 수 있다고 했다. 杏塢는 곧 尙友堂 金履杓다. 그는 서적의 재수집에 노력하였을 뿐만 아니라, 仁智齋에서 師席을 차지하고서 집안의 자제들의 교육을 담당하여 가문을 興隆하게 하는 데 크게 공헌한 인물이다.

藏書를 마련하고서 勿川 金鎭祜가 「仁智齋藏書節目」을 지어 仁智齋에 걸었다. 책을 관리하는 방법 뿐만 아니라 책을 대하는 정신적인 자세까지 제시하고 있다. 그 가운데서 정신적인 자세에 대해서 이야기한 것을 인용

---

47) 『端磎集』 19권 21장, 「仁智堂藏書籍記」.

하면 다음과 같다.

> 책이 있는데도 읽지 않고, 아무 근거도 없는 쓸 데 없는 이야기만 한다면, 장서가 비록 많다해도 단지 하나의 책 파는 점포일 뿐이다. 先父兄들이 책을 모아 우리 후손들을 이끌려고 한 것이 어떠한데, 이렇게 할 수 있겠는가? 程子께서 말씀하시기를, "학문을 알려고 한다면 먼저 독서를 하라"고 하셨고, 朱子도 또한 독서를 지극한 즐거움으로 삼았다. 아득한 옛날부터 聖賢의 사업은 모두 여기서부터 나왔으니, 여러 書生들은 학문을 하지 않으려면 말 것이지만, 만약 학문을 하려고 한다면, 이 책을 버려두고서 어떻게 하겠는가? 모름지기 程朱의 가르침으로써 마음에 새겨 뜻을 정하여 옛 사람들의 사업으로써 서로 기대하고 勉勵할 것이다.[48)

공부를 하려면 책을 읽지 않아서는 안 되는데, 책을 읽지 않으면 책이 있어도 아무 소용이 없다. 옛 聖賢들도 책을 읽었기 때문에 聖賢의 지위에 이른 것이다. 그래서 집안의 자제들에게 程朱의 교훈을 마음에 새겨서 옛날의 훌륭한 사람처럼 되는 것으로써 목표를 삼으라고 하고 있다. 독서의 궁극적 목표를 단순히 눈앞의 名利에 두지 않고, 옛날의 훌륭한 사람처럼 되는 데 두었다. 이는 곧 공부의 목표를 인간다운 인간이 되는 것을 우선으로 한 것이다.

또 집안의 자제들을 위해서 讀書하는 방법을 제시하고 있다.

> 讀書할 때는 課程을 엄격히 세워야 하는데, 중간에 끊어져서는 안된다. 전에 익힌 것도 더욱 마땅히 살펴야 한다. 밤에는 복습하여 외우되, 체계 없이 아무렇게나 거칠게 해서는 안된다. 새로 읽은 것도 모름지기 오로지 정밀하게 講解해야 한다. 독서하는 데는 일정한 法式이 있어야 한다. 글씨 쓰는 것도 완전히 신경을 안써서는 안된다. 다만 아침 저녁으로 틈을 타서 자기 힘에 맞추어 정성스럽게 글 몇 편씩 써 본다. 거기에 빠져서 공부에

---

48) 金鎭祜 『勿川集』 11권 35장, 「仁智齋藏書節目」.

방해가 되어서는 안된다.[49]

산만하게 아무렇게나 독서를 해서는 않되고 반드시 課程을 엄격히 세워서 준수해야 하고, 이미 익힌 것을 복습하고, 새로 읽는 글도 그 의미를 정확하게 해석해야 함을 제시하고 있다. 이는 먼저 공부를 해 본 집안의 어른으로서 집안의 젊은 자제들에게, 선각자로서 학문의 방법을 제시하여 학문의 길로 인도하고 있다.

이 法勿里의 書堂敎育도 倭人 强占시기에 점점 쇠퇴하였다. 그 이유는 朝鮮이 망한 이유를 倭人들이 儒學의 탓으로 돌렸기 때문에 서당교육은 점점 매력을 잃었고, 그 교육내용이 실생활을 타개해 나가는 데 아무런 도움을 줄 수 없었기 때문에 젊은 사람들이 기피하게 되었다. 그리고 신식 학교가 생기고 새로운 문명이 전래되어 오기 때문에 인격수양과 윤리가 내용인 서당교육은 급격히 쇠퇴하였다.

지금 法勿里에 살고 있는 분들 가운데 서당에 조금이라도 다닌 분으로는 金敦熙, 金相朝씨 정도인지라, 옛날 서당에서 실시되었던 교육의 참모습을 기억하고 있는 사람은 거의 없는 실정이다.

2. 講會

講會는 전통사회에서 學術討論會 같은 것으로서, 지식인들의 모임 가운데서 중요한 기능을 가진 모임의 하나였다. 여러 師友들과 交遊하고 학문적인 의견을 교환할 수 있는 중요한 기회이자 자신의 실력을 선비사회에 알릴 기회도 되었다.

法勿里의 商山金氏들은 자기 가문의 서재인 仁智齋에서 자주 강회를 열어 집안의 선비들이 학문을 講磨할 수 있는 여건을 조성하였다. 보통 때는 집안의 학자들이 講長이 되지만 때로는 인근의 대학자들을 초청하여

---

49) 『勿川集』11권 36장, 「家居節目」.

講會를 열기도 하였다.

> 戊戌(1898)년 11월 28일 俛宇 郭丈이 餘沙로부터서 進士 朴丈 圭浩와
> 함께 仁智堂에 이르셨다. 南黎 許丈도 오셨다. 여러 書生들을 모아 강회를
> 베풀고서 어렵고 의심 나는 것을 물었다.[50]

俛宇 郭鍾錫, 南黎 許愈 같은 학자는 당시 慶尙右道 뿐만 아니라 전국적
으로도 이름 있는 학자였다. 이런 대학자들이 仁智齋의 講會에 동시에
참석했다는 것은 그 강회의 비중이 어떠한 지를 알 수가 있다.

> 庚寅年(1890) 봄 2월에 林隱 許舜可 薰, 京山 李器汝 種杞가 隱樂齋를
> 내방하여 性齋先生의 글을 교정하다가, 平川書塾으로 내려왔다. 나도 또한
> 시내 위로부터 왔는데, 날이 거의 저물었다. 이날 밤에 산 속의 비가 처음으
> 로 걷히었는데, 봄바람이 매우 차가왔다. 술과 국을 데워서 추위를 막았다.
> 좌우를 돌아보니 어떤 사람은 수백 리를 멀다 하지 않고 왔고, 가까워도
> 30리 이하가 되지 않는데, 모두 學行이 뛰어난 훌륭한 분들이었다. 하늘의
> 글을 주관하는 별인 文星이 비추인 듯 道氣가 성행하였으니, 진실로 東南
> 지방의 성대한 모임이었다.[51]

善山 林隱에 사는 舫山 許薰은 許性齋의 제자로서, 朝鮮末期에 陶山書
院과 屛山書院의 院長을 지낼 정도로 儒林의 重望을 입고 있는 인물이었
다. 그리고 高靈에 사는 晚求 李種杞 역시 許性齋의 제자인데, 學行으로
都事에 천거될 정도의 중요한 인물이었다. 이런 인물들이 隱樂齋에서 性
齋의 詩文을 교정하다가, 仁智齋에 내려와 학문에 관한 談論을 하고 詩를
唱酬하니, 원근의 많은 선비들이 모여들었다. 이는 실로 이 지방에서는
보기 드문 성대한 모임이었다.

---

50) 『幾軒集』 4권 1장, 「小記」.
51) 金麟燮 『端磎集』 18권 14장, 「仁智堂同話錄序」.

그리고 마을 가까이에 있는 麗澤堂에서는 인근의 晋州 三嘉 陜川 宜寧
山淸 咸安 등의 선비들과 어울려 講會를 자주 가졌다. 또다른 지역의 講會
에도 초빙을 받아 가기도 하였으니, 멀리는 安義의 某里에서 열리는 講會
에까지 참석하였다.[52] 이는 講會가 慶尙右道의 선비사회에서 자신의 학문
적 역량을 인정받을 수 있는 좋은 기회였기 때문에 먼 길도 마다 않고
갔던 것이다. 講會가 열린 곳으로는 仁智齋 이외에도 浣溪書院 등에서도
열렸다.

家門에 학문이 뛰어난 인물이 있을 경우는 인근 고을의 講長으로 초
청을 받아 가문의 자제들을 이끌고 대거 참여하는 경우가 있었는데, 이
런 경우에는 이 가문의 학문을 대대적으로 선양할 수 있는 좋은 기회가
된다. 1900년 4월에 三嘉縣 觀善堂에서 열린 講會에 端磎 金麟燮이 講
長으로 초대 받아 갔는데, 이때 여러 명의 집안 자제들을 데리고 간 적이
있었다.[53]

그리고 전문적인 講會는 아닐지라도, 書院이나 祠宇에서의 享祀의 전후
에 講會를 갖기도 하였으니, 강회가 선비들 사이에서는 생활의 일부가
되었던 것이다.

講會는 안으로는 집안 자제들의 학문 연마의 기회를 제공하는 것이고,
밖으로는 집안의 인물들의 실력을 발휘할 수 있는 기회였으므로, 매우
중요하게 여겼다.

3. 生活規範

한 가문이 오랫 동안 지속되어 오면 그 나름대로의 문화와 전통과 생활
규범 같은 것이 있다. 그래서 마을 밖을 나가면 "어느 집안 사람 같다"는
말을 들을 정도로 각가문의 규범은 보편적인 儒林의 규범 가운데서도 어

---

52) 金聲鐸 『恒窩集』 2권 3장, 「端磎先生赴某里講會敢忘拙構詩餞行」.
53) 金基鎔 『幾軒集』 1권 1장, 「北征賦」.

떤 집안의 독특한 규범이 형성되었던 것이다.

　法勿里 商山金氏 가문은 온 家門에 논의하여 결정하여 두루 통하는 그런 門中의 規範은 보이지 않지만, 문자로 기록하기 이전에 이미 생활의 일부가 되어 시행되고 있었을 것이다. 이 가문의 대표적인 학자인 勿川 金鎭祜의 「家居節目」을 보면, 이 가문에서 자제들에게 요구한 생활규범을 알 수 있을 것이다.

> 一. 매일 새벽에 일어나면 세수하고 양치질하고 갓 쓰고 머리 빗고서, 조부모 및 부모에게 밤 사이의 안부를 묻는다. 물러나 집안을 물 뿌리고 쓸고 几案을 정돈해서 학업을 닦는다. 낮 동안에도 더욱 어버이 섬기는 절차를 구하여, 생각하여 얻는 바가 있다면 즉시 모름지기 실천을 해야 한다. 저녁 때도 또한 이와 같이 하여야 한다. 지금의 선비들을 보건데, 모두 이런 일들을 소홀히 하고서 오직 글 공부만 힘쓴다. 글을 읽어서 장차 어디에 쓸 것인데, 이 큰 근본이 되는 사람의 도리를 버려 두는가? 모든 일에 있어서 근본에서 일을 짓지 않으면, 평생토록 하는 모든 일이 허위가 되니, 공경하지 않겠는가?
> 一. 집안에서 지나치게 부드러우면, 뒤섞여 버릇 없게 되기 쉬워 기강이 서지 않는다. 지나치게 딱딱하면, 어긋나게 되어 情義가 통하지 않는다. 반드시 너그럽고 온화하면서도 엄격하고 삼가야만, 은혜와 의리가 아울러 시행되어 어긋나지 않게 된다. 형제간에는 和樂하고 즐거워야 하고, 奴僕에게는 엄정해야 한다.

　집안에서 조부모, 부모 모시는 데 필요한 절차와 일가 간에 지켜야 할 자세, 형제를 대하는 자세, 노복을 다스리는 태도 등을 명시하여 집안을 꾸려나가는 바른 길을 인도하고 있다. 그리고 孔子 이래로 행실을 닦고서 남은 힘이 있으면 공부를 하는 취지에 따라 사람으로서의 도리를 팽개쳐 놓고 글공부만 하는 태도를 탐탁하게 여기지 않고 있다.

Ⅶ. 儀禮

儒敎文化의 주요한 일면은 禮法을 준수하는 데 있다. 한 家門에 예법을 엄격히 지키느냐에 따라서 그 평가가 달라진다. 高麗末期 朱子學이 수입되어 朝鮮時代에는 주자학이 統治理念이 됨에 따라, 朱子家禮가 널리 보급되어 시행되게 되었다. 조선후기로 갈수록 예법은 더욱 더 엄격하게 준수되었다. 이런 현상은 1910년 조선이 망할 때까지 큰 변화 없이 계속되어 왔다.

法勿里의 商山金氏들도 朱子家禮에 따른 禮法을 철저히 지켜 나왔다. 그러다가 朝鮮이 망하고, 새로운 문물이 전래되어 생활양식이 바뀜에 따라서 傳統儀禮도 변화하여 점차 간소화 되거나 소멸되었다.

法勿里에서는 冠禮는 1910년 전후까지 시행되다가, 나라가 망하고 斷髮이 확산됨에 따라 점차 사라졌다. 이 후 冠禮가 다시 복원된 적이 없지만, 冠禮의 취지는 오늘날에 되살릴 필요가 있다고 생각하고 있었다.

婚禮는 지금도 시행되고 있지만, 서양의 영향을 지나치게 많이 받아, 전통적인 혼례와는 그 양식이 판이하게 다르다. 대체로 1960년대까지는 전통혼례가 마을에서 어른들을 모시고 거행되었지만, 70년대 이후로 점차 도회지의 결혼예식장에서 혼례를 거행하게 되었고, 지금은 전통혼례를 거행하는 경우는 없다. 예식장에서 거행되는 신식결혼식을 초기에 집안 어른들이 심하게 반대했지만, 시대적 조류는 막을 길이 없었다. 중매에 의한 결혼이 아니고 자녀들 본인의 의사에 따른 연애결혼의 경우에도 초기에는 어른들의 반대가 심하였지만, 지금은 반대하지 않겠다는 입장이다. 자녀의 연애 상대자의 家門이 좋지 않은 경우 옛날에는 그것을 많이 따졌지만, 지금은 당사자가 좋다고 할 경우에는 별로 개의치 않겠다는 입장이다.

喪禮는 비교적 전통적인 면모가 유지되고 있다고 볼 수 있다. 지금도 크게 보면 朱子家禮의 틀에서 심하게 벗어나지는 않았기 때문이다. 해방

직후에 한 번 크게 간소화되었고, 1970년대 초반 家庭儀禮準則을 강제로
시행함에 따라서 喪禮가 많이 간소화되었다고 한다. 장례방법은 아직도
자기 소유의 산에 매장하는 경우가 많고, 床石 望柱石 등 간단한 石物을
갖추는 경우가 많다. 喪服은 옛날의 것과 같은 것을 지금도 입고 있고,
服喪期間은 1년 정도가 보통이다.

祭禮 역시 전통적인 예법이 비교적 잘 지켜지고 있다. 法勿里의 商山金
氏들은 4代祖까지 제사지내고 있는데, 이 마을의 祭禮에는 性齋 許傳의
『士儀節』이라는 禮書의 영향이 많다고 한다. 朝鮮時代의 전통적인 祭禮와
비교해 볼 때, 90% 정도 그대로 지켜지고 있다고 한다. 조상의 영혼이
있다고 생각하여, 祭需는 비교적 풍성하게 장만하고 있다. 그리고 여건이
허락하는 경우에는 8촌 이내의 친척의 제사에는 참여하고 있다고 한다.
그러나 家廟를 갖추고서 조상의 神主를 모셔 둔 집은 없었다.

양반가문의 후예임을 나타내고 가문의 결속을 다지는 데 가장 중요한
행사 중의 하나는 연례적으로 이루어지는 조상에 대한 제사의식이다. 법물
리의 상산김씨 가문의 경우 派祖(20대조)로부터 12대조까지를 봉사하는
묘사는 매년 10월 30일에 거행된다. 이 제사를 위해 1993년에 문중에서
전문중적 사업으로 거액을 모금하여 丹丘館을 지었다는 사실은 앞에서
언급한 바 있다. 11대조부터 이하는 4개의 小宗中에서 각자 날자를 정하여
따로 주관하여 지내고 있다.

지금은 과거의 農業을 위주로 하는 시대와는 달라서 여러 가지 사유로
고향을 떠나 서울 부산 대구 등지에서 거주하기 때문에, 매번의 묘사에
참여하기가 어려운 실정이므로, 이런 식으로 실정에 맞게 현실화, 간소화
하였다.

산업화 이후에 양반 가문을 나타내는 중요한 상징으로 등장한 것은 기
존 묘역의 단장이다. 묘역에 상석이나 비석을 세우거나 축대를 쌓는 등
묘역을 단장하는 일이 가문의 위상을 나타내는 좋은 방법으로 인식되고
있다. 법물의 商山金氏의 경우에는 이미 70년대에 묘역의 단장을 대체로

마무리지었다.

이상에서 본 바와 같이 法勿里의 商山金氏 家門도 시대적인 변화에 영향을 받지 않을 수가 없었다. 전통적인 禮法이 시대의 변화에 따라서 소멸되거나 변화하거나 간소화하였는데, 인근의 다른 家門과 별다른 차이가 없었다. 冠禮는 1910년 이후로 없어진 지 오래이고, 婚禮는 현대화, 서양화하여 전통혼례와는 많은 거리가 있는 채로 유지되고 있었다. 喪禮는 많이 간소화 되었지만, 그 정신은 계승되고 있는 편이고, 祭禮가 가장 옛 모습을 간직한 채로 시행되고 있었다.

Ⅷ. 現代文化 속 兩班文化의 現況

1. 兩班家門의 쇠퇴

朝鮮 건국 이후 형성된 儒敎社會的 질서는 중간에 壬辰倭亂과 丙子胡亂 등 큰 사회변동요인을 거쳤으면서도 그 기본적인 체제는 크게 변화하지 않은 채로 조선말기까지 이르렀다. 이는 儒敎의 통치이념을 통한 사회질서의 유지가 가능했기 때문이다.

이런 전통이 유지되어 오다가 儒敎文化의 체제를 붕괴시킨 최초의 가장 큰 사건은 1876년 日本에 대한 문호개방이었다. 이 이후 일본을 통해서 새로운 사상과 과학·기술이 전래됨으로 인해서 사람들은 儒敎를 統治理念으로 한 조선 사회의 질서에 대해서 회의를 느끼기 시작했다. 유교의 統治理念이 外勢 앞에서 국가민족을 구제할 능력이 없었으므로, 일반 서민들에게 양반의 위신을 여지 없이 실추시켰다. 이런 생각이 1894년 동학농민운동을 일어나게 하는 한 원인이 되었다고 볼 수 있다.

곧이어 단행된 甲午更張에서 科擧制度와 身分制度를 폐지하고, 衣冠制度를 개조하고, 奴婢를 해방하도록 법령으로 공포함으로써, 조선의 傳統的 社會秩序를 완전히 혁파하였다. 비록 法令公布를 통한 개혁이라 당장 전국 곳곳에서 그대로 실행되지는 않았다 해도, 그 파급효과는 대단히 컸다. 곧 양반의 권위 실추와 庶孽, 賤民, 奴婢 등의 지위향상을 어느 정도 인정하게 되었다. 양반들은 鄕約들을 실시하는 등의 수단을 통하여 실추된 권위를 회복하려고 하였으나, 시대적 대세를 막을 도리가 없었다.

1910년 나라가 망하고 倭人들의 통치하에 들어감으로 인하여, 양반들은 性理學 분야에 때한 조예를 제외하고는 더 이상 권위를 인정받을 길이 없었다. 그리하여 家門內의 젊은이들 가운데는 舊學問에 관심을 기울이지 않고 新學問을 배우려는 사람이 점점 많이 생겨나게 되었다. 전통학문을 공부한 보수적인 노년층과 신학문을 열망하는 젊은 세대간에 갈등이 발생하여, 점점 심각하게 되었다. 처음에는 노년층이 완강하게 자기들의 주장을 펴기 때문에 家門의 자제들 가운데서 대부분이 학교에 가지 못했으나, 학교를 가기를 원하는 젊은 사람들 수가 갈수록 많아지고 그 열망이 갈수록 강해지자, 노인층에서 젊은 자제들이 학교에 가는 것을 허락하지 않을 수가 없게 되어 학교에 가는 자제의 수가 점점 많아졌다.

이 傳統學問과 신학문 사이의 갈등과정에서 네 가지 경우가 발생하는데, 첫째는 父祖들의 명령이 워낙 峻嚴하여 子弟들이 거기에 복종하여 舊學問을 계속하는 경우가 있었다. 둘째는 父祖의 명령이 峻嚴하여 舊學問을 하면서 몰래 學校에 다니는 경우가 있었다. 셋째는 절충적인 방식으로 자제들이 방과후에 舊學問을 공부한다는 조건하에서 학교가는 것을 父祖들이 허락하는 경우이다. 넷째는 父祖의 이해로 자제들을 학교에 보내는 경우였다. 시대가 내려 올수록 父祖들의 이해가 늘어나 학교에 가는 家門의 자제들이 늘어났다. 父祖들의 반대로 학교에 가지 못했거나 학교를 늦게 간 사람들은 사회에 진출하여 현대적 직업을 갖을 기회를 갖지 못했으므로 마음 속으로 父祖를 원망하는 사람도 없지 않았다고 한다.[54]

이런 분위기가 계속되자 舊學問은 쇠퇴하였고, 따라서 兩班家門으로서

---

54) 金相朝씨 증언, 1997년 10월 30일.

의 특색도 점점 희미해져 갔다.

同族 마을으로서 600여 년 큰 변함없이 유지되어 오던 商山金氏 家門에서 많은 사람들이 객지로 옮겨 가 살게 된 것은, 倭人 强占時期이다. 滿洲 등지로 가서 산 사람도 있었고, 해방 직후 左右翼의 이념대립이 심했을 때 생명 보호를 위해서 부산으로 간 경우가 많았고, 한국동란 때도 많은 사람들이 釜山으로 피난 갔다가 그 곳에 정착한 사람들도 있었다고 한다. 그 밖에도 자기의 능력을 발휘하거나 입신하기 위해서 고향을 떠난 사람도 적지 않았다. 그러니 젊은 사람들 가운데서 고향에 남아서 전통학문을 하면서 가문의 전통을 그대로 지키면서 살아가는 사람은 거의 없어지게 되었다.

2. 현대생활과의 괴리

舊學問을 하고 傳統文化를 지키면서 유지되어 오던 兩班文化는 본래 農耕生活에 적합한 것이었다. 그 구성원 모두에게 개인의 個性보다는 儒教社會 전체의 普遍的 秩序에 순응하기를 요구했던 것이고, 거기에 순응하는 사람만이 대접 받아 살아 남을 수 있는 것이었다. 오늘날 자신의 개성에 바탕하여 여러 가지 직업에 종사하는 현대인들에게는 맞지 않는 부분이 많다. 오늘날 대부분의 젊은 사람들에게는 자신의 생존이 중요한 일이지, 자신의 출신 가문이 兩班家門이라는 것에 그렇게 큰 의미를 두지 않는다.

옛날 兩班家門의 후손들은 오늘날 대부분이 도회지에서 매일 직장에 출근하여 일을 보고 있는 현대인으로 변해 있다. 門中會議, 墓祀 및 각종 제사, 집안의 葬禮 등등 여러 가지 행사에 참여할 시간을 갖지 못하기 때문에, 옛날과 같은 생활양식을 지킬 수가 없다. 讀書·講學하고 손님 접대하고, 조상의 제사 잘 받드는 것에 생활의 가치를 두었던 시대와는 사고방식이 다르다. 또 오늘날의 젊은 세대들은 대부분 핵가족이기 때문에 여러 사람들이 모인 곳에 가기를 좋아하지 않는다.

그래서 집안의 葬禮式에 참여하는 일가들의 수도 점차 줄어들고, 묘사에 참석하는 사람의 수도 줄어들기 때문에 묘사를 간편하게 변형시키지 않을 수 없었던 것이다.

3. 家門 유지를 위한 노력

時代的 潮流의 영향으로 이 家門에도 현대문명의 물결이 밀고 들어와 전통적인 兩班文化의 자취가 점점 소멸되어 간다. 이에 위기를 느낀 집안의 門丈들은 자기 가문의 젊은 세대들에게 家門意識을 심어 주어 양반가문의 위상을 유지하기 위해 다방면으로 노력하고 있다.

양반은 자신의 가문의 결속을 다지고 가문의 위세를 표현하기 위하여 종친회와 같은 문중조직을 결성하여 정례적인 모임과 사업을 벌인다.

商山金氏 문중의 종친회는 중앙기구와 각 시도 지부로 구성되어 있다. 중앙 종친회는 매년 5월 5일 전후에 주로 본관인 尙州(商山은 尙州의 古號)에서 열린다. 과거에는 거리와 시간의 제약으로 전체 문중의 대표가 모이는 것이 쉽지 않았으나, 오히려 근래에 들어 교통이 편리해짐으로써 종친회 모임에 참석하는 열의가 높다. 전체 모임에는 각 지부의 회장단이 모이는데, 올해(1997) 종친회 때에는 法勿里에서만 12명이 참석을 했다. 중앙 기구 아래 각 시도의 지부 모임에는 이사들이 참가한다.

商山金氏 門中에서는 門中의 결속을 강화하기 위해서 매년 1회씩 정기적으로 門中雜誌인『商山誌』를 내고, 또 문중을 알리는 팜프랫을 발행하고 있는데, 法勿里의 商山金氏들은 이에 적극적으로 참여하여, 이를 가문에서 배부 받아 젊은 자제들의 교육에 잘 활용하고 있다.

商山金氏 門中에서는 전국적으로 일가들이 세거하는 곳을 순회하면서, 여름방학을 이용하여 문중의 젊은이들에게 門中 祖上의 行跡에 대해서 알리고 家門의 역사를 강의하는 등 노력을 하고 있다. 그리고 家門의 학생

들에게는 奬學金을 지급하여 家門意識을 고취시키고 있다.

그리고 祭禮나 喪禮 등의 禮法을 젊은 자제들이 잘 몰라, 옛날의 올바른 예법과 거리가 있음을 염려하여 문중에서 禮法의 規範에 관한 책자를 만들어 보급하고 있다.

法勿里의 商山金氏들은 지금은 兩班家門의 모습이 많이 소멸되었지만, 家門에 대한 자부심은 갖고 있다. 자부심을 갖는 내용은 대개 이런 것이다. 첫째는, 집안에서 많은 학자들이 배출되었고 그들이 남긴 文集이 많다. 둘째, 大·小科 급제자가 많이 나왔다. 셋째, 역적이나 간신 등 흠을 가진 인물이 나오지 않았고, 패륜적인 사건이 발생하지 않았다. 넷째, 傳統禮法을 잘 준수해 왔다.

傳統兩班家門의 면모가 많이 사라진 오늘날이지만, 그래도 法勿里 商山金氏 家門에는 漢文 文理가 있는 사람이 15명 내외가 살고 있고, 또 挽章이나 銘旌을 써달라는 부탁이 다른 家門에서 들어오고 있는데, 이는 이전에 동일한 정도의 다른 양반가문에 비하여 兩班文化의 보존상태가 조금은 나은 것이라고 자부하고 있다.

그러나 오늘날 옛날의 兩班文化를 회복하는 일은 불가능하다는 것을 이 家門의 父老들도 잘 알고 있으므로, 과거에 양반가문이었음을 인식시키는 것으로서 만족하고 있는 실정이다.

IX. 結論

高麗末期 丹邱齋 金後가 정착함으로써 형성된 法勿里의 商山金氏 가문은 朝鮮初期부터 임진왜란 이전까지 8명의 文科 급제자를 배출함으로 양반가문으로서의 기반을 형성하였고, 임진왜란 때는 忠節을 세운 인물이 나왔고, 朝鮮末期에 이르러서는 많은 학자들이 배출됨으로써 '선비의 淵藪'라는 명칭을 들을 정도로 이 지역에서 有數한 가문으로 일컬어지게

되었다.

그리고 양반가문임을 입증하는 척도가 되는 文集과 齋舍·樓亭 등도 그 수가 다른 가문에 비하여 상당히 많은 편이다.

宜寧의 學問的 傳統과 特徵

I. 서론

　宜寧은 慶南의 중부에 자리잡은 고을로 오랜 역사와 문화를 지니고 있다. 新羅 때는 獐含縣이었는데, 景德王 때 宜寧으로 고쳤다. 또 본래 의령과는 독립된 고을이었던 新蕃縣은 신라 때 辛爾縣이었는데, 경덕왕 때 宜桑縣으로 고쳐 江陽郡[지금의 陜川郡]의 속현이 되었다가 恭讓王 때 의령에 來屬시켰다. 지금의 宜寧郡의 판도가 형성된 것은 恭讓王 때이니, 朝鮮朝 개국부터 의령의 새로운 역사가 시작되었다고 할 수 있다. 의령의 판도가 확정되기 이전인 新羅와 高麗時代에 관한 기록은 남아 있는 것이 거의 없다.[1]

　朝鮮의 개국공신 龜陰 南在 등이 『宜春誌』 人物條에 등재되어 있지만, 실재로 의령에 살았던 기록은 찾기 어렵다. 成宗朝의 秋江 南孝溫 등도 의령을 방문하여 시를 남긴 것은 있지만, 의령에 살았다는 증거는 없다. 南孝溫은 佔畢齋 金宗直의 제자로 寒暄堂 金宏弼 등과 道義之交를 맺었다. 節義와 문장으로 세상에 이름이 났고, 학문도 있었고, 「六臣傳」을 지어 死六臣의 행적을 세상에 처음으로 알렸고, 문집 『秋江集』과 『秋江冷話』를 남겼다. 그러나 그의 저술 내용 가운데 의령에 관한 것은 거의 없는 실정이라, 그의 작품을 의령의 문학, 의령의 학문으로 보기는 어렵다.

　宜寧은 우리 나라를 대표하는 대학자인 退溪 李滉과 南冥 曹植과 인연이 있는 고을로 학문적으로 남명과 퇴계의 영향이 모두 남아 있는 특별한

---

1) 李荇 『容齋集』 제9권 21장, 「宜寧縣題名記」. 문집총간 제20집. 1988.

고을이다. 퇴계와 남명의 영향으로, 朝鮮 중기 이후로 의령에서 점점 많은
선비들이 배출되었고, 그들은 많은 문집을 남겼다.

여기에다 肅宗朝 南人系列의 대학자인 眉叟 許穆이 십여 년간 우거하
여 그 학문적 영향을 끼친 곳이기도 하다.

조선 중기 이후 배출된 宜寧의 많은 인물들을 통해서 의령의 學問的
傳統을 고찰하고자 하면서 어떤 방식으로 논문을 구성할까 장고하다가,
師承關係를 중심으로 한 學統을 위주로 고찰하기로 했다. 그러다 보니
상당히 중요한 인물이면서도 學問淵源을 밝힐 수 없는 경우 제외된 아쉬
움이 없지 않다.

이러한 學問的 傳統 속에서 성장한 의령의 선비들이 남긴 문집과 각종
地誌 등을 검토하여 의령의 학문적 전통과 그 특색을 밝히고자 한다.[2]

Ⅱ. 宜寧의 학문적 분위기

飛泉 田璣鎭은 의령의 산천과 인물과 역사적 영향을 이렇게 서술하였다.

> 인물과 풍속을 알려면 모두 그 산천을 봐야 한다. 의령의 鎭山은 闍崛山이
> 고, 큰 강은 鼎巖江[南江]인데, 산천이 웅장하고 빼어난 것으로 이름이 나
> 있다.
> 忠翼公 郭再祐, 忠烈公 姜壽男, 貞義公 李魯 같은 인물들은, 모두 나라가
> 번성할 때 贈爵과 諡號를 받았다. 陶丘 李濟臣은 맑고 얽매이지 않은 것으로
> 그 당시 이름이 났다. 이런 사람들을 일러 뛰어난 인물이라 하는 것이다.
> 壬辰倭亂 때는 팔도의 여러 將士들을 모았고, 光海君 때는 退溪를 배척하
> 는 도당들을 물리쳤고, 桐溪 鄭蘊을 구출하려는 疏狀을 기초하였고, 丙子胡

---

2) 2003년에 간행된 『宜寧郡誌』는 기존의 『宜寧縣誌』, 『宜春誌』, 『嶠南誌』 宜寧篇, 『朝鮮輿
地勝覽』 宜寧篇 등의 자료를 다 망라하여 상세히 기술되어 있어, 본고의 작성에 많은 도움을
주었다. 이하 특별한 경우가 아니면, 일일이 註明하지 않는다.

亂과 英祖 戊申亂 때는 義兵을 일으켰다. 이를 일러 풍속이 굳세고 매섭다고
한 것이다.

의령의 고을 형세는 江右지역의 중간에 위치하였는데, 긴 강으로 둘러싸
여 있고, 뒤로 높은 산을 등지고 있다. 험난한 지형을 차지하고 있어, 중요한
곳을 지키면, 적을 물리치는 데 지형의 유리함이 있다. 큰 들판과 무성한
수풀은 남쪽 지방에서 경치가 으뜸으로서 다른 고을을 압도할 수 있는 기운
이 있다.

그래서 退溪와 南冥의 어짊, 秋江과 桐溪의 고상함, 容齋[李荇]와 眉叟[許
穆]의 현달함, 竹牖[吳澐]와 台溪[河溍]의 雅正함으로써, 혹은 宜寧에서 노
닐기도 하고 혹은 와서 살기도 했다. 그 남긴 風韻이 지금도 쇠퇴해지지
않았고, 문학과 行義가 찬란하여 볼 만한 것이 많다.

"의령에는 이름나고 현달한 벼슬이 없다"라고 아쉬워하는 사람이 세상에
있는데, 이는 독실하게 논의할 줄을 모른 것이다.[3]

의령과 인연을 맺은 退溪, 南冥, 眉叟 등의 영향으로 의령에는 문학과
행의가 찬란하게 전해지고 있다고 자부심을 느끼고 있음을 알 수 있다.
의령 땅에서 생장한 인물로써 高官大爵을 지낸 사람은 거의 없다고 말하
는 사람이 없지 않은데, 이런 말을 하는 사람은 의령에 대해서 잘 모르고
이야기하는 것이라는 것이다.

고려시대 의령에 관한 기록은 거의 남아 있지 않아 고려시대 의령의
학문을 논하기 어렵다. 다만 의령 사람인 正隱 玉斯溫은 圃隱 鄭夢周의
문하에서 수학했고, 冶隱 吉再 등과 道義之交를 맺었다고 하나[4], 자료가
전혀 남아 있지 않아 학문적 조예를 상고해 볼 수 없다.

조선 성종 때 禮村 許元輔가 固城으로부터 宜寧 嘉禮로 옮겨와 東軒을
짓고, 寒暄堂 金宏弼, 濯纓 金馹孫 등과 교유하며 강론하였다고 하나, 남아
있는 자료가 거의 없다. 다만 濯纓이 白巖을 두고 지은 시 한 수만 그의

---

3) 田璣鎭 「宜春誌跋」, 『宜寧郡誌』 하권, 2359쪽, 宜寧郡誌編纂委員會, 2003.

4) 『宜寧郡誌』 하권, 2013쪽, 宜寧郡誌編纂委員會, 2003.

문집에 남아 있을 따름이다5). 한훤당이 士禍를 당한 뒤 한훤당이 소유하던 병풍을 그 친구 許元輔가 보관하다가 후손 집안에 돌려주었으니6), 한훤당 과의 交誼는 확인할 수 있다.

退溪와 南冥이 宜寧에 학문을 전파하기 전에 서울에서 靜庵 趙光祖의 제자인 宜友亭 安灒이 宜寧에 정착하였다. 그러나 그의 저술이 남아 있지 않아 그 학문을 파악할 수가 없다7).

의령의 역사를 정리한 宜寧縣誌의 편찬이 조선 英祖朝에 처음 있었고, 의령 학자들의 문집도 대부분이 조선 후기의 것이라, 조선 전기의 역사는 대부분 없어져 보존하지 못한 아쉬움이 있다.

Ⅲ. 退溪의 播馥之地

禮安 陶山 출신인 退溪는 5백리나 떨어진 宜寧과 많은 관계를 맺고 있다. 그의 初娶妻家가 宜寧 嘉禮에 있어 젊은 시절부터 의령과 인연을 맺었다.

퇴계 서거 후 그 제자인 石亭 權東美가 宜寧縣監을 지냈다. 또 퇴계의 제자로서 慶尙監司로 부임한 인물을 들어보면, 鷺渚 李陽元, 月汀 尹根壽, 草堂 許曄, 拙翁 洪聖民, 重湖 尹卓然, 西厓 柳成龍, 夢村 金睟, 鶴峯 金誠 一, 柏巖 金玏 등이 있었는데, 이들이 다 의령을 다녀가며 퇴계와 의령과의 관계에 관심을 가졌을 가능성이 크다.

退溪의 처가가 宜寧 嘉禮에 있었기 때문에 退溪는 23세 때부터 42세 때까지 20년 동안 9차에 걸쳐 의령을 포함한 慶南地域을 다녀갔다. 9차에 걸쳐 경남지역을 다녀가면서 많은 人士들을 만났고, 많은 詩文을 짓는

5) 金馹孫『濯纓集』續集 上卷 6장, 宜寧馱川與許上舍元輔同遊」.
6) 曹植『南冥集』제2권 43장「寒暄堂畫屛跋」. 韓國文集叢刊 31책. 1989.
7) 鄭源鎬『嶠南誌』宜寧篇「文學條」.

등 의령과 적지 않은 인연을 맺었다. 43세 이후로는 의령에 다녀간 기록을 찾을 수는 없지만, 거의 해마다 그 아들 李寯을 보내어 자기 소유의 농토에서 賭地를 거두어갔고, 처가 사람들과 관계도 계속 맺고 있다.[8]

1611년 退溪를 文廟에 從祀하려고 할 때 南冥의대표적인 제자로 퇴계에게 감정이 좋지 않았던 鄭仁弘 등이 극렬하게 반대하였고, 宜寧 鄕校에다 요청하여 반대하는 집회를 열어 퇴계를 반대하는 여론을 일켜켜 줄 것을 부탁해 왔다. 그러나 의령 향교에서는 이를 거부하였다.

1654년 의령현감으로 부임한 童土 尹舜擧가 유림들과 힘을 합쳐 德谷書院을 창건하여 退溪를 奉安하였다. 덕곡서원은 의령에서는 유일한 賜額書院으로 그 享祀儀節은 陶山書院의 의절을 그대로 遵行하고 있다. 尹宣擧는 西人 계열의 인물이지만, 退溪는 당파와 상관없이 전국 유림의 尊崇을 받아왔기 때문에 고을원으로 부임하자말자 곧 퇴계와 연고가 깊은 의령에 퇴계를 향사하는 서원을 창설하였던 것이다.

1914년 陶山書院에서 간행한 『陶山及門諸賢錄』에는 退溪의 弟子 309명이 수록되어 있다. 그 가운데서 慶南地域에 거주한 제자가 15명인데, 의령 출신으로는 세 사람이 등재되어 있다.

곧 蒙齋 許士廉, 竹堂 許允廉, 竹牖 吳澐(1617)이다. 이들이 退溪와 어떻게 結緣하게 되었으며, 學問的으로 어떤 授受가 있었으며 후세에 어떤 영향을 미쳤는가를 고찰하고자 한다.

1. 許士廉

許士廉의 자는 公簡, 호는 蒙齋이다. 관향은 金海이고 退溪의 장인 黙齋許瓚의 맏아들이다. 퇴계가 21세 때 장가들었는데, 그때부터 퇴계의 훈도를 받았으니 그는 퇴계의 최초의 제자라 할 수 있다.

退溪가 蒙齋에게 준 「與許公簡書」[9]라는 서신은 1533년에 쓴 것으로

---

8) 許捲洙 「慶南地域에 所在한 退溪의 遺跡에 대한 考察」, 『慶南文化』 제19호.

현전하는 退溪의 산문 가운데서 最早의 것이다. 퇴계는 3000여 편에 가까운 산문작품을 남겼지만, 거의 모두가 50세 이후의 것이고, 30대의 것으로는 오직 이 서신만이 남아 있다. 내용은 退溪가 蒙齋에게 같이 清凉山에 들어가 공부하자고 권유하는 것이다.

蒙齋는 거주하는 집이 宜寧 嘉禮와 榮州 草谷 두 군데 있었다. 退溪가 仕宦으로 서울을 왕래하면서 자주 영주의 처가에 들렀고, 宜寧에도 9차례 왕래하였으므로 蒙齋는 자주 退溪의 가르침을 받을 수 있었다.

1533년 2월 退溪는 蒙齋와 함께 禮安을 출발하여, 醴泉 尙州 善山 星州 陜川을 거쳐 宜寧으로 함께 오면서 詩를 唱酬하였는데, 伽倻山과 陜川의 涵碧樓 등지에서 시를 남겼다.[10] 지금 涵碧樓에 退溪의 詩와 함께 蒙齋의 詩도 걸려 있다.

蒙齋는 退溪와 같이 清凉山 등지에서 공부했는데, 進士 生員에 다 합격했으나 文科에는 급제하지 못하고, 51세의 나이로 퇴계보다 먼저 세상을 떠났다. 두 분이 자주 교왕하였겠으나, 문헌이 남아 있지 않아 退溪로부터 어떤 학문적 영향을 받았는지 상고하기 어렵다.

2. 許允廉

초명은 許士彦이고, 호는 竹堂이다. 退溪의 둘째 처남으로 고향 宜寧과 榮州를 오가며 살았다. 벼슬은 嘉善大夫 同知中樞府事 등을 지냈다. 시문이 남아 있는 것이 없고, 退溪가 준 글도 없어 退溪와의 관계를 알 수 있는 글이 없다. 퇴계가 그 장자 李寯에게 주는 서신에서 자주 언급했는데, 퇴계와 약간의 갈등이 있었던 것 같다. 본래 『退溪及門諸賢錄』에 들지 못했으나, 나중에 보유편에 추가로 들었다.

9) 『陶山全書』遺集 권2 36장.
10) 『陶山全書』遺集 外編 2-3장.

3. 吳澐

竹牖 吳澐은 退溪의 종자형 吳彦毅의 손자이자, 퇴계의 큰 처남 蒙齋
許士廉의 사위니 곧 退溪의 처질서가 된다. 吳澐의 자는 大源이고, 竹牖는
그 호이다. 관향은 高敞인데, 서울에서 世居하다가 그의 증조부 吳碩福이
宜寧縣監을 지낸 뒤 咸安 茅谷里에 자리잡아 살게 됨으로 해서 함안 사람
이 되었다. 寒岡 鄭逑가 咸安郡守로 있던 1587년『咸州誌』를 편찬할 때
죽유도 편찬에 참여하고 있었으니,[11] 咸安에도 계속 竹牖의 집이 있었음
을 알 수 있다. 竹牖는 宜寧 嘉禮에 살던 許士廉의 집안으로 장가들어
재산을 분배 받음에 따라 宜寧에도 집이 있었다. 후일 許士廉이 外家가
있는 榮州로 옮기자, 竹牖도 妻家를 따라서 다시 榮州로 옮겨가 마지막에
는 영주에 정착하게 되었다. 그래서『陶山及門諸賢錄』에서는 榮州에 거주
한 것으로 기재해 두었다.

1564년 25세 되던 해 退溪의 門下에 나아가 배웠다. 그 이전 19세 되던
1558년에 이미 山海亭으로 南冥 曺植을 찾아가 제자가 되었다.[12] 退溪는
竹牖에게 시를 지어주며 면려하였다.

1566년 文科에 급제하여 내외의 관직을 두루 역임하였다. 1584년 竹牖
가 忠州牧使로 있으면서 자기의 外曾祖父이고 退溪의 숙부인 松齋 李堣
의『松齋詩集』을 간행하였다. 이 시집은 退溪가 직접 편집하여 손수 淨寫
해 둔 것을 친필 그대로 板刻하여 刊布한 것이다.[13]

1592년 忘憂堂 郭再祐를 도와 의병을 일으켜 왜적을 토벌하여 공을
세웠고, 退溪의 제자로 동문관계에 있는 鶴峯 金誠一이 慶尙道 招諭使로
부임하여 전투를 지휘할 때 이 지역의 지리와 사족들의 상황을 잘 아는
죽유가 많은 도움을 주었다.

---

11) 吳澐『竹牖集』권3 39장「咸州誌跋」, "吾亦當時家食, 而間或與聞之矣."
12)『竹牖年譜』2장.
13)『竹牖集』권3 25장「松齋李先生詩集跋」.

1600년『退溪集』이 간행되어 尙德祠에 告由할 때 죽유는『退溪年譜』 교정하는 일에 참여하였으므로 告由祭에 참석하였고, 고유제를 마친 뒤 天淵臺에 올라 그 당시의 감회를 읊은 시 3수를 지었다.[14]

1611년 竹牖는 退溪가 朱子의 서간문을 節選하여『朱子書節要』를 편찬한 것을 본받아, 주자의 글 가운데서 封事·奏箚·雜著·序·記 등에서 절선하여『朱子文錄』3책을 편집하였다. 주자의 愛君憂國의 정신과 經綸大略을 알려고 하면 반드시 이런 종류의 글을 읽어야 하기 때문이었다.『朱子大全』은 너무 卷帙이 방대하여 구해보기도 힘들고, 또 구한다 해도 다 읽기 어렵기 때문이고, 퇴계가 절선한『朱子書節要』에는 서간문만 들어 있으므로 주자학의 전모를 이해하는 데는 한계가 있다고 생각했기 때문이었다.

1614년 죽유는 퇴계의 손자 東巖 李詠道의 요청으로 榮州에 있는 퇴계의 초취부인 貞夫人 許氏의 묘갈명을 지었다.[15] 퇴계의 부인은 죽유의 처고모가 되기 때문에 그 사정을 가장 잘 아는 사람으로 인정되어, 東巖이 請文하게 되었을 것이다.

죽유는 우리나라 역사에 관심이 많아 古朝鮮부터 高麗末期까지의 역사를 요약 정리한『東史纂要』를 저작하였다.

죽유는 퇴계의 학덕의 영향을 말하여 "아! 선생의 道德과 學問은 온 세상의 선비들이 이미 마음으로 취하고 뼈에 젖어들어 있다[16]"라고 하여 퇴계를 극도로 尊崇하였다.

죽유는 南冥의 문하도 동시에 출입하여 退溪, 南冥의 문하를 동시에 출입하여 두 선생의 학문을 아울러 계승했으나, 자신이 임진왜란 이후 경북 榮州로 이거하여 퇴계학파에 속한 인물이 되었으므로 의령에서의

---

14) 『竹牖集』권2 1장「退溪先生文集刊訖……呈月川丈求敎」.
    『竹牖年譜』9장.
15) 『竹牖集』권4 7-9장「退溪李先生配貞敬夫人許氏墓碣銘」.
16) 『竹牖集』권3 20장「眞城李氏族譜序」, "噫! 先生之德之學, 一世之士, 已心醉骨浹."

영향력은 별로 없었다. 그러나 고향에 대한 향념은 계속 있은 듯 1600년 서울에서 벼슬하면서 후배인 蒼石 李埈에게 부탁하여 「白巖十景」이라는 시를 짓게 했는데, 첫째수가 闍崛靑嵐, 鼎津明沙 등 열 가지 의령의 뛰어난 경치를 두고 읊은 시다. 이렇게 해서 그의 鄕思를 달랬던 것이다. 그 뒤 玄洲 趙纘韓, 春塘 吳守盈 등에게도 차운하게 하였다.[17]

그 아들 吳汝檼, 吳汝橃 등이 의령에서 문과에 급제하였고, 오여은의 아들 吳益煥도 문과에 급제하여 벼슬이 修撰에 올랐으나, 다 영주로 이거 하였으므로 의령에서는 별로 영향이 없었다. 특히 오여은이 鄭仁弘의 손 자 鄭棱을 사위로 맞이하는 바람에 죽유의 후손들은, 仁祖反正 이후 심한 타격을 입었다.

Ⅳ. 南冥과 宜寧

남명은 의령과 많은 인연을 갖고 있다. 남명이 29세 되던 1529년 부친상 을 마치고 짐을 꾸려 인근 闍崛山 중턱에 있는 절에 들어가 학문에 전념했 다. 이때 남명은 三嘉 兔洞에 살고 있을 때였다.

자굴산은 의령의 鎭山이면서, 三嘉縣의 남쪽에 솟아 의령과 경계를 이 루고 있다. 절에서 더 올라가면 깎아지른 듯한 수십 길의 절벽이 있다. 절벽의 윗면은 평평하여 수십 명의 사람이 앉아 놀 수 있을 만큼 넓은데 그 바위가 바로 明鏡臺다. 남명은 이 명경대를 사랑하여 공부하는 여가에 자주 올랐다.

절간의 방을 빌려 혼자 기거하면서 조용히 문을 닫고 글을 읽었다. 옛날 사람들은 글을 읽을 때 길게 소리를 뽑아 읽었지만, 남명은 글을 읽을 때 소리를 내지 않았다. 한 구절 한 문장을 뜯어가면서 읽는 방식을 취하지

---

17) 『竹牖集』 부록 하 20-25, 「白巖八景」, 「白巖十勝」, 「白巖十景」.

않고 마음으로 글 전체의 큰 뜻을 터득하여 자기 것으로 만들려고 하였다. 한 번 앉으면 꼼짝 않고 새벽까지 그대로 앉아서 공부했다.

남명이 하도 조용히 글을 읽었으므로, 그 절간의 스님은 독실하게 공부하는 남명의 모습을 다른 사람들에게 이렇게 전했다. "거처하는 방이 종일토록 조용하지요. 밤이 깊어 글을 읽으면서 때로 마음에 맞는 글귀를 만나면 손으로 책상을 가볍게 두드립니다. 그 소리를 듣고서 아직도 글을 읽고 있구나 하고 우리들이 짐작하지요"라고 할 정도였다.[18]

글을 읽다가 때때로 틈을 내어 명경대에 올라가 먼 곳을 바라보며 기상을 넓히기도 하고, 때로는 바위 위에 앉아서 사색에 잠기기도 하고 시를 짓기도 하였다. 이때 지은 「明鏡臺」라는 시는 이러하다.

높다란 명경대 누가 공중에 솟게 했나?	高臺誰使聳浮空
하늘 받치는 기둥 부러져 이 골짜기에 박혔네.	鰲柱當年折壑中
푸른 하늘 내려오지 못하게 떠받쳐 있고,	不許穹蒼聊自下
해 돋는 곳까지 시원하게 통해 있도다.	肯教暘谷始能窮
속세 사람 찾아오는 것 싫어해 구름이 막아 있고,	門嫌俗到雲猶鎖
귀신이 시기할까 봐 나무들이 에워싸 있네.	巖怕魔猜樹亦籠
내가 주인 노릇하고자 하늘에 빌고 싶지만,	欲乞上皇堪作主
큰 하늘의 은혜 인간들이 질투하면 어쩔꼬?	人間不奈妬恩隆[19]

남명은 스스로 명경대의 주인이 되고 싶을 만큼 명경대가 마음에 들었다. 깎아지른 높은 절벽에서 준엄한 기상을 배웠고, 평평한 넓은 반석에서 모든 것을 포용하는 도량을 느꼈다.

2년 가까이 자굴산 속에서 공부하던 동안 남명은 공부에 많은 발전이 있었으나, 집안 살림은 더욱 어려웠다. 남명은 자굴산의 공부하기 좋은

18) 『南冥先生編年』 5장.
19) 『南冥集』 권1 25장.

환경에서 더 머무르고 싶었지만, 맏아들로서 집안일을 챙기지 않을 수 없기에 자굴산에서 내려왔다. 그리고는 생활을 위해서 처가가 있는 金海 神魚山 아래 炭洞으로 이사를 했다. 그 이후 남명은 김해와 삼가를 자주 왕래하였는데, 늘 의령을 경유하였다.

南冥이 별세한 43년 뒤인 1615년 그 아들 曺次石이 宜寧縣監으로 재임하고 있었다. 이때 조정에서 남명에게 領議政에 追贈하고 文貞이라는 시호를 내렸다. 이를 맞이하는 의식을 의령 관아에서 거행하였다. 이때 忘憂堂 郭再祐가 참석하였다.[20] 남명 사후에도 의령과 특별한 인연이 있었던 것이다.

宜寧은 젊은 시절 남명이 학문을 이룬 곳이니, 南冥의 杖屨之所로서 제자나 후학들에 의하여 남명을 享祀하는 書院이 설 만한 여건이 충분히 갖추어져 있으나, 남명을 향사하는 서원이 의령에는 없다. 이는 남명의 탄강지인 三嘉에 龍巖書院이 창건되어 향사를 하고 있고, 또 晉州의 德川書院, 金海의 新山書院이 지근의 거리에 있기 때문에 의령 유림들이 독자적으로 의령에 남명의 서원을 세울 필요가 없었기 때문이었다.

의령에는 남명의 제자가 아주 많고, 이들이 의령의 학문을 일으킨 주역들이고 의령 유림에서 영향력도 컸다. 그리고 이들은 대부분 임진왜란 때 倡義를 하여 구국의 훈공을 세워 남명의 실천적 학문의 효과를 후세에 나타낸 인물들이다. 의령 출신의 南冥 門人은 다음과 같다.

1. 李濟臣

자는 彦遇, 호는 陶丘, 본관은 鐵城이다. 天稟이 아주 뛰어났다. 南冥에게서 經義之學과 出處大節을 들었다.

재산이 매우 넉넉하였고, 남에게 베풀기를 좋아하였다. 세상의 이익이나 명리에 조금도 얽매이지 않았고 고상하고 활달하게 세상을 살아갔다.

20) 『宜寧郡誌』 하권, 2347쪽, 부록, 의령군지편찬위원회, 2003년.

평생 벼슬에 나가지 않았다. 또 산수를 좋아하여 골짜기가 그윽하고 물이 맑은 곳이 있으면 그 곳에 자리잡아 살았으므로 거처가 한 곳에 정해지지 않았다.

그는 특히 바둑을 좋아하였고 잘 두었는데, 바둑에 너무 빠져 때로 자신의 학업이나 수양을 소홀히 하는 듯한 인상을 다른 사람들에게 준 적이 없지 않았다. 또 활쏘기를 좋아하여 무사에 못지 않은 활솜씨를 갖고 있었다.

남명은 陶丘가 바둑과 활을 지나치게 좋아하였으므로, 하루는 불러서 선비가 中庸의 도를 벗어나 너무 한 가지 일에 탐닉하게 되면 자기의 뜻을 바로 세울 수 없다고 준엄하게 꾸짖었다. 도구는 즉각 이런 시를 지어 남명에게 보였다.

바둑 두노라면 남 비판하는 말 입으로 하지 않게 되고,
看棊口絶論人語
과녁 뚫노라면 자기 반성하는 마음 늘 간직하게 된다오.
射革心存反己思[21]

이 시를 보고 남명은 陶丘가 바둑과 활쏘기를 좋아하는 것이 단순한 오락 수준에 머물러 있는 것이 아니라, 자기 수양의 자료로 활용하고 있음을 알고는 더 이상 언짢게 생각하지 않았다. 도구도 스승이 자기에게 깊은 관심과 애정이 있다는 것을 알고는 지나치게 좋아하지는 않게 되었다. 그가 관한 기록을 모은 『陶丘實紀』가 남아 있다.

나중에 진주의 鼎岡書院에 享祀되었다.

陶丘의 제자로는 田潭이 있는데 자는 道源, 호는 竹軒, 본관은 潭陽이다. 陶丘의 사위로 爲己之學에 힘썼고, 관직을 구하지 않았다. 孝行으로 箕子殿郎에 제수되고 僉正에 추증되었다.

竹軒의 아들 田有龍 역시 陶丘의 제자인데, 南冥의 문하에도 출입했다.

---

21) 『南冥別集』 권6 25장.

자는 見卿, 호는 高峰이다. 고결하고 청렴하여 이익과 현달을 구하지 않았
다. 乙巳士禍 이후 과거를 포기하고 의리의 학문을 강구하였고, 후학들을
교육하였다.[22] 임진왜란 때는 忘憂堂의 막하에서 기이한 작전을 세워 승
첩을 거두었다. 軍功으로 司憲府 監察에 제수되었다.

2. 李魯

자는 汝唯, 호는 松巖, 본관은 鐵城으로 通禮院 引儀 李孝範의 아들이다.
慷慨하여 志節이 있었다. 진사와 문과에 급제하였다. 을사사화 때 화를
입은 관원들을 伸寃하고 權奸들을 처벌할 것을 요청하는 상소를 하였다.

1563년 그 동생 畜庵 李普와 栢巖 李旨와 함께 南冥 문하에 가서 배웠
다. 임진왜란이 일어나자 招諭使 金誠一을 도와 의병을 일으켜 많은 공을
세웠다. 體察使 李元翼의 막하에서 贊劃한 바가 많았다. 그가 임진왜란을
겪으면서 전쟁상황과 경험을 기록한『龍蛇日記』는 임진왜란과 의병활동
연구에 아주 중요한 사료이다.

守愚堂 崔永慶의 문하에도 출입하였고, 守愚堂의 伸寃을 주장하는 상
소를 하였다.

吏曹判書에 추증되고 貞義라는 시호를 받았다. 문집『松巖集』과『龍蛇
日記』『四姓綱目』을 남겼다. 의령의 洛山書院에 享祀되었다.

3. 姜瑀

자는 伯圭, 본관은 晉陽이다. 進士에 합격하였다. 아우 姜瑞와 함께 부모
상을 당하여 너무 슬퍼하다가 몸을 상하여 목숨을 잃게 되었다. 南冥이
묘갈명을 지었는데 "형은 어머니를 위해서 죽었고, 아우는 아버지를 위해
서 죽었으니, 한 집안에 두 가지 아름다운 일이다"라고 칭송하였다. 형제

22)『慶尙南道輿誌集成』宜寧篇「人物條」, 145쪽. 韓國學資料院, 2005년.

모두 旌閭를 받았다.23)

4. 姜玭

자는 仲圭, 호는 守庵, 본관은 晉陽으로 姜瑀의 아우이다. 生員에 합격
하였다. 文學과 孝友로 당시 이름이 높았다.

5. 姜瑞

자는 叔圭, 호는 梅谷, 본관은 晉陽으로 姜玭의 아우이다. 進士에 합격
하였다. 南冥이 그의 墓表를 지었고, 또 挽詩를 지어 슬퍼하였다.

6. 姜璹

자는 季圭, 문장에 능했고, 글씨를 잘 썼다. 지극한 효자로 이름났다.
叅奉을 지냈다.

7. 郭再祐

자는 季綏, 호는 忘憂堂, 본관은 玄風으로 監司 郭越의 아들이다.

1566년 南冥 문하에 들어갔다. 그 선조는 본래 玄風縣 사람인데, 그
부친 郭越이 처가가 있는 의령으로 옮겨와 살았으므로 의령에서 태어나
자라고 살았다. 그 다음 해 열여섯 살 때 남명의 외손녀인 萬戶 金行의
따님에게 장가들었다.

忘憂堂은 본래 선비였지만 활쏘기 말타기에 뛰어났다. 소년시절에 아버
지 郭越이 중국에 사신으로 갈 때 따라갔다. 상 보는 사람이 곽재우를
보고 "뒷날 반드시 대인이 되어 이름이 천하에 가득할 것이다"라고 예언했

---

23) 許薰 『素窩集』 권6 1장. 「中樞府事姜公墓碣銘」.

는데, 임진왜란이 일어나자 중국 천자로부터 선물로 받은 붉은 베로 옷을
지어 입고 스스로 紅衣將軍이라 하여, 임진왜란 때 전국 최초로 의병을
일으켜 나라를 누란의 위기에서 구한 인물이 되었다.

그가 文士면서도 의병장으로 활약하여 큰 공을 세운 것은 南冥이 兵法
을 가르친 효과였다. 임진왜란 초기에 慶尙監司 金睟가 왜적을 피하여
계속 도망만 다니는 것을 강하게 성토한 것도 南冥의 의리정신에 바탕한
것이라 볼 수 있다.

임진왜란이 끝난 뒤 전공에 의한 錄勳이나 敍用을 바라지 않고 초야에
묻혀 일생을 지내었는데, 이런 처신도 남명의 出處大節과 연관이 된 것이
다. 忠翼이라는 시호를 받았고, 병조판서에 추증되었다. 문집『忘憂堂集』
이 있다. 현재 의령읍에 그를 기념하는 忠翼祠가 있다.

8. 李宗榮

자는 希仁, 호는 芝峯, 본관은 慶州. 宣祖 때 生員에 합격하였다. 桐溪
鄭蘊 등과 함께 守愚堂 崔永慶의 伸寃을 요청하는 상소를 했다. 지극한
효자로 旌閭를 받았다. 宜寧 正谷의 陶溪書院에 향사되었다. 문집『芝峯
集』이 있다.

그의 제자 李曼勝은, 자가 叔望, 호가 槐堂이고, 본관이 鐵城인데 柏庵
李旨의 아들이다. 桐溪 鄭蘊, 澗松 趙任道, 眉叟 許穆 등과 교유하면서
학문을 익혔다. 丙子胡亂 때 의병장이 되어 대군을 이끌고 북상 중 화의가
성립되어 돌아왔다. 尙衣院 別提에 제수되었다. 그의 追慕之所인 星巖精
舍가 正谷面 杏亭에 있다.

槐堂 李曼勝의 제자인 李英弼은 자가 雲卿, 호가 一庸齋, 李東弼의 아우
이다. 經學에 통달하였고, 효행이 지극하였다. 그 당시 縣監 李嵩逸과『中
庸』을 강론하였다.

9. 李宗郁

자는 希文, 호는 和軒, 본관은 慶州로 李宗榮의 제종제다. 남명의 제자면서 來庵 鄭仁弘의 제자기도 하다. 효자로 旌閭를 받았다. 임진왜란 이후 德川書院에서 후학들을 교육하였다.

10. 姜燉

자는 德輝, 호는 觀齋, 본관은 晋陽으로 姜夢麟의 아들이다. 叅奉을 지냈다.[24] 『竹林誌』를 지었다.

11. 姜壽男

호는 沙月亭, 본관은 晋陽으로 姜璹의 아들로 姜瑞에게 入系하였다. 文科에 급제하여 병조정랑을 지냈다. 임진왜란 때 京畿監司 沈岱가 朔寧에 주둔하면서 그를 불러 從事官으로 삼았다. 심대의 진영으로 가서 왜적과 싸우다가 순국하였다. 宣祖가 직접 誄文을 지어 致祭하였다. 이조판서에 추증되고 忠烈이라는 시호를 받았고, 조정에서 旌閭를 내렸다. 漁江書院에 享祀되었다.

12. 李旨

자는 汝疊, 호는 柏庵, 본관은 鐵城으로 松巖 李魯의 아우다. 守愚堂 崔永慶의 문하에도 출입하였다. 文詞가 일찍이 이루어졌다. 임진왜란 때 형 송암을 따라 창의하여 晉州城 전투에 참여하였는데, 補軍餉에 임명되었다. 鶴峯 金誠一이 도량이 큰 것을 인정하였다. 湖南에서 도망친 노비를 잡아 바치다가 노비에게 살해되었다. 軍資判官에 추증되었다.

---

24) 『嶠南誌』 宜寧篇 「蔭仕條」.

13. 玉天寶

호는 新邑, 본관은 宜寧으로 玉華의 손자다. 退溪의 문하에도 출입하였다. 강개하여 志節이 있었다. 임진왜란 때 部將으로서 倡義하여 공훈을 세웠다.[25] 宣武二等功臣에 策錄되고, 兵曹參議에 추증되었다.

14. 李普

자는 汝擴, 호는 畜庵, 본관은 鐵城으로 松巖 李魯의 아우다. 德器가 일찍이 이루어져 10세 때 文詞에 능했고, 의리에 정통했다. 불행히도 요절하였는데, 忘憂堂 郭再祐가 옷을 벗어 襚衣로 만들어 주었다. 『靑坡病稿』, 『養病心鑑』을 지었는데, 澗松 趙任道가 발문을 썼다.

15. 沈渾

호는 慕亭, 본관은 靑松으로 沈安麟의 아들이다. 孝廉으로 丹城縣監에 제수되었다.[26]

16. 姜熺

자는 德章, 호는 頤齋, 본관은 晉陽으로 左司御 姜夢麟의 아들이다. 지극한 효자였다. 壬辰倭亂 때 창의하였다가 순국하였다. 忘憂堂 郭再祐의 狀啓에 의하여 吏曹參議의 추증되었다.

V. 宜寧 學者들의 師承關係

退溪와 南冥이 서거한 이후 宜寧의 학자들은 두 스승의 제자나 그 後學

25) 張升澤 『農山集』「新邑張公墓碣銘」.
26) 『嶠南誌』宜寧篇「孝子條」.

들을 따라서 학문을 익혔다. 대표적인 학자와 그 제자들을 고찰해 보면 다음과 같다.

• 東岡 金宇顒의 제자

東岡 金宇顒은 南冥의 대표적인 제자이자 외손서이다. 나중에 退溪의 문하에도 출입하였다. 문과에 급제하여 吏曹參判을 지냈다. 시호는 文貞이다. 문집『東岡集』이 있다. 그는 고향이 星州인데, 서울에서 사환을 오래하였다.

宜寧 출신으로 그의 문하에 출입한 사람으로는 姜士龍이 있다.

1. 姜士龍
자는 德雲, 호는 杏亭, 본관은 晋陽이다.[27]

• 寒岡 鄭逑의 제자

寒岡 鄭逑는 退溪의 대표적인 제자이고, 南冥의 대표적인 제자기도 하다. 어려서 星州 訓導로 부임한 德溪 吳健에게 가르침을 받았다. 學行으로 천거되어 出仕하여 大司諫에 이르렀다. 주로 지방관으로 근무하며 선정을 베풀었고, 부임하면 반드시 郡縣의 地誌를 편찬하였다. 禮學에 특히 조예가 깊었고, 많은 저술을 남겼으나, 화재로 대부분 없어졌다. 문집『寒岡集』과『洙泗言仁錄』등의 저서가 있다. 임진왜란 직전에 의령의 인접 고을인 昌寧, 咸安 등지의 군수를 역임하였다. 함안군수 재직 때 편찬한『咸州誌』는 현존 우리 나라 最早이자 임진왜란 이전의 유일한 지방지이다.

평생 300여 명이 넘는 많은 제자들을 길렀는데, 의령 출신은 다음과 같다.

---

27) 重齋 金榥 편『東岡先生及門錄』.

1. 權澮

자는 道甫, 호는 霜嵒, 본관은 安東, 문과에 급제하여 光州牧使를 지냈다. 본래 丹城 사람이었으나 충신 固城郡守 趙凝道의 사위가 되어 宜寧 新反으로 이거하게 되었다. 그 후손들이 신반 일대에 세거하며 대대로 많은 학자들이 나왔다. 그의 詩文은 대부분 산일되었는데, 그 형 默翁 權濂의 시문과 합하여 『聯芳輯錄』으로 편집되어 전하고 있다.

2. 李重茂

자는 晦敷, 호는 柟溪, 본관은 碧珍이다. 陜川에도 거주하였다. 志節이 고상하였다. 1617년 仁穆大妃 폐위 논의가 일어났을 때 극렬하게 항의하는 상소를 하였다. 문집 『柟溪集』이 있다. 陜川의 檜山書院에 享祀되었다.

3. 韓伯琦

본관은 淸州, 곤궁한 속에서도 독실하게 실천하였다. 현감 尹舜擧가 그를 방문하여 式好堂이라는 세 글자를 써 주었으므로 자기의 호로 삼았다. 식호당은 지금 正谷面 石谷里에 남아 있다.

4. 河應會

호는 漁隱, 본관은 晋陽으로, 元正公 河楫의 후손이다. 효성이 지극하였다. 茅村 李瀞, 覺齋 河沆 등과 교유하였다. 漁隱齋를 지어 친한 벗들과 날마다 글을 읽고 시를 읊으며 지냈다. 禮曹正郎에 추증되었다.

• 澗松 趙任道의 제자

澗松 趙任道는 咸安 사람으로 旅軒 張顯光의 대표적인 제자이다. 어린 시절 寒岡의 推奬을 입은 적도 있었다. 南江과 洛東江이 합류하는 芝正面 건너편 咸安 龍華山에 合江亭을 짓고 講學하였다. 평생 벼슬하지 않았는데 학행으로 王子師傅에 제수되었으나 출사하지 않았다. 문집 『澗松集』을 남겼다. 德谷書院 創建에 관여하였다.

의령 출신의 澗松 제자는 다음과 같다.

1. 姜獻之

자는 子敬, 호는 退休齋, 본관은 晋陽으로 櫟翁 姜顯昇의 아들이다. 생원과 문과에 급제하였고, 벼슬은 吏曹正郎에 이르렀다. 葛庵 李玄逸, 蒼雪 權斗經 등과 교유하였다. 『漁樵問答』, 『擊蒙家訓』 등을 저술하였다.

• 眉叟 許穆의 제자

자는 和父, 眉叟는 호, 본관은 陽川으로 寒岡 鄭逑, 旅軒 張顯光의 제자이다. 遺逸로 천거되어 벼슬이 左議政에 이르렀다. 세상에서 儒宗으로 추앙을 받았다. 문장이 奇古하고, 필법이 遒勁했다. 尤庵 宋時烈과의 두 차례에 걸친 禮訟은 朝鮮 정치사에 큰 영향을 끼쳤다. 諡號는 文正이고, 『眉叟記言』, 『經禮類纂』 등의 저서가 있다. 그를 향사하는 帽淵書院이 의령 大義面에 中村에 있다.

본래 京畿道 漣川 사람인데, 1638년부터 두 아우와 함께 10여년 동안 의령 慕義에 와서 살면서 학문에 침잠하여 많은 저술을 하고 제자를 가르쳤다. 의령의 대표적인 인물인 松巖 李魯의 行狀을 지었고, 의병장 忘憂堂 郭再祐의 『忘憂堂集』 서문을 지었고, 忘憂堂神道碑의 글씨는 그의 글씨를 集字한 것이다. 의령의 학문과 교육에 끼친 영향이 컸다.

의령출신의 그의 제자는 다음과 같다.

1. 沈達河

호는 晩溪, 본관은 青松으로 沈以汶의 아들이다. 經史를 부지런히 공부하였다. 『晩溪遺集』을 남겼다.

2. 鄭弘鉉

호는 沙浦, 본관은 東萊로 雪壑齋 鄭矩의 후손이다. 仁祖 때 진사에 급제하였고, 眉叟를 사사하여 篆書와 隸書를 잘 썼다. 문집 『沙浦集』을 남겼다.

3. 田蓍國

어릴 적부터 志氣가 뛰어났고 百家書를 두루 읽었다. 과거를 포기하고 闍崛山 속에 들어가 竹林精舍를 짓고, 학문에 정진하였다. 관직에 추천되었으나 나아가지 않았다. 眉叟가 천하의 선비라고 극찬하고 八景詩를 지어 주었다.

4. 玉之溫

자는 應遠, 호는 觀川, 본관은 宜寧이다. 性理學을 강론하여 眉叟의 稱道를 입었다. 獻陵參奉에 제수되었다.

ㆍ遂庵 權尚夏의 제자

遂庵 權尚夏는 尤庵 宋時烈의 대표적인 제자로 尤庵의 嫡傳이라 할 수 있다. 同春堂 宋浚吉의 문하에도 출입하였다. 尤庵의 유언에 따라 萬東廟를 창건하였다. 초야에서 묻혀 학문에만 전념하였는데 특히 性理學을 체계적으로 정리하였다. 그 뒤 추천으로 여러 관직에 제수되어 마침내 左議政에까지 이르렀으나, 出仕하지는 않았다. 문집『寒水齋集』,『三書輯疑』등이 있다.

의령 출신의 제자로는 權䎙이 있다.

1. 權䎙

자는 白羽, 호는 不拭菴, 본관은 安東으로 權宇亨의 손자다. 학문과 行義로 동문들의 추앙을 받았다. 人性과 物性의 同異에 대해서 屏溪 尹鳳九 등과 토론하였다. 여러 차례 고을과 道의 薦擧에 올랐다.

ㆍ陶庵 李縡의 제자

聾巖 金昌協의 제자로 栗谷과 尤庵의 學統을 이었다. 文科에 급제하여 大提學에 이르렀다. 禮學에 특히 조예가 깊어『四禮便覽』을 저작하였는

데, 老論系 예법의 규범이 되었다. 문집 『陶庵集』이 있다.

의령 출신으로 陶庵의 제자는 다음과 같다.

1. 田禹基

자는 夏卿, 호는 守拙齋, 본관은 潭陽으로 田滿의 아들이다. 문학과 行義가 있었다. 龜巖 李楨의 시문집『龜巖集』속집 자료를 수집하고, 龜溪書院의 大觀臺를 중수하였다. 그 형 田鼎基와 從姪 田栻 등과 함께 尤庵과 同春의 文廟從祀를 요청하는 상소에 참여하였다.

2. 徐命龍

자는 大觀, 호는 三愚堂, 본관은 達城으로 진사 徐謹復의 현손이다. 經史를 널리 읽어 통달하였다. 문장과 필법이 뛰어났다. 효도와 의리로 이름났다. 경상감사 趙顯命이 감영에 樂育齋를 설치하여 그를 초빙하여 교육을 맡겼다. 효행과 문학으로 추천되어 均稅使에 제수되었다. 그의 詩文과 그형 徐命潤의 시문을 모은 『涵育亭聯芳集』이 전한다.

• 渼湖 金元行의 제자

淸陰 金尙憲의 후손이고, 農巖 金昌協의 손자로, 陶庵 李縡의 제자다. 당쟁으로 인하여 出仕를 단념하고 학문에 전념하였다. 그의 문하에서 수많은 성리학자와 실학자가 배출되었다. 문집 『渼湖集』이 있다.

宜寧 출신의 제자로는 權海中이 있다.

1. 權海中

자는 受夫, 호는 新溪, 효자 權𤏳의 아들이다. 渼湖에게서 心性理氣說을 배웠다.

• 大山 李象靖의 제자

退溪學派의 嫡傳을 이은 학자다. 문과에 급제하여 禮曹參議에 이르렀다. 평생 퇴계의 사상을 계승하는 차원에서 학문을 전개하였다. 문집『大山集』이 있다.

宜寧 출신의 제자는 다음과 같다.

1. 李㙥晚

호는 聾窩, 본관은 鐵城으로 槐堂 李曼勝의 후손이다. 스승의 獎詡를 많이 입었다. 그가 지은「金陵石塔辭」,「枕屛八箴」 등을 사람들이 전하여 외웠다. 문집『聾窩遺集』을 남겼다.

2. 李一藎

호는 景菴, 본관은 鐵城으로 槐堂 李曼勝의 현손이다. 스승의 推奬을 많이 입었다. 지극한 효자로 상을 당하여 예를 다했다.

• 立齋 鄭宗魯의 제자

愚伏 鄭經世의 6대 종손으로 尙州에서 살았다. 大山 李象靖의 제자로 退溪의 學統을 계승하였다. 평생 학문에 전념하여 벼슬에 나가지 않았으나, 나중에 추천으로 司憲府 掌令 등에 제수되었으나 부임하지 않았다. 문집『立齋集』이 있다.

宜寧 출신의 제자는 다음과 같다.

1. 安德文

자는 章仲, 호는 宜菴, 본관은 耽津이다. 과거를 포기하고 산속에 들어가 經學 연구와 제자 양성을 하였다. 평생 退溪, 南冥, 晦齋의 학덕을 흠모하여 세 분을 모시는 서원을 그림으로 그려 붙여두고 景慕하는 뜻을 붙였다. 문집『宜菴集』이 있다.

2. 安處信

본관은 耽津이다.

3. 李賢楫

자는 紀用, 호는 雲樓, 純祖 때 진사에 합격하였다. 문필로 이름이 났다. 유림에서 상소할 일이 있을 때는 매번 疏首가 되었다.

• 性潭 宋煥箕의 제자

尤庵 宋時烈의 5세손으로 우암의 학문을 계승하였다. 學德을 겸비하여 배우는 사람들이 문하에 많이 모여들었다. 문집 『性潭集』이 있다.

宜寧 출신의 제자로는 아래 두 사람이 있다.

1. 權思贊

자는 子行, 호는 新溪, 본관은 安東으로 荷亭 權濡의 5세손이다. 性潭의 문하에서 禮學을 배웠다.

2. 權善夏

자는 季洪, 호는 權思贊의 조카이다. 性潭의 稱道를 입었고, '誠敬忠恕' 네 글자를 받아 평생의 旨訣로 삼았다. 효성이 지극하였다.

• 梅山 洪直弼의 제자

老論系列의 대표적인 학자로 朴胤源의 제자다. 평생 학문에 전념하여 출사하지 않았으나, 山林으로 천거되어 刑曹判書에 제수되었다. 문집 『梅山集』이 있다.

의령 출신으로 그의 문하에 출입한 사람은 아래 두 사람이 있다.

1. 權秉珪

자는 國寶, 호는 彌陽, 본관은 安東으로 霜嵒 權濬의 후손이다. 일찍이

家學을 계승하였고, 성리학을 깊이 연구하여 스승의 獎詡를 입었다. 勉庵 崔益鉉이 그의 인격을 극찬하였다. 1874년 萬東廟 복원을 요청하는 상소를 하였다. 문집 『彌陽集』이 있다.

2. 南德熙

자는 士膺, 호는 竹坡이다. 梅山의 문하에서 학문의 旨訣을 들었고, 「心性說」을 지었는데, 경서의 요지에 바탕하였다. 士友들의 추앙을 받았고, 문집 『竹坡遺稿』가 있다.

• 定齋 柳致明의 제자

退溪學의 嫡統을 계승한 학자로 大山 李象靖의 외증손이다. 損齋 南漢朝, 立齋 鄭宗魯의 문하에서 수학하였다. 문과에 급제하여 兵曹參判 등을 역임하였다. 많은 제자를 길렀는데, 대표적인 제자가 西山 金興洛, 寒洲 李震相 등이다. 문집 『定齋集』이 있다.

宜寧 출신의 제자로는 아래와 같은 사람이 있다.

1. 洪秉球

호는 晦山, 본관은 南陽으로 참판 洪自河의 후손이다. 지극한 효자였고, 스승의 推許를 입었다.

2. 安鈺

자는 景玉, 호는 雪巖, 宜菴 安德文의 증손이다. 벼슬에 뜻을 두지 않고 爲己之學에 전념하였다. 현감 兪能煥이 經學으로 추천하였다. 문집 『雪巖集』이 있다.

3. 姜鳳海

자는 瑞天, 호는 春坡, 진사 姜璜의 종증손이다. 문장과 학문이 뛰어났다. 여러 선비들과 誠力을 합쳐 嵋淵書院을 창건하였다. 肯庵 李敦禹, 寒洲 李震相등과 교유하였다. 문집 『春坡遺稿』가 있다.

4. 呂大驎

자는 順汝, 호는 德隱, 본관은 星山, 經史에 정통하였다. 性齋 許傳, 凝窩 李源祚 등과 교유하였다. 문집 『德隱集』이 있다.

5. 安英老

• **性齋 許傳[28)의 제자**

退溪學派 가운데 眉叟 許穆을 통해 近畿地方으로 전해진 학파의 적전을 계승한 학자다. 下廬 黃德吉의 제자다. 문과에 급제하여 四曹의 判書를 역임하고 崇祿大夫에 이르렀다. 문집 『性齋集』 이외에도 『士儀』 등 많은 저서가 있다. 1864년 金海府使로 부임하여 제자들을 가르쳤는데 이때 경상도 일원에서 300여 명의 선비들이 그의 문하에 출입하였다. 仁祖反正 이후 慶尙右道 지역에 스승으로 모실 만한 큰 학자가 없어 慶北이나 畿湖地方으로 스승을 찾아 다녔는데, 가까운 지역에서 큰 학자가 講學을 하자 배우려는 사람들이 구름처럼 모여들었다.

宜寧 출신의 제자로는 다음과 같은 사람이 있다.

1. 李根玉

자는 聖涵, 호는 吃窩, 본관은 全義로 聾叟 李山立의 후손이다. 四未軒 張福樞, 晚求 李種杞 등과 교유하였다. 純祖[29) 갑신년 進士에 급제하였다. 문장에 능했다. 過川亭을 지어 後學들을 교육하였다.

2. 姜鎭秀

자는 能五, 본관은 晋陽, 忠烈公 姜壽男의 후손이다.

3. 安休老

---

28) 性齋 許傳의 제자록은 『冷泉及門錄』인데, 아세아문화사에서 『許傳全集』에 수록하여 영인 출판하였다.

29) 『嶠南誌』 宜寧篇 「生進條」에는, 高宗 때 급제한 것으로 되어 있다.

자는 光叟, 호는 春塢. 본관은 耽津이다. 肯庵 李敦禹의 문하에도 출입하였다.

4. 安孝濟

자는 舜仲, 호는 守坡, 본관은 耽津으로 止軒 安起宗의 후손이다. 西山金興洛, 晚求 李種杞의 문하에도 출입하였다. 文科에 급제하여 校理를 지냈다. 妖巫 眞靈君을 목 베라는 상소를 했다가 楸子島에 귀양갔는데, 강직하다는 명성이 내외에 퍼졌다. 나라가 망한 뒤 일본이 주는 恩賜金을 끝까지 거절하였고, 滿洲로 망명하여 독립운동을 하다가 거기서 일생을 마쳤다. 문집『守坡集』이 있다.

5. 李秀鉉

자는 聲進, 본관은 廣平으로 忠順堂 李伶의 후손이다.

6. 安鑽

자는 景顔, 본관은 耽津으로 進士 安莘老의 아들이다. 진사에 급제하였다.

7. 李根性

자는 炳源, 본관은 全義로 四美亭 李山立의 9세손이다.

8. 許𤄷

자는 泰見, 호는 素窩, 본관은 陽川으로 眉叟 許穆의 아우인 竹泉 許懿의 후손이다. 의령 慕義에 살았다. 진사에 급제하였고, 문집『素窩集』을 남겼다. 后山 許愈의 문하에도 출입하였다. 많은 제자를 길렀다. 그의 서재인 鶴皐亭이 大義面 中村里에 세워져 있다.

素窩의 제자인 成榮淳은 자가 道見, 호는 棲巖, 본관은 昌寧이다. 壽山 李泰植, 覺齋 權參鉉 등과 講磨하였다. 문집『棲巖集』을 남겼다.

제자 李珍煥의 자는 應璿, 호는 修庵, 본관은 陜川이다. 재질이 총명하였고, 爲己之學에 전념하였다. 深齋 曹兢燮의 문하에도 출입하였다.

9. 李洪錫

자는 成允, 호는 文山, 본관은 慶州로 和軒 李宗郁의 후손이다. 문집『文山遺稿』가 있다. 禮學과 經典을 깊이 연구하여 性齋의 推許를 입었다.

眉叟가 지은 『經禮類纂』을 간행하였다.

10. 安益濟

자는 義謙, 호는 西岡, 본관은 耽津으로 春塢 安休老의 손자다. 벼슬은 繕工監 監役을 지냈다.

11. 成一濬

자는 貫兼, 호는 桂窩, 進士 成鐸魯의 손자다. 擧止가 安詳하고 言辭가 신중했다.

12. 姜文承

자는 鎭秀, 호는 自隱, 察訪 姜有璜의 8세손이다. 기개가 있고 文詞에 능하였다.

• 肯庵 李敦禹의 제자

大山 李象靖의 현손으로 定齋 柳致明의 제자다. 退溪學派의 學統을 이었다. 文科에 급제하여 참판을 지냈다. 문집 『肯庵集』이 있다.

의령 출신으로 그의 제자인 사람은 安鼎漢이 있다.

1. 安鼎漢

자는 元可, 호는 芝岡, 본관은 順興으로 安俶의 후손이다. 지극한 효자로 초하루 보름마다 성묘를 하여 비바람에도 중단하지 않으므로 士林에서 講樹亭을 지어주었다. 문집 『芝岡遺稿』를 남겼다.

• 四未軒 張福樞[30]의 제자

旅軒 張顯光의 후손으로 家學을 계승하여 학문을 크게 이루었다. 문집 『四未軒集』 이외에도 많은 저서가 있다. 많은 제자를 길렀는데, 의령 사람으로 그의 제자가 된 사람은 아래와 같다.

---

[30] 四未軒 張福樞의 제자록은 『用里及門諸子錄』인데, 『四未軒集』에 수록되어 있다.

1. 李絢基

자는 繪志, 호는 希覺堂, 본관은 碧珍으로 宜寧 來濟에 살았다. 세 아들도 四未軒의 문하에서 공부하도록 했다. 독실하게 공부하였고 착한 일을 좋아하였다. 晩松亭을 지어 제자들을 모아 강학하였는데, 성취한 사람이 많았다. 문집 『希覺堂遺稿』가 있다.

希覺堂의 제자로 洪在守가 있는데, 자는 性浩, 호는 晩悟, 본관은 南陽으로 知止軒 洪碩果의 후손이다. 仕宦의 뜻을 접고 실천하는 공부에 치중하였다. 문집 『晩悟集』이 있다.

2. 李銖基

자는 舜可, 호는 丹坡, 본관은 仁川으로 宜寧 富林面 丹原에 살았다.

3. 沈宜洙

자는 仁居, 호는 華山, 본관은 靑松으로 의령 華井面 寶川에 살았다.

4. 安瑛濟

자는 華益, 호는 三守, 본관은 耽津이다. 의령 富林面 立山에 살았다. 문집 『三守集』이 있다.

5. 李中厚

자는 惟一, 호는 西岡, 본관은 碧珍으로 希覺堂 李絢基의 장남이다. 宜寧 來濟에 살았다. 사람됨이 굳세며 곧고 지조가 있어 사람들의 推重을 받았다. 문집 『西岡遺稿』를 남겼다.

6. 李東魯

자는 達淳, 호는 聾山, 본관은 全義로 宜寧 芝正面 杜谷에 살았다.

7. 李溶厚

자는 進叔, 호는 五峰, 본관은 碧珍으로 宜寧 洛西面 雲谷에 살았다. 希覺堂 李絢基의 堂姪이다. 『五峰遺稿』가 있다.

8. 李觀厚

자는 重立, 호는 偶齋, 본관은 碧珍으로 希覺堂 李絢基의 차남이다. 『偶齋遺集』을 남겼다.

9. 李敦厚

자는 重載, 호는 昭山, 본관은 碧珍으로 의령 來濟에 살았다. 天性이 近道하여 어릴 때부터 예를 지키는 것이 어른 같았다. 여러 가지 서적을 깊이 연구하여 약관의 나이에 士友間에 명성이 자자하였다. 『昭山遺稿』를 남겼다.

10. 李澈厚

자는 重可, 호는 無聞軒, 본관은 碧珍으로 希覺堂 李絢基의 삼남이다. 스승으로부터 원대한 인물이 될 것으로 기대를 받았다. 四未軒의 言行의 대략을 기술하여 景慕하는 마음을 붙였다. 『無聞軒集』을 남겼다.

11. 李廣魯

자는 景孟, 호는 南溪, 본관은 全義로 都事 李性老의 후손이다. 의령 芝正面 杜谷에 살았다.

12. 許模

자는 學魯, 호는 觀川, 본관은 金海로 생원 許元輔의 후손이다. 后山 許愈의 문하에도 출입하였다. 의령 七谷面, 陶山에 살다가 산청 德山으로 옮겨 살았다. 『觀川遺稿』를 남겼다.

13. 李龍厚

자는 星應, 호는 玄岩, 본관은 碧珍으로 의령 來濟에 살았다.

14. 許杓

이름자를 標로도 쓴다. 자는 建叟, 호는 澹廬, 본관은 김해로 생원 許元輔의 후손으로 七谷 陶山에 살았다. 『澹廬遺稿』가 있다.

15. 姜佑永

호는 松坡, 본관은 晋陽이다. 拓菴 金道和의 문하에도 출입하였다. 晚求 李種杞, 農山 張升澤, 橫溪 張錫贇 등과 교유하였다. 行身은 순정하고 학문이 精深하여 유림의 중진이 되었다.

• 寒洲 李震相의 제자

寒洲 李震相은 성리학자로 心卽理說을 주장한 것으로 유명하다. 평생 출사하지 않고 학문에 침잠하였고, 많은 제자를 길렀다. 문집『寒洲集』외에『理學綜要』등 많은 저서가 있다.

의령 출신으로 그의 문하에 출입한 사람은 紫東 李正模가 있다.

1. 紫東 李正模

자는 聖養, 紫東은 그의 호, 본관은 鐵城으로 李景潤의 후손이다. 晩醒 朴致馥의 문하에도 출입하였다. 師友들의 企望을 크게 입었으나, 30세로 요절하여 師友들이 안타까워하였다. 晩求 李種杞가 그를 칭송하여 "의령 고을에 紫東先生이 있나니, 그 학문은 孔子였고, 그 연령은 顏淵에 두 살 못 미쳤네"라고 했다. 문집『紫東集』이 있다. 그가 강학하던 紫陶齋가 陶唐 마을에 있었는데, 뒤에 杏亭으로 옮겼다.

紫東의 제자인 姜瓚熙는 자가 義圖, 호는 蒼溪, 본관은 晋陽으로 姜璿의 후손이다. 학문을 크게 이루어 사람의 推重을 입었다. 문집『蒼溪遺稿』를 남겼다.

紫東의 제자 李泰元은 자가 德明, 호는 杏山이다. 그가 독서하던 杏山精舍가 杏亭에 남아 있다.

紫東의 아우 李景模도 자동에게 배웠다. 자는 賢可, 호는 棲山이다. 문예가 뛰어나 晩醒 朴致馥, 后山 許愈 등이 모두 칭찬하였다. 정치 개혁을 요청하는 글을 조정에 올렸다.

• 拓菴 金道和의 제자

定齋 柳致明의 제자로 退溪學派를 계승하였다. 평생 학문에 전념했는데, 천거로 都事에 제수되었다. 1895년 安東 의병장으로 추대되었다. 문장으로 이름났고, 문집『拓菴集』을 남겼다.

의령 출신으로 그의 문하에 출입한 사람은 다음과 같다.

1. 李喆厚

자는 勉夫, 호는 新溪, 본관은 碧珍으로 進士 李水南의 12대손이다. 資禀이 밝고 학문이 뛰어났다.

2. 李晚雨

老栢軒 鄭載圭의 문하에도 출입하였다.

3. 安植源

• 晚醒 朴致馥의 제자

定齋 柳致明의 문하와 性齋 許傳의 문하를 출입하여 嶺南退溪學派와 近畿退溪學派를 융합하였다. 진사에 급제하였고, 都事에 제수되었다. 咸安 출신으로 三嘉에 가서 살았다. 寒洲 李震相의 心卽理說을 끝까지 인정하지 않았다. 문집 『晚醒集』이 있다.

의령 출신으로 그의 제자인 사람으로 鄭樹昌이 있다.

1. 鄭樹昌

자는 聖國, 호는 撫松堂이다. 천성이 총명하고, 行身이 남달랐다. 文詞가 淳古하여 동문들의 추중을 입었다. 문집 『撫松堂遺稿』가 있다.

• 后山 許愈의 제자

寒洲 李震相의 대표적인 제자로 心卽理說의 확대 보급을 위해서 노력했다. 三嘉 德村에 살았는데, 평생 출사하지 않고 학문에 침잠하여 많은 제자들을 길렀다. 晚醒 朴致馥, 端磎 金麟燮 등과 교유하며 학문을 강마하였다. 문집 『后山集』이 있고, 『聖學十圖』에 관계된 글을 모아 『聖學十圖附錄』을 지었다.

1. 許巘

본래 性齋 許傳의 제자다.

2. 李泰植

자는 子剛, 호는 壽山, 본관은 鐵城, 의령 杏亭에 살았다. 俛宇 郭鍾錫의 문하에도 출입하였다. 巴里長書에 서명하는 등 독립운동에 크게 활약했다. 문집 『壽山集』을 남겼다. 그의 講學之所인 臨川亭이 正谷面 五方里에 남아 있다.

權曝熙, 田璣鎭 등과 함께 『宜春誌』를 편찬하였고, 陶丘 李濟臣에 관한 자료를 모아 『陶丘實紀』를 편찬하였다.

제자로 李經이 있는데, 자는 尙夫, 호는 平菴, 본관은 鐵城이다. 文行이 뛰어나 師友들의 推重을 받았다. 滄溪 金銖, 重齋 金榥의 문하에도 출입하였다. 문집 『平菴集』이 있다.

3. 沈性澤

자는 永源, 본관은 靑松, 벼슬은 主事를 지냈다. 의령 寶川에 살았다.

4. 朴熙尙

자는 致英, 본관은 密陽, 의령 修誠에 살았다.

•勉庵 崔益鉉의 제자

華西 李恒老의 제자로 老論系列의 학자다. 문과에 급제하여 議政府 贊政에 이르렀다. 1895년 乙未事變 이후 적극적인 의병활동을 하였다. 1905년 체포되어 對馬島로 끌려가 단식 끝에 순국하였다. 문집 『勉庵集』이 있다. 생전에 德川書院 등 慶尙右道 지역을 여행한 적이 있다.

宜寧 출신으로 그의 제자인 사람은 아래와 같다.

1. 南台熙

老栢軒 鄭載圭의 문하에도 출입하였다.

2. 田珪鎭

淵齋 宋秉璿의 문하에도 출입하였다.

3. 曺在學

자는 公益, 호는 迂堂, 본관은 昌寧, 巴里長書에 서명하였고, 그 뒤에도 光復運動을 계속했다. 淵齋 宋秉璿의 문하에도 출입하였다.

4. 崔秉瓚

호는 石疇다. 松溪 田珪鎭, 迂堂 曺在學의 문하에도 출입하였다. 그 이후 普城專門學校를 졸업하고 大韓帝國의 度支部 主事가 되었다가, 모교의 교수를 지냈다. 1910년 만주로 망명하여 독립운동을 하다가 세상을 떠났다.

• 淵齋 宋秉璿의 제자

尤庵 宋時烈의 9세손으로 그 학통을 계승하였다. 出仕하지 않고 학문에 전념하였다. 추천으로 嘉義大夫에 이르렀으나 나가지 않았다. 乙巳勒約 이후 賊臣의 처벌과 조약의 파기를 주장하고 자결하였다. 문집『淵齋集』이 있다. 생전에 慶尙右道 지역을 여행한 적이 있다.

의령 출신으로 그의 제자가 된 사람은 다음과 같다.

1. 田珪鎭

호는 松溪, 본관은 潭陽으로 田自修의 후손이다. 勉庵 崔益鉉, 艮齋 田愚 등과 교유하며 서신을 주고받으며 질의를 하였는데, 많은 推許를 입었다. 세상의 도덕이 몰락해 가는 것을 개탄하여「人獸問對」,「與時推移」등의 글을 지었다. 문집『松溪集』이 있다.

2. 權參鉉

자는 景孝, 호는 覺齋, 본관은 安東으로 霜嵒 權濬의 후손이다. 문집『覺齋集』을 남겼다. 心石齋 宋秉珣의 문하에도 출입하였다. 그가 강학하던 明石亭이 富林面 西洞에 있다.

覺齋의 제자로 徐道鎭이 있는데, 자는 達三, 호는 耻齋, 본관은 달성이다. 뜻과 기상이 독실했다. 문집 『耻齋遺稿』를 남겼다.

3. 曹在學

勉庵의 문하에도 출입했다.

• 心石齋 宋秉珣의 제자

淵齋 宋秉璿의 아우로 老論系列의 학자다. 出仕하지 않고 평생 학문에 전념하였다. 나라가 망한 뒤 1910년 자결하려다가 뜻을 이루지 못했고, 그 뒤 일본이 회유할 목적으로 經學院 講師에 임명하자 음독자결하였다. 문집 『心石齋集』 이외에도 많은 저서가 있다.

의령 사람으로 그의 제자는 다음 두 사람이다.

1. 權載瑚

자는 賜仰, 호는 竹谷, 본관은 安東이다. 문집 『竹谷遺稿』를 남겼다.

2. 徐道鎭

覺齋 權參鉉의 문하에도 출입하였다.

• 老栢軒 鄭載圭[31])의 제자

蘆沙 奇正鎭의 대표적인 제자로 노사의 主理說을 지지하였다. 三嘉 默洞 사람으로 평생 학문에 침잠하여 많은 제자들을 길렀다. 문집 『老栢軒集』이 있다.

宜寧에 그의 제자들이 많은데, 아래와 같다.

---

31) 蘆沙 奇正鎭의 제자록인 『淵源錄』은 「先生門人編」과 「諸子門人編」으로 나뉘어져 있는데, 「제자문인편」에는 노사의 제자들의 제자들의 簡歷이 소개되어 있다. 그 가운데 老栢軒 鄭載圭의 제자들도 수록되어 있다.

1. 成榮弼

자는 應天, 호는 桂山, 본관은 昌寧이다.

2. 南廷燮

자는 章憲, 호는 素窩, 본관은 宜寧이다.

3. 田綠植

자는 道允, 호는 晩耘, 본관은 潭陽이다.

4. 李鉉五

자는 原禮, 호는 愚山, 본관은 安岳이다. 천성이 단아하고 학문이 뛰어나 많은 사람들이 배우러 왔다. 문집 『愚山集』이 있다.

李鉉五의 제자로 田孟秀가 있는데, 자는 德化, 호는 薇隱, 본관은 潭陽이다. 經學에 능하고 시를 잘했다. 문집 『薇隱遺稿』가 있다.

5. 立巖 南廷瑀

자는 士珩, 입암은 그의 호, 본관은 宜寧, 의령 板谷에 살았다. 農山 鄭冕圭의 문하에도 출입하였다. 저서로 『立巖集』이 있다.

6. 南昌熙

자는 明重, 호는 夷川, 본관은 의령이다. 문집 『夷川集』이 있다.

7. 權晩熙

자는 重彦, 호는 綏石, 본관은 安東으로 霜嵒 權濬의 후손이다.

8. 南相魯

자는 應珍, 호는 木山, 본관은 宜寧이다.

9. 田庸植

자는 道由, 호는 潛齋, 본관은 潭陽이다. 정중한 行身과 清雅한 문필로 이름이 있었다.

10. 田周燦

자는 見卿, 호는 晩翠, 본관은 潭陽이다.

11. 朴時夏

자는 德三, 호는 秋潭, 본관은 密陽으로 松月堂 朴好元의 후손이다.

12. 南台熙

자는 敬三, 호는 靜齋, 본관은 宜寧으로 참봉을 지냈다. 勉庵 崔益鉉의 문하에도 출입하였다. 朱子書 읽기를 좋아했다. 시집을 남겼다.

13. 金知泳

자는 聲玉, 호는 耕山, 본관은 慶州로 圃叟 金汝慕의 후손이다.

14. 金元經

자는 子文, 본관은 慶州로 圃叟 金汝慕의 후손이다.

15. 金志經

자는 子尙, 호는 東崖, 본관은 慶州로 圃叟 金汝慕의 후손이다.

16. 李鍾彬

자는 應律, 호는 二友堂, 본관은 安岳으로 左贊成 李興富의 후손이다.

17. 丁晋燮

자는 明直, 본관은 昌原이다.

18. 金鎬泰

자는 仁可, 호는 晦山, 본관은 金寧으로 白村 金文起의 후손이다.

19. 金春植

자는 中五, 호는 一愚, 본관은 慶州로 圃叟 金汝慕의 후손이다.

20. 李翰圭

자는 乃彦, 본관은 安岳으로 正順 李興仁의 후손이다.

21. 吳學璣

자는 德潤, 호는 蒙齋, 본관은 高敞으로 竹牖 吳澐의 후손이다. 문집을 남겼다.

22. 南文熙

자는 季敬, 호는 默庵, 본관은 의령이다. 艮齋 田愚의 문하에도 출입하였다. 학문을 부지런히 익혔고, 많은 제자들을 가르쳤다. 문집 『默菴遺集』이 있다.

23. 李晚雨

자는 化若[32], 호는 素溪, 본관은 慶州로 和軒 李宗郁[33]의 후손이다. 성현의 학문에 뜻을 두어 힘써 공부하여 진리를 터득하니, 鄕中에 명성이 났다.

24. 南相洛

자는 乃中, 호는 正山, 본관은 의령이다.

25. 田夏秀

자는 載實, 호는 秀士, 본관은 潭陽이다.

26. 李鍾樺

자는 應卿, 호는 岾陽, 본관은 安岳으로 좌찬성 李興富의 후손이다.

27. 田兌秀

자는 說卿, 호는 龍湖, 본관은 潭陽이다. 孝友가 독실하였고, 爲己之學에 힘썼다. 문집 『龍湖遺稿』를 남겼다.

• 艮齋 田愚[34]의 제자

鼓山 任憲晦의 제자로 栗谷과 尤庵의 學統을 계승하였다. 朝鮮 말기의 대학자로 평생 많은 제자를 길렀다. 문집 『艮齋集』을 남겼다. 의령에 세거하는 潭陽田氏들은 간재와 일가간이기 때문에 그 문하에 출입하는 사람이 많았다. 그 제자들이 주축이 되어 1933년 宜寧邑 西洞에 艮齋를 享祀하는 宜山書院을 세울 정도로 의령에 사는 老論系 유림들에게 추앙을 받았다. 그의 제자는 다음과 같다.

1. 田相武

자는 舜道, 호는 栗山, 본관은 潭陽으로 文元公 田祖生의 후손이다. 사

---

32) 『宜寧郡誌』에는, 자가 '化信'으로 되어 있다.

33) 『蘆沙淵源錄』에는, '益齋 李齊賢의 후손'으로 되어 있으나, 『宜寧郡誌』를 따랐다.

34) 艮齋 田愚의 제자록을 『觀善錄』이라 하여 필사본으로 남아 있었는데, 1984년 『艮齋先生全集』 부록으로 수록하여 영인 출판하였다.

람됨이 豊厚하여 氣局이 있었다. 1896년 宜寧 義兵將이 되었다가 포로가
되었으나 끝내 굽히지 않았다. 國亡 이후에는 闍崛山에 들어가 은거하였
다. 契를 만들어 萬東廟 享祀를 복원하려다가 槐山 감옥에 구속되기도
했다. 문집 『栗山集』이 있다.

2. 田亨鎭

자는 震若, 본관은 潭陽이다.

3. 田衡煥

자는 孝範, 본관은 潭陽이다.

4. 田麒鎭

자는 仁伯, 본관은 潭陽이다.

5. 田璣鎭

자는 舜衡, 호는 飛泉, 본관은 潭陽으로 田亨鎭의 제종형이다. 문집 『飛
泉集』이 있다. 壽山 李泰植과 함께 『宜春誌』를 편찬하였다.

6. 徐基洪

자는 文郁, 본관은 大邱로 貞平公 徐均衡의 후손이다.

7. 田溶奎

자는 元淑, 본관은 潭陽이다.

8. 田貞鎭

자는 安若, 본관은 潭陽이다.

9. 田溶起

자는 汝鵬, 본관은 潭陽이다.

10. 田尙秀

자는 炯悳, 본관 潭陽이다.

11. 田恭鎭

자는 君敬, 호는 克齋, 본관은 潭陽이다. 覺齋 權參鉉, 是庵 李直鉉의
문하에도 출입하였다. 단아한 行身과 純實한 문장으로 한 고을의 師表가
되었다. 문집 『克齋遺稿』가 있다.

12. 李承雨
자는 乃沃, 본관은 慶州이다.

13. 南文熙
자는 道敬, 본관은 宜寧이다.

14. 田溶奎
자는 雨現, 본관은 潭陽이다.

15. 田繧秀
자는 庭益, 본관은 潭陽이다.

16. 田璨鎭
자는 子正, 호는 晚山, 본관은 潭陽이다. 行身으로 이름이 있었고, 후학들을 가르친 공로가 있었다. 문집 『晚山遺集』이 있다.

17. 田溶卓
호는 農軒, 본관은 담양으로 判中樞府事 田子成의 13세손이다. 자질이 온화하고 接物, 處世에 알맞음을 얻었다. 문집 『農軒遺稿』가 있다.

• 俛宇 郭鍾錫의 제자

寒洲 李震相의 대표적인 제자로 스승의 心卽理說을 더욱 발전시켰다. 丹城 南沙에서 태어나 三嘉, 奉化 등지에서 살다가 만년에 居昌에 정착하였다. 1919년 全國儒林代表로 파리평화회의에 독립을 청원하는 長書를 보냈다. 출사하지 않고 학문에 전념하였으나 추천으로 議政府 參贊에 이르렀다. 문집 『俛宇集』 이외에도 많은 저서가 있다.

평생 800여 명의 제자를 길렀는데, 의령 출신은 아래와 같다.

1. 李衡模
자는 聖重, 본관은 鐵城이다.

2. 表奭俊
자는 周聖, 본관은 新昌으로 宜寧 德川에 살았다. 監役을 지냈다.

3. 安奭濟

자는 周汝, 본관은 耽津으로 宜寧 立山에 살았다. 참봉을 지냈다.

4. 韓定文

자는 士元, 본관은 淸州로 의령 孔慕谷에 살았다.

5, 李泰植

后山 許愈의 문하에 출입하였다.

6. 姜大鏞

자는 亨進, 본관은 晋陽으로 의령 德橋에 살았다.

7. 朴熙尙

자는 致英, 본관은 密陽, 의령 修誠에 살았다. 后山 許愈의 문하에도 출입했다.

8. 周時範

자는 勉吾, 호는 守齋, 본관은 尙州로 의령 中橋에 살았다. 大溪 李承熙의 문하에도 출입하였다. 문학이 출중하였고, 자질들을 바르게 가르쳤다. 문집 『守齋遺稿』가 있다.

9. 姜麟桓

자는 周弼, 호는 東黎, 본관은 晋陽으로 退休齋 姜獻之의 후손이다. 의령 唐洞에 살았다. 휴성이 지극하였다.

10. 郭鍾成

자는 振遠, 본관은 苞山으로 의령 石谷에 살았다.

11. 李泰夏

자는 禹卿, 호는 南谷, 본관은 鐵城으로 松巖 李魯의 후손이다. 의령 五方에 살았다. 聖賢의 학문에 뜻을 두고 의리를 마음의 근본으로 삼았다. 문집 『南谷遺稿』가 있다.

12. 成榮台

자는 準三, 호는 遯嵒, 본관은 昌寧으로, 의령 桂峴에 살았다. 성품이 침착하고 선비의 기품이 있었다.

13. 李弘基

자는 士毅, 호는 謙受齋, 본관은 鐵城으로 壽山 李泰植의 조카다. 의령
杏亭에 살았다. 자질이 단정하고 순수하였다. 소시 적에는 숙부 壽山에게
글을 배웠다. 문집 『謙受齋遺稿』가 있다.

14. 周時庸

자는 勉中, 본관은 尙州로 의령 中橋에 살았다.

15. 李正基

자는 士中, 본관은 鐵城으로 의령 杏亭에 살았다.

• 農山 張升澤의 제자

四未軒 張福樞의 대표적인 제자로 경북 仁同 角山에 살았다. 慶尙右道
지역 학자들과 교류가 많았고, 응수문자도 많이 지었다. 문집 『農山集』이
있다. 의령 출신으로 그의 제자인 사람은 다음과 같다.

1. 玉相圭

자는 士憲, 호는 溪隱, 본관은 宜寧으로 醒齋 玉潤의 후손이다. 經學에
뛰어나고 배운 바를 힘써 실천하였다. 문집 『溪隱遺稿』가 있다. 효행으로
童蒙敎官에 제수되었으나 나가지 않았다.

2. 洪在守

希覺堂 李絢基의 문하에 출입하였다.

3. 周時範

俛宇 郭鍾錫의 문하에 출입하였다.

• 松山 權載奎의 제자

老栢軒 鄭載圭의 대표적인 제자로 丹城 校洞에 살았다. 평생 학문에
침잠하였고, 많은 제자들을 길렀다. 문집 『而堂集』이 있다.

宜寧 출신으로 그의 제자가 된 사람은, 金鍾植이 있다.

1. 金鍾植

자는 舜衡, 호는 掃山, 天資가 빼어나고 志氣가 剛明하였다. 經學과 예의에 뛰어났다.

• 深齋 曺兢燮의 제자

四未軒 張福樞의 제자인데, 西山 金興洛, 晚求 李種杞, 俛宇 郭鍾錫의 문하에도 출입하였다. 昌寧 사람인데, 만년에 達城에 가서 살았다. 문장으로 이름이 났다. 문집『深齋集』[35)이 있다. 그는 생전에 의령을 자주 내왕하였고, 의령의 학자들과 교유가 많았다. 그의 문집이 의령 來濟에서 간행되었다.

1. 李典厚

자는 愼五, 호는 克庵, 본관은 碧珍이다. 문집『克庵遺稿』가 있다. 종형 偶齋 李觀厚에게서도 배웠다.

2. 李秉灝

자는 書卿, 호는 弘堂, 본관은 慶州로 和軒 李宗郁의 후손이다. 俛宇 郭鍾錫과 老栢軒 鄭載圭의 문하에도 출입하였다. 덕행과 문장으로 士友들의 추중을 받았다. 문집『弘堂集』이 있다.

3. 曺秉哲

자는 明叟, 호는 雪軒, 본관은 昌寧이다. 문집『雪軒集』이 있다.

4. 李春煥

자는 元卿, 호는 鈍庵, 본관은 陜川이다. 經學에 뛰어났다. 마을 뒷산에 觀瀾亭을 짓고서 강학하였다. 문집『鈍庵遺稿』가 있다.

---

35) 曺兢燮의 문집은『深齋集』이라 하여 간행되었고, 그 뒤『巖棲集』이라 하여 간행되었는데, 약간 체재와 내용이 다르다.

5. 李秉武

자는 英仲, 호는 文溪, 본관은 慶州로 李秉灝의 아우다. 문집『文溪遺稿』
가 있다.

6. 李泰昱

자는 景淳, 호는 雲皐, 본관은 仁川이다. 문집『雲皐遺稿』가 있다.

7. 李仁基

자는 應律, 호는 五岡, 또는 吳岡, 본관은 鐵城이다. 자품이 순수하였고,
문장에 능했다. 족숙 壽山의 문하에도 출입하였다.

VI. 宜寧의 학문적 특징

宜寧의 학문을 기록한 문헌은 비교적 늦게 나왔다. 의령 사람이라고
郡誌에 등재되어 있는 南在, 南孝溫 등이 남긴 문집이 있으나, 이들은 본관
이 의령일 뿐 의령에 산 증거는 없다. 그들의 문집에는 의령과 관계된
기록이 거의 없다.

의령에서 학문이 있게 된 것은 退溪와 南冥의 제자들로부터 비롯된다.
退溪 南冥 兩門의 제자인 竹牖 吳澐의『竹牖集』이 의령 사람이 남긴 현존
하는 최초의 문집이라 할 수 있다. 그러나 그는 만년에 처가를 따라 경북
榮州로 옮겨가서 사는 바람에 그의 문집에는 宜寧에 관한 내용이 별로
없다.

그의 동시대 사람으로 南冥의 제자인 松巖 李魯의『松巖集』이 의령에
관한 내용이 담긴 최초의 문집이라 할 수 있다. 송암은『松巖集』이외에도
『龍蛇日記』라는 壬辰倭亂 관계 전쟁문학 작품도 남겼고, 인물사 자료인
『四姓綱目』을 남겼다. 의령 사람으로서 본격적인 著書를 한 것은 송암에
서 비롯되었다고 할 수 있다.

의령 출신의 南冥 제자가 16명[36]에 이르나 문집을 남긴 분은 松巖 이외

에 忘憂堂 郭再祐와 芝峯 李宗榮 뿐이다.

의령 학자들의 문집은 조선후기에 이르러서 많이 나왔고, 개인 문집의 분량도 점점 늘어났다.

의령에 우거한 眉叟 許穆은 대학자이나 의령에서는 많은 제자를 양성하지는 않았다. 미수가 의령에 우거하던 시기에는 미수의 명성이 아직 대단하지 않아서 그랬던 것으로 볼 수 있다. 그의 문집인 『眉叟記言』은 방대하지만, 의령에 관한 자료는 별로 많지 않다.

英祖 이후에 이르러서야 의령에서 많은 학자들이 많이 배출되었다. 19세기에 들어와서 南人系列의 학자로, 性齋 許傳의 문하와 四未軒 張福樞의 문하에서 대량으로 학자들이 배출되었다. 조선 말기에 이르러서는 后山 許愈 문하와 俛宇 郭鍾錫 문하에서 많은 제자들이 배출되었다.

남인학자들은 그 이전에는 의령에서 주로 安東 부근의 대학자를 찾아가 입문하였다.

노론 계열에서는 조선 말기 勉庵 崔益鉉, 艮齋 田愚, 老栢軒 鄭載圭의 문하에서 많은 학자들이 배출되었다. 노론계열의 스승을 찾은 집안은 新反의 安東權氏 가문, 潭陽田氏 가문, 宜寧南氏 가문의 학자들인데, 이들은 노론 학자를 찾으면서도 栗谷, 尤庵의 嫡傳이라 할 수 있는 당대 최고의 학자들을 찾아가 배움을 청했다. 다만 老栢軒은 蘆沙 奇正鎭의 學統을 이은 학자인데, 대학자인데다가 의령과 인접한 三嘉 默洞에서 강학했기 때문에 접근이 용이하여 의령의 많은 학자들이 及門했다.

退溪의 제자들로서 의령에서 학통을 계승한 학자는 없었지만, 퇴계는 의령 학자들의 學問과 德行의 矜式이 되었다. 그를 향사하는 德谷書院은 의령에서는 유일한 賜額書院이고, 또 경남지방에서는 퇴계를 享祀한 유일한 서원이었으므로 그 영향력은 대단히 컸다. 퇴계는 朱子의 嫡傳을 이은

---

36) 각종 기록에 南冥의 제자라고 기록된 것은 다 포함하였는데, 실제 남명한테 배웠는지, 치밀한 검증을 거칠 필요가 있다.

학자로서 많은 저술을 남겼고, 300여 명의 제자를 길렀으므로 儒宗으로 추앙을 받았고, 또 1611년 成均館과 전국 鄕校의 文廟에 從祀되어 있었다. 그리고 당파와 관계없이 南人은 물론이고 老論에서도 尊崇하는 인물이었다. 그 존숭의 정도는 여타 학자들이 추종할 수 없었다.

그래서 덕곡서원에 대한 의령 학자들의 관심과 자부심은 대단했다. '南道의 陶山書院37)'이라는 위상을 갖고 있었다. 이런 관계로 의령 학자들의 관심과 언급은 늘 퇴계에게 있었다. 의령 학자들의 문집에서도 여타 학자들보다 퇴계에 관한 언급이 가장 많다. 후세 의령의 학자들이 스승을 구할 적에도 退溪學統을 이은 安東地方의 학자, 즉 葛庵 李玄逸, 大山 李象靖, 定齋 柳致明 등을 찾아가는 것도 다 이런 이유에서였다. 退溪學派와 學緣을 맺는 것이 자신이나 가문의 위상을 높이는 데 도움이 되었기 때문이다.

남명의 제자가 의령에서 16명이 나왔지만, 문집을 남긴 사람은 세 사람뿐이었는데, 그나마 학문이 계승된 학자는 松巖 李魯 뿐이다. 忘憂堂은 임진왜란이 끝난 뒤에는 宜寧을 떠나 昌寧에 가서 살았고, 그 자손들은 玄風으로 돌아갔다. 芝峯 李宗榮의 문집은 내용이 영성하고, 그나마도 일제 때 비로소 편집 간행되어 문헌적 가치가 크게 떨어진다.

많은 제자가 살고 있고, 퇴계에 비해서는 의령과 지근의 거리에 살았던 南冥인데도 의령 학자들이 남명에 대한 관심이 퇴계보다 적은 것은, 仁祖反正 이후 南冥學派가 몰락하였고, 남명의 제자나 재전제자들이 처형되거나 귀양가는 등 징벌을 당하는 것을 보고, 의령의 학자들은 자신이 南冥學派라고 표방하는 것을 꺼려하는 마음이 생겼기 때문이다. 거기다가 南冥學派 후예들에 의해서 주도된 1728년 英祖 戊申亂 이후 慶尙右道에 대한 의심과 감시가 더해지자, 退溪學派에 접근하거나 老論에 접근하는 분위기가 더 강하게 되었다.

三嘉에 있던 南冥을 享祀하는 龍巖書院이 노론이 주도하는 서원이 되

---

37) 德谷書院에서는 享祀笏記 등을 陶山書院 것을 그대로 쓴다.

자, 宜寧 학자들 가운데서 남인에 속하는 학자들은 더욱 南冥에 대한 관심이 식었던 것 같다.

그러나 宜菴 安德文이 「三山錄」을 지어 德川書院의 위상을 높이려고 노력한 것 등에서 南冥에 대한 관심은 그치지 않았음을 볼 수 있다.

의령의 학자 가운데는 노론계열의 학자가 여타 고을보다 많아 남인계열 학자와 노론계열 학자가 거의 절반씩 된다. 이는 당파의 대립으로 볼 수도 있지만, 의령의 학자들이 남인계열 학자들의 좋은 점과 노론계열 학자들의 좋은 점을 모두 배워 와서 의령에 이식시킴으로 해서 의령의 학문을 더욱 새롭게 발전시킬 수 있는 선의의 경쟁의 장이 전개될 수 있었다. 그리고 또 서로 學問에 정진하고 行身을 신중히 하는 긍정적인 측면도 많았다.

의령 학자로서 가장 많은 양의 문집을 남긴 立巖 南廷瑀는 16책의 문집을 남겼고, 夷川 南昌熙는 10책의 문집을 남겼다. 壽山 李泰植은 6책, 飛泉 田璣鎭은 5책을 남겼는데, 모두 조선 말기 일제 초기의 학자들이다. 이들의 풍성한 시문을 깊이 있게 연구하면, 의령의 學問史를 새롭게 쓸 수 있을 것이다.

의령에 사는 남인 노론 두 학파 학자들은, 극단적인 政爭이나 이론적 투쟁 없이, 서로 협력하면서 의령의 학문을 발전시키고, 儒林의 事業을 처리해 나갔다. 이는 鄕戰으로 분열된 양상을 보이는 고을이 많은데, 의령은 두 학파간의 조화가 모범적이었다.

의령 사람은 아니지만, 中宗朝의 우리 나라 제일의 시인 容齋 李荇이 의령에서 유배생활을 한 적이 있고, 明宗朝에 大提學을 지낸 湖陰 鄭士龍이 萬川에 별장을 두고서 여가가 나면 와서 기거했다. 退溪와 南冥의 친구인 淸香堂 李源과 남명의 제자인 浮査 成汝信은 처가가 宜寧 嘉禮라서 자주 왕래했는데, 의령의 학문에 많은 영향을 끼쳤을 것으로 생각된다.

Ⅶ. 결론

宜寧이라는 고을은 朝鮮 개국과 더불어 지금의 고을 모습으로 출발했다고 할 수 있다. 그리고 그 이전의 기록은 남아 있지 않아 학문의 면모를 파악하기 어렵다.

조선 중기 우리 나라의 대학자인 退溪, 南冥이 宜寧과 밀접한 관계를 맺으므로 해서 의령의 학문이 본격적으로 시작되었다고 할 수 있다. 또 肅宗朝 南人의 영수인 眉叟 許穆이 10여년간 침잠하여 학문을 성취한 고을이다. 그래서 조선 중기 이후 많은 학자들이 나왔고, 그들이 많은 문집을 남겼다.

본고에서는 師承關係를 중심으로 의령의 학자들을 소개했지만, 앞으로 이들 개별 학자들을 각각 정밀하게 연구한다면, 의령의 학문의 실상을 더욱더 소상히 알 수 있을 것이다.

咸安의 人物과 學問的 傳統

Ⅰ. 서론

咸安은 慶尙南道 동서남북의 중심에 자리잡은 군단위 행정지역이다. 朝鮮中期 이후로 洛東江을 중심으로 하여 경상도를 慶尙左道와 慶尙右道로 나누었는데, 함안은 右道에 속하여 晋州를 중심으로 한 경상좌도 文化圈과 속하였다.

그러나 함안은 동쪽에는 洛東江이, 북쪽에는 南江이 흐르고 있어, 배를 타고 安東, 尙州, 星州 등의 慶尙左道의 유교가 번성한 고을 등지를 왕래할 수 있어 左道의 학자들과 쉽게 교류를 가질 수 있는 유리한 위치에 있었다. 또 晋州, 密陽 등지도 쉽게 왕래할 수 있다.

慶尙左道의 문화중심지는 安東인데, 안동은 退溪 李滉이 성장하고 학문연구와 제자양성을 한 곳으로 退溪學派의 본산이었다. 慶尙右道의 문화중심지는 晋州인데, 南冥 曹植이 만년에 자리잡아 학문연구와 제자를 양성한 곳이다.

咸安은 慶尙道의 남북과 동서가 교류하는 지점으로서 退溪學派와 南冥學派를 어우를 수 있는 곳인데, 이런 점은 이 지역의 학문 경향 형성에도 많은 영향을 미쳤다.

지금의 咸安은 1906년 咸安郡과 漆原縣이 합병되어 이루어진 고을인데, 역사적으로 많은 인물이 배출되었고 이들에 의하여 높은 학술적 성취를 이루었다. 그러나 壬辰倭亂과 韓國戰爭 등 참혹한 戰禍를 입은 격전지이기에 많은 문헌이 없어지고 말았다. 현재 남아 있는 자료들 가운데 高麗時

代 자료는 없고 거의 대부분이 朝鮮시대에 쓰여진 자료이기 때문에, 고려 이전의 학술적 전통은 고찰하기 쉽지 않다.

그래서 본고에서는 주로 朝鮮王朝 건립 이후 咸安의 학술을 통시적으로 한번 고찰해 보았다. 함안 출신으로서 文科에 급제했거나, 文集을 남긴 인물이거나, 국가적으로나 유림사회에서 인정받는 큰 학자의 제자인 경우, 가능한 한 본고에 그 성명과 文集名을 다 수록하여 咸安의 학문의 역사를 전반적으로 파악하려고 노력하였다. 개별 학자에 대한 것과 개별 문집의 내용에 대한 연구를 이후에 할 수 있도록 기초를 닦아, 앞으로 함안의 인물과 학문을 지속적으로 연구하는 데 주춧돌이 되었으면 하는 염원에서 이렇게 하였다.

II. 咸安의 학문적 환경

咸安의 산천의 정기가 인물의 배출에 관계가 있다는 점에 대해서 澗松 趙任道는 이렇게 서술하였다.

> 인물이 걸출하게 나는 것은 땅이 영험스러워서 그렇다는 것을 일찍이 들은 적이 있다. 이제 咸安 지역을 가지고 고증해 보니, 진실로 그렇다.
>
> 내가 보건대, 저 餘航山은 기세 좋게 퍼져 있고, 巴山은 험준하고, 匡廬山은 기이하고 빼어난데, 함안군의 동남쪽을 삥 둘러 鎭山이 되고 있다. 그리고 鼎湖, 楓灘, 洛東江이 질펀하게 넘실거리며 서북쪽을 가로질러 띠처럼 둘러 있다. 그 사이에 상서로운 구름이 뭉게뭉게 피어오르고 아름다운 기운이 자욱하다.
>
> 정기를 품고 빼어난 기운을 길러서 뛰어나고 호걸스러운 인물을 독실하게 낳아, 高麗시대부터 우리 조정에 이르기까지, 忠臣, 孝子, 節婦, 將帥, 卿相, 文章家, 名筆, 숨은 덕을 가진 분, 청렴하게 물러난 선비들이 서로 이어 많이 나왔다.
>
> 忠節로는 趙中軍[趙純], 朴獻納[朴漢柱], 趙咸陽[趙宗道]이 있다. 효행으

로는 李校官[李郊], 趙監察[趙應卿], 李處士[李琠]이 있다. 節婦는 仁川李氏,
曲城申氏, 文化柳氏다. 그 밖의 節行은 이루 다 들 수 없다. 장수로는 李元帥
[李芳實], 李節度[李居仁]다. 卿相으로는 趙政堂[趙烈], 趙典書[趙悅], 魚贊
成[魚孝瞻], 魚左相[魚世謙], 李大憲[李仁亨], 李觀察[李孟賢], 趙參判[趙銅
虎]이다. 隱德으로는 漁溪[趙旅], 竹溪[安憙], 篁巖[朴齊仁]이다. 문장으로는
趙著作[趙昱]이다. 廉退로는 魚直閣[魚變甲]이다. 글씨가 절묘하기로는 吳
宜寧[吳碩福], 趙經歷[趙淵] 등 여러분이다.

　빛이 고을의 땅에서 나고 명성이 조야에 떨치니, 이 곳을 嶺南의 鄒魯로
치는 것은 마땅하도다. 한 때 衣冠과 文物이 번성하고, 풍속과 예법의 아름다
움이 우러러 보고 듣는 사람들을 흠칫 놀라게 할 수 있었으니, 남쪽 고을에서
아름다운 곳이다.[1]

高麗시대 이후로 忠臣, 孝子, 將帥, 卿相 등 많은 인재가 배출되었는데,
이는 모두 동남쪽을 두르고 있는 餘航山, 巴山, 匡廬山과 서북쪽의 南江과
동쪽의 洛東江의 정기가 모여 빼어난 인재를 배출해서 그렇다는 것이다.
그래서 중국의 孔子 孟子의 고향으로 儒學의 本山인 鄒魯로 일컬어지는
것이 당연한데, 人材와 文物, 풍속과 禮節 등이 남쪽지방에서 으뜸이라고
했다.

　그리고 澗松은 대표적인 忠孝, 貞節이 뛰어난 인물을 9명을 뽑아 「三綱
九絶句」라는 시를 짓고, 거기에 상세한 주석을 붙여 咸安이 윤리도적인
측면에서 가장 우수한 고을임을 널리 알게 하였다.[2]

---

1) 趙任道『澗松集』권3 21장,「三綱九絶句跋」. 蓋嘗聞人傑地靈. 今以咸州一境考之, 其信矣
乎! 余觀餘航之磅礴, 巴嶽之崒崒, 匡廬之奇秀, 環鎭乎東南. 而鼎湖楓灘洛江之渾浩汪洋, 橫
帶乎西北. 祥雲靄靄, 佳氣蔥蔥, 孕精毓收, 篤生英豪, 自羅代逮本朝, 忠臣, 孝子, 節婦, 將帥,
卿相, 文章, 名筆, 隱德, 廉退之士, 相繼輩出. 忠節, 則有趙中軍, 朴獻納, 趙咸陽. 孝行, 則李
校官, 趙監察, 李處士. 節婦, 則李氏, 申氏, 柳氏. 其他節行, 不可悉擧. 將帥, 則李元帥, 李節
度. 卿相, 則趙政堂, 趙典書, 魚贊成, 魚左相, 李大憲, 李觀察, 趙參判. 隱德, 則漁溪, 竹溪,
篁巖. 文章, 則趙著作. 廉退, 則魚直閣이다. 筆妙, 則吳宜寧, 趙經歷諸公. 先生鄕國, 聲振朝
野, 宜乎是邦之爲嶺南鄒魯也. 方其衣冠文物之繁, 風俗禮法之懿, 聳動瞻聆, 甲于南州, 猗歟
休哉!
2) 趙任道『澗松集』권1 10-11장.

咸安의 씨족형성과 인물배출 및 학문적 분위기에 대하여 梅竹軒 李明怘는 「重修鄕案序」에서 이렇게 말했다.

> 우리 군은 옛날 五伽倻의 하나이다. 方丈山[智異山]의 한 갈래와 낙동강의 큰 흐름이 꿈틀꿈틀하고 넘실넘실하여 깃이 되고 띠가 되었는데, 맑고 깨끗한 기운이 靈氣를 빚어내고 정신을 응축시켜 옛날부터 장수나 정승 등 인재가 많이 나왔다.
>
> 군의 큰 성씨나 명망 있는 집안은 다음과 같다. 그 가운데, 첫째가 趙氏인데, 咸安의 토박이 성이다. 李氏는 載寧李氏, 星州李氏[3], 驪州李氏, 仁川李氏가 있고, 그 가운데 토박이 성의 하나인 咸安李氏가 있다. 安氏는 順興安氏와 廣州安氏가 있고, 魚氏는 咸從魚氏가 있고, 金氏는 善山金氏와 蔚山金氏가 있고, 吳氏는 高敞吳氏이고, 河氏는 晋陽河氏이고, 朴氏는 密陽朴氏와 慶州朴氏가 있다. 그 밖에 성씨는 이루 다 열거할 겨를이 없지만, 다 번성하여 名卿鉅公이 이어져서 배출되었다.
>
> 그래서 땅은 비록 바닷가에 붙어 있지만, 집집마다 글을 외우고 거문고를 연주한다. 咸安의 풍속은 禮義를 숭상하고 순박한 기풍을 전해오고 있다. 朝野에서 모두 '士大夫의 고을'이라 일컫고 있다.(中略)
>
> 아아! 우리 남쪽 지방은 국가의 鄒魯之邦이고, 우리 고을은 鄒魯之鄕 가운데서도 鄒魯之鄕이다. 이 鄕案을 받들어 펼쳐보면, "누구는 이 고을에 살고, 누구는 누구의 先代고, 누구는 누구의 할아버지다"라는 등 예의의 융성함과 문물의 성대함이 지금까지도 사람들의 귀와 눈에 바로 어제의 일처럼 뚜렷하다. 그러한즉 壬辰倭亂 때 십 년 동안 왜적의 소굴이 되었으면서도, 의리를 배반하고 왜적에게 붙은 사람이 한 사람도 없었던 것은 우리 조상들이 남긴 기풍과 분위기가 미친 영향 때문이리라.[4]

---

3) 이 李氏들을 咸安지방에서는 일반적으로 星山李氏라고 부르는데, 실제로는 星州에 근거지를 둔 廣平李氏이다.

4) 李明怘『梅竹軒集』606-607쪽, 「重修鄕案序」. 星山廣平李氏篁谷宗門會, 2005년. 吾郡, 五伽倻之一也. 方丈一支, 東洛洪流, 蜿蜒焉, 渾浩焉, 爲襟, 爲帶, 而淸淑之氣, 釀靈凝精, 自古, 將相人, 多出焉. 郡之大姓望族, 曰趙, 土姓也. 曰李, 載寧也, 星州也, 驪州也, 仁川也, 其一, 亦土姓也. 曰安, 順興也, 廣州也. 曰魚, 咸從也. 曰金, 善山也, 蔚山也. 曰吳, 高敞也. 曰河, 晋州也. 曰朴, 密陽也, 慶州也. 其他姓氏不暇盡擧, 而大蕃衍, 名卿鉅公, 相繼輩出.

이 글은 壬辰倭亂 직후에 쓰여진 것인데, 당시 咸安에 거주하던 주요 성씨들이 죽 열거되어 있다. 그리고 '鄒魯之鄕 가운데서도 鄒魯之鄕'이라는 말을 하는 것으로 볼 때, 咸安 사람들은 학문적으로나 문화적으로 자부심이 대단했고, 군민들은 선비들의 敎化에 힘입어 예의를 숭상하고 의리를 지키는 民度가 대단히 높은 고을이었음을 알 수 있다.

인재가 많이 나와 학문하는 분위기가 전통이 되어 조선 말 일제 초기까지도 그 전통이 咸安에서 지속되고 있었는데, 이런 사실은 西川 趙貞奎의 다음 기록을 통해서 알 수 있다.

> 咸安은 산수가 아름답고 인물이 빼어난 것은 남쪽지방에서 으뜸이다. 그 땅은 삼이나 목화나 벼 보리 콩 등에 알맞고, 과수와 소나무 대나무의 이로움이 있다. 그 풍속은 중후하여 군자가 많아 제사를 풍성하게 지내고 손님이나 벗들을 독실히 대한다. 名門巨族들의 정자와 재실이 여기저기 우뚝우뚝 솟아 서로 바라보고 있다.5)

咸安은 산수가 아름답고 인물이 많이 나고 산물이 풍성한 환경 속에서 거주하는 함안군민들은 조상의 제사에 정성을 다하여 풍성하게 차리고, 손님이나 벗들의 접대를 잘하고, 또 이름 있는 집안에서는 조상을 위한 亭子나 齋室을 많이 건립하여 유교문화가 꽃을 피웠음을 알 수 있다. 함안은 조선시대 내내 문화가 우수하고 학문 활동이 왕성한 곳이었음을 알 수 있다.

故地雖濱海, 而家絃戶誦, 俗尙禮義, 風傳淳朴. 朝野咸以士大夫鄕稱之. ……. 嗚呼! 吾南, 乃國家鄒魯之鄕, 而吾邑, 卽鄒魯中之鄒魯也. 奉展此案, 某人居是邦, 某也, 某之先, 某也, 某之祖. 其禮義之隆, 文物之盛, 至今, 在人耳目, 赫赫若前日事, 則十年賊窟, 無一人背義而附賊者, 亦吾儕祖先遺風餘韻之所及也.

5) 趙貞奎『西川集』권3 28장,「追慕齋重修記」. 咸安, 山水之勝, 人物之秀, 蓋南服之拇也. 其土宜麻綿稻秔麥菽, 有果樹松竹之利. 其俗重厚, 多君子, 崇文學, 豐烝嘗, 篤賓友. 名門巨族之亭觀齋舍, 磊落相望焉.

III. 高麗 以前의 인물과 학문

咸安[이하 漆原 포함]은 三韓時代에는 弁韓에 속해 있었고, 그 뒤 阿羅伽倻라는 왕조가 함안을 중심으로 건립되어 상당히 강성한 세력을 형성하였던 것으로 알려져 있다.

최근 함안군 都項里에서 漢字가 쓰여진 다량의 伽倻時代 木牘이 출토되었는데, 書體가 상당히 세련된 것으로 볼 때 4-5세기 경에 이 지역에서 한자의 사용이 이미 생활화되었을 정도로 문화수준이 높았음을 알 수 있다. 1988년 함안과 인접한 昌原市 茶戶里 제1호분에서 기원후 1세기경 伽倻時代의 것으로 추정되는 毛筆이 출토되었다. 창원과 멀지 않은 함안 지역에서도 별 차이 없이 한자를 사용하는 문자생활이 이루어지고 있었음을 짐작할 수 있다.

6세기 전반 新羅 法興王 때 伽倻國이 망하여 咸安은 신라의 郡縣이 되었다. 그 이후로 眞興王 때 창설된 花郎制度의 영향 아래 국가의 인재양성계획에 참여한 인물이 있었을 것이고, 신라의 삼국통일 이후 景德王 때부터 실시한 讀書三品科 실시로 國學에 입학하여 經史와 文學을 공부하여 관직에 나간 인물도 있었을 것이다. 그 당시 신라의 국학에서 공부한 과목에 든 책으로는 『周易』, 『禮記』, 『書經』, 『詩經』, 『春秋左氏傳』, 『論語』, 『孝經』 등의 經書와 『史記』, 『漢書』, 『後漢書』 등 史書와 『文選』 등의 문학서와 諸子百家 등이 있었다.[6] 咸安 지방에도 직접 간접으로 이런 古典 교육의 영향을 받았을 가능성이 있다.

高麗 成宗 14년(995)에 咸州刺史를 두어 중앙정부의 직접적인 통치를 받았으므로, 중앙정부의 文物이 지방정부로 어느 정도 파급되었을 것이다. 顯宗 9년(1018)에 咸安으로 개칭하여 金海에 속했다가, 恭愍王 22년(1373)에 知咸安郡事를 두어 다스렸는데, 이때 鄕校가 건립되어 교육을

---

6) 金富軾 『三國史記』 권38 12-13장, 「職官志」 上.

담당하고 있었는지에 관한 기록이 남아 있지 않다.

高麗末期 咸安李氏 집안의 忠毅公 李源과 그 아들 忠烈公 李芳實, 咸安 趙氏 집안의 政堂文學 趙烈, 羅州吳氏 집안의 大司成 吳一德 등이 文科에 올라 仕宦을 했으니, 이들이 어느 정도 학문이 있었음을 알 수 있다. 그러나 그들의 저술이나 관계기록이 남아 있지 않아 학문적인 업적은 고찰할 수가 없다. 서적의 부족을 보완할 수 있는 고려시대 함안 출신 인물의 金石文도 출토된 것도 거의 없는 실정이다.

다만 廣州安氏가 高麗 後期에 咸安에 정착했다. 侍御史 安綏가 咸安裵氏 집안에 장가들었기 때문에 함안 安仁村에 奠居하였는데 觀察井, 司諫亭 등 유적지가 있었다고 한다. 이후 都評議司事 安壽, 中郎將 安國柱, 司諫 安覾, 佐郎 安嶒 등 仕宦이 이어졌다. 안구는 佔畢齋 金宗直의 문인이고, 안증은 南冥 조식과 道義之交를 맺었다.[7]

함안은 지역적으로 볼 때 남해안을 통해서 직접적으로 中國의 漢文文化를 받아들일 수 있는 여건이 되었으므로 일찍이 문화가 발달했을 가능성은 충분히 있다.

Ⅳ. 朝鮮前期의 인물과 학문

咸安 鄕校는 高麗 後期부터 존재했겠지만, 남아 있는 기록으로는 1392년 朝鮮 건국과 함께 창건된 것으로 기록되어 있다. 1950년 한국전쟁으로 인하여 鄕校의 文籍이 모두 소실되었으므로 자세한 향교의 역사를 상고할 수가 없다.[8]

다만 朝鮮 初期의 인물로 추정되는 監司 尹滋가 咸安의 客舍인 淸範樓를 두고 이렇게 읊었다.

---

7) 安鼎福『順菴集』권21 37장~40장,「先祖高麗奉順大夫碑陰記」,「高麗神虎衛中郎將碑陰記」.
8) 『咸安校誌』41쪽「沿革」. 함안향교, 1982년.

집집마다 文敎가 흡족한 것 보기 좋나니, 　　喜見家家文敎洽,
고을 사람들이 천년 동안 아름다운 명성 얻겠네. 　邑人千載得佳聲.

　당시 咸安에서는 이미 교육이 널리 시행되어 군민들이 다른 지방 사람들이 부러워할 정도로 수준 높은 文化的 혜택을 누리고 있었음을 알 수 있다. 淸範樓는 咸安의 客舍인데, 1425년(世宗 7)에 군수 禹承範이 창건하였고, 그 당시 慶尙監司 敬齋 河演이 군수 禹承範의 요청으로 客舍의 이름을 淸範樓로 지은 적이 있었다.9)

　憂堂 朴融(?-1428)이 1425년에 咸安郡守로 부임하여 鄕校의 祭器를 수리한 적이 있었다.10)

　朝鮮前期 嶺南士林派의 영수 佔畢齋 金宗直은 그의 대표적인 제자이자 생질인 康伯珍이 咸安郡守로 임명되어 가자 전송하는 시 3수를 지어 격려하였다.

巴水는 흰 깁처럼 맑고, 　　　　巴水淸如練
餘航山 바닷가에 우뚝하도다 　　餘航秀海濱
大家인 조카가 가니, 　　　　　　大家從子往
옛 풍속 시대와 더불어 새로우리. 　舊俗與時新
(이하 생략)

백성의 일은 소털처럼 빽빽하고, 　民務牛毛密
변방 관원은 말발처럼 힘차야지. 　邊官馬足驕

---

 9) 河演『敬齋集』권1 17장.「復用前韻」注.“淸範, 樓名, 在咸安. 先是, 洪熙乙巳, 先生, 以監司, 作記.”
　『敬齋集』권4 年譜에는, 1425년에 “到咸安, 登淸範樓. 樓卽郡守禹承範所建, 禹公請名於先生, 名以淸範.”
10) 朴天翊『松隱集』권3 부록「行狀」. 四男三女, 長融, 文科, 典翰. 歷典金山·咸安, 修列邑校宮祭器.
　『咸州誌』任官條에 의하면, ‘朴融은 1425(世宗 7)년 10월에 부임하여 1428년 3월에 임지에서 작고한 것’으로 되어 있다.

너그러움은 복잡하게 얽힌 것 제압하고,	寬能制盤錯
믿음은 경망한 것 敎化시킬 수 있나니.	信可敎輕佻
쉬우나 어려우나 모름지기 편안하게 할 것 생각하고,	夷險思須泰
맑고 공평함으로써 조심스레 스스로 표방하게나.	淸平愼自標
명성은 어둡게 묻히기 어렵나니,	名聲難黯黮
누가 구중궁궐이 멀다 했던가?	誰謂九重遙[11]

佔畢齋가 직접 咸安과 인연을 맺은 적은 없지만, 그의 제자이자 생질인 康伯珍이 함안군수로 부임하여 『先生案』을 정리하였다.

佔畢齋 제자 迂拙齋 朴漢柱가 咸安에 거주하면서 제자들을 양성하였는데, 迂拙齋는 함안에 性理學 등 학문이 일어나게 하는 데 많은 영향을 미쳤다.

迂拙子 朴先生 諱漢柱는 寒暄堂과 함께 佔畢齋의 문하에서 공부하면서 『尙書』를 배웠다. 佔畢齋公께서 손수 『小學』 책을 뽑아서 그에게 주었고, 그리고 시를 지어서 면려하였다. 선생은 독실하게 믿고서 힘써 행하였다. 널리 듣고 잘 기억하는 것과 문장과 氣節 등이 남쪽지방에서 제일이라고 일컬어졌다.

-중략-

어려서부터 性理學을 독실하게 좋아하였고, 經傳에 침잠하여 부지런히 힘써 그치지 않았다. 諸子百家와 산천 지리에 관한 서적 등도 다 탐구하여 궁리의 자료로 삼았다. 반듯하고 엄격하고 굳세고 특출하고, 뛰어나고 힘차고 과단성이 있고 확실하였다. 말할 때나 묵묵히 있을 때나 움직일 때나 조용히 있을 때 한결같이 법도를 따랐다.[12]

---

11) 金宗直 『佔畢齋集』 권23 12-13장, 「送康甥之任咸安」.

12) 趙任道 『澗松集』 권3 8-10장, 「迂拙子朴先生閭表碑銘」. 迂拙子朴先生諱漢柱, …… 與寒暄遊佔畢門, 受尙書. 佔畢公手抽小學書與之, 因以詩勗之. 先生篤信力行, 博聞强記, 文章氣節, 稱斗南第一. …… 先生, 自少, 篤好性理之學, 沈潛經傳, 孜孜不輟, 諸子百家山經地誌, 亦皆探討以資窮理. 方嚴勁特, 英懿果確, 語默動靜, 一遵繩墨.

迂拙齋는 점필재에게서『書經』,『小學』등을 독실이 공부한 바탕 위에 諸子百家 등의 서적을 두루 공부하여 博聞强記와 文章 氣節에 있어서 남쪽 지방의 제일 가는 인물로 추앙되었으니, 조선 전기 咸安을 대표하는 인물이 되기에 충분하였음을 알 수 있고, 後學들에게 많은 영향을 미쳤음을 알 수 있다.

나중에 寒岡 鄭逑가 군수로 부임하여 迂拙齋가 忠과 孝를 모두 극진히 하였고, 體와 用을 아울러 갖추어 百世의 師表가 될 만하다 하여 그의 사당을 세워 享祀를 거행하였다.13)

佔畢齋의 제자인 梅軒 李仁亨, 杏軒 李義亨 형제는 함안 사람으로 문과에 급제하여 淸宦을 지냈다.

함안 사람인 睡窩 周允昌은 佔畢齋의 제자로 文科에 장원급제하여 文川郡守를 지냈다. 咸安은 學問 傳統에 있어 佔畢齋의 학문적 영향을 적지 않게 받았다고 볼 수 있다.

慕齋 金安國이 1517년 慶尙道觀察使로 부임하여 각 고을의 鄕校를 순시하였는데, 각 고을의 유생들을 勸勉하는 시를 지어 주었다. 그 가운데서 咸安의 유생들에게 준 시는 이러하다.

큰 강령은『小學』의「明倫篇」과「敬身篇」으로,	大領明倫與敬身
그 규모와 차례가 상세히 서술되어 있네.	規模次第更詳陳
행실을 닦는 법으로 이 밖에 달리 없나니,	修行此外無餘法
『小學』을 공부하여 날로 새로워지길 바라노라.	小學工夫願日新14)

漆原의 유생들을 권면하는 시는 이러하다.

속된 학자들 어지러이 요점 얻지 못하고서,	俗學紛紛未領要

13) 趙任道『澗松集』권3 10장,「迂拙子朴先生閭表碑銘」.
14) 金安國『慕齋集』권1 9장,「勸咸安學者」.

부화하고 잡박하여 멋대로 자랑하는구나.	浮華雜駁更矜驕
제발 이전 사람들의 고루함 따르지 말고,	諸生愼莫循前陋
학생들은 밤낮으로 『소학』공부에 힘쓰기를.	小學工夫勉晝宵[15]

金安國이 관찰사로서 각 고을을 순찰하는 중에 향교에서 글을 읽고 있는 咸安과 漆原의 儒生들에게 공부는 단순히 아는 것보다는 修行이 중요하니, 『小學』공부에 특별히 힘을 기울일 것을 강조하였다.

寒岡 鄭逑는 『咸州誌』에서 咸安의 풍속을 이렇게 평하였다.

풍속은 검소하고 진솔함을 숭상하였다. 선비는 禮法과 義理를 사모하고, 喪禮와 祭禮에 삼가며, 백성들은 농업과 뽕나무 가꾸기에 힘쓰고, 아울러 물고기와 소금도 판다.[16]

여기서 선비는 예법과 의리를 삼가고 喪禮와 制禮를 신중히 치른다는 내용으로 미루어볼 때, 咸安에 儒學이 널리 보급되어 선비들의 활동이 활발했음을 알 수 있다.

朝鮮前期에 咸安의 學問史에서 획기적인 일은 이후 함안에서 많은 학자들을 배출한 咸安趙氏 가문과 載寧李氏 가문이 咸安에 정착한 것이다.

高麗가 망하자 不事二君의 志節을 지켜 벼슬을 마다하고 咸安으로 들어와 奠居한 대표적인 인물이 琴隱 趙悅과 茅隱 李午다. 茅隱은 山仁面 茅谷에, 琴隱은 郡北面 院北에 터를 잡아 門戶를 형성하였다.

琴隱 趙悅은 政堂文學 趙烈의 손자로 恭愍王 때 工曹典書를 지냈는데, 高麗가 망하자 벼슬을 버리고 院北에 숨어서 다시는 세상에 나가지 않았다.

琴隱의 아들 趙寧은 부친과는 달리 朝鮮朝에 仕宦을 도모하여 太宗朝

---

15) 金安國 『慕齋集』 권 19장, 「勸漆原學徒」.

16) 『咸州誌』 권1 『慶南輿地集成』 151쪽. "俗尙儉率, 士慕禮義, 謹於喪祭, 民務農桑, 兼販魚鹽."

에 문과에 급제하여 縣監을 지냈다.

그 손자 漁溪 趙旅는 1453년(端宗 1) 進士가 되어 成均館에서 공부하던 중 端宗이 遜位했다는 소식을 듣고는 仕宦을 단념하고 고향으로 돌아와 은거하였으니, 세상에서 일컫는 生六臣의 한 사람이다. 文學과 志節이 있었다. 자녀들을 의리로 가르쳤고, 喪禮와 祭禮는 철저히 『朱子家禮』에 의거하였다.[17] 나중에 나라에서 吏曹判書를 추증하고 貞節이라는 諡號를 내렸다. 咸安의 西山書院에 享祀되어 있다. 漁溪는 咸安 사람으로서는 최초로 개인 文集을 남긴 인물이다.

趙昱은 漁溪의 종제인데, 1553년 文科에 급제하여 弘文館 著作을 지냈고 문장으로 이름이 있었다. 佔畢齋 金宗直과 교분이 두터웠고, 서로 詩文을 唱酬한 것이 많았다.

漁溪의 장자 趙銅虎는 郡守를 지냈고, 차자 趙金虎는 僉知를 지냈다.

趙銅虎의 아들 趙舜은 1492년 文科에 급제하여 벼슬이 吏曹參判에 이르렀고, 昭陵[文宗 妃의 능]의 復位를 奏請한 바 있다. 그 둘째 아들 趙參은 進士에 올라 1507년 文科에 급제하여 司憲府 執義를 지냈는데, 호가 無盡亭으로 冲齋 權橃, 愼齋 周世鵬과 더불어 학문을 講磨하였다. 愼齋는 그를 위해서 「無盡亭記」를 지어 주었다. 그 아우 趙績은 1513년 文科에 올라 벼슬이 判決事에 이르렀다. 이들은 삼형제 모두가 文科에 급제하였으니, 그 당시 趙氏 가문의 융성을 짐작할 수 있다.

조선 중기에 이르러 大笑軒 趙宗道는 南冥 曹植의 문하에서 공부하였다. 임진왜란 때 招諭使 鶴峯 金誠一을 도와 활약하였는데, 矗石樓 三壯士로 유명하다. 그 뒤 咸陽郡守를 지내고 黃石山城에 들어가 왜적을 막다가 장렬히 殉國하였다. 문집 『大笑軒集』을 남겼고, 그 뒤 吏曹判書에 추증되고 忠毅라는 諡號를 받았다.

茅隱 李午는 密陽으로부터 咸安 茅谷에 奠居한 이래로 高麗의 유민으

---

17) 趙旅 『漁溪集』 권2 3-4장. 「墓碣銘」(李薇撰), 「神道碑銘」(李緈撰).

로 자처하며 그 사는 곳을 高麗洞이라 하여 은거했다.

그 아들 李介智는 晋州에 살던 牧使 河敬履의 딸과 결혼하였는데, 하경리는 判中樞院事를 지낸 襄靖公 河敬復의 아우인 것으로 볼 때 당시 茅隱은 비록 벼슬하지 않았지만, 그 집안은 이미 家數가 높았음을 알 수 있다.

李介智는 출사하지 않았지만 詩禮로 자식을 교육하여 전국적인 가문으로 提高시키는 데 성공하였다.

李介智의 맏아들 李孟賢은 1456년 生員에 합격하고, 1460년 文科에 狀元하여 벼슬이 黃海道 觀察使에 이르렀다. 둘째 아들 李仲賢은 1472년 生員 進士에 모두 합격하고, 1476년 文科에 급제하여 벼슬은 參政에 이르렀다.

李孟賢의 맏아들 李瑞은 1483년 進士에 장원급제하고, 1486년 文科에 급제하여 承文院 校理를 지냈다.[18] 晋州, 河東, 慶北 寧海, 英陽 등지에 거주하는 載寧李氏 家門은 모두 茅隱 李午의 후손들로 咸安에서 갈려나간 門派이다.

朝鮮初期 咸安에 기반을 두었던 咸從魚氏 가문의 學問은 주목할 만하다. 魚淵은 본래 晋州 사람이었는데 咸安 사람인 直講 李云吉의 따님과 결혼함에 따라 咸安 山仁面 安仁里 內洞으로 옮겨와 살았다. 부모상을 당하여 3년 동안 廬墓하여 당시 문란한 喪禮를 실천을 통하여 바로잡았다. 천거를 통해 大邱縣令에 除授되어 부임하였는데, 淸介함을 스스로 지켜 당시 수령들 가운데서 이름이 높았다.[19]

魚淵의 아들 綿谷 魚變甲은 1408년(태종 8) 文科에 狀元하여 世宗 때 벼슬이 集賢殿 直提學에 이르렀다. 集賢殿은 世宗이 직접 주도하는 학술 연구기관인데, 당시 쟁쟁한 인재들이 모여든 集賢殿의 실질적인 책임자인 直提學을 지냈음을 볼 때 그 학문이 世宗에게 인정받았음을 알 수 있다.

18) 『咸州誌』 164쪽.
19) 鄭逑 『咸州誌』 160쪽.

그는 또 국가적인 한글 실험사업인 「龍飛御天歌」 제작에도 참여하였다.

魚變甲의 아들 龜川 魚孝瞻과, 魚孝瞻의 아들 西川 魚世謙, 魚世恭 등은 仕宦과 文學으로 朝鮮前期에 저명하였다.

魚淵의 현손 灌圃 魚得江은 朝鮮 중기에 文科에 급제하여 大司諫을 지냈는데, 慶南地域에서 詩文으로 名聲을 날렸다. 각 名勝에는 그가 남긴 題詠이 걸려 있고, 조선전기 慶尚右道 지역의 유명인사들의 碑誌文字를 많이 지었다. 1513년 1월에 함안군수로 부임하였다가 10월에 병으로 사퇴한 적이 있었다. 이 魚氏들의 作品은 대부분 『咸從世稿』에 수록되어 있는데, 魚變甲의 「題壁上」과 魚世謙의 「招子晉辭」 등은 『東文選』에 選錄되어 있다.

慶州朴氏인 朴央은 朝鮮 文宗朝에 문과에 급제하여 著作을 지냈으나 端宗의 遜位를 보고 물러나 伯夷山 아래 숨어서 시를 읊으며 自靖하였다. 조정에서 여러 차례 벼슬로 불렀으나 응하지 않았다.

咸安李氏인 李仁亨이 1468년 文科에 狀元하여 벼슬이 大司成에 이르렀다. 그 아우 李義亨과 李智亨은 1477년 文科에 同榜及第하여, 삼형제 모두가 문과에 급제하였다. 李義亨은 藝文館 檢閱을 지냈다. 그리고 李仁亨의 아들 李翎이 1519년 賢良科에 올라 承文院 正字에 이르렀다. 李義亨의 아들 李翊은 成宗朝에 문과에 올라 司諫을 지냈다.

朝鮮 前期 漁溪 趙旅의 後孫과 茅隱 李午의 후손들이 후세에 계속 번성하여, 咸安을 대표하는 文翰의 가문으로 성장하였다. 그러나 조선전기 咸安에서 많은 문과급제자와 出仕者를 배출했던 咸從魚氏 가문과 咸安李氏 가운데서 李仁亨, 李義亨 후손들은 咸安을 떠나 다른 곳으로 이주해 갔다.

驪州李氏인 李皐는 高麗朝에 生員 進士 兩試와 文科에 급제하고 翰林學士를 지냈다. 太祖 李成桂가 易姓革命에 성공하여 여러 차례 벼슬로 불렀으나 나아가지 않았다. 태조가 이고가 사는 곳을 그림으로 그리게 하여 八達山이라는 이름을 내릴 정도로 그를 그리워하였다.

李審은 李皐의 아들인데, 朝鮮 太宗朝에 進士와 文科에 급제하여 吏曹

參判을 지내고 原從功臣에 策錄되어 그 당시 세상에서 이름이 높았다.

晋州河氏인 河荊山은 郡北面 平廣里에 살았는데, 1472년 文科에 올라 벼슬이 司諫院 司諫에 이르렀다. 그 아들 河沃은 1496년 문과에 올라 벼슬이 弘文館 校理에 올랐다.

羅州吳氏인 吳一德이 1390년 高麗의 과거에 급제하여 관직이 大司成에 이르렀고 趙冲信의 딸과 결혼함으로 해서 平廣里에 거주하게 되었다. 그 아들 吳粹는 承文院 著作을 지냈다. 그러나 羅州吳氏는 寒岡이 『咸州誌』를 편찬할 때 姓氏條에 이미 들어있지 않은 것으로 봐서, 조선전기에 이미 咸安을 떠난 것으로 보인다.

迂拙齋 朴漢柱는 본래 密陽 사람으로, 佔畢齋 金宗直의 문하에서 공부하였다. 咸安 사람인 安孝文의 딸에게 장가들어 咸安 牛谷里로 옮겨와 살았다.[20] 1485년(成宗 16) 文科에 올랐고, 지방관으로 나가서는 학교를 일으키고 敎化를 밝히는 데 힘썼다. 司諫院 正言에 이르러서는 燕山君의 荒淫한 政事를 여러 차례 直諫하였다. 戊午士禍가 일어나자 平安道 碧潼으로 유배되었다. 그 뒤 1500년 全羅道 樂安으로 移配되었다가 1504년 甲子士禍가 일어나자 서울로 끌려가 처형되었다. 그는 知行合一을 실현하는 참 선비의 표본으로서 燕山君의 悖倫과 任士洪 등의 奸惡狀을 탄핵하는 箚子를 올렸고, 사형을 당하면서도 의연한 자세를 조금도 잃지 않았다. 中宗反正 이후 都承旨에 추증되었고, 뒤에 咸安의 德巖書院 등에 享祀되었다. 宣祖 때 咸安郡守로 부임한 寒岡 鄭逑가 그의 學德을 흠모하여 蓬山 동쪽 기슭에 있는 그의 산소를 수축하고 제사를 드린 적이 있었다.

高敞吳氏인 三友臺 吳碩福은 본래 서울 사람이었는데, 인근 宜寧의 縣監으로 부임하였다가 임기를 끝내고 나서는, 처가가 있는 咸安의 茅谷에 奠居하였다. 그가 모곡에 전거하게 된 것은 李午의 손서인 內禁衛 金致誠의 사위가 되었기 때문이다.

---

20) 鄭逑 『咸州誌』 권1 人物條. 23장-24장.

그 아들 吳彥毅는 1531년 司馬試에 합격하였고, 천거로 縣監을 지냈다. 그는 退溪 李滉의 숙부인 松齋 李堣의 사위로서 젊은 시절 退溪와 함께 松齋의 문하에서 수학하였다. 학자를 가르치는 데 특별한 방법이 있어 鄕黨에서 그를 欽服했는데, 그가 사는 마을의 士風이 아름다운 것은 모두 그의 힘이었다.

吳彥毅의 맏아들 吳守貞은 忠義衛 聚友亭 安灌의 딸에게 장가들어 咸安의 士族과 혼인을 맺었다. 둘째 아들 春塘 吳守盈은 退溪의 제자로 1555년 進士에 합격하였고, 名筆로 이름이 높았다. 문집 『春塘集』을 남겼다.

吳彥毅의 손자 竹牖 吳澐은, 退溪의 제자이자, 퇴계의 처남인 進士 許士廉의 사위로 退溪家과와 긴밀하게 접맥되어 있다. 吳澐은 또 남명의 문하에도 출입하였다. 吳澐은 1566년 문과에 올라 벼슬이 工曹參判에 이르렀다. 우리 나라 역사서인 『東史纂要』를 저술하였고, 문집 『竹牖集』을 남겼다. 한강이 『咸州誌』를 편찬할 때 같이 참여하였다.

吳澐의 맏아들 敬菴 吳汝橃은 寒岡 鄭逑의 문인인데,[21] 학문이 純正하였다. 宣祖朝에 문과에 급제하여 府使를 지냈고, 문집 『敬菴集』을 남겼다. 둘째 아들 洛厓 吳汝橃은 光海朝에 문과에 급제하여 輔德에 이르렀다. 문장에 능하였다. 이들은 이후 宜寧으로 옮겨가 잠시 살다가, 다시 慶北 榮州로 이주해 갔으므로, 후손들이 咸安에 살지 않는다.

吳彥毅의 동서인 曺孝淵은 1529년 2월 咸安郡守로 부임하여 다스린 적이 있었다. 1533년 봄 退溪가 吳碩福의 초청으로 茅谷을 방문하여 여러 날 머물며 시를 짓고 놀았다.[22] 현재 茅谷 마을 입구에는 退溪의 杖屨가 미친 것을 기념하는 景陶壇碑가 세워져 있다. 비문은 퇴계의 11대손인

21) 실제로는 來庵 鄭仁弘과 혼사관계를 맺었으니, 정인홍의 문인일 가능성이 크다. 仁祖反正으로 인하여 정인홍이 역적으로 몰리자, 그 제자들의 후손들은 정인홍과 관계가 없는 것으로 문집을 조작하는 경우가 많았다.
22) 李滉 『陶山全書』 제4책 166-172쪽.
   『咸州誌』 권1 43장, 叢談條.

響山 李晩燾가 咸安 유림들의 요청으로 지었는데, 그의 문집『響山集』에 실려 있다.

聚友亭 安灌은 謹齋 安軸의 후손으로 靜庵 趙光祖 문하에서 공부하여 文學과 德行이 뛰어나 한 시대의 師表가 되었다.『中庸解』,『近思錄答問要語』등의 저술을 남겼다. 그는 趙光祖의 문인이었으므로 己卯士禍 때 스승이 화를 당하자 仕宦을 단념하고 咸安으로 옮겨와 살았다. 그의 咸安奠居 역시 함안의 학문 수준을 높이는 데 기여했을 것으로 보인다.

浣川堂 朴德孫 역시 靜庵 趙光祖의 문인으로 進士에 급제하였다. 학문과 덕행이 濯纓 金馹孫, 輔德 安仲孫과 함께 이름이 났으므로, 세상에서 '嶺南三孫'이라고 일컬었다.[23]

可谷堂 沈湅은 靜庵 趙光祖의 문인인데 直言으로 權奸들에게 거슬려 벼슬을 그만두고 郡北面 藪谷에 은거하였다.『心書』,『論治平要』등을 지었다.

安應鉤은 明宗朝에 文科에 급제하여 府使를 지냈다.

篁谷 李偁은 星山李氏[廣平李氏]로 退溪와 南冥 兩門에 출입하였다. 篁谷의 외가는 安義縣 葛溪에 世居하던 恩津林氏 家門으로, 葛川 林薰과 瞻慕堂 林芸이 그의 외숙이기 때문에 어려서부터 이들 형제로부터 親炙를 많이 받았다. 또 寒岡 鄭逑와 친밀하게 지냈는데, 寒岡이 '寬厚長者로 내가 두려워하며 복종하는 바다'라고 칭찬하였다. 이 밖에 退溪와 南冥의 문인인 東岡 金宇顒, 守愚堂 崔永慶, 栢谷 鄭崑壽 등과 교분이 두터웠다[24]. 進士에 급제하였고, 遺逸로 천거되어 持平을 지냈다. 壬辰倭亂 때 松庵 金沔, 忘憂堂 郭再祐, 茅村 李瀞, 篁巖 朴齊仁 등과 義兵을 일으켰다[25]. 문집『篁谷集』과『篁谷日記』를 남겼다.

獨村 李佶은 篁谷의 아우인데 學行으로 일컬어졌다. 葛川 林薰, 南冥

---

23) 李明星 번역『朝鮮寶輿勝覽』144쪽, 學行條.

24) 趙任道『澗松集』권3 39-40장,「篁谷行狀」.

25) 李家淳「霞溪集」권9 19장,「通訓大夫篁谷李公墓碣銘」.

曹植의 문인이고, 寒岡 鄭逑, 旅軒 張顯光과 교유하였고, 문집을 남겼다.

忠順堂 李伶은 篁谷의 아우로 葛川 林薰의 문인이다. 壬辰倭亂 때 倡義하여 金海로 가서 왜적과 싸우다가 장렬히 순절하니, 나라에서 吏曹參議에 추증하고 旌閭를 내렸다. 性齋 許傳이 그의 行狀을 지었다.

茅庵 朴希參은 南冥 曹植과 孤山 黃耆老의 문인이고 仁宗 때 참봉을 지냈다. 문집을 남겼다. 뒤에 坪川書院에 享祀되었다.

松嵒 朴齊賢은 茅庵 朴希參의 아들로 南冥의 문인이고 守愚堂 崔永慶을 從遊하였다. 龜巖 李楨이 "林下에서 독서하는 선비로 嶺南에서 명망이 높도다.[林下讀書士, 望高大嶺南.]"라고 시를 지어 칭찬할 정도였다. 宣祖朝에 假監役을 지냈다.

그 아우 篁嵒 朴齊仁 역시 南冥의 문인인데 寒岡 鄭逑, 守愚堂 崔永慶, 大笑軒 趙宗道 등과 從遊하였다. 만년에 추천을 받아 王子師傅를 잠시 지냈다.

澗松 趙任道는, 篁巖의 道德은 순수하고 학문이 바르다는 것을 칭송하여 황암 만한 인물을 얻기 어렵다고 하였다.

> 우리 고을에 篁巖선생이 계신 것이 그 어찌 우연이겠는가? 대개 阿羅伽倻가 나라를 열었을 때부터 오늘에 이르기까지 산천이 정기를 잉태하여 인걸을 낳았으니, 호걸스런 재주를 가진 인물, 큰 그릇을 가진 인물, 이름난 선비 노숙한 학자 등 일컬을 만한 분이 한둘이 아니지만, 도덕이 순수하고 학문이 바르기로 선생 같은 분이 몇 분이나 되겠는가?[26]

篁巖은 자손들을 위해서 심신을 다스리는 격언과 至論을 수록한 『家訓』을 남겼다.

---

26) 趙任道『澗松集』권3 5장,「篁巖先生遺稿序」, 吾鄕之有我先生, 夫其偶然哉? 蓋自阿羅伽倻開國, 以至于今, 山川孕精, 篤生人傑, 豪才, 偉器, 聞士, 宿儒, 可稱者, 非一二, 而德之純, 學之正, 如先生者, 能幾人哉?

茅村 李瀞은 李仲賢의 증손으로서 南冥 문하에서 공부하여 經學에 조예가 깊었다. 宣祖朝에 천거를 받아 出仕하여 벼슬이 牧使에 이르렀다. 壬辰倭亂 때 倡義하여 招諭使 鶴峯 金誠一을 도와 전공을 세워 原從功臣에 策錄되었다. 그는 임진왜란 이후 德川書院의 중건에 공이 많았고, 그 뒤 德川書院 院長을 지냈다. 문집『茅村集』을 남겼다.

葛村 李瀟는 茅村의 아우인데, 壬辰倭亂 때 倡義하여 軍功을 세워 宣武功臣에 策錄되었다. 군수를 지냈고, 道溪書院에 享祀되었다.『葛村實紀』가 있다.

薇村 李沔은 李仲賢의 증손인데, 고을에서는 그의 信義를 추앙하였고, 선비들은 그 高明함에 탄복하였다. 行誼로 천거되어 主簿를 받았고, 문집을 남겼다.

警齋 陳克仁은 南冥의 문인으로 문학과 行誼가 세상의 推重을 받았다. 南冥보다 먼저 세상을 떠나자 남명이 挽詞를 지어 슬퍼했다.[27]

新村 安璜은 聚友亭 安灌의 손자인데, 一齋 李恒의 문인이다. 壬辰倭亂 때 倡義하여 原從功臣에 策錄되었고, 奉事를 지냈다. 문집을 남겼다.

桐川 朴旿는 游軒 丁熿과 龜巖 李楨의 문하에서 배워 性理學에 조예가 깊어 많은 선비들로부터 추앙을 받았고, 사후 廬陽書院에 享祀되었다.

梅竹軒 李明忞는 篁谷 李偁의 아들인데 性理學에 조예가 깊었고, 宣祖朝에 進士에 급제하였다. 寒岡 鄭逑를 따라 배웠는데 한강이 그의 자질을 인정하는 이런 서한을 보냈다.

　　　매양 생각컨대 그대는 아름다운 자질로 용맹스럽게 세상의 얽매임을 벗어나 자신을 위한 학문에 뜻을 다하니, 그 조예를 어찌 헤아릴 수 있겠습니까?

---

27)『南冥集』에「挽陳克仁」이라는 칠언절구시가 있다. 그 제목 아래 주석에, "본래 天嶺[咸陽의 별칭] 사람인데, 金海에 장가와서 살았다"라고 되어 있다. 김해에 살던 執義 魚泳濬의 사위이다. 여러 종류의 南冥門人錄에는 陳克仁은 문인으로 올라 있지 않다. 鄭逑의『咸州誌』나 朝鮮 憲宗 때 편찬한『增補咸州誌』,『漆原誌』에는 전혀 보이지 않다가,『朝鮮寰輿勝覽』(咸安篇)에 처음으로 나타난다. 그 부친 參奉 陳騫은『咸陽誌』人物條에 실려 있다.

그러나 멀리 떨어져 있어 더불어 서로 어울릴 수가 없으니, 늘 마음이 쏠리고 그리워할 따름입니다.[28]

문집 『梅竹軒集』을 남겼다.

茅軒 安慜은 中宗朝에 監察 벼슬을 지냈다. 임진왜란이 일어나자 金海 立石江 위에 가서 싸웠다. 杜陵書院에 享祀되어 있고, 性齋 許傳이 그의 墓碣銘을 지었다.

竹溪 安憙는 宣祖朝에 진사시와 문과에 급제하여 네 고을의 고을원을 지냈다. 壬辰倭亂 때 倡義하여 공훈을 세웠다. 鶴峯 金誠一, 樂齋 徐思遠, 柏巖 金玏 등과 교유하였다. 임진왜란 직후에 金海의 新山書院을 중건하는 데 공로가 많았다. 문집을 남겼고, 杜陵書院에 향사되었다. 性齋 許傳이 그의 行狀을 지었다.

斗巖 趙埏은 澗松 趙任道의 숙부인데, 壬辰倭亂 때 倡義하여 忘憂堂 郭再祐와 함께 鼎巖津을 지켰고, 丁酉再亂 때는 火旺山城 전투에 참여하여 軍功을 세웠다. 문집 『斗巖集』을 남겼다.

菊庵 羅翼南은 寒岡 鄭逑, 旅軒 張顯光과 종유하였고 「愼獨箴」, 「講學說」 등을 지었다. 仁祖朝에 천거되어 敎授를 받았다. 뒤에 道山書院에 享祀되었고, 문집을 남겼다.[29]

靜窩 洪天覺은 문학과 行誼로 세상의 推仰을 받았으나 聞達을 구하지 않고 林泉에 뜻을 붙이고 일생을 보냈다. 문집을 남겼다.

菊庵 李明慜은 篁谷 李偁의 아들인데 寒岡 鄭逑의 문인이다. 學行이 純正하였으나 은거하여 仕宦하지 않았다. 蘆坡 李屹, 日新堂 李天慶 등과 從遊하였다. 壬辰倭亂 때 倡義하였고, 문집을 남겼다.[30]

28) 鄭逑 『寒岡續集』 권8 1장, 「答李養初」. 每念, 吾賢契, 資質之佳, 勇然擺脫於世界, 專心致志 於向裏之學, 其進詣, 何可量焉? 距遠, 不能與之相從, 居常, 益用傾遡耳.
29) 李明星번역 『朝鮮寶輿勝覽』 咸安篇 145쪽.
30) 李明星번역 『朝鮮寶輿勝覽』 遺逸條, 152-153쪽.

竹窩 李明忿는 篁谷 李偁의 아들로 寒岡 鄭逑의 문인이다. 학문이 정밀하고 독실하였다. 壬辰倭亂 때 忘憂堂 郭再祐를 도와 倡義하여 軍功을 세웠다.

農隱 朴道元은 旅軒 張顯光의 문인으로 推許를 입었고 문집을 남겼다.

韜巖 趙坦은 임진왜란 때 倡義하여 軍功을 세워 助防將에 임명되었다. 宣武功臣에 策錄되고 兵曹參判에 추증되었다. 『咸州三綱錄』과 문집을 남겼다.

韜巖의 아들 德川 趙由道는 寒岡 鄭逑, 旅軒 張顯光, 愚伏 鄭經世의 문인인데, 학행으로 이름이 있었고, 문집을 남겼다.

東山 李抶雲은 李明恴의 아들인데 학문을 독실이 하고 덕행이 있었다. 仕進할 뜻이 없어 林泉에서 일생을 보냈다. 문집을 남겼다.

雲墅 趙平은 光海朝에 진사에 급제하였는데, 沙溪 金長生의 문인이다. 학행으로 천거되어 叅奉 洗馬 등직에 제수되었으나 나가지 않았다. 丙子胡亂 이후 和議가 성립되자 은거하여 일생을 마쳤다.

鄭東取는 權奸들의 弄權을 싫어하여 과거를 포기하고 내면적인 학문에 전념하였다. 『四子註解』를 지었다.

尹天鶴은 문장과 操行이 다 뛰어났고 叅奉을 지냈다. 문집을 남겼다.

繼先齋 沈碩道는 旅軒 張顯光의 문인인데 光海朝에 司馬試에 합격하였으나, 廢母論이 일어나는 것을 보고 돌아와 은거하며 제자 양성에 전념하였다. 문집을 남겼다.

彊齋 成好正은 鵲溪 成景琛의 아들로 寒岡 鄭逑의 문인이다. 謙齋 河弘度와 교분이 두터웠고, 南冥을 지극히 존경한 사람이다.[31] 그 아우 成好晋은 謙齋의 매부로 겸재를 從遊하였다.

漆原지역에서는 朝鮮 前期에 많은 文科及第者가 나왔다. 漆原府院君

---

31) 河弘度『謙齋集』부록 권4『師友錄』, 경인문화사 1990년. 그러나『咸州誌』속편,『朝鮮寰輿勝覽』,『嶠南誌』등에 전혀 언급이 없는 것으로 볼 때, 仁祖反正 이후 廢錮 등 문제가 있은 것으로 보인다.

尹子當, 牧使 權虞, 大提學 尹守當, 權虞의 아들인 正郎 權守平, 縣監 裵世績, 參判을 지낸 文敏公 愼齋 周世鵬, 그 아들 校理 周博, 參判 尹伊, 尹伊의 아들인 漆溪君 尹卓然, 正言 安義, 典籍 郭硏 등 11명에 이른다[32]. 『漆原誌』에 누락되어 있지만, 裵文甫는 世宗朝에 문과에 급제하여 固城郡守를 지냈다. 裵世績은 佔畢齋 金宗直의 제자이다.

愼齋 周世鵬의 선조는 본래 陜川에 살았는데, 그 조부 周長孫이 漆原사람 牧使 權虞의 사위가 됨에 따라 그 아들 周文甫가 漆原으로 옮겨와살게 되었다. 周文甫의 장자 周世鵬은 迂拙齋 朴漢柱의 사위가 되었으니咸安의 士族과 혼인으로 연결되어 있었다.

愼齋는 司馬試와 文科에 올라 내외의 여러 관직을 거쳐 벼슬이 參判에이르렀다. 그는 우리 나라 역사상 최초의 서원인 白雲洞書院을 세워 우리나라 學術史와 敎育史에 획기적인 공적을 남겼다. 최초의 書院誌인 『竹溪志』를 편찬하였고, 문집 『武陵雜稿』를 남겼는데, 칠원지역에서는 현존하는 최초의 문집이다. 이 이외에도 『東國名臣言行錄』, 『心圖』 등을 남겼다. 『심도』는 최근 北京大學 도서관에서 발견되었는데, 退溪의 『聖學十圖』보다 근 20년 앞서 지어진 것으로 앞으로 학계의 주목을 크게 받을 것이고, 朝鮮前期 咸安의 학문적 수준을 증명할 것으로 생각된다. 사후에 紹修書院과, 漆原의 德淵書院에 享祀되고 있다.

愼齋 周世鵬은 儒學 공부를 철저히 한 바탕 위에서 과거시험을 통하여관계에 진출한 전형적인 학자형 관리이다. 그래서 그는 관직에 있으면서도관심이 늘 학문과 문학에서 떠나 본 적이 없었다. 다른 관리들보다 특별히교육에 관심이 많았는데, 그의 白雲洞書院 창설은 이후 우리 나라의 학문사상 교육 문학 등에 지대한 영향을 끼쳤다. 우리 선현들이 학문을 좋아하고 책을 많이 저술한 전통은 실로 신재의 서원 창설에서 기인한 것이 많다고 볼 수 있다.

---

32) 『漆原誌』 36쪽, 科擧條.

그리고 그는 당시 弘文館의 실질적인 책임자인 副提學에 임명될 정도로 詩文에 특출하였다. 특히 1328수라는 방대한 분량의 시와 123편의 산문 작품을 남겼고, 이 시들의 내용도 다양하고 풍부하다.

유학자로서 자신의 내면 성찰에 방법과 방향을 제시한 修養詩, 산수자연의 아름다움을 추구한 山水詩, 儒者로서 책임감을 느껴 세상을 구제하려는 救世詩, 당시 지배층의 착취에 시달리는 농민들의 疾苦를 동정하고 위정자들의 무관심을 풍자한 憐民詩, 역사적 사실에서 교훈을 찾아 당세에 경종을 울리는 詠史詩 등이 돋보인다. 특히 咸安의 山水와 풍속을 읊은 시도 적지 않다.

1569년에는 咸安지역 최초의 서원으로 琴川書院이 城山에 세워졌다가 琴川으로 옮겼다. 이 서원은 조선후기에는 존재가 확인되지 않으나, 초기에 함안에서 서원이 건립되었다는 것은 당시 일어나기 시작한 書院創設運動에서 함안도 뒤지지 않았다는 사실을 알 수 있다.

咸安의 學問 전통에 있어서 획기적으로 크게 발전을 하게 된 계기는 寒岡 鄭逑가 1586년 咸安郡守로 부임한 것이다. 그는 星州 출신으로 退溪, 南冥 兩門에 출입한 학자였다. 추천으로 慶南의 昌寧, 咸安 등지의 郡守로 재직하면서 學問을 일으키고, 많은 제자를 길렀다. 그가 떠난 뒤에 함안 군민들이 그의 善政을 잊지 못하여 去思碑를 세웠다. 한강은 특히 敎化에 힘썼다.

　　원님의 정치는 효도와 공경을 돈독히 하고 節義를 장려하며 선비를 높이고 제사를 중히 여기는 것을 먼저 할 일로 삼았습니다. 그리고 엄숙하고 명백하고 맑고 신중하여 아전들은 두려워하고 백성들은 교화되었습니다.[33]

寒岡 鄭逑는 함안에 와서 먼저 백성들에게 효도와 공경을 돈독히 하고

33) 李明怘「梅竹軒集」권1 714쪽,「寒岡鄭先生去思碑銘」. 侯之政, 以惇孝悌, 獎節義, 崇儒, 重祀, 爲先. 而嚴明淸愼, 吏憚民化.

절의를 숭상하도록 교도하였다. 그리고 선비들을 우대했다. 그래서 당시 咸安의 지도자급 인사인 竹牖 吳澐, 篁谷 李偁, 篁巖 朴齊仁 등과 結交하여 교육에 힘써 함안의 인재를 양성하고 학문을 일으켰다.

풍속이 온후하고 절의를 숭상하고 글 읽기를 좋아하게 만든 寒岡의 영향은 조선말기까지도 그대로 남아 있었다. 1864년 金海府使로 부임한 性齋 許傳이 咸安을 방문하고 받은 인상을 이렇게 기록했다.

> 巴山郡[咸安의 별칭]은 옛날 寒岡선생이 다스리던 곳으로 수백 년 동안 그 流風과 남긴 敎化가 그치지 않고 있다. 내가 두 번 그 곳에 가봤는데, 악기 연주하고 글 읽는 소리를 들을 수 있었다.[34]

咸安 사람으로 寒岡의 문인이 된 사람은 紫巖 成景琛, 東隱 趙成麟, 梅竹軒 李明怘 , 匡西 朴震英, 道谷 安侹, 隴雲 李時馣, 德川 趙由道, 場岩 趙英汝, 方壺 趙遵道, 疆齋 成好正, 藥溪 趙咸一 등이 있다.[35] 이들은 慶南地域에 광범위하게 분포되어 있는 50여 명의 寒岡 문인들과 상호간에 서로 빈번한 交往을 하면서 학문을 講磨하였고, 또 풍속을 匡正하였다.

그 뒤 1607년 寒岡이 배를 타고 龍華山 아래 道興津에 와서 놀 때 咸安과 漆原, 靈山, 玄風, 高靈, 星山의 선비들이 모여 같이 학문을 토론하였다. 이때 참여한 咸安과 漆原의 선비로는 澗松 趙任道와 간송의 부친 立巖 趙埴, 간송의 숙부 斗巖 趙垓, 梅竹軒 李明怘, 道谷 安侹 등이었다.

1617년 寒岡이 東萊에 가서 溫泉浴을 하기 위해서 배를 타고 洛東江을 따라 내려왔을 때 寒岡을 만나기 위해서 咸安 龍華山 아래 道興津으로 咸安과 漆原의 선비들이 모여들었다. 곧 斗巖 趙垓, 衆奉 趙英漢, 菊庵

34) 許傳『性齋集』권14 26장 林亭記.『許傳全集』제2책, 아세아문화사 1974년. 巴山郡, 在昔, 寒岡先生所治, 數百年, 流風餘敎, 未已. 余嘗再至其地, 聞絃誦之聲.
35) 澗松 趙任道는 寒岡을 만나뵌 적이 있었으나, 나이가 어렸으므로 스스로 제자라고 생각하지 않았다.

李明怘, 趙勉道, 道谷 安侹, 德川 趙由道, 場岩 趙英汶, 忍軒 黃元祿 등이었다. 한강이 1586년부터 2년 가까이 함안군수로 있으면서 학문을 장려하는 등 遺愛가 있었기 때문에 咸安의 선비들이 그를 매우 欽慕하였고, 20년이 지난 뒤에도 그를 뵙기 위하여 많은 사람들이 다투어 찾아갔던 것이다.[36]

함안의 역사에서 寒岡 鄭逑가 군수로 부임하여 학문을 일으킨 것이 함안의 학문적 수준을 높이고, 그 이후 많은 학자들이 배출되고 문집을 남기는 데 결정적인 영향을 미쳤다고 할 수 있다.

V. 朝鮮後期의 인물과 학문

壬辰倭亂 때 활발한 義兵活動으로 구국의 대열에 섰던 慶尙右道 지역의 義兵將들은 임진왜란이 끝난 뒤 조정에 대거 등용되었고, 宣祖 말년에는 강한 발언권을 얻어 조정에서 영향력을 발휘하게 되었다. 그리하여 光海君의 등극에 南冥의 제자들이 중심이 된 北人들이 큰 역할을 하게 되어, 光海君 朝代에는 북인이 정권을 專擅하였다. 鄭仁弘을 둘러싼 北人들의 일당독재에 뜻 있는 인사들은 出仕를 탐탁하게 여기지 않았다. 이에 정권에서 밀려난 西人들이 비밀리에 南人과 연합하여 仁祖反正을 성사시켜 北人政權을 무너뜨리고 말았다. 西人들이 정권을 잡은 이후로 嶺南 사람들은 出仕의 길이 막혔고, 南冥學派와 긴밀한 관계가 있는 慶尙右道 지역은 완전히 중앙정계로부터 소외 당하였다.

文科及第者 수도 현격하게 감소되었고, 전국적인 名望이 있는 대학자도 나오지 못했다. 南冥의 學脈이 이어지지 못하여 19세기 후반까지 慶尙右道는 학문적으로 심한 沈滯期에 빠지는데, 咸安지역도 예외가 아니었다. 그 결과 仁祖反正 이후로 250년 동안 학자의 출현도 거의 없었고 저술도

---

36) 『蓬山浴行錄』 5장. 1912년 檜淵書院刊本.

나오지 못했다.

仁祖反正 이전부터 咸安에서 활약해 오다가 仁祖反正 이후에는 咸安의 학계를 주도한 인물로 澗松 趙任道가 있었다.

澗松 趙任道는 1585(宣祖 18)년 咸安郡 劍巖里에서 司䆃寺 僉正 趙埴의 아들로 태어났다. 그의 5대조는 漁溪 趙旅이다. 南冥의 제자인 大笑軒 趙宗道는 간송에게는 三從兄이 된다.

澗松은 14세 때 慶北 奉化에서 槃泉 金中淸에게 배웠는데, 金中淸은 月川 趙穆과 寒岡 鄭逑의 제자였다. 月川은 退溪의 뛰어난 弟子였으니, 이때부터 澗松은 退溪의 學統에 닿게 되었고, 퇴계를 尊慕하기 시작했다.[37] 16세 때는 義城에 살던 杜谷 高應陟에게서 『大學』을 배웠는데, 杜谷 역시 退溪의 제자로 性理學에 깊은 조예가 있었다.

1601년 17세 때 仁同으로 가서 旅軒 張顯光을 뵙고서 스승으로 삼았다. 旅軒은 寒岡 鄭逑의 영향을 크게 받았고, 寒岡은 退溪와 南冥 兩門下를 다 출입하였다. 澗松은 53세 때까지 36년 동안 旅軒을 스승으로 모셨고, 旅軒과의 問答을 기록하여 「就正錄」이라는 글로 남겼다.[38] 旅軒의 여러 제자 가운데 10명의 뛰어난 제자를 旅軒門下의 十哲이라고 하는데, 澗松을 首位로 일컬었다.[39]

23세 때 咸安의 龍華山 아래 배 위에서 寒岡 鄭逑를 처음 뵈었다. 이때 寒岡은 배를 타고 星州로부터 洛東江과 南江의 合流地點인 龍華山 아래 道興津에서 잠시 머물면서 인근 고을의 많은 선비들을 접견하였다. 이때 스승인 旅軒 張顯光과 忘憂堂 郭再祐 등도 함께 있었으므로 澗松은 이분들에게도 인사를 드렸다. 이 해 三嘉에 살던 蘆坡 李屹의 따님에게 장가들었다. 蘆坡는 본래 南冥의 제자인 來庵 鄭仁弘의 門人이었으나, 1613년

---

37) 『澗松別集』 권2 2장, 「墓碣銘」.

38) 趙任道 『澗松別集』 권1 1장~17장, 「就正錄」.

39) 趙任道 『澗松續集』 권5 32장, 徐命瑞 「朝陽樓記」. 旅軒之門, 苑有十喆之稱, 而世推先生 爲最.

癸丑獄事로 인하여 鄭仁弘과 노선을 달리하였다. 仁祖反正 이후 南冥을 모신 三嘉 龍巖書院의 원장에 추대되었는데, 인조반정 이후 南冥學派의 수습에 자기의 역할을 다했다.

1611년 27세 때 鄭仁弘이 退溪의 文廟從祀를 배척하였는데, 咸安 사람 가운데서도 鄭仁弘의 지시를 받아 退溪를 攻斥하는 疏를 작성하기 위한 疏會를 준비하는 사람이 있었다. 澗松에게 참석을 강요하였으나, 澗松은 참여할 수 없다는 뜻을 분명히 밝혔다. 당시 鄭仁弘의 세력이 대단히 熾盛하였으므로 선비로서 자신의 志操를 잃지 않은 사람이 드물었다. 그래서 세상 사람들이 澗松은 千仞壁立의 氣像이 있다고 推仰하였다.

1618년 34세 때 廢母論이 일어나자 澗松은 '臣子로서 大妃를 廢黜해서는 안 된다'는 주장을 폈다. 이로 인하여 大北派 勢力들을 피하기 위해서 漆原縣의 柰內로 피신하여 翔鳳亭을 짓고 살았다.

47세 때 陶山書院을 拜謁하였다. 이때 禮安, 安東 등지의 退溪學派 학자들과 結交하여 교유의 폭을 넓혔다.

49세(1633) 때 漆原縣 柰內에서 靈山縣 龍山 마을로 옮겨 살았다. 강 건너 咸安의 龍華山 기슭에 合江亭을 지어 讀書와 詠詩로 悠悠自適한 생활을 하였다.

50세 때 추천을 받아 恭陵 叅奉에 除授되었으나 나아가지 않았다. 이때 여러 선비들의 추대로 金海 新山書院의 院長을 맡았다.

1664년 향년 80세로 일생을 마쳤다. 1666년 士林들의 건의로 司憲府 持平에 追贈되었다. 1721년 士林들이 咸安郡 安仁里에 松亭書院을 건립하여 澗松을 享祀하였다.

澗松은 평생 벼슬하지 않고 學問研究와 儒林活動만 한 순수한 선비로 일생을 보냈다. 그러나 세상을 등진 潔身長往의 자세는 아니었고, 憂國憐民의 思想을 늘 확고하게 지니고서 적극적으로 현실에 참여한 선비였다. 이런 점은 南冥의 일생과 아주 흡사하다고 하겠다.

澗松의 생장지인 咸安에는 大笑軒 趙宗道, 竹牖 吳澐, 茅村 李瀞, 篁谷

李佾, 篁巖 朴齊仁 등 南冥의 제자들이 많았으므로 澗松이 南冥學派의 인물들의 영향을 받았을 것으로 짐작해 볼 수 있다.

23세 때 澗松은 蘆坡 李屹의 따님에게 장가드는 것을 계기로 해서 南冥學派에 확실하게 참여하게 된다. 蘆坡는 南冥의 제자인 鄭仁弘의 제자이고, 또 三嘉에 있는 南冥을 모신 龍巖書院의 院長을 맡아 일했으므로 南冥學派 가운데서도 매우 중요한 위치에 있는 인물이었다. 澗松은 蘆坡를 장인으로서 뿐만 아니라 스승으로 모셨으므로 南冥學派의 學問에 接脈될 수 있었다.

그러나 澗松의 후손들은 澗松을 退溪學派와 긴밀하게 연결하려고 노력하다 보니 南冥學派와의 관계는 인멸시키려는 의도가 없지 않았다. 安東지역 학자인 訥隱 李光庭이 澗松의 墓碣銘을 지으면서 南冥에 관한 언급을 전혀 하지 않은 것에서 그 예를 찾아볼 수 있다.

澗松은 寒岡 鄭逑를 拜見하고 尊慕하기는 했으나, 이때 寒岡은 이미 연로하였으므로 執贄를 하지는 않았다. 篁巖 朴齊仁, 忘憂堂 郭再祐, 茅谿 文緯, 凌虛 朴敏, 畏齋 李厚慶, 桐溪 鄭蘊, 梧峰 申之悌, 石潭 李潤雨 등 그 당시 江右地域의 대표적인 학자들을 澗松은 선배로 모시고 따랐다. 이 가운데 義城에 살던 梧峰은 寒岡의 문인으로서 澗松에게는 從姊兄이 되었는데, 澗松이 江左地方의 師友들과 交往하는 데 있어 교량적 역할을 했다.[40] 畏齋 역시 寒岡의 문인이었는데 澗松의 妻再從祖가 된다.

无悶堂 朴絪, 寒沙 姜大遂, 謙齋 河弘度, 林谷 林眞怤, 東溪 權濤, 匡西 朴震英, 疆齋 成好正, 盍菴 李道輔, 修巖 柳袗, 眉叟 許穆, 聽天堂 張應一 등을 澗松은 벗으로 삼아 서로 어울려 학문을 강론하였다. 이 가운데서 眉叟 許穆은 40대인 1645년경에 漆原에 와서 살았는데,[41] 澗松과는 긴밀한 交往이 있었다.

40) 『澗松別集』 권1 1장, 「就正錄」.
41) 『眉叟年譜』 4장, 乙酉年.

无悶堂 朴絪이 편찬한『南冥年譜』에 澗松이 跋을 썼고, 无悶堂이『山海
師友錄』을 편찬할 때도 澗松은 많은 의견을 제시하였다.[42]

그리고 澗松은 그 당시 격렬하던 黨論에 얽매이지 않았다. 牛溪 成渾의
제자인 童土 尹舜擧가 宜寧縣監으로 부임해 왔을 적에 그와 친밀한 관계
를 맺고서 退溪를 享祀할 德谷書院 건립에 관한 일을 서로 의논하였다.
그리고 澗松은 德谷書院의「退溪奉安告由文」을 지어 退溪의 학문과 덕행
을 존모하는 뜻을 나타내었다.

또 淸陰 金尙憲의 제자인 東江 申翊全이 居昌郡守로 부임했을 때, 澗松
은 栗谷의 저서인『聖學輯要』,『石潭遺事』등에 대해서 듣고서 그를 통해
서 그 책을 구해보려고 노력하기도 하였다.

澗松의 師友들은 江右地方에만 국한되지 않고 江左地方에도 폭넓게
고루 분포하여 退溪學派와 南冥學派를 고루 아우른 특징이 있다. 澗松은
兩學派에 속한 학자들과 폭 넓은 교유관계를 가졌는데, 이는 澗松의 學問
的 視野를 넓히는 데 큰 도움이 되었을 것이다.

澗松은 退溪學派에 속하는 학자들을 스승으로 모시고 배웠으므로 朱子
學을 학문의 本領으로 삼았다. 朱子學을 공부한 학자들은 대부분 性理學
에 관한 學說이 대단히 많다. 더욱이 자신이 근 40년 동안 스승으로 모시며
따라 배웠던 旅軒은 性理學에 관한 學說이 아주 많았다. 그러나 澗松은,
文集의 분량이 原集, 別集, 續集 합쳐 모두 12권 6책 정도의 적지 않은
분량임에도 性理學에 관한 학설은 전혀 실려 있지 않다. 학문에 관한 내용
가운데도 대부분은 학문을 어떻게 실천에 옮기느냐에 관한 것이다. 이런
점은 退溪學派에 속하는 학자로서는 상당히 특이한 경우인데, 이 점에
있어서는 澗松은 南冥의 학문자세와 아주 흡사하다고 할 수 있다.[43]

澗松은 일생토록 退溪學派와 南冥學派의 융합을 위하여 노력했는데,

---

42) 趙任道『澗松集』권3 17-18장

43) 許捲洙「南冥・退溪 兩學派의 融合을 위해 노력한 澗松 趙任道」『南冥學研究』제11집,
南冥學研究所, 2001년.

그의 영향으로 이후 咸安의 학자들이 남명학파와 퇴계학파 한쪽으로 치우치지 않고 양학파의 장점을 고루 배우는 특성을 갖게 되었다고 볼 수 있다.

仁祖反正 이후 咸安과 漆原에서 활약한 이름난 학자를 소개하면 다음과 같다.

道谷 安侹은 본래 咸安郡 道音里에서 태어나 壬辰倭亂 직후에 漆原으로 옮겼다. 文科에 급제한 安義의 증손으로 寒岡의 문인이다. 澗松 趙任道의 從姊兄으로 澗松과 자주 交往하였다.

匡西 朴震英은 桐川 朴旿의 아들인데, 寒岡 鄭逑의 문인이다. 壬辰倭亂 때는 忘憂堂 郭再祐를 도와 창의하였고, 丙子胡亂 때도 창의하였다가 鳥嶺에 이르러 和議가 이루어졌다는 소식을 듣고 痛哭하고 돌아왔다. 兵曹參判에 제수되었고, 사후에 判敦寧府事에 추증되고 武肅이라는 諡號를 받았다. 大報壇에 配享되고 道溪書院에 향사되었다. 문집을 남겼다. 眉叟 許穆이 墓碣銘을 지었다.

樂天亭 李聳雲은 菊庵 李明慜의 아들로 蘆坡 李屹의 문인이다. 문학으로 세상의 추앙을 받았다. 澗松과 학문을 講磨하여 서로 도움을 받았다. 벼슬하지 않고 제자 양성으로 일생을 보냈다. 문집을 남겼다.

農隱 朴道元은 篁巖 朴齊仁의 손자로 旅軒 張顯光의 문인이다. 澗松 趙任道, 釣隱 韓夢參 등과 從遊하였고, 문집을 남겼다.

晚默 李景茂는 澗松 趙任道의 문인으로서 學德이 순수하게 갖추어졌다. 蘆陽書院에 향사되어 있고, 문집을 남겼다.

李炫은 葛村 李瀷의 손자로 澗松 趙任道의 문인이다. 문학과 덕행으로 세상의 추중을 받았고, 문집을 남겼다.

止知軒 洪碩果는 眉叟 許穆의 문인으로, 寒岡 鄭逑와 旅軒 張顯光의 推獎을 입었다. 「鑑古四箴」을 지어 後學들을 면려하였다. 그가 名利에 뜻을 끊고 安分知足하는 것을 인정하여, 眉叟가 止知軒이란 현액을 써 주었다.[44] 東山 李抉雲이 그의 사위이다.

道峯 趙徵天은 大笑軒 趙宗道의 손자로 澗松 趙任道의 문인이다. 어려

서부터 학문에 뜻을 두어 性理學에 침잠하였고, 禮學에 더욱 정통하였다. 문집을 남겼다.

敬齋 洪宇亨은 止知軒 洪碩果의 아들로 澗松 趙任道의 문인이다. 문학과 효우가 세상의 모범이 되었다. 丙子胡亂 이후 세상에 알려지기를 구하지 않고 林泉에서 숨어 지냈다. 문집을 남겼다.

趙璉은 道谷 趙益道의 손자로 澗松 趙任道의 문인이다. 학문과 실천의 수준이 유림에서 으뜸이었다. 肅宗朝에 左承旨에 추증되었다.

松齋 趙釆는 趙璉의 아들로 澗松 趙任道의 문인이다. 經傳과 史書에 널리 통하였고 義理를 깊이 연구하여 스승의 奬許를 입었다. 만년에 友于亭을 짓고 소요자적했는데, 慶尙監司로 부임한 일족인 趙榮福이 記文을 지어 주었다.

三悅堂 李景蕃은 復齋 李道孜의 문인으로서 문학이 순수하였다. 뒤에 掌樂院正에 추증되고 廬陽書院에 향사되었다.

浣石堂 朴亨龍은 匡西 朴震英의 아들로 安仁里에 살았는데, 眉叟 許穆의 문하에서 공부하였다. 肅宗朝에 學行으로 천거되었고, 英祖朝에 大司憲에 추증되었다. 문집을 남겼다. 특히 그는 장서가 만 권에 이르렀으므로 서재를 건축하여 萬卷樓라 명명하였다.[45] 조선 중기에 많은 장서를 소유한다는 것은 전국적으로 볼 적에도 그 어려운 일인데, 함안의 학자 문인들이 이 서적들을 활용하여 그 학문적 수준을 높였을 가능성은 짐작할 수 있다.

明庵 安俯는 聚友亭 安灌의 현손으로 桐溪 鄭蘊의 문인이다. 丙子胡亂 이후 基山에 은거하여 후진을 양성하고 鄕規를 제정하였다. 實紀가 남아

---

44) 李家淳『霞溪集』권9 38장,「止知軒洪公墓碣銘」.
45)『朝鮮寶輿勝覽(咸安篇)』古蹟條에, "당시 明나라에서 다섯 수레의 책을 내려주어 장려했다"라고 기록되어 있으나, 당시 망해가는 明나라 사정으로 봐서 현실성이 없고, 또 운반할 수도 없는 일이다. '萬卷'이라는 숫자도 정확하게 만권이라기보다는 '장서가 많았다'는 뜻으로 썼다고 보면 될 것이다.

있다.

毅齋 安健은 安俯의 아우로 역시 桐溪의 문인이다. 형과 함께 基山에 은거하여 시를 읊으며 세상을 마쳤다.

凝庵 李東柱는 永慕齋 李明惷의 손자로 博學하고 행실이 독실하였는데, 후진양성에 전념하였다. 사림에서 여러 차례 褒贈을 요청하는 상소를 하였다. 나중에 監察에 추증되었다. 文集을 남겼다.

防隱 文學庸은 三憂堂 文益漸의 후손으로 본래 宜寧에 살았는데, 丙子 胡亂으로 和議가 성립된 이후 咸安 防禦山 속으로 들어와 은거하였다. 문집을 남겼다.

朴昌萬은 浣石堂 朴亨龍의 아들인데, 通德郎에 올랐다. 시를 잘하는 것으로 일찍부터 이름났고, 시집을 남겼다.

思齋 李昶은 문학과 行誼가 일찍 이루어졌고, 문집을 남겼다.

羅得培는 孝宗朝에 문과에 급제하여 省峴道 察訪을 지냈다.

茅溪 李命培는 葛庵 李玄逸의 문인으로서『性理說辨』,『疑禮問答』등의 저서와 문집『茅溪集』을 남겼다. 나중에 持平에 추증되었고, 山陰祠에 享祀되었다.

樂天亭 李東壽는 葛村 李瀟의 현손으로 葛庵 李玄逸의 문인이다. 여러 차례 스승의 獎許를 입었다.

病窩 李宗臣은 葛村의 후예로서 天資가 粹美하고 문장과 덕행이 일찍이 이루어졌다. 문집을 남겼다.

屹峯 李贇望은 密庵 李栽의 문인으로『理氣性情辨』,『就正錄』등의 저서를 남겼다. 江左의 학자인 大山 李象靖, 霽山 金聖鐸 등과 從遊하였고, 山陰祠에 享祀되어 있고, 문집을 남겼다.

淸義堂 趙永輝는 과거를 포기하고 은거하며 덕을 닦았다. 童蒙敎官에 추증되었고, 문집을 남겼다.

茅齋 李斗望은 茅溪 李命培의 아들인데 孝行이 뛰어나 監察에 추증되었다. 문집을 남겼다.

淵齋 洪震亨은 家學을 계승하여 문학이 純正하여 당시의 일류학자들과 학문을 講磨하고 긴밀한 교분을 나누었다.

枕流亭 李聃壽는 葛村 李瀟의 현손인데, 儒林의 重望을 입어 德川書院 院長을 지냈다.

聽溪 趙檍은 陶谷 趙益道의 증손으로 문학이 일찍 이루어졌고, 자연에 묻혀서 古典을 깊이 연구하였다. 문집을 남겼다.

洛湖 趙橺은 澗松의 증손으로 戊申亂에 倡義하여 역적을 힘써 섬멸하였다. 문집을 남겼다.

聾啞軒 趙益城은 大笑軒 趙宗道의 후손인데, 英祖 戊申亂에 창의하였고, 문집을 남겼다.

朴昌億은 문학과 덕행으로 당시에 이름이 났다. 壽職으로 嘉善大夫 副護軍을 받았다. 문집을 남겼다.

牧牛軒 李昌奎는 葛村 李瀟의 증손으로 葛庵 李玄逸의 문인이다. 性理學의 眞詮을 깊이 연구하였고, 學行이 있었다. 道林書院을 창건하였고, 문집을 남겼다.

芹村 趙景栻은 문학에 뛰어났는데, 西山書院의 賜額을 위해서 대궐에 상소하는 등 정성을 다하였다. 문집을 남겼다.

巴溪 洪啓文은 詩書를 널리 보았고 英祖 戊申亂에 倡義하였으나 모친상을 당하여 끝까지 참여하지 못했다. 문집을 남겼다.

菊潭 周宰成은 愼齋 周世鵬의 방손인데 英祖 戊申亂에 倡義하여 공을 세웠다. 난이 평정된 뒤 초야에 묻혀서 학문 연구에 전념하여『庸學講義』,『經義輯錄』,『居家要範』등의 저서와 문집『菊潭集』을 남겼다. 나중에 左承旨에 추증되고 旌閭를 받았다.

杜庵 安應瑞는 문학으로 명망이 높아 사림의 추중을 받았다. 문집을 남겼다.

紫皐 朴尙節은 星湖 李瀷을 從遊하였는데, 英祖朝에 倡義하여 역적을 쳤다. 학행으로 이름이 높았고, 암행어사의 천거를 받았다.『理全酌海』,

『沂洛編芳』, 『萬姓譜』 등을 저술하였고, 문집을 남겼다.

南棲 黃鼎采는 문학을 좋아하였는데, 「左右保身箴」, 「理氣吟」 등을 지었다.

僻譁 李道新은 학문에 독실이 힘썼는데, 「經緯說」, 「戒孫說」 등을 지어 후학들에게 모범을 보였다. 나중에 左承旨에 추증되었고, 문집을 남겼다.

四契堂 李世衡은 梅竹軒 李明忠의 후예로 문장과 行誼로 그 당시에 이름이 있었다. 여러 차례 천거를 받았으나, 林泉에 묻혀서 후진 양성에 전념하였다. 문집을 남겼다.

默窩 李吉龍은 經傳에 널리 통하였고 義理를 깊이 탐구하였다. 남쪽 지방의 士友로서 推重하지 않는 사람이 없었다. 문집을 남겼다.

李德柱는 月輝堂 李希曾의 후손인데, 正祖朝에 무과에 올라 宣傳官을 지냈다. 洪景來亂의 진압에 출정하여 역적 괴수를 목 베어 春川府使에 제수되었으나, 병으로 부임하지 못했다. 문집을 남겼다.

飽德菴 李潤德은 학문을 독실이 하고 실천에 힘써 士友들의 推重을 받았다. 문집을 남겼다.

晩樂齋 朴奎赫은 문장으로 세상에 이름이 있었고, 문집을 남겼다.

夷峯 黃後榦은 본관이 昌原으로 夷溪 黃道翼의 아들로 家學을 이었고, 뒤에 密庵 李栽, 霽山 金聖鐸의 문하에 나아가 성리학을 연구하여 추중을 받았다. 당시의 학자 慵窩 柳升鉉, 江左 權萬, 谷川 金尙鼎, 樂溪 趙靈得, 屹峯 李贇望, 紫皐 朴尙節 등과 가장 절친하였다. 『夷峯遺稿』 8권을 남겼고, 道巖書院에 享祀되었다.46)

雙梅堂 安慶稷은 霽山 金聖鐸의 문인으로 聖人의 학문에 널리 통하고 孝悌를 독실이 실천하였고, 여러 번 천거에 올랐다.

聾窩 安慶一은 霽山 金聖鐸의 문인으로 經學에 精深하였고, 文詞가 典雅하였다. 「救弊疏」 萬言을 올렸다.

---

46) 許傳 『性齋集』 권30 3-4장, 「處士夷峯黃公遺事」.

莫知翁 趙敬植은 덕행이 일찍 이루어졌고, 여러 차례 고을의 추천을 받았다. 문집을 남겼다.

無名亭 安慶邦은 安璜의 후손으로 夷峯 黃後榦의 문인이다. 외모가 중후하고 內心이 진실하여 推重을 받았다. 문집을 남겼다.

乃翁 安致權은 黃後幹의 문인으로 학문하는 宗旨를 얻어들었다. 문집을 남겼다.

朴馨久는 大山 李象靖의 문인으로 英祖朝에 進士에 올랐다. 문학에 전념하여 문집을 남겼다.

李文夏는 李明憝의 후손인데 安慶稷의 문인이다. 문예가 숙성하였고 문집을 남겼다.

心齋 李相龍은 대대로 詩書의 학문을 전수하였고, 學行으로 세상에 알려졌으며 문집을 남겼다.

餘窩 李廷億은 梅竹軒 李明恕의 후예로 과거공부를 포기한 뒤 性理學에 전념하였고, 「東國諸賢贊」을 지었다. 또 德巖書院, 道林書院, 廬陽書院의 儀禮와 院規를 만들었다. 문집을 남겼다.

樂窩 李起龍은 大山 李象靖의 문인인데, 문학과 行誼로 이름났고, 道溪書院을 창설하였고, 문집을 남겼다.

晚庵 李運采는 문학에 정통하였고, 「安分養心」, 「晚悟」 등의 글을 지었다. 문집을 남겼다.

德翁 李炯은 李泲의 증손으로서 名利를 사절하고 爲己之學에 전념하였다. 문집을 남겼다.

西澗 朴春赫은 문학과 덕행으로 당시에 이름이 났고 문집을 남겼다.

壹孝堂 沈尙壹은 大山 李象靖의 문인이다. 經書에 밝고 문학에 뛰어났다. 암행어사의 추천으로 昭格署郞에 제수되었고, 뒤에 戶曹參議에 추증되었다. 문집을 남겼다.

剛齋 鄭再玄은 여러 經傳을 연구하여 「言行戒」, 「忿慾戒」, 「庸學辨義」 등을 지었고, 문집을 남겼다.

嵋陰 李蓍仁은 經傳에 潛心하여 뜻을 구하기를 게을리하지 않았다. 문집을 남겼다.

槐窩 李有馨은 실행이 독실하고 조예가 깊어 향리의 모범이 되었다. 문집을 남겼다.

薇窩 李有幹은 일찍이 과거를 준비하여 功令文으로 이름이 높았다. 세 번 낙방한 뒤 六經에 침잠하여 학업이 크게 발전하였다. 문집을 남겼다.

聾窩 李壽元은 家學을 계승하여 經書를 연구하였다. 所庵 李秉遠, 定齋 柳致明 등과 학문을 講磨하였다. 문집을 남겼다.

慕怗齋 朴正赫은 立齋 鄭宗魯를 從遊하여 학문이 정밀하고 순수하였다. 『心經質義』를 지었고, 문집을 남겼다.

修齋 李有善은 嵋陰 李蓍仁의 아들인데, 재주와 行誼가 뛰어났다. 「神明舍重修記」, 「周易上下經圖說」, 「身心輕重辨」 등을 지었고, 또 문집도 남겼다.

惺齋 安夢伯은 竹溪 安憙의 후손으로 立齋 鄭宗魯의 문인이다. 司馬試에 합격하였다. 『禮家彙篇』, 『史記輯覽』, 『道統全篇』 등을 저술하였고, 문집을 남겼다.

蒼澗 朴馨天은 經學 文章 筆法에 모두 뛰어났다. 正祖朝에 生員에 합격하였는데,[47] 당시 領議政 蔡濟恭이 行誼로 천거하였다.

流齋 朴馨術은 慕怗齋 朴正赫의 아들로 立齋 鄭宗魯의 문인이다. 문장이 沈鬱 穠郁하여 모범이 되었고, 문집을 남겼다.

聾溪 趙昌鉉은 漁溪 趙旅의 후손으로 立齋 鄭宗魯의 문인이다. 四書五經에 정통하였고, 性命과 理氣를 강구하였고, 필법이 힘이 있어 神의 경지에 들어갔다. 문집을 남겼다.

安安齋 朴仁赫은 학행으로 여러 번 추천에 올랐고 문집을 남겼다.

慕濂齋 安羽鯉는 竹溪 安憙의 후손인데, 立齋 鄭宗魯와 龜窩 金㙆의

---

47) 盧相稷이 지은 「晩醒行狀」에는 進士試에 장원한 것으로 기술되어 있다.

문인이다. 진사에 급제하였고 「仁說」, 「會類」 등의 글을 지었다.

朴依敬은 진사에 급제하였는데, 문학이 醇正하고 器局이 卓犖하였다. 문집을 남겼다.

李正宅은 李明憼의 후손인데, 일찍이 夷峯 黃後榦의 문하에 나아가 공부하여, 密庵 李栽와 霽山 金聖鐸 학문의 旨訣을 들었다. 문집을 남겼다.

晩隱 鄭萬僑은 夷溪 黃道翼의 문인이다. 독실하게 공부하고 操行을 갖추었다. 문집을 남겼다.

拙軒 安泊은 聚友亭 安灌의 후손으로 性潭 宋煥箕의 문인이다. 사람됨이 忠信, 篤敬하여 사람들로부터 獎許를 많이 받았다. 문집을 남겼다.

愧窩 朴馨璉은 덕행과 문장으로 고을 선비들의 영수가 되었다. 문집을 남겼다.

紫西 朴馨喆은 효행이 뛰어나고 禮學에 조예가 깊었다. 문집을 남겼다.

忍窩 安禮淳은 竹溪 安憙의 후예인데 학술이 넓고 깊었다. 문집을 남겼다.

朴挺秋는 大山 李象靖의 문인으로 聖人의 학문을 배웠다. 문집을 남겼다.

華西 李有恒은 문학에 조예가 깊었고, 후진들을 잘 인도하였다. 문집을 남겼다.

紫陰 朴泰郁은 글 잘하는 것으로 이름이 났고 필법도 정교하였다. 문집을 남겼다.

居仁齋 朴泰蕃은 立齋 鄭宗魯의 문인으로 문학이 순수하였는데, 立齋가 詩를 지어 推許하였다. 문집을 남겼다.

槐軒 趙增現은 無盡亭 趙參의 후손으로 夷峯 黃後榦의 문인인데, 經傳을 부지런히 연구하였고, 필법도 절묘하였다. 문집을 남겼다.

月汀 趙源은 大笑軒 趙宗道의 후손으로 樊巖 蔡濟恭의 문인인데, 학문은 실천을 위주로 하였고, 후진들을 힘써 推獎하였다. 문집을 남겼다.

梅軒 朴馨洛은 필법이 절묘하여 18세 때 正祖의 御屛에 心箴을 썼는데, 중국 사람이 보고서 稱賞하였다. 문집을 남겼다.

養志軒 孫之亨은 純祖朝에 문과에 급제하여 掌令을 지냈는데, 문집을

남겼다.

趙民植은 純祖朝에 문과에 급제하여 현감을 지냈다.

三便齋 李潤龍은 憲宗朝에 文科에 급제하여 都正을 지냈고, 문집을 남겼다.

晩翠堂 李文甲은 梅竹軒 李明忠의 후예로 문학이 일찍 이루어졌다. 鳳山亭을 지어서 날마다 士友들과 講磨하였는데, 性齋 許傳이 贊을 지었다. 문집을 남겼다.

若菴 趙達植은 梅山 洪直弼의 문인으로 일찍이 학문하는 요결을 얻어들었다. 문집을 남겼다.

道窩[48] 安宅柱는 타고난 자질이 卓異하고 志行이 懇篤하였다. 세상을 떠난 뒤 그의 문인들이 비석을 세우고 문집을 간행하였다.

九曲子 李明新은 孝行이 뛰어났다. 剛齋 宋穉圭의 문인으로 학업을 크게 이루었다.

循齋 趙漌는 道谷 趙益道의 후예로 剛齋 宋穉圭의 문인인데, 近齋 宋近洙, 直菴 南履穆 등과 서로 학문을 강마하여 도움을 받았다. 性理學에 조예가 깊었고, 朱子와 尤庵을 尊慕하여 『朱子大全』과 『宋子大全』을 늘 책상에 두고서 보았다. 『師門日記』와 문집을 남겼다.

廣棲 李有星은 李贊望의 증손으로 강학과 修行으로 士友의 추중을 받았고, 문집을 남겼다.

晩松 李鍾和는 辟諱 李道新의 손자로 陽川 趙涏의 문인이다. 剛齋 宋穉圭를 從遊하여 학문의 旨訣을 얻어들었다. 학문은 경위를 관통하여 一言一行이 다 법도에 맞았고 후진을 양성하였다. 문집을 남겼다.

李庚祿은 憲宗朝에 무과에 급제하여 判官을 지냈다. 독서를 좋아하여 『經世志』를 지었다.

進巖 李馥欽은 문학이 정밀하였고, 필법이 힘이 있었다. 길러낸 제자들

---

48) 『嶠南誌』에는 '道菴'으로 되어 있다.

이 많았다. 문집을 남겼다.

松湖齋 安孝克은 道谷 安侹의 후손인데, 타고난 자질이 탁월하고 문학이 精深하여 향리의 推重을 받았다. 문집을 남겼다.

栗溪 李性欽은 聾窩 李壽元의 아들로서 經傳과 史書를 깊이 연구하였고, 後學을 지도하여 육성한 사람이 많았다. 문집을 남겼다.

李文夏는 雙梅堂 安慶稷의 문인으로 문예가 일찍이 이루어졌으나 요절하였다. 문집을 남겼다.

聾叟 李致秉은 평생 爲己之學에 전념하였고 文詞가 贍麗하고 필법이 瘦勁하였는데, 문집을 남겼다.

省窩 朴鳳來는 문학이 精深하였고, 특히 易學에 조예가 깊었고 天文을 잘 보았다. 문집을 남겼다.

睡巖 洪在奎는『小學』공부에 전념하여 참된 선비의 길을 걸어 士友의 推重을 받았다. 문집을 남겼다.

新新軒 吳致勳은 科擧를 단념하고 爲己之學에 힘써, 一山 趙昺奎가 '叔世의 完人'이라고 稱許하였다. 문집을 남겼는데, 拓菴 金道和가 文集에 서문을 썼다.

薇陰 李有柱는 行誼와 필법으로 세상에 알려졌다. 문집을 남겼다.

白巖 洪禹圭는 行誼로 천거되어 叅奉에 올랐다가 護軍으로 승진하였다. 문집을 남겼다.

雲樵 趙㶳奎는 道谷 趙益道의 후손인데, 어려서부터 厚重하여 科擧에 뜻을 두지 않고, 독서에 힘썼다. 문집을 남겼다.

吾廬 朴俊蕃은 晩醒 朴致馥의 부친으로 학식과 문장으로 당시의 推重을 받았고, 고을과 道의 추천을 받았다. 性齋 許傳이 行狀을 지었다. 문집을 남겼다.

雙峰 李尙斗는 定齋 柳致明의 문인인데, 詞賦에 능하였고 후학들을 잘 이끌었다. 문집을 남겼다.

松溪 朴玲는 松嵒 朴齊賢의 후손으로 家學을 계승하여 經傳을 깊이

연구하였다. 문집을 남겼다.

收心齋 朴來貞은 篁巖 朴齊仁의 후손으로 일찍이 학문에 뜻을 두었는데 銘을 지어 스스로 경계하였다. 문집을 남겼다.

明谷 朴東屋는 節義를 숭상했는데 丙子胡亂 이후 和議가 성립되고 나서 桐溪 鄭蘊의「花葉詩」에 次韻하였고,『考亭淵源家禮儀圖』를 저술하였다.

明窩 陳健은 丙子胡亂 때 倡義하였고,『三行考』를 저술하였고, 문집을 남겼다.

儉溪 李時大는 東山 李扶雲의 아들인데, 종형 冬菴 李時昌을 따라 배웠다. 서실을 지어 학문을 장려하였다. 문집을 남겼다.

蓬窩 李垕錫은 李時大의 아들로 특이한 재주가 있었고, 시에 뛰어났다. 문집을 남겼다.

槐窩 趙增彦은 無盡亭 趙參의 후손인데, 문학과 行誼가 있었고, 문집을 남겼다.

溪堂 李世賢은 李垕錫의 아들로 학문이 정밀하고 넓어 士友들의 推重을 받았다. 문집을 남겼다.

反觀子 趙希閔은 趙益道의 현손인데, 易理에 정통하였고, 象數에도 밝았다.『管通八解』를 저술하였다.

遯溪 尹楷는 經傳과 史書를 깊이 공부하였고, 문집을 남겼다.

擊壤亭 趙澱은 趙坦의 후예인데, 經傳과 史書를 깊이 공부하였고, 識見과 行誼가 갖추어졌다. 문집을 남겼다.

壽庵 李益模는 道窩 安宅柱의 문인이다. 문학이 일찍이 이루어졌고, 후진들을 양성하였다. 壽職으로 通政大夫를 받았다. 문집을 남겼다.

山陰 李龍淳은 才藝가 아주 뛰어났고 기억력이 비상하였다. 察訪을 지냈고, 문집을 남겼다.

梅窩 朴泗는 頴悟하고 强記하여 手不釋卷했는데, 문집을 남겼다.

篁林 朴思亨은 文詞를 잘했고, 문집을 남겼다.

道菴 成澤森은 문학에 精博하여 士友의 推重을 받았다. 문집을 남겼다.

梅山 李得喆은 日新堂 李天慶의 후손인데, 문장에 능하였다. 『陳北溪性理增解』를 지었다.

奉訓齋 朴涵은 문학으로 鄕黨의 추중을 받았다. 문집을 남겼다.

敬菴 李運昌은 文詞가 典雅하였고, 禮經에 정통하였다. 문집을 남겼다.

南皐 李璇은 操行이 독실하고 독서를 열심히 했는데, 문집을 남겼다.

遜齋 趙慶東은 大笑軒 趙宗道의 후손으로 鶴棲 柳台佐의 문인인데, 가난한 가운데도 열심히 공부하여 사람들이 그 독실함에 탄복하였다. 문집을 남겼다.

澗松 이후 조선 후기 함안에서는 크게 학문을 이루거나 많은 제자를 양성한 큰 학자가 나오지는 못했다. 대부분의 학자들은 중앙정계에 진출하지 못하고 향촌에서 沈潛하여 讀書하며 儒林事業에 종사하며 지냈다.

壬辰倭亂 이후 咸安의 선비들은 書院 건립운동 위주로 하여 지역 선배들을 尊慕하고 인재를 양성하는 데 주력하였다. 그래서 조선후기에 함안에서는 특별히 서원이 많이 창설되었고, 또 건립한 서원을 賜額書院으로 승격시키려고 노력하였다. 조선후기 咸安과 漆原에 세워진 서원은 다음과 같다.

西山書院은 咸安 출신의 生六臣인 漁溪 趙旅를 중심으로 한 생육신 여섯 분을 모신 書院인데, 郡北面 院北里에 세워져, 肅宗 때 賜額되었다.

德淵書院은 愼齋 周世鵬을 享祀하는 서원으로 漆原面 陽亭里에 세워졌는데, 賜額書院이다.

仁衢書院은 茅隱 李午를 享祀하는 서원인데, 伽倻面 仁谷里에 있었다.

道林書院은 寒岡 鄭逑, 茅村 李瀞, 篁巖 朴齊仁, 篁谷 李偁을 향사하는 서원인데, 咸安面 大山里에 있었다.

新巖書院은 聚友亭 安灌을 享祀하는 서원인데 伽倻邑 新音里에 있다. 현재 복원되어 향사를 계속하고 있다.

杜陵書院은 茅軒 安惷과 竹溪 安憙, 壯巖 安信甲를 享祀하는 서원인데, 艅航面 外巖里에 있었다.

廬陽書院은 廣陵子 安宅, 無盡亭 趙參, 桐川 朴旿, 梅竹軒 李明怘, 三悅堂 李景蕃, 晩默堂 李景茂를 享祀하는 서원인데, 艅航面 外巖里에 있다.

道溪書院은 葛村 李潚, 參議 趙益道, 仁原君 李休復, 武肅公 朴震英을 享祀하는 서원인데, 咸安面 巴水里에 있었다.

德巖書院은 迂拙齋 朴漢柱, 大笑軒 趙宗道를 모신 서원인데, 함안면 校村에 있었다.

松亭書院은 澗松 趙任道를 모신 서원인데, 山仁面 鳳鳴에 있었다.

坪川書院은 茅庵 朴希參, 松嵒 朴齊賢, 篁嵒 朴齊仁을 享祀하는 서원인데, 郡北面 明舘里에 있었다.

道山書院은 菊庵 羅翼南을 享祀하는 서원인데 郡北面 鳳岡山 아래에 있었다.

道巖書院은 誠齋 裵汝慶, 樂溪 趙靈得, 夷峯 黃後幹, 義士 趙益成을 향사하는 서원인데, 郡北面 垈洞에 있었다.

沂陽書院은 敬齋 周珏, 菊潭 周宰成, 感恩齋 周道復을 享祀하는 서원인데, 漆原面 舞沂里에 있었다.

中央政界에서 소외된 분위기 속에서도 咸安 선비들은 서원을 지어 先賢을 享祀하며, 학문에 대한 정성을 갖고서 그 명맥을 유지해 나갔다.

VI. 朝鮮末期의 인물과 학문

仁祖反正 이후 慶尙道가 중앙정계로부터 완전히 소외 당하였으나, 安東을 중심으로 한 慶尙左道는 그런 상황에서도 退溪學을 기반으로 하여 독자적인 학문을 계속해 나갔다. 그러나 南冥의 영향이 컸던 慶尙右道 지역은 학문적으로도 완전히 쇠퇴일로를 걷게 되었다. 咸安에서는 退溪學派와 南冥學派의 융합을 위해 노력한 澗松 趙任道가 인조반정 직후의 상황에서 선비들의 정신적 지주가 되어 儒林을 이끌어나갔지만, 澗松이 逝世한 이

후로는 스승의 위치에 있을 만한 큰 학자가 나오지 못했다.

이후 이 지역은 학문적으로 대단히 침체해 있었다. 다만 학문에 뜻이 있는 사람들은 개별적인 노력으로 慶尙左道의 退溪學派에 속하는 葛庵 李玄逸, 密庵 李栽, 霽山 金聖鐸, 大山 李象靖, 立齋 鄭宗魯, 龜窩 金㙆 등의 문하로 찾아가거나, 일부 西人을 추종하는 사람들은 性潭 宋煥箕, 剛齋 宋穉圭, 梅山 洪直弼 등 栗谷學派로 찾아가서 어려운 여건에서 공부하여 咸安 학문전통의 명맥을 유지해 나갔다. 그러나 대부분은 咸安 선비들은 주변에서 큰 스승을 만날 기회를 얻지 못하였으므로, 대부분 鄕曲의 小儒로 일생을 마치게 되었기에 큰 학자가 나오기 어려운 상황이 되고 말았다. 또 각기 다른 學派에서 師承했으므로 咸安의 학문이 하나로 통일되어 특색을 가질 수가 없었다.

이렇게 침체된 상황에서 咸安 학문에 부흥을 가져오게 한 큰 계기는, 바로 性齋 許傳이 1864년 金海府使로 부임하여 김해 관아에서 講學한 일이었다. 性齋는 朝鮮後期 老論 위주의 정치권에서 南人의 영수로서 그뒤 四曹의 判書를 지내고 知中樞府事에 이르렀다. 조정의 요직에 있으면서 近畿南人은 물론이고, 嶺南南人의 위상의 提高를 위해서 많은 노력을 했다. 그는 학문적으로 近畿南人의 대표적인 대학자로서 眉叟 許穆, 星湖 李瀷, 順菴 安鼎福, 下廬 黃德吉 등의 學統을 이었다.

그가 金海府使로 부임한 이후 관아에 公餘堂을 열어 제자들을 가르쳤다. 性齋 같은 대학자가 내려와 제자를 가르치니, 강우지역 학자들의 배움에 대한 갈망을 일조에 해소될 수 있었다. 그래서 晋州, 丹城, 咸安, 三嘉, 宜寧, 昌寧, 密陽, 昌原, 固城, 金海 등지의 학자들이 그 문하에 수백 명이 모여들었는데, 특히 咸安에 거주하는 학자들이 제일 많았다. 이들이 큰 학문을 이룸에 따라 咸安의 학문이 다시 부흥하게 되었다.

性齋는 부임 이후 江右地域의 書院과 祠堂 등을 두루 참배했고, 또 仁祖反正 이후 거의 매몰되어 있던 이 지역의 선현들의 墓道文字와 行狀, 文集과 實紀 등의 序跋, 齋舍와 亭子 등의 記文 등을 지어 주어 그들의 學問과

事行을 적극적으로 顯揚하였다. 강우지역이 학문적으로 다시 부흥하고, 정신적인 자부심을 회복하는 데 있어 성재가 끼친 공로는 지극히 컸으니, 가히 강우지역 學問復興의 元勳이라 할 수 있다. 그 가운데서도 性齋의 敎育의 혜택을 가장 많이 입은 곳이 咸安이었다.[49]

性齋의 문하에서 공부하여 成學한 咸安의 학자는 다음과 같다(괄호 안은 거주지).

晩醒 朴致馥(安仁), 梅屋 朴致晦(安仁), 李相斗(平館), 趙仲植(壽洞), 文景純(立谷), 文郁純(景純弟), 趙蘭植(立谷), 趙容植(院洞), 趙性忠(立谷), 安廷植(茅谷), 趙政植(壽洞), 李璋祿(巴水), 趙性濂(壽洞), 趙性源(性濂弟), 趙胤植(康洞), 趙性昊(下林), 趙庠奎(立谷), 趙昺奎(立谷), 李文欽(康洞), 李鳳奎(儉巖), 李文琮(立谷), 李文奕(文琮弟), 朴永脩(沙洞), 黃基夏(大山), 李志東(廣井), 趙祐植(槐項), 趙性斆(祐植姪), 趙性胤(槐項), 李壽澈(立谷), 李壽箕(立谷), 李文達(巴水), 趙性簡(性忠弟), 趙性周(立谷), 周熙尚(漆原 舞沂), 周熙冕(熙尚弟), 趙鏞昊(樂洞), 李夔祿(巴水), 趙漢極(烏谷), 李鉉八(廣井), 李壽浩(廣井), 李壽聊(立谷), 李珍榮(立谷), 朴東善(安仁), 黃仁壽(漆原 柳洞), 安祺燮(茅谷), 安文燮(茅谷), 李熙祿(立谷), 安相默(養溪), 李壽祜(茅谷), 趙性坤(壽洞), 李壽升(立谷), 李嘉欽(立谷), 李太欽(立谷), 李壽顯(壽澈弟), 文起奎(立谷), 文起斗(立谷), 文起老(立谷), 朴斗植(松汀), 李龍鉉(儉巖), 李斗浩(咸安), 李壽澄(茅谷), 李壽瓚(安仁), 周時中(漆原 舞沂), 趙濂奎(下林), 李敏植(巴水), 李會麒(儉巖), 趙昇奎(昺奎弟), 安甲柱(秣山), 安周燮(茅谷), 鄭璡煥(漆原 雲洞), 李泰臣(平館), 鄭基煥(璡煥弟), 李龍淳(儉巖), 趙性珏(咸安), 周時甲(漆原), 周時準(漆原), 趙蕭秀(安仁), 李鉉基(咸安), 趙昺澤(咸安), 黃熙壽(漆原) 등 80명에 이른다.[50]

性齋의 門人錄인 『冷泉及門錄』에 올라 있는 문인의 숫자는 495명인데,

49) 許捲洙 「近畿南人들의 南冥에 대한 관심」, 『南冥學研究』 제23집, 慶尚大學校 南冥學研究所, 2006년.

50) 『許傳全集』 제8책, 許應 『冷泉及門錄』, 서울 亞細亞文化社, 1974.

그 가운데서 慶南地域 문인은 305명이고, 咸安지역 문인은 80명이니, 경남
지역 문인의 4분의 1을 훨씬 넘는 숫자다. 咸安 사람들의 求學之誠이 얼마
나 대단하며 그 동안 배울 만한 스승을 만나지 못하여 안타까워하고 있었
는지를 알 수 있다.

　性齋의 문인이면서 『冷泉及門錄』에 누락된 학자로는, 道淵 洪在審, 樵
溪 李致佑, 陶窩 李璇奎, 幽巖 趙性憲, 晩節堂 趙性仁, 愼菴 羅益瑞, 巴西
趙鏞振, 竹坡 陳英植, 誠齋 金珍斗 등 9명에 이른다.[51]

　함안에 거주한 性齋의 문인 가운데 문집을 남긴 학자와 문집명은 다음
과 같다. 朴致馥의 『晩醒集』, 朴致晦의 『梅屋集』, 李鳳奎의 『竹皐集』, 李
文達의 『笑庵集』, 朴致東의 『聽水齋集』, 李璋祿의 『竹塢集』, 羅益瑞의
『愼菴集』, 趙性濂의 『心齋集』, 趙性源의 『紫巖集』, 李夔祿의 『晩圃集』,
李壽憲의 『訥軒集』, 李壽澈의 『忍菴集』, 李鉉八의 『鶴皐集』, 李鉉基의
『林皐集』, 李中祿의 『餘陰集』, 李壽瓚의 『海亞詩集』, 文郁純의 『道齋集』,
趙昺奎의 『一山集』, 李壽瀅의 『曉山集』, 趙性昊의 『淸巖集』, 文景純의
『蠹岩集』, 趙性簡의 『正齋集』, 趙性憲의 『幽巖集』, 趙性仁의 『晩節堂集』,
趙漢極의 『悟溪集』, 趙鏞振의 『巴西集』, 趙濂奎의 『天山集』, 陳英植의
『竹坡集』 등 28종에 달한다.

　거의 동시대에 일개 군 안에서 性齋라는 한 학자의 문인들이 이렇게
많이 나오고, 또 그들이 남긴 문집이 이렇게 많다. 이런 현상은 여타 군에
서 유례를 찾아보기 어려울 것이다.

　金海府使의 임기를 마치고 서울로 돌아간 性齋가 御史 朴瑄壽에 의해
김해 재직시 당파를 만들었다는 誣告를 입었을 때 함안의 학자 趙性濂,
文郁純, 趙昺奎 등이 議政府에 글을 올려 性齋가 아무런 혐의가 없음을
적극적으로 辨正히였다.[52]

---

51) 이들은 『冷泉及門錄』에는 올라 있지 않으나, 『朝鮮寰輿勝覽(咸安篇)』과 『嶠南誌(咸安篇)』
　에 性齋 許傳의 문인으로 기재되어 있는 사람들이다.
52) 趙貞奎 『西川集』 권4 31장, 「心齋趙公墓誌銘」. 及性齋先生之陷於御史朴瑄壽之誣啓也,

性齋와 동시대에 살면서 性齋의 문인이 될 만한 연배인데도 성재의 문하에 출입하지 않았거나, 시대적으로 조금 늦게 태어나 性齋의 문인이 되지 못한 咸安의 학자들을 살펴보면 다음과 같다.

菊菴 金璜爽은 蘆沙 奇正鎭의 문인인데, 經傳을 열심히 공부하고 操行을 닦아 獎許를 입었다. 시를 특히 잘했고, 문집을 남겼다.

聾瞽堂 李喆臣은 哲宗朝에 司馬試에 급제하였고, 문집을 남겼다.

趙時植은 經學에 뛰어났는데 高宗朝에 문과에 급제하여 持平을 지냈다.

忍菴 趙性益은 재주와 학문이 일찍 이루어졌다. 문집을 남겼다.

愼菴 安鼎梅는 孝友가 出天하고 操行이 독실하였고, 문집을 남겼다.

老川 安鼎宅은 肯菴 李敦禹의 문인으로 학문이 크고 깊었다. 「太極說」, 「四七辨」, 「易林」 등을 저술하였고, 문집을 남겼다.

聾窩 李致秉은 文詞에 능하였고, 필법에 뛰어났다. 문집을 남겼다.

竹圃 沈禮澤은 晩醒 朴致馥의 문인인데, 문학에 전념하여 文詞가 雄健하였고 士友의 추중을 받았다. 문집을 남겼다.

柏軒 尹鍾卓은 巴岑 趙文孝의 문인으로 推獎을 입었다. 힘써 후진을 면려하였고 문집을 남겼다.

祿溪 趙司植은 문장을 잘하였고, 鄕試에 한 번 합격하였다. 문집을 남겼다.

琴溪 趙祐植은 文詞에 능하였고, 후진들을 勉獎하였으며, 輔仁契를 창설하였다. 문집을 남겼다.

月湖亭 趙汝愚는 大笑軒 趙宗道의 후손인데, 형 禛愚, 翰愚와 함께 講學하며 精進하였다. 문집을 남겼다.

雲塢 趙性璹은 趙達植의 아들로 慷慨, 奇偉하였는데 문집을 남겼다.

石翠 趙性恂은 道谷 趙益道의 후손으로 承旨 申斗善의 문인이다. 經傳과 史書를 널리 연구하였고, 문을 닫고 강학하였다. 문집을 남겼다.

公與崔華植, 文郁純, 趙昺奎諸人, 上書于議政府, 乃得卜.

廣川 趙性胤은 가는 곳마다 학문을 장려하였고 「自警銘」을 지었고, 문집을 남겼다.

白痴堂 趙性弼은 大笑軒 趙宗道의 후손인데, 형제간에 우애가 있어 서로 어울려 講磨하였다. 문집을 남겼다.

匡齋 金美洪은 家學을 계승하여 힘써 공부하고 操行을 닦으며 고을 사람들을 가르쳤다. 문집을 남겼다.

方山 李益龍은 家學을 계승하였는데, 옛날 方山子의 풍모가 있었다. 문집을 남겼다.

夷南 朴圭煥은 松嵒 朴齊賢의 후손으로 문장과 行誼가 일찍 이루어졌고, 문집을 남겼다.

林坡 趙麟植은 일찍이 문학으로 이름이 있었는데 문집을 남겼다.

信山 趙性孚는 재주와 학문이 일찍이 이루어졌고 문집을 남겼다.

後覺堂 安相琦는 晚醒 朴致馥의 문인으로 器局이 峻整하고 議論이 宏偉하여 향리에서 이름이 높았다. 『居喪要覽』을 지었다. 拓菴 金道和가 「後覺堂記」를 지었다.

西溪 文在桓은 剛明하여 氣槪가 있었고 庚戌國亡에 여러 날 동안 통곡하며 음식을 물리쳤다. 문집을 남겼다.

巴南 李載杞는 문학과 行誼가 일찍 이루어졌는데, 문집을 남겼다.

西川 趙貞奎는 大笑軒 趙宗道의 후손으로 后山 許愈의 문인이다. 문학으로 세상에 이름이 있었고, 滿洲 등지에서 독립운동을 하였고, 山東省 曲阜로 孔子의 祠堂을 참배하였다. 문집을 남겼다.

芋山 李熏浩는 拓菴 金道和와 晚醒 朴致馥의 문인으로 經學이 精篤하고, 문장이 깊이가 있었다. 문집을 남겼다.

錦溪 趙錫濟는 無盡亭 趙參의 후손인데, 스스로 性齋를 私淑했다고 말했다.[53) 후학들을 推獎하였고 문집을 남겼다.

---

53) 趙錫濟 『錦溪集』 권5 9장, 「錦溪墓誌銘」.

信庵 李準九는 晩松 李鍾和의 아들로, 淵齋 宋秉璿, 勉庵 崔益鉉의 문인이다. 조리가 정제하고 분석이 精微하였는데, 문집을 남겼다.

陶川 安有商은 寒洲 李震相의 문인으로 經傳에 밝고 操行이 갖추어졌다. 心性을 水木의 根源에 비유하는 주장을 하였다. 문집을 남겼다.

西皐 趙宏奎는 文詞가 贍富하였다. 문집을 남겼다.

海樵 李會勳은 晦堂 張錫英에게 從遊하였는데, 뜻이 커서 權貴들에게 굴하지 않았다. 문집을 남겼다.

山我堂 尹永寬은 李尙斗의 문인인데 문집을 남겼다.

碧棲 趙麟奎는 大笑軒 趙宗道의 후손으로 經傳과 史書에 널리 통하였고, 문집을 남겼다.

省窩 朴鳳來는 操行에 독실하여 "경계하고 삼가고 두려워하여 곧고 바름을 지킨다[戒愼恐懼, 固守貞正]" 여덟 글자를 써서 벽에 걸어두고 謹飭하였다. 문집을 남겼다.

杞菴 李馥榮은 趙性胤의 문인인데, 사람됨이 純厚하고 학문에 힘썼다. 문집을 남겼다.

樂圃 安闉中은 형과 함께 經傳과 史書를 열심히 연구했다. 저술이 있으면 반드시 형제가 연명으로 발표했는데, 저작집을 『塤篪錄』이라 명명하였다. 僉奉을 지냈다.

杞園 李珩基는 俛宇 郭鍾錫의 문인으로 문집을 남겼다.

聾岑 崔長鎬는 효행이 있었고, 문집을 남겼다.

奇山 曹賢洙는 四未軒 張福樞의 문인인데 스승으로부터 「勉警箴」을 받았다. 문집을 남겼다.

訥窩 安鍾珪는 晦堂 張錫英의 문인으로 經傳과 史書를 博覽하였고, 문집을 남겼다.[54]

54) 이상에서 소개한 학자들은 寒岡 鄭逑가 편찬한 『咸州誌』 및 朝鮮末期에 편찬된 『咸州誌』 속편, 일제 때 편찬된 『朝鮮寰輿勝覽(咸安篇)』, 『嶠南誌』에 있는 내용을 종합하여 간추린 것이다. 따로 일일이 주석을 달지 않는다.

조선 후기 寒洲 李震相의 學統을 이은 后山 許愈가 三嘉 德村에서 강학
하였다. 그 문인 가운데서 咸安 출신의 학자는 다음과 같다. 一軒 趙昺澤
(沙谷), 晦山 安鼎呂(基洞), 趙性洙(舍村) 등이 있다.

寒洲의 문인으로 俛宇 郭鍾錫이 조선 말기에 대학자로서 丹城, 三嘉,
居昌 등지에서 강학하였는데, 함안의 학자로서 俛宇 문하에 출입한 사람
은 다음과 같다. 趙鏞應(樂洞), 周鳳烈(漆原), 安均烈(茅谷), 裵文昶(漆原
佳洞), 安鍾彰(漆原 榮洞), 周時馥(漆原 武陵), 周時在(漆原 武陵), 車錫模
(漆原 南陽), 安鼎呂(基洞), 安鼎鉉(道音), 周學明(漆原 武陵), 李柄(坪舘),
李永柱(漆原), 黃復性(榮洞), 黃雲河(漆原 龜浦), 黃道性(榮洞), 李祥錫(漆
原 天界), 安鍾斗(榮洞), 趙綸植(沙谷), 郭鍾宇(漆原 榮西), 安鍾和(榮洞),
安憲洙(榮洞), 郭㙜根(漆原 康泰), 安鍾律(榮洞), 趙鏞雷(洙洞), 周璟會(漆
原 舞沂), 黃天佑(漆原), 黃寅壽(漆原 平村), 黃寅壽(漆原 平村), 黃鵬壽
(漆原 龜浦),李秉薰(茅谷) 등 31명에 이른다. 이들은 조선말기 일제강점기
에 활동한 인물들인데, 漢文學의 현대사회 계승을 위해서 노력하였다.

이상에 수록된 인물이나 문집은, 1937년『嶠南誌』가 간행될 시기까지를
하한선으로 하여, 그때 이미 세상을 떠나고 문집을 남긴 학자들만을 다루
었다. 그 이후 일제 말기에도 晦川 趙亨奎, 晦山 安鼎呂 등 많은 학자들이
배출되었고 이들 사후 문집이 간행되었으나, 아직 전반적으로 정리되지
못한 실정이다. 1937년 이후 해방 이후까지 정리되어 나온 문집의 숫자도
매우 많을 것으로 짐작이 된다.

VII. 결론

咸安은 阿羅伽倻가 건국된 이후로 문화가 시작됐을 것으로 짐작되나,
남부지방의 잦은 전란으로 인하여 자료가 없어져 高麗 이전의 학문에 관
한 사실을 詳考하기는 어렵다. 다만 가야시대의 木牘이 咸安에서 대량

출토된 것으로 봐서 伽倻時代에 이미 한자를 사용한 문자생활이 자유롭게 될 수 있었음을 미루어 알 수 있다.

함안에 본격적으로 학자가 배출되어 학문이 시작된 것은 조선 건국 이후부터이다. 高麗末 琴隱 趙悅과 茅隱 李午의 咸安 정착이 咸安의 학문 興隆에 있어 하나의 큰 계기가 되었다고 볼 수 있다. 이후 각 성씨가 함안에 기반을 잡아 번성함으로 인하여 그 후손 가운데서 많은 학자들이 나왔다.

朝鮮 宣祖朝에 寒岡 鄭逑가 咸安郡守로 부임하여 학문을 일으키고 교육을 장려하고 『咸州誌』를 편찬한 것이 함안의 학문 수준을 높이고, 학문의 저변을 확대한 중요한 계기가 되었다. 특히 『咸州誌』를 통해서 그 당시 함안의 지식인들에게 그때까지의 함안 문화의 전모를 알게 하여 함안의 문화적 전통에 대한 자부심을 느끼고, 앞으로 문화를 가꾸어 나가야 하겠다는 사명감을 갖게 만들었다.

仁祖反正으로 침체되기 시작한 咸安의 학문은, 澗松 趙任道의 노력으로 급격한 쇠퇴를 막고 현상을 유지할 수 있게 되어, 仁祖反正 이후에도 다른 고을과는 달리 학문이 완전히 단절되지는 않게 되었다. 澗松은 退溪 學派와 南冥學派의 융합을 위해서 평생 노력한 학자인데, 간송의 노력으로 인해서 함안 지역은 한 쪽으로 치우치지 않고, 퇴계학파나 남명학파 두 학파의 장점을 골고루 섭취하는 이점을 갖게 되었다.

인조반정 이후 함안에서 큰 학자나 저명한 저술이 나오지는 않았지만, 이 시기 함안의 학자들은 書院 건립운동을 적극적으로 펼쳐 尊賢과 講學을 통해서 학문적 전통을 이어나갔다.

咸安에서 스승으로 삼을 만한 대학자가 나오지 않자, 조선 후기에 이르러서는 함안에서 학문을 하고 싶은 욕구가 있는 사람들은 慶尙左道나 畿湖地方 全羅道 등지로 유학을 가야만 하는 어려움이 있어, 자연히 대부분의 선비들이 향촌의 小儒로 침체됨을 면하기 어려웠다. 그리고 咸安의 학문이 하나로 통일되어 특색을 갖지 못하게 되었다.

조선말기 性齋 許傳이 金海府使로 부임하여 관아에서 講學을 하자, 배움에 목말랐던 함안의 선비들이 구름처럼 몰려가 가르침을 들었다. 500여 명의 성재 문인 가운데서 90여 명이 함안 사람이고, 그 가운데서 문집을 남긴 문인만 해도 27명에 이르니, 함안의 학문은 성재의 敎導로 말미암아 완전히 중흥을 이루었다고 말할 수 있다.

性齋의 문인들은 지금까지 간행하지 못했던 조상의 문집이나 實紀에 성재가 지은 序文을 얻어 간행하여 반포하고, 조상의 재실이나 정자에 성재가 지은 記文을 붙이고, 조상의 산소에 성재가 지은 碑文을 얻어 새기는 등 先祖들의 學問과 德行을 선양함으로 인하여, 묻혔던 함안의 학문이 단시일내에 다시 빛을 발하게 되었다.

1937년을 하한선으로 할 때 咸安의 학자들에 의해서 지어진 文集은 기록에 남아 있는 것만으로도 약 200여 종에 이르고, 專著는 30여 종 되는 것으로 파악되었다. 이 정도로 풍성한 著述이 나온 것은 咸安이 學問의 고장이라는 것이 충분히 증명된 것이다. 이들 저술 가운데는 아직 간행되어 세상에 공개되지 않은 것이 많고, 개중에는 전란으로 인하여 간행되기도 전에 자취를 감춘 것도 적지 않다. 앞으로 함안 학자들의 저술을 대대적으로 발굴하여 간행 보급하면, 함안에서 나온 文集과 專著를 현대의 많은 학자들이 본격적으로 연구할 수 있게 되어, 함안의 역사와 문화가 새롭게 밝혀질 것이다. 특히 지금까지 거의 방치하다시피 해온 朝鮮時代 咸安의 漢文學이 새롭게 조명되어 각광을 받게 될 것이다.

지금까지는 咸安의 역사와 문화에 대한 연구는 伽倻時代 古墳과 土器에 너무 치중하여, 대외적으로 咸安이라 하면 伽倻 이후에는 문화가 거의 없는 것처럼 잘못 인식되어 온 경향이 없지 않았으니, 함안의 역사와 문화를 골고루 균형 있게 연구하여 그 실'싱을 올바르게 밝혀 咸安이 學問의 고장인 것을 널리 알릴 필요가 있다.[55]

---

55) 本考는 2006년 발표한 「咸安의 學問的 傳統과 朴晩醒」에서, 朴晩醒에 관한 것을 삭제하고, 새로 수정, 보완하여 작성한 論考이다.

咸安趙氏의 咸安 定着과 大笑軒 家門

Ⅰ. 서론

咸安趙氏는 咸安을 본관으로 하면서 高麗末期[1]부터 함안에 정착하여 世居하면서 최대의 盛族으로 발전한 家門이다. 이 가문은 오랜 세월 동안, 함안을 비롯한 慶尙右道 일원은 물론이고, 전국적으로도 영향이 있는 많은 인물을 배출하여 왔다.

大笑軒 趙宗道라는 文武兼全한 걸출한 인물이 배출된 것은, 이러한 가문의 온축된 역사가 그 토대가 되었다고 본다. 「大笑軒의 行蹟과 思想」이라는 주제로 대소헌에게 초점을 맞춘 학술대회를 개최하는 서두에 咸安趙氏 家門의 咸安 定着의 과정과 대소헌이라는 인물이 태어나게 된 내력을 밝히어, 대소헌이라는 인물과 그 가문의 위상을 설정하는 역할을 하는 것이 이 글의 목적이다.

그래서 이 글에서는 차례로 함안조씨는 어떻게 得姓, 得貫하였고, 함안에 정착한 과정은 어떠했고, 어떤 인물이 나와 어떤 활동을 하였고, 大笑軒 家門은 어떤 가문의 특성이 있는가를 살펴보고자 한다.

Ⅱ. 咸安趙氏의 得姓과 得貫

咸安趙氏 가문의 최초의 족보는 1664년(顯宗 5)에 간행된 『甲辰譜』이

---

1) 咸安趙氏와 咸安 지역과의 확실한 관계는, 琴隱 趙悅의 기록으로부터 상고할 수 있다.

다. 거기에는 "시조는 新羅 元尹이다"라고 기록되어 있다.

그러나 1738년(英祖 14) 간행된『戊午譜』에는 "高麗 大將軍 元尹"이라고 수정되어 있다. 1780년(正祖 4)에 간행된『庚子譜』와 1825년(純祖 25)에 간행된『乙酉譜』에도『무오보』와 같은 내용이 기록되어 있다.

그러나 1979년에 간행된『己未大同譜』에는 다음과 같이 아주 상세한 자료가 첨가되어 있다.

> 시조의 諱는 鼎, 자는 禹寶, 호는 慕唐, 諡號는 忠莊, 後唐 사람이다. 두 아우 趙釜와 趙鑑을 데리고, 浙江 사람 張吉과 함께 동쪽으로 왔다. 高麗의 開國功臣인 申崇謙, 裵玄慶, 卜智謙, 金宣平, 權幸 등과 交誼가 두터웠다. 王建을 도와 陜川에서 義兵을 일으켜 931(高麗 太祖 14)년 古昌城에서 甄萱을 대파하고, 東京 州縣의 항복을 받아 고려 통일에 큰 공을 세워 開國壁上功臣 大將軍이 되었다. 후손들이 諱鼎을 시조로 삼고 咸安에 세거하며 본관을 함안으로 삼았다. 安東의 七賢祠, 桐藪(達城君 公山面)의 忠烈祠에서 祭享한다.[2]

『기미대동보』에서는 이 기록을 실으면서 "출처는「趙氏家狀」이다"라고 명기하였으나,『趙氏家狀』은 지금 어디에도 존재하지 않으니「趙氏家狀」이 누가 지은 어떤 성격의 글인지 알 수가 없다.

인터넷에 올라 있는『함안조씨인물사전』에는 시조 趙鼎의 출생년도를 897년(中國 後唐 12)으로, 新羅 입국 시기를 926년(新羅 景哀王 3)으로 밝혀 놓았다. 그러나 어디에 근거했다는 문헌적 근거는 전혀 없다.

함안조씨역사연구회회장 조차제씨가 올린 인터넷상의 기록에는 "高麗 太祖 王建은 이 승전을 매우 기쁘게 생각하여 趙鼎에게는 대장군과 원윤(종 4품)에 봉하고 咸安을 賜貫하였으며……"라고 하였는데, 역시 근거한 문헌을 밝히지 않았다.

---

2)『咸安趙氏忠毅公派世譜』70쪽,「咸安趙氏 始祖」.

그러나 지금 남아 있는 咸安趙氏 시조에 관한 가장 오래된 기록이라 할 수 있는 忝齋 崔淑生(1457-1520)이 지은 漁溪 趙旅의 맏아들인 趙銅虎의 비문 「贈戶曹參判趙公碑」에는 시조에 관한 언급은 없고, 祖先의 世系가 趙悅로부터 시작된다.

> 公의 諱는 銅虎요, 자는 貞符이다. 대대로 咸安郡 사람인데, 증조 諱 悅은 嘉善大夫 工曹典書이다.3)

知中樞府事 李薇(1484-?)가 지었다는 「漁溪墓碣銘」4)에서는 趙丹碩의 후예라고 맨 처음 언급하였을 뿐 趙鼎에 관한 언급이 전혀 없다.

> 선생은 趙가 성이고, 諱는 旅이고, 자는 主翁이다. 咸安 사람인데, 諱 丹碩이란 분이 있어 高麗朝에 벼슬하여 관직이 元尹에 이르렀다. 선생은 그 후손이다.5)

---

3) 趙任道 『金羅傳信錄』 卷上 17장, 「贈戶曹參判趙公碑文」.
4) 漁溪 後孫 雲壑 趙平이 지은 「漁溪墓碣銘」이 있는데, 몇 글자만 다를 뿐 李薇가 지은 것과 꼭 같다. 특히 銘은 한 글자도 틀리지 않고 똑 같다. 澗松 趙任道가 趙平에게 보낸 「與趙察訪衡仲平書」에 다음과 같은 내용이 있다. "景閔은 선조의 碣文 얻는 일로 어른이 계신 곳으로 출발했습니다. …… 엎드려 바라노니, 선조(漁溪)의 숨겨진 德을 나타내어 인멸되는 것을 면하게 해 주시옵소서. 그렇게 해 주신다면, 세상에 있는 여러 후손들이 뼈에 새기도록 은혜를 간직할 뿐만 아니라, 지하에 계신 선조의 영령도 저 세상에서 감격해서 우실 것입니다. 다시 바라건대, 소홀하게 생각하지 마시옵소서. 선조께서 세상을 떠난 지는 거의 2백 년이 되었습니다. 言行과 風格과 旨趣는 아득하여 증명할 것이 없습니다. 단지 成滄浪[成文濬]이 지은 傳 및 저가 지은 두 편의 跋文만 가지고 갔습니다. 만약 이 것에 근거해서 미루어 해석해서 宣揚하신다면, 한 편의 글을 지으실 수 있을 것입니다. 어떻습니까? 어떻습니까?"[『澗松集』 권2 26장] 이 서신을 볼 때, 澗松 당시에, 李薇가 지은 비문이 존재하지 않았음을 알 수 있다. 존재했다면, 어계의 5대손 가운데서 대표적인 학자인 간송이 보지 못 했을 가능성은 거의 없다. 또 두 편의 글이 거의 내용이나 체재가 동일한 것을 볼 때, 이 「漁溪墓碣銘」의 原作者가 누구인가 하는 시비가 일지 않을 수 없다. 필자의 견해로는, 趙平이 지었을 가능성이 더 크다고 본다. 澗松이 1639년에 『金羅傳信錄』을 편찬했는데, 거기에도 李薇의 「漁溪墓碣銘」은 수록되지 않았다.
5) 趙旅 『漁溪集』 권2 부록 3장, 「墓碣銘」.

漁溪의 둘째 아들인 趙金虎의 비문 「僉知贈漢城左尹趙公碑文」도 李薇
가 지었는데, 거기에도 趙鼎에 관한 언급은 없고 遠祖를 丹碩이라 하였다.

> 公의 諱는 金虎고, 자는 壽翁이다. 咸安의 명망 있는 집안으로 먼 조상은
> 諱 丹碩인데, 高麗朝에 이름이 들나 관직이 元尹에 이르렀다.[6]

希樂堂 金安老(1481-1537)가 지은 漁溪의 손자 趙舜의 비문인 「嘉善大
夫吏曹參判趙公墓道碑銘」에는 趙鼎이나 趙丹碩에 관한 언급이 아예 없
고 先代의 世系가 趙悅부터 시작한다.

> 公의 諱는 舜이고, 자가 堯卿이다. 趙氏는 咸安에서 나왔다. 고조는 工曹典
> 書 諱 悅이고, 증조는 贈司僕正 諱 安이고, 조부는 贈都承旨 諱 旅이고, 부친
> 은 郡守 贈參判 諱 銅虎이다. 어떤 분은 벼슬하지 않고 어떤 분은 벼슬하고
> 하며 대대로 그 고을에서 살았는데, 묻혀 살면서 수양하는 분이 많았다. 公
> 때에 와서 떨쳐 일어났다. 위로 3대를 追贈했으니, 의례적으로 자손이 받은
> 은혜를 미루어 올라간 것이다.[7]

游軒 丁熿(1512-1560)이 지은 漁溪의 증손 趙應卿의 墓誌銘에는 시조
가 趙丹碩으로 되어 있다.

> 咸安에 趙氏가 있은 것은 멀리 高麗 때부터다. 처음에 將軍 元尹이 있었다.
> 丹碩으로부터 4세에 諱 烈이 있었는데 政堂文學이다. 또 4세에 諱 悅이 있었
> 으니 工曹典書다. 典書의 손자가 贈都承旨 諱 旅이다.[8]

---

6) 趙任道 『金羅傳信錄』 卷上, 「僉知贈漢城左尹碑文」.

7) 金安老 『希樂堂稿』 권7下 10장, 「嘉善大夫吏曹參判兼同知義禁府事趙公墓道銘」. 韓國文
　集叢刊 제21輯.

8) 丁熿 『游軒集』 권4 8장, 「禮安縣監趙君墓誌銘」. 韓國文集叢刊 제34輯.

玉溪 盧禛이 지은 趙應卿의 墓誌銘에는, 다음과 같이 되어 있다.

　　公은 諱가 應卿이고, 자는 庚老이다. 咸安의 著姓으로 선조는 諱 丹碩으로
高麗朝에 벼슬하여 여러 관직을 거쳐 將軍 元尹에 이르렀다. 그뒤 烈이 있어
三司政堂을 지냈다. 悅은 工曹典書를 지냈다. 증조는 旅인데, 進士로, 贈通政
大夫 承政院 都承旨를 지냈다. 조부는 金虎인데, 嘉善大夫 行僉知中樞府事
를 지냈는데, 嘉義大夫 漢城府左尹에 추증되었다.[9]

　이 밖에도 牛溪 成渾(1535-1598)이 지은 宗簿寺 主簿 趙堰의 墓碣銘과,
滄浪 成文濬(1559-1626)이 지은 「漁溪傳」에도 역시 맨 처음 거론되는 선
조가 高麗元尹 諱 丹碩으로 되어 있다.[10]
　이상의 여러 문헌상의 기록을 종합해서 고찰해 볼 때 咸安趙氏의 시조
가 趙鼎이라는 사실은 16세기 이전의 문헌에는 나타나지 않는다. 특히
삼국시대 역사서인『三國史記』나, 高麗時代의 대표적인 사료인『高麗史』,
『高麗史節要』등에 趙鼎이나 趙丹碩의 이름은 전혀 나타나지 않는다. 그
래서 咸安趙氏의 始祖인 趙鼎이 新羅 말기에 後唐으로부터 왔다는 주장
은 문헌을 통해서 고증하기 어렵다. 李薇가 지은 「漁溪墓碣銘」에서 漁溪
의 先系를 밝히면서 맨처음으로 趙丹碩을 언급하였다. 이보다 앞서 崔淑
生이 지은 趙銅虎의 비문에서는 세계를 趙悅부터 시작했다. 李薇는 趙應
卿의 매부[11]였으므로 처가인 조씨 가문의 사정을 잘 알았을 것으로 생각
된다.
　그러나 1744년경에 간행된 趙任道의『澗松集』卷1의 「澗松先生世系圖」
에는 咸安趙氏의 始祖를 趙鼎으로 하여 그 이후 10세 趙悅까지 世系와
諱를 다 맞추어 놓았다. 이 「세계도」에 의하면 함안조씨의 上系는 다음과

─────────────

9) 盧禛『玉溪集』續集 권2 14장, 「監察趙公墓碣銘」, 韓國文集叢刊 제37輯.

10) 成文濬『滄浪集』권4 23장. 「漁溪先生傳」, 韓國文集叢刊 제64輯.

11) 趙任道『金羅傳信錄』卷上 34장, 「南溪處士趙公墓碣」.

같다.

　　1세는 趙鼎인데, 大將軍 元尹을 지냈다. 高麗 사람이다.(「大笑軒世系圖」
에는 '高麗에 벼슬하여'라는 사실이 추가되어 있다)
　　2세는 趙幹인데, 中郎將을 지냈다.
　　3세는 趙丹碩인데, 元尹을 지냈다.(「大笑軒世系圖」에는 '將軍'이 추가되
어 있다)
　　4세는 趙時雨인데, 都領將을 지냈다.(「大笑軒世系圖」에는 '五衛都領將'으
로 되어 있다)
　　5세는 趙錫和인데, 軍保郞을 지냈다.
　　6세는 趙烈인데, 三司政堂을 지냈다.(「大笑軒世系圖」에는 '匡靖大夫 政堂
文學'으로 되어 있다)
　　7세는 趙禧인데, 密直使를 지내고 나중에 三司左尹을 지냈다. 배위는 高麗
太祖 神聖大王 5세손서 將作 尹重松의 따님이다.(「大笑軒世系圖」에는 '密直
使 三司左尹'으로만 되어 있다)
　　8세는 趙之興인데, 文科하여 鷄林參軍을 지냈다.(「大笑軒世系圖」에는 '鷄
林府 參軍'으로만 되어 있다)
　　9세는 趙天啓인데, 版圖判閣을 지냈다. 배위는 昌原黃氏인데 司憲糾正을
지낸 黃君碩의 따님이다.(「大笑軒世系圖」에는 '奉翊大夫 版圖判書'라고 되
어 있다)[12]

　　그러나 어느 문헌에 근거해서 世系를 밝혔다는 기록은 전혀 없다.
　　1769년경에 간행된 『大笑軒逸稿』에 들어 있는 「世系圖」에도 시조부터
10세까지 세계가 다 맞추어져 있는데, 어느 문헌에 근거해서 밝혔다는
기록은 없다.
　　이에서 보건대 1979년 『己未大同譜』에 실린 趙鼎에 관한 상세한 기록
은 역사문헌에 근거한 신빙성이 있는 것으로 보기 어렵다. 특별히 새로운
문헌이나 유물 자료가 출현하여 實證하지 않는 한, 앞 시대 사람들이 모르

---

12) 趙任道 『澗松集』 권1 1장, 「澗松先生世系圖」.

던 것을 후세에 와서 더 상세히 안다는 것은 믿기 어렵기 때문이다. 문헌으로 고증할 수 있는 咸安과 확실한 관계를 맺은 인물은 고려 말기의 琴隱 趙悅이다.

Ⅲ. 咸安 定着과 번성

1. 咸安 定着

咸安趙氏로써 咸安에서 산 자취가 뚜렷하고 咸安에 묘소가 남아 있는 인물은 琴隱 趙悅이 최초이다. 그러나 그의 행적은 『高麗史』에는 보이지 않고, 임진왜란 직전에 寒岡 鄭逑가 편찬한 『咸州誌』에 보이는 것이 최초의 기록이다. 『咸州誌』에는 이렇게 기록되어 있다.

> 趙烈의 현손이다. 恭愍王의 조정에서 벼슬이 工曹典書에 이르렀다. 처음에 平廣에 살다가 뒤에 山八里 院北洞으로 옮겨 살았다.[13]

寒岡 鄭逑가 1587년 咸安郡守로 재직하면서 『咸州誌』를 편찬하였는데, 이때 이미 琴隱의 행적을 人物條에 수록하였다. 그리고 塚墓條에서 그의 묘소가 "山八里 防禦山 동쪽 기슭에 있다"라고 밝히고 있다.

琴隱의 神道碑는 조선 후기 인물인 李采(1745-1820)가 지었다. 연대가 오래되어 字號 및 生卒年代와 이력을 상고할 수 없다고 했다. 『咸州誌』에 나오는 내용을 전부 인용하고는 그 뒤에 "거문고를 잘 연주하고 그림을 잘 그렸다"는 내용을 첨부하였다. 족보에 의거해서 "朝鮮王朝가 건립되고 나서 太祖가 嘉善大夫 工曹典書로 불렀으나 다시는 벼슬하지 않았다"라는 자료를 첨부했다.

---

13) 鄭逑 『咸州誌』 권1 22장, 「人物條」 趙悅.

그때 이미 孟思誠이 지은 晚隱 洪載의 行狀이 발견되어 趙悅의 隱德과 徽行이 차차로 나타났다고 했다. 晚隱行狀 가운데 이런 내용이 있다고 실려 있다 한다.[14]

　判書 成萬庸, 評理事 卞贇, 博士 鄭夢周, 典書 金成牧, 大司成 李穡 등이 약속하지 않았는데 만나게 되었다. 술잔을 잡고서 회포를 논하였는데, 牧隱이 말하기를, "殷나라에 세 어진이가 있었는데, 比干은 죽었고, 微子는 떠났고, 箕子는 노예가 되었소. 각자 뜻에 따라 행하시오"라고 하자, 모두가 "예"하고 대답했다. 이에 晚隱은 田園으로 돌아가기로 결심하고 三嘉 大坪村에 이르러 살 곳을 정하고 마을 이름을 杜尋洞이라고 하였다. 오직 咸安 사람 典書 趙悅과 進士 李午가 대지팡이를 짚고 짚신을 신고서 서로 왕래하며 당시의 일을 슬퍼하였다. 高麗王朝가 끝나자, 두 분과 雲衢에서 弔問을 하고 슬피 노래하고 슬프게 시를 읊으며 돌아왔다. 사람들이 「麥秀歌」, 「採薇歌」에 비유하였다.

이 「晚隱行狀」에 의하면 趙悅은 咸安 사람이고 典書 벼슬을 지냈고, 晚隱 洪載, 進士 李午와 三嘉 雲衢에서 高麗王朝의 멸망을 슬퍼하며 자주 내왕한 것으로 되어 있다.

趙悅의 묘소는 防禦山 東麓 乾坐이고 後夫人 蔣氏와 合祔되어 있고, 元配 田氏의 묘는 失傳되었다고 밝히고 있다. 「澗松先生世系圖」에 의하면 "元配 田氏의 본관은 昆陽이고, 後夫人 蔣氏의 본관은 牙山"으로 되어 있다.[15]

李采가 지은 「神道碑」에는 다음과 같이 네 아들의 이름과 관직이 기록되어 있다.

　琴隱은 아들 넷을 두었는데, 맏이는 趙彛로 神虎衛를 지냈고, 둘째는 趙寧

14) 현재 孟思誠의 문집이 傳存하지 않아, 「晚隱行狀」을 직접 고찰해 볼 수 없다.
15) 趙任道 『澗松集』 권1 1장, 「澗松先生世系圖」. 韓國文集叢刊 제89輯.

으로 縣監을 지냈고, 셋째는 趙桓이고, 넷째는 趙安이다. 安의 아들이 漁溪
趙旅이다. 琴隱의 후손 가운데는 名節이나 經術로 세상에 알려진 분도 있고,
文行으로 세상에 이름난 이도 있고, 科宦으로 조정에 이름난 분도 있다.16)

趙寧은 1414년17) 式年試에 乙科 3人으로 급제하였다. 『國朝榜目』에
의하면 응시할 때의 신분이 生員으로 되어 있다.

趙寧의 아들 趙昱도 1453년 增廣文科에 丙科 5인으로 급제하여 兵曹參
知를 지냈다. 응시할 때의 신분은 生員이었다. 자는 子明이고, 배위는 李仲
臣의 따님이다.18) 趙昱은 漁溪의 從弟이다. 조욱의 후손들은 安東市 安奇
洞에 세거하고 있다.

2. 興隆之祖 漁溪 趙旅

漁溪는 咸安趙氏를 번성하게 하여 家數를 높인 趙氏 가문의 先祖라
할 수 있는데, 咸安에 世居하는 咸安趙氏는 대부분 漁溪의 후손이다. 漁溪
의 후손들 가운데 일부가 임진왜란 이전에 이미 경북 靑松 安德 일대에
옮겨 터전을 잡아 세거하고 있다.

趙安의 아들이 바로 漁溪 趙旅이다. 어계의 모친은 星山李氏로 李懌의
따님이다. 어계의 字는 主翁, 어계는 그 호이다. 1453년(端宗 1)에 成均進
士에 합격하였다.19) 端宗朝에 志節을 지킨 生六臣으로 유명하다. 1455년
世祖가 왕위를 찬탈한 때부터 科擧를 포기하고 杜門不出하며 漁溪處士로
自號하며 고기 잡고 낚시하는 것으로써 한평생을 마치려고 한 것이었다.
부모에게 지극히 효도했고, 喪을 당해서는 한결같이 『朱文公家禮』에 의거

---

16) 『咸安趙氏忠毅公派世譜』 139~141쪽, 「典書公神道碑銘」.
17) 1414년 : 『咸州誌』에는 "永樂 戊子(1408)年"에 文科에 급제한 것으로 되어 있으나, 『國朝榜
    目』에 1414년으로 되어 있다.
18) 『國朝榜目』.
19) 李薇가 지은 「漁溪墓碣銘」에서, "刑曹判書 佔畢齋의 榜下였다"라고 했으나, 漁溪는 1531
    년 佔畢齋 金宗直과 同榜及第하였다.

해서 실행했고, 제사도 마찬가지였다. 자식들을 義方으로 가르치고, 親族들에게 화목하고, 가난한 사람들에게 어질게 대했다.

늘 聖賢의 언어에 침잠하였고 마음에 얻은 것이 있으면 즐거워서 寢食을 잊어버렸다. 詩는 彫琢을 일삼지 않아 淳眞, 朴古하여 자연스럽게 天趣를 얻었다. 사람들이 그가 孝友하는 줄만 알았지, 그 쌓은 학문에 대해서는 알지를 못 했다. 剛毅한 기상과 和泰한 용모를 사람들이 두려워하면서도 사랑하지 않는 사람이 없었다. 배위는 興陽李氏로 縣監 李運의 따님이다.[20]

漁溪를 거론할 때 가장 주요한 사항은 生六臣이라는 사실이다. 그는 실력으로 충분히 과거하여 현달할 수 있었는데도, 端宗의 왕위를 찬탈한 世祖에게 벼슬하지 않고 고향에 숨어서 志節을 지켰다는 점이다. 그의 志節은 역대로 殷나라 伯夷 叔齊에 비견되었다. 다 같은 생육신인데도 梅月堂 金時習은 괴이한 행동을 하면서 세상을 마음대로 다녔기 때문에 世人들의 주목을 받았지만, 漁溪는 伯夷山 아래서 자취를 감추고 조용히 지냈기 때문에 그 당시 사람들 사이에서 크게 거론되지 않았다. 그러나 그 마음가짐은 漁溪나 梅月堂이나 다 한 가지였다. 漁溪의 「九日登高」라는 시에 그의 志節이 잘 나타나 있다.

머리 돌려 눈 들어 보니 강산은 저물어 가는데,	回頭擧目江山暮
땅은 넓고 하늘은 높아 생각이 아련하구나.	地闊天高思渺茫
伏羲 軒轅 태평시대는 멀어졌으니 슬픔 어찌 다하겠는가?	
	羲軒遠矣悲何極
堯임금 舜임금 보이지 않으니 마음이 절로 상하네.	華勳不見心自傷
입 속으로 읊조리다가 붓을 대니 천지는 넓은데,	沈吟筆下乾坤闊
술동이 앞에서 마음껏 취하니 세월은 길도다.	爛醉樽前日月長

<hr>

20) 『漁溪集』 권2 1–6장 李薇 所撰 「漁溪墓碣銘」. 李緈 所撰 「神道碑銘」. 韓國文集叢刊 제11輯.

| 아아! 노쇠했나니 늦게 태어난 게 괴로운데, | 嗟哉潦倒生苦晩 |
| 마음에 둔 훌륭한 님을 잊을 수가 없구나. | 懷佳人兮不能忘[21] |

이 시의 의미에 대해 5대손 澗松 趙任道가 따로 발문을 붙여 깊이 있는
해석을 하였다.

　　漁溪 선조는 景泰 癸酉(1553)年에 進士에 급제했으니, 魯山君이 즉위한
원년이었다.
　　몇 년 뒤 벼슬하기를 구하지 않고 빛을 감추고 山林에 깃들어 살았다.
그리하여 스스로 漁溪處士라고 號를 붙였다. 집에서 지내면서 검소함을 숭
상하였고, 살림을 일삼지 않았고, 고을에서는 信義로 통했다. 淸寒子 金時習
이 세상을 피하여 스스로 자취를 감춘 뜻과 서로 비슷했으나, 公은 지극한
분이라 가슴이 깊고 미묘했으므로 볼 수 있는 자취가 없었다. 그래서 사람들
이 그 숨은 志節을 알지 못했다.
　　지금 보건대 후세 사람들만 알지 못했을 뿐 아니라, 그 당시 사람들도
알지 못 했다. 남들이 알지 못 했을 뿐만 아니라, 같은 집안의 자손들도 미처
알지 못 하는 것이 있다. 그러나 속에 있으면 반드시 밖으로 드러나 가릴
수 없는 것이 있다. 지금 그 遺稿 가운데서 보면, 「九日登高」라는 시 가운데,
"伏羲 軒轅 태평시대는 멀어졌으니 슬픔 어찌 다함이 있겠는가? 堯임금 舜
임금 보이지 않으니, 마음이 절로 상하네"라는 구절이 있는데, 이는 公의
본래의 심정이 드러나지 않을 수 없는 것이다. 그렇지 않다면, 좋은 절기에
높은 곳에 오르는 것은 마음을 수고롭게 하거나 개탄할 것은 아닌데, 지금에
느껴서 옛날을 생각하고 시대를 슬퍼하고 세상을 불쌍히 여기는 뜻이 읊조
리는 사이에서 저절로 나타나겠는가? 伯夷 叔齊가 首陽山에서 고사리를 캘
때, "神農氏 舜임금 夏나라가 문득 사라졌으니, 나는 어디로 돌아가야 하나?"
라는 노래를 지었다. 漁溪公 詩에 쓰인 詩語의 맥락은 여기에 바탕을 두었다.
　　숨어 살면서 德을 심었으나 그 보답을 받지 못 했는데, 公의 여러 아들
손자들에 이르러서 비로소 길한 경사가 나타나니, 착한 일을 쌓으면 충분한
경사가 있다는 것이 어찌 분명하지 않은가?[22]

---

21) 趙旅 『漁溪集』 권1 11장, 「九日登高」.

　당시는 아직 端宗이 복위되지 않은 시절이기 때문에 단종을 위해 志節을 지킨 사실을 공개적으로 칭송하여 선양할 수가 없었다. 그래서 澗松이, 漁溪의 처신이 梅月堂 金時習과 같고 伯夷 叔齊의 마음과 통한다고만 썼다. 그러나 간송의 글을 깊이 자세히 음미해 보면 世祖의 왕위 찬탈을 못마땅해 하며 저항하려는 의도가 강하다는 것을 말하고 있다.

　漁溪의 시에서 말한 '훌륭한 님[佳人]'은 바로 端宗을 비유한 말이다. 단종에 대한 충성심이 이 시의 마지막 구절에 단적으로 나타나 있다. 그런데도 澗松 시대만 해도 그 것을 드러내놓고 말할 수 있는 시대가 아니었다.

　8대손 損菴 趙根도 다음과 같이 읊었다.

태학에서 예법에 관한 일을 다 버리고,	太學辭籩豆
伯夷山에서 고사리를 캐었네.	夷山採蕨薇
누가 알겠는가? 임금님 사랑하는 뜻이,	誰知愛君志
모두 「登高詩」에 들어 있다는 것을.	都在登高詩[23]

　咸安郡 郡北面에 伯夷山이 있는데, 漁溪가 은거한 院北의 바로 앞에 있다. 백이산은 옛날 殷나라의 伯夷 叔齊가 周나라의 곡식을 먹지 않겠다고 고사리 캐던 산이다. 科擧를 포기하고 백이산 아래서 은거하며 지내는 漁溪의 뜻은 바로 백이 숙제의 뜻인데, 아는 사람이 드물었다. 그래서 「九日登高」라는 어계의 시를 읽어 보면 그 속에 어계의 뜻이 다 들어 있다는 것이다. 역시 端宗이 복위되기 전이므로 직설적으로 말하지 못 하고 암시적으로 이야기했을 뿐이다.

　손자 趙舜의 관직이 높아짐에 따라 어계에게 都承旨를 추증하였다. 1699년(肅宗 25)에 端宗이 復位된 뒤 嶺南의 선비들이 漁溪의 節行을 아뢰었으므로 嘉善大夫 吏曹參判에 추증되었고, 肅宗이 官員을 보내어 賜祭

---

22) 趙任道 『澗松集』, 권3 12 - 13장, 「九日登高詩後跋」.
23) 趙根 『損庵集』 권8 6장, 「謁漁溪先生祠宇」. 韓國文集叢刊 續제40輯.

하였다. 伯夷山 아래 祠宇를 세워 漁溪 등 生六臣 6인을 享祀하였다. 이때
부터 어계의 이름이 세상에 널리 알려지게 되었다. 1781년(正祖 5) 資憲大
夫 吏曹判書에 추증되었고, 貞節이라는 시호를 받았다. 1703년(肅宗 29)
에 咸安의 西山書院이 세워진 것을 필두로 永川의 龍溪書院, 公州의 東鶴
寺 肅慕殿, 寧越 八賢祠, 彰節祠, 靑松의 德峯祠 등 각지에 院祠가 세워져
享祀되며 그 忠節을 기리고 있다.

어계의 묘소는 咸安郡 法守面 鷹巖里에 있다. 부인 李氏의 묘소는 漁溪
의 묘 뒤에 있다. 9대손 趙榮祐이 지은 墓表가 앞에 서 있다. 墓碣銘은
右參贊 李薇[24]가 지었고, 神道碑는 大提學 李緈가 지었다.

咸安趙氏를 이야기하면서 漁溪를 거론하지 않을 수 없다. 더구나 함안
에 세거하는 咸安趙氏는 거의 대부분이 어계의 후손이다. 대소헌의 집안
도 어계 후손의 일파이다.

3. 漁溪의 後孫[25]

漁溪는 아들 셋을 두었다. 맏이는 趙銅虎인데, 珍山郡守를 지냈고, 吏曹
參判에 追贈되었다. 둘째는 趙金虎인데, 贈漢城府左尹이다. 셋째는 趙野
虎[26]인데, 僉奉을 지냈으나 일찍 별세했다.

趙銅虎는 아들 일곱을 두었다. 첫째는 趙舜인데, 호는 玉峰이고, 吏曹參
判을 지냈다. 둘째는 趙昌인데, 禦侮將軍을 지냈다. 셋째는 趙參인데, 호는
無盡亭이고, 司憲府 執義를 지냈다. 넷째 趙績은 掌隷院 判決事를 지냈다.

---

24) 撰者가 의심된다고 앞에서 밝힌 바 있다. 漁溪 후손 雲塈 趙平이 지은 「漁溪墓碣銘」이
『雲塈集』 제10권 5－7장에 실려 있다. 李薇가 지은 「墓碣銘」과 비교해 보면, 글자만 몇
자 바꾸고 손자에 관한 기록 등 몇 자씩 줄였을 뿐, 새로운 내용은 전혀 없고, 銘은 완전히
똑같다.

25) Ⅳ. 咸安趙氏 人物 章과 중복되는 내용이 약간 있으나, 각 인물 사이의 관계를 알기 위해서
따로 이 節을 마련하였다.

26) 野虎는, 李薇가 지은 「漁溪墓碣銘」에는 들어 있지 않고, 李緈가 지은 「漁溪神道碑」와
李徽之가 지은 「諡狀」에는 들어 있다.

다섯째 趙發은 司果를 지냈다. 여섯째 趙騫은 虞候를 지냈다. 일곱째 趙淵은 호가 耐軒인데, 戶曹參議를 지냈다.

趙金虎는 아들 셋을 두었다. 첫째 趙壽萬인데, 호는 南溪이고, 將仕郎이다. 둘째는 趙壽千인데, 호는 北溪이고, 兵馬節度使, 慶尙水軍節度使를 지냈다. 셋째는 趙壽億인데, 宜寧縣監을 지냈다.

趙野虎는 아들 둘을 두었는데, 첫째는 趙元達이고, 둘째는 趙文達이다.

漁溪의 曾孫 代에서 仕宦을 하거나 현저한 인물은 다음과 같다. 趙庭堅은 長曾孫인데, 호는 喜賓堂인데, 穆淸殿 叅奉을 지냈다. 趙庭筠은 仁同縣監을 지냈다. 趙庭柏은 別提를 지냈다. 趙庭彦은 副司直을 지냈고, 刑曹參判을 지냈다. 이상은 趙銅虎의 후손이다.

趙應卿은 호가 下鷗亭이다. 趙應世는 箕子殿 叅奉을 지냈다. 이상은 趙金虎의 후손이다.

漁溪의 玄孫 代에 仕宦을 하거나 현저한 인물은 다음과 같다. 長玄孫 趙堪은 호가 玉川인데, 主簿를 지냈다. 趙岉은 生員을 지냈다. 趙斤은 通德郎을 지냈다. 趙元宗은 忠順衛이다. 趙堣는 호가 劍岩인데, 萬戶를 지냈다. 趙址는 호가 望雲亭인데, 贈刑曹判書이다. 趙墿은 호가 栗軒인데, 贈司宰監正이다. 趙埴은 호가 立巖이다. 趙坦은 호가 韜巖인데, 贈參判이다. 趙埗은 호가 斗巖인데, 贈參判이다. 이상은 趙銅虎의 후손이다.

趙堰은 叅奉을 지냈다. 趙墻은 武林部長이다. 趙城은 贈戶曹參議이다. 趙境은 箕子殿 叅奉이다. 이상은 趙金虎의 후손이다.

漁溪의 5대손 가운데서 仕宦을 하거나 현저한 인물은 다음과 같다. '趙道郭走'라는 諺語가 생겨날 정도로 인물이 많이 나온 '道'자 항렬이다. 五代冑孫 趙毅道는 贈吏曹參判이다. 趙俊男은 叅奉인데, 丁酉再亂 때 순절하여 旌閭를 받고 承旨에 추증되었다. 趙遵道는 호가 方壺인데 武科에 급제하였다. 趙逸道는 호가 薪溪이다. 趙得道는 호가 隱溪이다. 趙岦道는 호가 湖巖인데 訓鍊院 奉事를 지냈다. 趙凝道는 固城縣令을 지냈는데, 丁酉再亂에 순절하였다. 趙益道는 호가 道谷인데, 武科에 급제하여 宣傳

官을 지냈다. 임금이 岳武穆의 『精忠錄』을 하사하였다. 趙亨道는 호가
東溪인데 槐山郡守를 지냈다. 趙宗岳은 호가 松浦이다. 趙守道는 호가
新堂인데, 贈司僕寺正이다. 趙純道는 호가 南浦이다. 趙勉道는 同知中樞
府事이다. 趙任道는 호가 澗松堂인데, 大君師傅이다. 趙由道는 德川副尉
이다. 趙衛道는 호가 愚齋이다. 趙味道는 同知中樞府事이다. 이상은 趙銅
虎의 후손이다.

　趙宗道는 곧 大笑軒이다. 己年은 호가 咸鏡이다. 趙崇道는 贈右尹이다.
趙信道는 溫陽郡守인데, 壬辰倭亂 대 순절하여 兵曹判書에 추증되었다.
趙敏道는 임진왜란 때 순절하여 監察에 추증되었다. 趙善道는 호가 默谷
인데, 禦侮將軍이다. 趙顯道는 義禁府都事다. 趙川道는 通政大夫이다. 趙
山道는 忠節이 있었다. 詠道는 僉正을 지냈다. 趙中立은 호가 四味堂이다.
趙義卓은 贈漢城府左尹이다. 이상은 趙金虎의 후손이다.

　趙松琨은 贈戶曹參議이다. 이상은 趙野虎의 후손이다.

　漁溪의 5대손은 모두 68명으로 대단히 번성하였다. 어계 5대손을 제외
한 전체 咸安趙氏 같은 항렬의 인물이 28명인 것과 비교해 보면, 어계의
후손들이 얼마나 번성했는지를 알 수 있다.

IV. 咸安 출신의 咸安趙氏 人物27)

　咸安에 세거해 온 咸安趙氏는 거의가 漁溪 趙旅의 후손이다. 咸安에서
는 인구로도 가장 많을 뿐만 아니라, 9명의 文科及第者, 9명의 生進及第者
등 많은 인물을 내었다. 특히 조선 후기에 와서 많은 學者 文人들이 나왔는

---

27) 이 인물 자료는, 『咸州誌』, 『金羅傳信錄』, 『朝鮮寶輿勝覽』, 『嶠南誌』 등을 주로 참고하였
고, 개인의 문집에 의거해서 약간 수정 보완하였다. 인적 사항에 관한 내용은, 원래 각종
地誌 등에 수록된 체재가 각각 다르고 詳略이 정도가 일정하지 않다. 그러나 자료적 의미가
있다고 생각해서 최대한 수록하였다. 근거한 문헌을 일일이 註明하지 않는다. 객관성을
높이기 위해서 咸安趙氏 가문의 각종 族譜는 참고하지 않았다.

데, 대부분이 性齋 許傳의 문하에서 공부하여 近畿의 退溪學派의 학맥을
계승하였다.

함안에 세거하는 함안조씨 가문의 가장 큰 특징은, 學者와 忠節이 많다
는 것이다. 조선후기부터 이미 '十忠', '十三忠' 등으로 널리 일컬어『咸安
趙氏十忠錄』,『咸安趙氏十三忠錄』등의 문헌이 간행되어 세상에 통행되
고 왔다.

아래에 함안 출신의 함안조씨 인물을, 文科及第者, 武科及第者, 生員進
士合格者, 蔭叙로 出仕한 인물, 推薦으로 出仕한 인물, 忠節로 이름난 인
물, 學者 등으로 분류하여 서술한다.

1. 文科及第者[28]

趙烈 : 본관은 咸安으로 元尹을 지낸 趙鼎의 후손이다. 벼슬은 政堂文學을
　　　지냈다.

趙寧 : 琴隱 趙悅의 아들이다. 太宗 때 문과에 급제하여 宜寧縣監을 지냈다.

趙昱 : 趙悅의 손자이자, 趙寧의 아들이다. 약관에 문장이 이루어졌다. 端宗
　　　때 문과에 급제하여 兵曹參判을 지냈다. 佔畢齋 金宗直과 잘 지냈는데,
　　　많은 시문을 주고받았다.

趙舜 : 趙銅虎의 아들이다. 호는 玉峯이다. 成宗 때 생원, 진사와 문과에
　　　급제하여 翰林과 大司憲을 지냈고 吏曹參判에서 그쳤다. 만년에 함안에
　　　와서 정자를 짓고 시를 읊조리면서 지냈다. 영의정 金安老가 묘갈명을
　　　지었다.

趙參 : 趙舜의 아우로 호는 無盡亭이다. 中宗때 문과에 급제하여 司憲府
　　　執義를 지내고 다섯 고을의 원을 지냈는데, 청렴하고 신중하였다. 임금님

---

28)『咸州誌』,『朝鮮寶輿勝覽』,『嶠南誌』등에 文科及第者 항목이 있으나 다 수록하지 못
　　했으므로 다른 자료를 참가하여 보완하였다. 이하 武科及第者, 生員進士合格者도 마찬가
　　지다.

이 그의 학문이 바른 것을 가상히 여겨『大學』과『唐鑑』을 내려 주었다. 愼齋 周世鵬이「無盡亭記」를 지었고, 龜窩 金㙆이 묘갈명을 지었다.

趙績 : 趙參의 아우이다. 中宗 때 진사와 문과에 급제하여 掌隷院 判決事를 지냈다.

趙民植 : 趙益道의 후손이다. 純祖 때 문과에 급제하여 현감을 지냈다. 經書를 부지런히 공부하였고, 서예에 능하였다. 月皐 趙性家가 묘갈명을 지었다.

趙時植 : 趙信道의 후손이다. 호는 林溪이다. 高宗 때 문과에 급제하여 司憲府 持平을 지냈다.

趙瑩奎 : 高宗 때 문과에 올랐다. 弘文館 正字를 지냈다.

2. 武科及第者

趙金虎 : 漁溪 趙旅의 아들로, 趙銅虎의 아우다. 世祖 때 무과에 급제하여 僉知中樞府事를 지냈다. 다섯 고을의 원을 지냈는데, 청렴한 德行으로 이름났다. 靖國功臣에 策錄되었고, 左尹에 추증되었다. 右參贊 李薇가 묘갈명을 지었다.

趙騫 : 漁溪의 손자로 趙績의 아우다. 成宗 때 무과에 급제하여 虞候를 지냈다. 靖國原從功臣에 策錄되었다.

趙庭華 : 趙騫의 아들이다. 中宗 때 무과에 급제하여 宣傳官을 지냈다.

趙鷗 : 趙庭華의 아들이다. 무과에 급제하여 군수를 지냈다.

趙鶒 : 趙鷗의 아우이다. 宣祖 때 무과에 급제하여 군수를 지냈고, 左承旨에 추증되었다. 청렴하고 검소하였다.

趙英混 : 大笑軒 趙宗道의 아들이다. 호는 三白堂이다. 무과에 급제하여 府使를 지냈다. 富寧府使로 있을 때 잘 다스린다는 명성이 있어 頌德碑가 세워졌다.

趙瑋 : 大笑軒의 증손이다. 顯宗 때 무과에 급제하여 中部將을 지냈다.

趙台鉉 : 趙復鉉의 아우이다. 正祖 때 무과에 급제하여 主簿를 지냈다.
용기와 전략이 있었다. 영의정 蔡濟恭과 판서 洪良浩가 문무를 모두
다 갖춘 인재라고 번갈아 추천하였으나, 일찍 세상을 떠났다. 戶曹參判에
추증되었다.

趙汝謙 : 大笑軒의 후손이다. 호는 薇菴이다. 正祖 때 무과에 급제하여
宣傳官을 지냈고, 萬戶에 이르렀다.

趙性九 : 大笑軒의 후손이다. 哲宗 때 무과에 급제하여 五衛將을 지냈다.

3. 生員進士 합격자

趙旅 : 1453년(端宗 1) 進士에 급제하였다.

趙銅虎 : 1469년(睿宗 1) 司馬試에 급제하였다.

趙玧 : 1477년(成宗 8) 사마시에 급제하였다.

趙淵 : 1510년(中宗 5) 사마시에 급제하였다.

趙勿 : 趙庭筠의 아들이다. 1552년(明宗 7) 진사에 급제하였다. 젊은 나이에
문장이 이루어졌다. 谷川 金尙鼎이 묘갈명을 지었다.

趙宗道 : 1558년(明宗 13) 사마시에 급제하였다.

趙堪 : 1570년(宣祖 3) 사마시에 급제하였다.

趙昺奎 : 無盡亭 趙參의 후손이다. 호는 一山이다. 高宗 때 진사에 급제하였
다. 性齋 許傳의 문하에서 공부하였는데, 학문의 방법을 얻어들었다.
禮學에 더욱 조예가 깊었다. 一山亭을 지어 은거하면서 학문을 했는데,
지역에서 글을 요청하는 사람이나 예법을 묻는 사람이 늘 대문에 가득했
다. 『四禮要義』를 지었고, 문집 『一山集』이 있다. 여러 문인들과 힘을
합쳐 스승 性齋가 지은 『士儀』를 간행하는 일에 참여했다.

趙鏞昊 : 趙益道의 후예다. 性齋 許傳의 문인이다. 高宗 때 진사에 급제하였
다. 성균관에 있는 동안에 선비들 사이에서 명망이 매우 무거웠다.

4. 蔭叙로 出仕한 인물

趙銅虎 : 漁溪의 아들이다. 睿宗 때 진사에 급제하여 군수 벼슬을 지냈다.
　　戶曹參判에 추증되었다. 右參贊 崔淑生이 묘갈명을 지었다.

趙淵 : 趙騫의 아우다. 호는 耐軒이다. 진사에 급제하여 經歷을 지냈다.
　　간신 金安老의 뜻을 거슬러서 벼슬을 버리고 돌아왔다. 「詠霧」라는 절구
　　시 한 수를 지어 간신들이 임금을 가리는 것을 풍자하였다. 隷書를 잘
　　썼다. 戶曹參議에 추증되었다. 訥隱 李光庭이 묘갈명을 지었다.

趙應卿 : 趙金虎의 손자다. 호는 下鷗亭이다. 현감을 지냈다. 일찍 아버지를
　　여겼는데 효행이 있었다. 禮安縣監으로 있으면서 학문을 일으키는 일에
　　힘썼다. 典故를 널리 알고 譜學에 밝았다. 玉溪 盧禛이 묘갈명을 지었다.

趙庭堅 : 趙舜의 아들이다. 호는 喜賓堂이다. 穆淸殿 參奉을 지냈다. 牛溪
　　成渾이 묘갈명을 지었다.

趙庭筠 : 趙參의 아들이다. 재주와 학행이 있었다. 현감 벼슬을 지냈다.
　　谷川 金尙鼎이 묘갈명을 지었다.

趙應世 : 趙壽千의 아들이다. 箕子殿 참봉을 지냈다. 사람됨이 차분하여
　　학문을 좋아하였다. 青坡 李陸의 문하에서 공부했는데, 좌의정 成世昌이
　　그 行誼를 찬탄하였다.

趙堰 : 趙應卿의 아들이다. 圭菴 宋麟壽의 문인이다. 참봉을 지냈다.

趙堪 : 趙庭堅의 아들이다. 호는 玉川이다. 宣祖 때 진사에 급제하여 都事에
　　임명되었고, 察訪에 이르렀다. 休庵 白仁傑의 문인이다. 執義에 추증되었
　　다. 牛溪 成渾이 묘갈명을 지었다.

趙英海 : 大笑軒의 아들이다. 判官을 지냈다.

趙英漢 : 大笑軒의 아들이다. 참봉을 지냈는데, 이조참판에 추증되었다.

趙徵文 : 대소헌의 손자다. 察訪을 지냈고, 吏曹參議에 추증되었다. 후손
　　趙性昊가 묘갈명을 지었다.

趙徵龍 : 大笑軒의 손자다. 省峴道 察訪을 지냈는데, 청렴했으며, 너그럽고

수월하게 일을 처리하니, 백성들이 모두 마음 속으로부터 감복하였다.
효성이 뛰어났는데, 부모가 늙자 미련 없이 벼슬을 버리고 고향으로
돌아왔다. 深齋 曺兢燮이 묘갈명을 지었다.

趙玩 : 趙益道의 손자다. 察訪지냈다. 효성과 우애를 독실이 행했다.

趙性昊 : 大笑軒의 후손이다. 호는 淸菴이다. 性齋 許傳의 문하에서 공부하
   였다. 假監役을 지냈고, 遺稿가 남아 있다.

5. 推薦으로 出仕한 인물

趙平 : 漁溪 후손으로 咸安 杜谷에서 태어나 院北에서 생장했고, 나중에
   尙州, 任實, 綾州 등지에 거주하였다. 호는 雲壑이다. 光海君 때 진사에
   급제하였다. 寒岡 鄭逑, 沙溪 金長生의 문하에서 공부했다. 학행으로
   추천되어 叅奉, 洗馬 등에 임명되었으나 모두 나아가지 않았다. 仁祖가
   丙子胡亂 때 南漢山城에서 淸나라에 항복하는 강화조약을 맺은 것을
   통탄하여 자취를 감추고서 일생을 마쳤다. 벼슬은 直長에 이르렀다.
   「漁溪墓碣銘」과 「大笑軒墓碣銘」을 지었다.

趙任道 : 趙埴의 아들이다. 호는 澗松堂이다. 부모상에 侍墓살이를 하며
   죽만 먹고 지냈다. 旅軒 張顯光의 문인으로, 眉叟 許穆과 학문을 講討하
   였다. 추천으로 王子師傅, 工曹佐郞 등에 임명되었으나, 모두 나아가지
   않았다. 세상을 떠나자 임금님의 명으로 제사를 지내주었고 司憲府 持平
   에 추증하였다. 문집『澗松集』과 함안의 인물과 시문 자료를 모은『金羅
   傳信錄』이 있다. 松汀書院에 향사되었다.

6. 忠節로 이름난 인물

趙悅 : 趙烈의 현손이다. 호는 琴隱이다. 工曹典書를 지냈다. 高麗가 망하고
   난 뒤 朝鮮에는 벼슬하지 않고 절개를 지켰다. 조선 定宗이 그가 그림을
   잘 그리는 것을 알고, 上王 太祖의 御眞을 다시 모사하고자 하여 손수

쓴 서신을 보내 그릴 것을 명했으나, 옛 임금님이 命이 있다 하여 따르지 않았다. 杜門洞의 사당에 配享되었다.

趙純 : 遼東을 정벌할 때 佐中軍으로 威化島에 이르렀다. 여러 사람들이 회군을 논의할 때 조순은 "주변 나라로서 중국을 침범하는 것은 본래 안 되는 일이고, 임금님의 명령을 요청하지 않고 회군하는 것은 더욱 되지 않는다"라고 하였다. 그리하여 바로 고향으로 돌아와 문을 닫고 밖으로 나가지 않았다. 李太祖가 여러 차례 불렀으나 벼슬에 나가지 않았다.

趙旅 : 趙悅의 손자다. 호는 漁溪다. 端宗 때 진사에 급제하였다. 成均館에 있는 동안에 1555년 世祖가 단종을 내쫓고 왕위를 찬탈하는 일이 일어났다. 여러 유생들에게 읍하고 돌아와 함안 伯夷山 아래서 숨어 살았다. 세조 때 戶曹參議에 임명되었으나 나아가지 않았다. 吏曹判書에 추증되었고, 시호는 貞節이다. 忠臣壇, 肅慕殿에 배향되었고, 彰節祠, 함안의 西山書院에 享祀되고 있다. 문집 『漁溪集』이 있다.

趙壽千 : 趙金虎의 아들이다. 호는 北溪다. 明宗 때 무과에 급제하여 宣傳官으로 있다가 靖國一等功臣에 참여하였고, 慶尙道 水使에 임명되었다. 그 당시 莫同이란 자가 있었는데, 일본과 사사로이 매매를 하다가 對馬島主가 보낸 사람을 살해하는 사건이 발생했다. 조수천은 상세히 조사하라고 아뢰었다. 乙巳士禍 이후로는 물러나 느긋하게 평생을 마쳤다.

趙壽億 : 趙壽千의 아우다. 縣監을 지냈고, 靖國功臣에 策錄되었다.

趙鵬 : 漁溪의 현손이고, 趙鷗의 아우다. 宣祖 때 무과에 급제하여 副正을 지냈다. 丁酉再亂 때 訓鍊副正으로 蔚山에서 싸우다가 화살이 떨어지고 힘이 다하였다. 왜적을 계속 꾸짖다가 전사했다. 兵曹參判에 추증되고, 공신으로 책록되고, 三忠祠에 향사되었다.

趙宗道 : 곧 大笑軒이다. 南冥 曹植의 제자이고, 남명의 생질인 判書 李俊民의 사위다. 1558년 생원시에 합격한 뒤 천거를 받아 安奇道 察訪되어 부임하였다. 이때 退溪 李滉의 문인인 西厓 柳成龍, 鶴峯 金誠一 등과

교류하였다. 기개가 높고 經史에 밝았다. 임진왜란이 일어나자 招諭使 金誠一을 도와 의병을 모집하는 일에 진력하였고, 이 해 가을 丹城縣監을 지냈다. 1596년 咸陽郡守가 되었는데, 다음해 丁酉再亂 때는 安義의 黃石山城을 수축하여 지키다가 전사하였다. 晋州城 三壯士의 한 명이다. 吏曹判書에 추증되었다. 함안의 德巖書院, 安義의 黃巖祠에 제향되었다. 시호는 忠毅다. 문집 『大笑軒集』이 있다.

趙坦 : 漁溪의 현손으로 趙淵의 손자다. 호는 韜巖이다. 壬辰倭亂 때 의병을 일으켜 공을 세웠다. 體察使 李元翼이 아뢰어 訓鍊院 判官에 임명되었다가, 助防將으로 승진하였다. 宣武原從功臣에 策錄되고 兵曹參議에 추증되었다. 實紀가 있다. 洛坡 柳厚祚가 墓誌銘을 지었다.

趙坤 : 趙坦의 아우다. 호는 斗巖이다. 어버이를 섬김에 있어 살아 있을 때나 돌아가셨을 때나 늘 예를 다했다. 학문과 덕행으로 일컬어졌다. 壬辰倭亂 때는 郭再祐의 진중에 나아가 공을 많이 세워 공신에 策錄되었다. 李适의 난 때도 공이 있어 原從功臣에 책록되었다. 만년에 斗巖에 정자를 짓고 그 것으로써 호를 삼았다. 시를 지으며 스스로 즐겼다. 문집 『斗巖集』이 있다. 霞溪 李家淳이 묘갈명을 지었다.

趙俊男 : 趙參의 증손으로, 趙勿의 아들이다. 효행이 있어 참봉에 추천되었다. 丁酉再亂 때 왜적들이 조상의 묘를 파자 "우리 나라를 뒤엎고, 우리 조상의 묘소를 파니 함께 하늘을 이고 같이 살 수 없는 원수다"라고 꾸짖고는 스스로 목을 찔러 죽었다. 左承旨에 추증되었다. 肅宗 때 旌閭를 받았다. 密庵 李栽가 묘갈명을 지었다.

趙凝道 : 趙鴟의 아들이다. 宣祖 때 무과에 급제하여 縣令을 지냈다. 정유재란 때는 固城을 지켰는데, 군사가 적어 성이 고립되어 형세가 약하게 되었다. 사람들이 모두 피난갈 것을 권유했지만 응하지 않고 앞장서 힘써 싸우다가 마침내 전사하였다. 兵曹參判에 추증되었다.

趙益道 : 漁溪의 후손으로 趙鶒의 아들이다. 호는 道谷이다. 光海君 때 무과에 급제하여 宣傳官을 지냈다. 李适의 난에 손가락을 깨물며 죽기를

맹세하며 먼저 진에 올라 역적을 쳐서 공훈을 세웠다. 仁祖가 "손가락을 깨물며 맹세한 것은 宋나라 장군 岳飛가 등에 '盡忠報國'이라는 글자를 새겨 넣었던 것과 다름이 없다"라고 칭찬하며 특별히『岳武穆精忠錄』을 내려 주었다. 原從功臣에 策錄되었다. 나중에 영조가 친히『精忠錄』의 서문을 지어 주었다. 兵曹參判에 추증되었다. 實紀가 있다. 剛齋 宋穉圭가 行錄을 지었다.

趙信道 : 趙應卿의 손자다. 임진왜란 때 溫陽의 고을원으로서 임금의 수레를 따라갔다가 漢江에서 전사했다. 兵曹判書에 추증되고 宣武原從功臣에 策錄되었다.

趙敏道 : 趙信道의 아우다. 임진왜란 때 尙州에 있던 李鎰의 진중에 나아가 힘써 싸우다가 순절하였다. 監察에 추증되고 旌閭를 내려 받았다.

趙亨道 : 韜巖 趙坦의 조카다. 호는 東溪다. 原從功臣에 책록되었다. 1618(光海君 10)년 李景棋의 반란을 평정하는 데 공이 있어 嘉善大夫에 올랐다. 병자호란 때 나라를 위해서 죽기를 맹세했으나, 성이 함락되는 것을 보고는 울분을 못 이겨 등창이 나서 죽었다.

趙山 : 趙旅의 후손이다. 호는 仙巖이다. 임진왜란 때 순절했는데, 原從功臣에 策錄되었다.

趙英沂 : 趙敏道의 아들이다. 지조와 행실이 있었다. 7세 때 임진왜란을 당하여 아버지와 숙부가 모두 순국했는데, 시신을 찾지 못한 것을 지극히 애통한 일로 여겼다. 丙子胡亂 때 의병장이 되었는데, 節義로 격려했다. 벼슬은 主簿를 지냈다. 響山 李晚燾가 묘갈명을 지었다.

趙徵唐 : 大笑軒의 현손이다. 무과에 급제하여 현감을 지냈다. 병자호란 때 임금의 수레를 모시고 南漢山城으로 갔다. 공신에 策錄되고, 품계가 올라갔다.

趙英汶 : 趙應卿의 증손이다. 호는 場巖이다. 志節이 있었다. 鄭逑, 張顯光의 문하에서 공부하였는데, 經書의 뜻을 변별하여 칭찬을 받았다. 宣祖의 喪에 素服으로 三年喪을 지냈다. 丙子年(1636)에 임금이 건의하는 말을

요청하므로 상소하여 主和를 배척하였다. 一山 趙昺奎가 행장을 지었다.

趙繼先 : 承旨 趙俊男의 아들이다. 宣祖 때 무과에 급제하였는데 光海君 때는 숨어 벼슬하지 않았다. 仁祖 때 宣傳官에 임명되어, 李莞의 막료가 되어 義州로 부임하였다가 전사하였다. 兵曹判書에 추증되었고, 조정에 서 旌閭를 내려줄 것을 명했다. 密庵 李栽가 묘갈명을 지었다.

趙益城 : 大笑軒의 후손이다. 호는 聾啞軒이다. 1728(英祖 4)년 戊申亂 때 의병을 일으켜 반란을 막는 데 참가하였다. 죽음을 맹세하는 시를 지었다. 문집이 있다.

趙景煥 : 趙參의 후손이다. 호는 無心齋이다. 재주와 그릇이 뛰어나고 고상하 였다. 英祖 戊申亂에 의병을 일으켜 시를 읊고서 陣中으로 갔다.

7. 學者[29]

1) 儒學者

趙由道 : 韜巖 趙坦의 아들이다. 호는 德川이다. 寒岡 鄭逑, 旅軒 張顯光, 愚伏 鄭經世의 문하에서 공부하였다. 學行으로 이름이 났다. 문집이 있다. 洛坡 柳厚祚가 묘갈명을 지었다.

趙靈得 : 道谷 趙益道의 증손이다. 호는 樂溪다. 어버이를 섬김에 효성이 지극했다. 상을 당하게 되자, 侍墓살이 했다. 경서에 널리 통했으므로 배우는 사람이 매우 많았다.

趙景植 : 趙繼先의 후손이다. 호는 芹村이다. 孝友와 문학이 있었다. 정성을 다하여 대궐문을 두드려 西山書院의 賜額을 받았고, 두 代의 旌閭를 받았다. 세상에 자취를 감추고 고기를 잡거나 낚시하며 지냈다. 문집이 있다.

趙永輝 : 無盡亭 趙參의 후손이다. 호는 淸義堂이다. 성실하고 청렴하였고

---

29) 학자라는 기준은 설정하기가 어렵다. 『咸州誌』, 『朝鮮寶輿勝覽』, 『嶠南誌』 등의 「人物」, 「儒行」, 「文學」 편에 등재된 인물 가운데 문집이 있거나 師承이 있는 경우 다 수록하였다.

베풀기를 좋아하였다. 科擧를 포기하고 德을 숨겼다. 童蒙敎官에 추증되
었다. 문집이 있다. 性齋 許傳이 묘갈명을 지었다.

趙徽獻 : 大笑軒의 손자다. 行誼가 있어 士林에서 국가에 글을 올려 戶曹參議
에 추증되었다. 鶴棲 柳台佐가 묘갈명을 지었다.

趙敬植 : 趙宅鎭의 손자다. 호는 莫知翁이다. 덕행이 일찍이 이루어졌고,
여러 차례 고을의 추천에 올랐다. 문집이 있다. 蘆沙 奇正鎭이 묘갈명을
지었다.

趙達植 : 趙泰永의 아들이다. 호는 若菴이다. 타고난 자질이 뛰어났다.
梅山 洪直弼의 문하에서 공부하여 일찍이 공부하는 要訣을 얻었다. 문집
이 있다. 農山 鄭冕圭가 墓表를 지었다.

趙浚喆 : 永慕齋 趙梓의 현손이다. 호는 怡安齋이다. 가정의 학문을 이어
받아 학문을 독실하게 하고 힘써 실천하였다. 과거를 포기하고 어버이를
모시는 데 극진히 하지 않음이 없었다. 널리 산수를 좋아하여 시를 읊조리
며 여생을 보냈다.

趙性濂 : 趙孟植의 아들이다. 호는 心齋다. 일찍이 溪堂 柳疇睦, 性齋 許傳을
따라 배웠다. 경서를 열심히 공부하였고, 禮學에 밝았다. 상주 노릇하면서
侍墓살이를 했다. 흉년이 들었을 때 곡식을 베풀어 많은 사람들을 구제하
였다. 추천으로 5품 관직을 받았다. 스승 허전이 지은 『士儀』의 간행을
주도하였고, 『士儀』를 축약한 『士儀節要』를 간행하였다. 『咸州三綱錄』
을 편찬하였고, 문집 『心齋集』이 있는데, 俛宇 郭鍾錫이 서문을 썼다.

趙性胤 : 趙參의 후예이다. 호는 廣川이다. 풍모가 중후하고 성품이 순박하고
산수를 사랑했다. 여러 번 거처를 옮겼는데, 머무르는 곳마다 후진들을
면려하였다. 「自警銘」을 지었다. 문집이 있다. 芋山 李熏浩가 묘갈명을
지었다.

趙性源 : 趙性濂의 아우다. 호는 紫巖이다. 性齋 許傳의 문하에서 공부하여
勉勵를 입었다. 紫陽山 속에다 寒泉亭을 짓고 후진들을 가르쳤다. 문집
『紫巖集』이 있다. 掌令 金麟燮이 행장을 지었고, 直閣 李義國이 묘갈명을

지었다.

趙貞奎 : 大笑軒의 후손이다. 호는 西川이다. 문학과 학문으로 고을에서
　　　추앙을 받았다. 문집『西川集』이 있다. 小訥 盧相稷이 묘갈명을 지었다.

趙昺澤 : 趙垺의 후손이다. 문학과 行誼가 있었고, 베풀기를 좋아했다.
　　　사는 곳에다 一軒이라는 현액을 걸었는데, 郭鍾錫이 記文을 지었다.
　　　문집『一軒集』이 있다.

趙錫濟 : 趙參의 후손이다. 호는 錦溪다. 천성이 효성스러웠는데, 집이
　　　가난하여 몸소 농사지어 부모님의 뜻을 받들어 봉양하니, 사람들이 흠잡
　　　는 말이 없었고, '공자의 제자 가운데 효성으로 이름난 曾子나 閔子騫의
　　　다음이다'라고 일컬어질 정도였다. 향리에서 관아에 글을 올려 포창을
　　　요청하려고 하자, 그가 그 글을 가져다 불살라 버렸다. 집을 짓고 후진들을
　　　양성했다. 문집『錦溪集』이 있다. 小訥 盧相稷이 묘갈명을 지었다.

趙宏奎 : 趙景栻의 후손이다. 호는 西皐다. 천성이 준엄하고 곧았고, 文詞가
　　　풍부하였다. 마을에서 다투거나 소송하는 사람은 관아로 가지 않고 그에
　　　게 와서 분변하였다. 深齋 曹兢燮의 挽詞 가운데, "남쪽 고을의 인물
　　　가운데 공 같은 사람 드무네.[南州人物少如公]"라는 구절이 있다. 문집이
　　　있다.

2) 문학자

趙衛道 : 趙垺의 아들이다. 호는 愚齋다. 나이 14세 때 임진왜란을 만났을
　　　때 아버지를 따라 의병 진영으로 가려고 하였는데, 본 사람들이 기특하게
　　　여겼다. 문학과 行誼가 있었다.

趙味道 : 趙衛道의 아우이다. 호는 南溪다. 일찍이 가정의 가르침을 이어받아
　　　문학과 行誼가 있었다. 나라가 위태롭고 어지러울 때, 朴震英과 더불어
　　　일을 함께 했고, 우정의 매우 친밀하였다.

趙徵賢 : 大笑軒의 손자이고, 원종공신 趙徵唐의 아우이다. 효도와 우애,

문장과 학문으로 일컬어졌다. 經書에 마음을 깊이 기울여 당시 이름이 높았다.

趙徵天 : 大笑軒의 손자다. 호는 道峯이다. 趙任道의 문인이다. 박학하고 독실한 행실이 있었다. 문집이 있다.

趙攀 : 漁溪의 후손이다. 호는 養草堂이다. 효도와 우애가 있었다. 문학과 덕행이 뛰어났다. 무술(1718)년에 상소하여 尤庵 宋時烈과 同春堂 宋浚吉을 文廟에 從祀할 것을 건의하였다.

趙時玧 : 趙衛道의 손자다. 호는 永慕齋다. 澗松 趙任道의 문하에서 공부하였다. 부지런히 공부하여 힘써 행하였다. 효성과 우애로 일컬어졌다.

趙時璕 : 趙㙉의 증손이다. 호는 安樂齋다. 부지런히 공부하여 스스로 덕을 닦았다. 俛宇 郭鍾錫이 묘갈명을 지었다.

趙璉 : 道谷 趙益道의 손자다. 澗松 趙任道의 문하에서 공부하였다. 부지런히 공부하고 힘써 실천했다. 左承旨에 추증되었다. 후손인 趙性家가 묘갈명을 지었다.

趙珪 : 大笑軒의 증손으로 호가 誠齋다. 復齋 李道孜의 문하에서 공부하였는데, 과거를 포기하고 경서에 역사를 힘써 공부하였다.

趙壄 : 道谷 趙益道의 증손이다. 호는 无菴이다. 부모에게 효도하고 독실하게 배웠다. 책을 가지고 스스로 즐겼다.

趙柒 : 趙璉의 아들이다. 호는 松齋다. 澗松 趙任道의 문인이다. 경서와 역사서에 널리 통하고, 성리학을 깊이 연구하여 스승의 인정과 장려를 받았다. 만년에 友于亭을 짓고, 뜻을 살려 한가하게 지냈다. 경상도관찰사 趙榮福이 記文을 지었다.

趙梓 : 澗松 趙任道의 증손자다. 호는 永慕齋다. 효성과 우애가 하늘로부터 타고났다. 학식이 일찍부터 탁월하여 20대에 仁同의 東洛書院에 나아가 공부하여 많은 학자들과 교유하였다. 불행히 일찍 세상을 떠나니, 아는 사람들이 애석하게 여겼다.

趙景機 : 趙參의 후손이다. 호는 姑蘇亭이다. 숨겨진 덕과 지극한 행실이

있었다. 정자를 지어 ㅎ한가하게 지냈는데, 그 당시 큰 선비들로부터 많은 推重을 받았다.

趙增彦 : 趙參의 후손이다. 호는 槐窩이다. 문학과 행실이 있었다. 遺稿가 있다. 趙昺奎가 遺事를 지었다.

趙棡 : 澗松 趙任道의 증손자이다. 호는 洛湖이다. 英祖 戊申亂에 의병을 일으켜 역적을 쳤는데 공이 많았다. 조상의 정자 곁에 띠집을 짓고 살았다. 遺稿가 있다. 端磎 金麟燮이 묘갈명을 지었다.

趙希閔 : 道谷 趙益道의 현손이다. 호는 反觀子이다. 周易의 이치에 정통하였고, 천문학에도 통했는데, 그 것을 풀이하여 『管通入海』라는 책을 지었다.

趙重澈 : 趙壽千의 후손이다. 호는 養新堂이다. 숨어 지내며 경서를 부지런히 공부하였다. 趙昺奎가 묘갈명을 지었다.

趙重秀 : 趙壽千의 후손이다. 호는 止敬堂이다. 경서를 연구하고 덕행을 닦고 어버이를 섬기는 데 효성을 다했다.

趙恒鎭 : 道谷 趙益道의 후손이다. 호는 石亭이다. 어려서부터 『小學』을 좋아하였다. 櫟泉 宋明欽과 더불어 西山에서 강학하였다.

趙增規 : 趙參의 후손이다. 호는 槐軒이다. 夷峯 黃後幹의 문하에서 공부하였다. 경서를 부지런히 공부하고 효행이 독실하였다. 더욱 글씨를 잘 썼다. 遺集이 있다. 謙軒 李壽箕가 행장을 지었다.

趙宅鎭 : 趙英汶의 후손이다. 호는 中山이다. 宋明欽을 따라서 배웠다. 문장을 잘하고 덕행이 있었다. 일찍이 논을 팔았는데, 그 뒤 홍수가 져서 모래가 덮쳤다. 그러자 그 논 값을 돌려주었다. 향리에서 칭찬하였다.

趙昌鉉 : 韜巖 趙坦의 후손이다. 호는 聾溪이다. 立齋 鄭宗魯의 문하에서 공부하였는데, 덕망이 있었다. 遺稿가 있다. 心齋 趙性濂이 행장을 지었고, 晦山 安鼎呂가 묘갈명을 지었다.

趙埱 : 趙坤의 후손이다. 호는 一樂軒이다. 문장을 잘하고 덕행이 있었다. 두 형과 같은 집에 함께 살았는데 우애가 돈독하였다. 二知堂 趙榮福이

「一樂軒記」를 지었다.

趙湰 : 道谷 趙益道의 후손이다. 호는 循齋다. 剛齋 宋稚圭의 문하에서
공부하여 性理學을 전수받았다. 立齋 宋近洙, 直菴 南履穆과 더불어
같이 공부하며 서로 도움을 주고받았다. 평생 朱子의 글과 尤庵 宋時烈의
『宋子大全』을 우러러 흠모하였다. 『師門日記』와 遺稿가 있다.

趙鎭洪 : 趙宗榮의 손자다. 호는 愼獨軒이다. 타고난 자질이 깨끗하면서도
확실하였다. 효성과 우애가 돈독하고 착했다. 만년에 뜰 가에 네모 난
연못을 파고서 이런 시를 지었다. "골짜기 이름 사랑하여 雲谷에 사나니,
고요히 산수를 보니 못 가득히 쌓여 있네. 샘물이 처음 땅 표면으로
나올 때는 근원이 비록 작으나, 웅덩이를 채우고 앞으로 나가 끝내는
여유가 있도다.[爲愛洞名雲谷居. 靜觀山水滿塘儲. 泉流始達源雖小, 科
進終成逝有餘.]"라는 구절이 있다.

趙源 : 大笑軒의 후손이다. 호는 月汀이다. 樊巖 蔡濟恭의 문하에서 공부하
였다. 배운 것을 실천하려고 힘썼고, 후진들을 힘써 양성하였다. 遺稿가
있다.

趙瀧 : 趙垣의 후손이다. 호는 擊壤亭이다. 뜻이 커서 얽매이지 않았다.
만년에 경서와 역사를 힘써 공부하여 식견과 행실이 모두 갖추어졌다.
문집이 있다. 月皋 趙性家가 묘갈명을 지었다.

趙治祥 : 趙敏道의 후손이다. 호는 休齋다. 효성과 우애가 돈독하였고,
부지런히 공부하였다. 遺稿가 있다.

趙文洙 : 大笑軒의 후손이다. 호는 農西다. 천성이 뛰어나고 식견이 있었다.
문학과 덕행을 아울러 갖추었다. 그 당시에 '덕을 갖추고 숨어 사는
사람'이라는 일컬음이 있었다.

趙慶東 : 大笑軒의 후손이다. 호는 遯齋다. 鶴棲 柳台佐의 문하에서 공부하
였다. 가난한 속에서도 편안한 마음으로 열심히 공부하니, 사람들이
그 독실한 덕행에 감복하였다. 遺稿가 있다.

趙胤植 : 趙參의 후손이다. 호는 巖窩다. 性齋 許傳의 문하에서 공부하였다.

사람됨이 端雅하면서도 근신하였다. 만년에 雙澗亭을 지어 시를 읊조리며 스스로 즐겼다. 小訥 盧相稷이 遺墟碑를 지었다.

趙蘭植 : 趙永暉의 증손이다. 호는 默窩다. 性齋 許傳의 문하에서 공부하였다. 사람됨이 순박하고 근신하고 고상하고 조심성이 있었다. 성리학에 뜻을 오로지 두었다. 遺稿가 있다. 一山 趙昺奎가 遺事를 지었다.

趙性簡 : 趙永輝의 후손이다. 호는 正齋다. 性齋 許傳의 문하에서 공부하였다. 행실이 깨끗하고 힘써 배웠다. 스승 허전이 誣告를 입은 것을 伸辨하였다. 고을의 풍속을 바로잡기 위해서 동지들과 함께 輔仁契를 창설하였다. 遺集이 있다.

趙性益 : 韜巖 趙坦의 후손이다. 호는 忍菴이다. 재주와 학문이 일찍이 이루어졌다. 忍자를 써서 문 위에 걸어 돌아보고 생각하는 바탕으로 삼았다. 一山 趙昺奎가 記文을 지어 忍자 백 개를 쓴 唐나라 張公藝에 견주었다. 遺集이 있다.

趙司植 : 趙敏道의 후손이다. 호는 綠溪다. 글을 잘 했다. 鄕試에 한 번 합격했으나, 더 이상 과거에 뜻을 두지 않고 시냇가 정자에서 여생을 보냈다. 遺稿가 있다.

趙祐植 : 趙參의 후손이다. 호는 琴溪다. 문장을 잘했고, 후진들을 장려하였다. 輔仁契를 결성하였다. 문집이 있다.

趙汝愚 : 大笑軒의 후손이다. 호는 月湖亭이다. 형 趙禎愚, 趙翰愚와 우애가 돈독하였는데, 講學하여 높은 수준에까지 나갔다. 문집이 있다.

趙性璹 : 趙達植의 아들이다. 호는 雲塢다. 사람됨이 기이하고 뜻이 컸고, 慷慨했고 재주와 행실이 일찍부터 이루어졌다. 8세 때 부친상을 당했는데, 곡하고 祭奠 드리는 것이 어른과 같았다. 어머니와 할머니를 섬기는데 효성을 다했다. 시대를 탄식하여 느긋하게 숨어 지내며 날마다 친구들과 더불어 시와 술로써 즐겼다. 흉년이 들자 창고를 기울여 가난한 사람들을 구제했는데, 그의 덕택으로 살아난 사람이 매우 많았다. 함안군수가 "嶺南에 사람이 있도다"라고 칭찬했다. 문집 『雲塢集』이 있다.

趙性憲 : 大笑軒의 후손이다. 호는 幽巖이다. 性齋 許傳을 따라 배웠다. 은거하며 학문을 계속하였다. 遺稿가 있다.

趙性仁 : 大笑軒의 후손이다. 호는 晚節堂이다. 性齋 許傳의 문하에서 공부하였다. 遺稿가 있다.

趙性恂 : 道谷 趙益道의 후손이다. 호는 石翠다. 승지 申斗善에게서 배웠다. 효성과 우애가 독실하여 아침부터 저녁까지 부모 곁을 떠나지 않았다. 독실이 공부하고 실천하였다. 『庸學辨疑』와 문집이 있다.

趙性弼 : 大笑軒의 후손이다. 호는 白痴堂이다. 형제간에 우애가 있어 강학하여 서로 발전을 도모했다. 문집이 있다.

趙漢極 : 趙壽千의 후손이다. 호는 梧溪다. 性齋 許傳의 문하에서 공부하였는데, 학문에 정력을 오로지 쏟았다. 遺稿가 있다.

趙映奎 : 趙性璿의 아들이다. 호는 林坡다. 참봉을 지냈다. 효성과 우애가 돈독하였다. 부친의 뜻을 따라 朱子를 받들어 선대의 서재에서 榮禮를 거행하였다. 學規를 만들어 講學을 하여 고을의 풍속을 떨쳐 일으켰다.

趙鏞振 : 大笑軒의 후손이다. 호는 巴西다. 性齋 許傳의 문하에서 공부하여 문장과 행실로 이름이 났다. 遺稿가 있다.

趙性斅 : 趙參의 후손이다. 호는 愛山이다. 효성과 우애가 독실하였고, 베풀기를 좋아하였다. 문장을 잘했다. 一山 趙昺奎가 墓誌銘을 지었다.

趙濂奎 : 大笑軒의 후손이다. 호는 天山이다. 性齋 許傳의 문하에서 공부하였다. 遺稿가 있다.

趙萬愚 : 大笑軒의 후손이다. 호는 竹圃다. 숨어서 스스로 수신하니, 세상에서 그 효성과 우애를 칭찬하였다.

趙麟植 : 趙敏道의 후손이다. 호는 林坡亭이다. 일찍이 문장과 학문으로 이름이 났다. 遺稿가 있다.

趙性孚 : 趙參의 후예다. 호는 信山이다. 재주와 학문이 일찍부터 이루어졌다. 어버이를 섬기는 것이 지극히 효성스러웠고, 남을 구제하기를 좋아하였다. 문집이 있다. 李容九가 묘갈명을 지었다.

趙性護：趙慶東의 아들이다. 호는 謙窩다. 晚醒 朴致馥의 문하에서 공부하
　　였다. 효성과 우애가 돈독하였고, 남에게 베풀기를 좋아했다. 遺稿가
　　있다.

趙貞奎：大笑軒의 후손이다. 호는 晴巖이다. 재주와 문예가 뛰어나 어릴
　　때부터 스승의 가르침을 기다리지 않고도 깨달았다. 일생 동안 손에서
　　책을 놓지 않았고, 임종 때도 자기 눈 앞에 책을 가져오게 했다. 23세로
　　요절하니, 士友들이 애석해 하였다.

趙爀奎：道谷 趙益道의 후손이다. 천성이 중후하여 어려서부터 함부로
　　장난하지 않았다. 글을 읽고 스스로 힘썼고, 과거 시험에 쓰이는 글은
　　좋아하지 않았다. 어버이를 섬기는 것이 지극히 효성스러웠다.

趙麟奎：大笑軒의 후손이다. 호는 碧棲다. 경서와 역사에 대해서 널리
　　알았다. 遺稿가 있다.

趙鏞雷：心齋 趙性濂의 손자다. 자는 汝聲, 호는 晦西이다. 經史에 널리
　　통했고, 우리 나라 고대사를 연구하여『東誌』를 지었다. 문집『晦西集』이
　　있다.

趙瀚奎：松齋 趙勉道의 후손이다. 호는 惕菴이다. 艮齋 田愚의 문인이다.
　　성리학과 역사에 조예가 깊었다. 저서로『大東聯史』와 문집『惕菴集』이
　　있다.

趙說濟：無盡亭 趙參의 후손으로 一山 趙昺奎의 손자다. 호는 硯溪다.
　　家學을 이어받았고, 많은 제자를 길렀다. 문집『硯溪集』이 있다.

趙奉濟：大笑軒 趙宗道의 후손이다. 호는 百草堂이다. 一山 趙昺奎, 晦山
　　安鼎呂의 제자로 經史에 밝고 詩文에 능했다. 특히 醫藥에 정통하여
　　많은 사람을 구제했다.

趙學來：본관은 咸安으로 大笑軒의 후손이다. 호는 中巖이다. 芋山 李熏浩
　　의 문인이다. 문학에 뛰어났다. 문집『中巖集』이 있다.

趙鏞極：大笑軒의 후손이다. 호는 敬庵이다. 西川 趙貞奎의 문인이다.
　　문학에 뛰어났다. 문집『敬庵集이』 있다.

V. 대소헌 가문의 특징

咸安趙氏 漁溪 후손 가운데서도 대소헌은 金虎의 胄孫이다. 그의 가문은 婚脈과 師友關係 등으로 咸安趙氏 가운데서도 높은 家門의 위상을 유지할 수 있었고, 大笑軒 殉節 이후 忠節의 가문으로 널리 알려지게 되었다. 대소헌은 英祖 때 吏曹判書로 추증받았고, 忠毅公이라는 諡號를 받았는데, 漁溪 이후 시호를 받은 유일한 인물로 그의 가문은 유명해지게 되었다. 이제 대소헌 가문의 先系, 聯婚, 後孫, 師友關係 등을 차례로 살펴보고자 한다.

1. 先系

大笑軒 趙宗道는 生六臣 漁溪 趙旅의 5대손이고, 安義縣監을 지낸 趙應卿의 손자이고, 趙堰의 아들이다. 조언은 圭庵 宋麟壽의 제자로서 학문을 좋아하는 것으로 이름이 났다. 추천으로 叅奉에 제수되었다.

2. 聯婚

大笑軒 家門은 꼭 咸安 지역에만 국한되지 않고 晋州·서울 등 넓은 범위에서 혼인관계를 맺었다.

大笑軒의 증조모는 司憲府 監察 河伯達의 따님인데, 高麗 平章事 河拱辰의 후손이고, 晋川君으로 봉해진 河巨源의 5세손이다.[30]

조모는 承仕郎 柳亨昌의 따님인데, 高麗 勳臣 三重大匡 柳車達의 후손이다. 晋州에 世居해 온 집안이다.

모친은 府使를 지낸 姜熙臣의 따님이다.

숙부 趙城은 咸安에 세거하는 載寧李氏 訓鍊院 奉事 李景成의 사위인데, 이경성은 곧 茅村 李瀞의 부친이다.

---

30) 鄭士龍「南溪處士趙公墓誌銘」. 韓國文集叢刊 제25輯.

대소헌의 부인은 五曹의 판서를 역임한 新庵 李俊民의 따님인데, 黃石山城에서 大笑軒을 따라 순절했다. 이준민은 南冥의 자형 李公亮의 둘째 아들이다. 승지 趙瑗은 대소헌의 손아래 동서이다.

남명의 제자로서 이조판서를 지낸 玉溪 盧禛은, 大笑軒의 자형 盧士訓의 부친이다. 判書 申鏛의 둘째 아들 진사 申弘國은 대소헌의 고모부였다.[31] 임진왜란 때 忠州 彈琴臺에서 전사한 申硈은 申弘國의 조카이다.

李薇는 南溪 趙壽萬의 사위로, 대소헌에게는 尊姑母夫가 된다. 德水李氏로 李芑, 容齋 李荇 등의 아우이다. 李荇은 벼슬이 左議政에 이르렀는데, 조선의 대표적인 시인으로 더 유명하다. 이행은 함안에서 유배생활을 한 적이 있어 함안조씨 가문과 연관이 있을 것으로 짐작이 된다.

咸安趙氏 가운데서 특히 대소헌 집안이 중앙의 명문집안과 혼사가 여럿 있어 중앙정계와도 두터운 연계가 되어 있었다.

3. 大笑軒의 후손

大笑軒은 3남 4녀를 두었다. 맏이는 趙英海인데, 判官을 지냈으나 일찍 작고했다. 둘째 趙英漢은 軍資監正을 지냈는데, 參判에 추증되었다. 임진왜란 때 왜적에게 끌려가 1년 만에 돌아왔다. 大笑軒의 유골을 黃石山城에서 찾아 장례하고 西厓 柳成龍을 찾아가 「大笑軒傳」을 지어줄 것을 요청하여 받았다. 셋째 趙英混은 府使를 지냈다. 사위는 別坐 權瀹, 直長 金夢芷, 盧肱, 鄭蓋乾이다.

趙英海의 아들은 宣務郎 趙徵宋이다.

趙英漢의 아들은 縣監 趙徵唐, 察訪 趙徵文, 趙徵獻, 趙徵賢, 趙徵喜, 趙徵龍, 趙徵岦이다.

趙英混의 아들은 宣教郎 趙徵杞, 趙徵聖, 趙徵天, 趙徵周, 趙徵夏이다.

權瀹의 아들은 叅奉 權克亮, 金夢芷의 아들은 生員 金嶷立이다. 權瀹은

---

31) 韓夢參 『釣隱集』, 「大笑軒墓誌銘」. 韓國文集叢刊 續 제23輯.

東溪 權濤의 형님이다.

이후 대소헌 후손 가운데 중요한 사람은 咸安趙氏 인물 항에 다 수록되어 있다.

그의 가문은 高麗 末期부터 咸安 지방에 세거해 온 강력한 在地士族으로서 咸安과 晉州 召南에 많은 田莊을 소유하고 있었다.

4. 師友淵源

大笑軒이 당시 江右地域 儒林의 宗匠으로 추앙 받던 南冥 曹植과 인척관계를 맺고 남명의 제자가 된 것은, 그가 士林에서 位相을 提高하는 데 크게 도움이 되었다고 볼 수 있다. 그는 南冥의 문하에서 공부하여 朝鮮 初期 이후 嶺南士林派에 의해서 형성되어 온 실천위주의 學風을 전수받아 참된 선비가 되었다. 그가 文武兼全한 豪快한 기상을 가진 것이나 丁酉再亂 때 黃石山城에서 순절한 데는 南冥으로부터 받은 敬義의 학문이 크게 도움이 되었다고 볼 수 있다.

東山 鄭斗, 玉溪 盧禎 등도 스승으로 모시었다. 옥계 역시 남명의 제자인데, 특히 문학으로 뛰어났다.

退溪에게는 직접 가르침을 받을 기회를 얻지 못했지만, 퇴계의 대표적인 제자인 西厓 柳成龍, 鶴峯 金誠一, 松巖 權好文, 賁趾 南致利 등과의 오랜 교유를 통하여 退溪學派와도 연결되어 그 학문의 폭을 넓혔다.

이 밖에도 覺齋 河沆, 松菴 金沔, 東岡 金宇顒, 寒岡 鄭逑 등과 함께 어울렸다.

壬辰倭亂 때는 선비정신을 발휘하여 義兵을 규합하여 국가민족을 보위하는 데 큰 공을 세웠다. 鶴峯 金誠一이 招諭使로 부임하여 전투를 지휘할 때, 이 지역 출신인 大笑軒은 그의 이 지역 士族 계층과의 공고한 유대와 경제적 기반을 바탕으로 많은 도움을 주어 慶尙右道를 방어하는 데 결정적인 도움을 주었다. 鶴峯이 아뢴 狀啓에 大笑軒이 백성들을 불러모은

공적을 인정하는 구절이 들어 있다.

> 巡察使가 전 현령 趙宗道로 하여금 召募官을 삼으니 제법 많은 백성들을
> 불러모아 여러 일들을 수습하였습니다[32].

특히 최후에 黃石山城 전투에 자진해서 참여하여 장렬하게 한 목숨 바친 것은 선비정신의 발현이라고 할 수 있다. 곧 평소에 쌓은 학문이 바탕이 된 것이지, 일시적인 혈기의 소산이 아니었다.

대소헌의 학문은, 儒敎經傳을 바탕으로 한 근간 위에 諸子百家를 두루 섭렵하여 학문의 폭을 넓혔고, 또 史學에 정통하여 역사에서 많은 교훈을 얻어 앞일을 정확하게 예측하는 통찰력을 갖추었다.

그는 선비는 義理의 向背를 판별할 수 있는 능력을 갖추어야 하는데, 의리를 따라야 비로소 진정한 선비가 될 수 있고, 가치 있는 존재가 될 수 있다고 보았다.

VI. 결론

咸安을 본관으로 하여 함안에 세거해 온 咸安趙氏는 趙鼎, 趙丹碩으로 이어지는 上祖가 있지만, 文獻에 의한 고증이 불가능하고 또 함안과 관계된 기록을 찾기 어렵다.

高麗末 琴隱 趙悅에 이르러서야 함안에 정착한 확실한 기록이 있다. 琴隱으로부터 치더라도 이미 600년이 넘는 오랜 기간을 한 곳에서 살아왔다. 중간에 晋州·靑松 등지로 移居한 일파도 있지만, 대대로 함안에서 최대의 성씨로서 집성촌을 이루고서 많은 인물을 배출하며 살아 왔다.

琴隱의 高麗王朝에 대한 節義를 지켰고, 漁溪가 生六臣으로서 志節을

---

32) 『宣祖實錄』 27권, 1592년 6월 28일조.

지킨 이래로 門聲이 더욱 널리 퍼졌다. 丁酉再亂 때 大笑軒이 순절함에
따라 명문이 되었다. 대소헌의 學問과 忠節은 琴隱 漁溪로 이어지는 가문
의 전통과 南冥이나 남명의 제자들로부터 받은 실천위주의 교육과도 밀접
한 관계가 있다고 할 수 있겠다.

그 동안 9명의 문과급제자, 13명의 忠節 등 많은 인물을 배출해 내는
등 학문과 충절로 이름난 집안이 되었다.

大笑軒이라는 걸출한 인물이 나오는 데는 오랜 기간 咸安趙氏 가문의
선조들의 온축된 傳統과 기운이 그 바탕이 되었던 것이다. 대소헌이 배출
됨으로 해서 咸安趙氏 가문은 전국 어느 가문에도 손색이 없는 높은 위상
을 획득했다고 말할 수 있다.

兵使 韓範錫의 家世와 生平

Ⅰ. 序論

　清州韓氏는 高麗時代부터 많은 인물이 배출되어 널리 알려진 성씨인데, 朝鮮時代에 들어와서는 더욱 번창해져 國中名閥로 성장하여 많은 인물과 학자가 나왔다.

　朝鮮 燕山君代 이후로 左贊成 韓繼禧의 손자 韓承利가 晋州에 奠居한 때로부터 淸州韓氏 일파는 晋州의 有數한 士族이 되었고, 그 이후 대대로 인물이 많이 나왔다.

　그 가운데서 특히 兵使 韓範錫의 가문은, 武官을 위주로 인물이 배출되어 晋州를 중심으로 한 慶尙右道에서 名門士族으로의 위상을 계속 유지해 왔다.

　본고에서는 淸州韓氏의 기원과 분파, 韓兵使 가문의 上系와 후손을 중심으로 하여 이 가문의 형성과 그 후 자손들 가운데 어떤 인물이 나와 어떤 역할을 했으며, 韓兵使 가문이 조선후기 江右地域에서 어떤 역할을 했는지를 밝히고, 아울러 韓兵使의 생애와 위인, 업적 등을 밝히고자 한다.

Ⅱ. 淸州韓氏의 上系와 晋州 奠居

　우리 나라의 韓氏는 모두 箕子를 시조로 삼고 있다. 箕子는 殷나라 王族으로 朝鮮王에 봉해져, 東方에 처음으로 敎化를 펼친 것으로 되어 있다. 1987년에 편찬된 『淸州韓氏文靖公派譜』에 기자로부터 淸州韓氏의 시조

인 韓蘭까지의 世系를 다 밝혀놓았으나, 그 이전의 어떤 문헌에도 근거가
보이지 않는다.

韓氏는 후세에 와서 여러 본관이 생겼으나, 원래는 모두 한 혈통이다.
그 가운데서 淸州韓氏가 가장 번성한데, 청주한씨는 高麗의 開國功臣 韓
蘭을 中始祖로 삼는다. 그는 新羅末 淸州 方井里에서 힘써 농사를 지어
많은 곡식을 비축해 두었다가 高麗 太祖 王建이 甄萱을 토벌할 때 군량을
공급해 준 것을 계기로 왕건을 따라 공을 세웠다 한다. 벼슬은 太尉 三重大
匡에 이르렀다. 이때부터 積德種善하여 후손들이 번성하여 道德文章과
勳功將相이 끊어지지 않아 우리 나라의 大姓이 되었다.[1]

시조의 7대손 韓謝奇는 文科에 급제하여 僉議府左司議大夫, 寶文閣提
學, 知制誥 등직을 지내고, 高陽侯에 봉해졌다.

8대손 韓渥은 文科에 급제하여 壁上三韓三重大匡, 冢宰를 지냈고, 宣
力佐理功臣에 策錄되고, 上黨府院君에 봉해졌다. 시호는 思肅이다. 高麗
忠惠王을 도와서 社稷을 지킨 공이 있어, 宗廟에 配享되었다. 天性이 근면
하고 신중하였고, 器局이 있었다. 『高麗史』에 列傳이 있다.

韓渥의 다섯 아들은 모두 이름난 宰相이었다. 그 가운데 韓公義는 密直
司使, 三重大匡, 戶部尙書를 역임하고, 淸城君에 봉해졌고, 시호는 平簡이
다.[2] 자상하고 근검하였으며, 禮法을 잘 지켰다.

韓公義의 아들 韓脩는, 字가 孟雲으로, 益齋 李齊賢의 문하에서 공부하
여 文科에 합격하였다. 進賢館 大提學, 國子祭酒, 知春秋館事 등의 淸要職
을 역임했고, 輸忠贊化功臣에 策錄되고, 上黨君, 淸城君 등에 봉해졌다.
시호는 文敬이다.[3] 學問과 行誼로 그 당대에 크게 推重을 받았다. 詩文과
서예에 뛰어나 그 시대 사람들이, "문장은 班固나 司馬遷과 같고, 글씨는
鍾繇나 王羲之와 같다[文如班馬, 筆追鍾王]."라고 했다. 柳巷은, 韓氏 가문

1) 韓浚謙『柳川遺稿』15장-19장,「淸州韓氏始祖遺基敍事碑」. 韓國文集叢刊本.
2) 李穡『牧隱集』「韓文敬公墓志銘」.
3) 李穡『牧隱集』「韓文敬公墓志銘」.

이 후대에 文翰世家가 되는 데 초석을 쌓은 인물인데, 그의 『柳巷詩集』은 高麗朝에 나온 韓氏 가문의 최초의 문집이다.

韓脩의 아들은 韓尙敬인데, 高麗朝에 文科에 급제하여 密直司 右副代言을 지냈고, 朝鮮 開國功臣으로 벼슬은 領議政에 이르렀다. 西原府院君에 봉해졌고, 시호는 文簡公이다. 글씨에 뛰어났다.

韓尙敬의 형은 韓尙質인데, 文科에 급제하여 慶尙道觀察黜陟使, 刑曹判書, 藝文春秋館大學士 등직을 지냈다. 1392년 조선이 건국되자 李太祖의 명으로 奏聞使로 임명되어 明나라에 파견되어 '朝鮮'이란 국호를 승인받아 왔다. 시호는 文烈이다.

韓尙敬의 아들은 韓惠인데, 文科에 장원하여 咸吉道觀察使를 지냈고, 淸山君에 봉해졌고, 領議政 西原府院君에 추증되었다.

韓惠의 아들은 韓繼禧인데, 文科에 급제하여 集賢殿 正字에 발탁되어 左贊成에 이르렀고, 西平府院君에 보내졌고, 靖難功臣, 佐理功臣에 策錄되었다. 시호는 文靖公이다. 그는 博覽强記한 학식과 단정한 性行으로 주위로부터 추중을 받았다. 형인 領中樞府事 西原府院君 文襄公 韓繼美, 아우인 知中樞府事 淸平君 襄平公 韓繼純 등 3형제가 모두 현달하였다. 3형제가 모두 封君, 賜諡되었으니, 이때가 이 집안의 전성기였다고 할 수 있다.

韓繼禧의 손자 韓承利는 천성이 沖淡하고 소박하고 지조가 확실하여 名利에 영합하지 않았다. 그는 본래 忠佐衛 副司直으로 있었는데, 燕山君의 亂政을 보고 개탄하여 영달의 길을 버리고 남쪽으로 내려와 晉州에 정착하여 숨어 지냈다.

中宗反正 직후 그의 再從兄 韓亨允[4]이 慶尙監司로 부임하여 서울로 돌아갈 것을 권유했으나 응하지 않았고, 또 顯要職에 있는 가까운 친족들

---

4) 韓亨允 : 韓承利의 伯從祖 韓繼美의 손자다. 여러 문헌에 韓承利의 從姪로 되어 있으나 잘못된 것이고, 실제로는 再從兄이다.

이 여러 번 仕宦을 권유했으나, 그는 초야에 묻혀 혹시라도 성명이 세상에 알려질까 두려워하며 끝내 나가지 않았다. 스스로 遯菴이라고 號하였으니, 곧 『周易』의 遯世無悶의 뜻을 취한 것이다.[5] 淸州韓氏들이 晉州 일원에 世居하게 된 것은 한승리로부터 비롯되었다.

韓承利의 형 韓承元의 증손자가 久菴 韓百謙, 柳川 韓浚謙인데, 柳川은 仁祖의 장인이 되고 西川府院君에 봉해졌다. 이들의 숙부가 光海朝에 左議政을 지낸 西興府院君 韓孝純이다.

韓承利는 2남 1녀를 두었는데 장남은 韓汝俊이요, 차남은 睡隱 韓汝哲인데 文科에 올라 司成에 이르렀다. 딸은 載寧 李琠에게 출가하였다. 이전은 함안 茅谷에 자리잡은 茅隱 李午의 손자 李季賢의 아들이다.

한여준은 아들이 없어 한여철의 아들 韓鷹을 후사로 삼았는데 行誼와 高雅한 명망이 있어 『晉陽誌』에 그 행적이 수록되어 있다.

한여철의 또 다른 한 명의 아들은 韓誡이다. 進士에 합격하였고, 學行으로 宗廟署 奉事에 천거되었지만, 나가지 않았다. 壬辰倭亂 때 倡義하여 忘憂堂 郭再祐 등과 火旺山城에서 同苦하였다.

韓鷹의 아들 韓夢逸은 寒岡 鄭逑의 문하에서 受學하여 학문이 精博하였고, 進士에 합격하였다. 刑曹佐郎을 지내고, 丹城, 高靈, 永春 등지의 縣監을 역임하였는데, 淸白하고 節儉하여 모두 頌德碑가 서 있다. 丙子胡亂 때 忠憤으로 倡義하여 行在所로 달려가 仁祖에게 위문하였다.

韓誡는 아들 둘을 두었는데, 맏아들 韓夢龍은 器局이 軒昂하고 智略이 두루 통했다. 武科에 급제하여 通政大夫 結城, 珍島의 고을원과 寧遠鎭 兵馬僉節制使 등직을 지냈는데, 세 곳에 모두 頌德碑가 있다.

둘째 아들 韓夢參은 寒岡과 旅軒 張顯光의 문하에서 수학하여 학행이 높았고, 生員에 합격하였다. 추천으로 大君師傅에 除授되었으나 나아가지 않았다. 丙子胡亂 때는 倡義하여 활약했으나, 화의가 성립되자 은거하였

---

5) 『淸州韓氏文靖公派譜』 권1 15-16장, 韓夢逸所撰 「遯菴公墓表」.

다. 나중에 司憲府 執義에 추증되었다. 세상에서 釣隱先生이라 일컫고, 晋州의 臨川書院에 享祀되어 있다. 『釣隱集』4권을 남겼다. 韓兵使에게는 증조가 된다.

釣隱은 아들 셋을 두었는데, 첫째 아들 韓時晦는 器局이 넓고 風儀가 秀麗하였는데, 通德郎을 지냈고, 左承旨에 추증되었다. 配位는 載寧李氏로 察訪 杏亭 李重光의 딸이다.

둘째 아들 筠谷 韓時憲은 宣敎郎을 지냈다. 文詞와 筆法으로 그 시대의 추중을 받았다.

셋째 아들 韓時龜는 進士에 합격했는데 文章과 筆法으로 그 시대의 推重을 받았다.

韓時晦는 아들 둘을 두었는데, 長子 知止堂 韓翼世는 武科에 합격하여 十七個 고을의 원을 지내고 水使에 이르렀고, 保社原從功臣에 策錄되었다[6].

次子 韓榮世는 武科에 합격하여 宣傳官, 訓鍊院 主簿, 五衛都摠府 都事, 經歷, 羅州鎭管兵馬節制都尉, 茂長縣監 등직을 지냈고, 戶曹參判에 追贈되었다. 孝友가 지극하였고, 親族들과 화목하게 지냈고, 子姪들을 가르치니, 고을에서 法家라고 일컬었다. 隣里의 빈민들을 구제하는 데 마음을 썼다. 임종시에 국왕이 직접 御醫를 보내어 진찰하게 하였다.[7] 이 분이 곧 韓兵使의 부친이다.[8] 모친은 全義李氏로 『德川書院靑襟錄』에 올라 있는 李義馩의 따님이다.[9] 자녀 교육하는 데 엄하면서 義方이 있었다.

6) 『淸州韓氏文靖公派譜』 권1, 권6.
7) 孫命來 『昌舍集』 권5 17장-19장, 「通訓大夫行茂長縣監韓公行狀」, 韓國文集叢刊 續集 54책.
8) 『淸州韓氏文靖公派譜』 권1.
9) 『德川書院靑襟錄』.

Ⅲ. 韓兵使의 생애

1. 編年的 고찰10)

韓範錫은 朝鮮 顯宗 壬子年(1672) 晋州 동쪽 丁樹里 집에서 태어났다. 字는 聖賫이다. 나면서부터 용모가 우뚝하고 목소리가 컸고, 특이한 풍채가 있었다. 청소년기 때부터 文藝에 뛰어나 同學들이 앞서지 못 했다. "대장부는 마땅히 符節을 세우고 장군의 壇에 올라야지. 어찌 좀 먹은 책을 보는 늙은 선비가 되어야 하겠는가?"라고 탄식했는데, 水使를 지낸 백부 韓益世가 "이 아이는 얽매이지 않는 뜻이 있으니, 차가운 창문 글 읽는 등불 아래 머리를 구부리고 있을 사람이 아니다."라고 하고는 武科에 응시할 것을 권유하였다.

1695년(肅宗 21) 別試 武科에 급제하였는데, 24세 때였다.

1699년에 訓鍊院 主簿에 제수되었다. 그 뒤 외직으로 從浦萬戶로 나갔다. 鎭에 재직하던 있는 3년 동안 군사들을 어루만져 칭송하는 소리가 들렸다.

1703년 임기가 차서 다시 내직으로 들어와 재차 訓鍊院 主簿가 되었다. 곧 都摠府 都事로 옮겼다.

1704년 외직으로 나가 河東縣監이 되었다. 고을 사람들이 "새로 오는 사또는 나이가 어리고 고을도 처음으로 맡았다 하니, 일을 처리하는 것이 반드시 서툴 것이다."라고 생각했다. 韓兵使가 부임해서 능수능란한 솜씨로 폐단을 일으키는 일과 요사스런 일을 깨끗이 정리해 내니, 고을 사람들이 "관직에서의 능력은 꼭 나이 들었다고 뛰어난 것은 아니고, 오직 그 사람의 재주와 덕행에 달렸다."라고 기뻐했다.

---

10) 대부분의 자료는 韓範錫의 손자 韓應復이 지은 「副摠管公家狀」과 俛宇 郭鍾錫이 지은 「嘉善大夫兵馬水軍節度使韓公神道碑銘」 및 挽詞, 祭文 등에서 취한 것인데, 모두 李昌浩가 譯編한 『韓兵使實記』에 수록되어 있다. 『韓兵使實記』에 실려 있는 자료는 따로 註明하지 않는다.

1710년 내직으로 들어와 備邊司 郎官을 거쳐, 訓鍊院 主簿에 임명되었다.

그때 변방에 비상상황이 있었는데, "해적이 遼東이나 北京 부근에서 동쪽으로 침략해 온다."는 말이 있었다. 조정에서는 이 일을 우려하여 中樞府의 관원 가운데서 정세를 잘 살피는 사람을 골라 탐사하도록 하려고 했는데, 적절한 사람을 얻기가 어려웠다. 조정의 公卿들이 모두 韓兵使를 추천하였으므로 뽑히게 되었다.

한병사는 獨使가 되어 咨文을 가지고 北京으로 들어갔다. 한병사가, 淸나라 禮部의 郎官에게 대등한 예를 표하며 꺾이지 않자, 그 낭관이 매우 화를 내었다. 한병사의 의젓한 모습과 점잖은 말씨를 보고서는 기꺼이 공경하는 마음을 일으키며, "朝鮮 사신은 정말 훌륭한 관원이다."라고 했다. 그때 청나라 황제는 밖에 나가 사냥을 하고 있었고, 양국이 서로 주장을 고집했기 때문에 일에 어려움이 많았다. 한병사는 漢나라 陳平의 離間計를 써서 은 천여 덩이를 내어 곳곳에서 사정에 따라 써서 아래 여러 사람들의 마음을 얻었다. 몇 달 안 되어 일을 마치고 復命하였다. 이때 12월 초2일 燕京에서 올린 狀啓와 12월 22일 義州로 돌아와 올린 狀啓가 남아 있는데, 義州에서 올린 장계는 비교적 장편으로 당시 北京을 중심으로 한 淸나라 조정의 동향, 청나라와 조선과의 관계, 주변국의 관계 등을 알 수 있는 중요한 자료이다.

돌아와 訓鍊院 僉正으로 승진하였다.

1711년에는 사신 趙泰億 일행의 일원으로 日本으로 갔다. 일본 사람들이 三使의 행차에는 흘겨보며 그냥 지나갔지만, 한병사의 앞에 와서는 손을 모으고 인사를 하였다. 풍속이 다른 일본에서도 존경을 받았다. 이때 『通信使隨行日記』를 썼는데, 6월 21일부터 11월 15일까지 근 5개월간 매일 일기를 썼다. 당시 통신사의 규모, 매일의 路程, 일본에서의 使行의 活動狀, 일본인들의 接待方式, 日氣, 일본의 지진상황까지 비교적 상세히 기록되어 있다. 특히 이때의 使行에서는 다른 때 없었던 여러 가지 事案이야기되었으므로 매우 흥미롭다. 통신사 연구에 귀중한 자료가 될 뿐만 아니라 일본 역사 연구에도 도움이 된다.[11]

조선시대 인물 가운데서 2년 동안 연달아 중국과 일본에 사신으로 간 인물은 드물고, 그 사정도 특별한 경우로서 한병사의 견문이 대단히 풍부하게 된 기회가 되었을 것이다.

1712년 외직인 郭山郡守로 나갔다. 禮單使를 따라서 山海關에 들어갔다가 돌아와 고을의 일을 다스렸다.

1714년 父親喪을 당하였는데, 울부짖고 가슴을 치는 것이 禮法에 정해진 것보다 더 지극히 하고, 피눈물을 흘렸고, 땔나무처럼 몸이 야위었다. 葬禮와 祭禮는 한결같이 『朱子家禮』에 따랐다.

1716년 脫喪하고 다시 발탁되어 備邊司 郎官으로 복직하였다. 그때 세력 있는 집안에서 永宗島의 소나무 밭을 점거하여 사유화해서 멋대로 벌채를 했다. 국왕이 한병사에게 조사하라고 명령했다. 그는 법으로 금지한 것을 범한 사람들을 끌어와 법으로 다스리고, 경계를 설정하여 조금도 굽히지 않았다. 식견 있는 사람들이 어려운 일이라고 여겼다.

1717년에 長興都護府使로 임명되었다. 장흥의 아전과 백성들은 본래 사나운 것으로 일컬어졌지만, 한병사는 은혜와 신의로 어루만지니, 여러 사람들이 모두 스스로 새롭게 하여 정사가 훤하게 밝혀진 것이 많았다. 이 사실이 국왕에게 알려져 국왕이 옷 안감 겉감 한 벌을 내려 포창하였다.

1718년 母親喪을 당하였는데, 슬퍼하며 예를 차리는 것이 부친상 때와 같았다.

1721년 訓鍊院 判官으로 있다가 다시 외직으로 나가 羅州營將이 되었다.

1722년에 慈山都護府使에 임명되었다가, 부임하기도 전에 永興都護府使에 임명되었다. 부임하여 고질이 되어 있던 문제점을 해결하고, 백성들을 괴롭히는 번잡한 세금을 혁파하고, 오로지 백성의 고통을 불쌍히 여기

---

11) 韓範錫 『韓兵使實記』.

는 것을 일로 삼았다. 한병사가 돌아갈 때 백성들이 전별의 자리를 만들어 눈물을 흘리며 울었고, 절벽을 갈아 그를 칭송하는 시를 새겼다.

1724년 永興都護府使에서 慶尙左道水軍節度使로 임명되었다. 그때 東萊府使 尹游가 공문으로 兵營에서 관리하는 소나무를 요청하였다. 한병사는 조정에서 기르는 것이라고 허락하지 않았다. 윤유의 요청이 더욱 굳세어졌으나 양보하지 않았다. 한병사는 그 아전을 매질하였다. 윤유가 조정으로 돌아가 吏曹參判을 맡았는데, 조정에서 "한결같은 마음으로 公事를 받들어 처리하는 사람은 韓範錫이다."라고 널리 말하고는, 兵使로 추천하였다.

1725년 全羅道防禦使 겸 濟州牧使에 임명되었다. 그때 제주에는 전염병이 크게 돌고 또 큰 흉년이 들었다. 나무 열매나 풀 열매, 조개 등으로는 길 위의 굶어죽은 시체나 포대기에 쌓인 어린애들을 구제할 수 없었다. 한병사는 백성들로 하여금 병역과 납세를 하지 않도록 하고, 자신의 봉록을 내놓고 창고에 있던 것을 다 내놓았지만, 구제하는 양식을 댈 수 없었다. 그러자 "차라리 내 한 몸으로 만백성의 생명과 바꾸리라."하고는 다른 데서 구제할 곡식을 배로 싣고 와서 백성들을 먹였다. 또 內醫院의 약을 얻어 와서 굶주린 사람과 전염병에 걸린 사람들을 구제했는데, 살려낸 사람이 만여 명이나 되었다. 고을 사람들이 관아에 몰려와 "사또가 아니었으면, 우리들은 아마도 구렁텅이에 굴러 죽었을 것입니다."라고 감사하였고, 頌德碑를 삼개 면에 세웠다. 암행어사 金相玉이 이 일을 널리 알려 포상을 요청하고, 3개월간 賑撫하는 일을 더하도록 하니, 국왕이 허락하였다. 특별히 嘉善大夫로 승진시키고 祖先 3대에 追贈의 恩典을 내렸다.

1728년(英祖 4) 戊申亂이 일어났다. 역적들이 安城에 모여 소굴로 삼고 있었는데, 英祖가 특별히 한병사에게 명하여 가서 처리하도록 했다. 그는 단지 수레 한 대만 타고 안성 관아에 이르니, 백성들과 아전들은 다 도망가 성 안이 텅 비어 있었다. 한병사는 忠義로 격려하여 초야의 민중들을 불러 모아 군대의 대오를 갖추고는 깃발을 벌려 꽂고 대포를 설치하였다. 장차 시기를 정하여 진격하려고 했다. 그때 영조가 또 北漢山城의 管城將으로 불러 안에서 호위하도록 했다. 영조가 평소에 한병사의 재주와 명망이 족히 위기에 임하여 크게 의지할 수 있다고 여겼기 때문이었다.

戊申亂이 평정되자, 다시 會寧都護府使에 임명되었다. 會寧府에는 關市가 있어 女眞族들과 교역을 했다. 그때 여진족이 明川 고을원과 다투다가 화가 났는데, 여진족이 아전을 발로 찼다. 그러자 府中의 사람들이 모두 두려워하며 엎드렸다. 한병사는 館所로 가서 笏을 단정히 잡고 얼굴빛을 바로하고 말하기를, "명천 고을원은 비록 낮지만, 작은 나라의 大夫다. 너희들은 大國의 사람이지만 마을의 평범한 사람에 불과하다. 예의를 가지고 처신하면 괜찮지만, 商品을 더럽히며 만족할 줄 모르고 위의를 뒤집는 것은, 먼 곳에 보여줄 바가 아니다."라고 하였다. 그리고는 저울을 바로하고 치안을 담당하는 관리에게 금지시키는 일을 관장하도록 했다. 辭氣가 의젓하니, 여진족들이 두려워하면서도 흐뭇해하며, 서로 이끌고 돌아갔다.

그때 會寧府에 용모가 여자처럼 생긴 남자가 있었는데, 부녀자의 복장을 하고서 마을을 두루 다녀 때때로 추잡한 소문이 있었다. 한병사는 刑具를 설치하여 그를 심문하였다. 그때 사건을 신문하는 아전이 묻기를, "너는 마을을 두루 다니며 누구 누구 집에서 잤느냐."라고 하자, 한병사가 꾸짖기를, "이 것은 내가 물은 것이 아니다. 네가 어찌 감히 말하느냐?"라고 하고는, 얼른 그치라고 명했다. 북쪽 지방 사람들이 모두 "한 마디 말로 사람들의 허물을 가렸으니, 韓公은 사람을 사랑하는 것이다. 만약 한공이 제지시키지 않았다면, 저들이 많은 사람들을 더럽혔을 것이다."라고 했다.

이 해 가을에도 흉년이 들었다. 관찰사가 還穀을 갚으라고 명령을 내렸다. 한병사는 기한을 1년 늦추어달라고 했다. 그 이듬해에 兵營에서 關文을 보내어 賑恤을 그만두게 했는데, 한병사는 "기한을 몇 달 더 주어 보리가 날 때가 되면 멈추겠다."고 했다. 그는 軍務 가운데서 시행하지 않던 것과 백성들이 힘을 펴지 못 하던 일을 모두 시행하고 백성들을 동정하니,

백성들이 그를 사랑하여 "우리 사또님은 젖을 주는 자애로운 어머니 같다."라고 했다.

1729에 咸鏡南道 兵馬節度使로 옮겼다. 會寧의 백성들이 전별연을 베풀고 울면서 전송한 것이 濟州牧使 자리를 떠날 때와 꼭 같았다. 함경남도로 부임하자, 그 곳 역시 해마다 흉년이 들었는데, 백성들은 모두 구제해주기를 바랐다. 한병사는 스스로 은 30덩이, 베 300段을 내놓고, 또 關西의 돈 1천 꿰미와 환곡 몇 천 포대를 빌려와서 賑恤을 주관하던 관리 愼爾鎭에게 주어 진휼할 경비로 쓰도록 하였다. 한병사는 恩功을 다른 사람에게 돌려 자기는 아무런 공이 없는 것처럼 하니, 함경도민들이 감복하였다. 이때 御史 李宗城이 조정에 이렇게 아뢰었다.

　　　진휼하는 정사는 兵使가 관할할 일이 아니지만, 韓範錫은 적지 않은 銀錢, 베, 곡식 등을 준비하여 거의 다 죽어가는 도민들을 편안하게 밥을 먹게 하였습니다. 군대를 통솔하여 변방을 지키는 능력으로 은혜와 위엄을 동시에 나타내어, 북쪽 국경이 튼튼하게 되었습니다. 또 많은 금전과 베를 내어 무너진 성을 수축하면서 몸소 흙과 돌을 날라 병사들에게 앞장섰습니다. 그가 관할하던 국경지방이 金城湯池가 되었습니다.

英祖가 가상히 여겨 敎旨를 내리고 포상을 더했고, 그 지역의 아전과 백성들이 비석을 세워 공덕을 새겼다.

1731년 내직으로 들어와 禁衛營 別將이 되었다가 곧 咸鏡北道 兵馬節度使에 임명되었다. 대궐을 떠날 때 英祖가 국경을 튼튼히 하고 오랑캐를 토벌할 방책을 물으니, 한병사는 晁錯의 兵事 가운데서 세 가지 對策으로 대답하고, 아울러 백성들의 근심거리 수십 가지를 이야기하였다. 영조가 모두 가상히 여겨 받아들여 조정으로 하여금 논의하여 아뢰게 하여 손질하고 시행한 것이 많았다. 병영에 이르러 군사들을 어루만지고 공무를 받드는 것이 咸鏡南道 병영에 있을 때와 같으니, 휘하의 군사들이 "우리 사또께서 하는 일은 사람의 忠義를 격려시키니, 전쟁이 나면 비록 위험한

곳에 뛰어드는 일도 사양하지 않겠다."라고 하였다. 한병사는 屬縣에 분부
하여 騎兵과 步兵을 정돈하여 대기하라고 하고는 직접 나가 훈련시키기도
했다.

1732년 다시 禁衛營 別將에 임명되었다.

1733년 龍虎營 大將으로 옮겼다. 얼마 안 있어 慶尙右道 兵馬節度使로
임명되었으나, 고향집에 가깝다고 하여 사양하였다. 연달아 訓練都監 別
將, 五衛都摠府 副摠管에 임명되었다가, 곧 黃海道 兵馬節度使에 임명되
었다. 軍簿의 虛實과 軍政의 상황과 폐단을 시정할 방안을 아뢰니, 영조가
받아들였다.

1734년 金海都護府使에 임명되었다가 부임하기 전에 北漢管城將으로
임명되었다. 부임한 지 얼마 되지 않아 京畿道 水軍節度使 兼 三道統禦使
에 임명되었다. 전함과 무기가 정비되지 않은 것을 보고는, "뜻하지 못
한 일에 대비할 수 없겠다"라고 하고는 군사상의 문제점을 일일이 지적하
여 아뢰니, 영조는 폐단을 보완하는 일을 한병사에게 일임하였다. 재임
3년 동안에 軍政이 쇄신되었다.

1736년 내직으로 들어와 龍虎營 大將에 임명되었다.

1737년 禁衛中軍, 副摠管에 임명되었다. 그때 南陽郡에 기근이 들었는
데, 영조가 "文武大臣 가운데서 일 잘하는 능력이 있고 백성 구제 잘 하는
사람을 선발하라."고 하여 한병사가 선발되었다. 부임하려 하는데, 장병들
이 "우리들은 公을 잃을 수 없습니다."라고 兵曹에 하소연하였고, 병조에
서 영조에게 아뢰어 남양 고을원의 임명이 취소되었다.

1740년 公洪道 兵使로 부임하였다. 淸州山城을 수축하고 봉록 1천 꿰미
를 내놓아 군수물자를 비축하게 하고는 英祖에게 "지금부터 兵使가 되는
사람들이 계속해서 常例로 삼게 하면 국가는 급히 운송하는 수고로움이
없어도 되고, 군사들은 늘 배불리 먹는 즐거움이 있을 것입니다."라고 하
니, 영조가 가상히 여겨 받아들였다.

1742년 내직인 五衛都摠府 副摠管으로 들어왔다가 摠戎廳 中軍으로

옮겼다.

이때 한병사는 연세가 일흔을 넘었기에 致仕를 간청하였는데, 영조가 윤허하였다.

고향으로 돌아와 田園의 즐거움을 누리다가 1743년 6월 8일에 고향 집의 正寢에서 세상을 떠나니, 향년 72세였다. 부고가 알려지자, 영조가 禮曹正郎 尹學輔를 보내어 致祭하고 장례를 도와주었다. 영조내린 賜祭文 은 이러하다.

> 군대의 기율은 날로 해이되어 가고,
> 원로 장수는 날로 멀어져 가는데,
> 또 武勇이 있는 신하 잃었으니,
> 나라를 누구에게 의지해야겠소?
> 卿은 여러 사람의 명망을 받았으니,
> 나의 관심이 쏠리던 사람이었소.
> 珍重한 風貌는 장엄하였고,
> 高雅한 천성은 침착하고 중후하였소.
> 옛날 장군의 氣風이 있는 데다가,
> 詩와 禮의 학문을 흠모하였소.
> 나라를 걱정하고 公事를 받드는 데,
> 평소에 쌓은 바가 있었소.
> 일곱 번 고을원을 맡았고,
> 여섯 번 장수의 깃발을 주관하였소.
> 언제나 분발하여 治績을 이루어,
> 맑은 바탕을 깊이 나타냈소.
> 이에 훌륭하게 여기고 장려하여,
> 벼슬 더해주어 총애했소.
> 대궐 호위하는 군사 거느리니,
> 군대의 모습이 바뀌었소.
> 都摠府의 副摠管으로 부임하자,
> 대궐 호위하는 모습이 엄숙해졌소.

내직에서 드날리고 외직에서 시험하여,
정성스러운 마음으로 힘을 다했다오.
해가 戊申年이 되었을 때,
흉악한 역적들이 대궐 가까이 있었는데,
걱정하고 의심하던 때에,
공에게 중요한 곳을 맡겼었소.
單騎로 적진으로 나아가,
그 忠勇을 보였다오.
시대가 편안한 것에 타성이 젖어,
재주를 다 쓰지 못했다오.
나라에 다급한 상황이 있을 때,
나의 武備를 도우리라 했더니,
늙어 세상을 떠나니,
이때문에 나는 슬퍼 탄식한다오.
장수인 경을 생각함에,
이에 술과 음식을 드린다오.
우매하지 않은 영혼이여!
내가 권하는 것 歆饗하기 바라오.12)

英祖가 韓兵使의 자질과 능력을 정확하게 알았고, 또 많은 기대를 하고 있었음을 알 수 있다.

처음 晋州 平居里 뒷산에 안장했다가 이후에 栗村 甲向에 이장하였다. 묘소에는 俛宇 郭鍾錫이 지은 神道碑銘을 새긴 비석이 서 있다.

韓兵使에 관한 기록이 흩어져 있다가 6대손 部將 韓斗源이 정리하여 實紀로 편찬했던 것을, 1994년에 이르러 韓斗源의 현손 韓萬俊 등의 주선으로 李昌浩가 譯編하여 『韓兵使實記』로 출간되어 세상에 널리 頒行되게 되었다.

---

12) 이 賜祭文을 실제로 지은 사람은 당시 大司成 兼 知製敎로 있던 申思健이다.

2. 爲人

한범석은 타고난 자질이 方嚴하고 器局이 宏遠하였다. 평소에 법도로써 자신을 規律하였다. 늘 말하기를 "우리 집안은 대대로 文學과 行誼로 전해져 왔는데, 내가 武藝로써 출세한 것은 집안에 누를 끼친 것이라 할 수 있다. 이미 이로써 몸을 국가에 바쳤으니, 오직 내 직분을 다하리라."라고 했다.

부모를 섬기는 데는 그 정성을 다했고, 부모의 喪을 당해서는 빈소에 자리가 썩을 정도였고, 한 해 내내 거친 음식만 먹었다. 제삿날을 만나면 재계하며 정성을 다하며, "제사는 敬을 위주로 하는 것이다. 祭需를 풍부히 하면서 경이 부족하다면 제사를 지내지 않는 것과 같다"라고 했다. 날 것과 말린 것 등 제사 음식을 몸소 장만하였고, 슬픔을 띠고서 제사를 모시며 마치 부모님이 앞에 계신 듯 모시는 정성을 다했다. 일찍이 北營에 있을 때 어떤 시골 노파가 제사음식을 이고 지나가는 것을 보고 눈물을 흘리면서 "중추절이 다가오니, 여름 밭에서 일하던 사람이나 말 병 고치는 의원의 영령들도 자손들의 제사를 받는데, 나는 직책에 얽매여 선조들의 산소에 잔 한 잔 드릴 수 없으니, 이 노파보다도 못 하구나."라고 했다.

70세가 넘어 그 庶母의 喪에도 직접 葬喪의 예법을 다 갖추니, 보는 사람들이 모두 감동하였다.

주량이 대단히 컸지만, 술 마실 때는 석 잔을 넘기지 않으며 말하기를 "나는 술은 서너 말을 마시지 않아서는 바로 취하지 않지만, 한결같은 마음으로 굳게 절제하는 것은 술 힘에 부림을 당해 軍國의 중대한 일을 그르칠까 두려워하기 때문이다."라고 했다.

권세와 이익에 대해서는 淡然하여 욕심이 없었다. 마음에 합당하지 않는 일이 있으면 비록 자신보다 상급자라도 반드시 의리로 따졌다. 일찍이 咸鏡道 觀察使나 慶尙道 觀察使와 문안하는 예의 절차 때문에 다투어 국가의 제도에 들어 있는 '會坐'에 관한 조문까지 끌어와 국왕에게 아뢰어

밝히기까지 하였다. 그가 요직을 맡은 자들의 비위를 맞추기 위해서 적당
하게 따라가지 않는 것이 이러하였다.

　忠淸道 兵使로 있으면서 軍陣을 훈련시킬 때, 堤川郡守가 정승 집안의
권세를 등에 업고 정해진 기일에 오지 않았다. 한병사는 그를 軍門으로
잡아와, "禮法에 '임금의 일을 경건하게 한 뒤에 봉록을 먹는다.'라고 했다.
軍陣을 훈련하는 것도 임금의 일이다. 이제 정해진 기일에 오지 않는 것은
명령을 듣지 않는 것과 같다."라고 꾸짖고는 아주 엄하게 다스렸다.

　권세가 대단한 어떤 관원이 한병사에게 혼인을 맺으려고 중매를 넣었다.
한병사는 사양하였고, 자제들에게, "要職이란 사람을 빠뜨리는 바다다. 나
는 그 여파가 다른 사람에게 미칠까 두렵다. 사람이 어떻게 혼인 관계를
맺어 세력에 붙어 따라가려고 해서야 되겠는가?"라고 했다. 이때문에 한병
사를 비난하는 사람들이 많았다. 그러나 英祖만은 그가 세상에 아첨하지
않는 것을 알고는, "韓範錫은 내가 그 사람됨을 안다. 향락에 빠져서 직무
를 팽개칠 사람이 아니다."라고 했다.13)

　친척들을 대접하는 정성과 사랑이 짙었다. 內從弟 李得舟가 五衛都摠府
에서 벼슬하고 있었는데, 한병사가 副摠管으로 부임하자 이득주가 다른
혐의로 갈려가게 되었다. 한병사는 "차라리 내가 직위를 잃을지언정, 지극
히 가까운 친척을 散官이 되게 할 수는 없다."하고는 스스로 사직서를
내고 자신이 갈렸다.

　벼슬한 지 50년이 되었으나, 집은 초라하였고, 의복은 채색이 완전한
것이 없었고, 음식은 두 가지 이상을 먹지 않았다. 어떤 이가 "큰 兵營과
기름진 고을을 맡았는데, 자신을 위해 기반을 마련하지 않았소?"라고 하

---

13) 『英祖實錄』 권53, 영조17년 4월 29일 記事에, 掌令 朴致文이 상소하여 韓範錫을 탄핵한
　　내용이 있다. 박치문의 상소에, "公洪道 兵使 韓範錫은 일찍이 함경도 병사의 임무를 맡아
　　이미 직무를 제대로 수행하지 못했다는 책망이 많았으며, 본직에 임명되어서도 물의가 있었
　　지만, 모르는 체 하면서 부끄럼을 무릅쓰고 부임하여 군정(軍政)을 던져 버리고 오로지
　　재물 탐하는 것을 일삼고 있으니, 마땅히 파직해야 합니다."라고 했다. 그러자 英祖는 비답하
　　기를, "한범석에 관한 지적은 지나치다."라고 했다. 이 기사는 『承政院日記』에도 나온다.

자, 한병사는 "분수에 넘치게 두터운 봉록을 탐낸 것도 이미 보잘것없는 내 분수에 넘치거늘, 하물며 백성을 착취하여 집안을 살찌우겠는가?"라고 대답했다.

그는 늘 '志大心小[뜻은 크고 마음은 작게]'라는 네 글자를 외웠다. 후진들을 면려하고 훈계하여 말하기를, "뜻이 크면 스스로 기대하는 것이 작지 않고, 마음이 작으면 일에 임해서 두루 신중히 하는 바가 많다."라고 했다.

어려서부터 經傳 보기를 가장 좋아하여 퇴근하여 한가한 시간에는 늘 책 보기를 그만두지 않으며, "征虜將軍 祭遵이 雅歌와 投壺를 하고, 統制 晁錯가 책을 싣고 수레 뒤를 따르게 한 일은 옛 사람들의 아름다운 일이다. 좋은 사람이 되는 사람은 결국 經傳에다 마음을 붙인 사람이 많았는데, 경전 가운데서 精妙한 과정으로는 『詩經』이나 『禮記』만한 것이 없다. 詩란 사람의 안일한 뜻을 징계하는 것이고, 예는 사람의 威儀를 조절하고 문채 놓는 것이다. 사람으로서 이런 지식이 없으면, 사람이 될 수 없다."라고 했다. 한병사가 일상에서 스스로 힘쓰는 것은 오로지 여기에 있었다. 그래서 여러 가지 일을 처리할 때는 경전에서 힘을 얻는 것이 많았다.

관직을 사퇴하고 고향에 돌아와서는 날마다 山水 사이를 거닐었다. 수풀 우거진 언덕에 지팡이를 놓아두고 땔나무 하는 사람이나 시골 노인들과 뽕나무에 대해서 이야기 하고 술이 있는지를 묻는 등 아주 잘 어울려 전직 고관이라는 기색이 전혀 없었다. 그래서 사람들이 전에 摠管을 지낸 사람인 줄을 몰랐다. 이때문에 고향에서 인심을 얻었고, 어울려 놀기를 즐겼는데, 그들이 존경하고 사랑하였다.

3. 업적

韓兵使는 50년 동안 仕籍에 있으면서 내직은 주로 五衛都摠府, 訓鍊都監, 禁衛營 등에서 仕宦했고, 외직으로는 7개 고을의 고을원, 6도의 兵馬節度使를 지냈다.

그는 나라를 위하는 정성이 지극했고, 임금에게 忠節을 다 바쳤다. 고을 원이 되어서는 牧民의 도리를 다하여 백성들을 먼저 생각하여 항상 백성들의 편에 서서 고통 받던 문제점을 제거하고 백성들의 생활을 윤택하게 할 방도를 찾았다. 특히 흉년에 자기 봉록을 내어 賑恤하는 일과 질병 치료하는 일에 盡力하였다. 모든 고을에서 자애로운 어머니처럼 백성들의 추앙을 받았다. 평소에 집안 살림에 신경을 쓰지 않고 청렴하였고, 임기를 마치고 돌아올 때는 반드시 그 지역 백성들에게 만류를 당하였고, 떠난 뒤에는 대부분 頌德碑가 세워졌다.

장수가 되어서도 군사들을 자식처럼 어루만져 군사들이 기꺼이 복종하였다. 성을 쌓을 때 돌을 직접 나를 정도로 솔선하니, 군중에서 병사들이 아무리 힘든 일도 다투어 먼저 하려고 했다. 병사들의 마음을 얻어야 精銳한 군대가 될 수 있음을 보여 준 좋은 사례다. 무기를 정비하고 군량을 비축하고 성을 쌓는 등 국방을 튼튼히 하는 일에 자신의 능력을 발휘하였다.

北京에 사신으로 가서는 당시의 사정을 잘 살피고 돌아와 국왕에게 복명하였고, 通信使의 일행으로 일본에 가서도 조선의 국가적 자존심을 지키는 데 일익을 담당하였다.

모든 일에 원칙과 법규를 지켰다. 부당하게 국가의 소나무를 벌채해 달라는 상관의 청탁도 단호히 거절하고, 집안의 권세를 믿고 兵使의 명령을 따르지 않던 堤川郡守를 처벌한 것 등에서 그의 광명정대한 臨官의 자세를 알 수 있다.

Ⅳ. 韓兵使의 후손

韓兵使는 韓伯瑗, 韓瑊, 韓琰, 韓瑊 등 4명의 아들을 두었다. 아들 대에는 저명하거나 仕宦을 한 사람은 없었다.

손자는 모두 6명을 두었다. 韓瑊의 아들 韓應倓은 무과에 급제하여 宣傳

官, 富寧都護府使 등 6개 고을의 수령을 맡아 다스려 명성과 치적이 있었다. 正祖가 1782년에 비단 베개와 수놓은 족자를 내렸는데, 『奎章閣志』에 이것과 관계되는 御製文이 실려 있다.

증손자는 모두 10명을 두었다. 韓戢의 손자 韓啓豊은 무과에 급제하여 宣傳官과 營將을 지냈다. 국왕으로부터 병풍을 내려받았다. 韓應儆의 아들 韓啓轍은 무과에 급제하여 通政大夫 宣川防禦使와 4개 고을의 수령을 지냈는데, 명성과 치적이 있었다. 국왕이 내린 敎諭書가 있다. 『柳溪遺稿』가 남아 있다. 한계철의 묘소가 陜川郡 佳會面 屯內에 있는 것으로 보아 이때부터 이 일파는 佳會로 옮겨가 살았음을 알 수 있다. 韓應義의 아들은 折衝將軍 僉知中樞府事를 지냈다.

현손은 모두 17명을 두었다. 韓啓轍의 아들 韓致林은 무과에 급제하여 通政大夫 宣傳官 全羅左水使, 同副承旨 등직을 역임하고 8개 고을의 수령을 지냈다. 가는 곳마다 치적이 있어 聲華를 얻어들었다. 『三伏堂遺稿』가 있다. 俛宇 郭鍾錫이 墓碣銘을 지었다. 韓致林의 아우 韓致濂은 通德郎을 받았다. 俛宇 郭鍾錫이 行狀을 지었다.

5대손은 27명을 두었다. 韓啓昌의 손자 韓鎭杓는 武科에 급제했으나, 일찍 죽었다. 韓啓豊의 손자 韓鎭忠은 무과에 급제하여 三陟鎭 右營將 兼 水軍僉節制使 등직을 지냈다. 韓致濂의 아들 韓鎭行은 后山 許愈의 문하에서 공부하여 학문이 깊었다. 무과에 급제하여 嘉善大夫 陸軍參領 및 5개 고을의 수령을 지내며 명성과 치적이 있었다. 국왕이 내려 준 勳章, 畵屛, 饌器 등이 있다. 문집 『梅西遺稿』가 있다. 俛宇 郭鍾錫으로부터 韓兵使의 神道碑銘을 부탁하여 받은 사람은 바로 韓鎭行이다.

6대손은 모두 35명을 두었다. 韓奎源은 무과에 급제하였다. 韓太源은 무과에 급제하여 司果를 지냈다. 韓世源은 通德郎을 지냈다. 韓斗源은 무과에 급제하여 宣略將軍 龍驤衛 副司果를 지냈다. 韓商源은 무과에 급제하여 侍御를 지냈다.

한병사의 후손으로서 6대손에 이르기까지 武科에 급제하여 仕宦한 이가 10명, 무과에만 급제한 이가 1명, 과거를 거치지 않고 사환한 이가 3명, 문집을 남긴 이가 3명이다. 가히 혁혁하다 할 수 있을 것이다.

韓鎭行의 손자 韓弼東, 韓昶東, 韓逸東 3형제와 韓弼東의 아들 韓𡨥愚, 韓汝愚 등은 모두 光復運動에 참여한 공훈이 있다.

V. 결론

韓兵使의 家門이 포함된 淸州韓氏는 高麗 중기 이후로 名公巨卿과 文人學者들이 대를 이어 배출되는 혁혁한 가문으로 성장하였다. 朝鮮朝에 들어와 더욱 번창하였고, 成宗 때 韓繼禧의 대에 이르러 번창함이 절정에 이르렀다.

그 손자 韓承利가 晋州에 은거한 이후로는 中央官界와 관계를 맺을 기회가 줄어 자연히 高官大爵으로의 진출은 어렵게 되고, 중앙의 名閥家와의 聯婚이 어렵게 되자, 결국 진주를 중심으로 한 地域士族階級으로 변화하였다. 또 진주의 지역사족으로 변화한 이후로는 주로 武科를 통한 仕宦으로 家聲을 지속해 나갔다.

그러나 晋州 韓氏 家門의 무과 출신들은 단순히 武藝만 아는 무인이 아니고, 儒學的 素養을 겸비한 무인으로서 문무를 겸전했고, 江右地域의 儒所에도 참여하는 가문이 되었다.

특히 韓範錫의 집안은 11명의 武科出身과 14명의 仕宦者, 3명의 문집 저자를 배출함으로써 강우지역의 명가의 위상을 유지해 나갔다.

한범석은 무과를 통해서 사환하여 50년 동안 仕籍에 있으면서 英祖의 특별한 知遇를 입어 6도 병사, 7개 고을원을 역임하며 치적을 쌓았다. 특히 국가 민족을 위하고, 백성을 사랑하고 군사들을 어루만지는 使命感이 투철하였다. 兵使 등 軍職을 맡아서는 성을 쌓고 무기를 정비하여 국방을 튼튼히 하였다. 고을원을 맡아서는 백성들의 고통상을 이해하고 이를 제거하고 백성들에게 도움을 줄 수 있는 제도를 만들었고, 흉년에는 백성들을 구제하는 일에 정성을 다했다. 그는 무예에 정통한 무인이면서 아울러 모범적인 牧民官이었다.

또 무인으로서는 드물게 中國과 日本의 使行에 참여하였고, 그 사행의 활동상과 노정을 狀啓와 日記로 남겼다는 것이 특이하다. 연달아 중국에 다녀오자마자 곧 일본에 간 경우도 극히 드물어 그 일기를 자세히 분석해 보면, 두 나라의 문화에 대한 감흥의 차이를 알 수 있을 것이다.

그는 前日에 많은 治績을 쌓은 高官이라 하여 鄕村에서 武斷을 일삼는 일은 전혀 없었고, 鄕村의 父老들과 동등한 친구로서 어울려 담소하는 소박한 생활을 했는데, 그 당시로서는 이런 지극히 평등한 사상을 가진 사람이 드물었다.

그에 대한 자료가 거의 다 없어진 뒤에 實記가 편찬되었고, 또 무신이라 애초에 그에 관하여 문인들이 문집 등에 기록을 많이 남기지 않았으므로, 그의 위상과 업적에 비하면 그의 생애를 자세히 복원하기가 어려운 일이다.

제3부

南冥 曺植의
선비정신과 後人의 評價

南冥의 詩에 나타난 선비정신

I. 서론

南冥 曺植(1501-1572)은 일생 동안 벼슬에 나아가지 않고 학문 연구와 제자 양성으로 한 평생을 지낸 대학자다. 남명이 벼슬에 나아가지 않았다 하여, 세상을 등지고 현실문제를 도외시한 인물로 잘못 생각하는 사람이 많으나, 남명을 결코 그런 인물이 아니다. 다만 벼슬에 나갈 만한 때가 아니기 때문에 벼슬에 나아가지 않고서, 出處의 大節을 철저히 지켰을 뿐이다. 벼슬에 나갈 만한 때가 되면 언제라도 벼슬에 나가려고 경륜을 쌓았고, 나라의 일에 남다른 관심을 갖고 있었다. 자기 당대에 벼슬에 나갈 만한 때를 만나지 못할 경우를 생각해서, 다음 시대를 위해서 쓰이도록 제자들을 길렀던 것이다. 임진왜란 때의 의병활동은, 남명이 기른 제자들이 현실에 참여하여 국가민족을 구제한 좋은 예이다.

실천 위주의 학문을 주장한 남명인지라, 저술을 그다지 중시하지 않았고, 그나마 지은 글의 원고를 거두지 않았으므로 남아 있는 詩文이 아주 적다. 그가 지은 시 가운데서 현재 남아 있는 시는 198수에 불과하다. 詩體별로 보면, 五言絶句 47수, 五言律詩 16수, 七言絶句 100수, 七言律詩 23수, 七言長篇 3수, 長短句 8수, 六言絶句 1수이다. 양적으로는 많지 않지만, 시를 통해서 남명의 정신을 살필 수가 있다. "詩는 문장의 꽃이다"라는 말이 있듯이, 남명의 많지 않은 시 가운데는 많은 사상이 녹아 들어 있다. 이를 잘 분석함으로서 남명의 사상을 깊이 있게 알 수 있는 것이다.

남명은 시가 사람의 마음을 허황하게 만든다고 생각하여 26세 이후로는 시 짓기를 좋아하지 않았다. 그 뿐만 아니라 제자들에게도 시 짓는 일을 경계하였다.

Ⅱ. 선비상의 定立

남명은 생존 당시 그의 처신은 선비들의 정신적인 좌표가 되었고, 그의 말은 당시 士論을 대변하고 있었다. 남명 사후에는 선비들의 자세와 풍속이 변할 정도로 큰 영향을 끼쳤던 것이다. 그래서 尤庵 宋時烈은 「南冥先生神道碑」에서 남명이 후세에 끼친 영향을 이렇게 말했다.

> 남명선생이 이미 돌아가심에 선비들은 더욱 구차하게 되었고, 풍속은 더욱 간교하게 되어 식견 있는 사람들이 선생을 사모하는 마음이 더욱 간절하게 되었다. 그러나 모든 사람들이 의리를 귀하게 여기고 이익을 천하게 여기며, 너긋하게 물러남을 숭상하고 탐욕부리는 일을 부끄러워 할 줄 알고 있으니, 선생의 공이 정말 크도다.(南冥先生旣沒, 士益苟, 俗益儉, 有識者思先生益甚, 然人人尙知貴義賤利, 恬退之可尙, 貪冒之可羞, 則先生之功, 實大矣.)[1]

남명이 이처럼 생존 당시는 물론 사후에도 큰 영향을 끼친 것은 그의 투철한 선비정신에 기인한 것이다. 그가 남긴 漢詩 가운데서 그의 선비정신이 잘 나타난 시를 몇 수 골라 분석해 본다.

「題德山溪亭柱」라는 시는 이러하다.

천석들이 종을 보게나!	請看千石鍾
크게 치지 않으면 소리 없다네.	非大扣無聲
어떻게 하면 두류산처럼	爭似頭流山

---

1) 『宋子大全』 권154, 12장.

| 하늘이 울어도 울지 않을 수 있을까? | 天鳴猶不鳴 |

여기서 '千石鍾'은 남명 자신이 지향하는 지조 있는 이상적인 인간형이
고, 궁극적으로는 남명 그 자신일 수도 있다. 포부가 원대하고 기상이 범상
치 않으며, 속으로 많은 학문을 쌓고 인격이 완성된 그런 인물이다. 『禮記』
「學記篇」에 "질문에 잘 대답하는 것은 종을 치는 것과 같다. 종을 작게
치면 작게 울리고 크게 치면 크게 울린다"라는 말이 있다. 작은 종은 살며
시 손만 대어도 울리는 것처럼, 세상에는 너무나 쉽게 외부의 유혹에 흔들
려 자신을 파는 경우가 많다. 그러나 큰 종은 여간 쳐서는 소리가 나지
않는다. 세상에서 크게 써 주면 나아가 크게 일하고, 세상에서 인정해 주지
않는다면, 알아달라고 구차하게 앵걸하지 않고 묵묵히 자기 내면세계를
구축해나가는 것이다. 때와 장소가 아닌데 능력을 발휘하려고 발버둥치지
않는 것이다. 두류산은 묵묵히 흔들리지 않고 솟아 있다. 계절이 바뀌고
천재지변이 일어나도 변함이 없다. 인간세상에 어떤 환란이나 풍파가 있어
도 변화가 없다. 두류산은 언제나 두류산의 본래의 모습을 지니고 있는
것이다. 남명은 두류산의 이런 점을 배우고자 노력했다. 관직, 이익, 여색
등 어떤 유혹에도 흔들리지 않는 처신을 하고자 했다. 이런 정신이 남명을
남명답게 만들어 후세의 존경을 받게 한 점이다. 높은 벼슬, 많은 저서
보다도 몇 배 더 값진 것이다.

「偶吟」이라는 시는 이러하다.

큰 그둥 같은 높은 산이,	高山如大柱
하늘 한 쪽을 버티고 섰네.	撑却一邊天
잠시도 내려앉은 적 없는데,	頃刻未嘗下
자연스럽지 않음이 없도다.	亦非不自然

선비는 벼슬하러 나가거나 초야에 묻혀 있거나 할 것 없이 자신의 사명
이 있다. 벼슬에 나가서는 국가민족을 위해서 일해야 하고, 초야에 묻혀

있을 때는 자기 자신을 바르게 수양하여 다른 사람에게 모범을 보여 세상이 사람이 살 만한 세상이 되는 데 기여해야 한다. 孔子 孟子가 본래 제창한 儒學의 원래의 사명이 바로 여기 있었다. 이런 이유로 남명은 제자를 가르칠 때 책을 펼쳐 놓고 장황하게 글귀 해석하는 것을 능사로 삼지 않았다. 현실적인 여러 가지 일에 부닥치면서 그 이치를 스스로 체득하겠금 했다. '高山'은, 변치 않는 지조를 지닌 선비를 상징한 것이라 볼 수가 있다. 기둥처럼 우뚝 솟은 높은 산이 하늘 한 쪽을 바치고 있는 것은, 자기의 위치에서 자기의 일을 하고 있는 것을 말한다. 잠시도 그 임무에서 이탈하지 않고 있는 모습이 늘 자연스럽다. 왜냐하면 진정한 선비란 남의 눈에 띄기 위해서 처신하지 않기 때문에 본연의 모습을 그대로 유지한다. 어려운 일이나 쉬운 일이나 남이 알아 주는 일이나 남이 모르는 일이나 언제나 자기의 최선을 다할 뿐 남이 알아 주기를 바라고 어떤 일을 하는 것은 아니다. 높은 산이 하늘을 바치고 있는 것처럼 자연스러운 것이다. 이 시는 남명의 행동하는 자세가 잘 반영된 시다. 평범한 일상용어를 사용하여 아주 쉬운 구성으로 되어 있다. 특이한 내용이 담긴 것은 아니지만, 그 속에 함축된 뜻은 아주 깊다. 20자에 담긴 세상 사람들에게 주는 처신의 교훈은, 많은 사설을 늘어 놓은 여러 권의 책보다 더욱 우리의 가슴에 와 닿는다.

남명의 시 가운데는 꽃이나 식물 중에서 지조 있는 연꽃, 대, 국화 등을 빌려 지조 있는 선비의 자세를 상징한 그런 시가 적지 않다. 「詠蓮」이란 시는 이러하다.

꽃봉오리 늘씬하고 푸른 잎 연못에 가득한데,   華盖亭亭翠滿塘
덕스런 꽃내음 누가 이처럼 피워내랴?   德馨誰與此生香
보게나! 묵묵히 뻘 속에 있을지라도,   請看默默淤泥在
해바라기 햇빛 향하는 것과 다르다는 걸.   不音葵花向日光

첫 구에서 연꽃의 기품 있는 모습과 연잎의 싱싱한 모습을 읊었다. 바로 선비의 기상을 비유한 것이다. 연꽃이 뻘 속에서 자라났으면서도 기품 있고 풍성한 그 모습에서, 학덕이 갖추어진 선비를 연상할 수가 있다. 세상에 많은 꽃이 있지만, 이런 모습은 연꽃 아니면 찾아 볼 수 없는 것이다. 같은 논리로 세상에 사람은 많지만, 훌륭한 선비란 찾기가 쉽지 않은 것이다. 진뻘 속에서 우뚝이 말 없이 서 있지만, 그 더러운 물에 조금도 오염되지 않아, 꽃은 물론 잎까지도 깨끗한 것은, 혼탁한 세상에서 살면서도 깨끗이 지조를 지켜 자신의 처신을 올바르게 하는 선비를 읊은 것이다. 양지바른 곳, 습도가 적당한 곳에서 자라 해를 따라 움직이는 해바라기는 도저히 연꽃에 견줄 수가 없는 것이다. 좋은 환경에서 자라나 적당하게 안일한 생의 방법을 추구하며 임금이나 권세 있는 사람에게 알랑거려 일신의 영달만을 추구하는 무리들을 해바라기로 상징하였다. 해바라기를 등장시킴으로서 연꽃 즉 지조 있는 선비를 더욱 돋보이게 부각시켰다. 둘째 구절은 반어법을 사용하여 연꽃의 덕스런 향내는 어떤 것과도 견줄 수 없는 고결한 것임을 강조하였다. 셋째 넷째 구절은 청유형의 문장으로 나 혼자만 연꽃의 이런 좋은 면모를 알고 있기에는 애석하니, 다 함께 연꽃의 진면목을 이해하자고 세상 사람들에게 권유하고 있다. 세상 사람들이 참 선비를 바로 알 수 있는 안목을 갖고 있어야 옳은 선비가 자라나고, 사이비 선비가 도태된다는 것을 말하고자 했다.

참된 선비는 누가 알아주건 알아주지 않건 동지가 있건 없건, 늘 변하지 않는 정신과 자세를 갖고 있다. 「種竹山海亭」이란 시는 이러하다.

대나무 외로운 듯해도 외롭지 않아,	此君孤不孤
소나무가 이웃 되있기에.	髥叟則爲隣
바람 불고 서리치는 때 기다리지 않더라도,	莫待風霜看
싱싱한 모습에서 참다움 볼 수 있다네.	猗猗這見眞

봄이면 새 싹이 돋아났다가 여름이면 다투어 무성하고, 가을이면 낙엽
져 겨울이면 앙상한 모습만 남기는 여러 풀과 나무들은 너무나도 계절의
변화에 잘 적응한다. 그러나 대나무는 그렇지 못하다. 얼른 보면 대나무는
너무나 어리석고 둔하고 물정에 어두워 처신을 잘 못하는 것 같다. 다른
초목들처럼 변화에 잘 적응하면 될 텐데, 추운 겨울에도 혼자 푸른 잎을
달고 있으니, 더 외롭고 힘들어 보인다. 『論語』에, "계절이 추워진 그런
뒤에라야 소나무와 잣나무가 다른 나무들보다 늦게까지 푸르런 것을 안다
(歲寒然後知松柏之後彫也)"라는 孔子의 말이 있다. 겨울이 되어야 사철
푸르런 나무의 진가를 알 수 있듯이, 어려운 일에 부닥쳐야 참된 선비의
진면목이 나타나는 것이다. 부귀와 영화를 찾아 혈안이 되어 동분서주하는
소인배들이 볼 때는 주는 벼슬도 마다하고 名利에 초연하여 가난하게 사
는 선비들을 보면 迂闊해 보일 것이다. 권문세족들과 사귀어 자신의 출세
를 도모하지 않고 궁벽한 산골에서 가난하게 살고 있으니 외로와 보일
것이다. 그러나 선비는 눈 앞에 보이는 名利를 추구하지 않고, 의롭지 않은
부귀영화를 바라지 않는다. 더 가치 있는 삶을 추구하는 것이다. 대나무에
게도 소수이긴 해도 소나무 같은 동지가 있다. 선비에게도 마음을 알아주
고 같은 길을 걸어가는 동지가 있다. 그런 까닭에 소인들의 낮은 눈으로
보면 외롭게 보일지 몰라도 사실은 외롭지 않은 것이다. 흔이 대나무의
가치를, 겨울철에도 푸르런 것에만 두는 경우가 많지만, 다른 계절에도
대나무는 다른 초목과 다른 면모가 많다. 겉으로 보면 강하지 않아 바람에
이리저리 흔들리지만, 그러나 바람에 꺾이진 않는다. 겉으로 강하게 보이
면서도 속으론 지조가 없는 사람이 많지만, 선비다운 사람은 평소에는
평범한 사람들과 별로 다르게 보이지 않지만, 어려울 때를 만나면 그 본성
을 지켜 자기의 지조를 잃지 않는다. 선비는, 다른 사람들의 눈을 의식하여
索隱行怪 같은 일을 일삼지 않고 자신이 가야할 길을 묵묵히 가는 것이다.
대나무는 또 속이 비어 겸허하고 물욕이 없다. 속이 가득 찬 나무는 바람에
뽑히기 쉽지만, 대나무는 아무리 풍상이 몰아쳐도 뽑히거나 부러지는 일이

잘 없다. 마음 속의 욕심이나 술수가 많은 사람이 여러 가지 일에 연루되어 자신의 한 평생을 망치는 경우가 많으나, 겸허하고 솔직한 사람은 언제 어디서나 당당한 것과 같은 이치. 위선적인 사이비 선비는, 평소에 고고한 척하기도 하고, 강직한 척하기도 한다. 그러나 지조를 지켜야 할 때에 이르러서는 대개 굴복하거나 타협을 한다. 그러나 참된 선비는 평소에 자신이 지조가 있다고 남에게 자랑하지 않고, 남이 알아주기를 바라지도 않는다. 참된 지조는 남이 알아주는 것과 관계가 없이 자기 자신이 지켜나가는 것이고, 남이 알아준다고 그 지조가 가치를 더하는 것도 아니다.
「菊花」라는 시는 이러하다.

다른 꽃은 봄에 피어 성을 이루는데,	三月開花錦作城
어이하여 국화는 가을 다 가고서야 꽃망울 틔우나?	如何秋盡菊生英
조물주가 서리 속에서도 시들어 지지 말라는 것은,	化工不許霜彫落
한 해가 저무는 때 다하지 못한 정을 위해서라네.	應爲殘年未盡情

봄이 돌아와 햇볕이 화창해지면 복사꽃 오얏꽃 개나리 살구 등 온갖 꽃들이 다투어 피어 아름다움을 자랑한다. 마치 봄 햇볕에 아첨이라도 하는 듯. 그러나 몇 일 지나지 않아 자취도 없이 사라져 버린다. 그러나 국화는 다른 꽃들이 다 자취를 감춘 서리 내리는 가을에야 피기 시작한다. 한 해가 저무는 늦가을을 위해서 조물주가 안배한 것이다. 이와 마찬가지로 평소에는 애국지사고 의리 있는 사람이라고 스스로 자랑하던 사람들도, 막상 어려운 일이 닥치면 슬며시 자취를 감춘다. 이런 때에 가서야 참된 선비가 나타나 일을 맡아 처리한다. 서리 내리고 바람 불고 추운 날씨에 꽃을 피우는 국화와 진정한 선비의 자세는 서로 통하는 것이다.

Ⅲ. 선비의 出處大節

南冥의 위대한 점은 出處의 大節을 끝까지 잘 지켜나간 데 있다. 엄정한 출처는 자신을 위한 학문 연구와 수양을 통한 세상을 보는 안목과 세상을 살아오면서 쌓은 경험에서 나온다. 남명의 출처에 대해서 眉叟 許穆은 이렇게 요약하여 표현했다.

> 구차하게 따르지도 않았고, 구차하게 묵묵히 있지도 않았고, 스스로를 가볍게 처신하여 쓰이기를 구하지 않아, 우뚝히 선 바가 있었다.(不苟從, 不苟默, 不自輕以求用, 卓然有立.)[2]

자신의 道를 굽혀 세상을 따르거나 벼슬에 나가는 일은 선비가 해서는 안 된다고 남명은 생각했다. 자기를 써 달라고 바라는 것은 구걸행위와 다를 바 없다고 보았다. 자기를 가벼이 하지 않았기에 임금으로부터도 그 비중을 인정 받을 수 있었다. 나아가 전체 士林의 위상이 남명의 신중한 출처로 인하여 提高될 수가 있었던 것이다. 묵묵히 자기를 수양하고 학문을 쌓아갔던 것이다. 그러나 나라 일이 잘못되거나 임금에게 허물이 있을 때에는 그냥 자기가 편하기 위하여 모른 체 지나지 않고, 반드시 그 잘못을 지적하여 해결책을 제시하는 疏를 올렸다. 그래서 남명의 출처는 당시의 사람들은 물론 후세에 많은 사람들의 귀감이 되었다.

남명은 제자인 東岡 金宇顒에게 실력을 기르면서 때를 기다려야 하지 함부로 출처를 해서는 안 된다는 점을 강조하였다.

> 장부의 처신은 산악처럼 중후해야 하고, 만 길 절벽이 우뚝 선 듯해야 한다. 때가 오면 자기의 능력을 발휘하여 많은 일을 이루어내어야 한다. 삼만 근 나가는 큰 쇠뇌는 한 방에 만 겹의 견고한 성벽을 부술 수 있지만, 생쥐

---

2) 『南冥集』 권5 21장, 「神道碑」.

한 마리를 잡기 위해서 발사하지는 않는다(丈夫動止, 重如山岳, 壁立萬仞. 時至而伸, 方做許多事業. 千鈞之弩, 一發能碎萬重堅壁, 固不爲䶉鼠發也.)[3]

　남명의 출처에 대한 태도를 단적으로 보여 주는 자료이다. 자기가 쓰일 곳 자기의 능력을 발휘할 수 있는 때와 자리가 주어졌을 때 나아가는 것이다. 그렇지 않고서는 자기의 위상만 떨어뜨리고 아무런 일을 할 수가 없는 것이다. 남명이 제자들에게 출처의 중요성을 강조한 것은, 선비의 출처가 世敎에 미치는 영향이 크기 때문이다.

　출처를 잘못하여 한 평생 쌓아 올린 업적을 수포로 돌려 후세 사람들의 지적을 받는 경우가 허다하다. 元나라의 許衡, 劉因, 趙孟頫 같은 인물이 그러한 경우이다. 학자로서 문장가로서 서예가로서 대단한 경지에까지 오른 사람이지만, 그들은 몽고족이 세운 元나라에 벼슬하여 많은 사람들의 宋나라 부흥운동을 저버리고 자신들의 영화를 추구했기 때문이다. 우리나라에도 역대로 많은 인물들이 출처를 잘못하여 자신을 망치는 것은 물론 다른 사람에게까지 화를 미치게 한 경우가 허다하다.

　확고한 출처의 자세를 견지하고서 살아간 남명의 출처관의 반영된 시는 어떤 것이 있는지를 살펴보기로 하겠다. 남명처럼 평생 벼슬하지 않고 지냈던 道義之友 大谷 成運에게 보낸 「無名花」라는 시는 이러하다.

한 해의 생장과 소멸을 한 참 맡아왔지만,　　　　一年消息管多時
이름과 향기는 묻혔기에 세상에선 모른다오.　　名與香埋世不知
이름과 향기는 본디 자신의 누만 될 뿐,　　　　摠是名香爲己累
서울에서 일찍이 몇 사람이나 돌아올 수 있었던가?　洛陽曾得幾人歸

　세상들이 출세욕에 사로잡혀, 出處의 大節은 돌아보지 않고, 한 번 벼슬에 나아갔다 하면 물러날 줄 모르는 처사를 개탄하여 자기의 마음을 알아

―――――――――
　3)『南冥別集』권2 6-7장.

줄 大谷에게 이 시를 부쳐 보낸 것이다. 이름은 실체의 껍데기고, 향기는
열매를 맺기 위한 냄새일 뿐이다. 사람의 명예와 외면은 그 사람의 본질은
아닌 것이다. 그런데도 세상 사람들은 그런 줄을 알지 못하고, 그 것을
추구하기에 급급하다. 남명처럼 爲己之學의 참된 경지에 들어간 인물의
눈으로 볼 적에는 正邪, 是非를 가리지 않고서 출세하려고 날뛰는 사람을
볼 때, 한심하여 탄식이 절로 나왔던 것이다.

남명은 諸葛亮의 출처마저도 그리 대단하게 여기지 않았으니, 出處觀이
얼마나 엄정했던지 알 수가 있다. 「寄西舍翁」이란 시는 이러하다.

만겹의 푸른 산 곳곳에 아지랑이.	萬疊靑山萬市嵐
이 한 몸 하늘만 보이는 골짜기 사랑한다네.	一身全愛一千函
쩨쩨하다! 제갈량이여, 끝내 무슨 일로,	區區諸葛終何事
孫權에게 무릎 굽히고 나아가 겨우 三國 되게 했나?	膝就孫郎僅得三

하늘만 보이는 깊은 산골을 사랑하여 산다는 말은, 그릇되어 가는 세상
과는 관계를 않겠다는 뜻이다. 본래 남명이 국가와 민족을 도외시하고
초야에 숨은 사람은 아니지마는, 간신들이 권세를 잡아 나라의 운명을
이리저리 뒤흔들며 온갖 비리와 부정을 저지르는 세상에는 참여하지 않겠
다는 뜻이다. 다만 하늘만이 내 마음을 알아 줄 것이기에 하늘만 보이는
골짜기가 마음에 든다는 것이다. 세상 사람들은 제갈량을 文武兼全한 걸
출한 인물로 평가하지만, 남명이 볼 적에는 불만이 많은 것이다. 세상에
나가지 않으면 모르되, 세상에 나갔다면, 漢의 왕업을 이루어야지 겨우
孫權에게 빌어 荊州를 얻어 三國의 형세만 만든 데서 끝낸 것을 안타까워
하고 있다. 천하를 통일하여 漢나라를 부흥시키지 못하고 겨우 삼국의
형세만 만드는 데 그치고 말았으니, 아무런 이룬 것 없이, 도리어 백성들에
게 고통만 가중시킨 결과가 되었다. 세상 사람들에게 존경 받는 제갈량도
남명의 기준에서 볼 적에는 출처의 기준에서 벗어났던 것이다.

벼슬에 오른 것을 큰 자랑으로 여기는 어떤 사람에게 남명은 「漫成」이
라는 시를 지어 경계하였다.

한 평생의 일 한숨만 나올 따름인데,　　　　　　　平生事可噓噓已
세상 공명 뜬 구름 같은데 힘써 무엇 해?　　　　浮世功將矻矻何
알겠도다! 그대는 귀하여 뜻이 나와 다르다는 걸,　知子貴無如我意
몸이 華山에 올랐다고 어찌 꼭 자랑해야 하는가?　那須身上太華誇

　세상을 잊고 숨어살고자 한 남명이 아니기에, 노년에 한 평생을 회고해
보니, 탄식이 절로 나올 수밖에 없었다. 때를 만나지 못했기에 자기의 학문
을 직접 현실에 적용해 볼 그런 기회를 얻지 못했던 것이다. 그렇다고
자기 몸을 굽혀 구차하게 벼슬에 나갈 인물은 아니다. 벼슬에 나가서 아무
이룬 것도 없이 나라의 녹만 축내면서 자기 이름만 내는 것은 정말 떠가는
구름처럼 아무런 의미가 없는 것이다. 그러나 세상의 많은 사람들은 벼슬
자리를 차지하는 것이 궁극적인 목표요, 그 것이 자랑이다. 그 자리에 있으
면서 자기가 국가와 백성들을 위해서 무슨 일을 했던가 하는 것에는 전혀
신경을 쓰지 않는다. 그래서 남명은 출처의 대절을 망각한 채 높은 벼슬에
오른 것 자체를 뽐내는 사람에게 이런 시를 지어 따끔하게 경고했던 것이
다. 이 사람뿐만 아니고 세상에는 높은 벼슬에 오른 것을 자랑으로 삼는
무리가 너무도 많기 때문이다.
　「詠梨」라는 시는 이러하다.

보잘 것 없는 배나무 문 앞에 섰는데,　　　　支離梨樹立門前
열매는 시어서 이가 들어가지 않누나.　　　　子實辛酸齒未穿
너도 주인처럼 버려진 물건이지만,　　　　　渠與主人同棄物
쓸모 없기에 타고난 수명 보전하네.　　　　猶將樗櫟保天年

　벼슬할 때가 아닌데도 벼슬에 발을 들여놓았다가 간신들에게 죽임을

당하거나 혹은 귀양가거나 하고, 아니면 간신들의 틈바구니에서 자기의 뜻대로 처신하지 못하여 더러운 이름을 후세에 남긴 사람들이 많았다. 잘난 체 벼슬에 나가기를 좋아하다가 화를 당한 사람들에게, 선비의 바른 처신의 방법을 제시하였다. 『莊子』「山木篇」에 "이 나무는 재목이 되지 못하기에 그 天壽를 누린다"라는 말처럼, 잘난 듯이 나서다가 결국 죽임을 당하는 경우가 많았다. 남명은 스스로를 보잘 것 없는 배처럼 쓸 모가 없다고 했는데, 간신들과 어울릴 수 없는 자기의 성격이나 태도를 겸손하게 말한 것이다. 孔子가 말한, "나라에 道가 없는데도 녹만 먹는 것은 부끄러운 일이다"라는 말처럼 명리만을 좋아하면 화가 곧 따른다는 교훈을 남겨 주었다.

IV. 선비로서의 憂患意識

儒學의 본래의 임무는 자기를 수양하여 나아가 세상을 사람들이 살 만한 곳으로 만드는 데 있다. 현실은 늘 그러하지 못하기 때문에 儒學을 공부한 선비는 늘 걱정이 떠날 날이 없다. 孟子가 "君子는 종신토록 간직한 근심이 있다"라고 했다. 선비는 본래 세상을 걱정하여 바로잡아야 할 지도층이다. 그래서 국가 사회에 큰 일이 있으면 출사 여부에 상관없이 그 일에 참여해야 한다. 남명은 비록 자신이 벼슬길에 나가지 않았지만, 국가의 앞날과 백성들의 생활을 걱정하여 때로 깊은 밤이면 홀로 눈물을 흘리기까지 했다. 『詩經』이래로 中國 詩歌의 본래의 전통은 바로 정치의 잘못을 시로서 넌즈시 깨우쳐 임금이나 위정자가 깨우쳐 정치를 바로 하게 하는 기능이 있었다. 역대 王朝에서 詩敎라 하여 시를 중시한 것도 이때문이다. 남명도 짓기를 좋아하지 않았지만, 국가와 백성을 걱정하여 위정자들을 비판하고 풍자하여 바른 길로 나가도록 인도한 시가 적지 않다.

「有感」이란 시는 이러하다.

굶주림 참으려면 굶주림 잊는 수밖에 없어,	忍飢獨有忘飢事
온 백성들이 전혀 쉴 곳이 없구나.	摠爲生靈無處休
집 주인은 잠만 자고 아예 구제하지 않는데,	舍主眠來百不救
푸른 산 푸르런 그림자 저문 시내에 드리워져 있네.	碧山蒼倒暮溪流

이 시에서 '집 주인'은 나라를 책임진 임금을 완곡하게 비유한 말이다. 한 집은 집 주인이 책임을 지듯이 한 나라는 임금이 궁극적인 책임을 져야 한다. 관리들의 무능, 부정 등도 그런 관리들을 등용하여 곁에 둔 임금이 영명하지 못한 책임이다. 그래서 바로 남명은 이 시에서 다른 관리들의 잘못에 대해서는 전혀 언급하지 않고, 총체적인 책임이 있는 임금이 자기의 책무를 다하지 않는 사실만 지적함으로써, 시의 촛점을 한 군데로 모아 공격의 강도를 높였다. 짧은 네 구절의 시이지만, 몇 천 자의 상소문에 손색이 없다. 백성들은 먹을 것이 없는 절망적인 상태에 빠져 있는데도 임금을 위시한 위정자들은 전혀 구제할 방도를 강구하지 않고, 백성들 위에서 군림하려고만 한다. 아무런 구제책이 없으니 하소연할 곳 없는 백성들은 굶주림을 참는 것 말고는 방법이 없다. 이런 백성들의 고통상을 남명이 선비로서의 자기 책무를 느껴 대변한 것이다. 「德山偶吟」이란 시는 이러하다.

우연히 사륜동 골짜기에 살게 되었는데,	偶然居住絲綸洞
조물주도 속이는 줄 오늘 비로소 알았도다.	今日方知造物紿
괜히 부르는 숫자나 채우는 隱者로 만들어,	故遣空緘充隱居
임금의 사자 나를 부르러 일곱 번이나 왔구나.	爲成麻到七番來

조정에 임금을 둘러싸고 권력를 잡고 나라 일을 그르치는 간신들이 가득한데도, 임금은 계속해서 남명을 벼슬에 나오라고 불렀다. 남명은, 이런 때에 나아가 봐야 자신의 포부를 실현할 수도 없을 뿐만 아니라, 도리어 간신들에게 "훌륭한 인물을 불러내어 함께 정치를 하고 있다"는 명분만

제공하고 자신은 희생될 것이기 때문에, 아무리 임금의 부름이라 해도 벼슬에 나가지 않았다. 간신들의 음모에 놀아나는 임금에게 부질없이 사신을 보내어 사람을 보내지 말라고 당부하고 있다. 올바른 정치를 하여 올바른 선비가 벼슬에 나가 자신의 경륜을 펼 수 있는 여건을 만드는 것이 임금의 급선무지, 올바른 선비가 나아가 벼슬할 수 있는 여건이 되지 못하는 조정을 만들어 놓고서 선비를 부르지 말라고 시를 통해서 간언을 하고 있다.

한 나라는 外侵에 의해서 망한다기 보다는 내부 자체의 腐敗와 紊亂 때문에 망한다는 사실을 新羅의 멸망 사실을 인용하여 당시의 임금과 신하들에게 警覺心을 불러일으키고 있다. 「鮑石亭」이란 시는 이러하다.

단풍 든 계림 벌써 가지가 변했나니,	楓葉鷄林已改可
견훤이 신라 멸망시킨 것 아니라네.	甄萱不是滅新羅
포석정에서 스스로 대궐 군사 불러 치게 한 것이니,	鮑亭自召宮兵伐
이 지경에 이르면 임금과 신하 어쩔 도리 없다네.	到此君臣無計何

新羅 55대 景哀王이 鮑石亭에서 놀다가 後百濟 甄萱 군사의 습격을 받아 피살되었다. 일반적으로 사람들은 견훤의 침략 때문에 경애왕이 피살되었다고 생각했지, 경애왕의 잘못이라고 생각한 경우는 드물었다. 그러나 남명은 습격한 군대는 견훤의 군대가 아니라 바로 경애왕을 호위하던 신라 궁궐의 군대라고 말했다. 왜냐하면 평소 酒色에 빠져 사치와 방탕을 일삼아 國事를 내팽개치고 지내온 경애왕을 백성들은 벌써 마음으로 버렸음은 말할 것도 없고, 궁궐에서 호위하던 군사들은 실제 행동에 옮기지는 못했어도 마음으로는 이미 여러 차례 경애왕과 그에 영합하여 임금의 惡을 조장하는 간신배들을 죽였기 때문이다. 나라 사람들은 물론 친척들까지도 등을 돌린 경우에 처한 殷나라의 폭군 紂를 孟子는 '一夫'라고 했다. 모든 사람에게 버림받고 홀로 남은 사내란 뜻이다. 경애왕도 설령 견훤의

군사가 습격하지 않았더라도 언젠가는 백성들의 손에 쫓겨났을 것이란 것이다. 그 정도의 지경에 이르면 나라가 망하지 않고는 더 어쩔 수 없다는 것이다. 그래서 당시의 최고 지식인으로, 唐나라에서 유학한 후 거기서 벼슬하면서 唐나라의 말기적 病弊를 직접 보고 돌아온 崔致遠은 "계림에는 누런 단풍이고, 곡령에는 푸르런 소나무라[鷄林黃葉, 鵠嶺靑松]"라는 말을 남기고는 신라 조정에 더 이상 기대할 것이 없어 伽倻山으로 숨어 들어갔던 것이다.

鮑石亭을 두고 시를 지으면서 왜 이런 이야기를 했겠는가? 당시의 임금과 신하에게 따끔한 경고를 한 것이다. 임금이 임금답지 못하여 간신들이 득세하면, 결국 백성들만 도탄에 빠지기 때문에 남명으로서는 보고 앉아 있을 수가 없었다. 올바른 선비는 국가와 백성을 위해서 나아가 천하를 위해서 늘 걱정하면서 사는 것이다.

V. 결론

남명의 시는 양적으로 많은 것은 아니지만, 그 내용으로 볼 적에 남명의 정신세계를 알아볼 수 있는 것이 적지 않다. 특히 선비정신이 발로된 것 몇 수는 당시 간신들이 발호하던 조정과 기강이 해이해 가던 사회에 경종을 울렸다.

몸은 비록 벼슬하지 않고 초야에 묻혀 있었지만, 국가나 백성들의 일을 걱정하여 선비로서의 使命을 잊지 않았다. 선비는 나라의 元氣다. 선비가 살아 있으면 국가가 여간 잘못되어도 다시 회복될 수가 있지만, 선비가 죽어버리면 그 나라는 영영 회생할 수가 없다. 선비의 기개를 더 높여 선비정신을 길러 국가민족의 현재와 미래를 생각한 남명의 정신을 남명의 시에서 찾을 수가 있다.

수많은 吟風弄月的인 시가 지어지고 남아 있지만, 世敎에 보탬이 되지 못한다. 그러나 남명의 시는 한 수 한 수가 다 오늘날을 살아가는 사람들에게 삶의 방향을 제시하고, 정신적인 위안을 주고 있다고 할 수 있다.

仁祖反正으로 인한 南冥學派의 몰락과 沙溪學派의 浮上에 대한 연구

Ⅰ. 서론

16세기의 벽두인 1501년 영남(嶺南)의 우도(右道)와 좌도(左道)에서 우리나라를 대표할 수 있는 두 사람의 대학자인 남명(南冥) 조식(曺植)과 퇴계(退溪) 이황(李滉)이 태어났다. 두 분은 서로간에 기질, 처세방법, 학문경향, 정치에 대한 시각 등이 많이 달랐지만, 평생 학문을 연구하였고 많은 제자를 길렀다는 점에서는 같았다.

선조조(宣祖朝)에 이르러서 퇴계·남명의 제자들이 과거(科擧) 및 추천을 통해서 관계에 많이 진출하였다. 임진왜란 이전에는 퇴계의 제자들의 세력이 더 강성하였고, 임진왜란 이후에는 남명의 제자들의 세력이 더 강성하였다. 남명의 제자들은 임진왜란(壬辰倭亂) 때 목숨을 걸고 의병(義兵)을 일으켜 나라를 구출하였기 때문에 조정에 대해서 발언권이 있었고, 임금의 신임도 두터웠다.

선조(宣祖) 임금 후반기부터 점차 강성한 세력을 형성하기 시작한 남명의 제자들은 광해군(光海君) 시대에 이르러서는 남명의 제자인 정인홍(鄭仁弘)을 중심으로 여타 학파의 세력을 배제하고서 일당독재체제를 해나갔다. 이런 태도는 배척 당한 학파 사람들의 결집을 촉진하여 마침내 인조반정(仁祖反正)을 초래하게 되었는데, 이 인조반정으로 인해서 남명의 제자들이 주축이 된 북인정권(北人政權)은 완전히 괴멸(壞滅)되었고, 율곡(栗谷) 우계(牛溪) 계열의 사계(沙溪) 김장생(金長生)의 제자들이 주축이 된

세력들이 새로 등장하여 정계와 학계를 장악하게 되었다.

본고에서는 선조 때부터 인조반정까지의 남명 제자들의 정계에서의 역할과 인조반정 이후의 괴멸과정과 새로 부상한 사계학파(沙溪學派)의 변화를 밝혀 한국학술사(韓國學術史)의 기초를 닦는 데 이바지하고자 한다.

Ⅱ. 남명(南冥) 제자들의 출사(出仕)와 선조(宣祖)의 신임

선조는 즉위하자마자 남명(南冥)을 조정에 불러내려고 네 차례에 걸쳐 많은 노력을 하였다. 그때마다 남명은 사양하고 나가지 않았다. 그러다가 선조 5년(1572) 남명이 세상을 떠나자, 선조는 남명에게 평소에 맡기고 싶었던 대사간(大司諫)을 추증(追贈)하고, 부의(賻儀)와 사제문(賜祭文)을 내려 치제(致祭)하였다. 그 사제문 가운데 이런 구절이 있다.

> 내가 왕위를 계승하고서,
> 그대의 명성을 일찍이 흠모했다오.
> 이에 선왕의 뜻을 쫓아서,
> 여러 차례 그대를 벼슬로 불렀다네.
> 그대 아득히 먼 곳에 있었나니,
> 내 정성 얇은 것 부끄러워라.
> 충성을 다하여 상소를 했는데,
> 말은 높고 식견은 대단한 것이었네.
> 아침저녁으로 마주 대하면서,
> 곁에 두고서 고문으로 삼았으면 했다네.
> 그대 올라오면 나의 팔·다리처럼,
> 나를 도와주리라 생각하고 있었는데.
> 어찌 알았으랴? 한 번 병들게 되자,
> 소미성(少微星)이 징후를 나타낼 줄이야.
> 내를 건널 때 누구를 의지하며,

> 높은 산을 어떻게 우러러보랴?
> 선비들은 누구를 의지하며,
> 백성들은 누구에게 희망을 걸랴?
> 말이 여기에 미치니 내 마음 슬프도다.[1]

선조 임금은 진정으로 남명을 불러내어 자신의 주변에 두고서 정치를 해보고 싶었던 것이다. 그러나 남명이 갑자기 세상을 떠나자, 선조는 의지할 데 없는 아이처럼 대단히 아쉬워하였다. 이런 아쉬움을 선조는, 남명이 양성한 제자들을 등용함으로서 해소하려고 하였다.

남명의 제자 가운데서 남명 문인(門人) 집단을 대표할 만한 선배격인 덕계(德溪) 오건(吳健)은, 남명 생존 당시에 이미 과거에 급제하여 출사하였다. 그는 조야(朝野)의 중망(重望)을 입고 있었으므로 남명의 후계자로서의 역할을 할 만했다. 그러나 덕계(德溪)는 남명 사후 곧바로 사직하고서 고향에 돌아가 지내다가 1574년 세상을 떠났으므로 남명의 후계자로서의 역할을 할 기회를 얻지 못하고 말았다.

선조는 남명(南冥)의 제자인 동강(東岡) 김우옹(金宇顒)에게 남명 학문의 특색과 교육방법 등에 대해서 질문하는 등 남명 사후에도 남명에 대해서 계속 관심을 가졌다.[2] 또 김우옹의 건의에 의하여 남명의 제자로서 학문적으로 온축(蘊蓄)이 많은 한강(寒岡) 정구(鄭逑)를 사포서(司圃署) 별제(別提)에 임명하였다.[3]

그러나 남명의 제자 가운데서 선조의 신임을 가장 두터이 얻은 사람은 바로 정인홍(鄭仁弘)이었다. 그는 스승 남명처럼 과거에 응시하지 않고 산림(山林)에서 학문연구에 전념하고 있있는데, 선조가 여러 차례 불렀다.

1) 『南冥集』 권5 29장, 「賜祭文」. "逮予嗣服, 風欽公聲. 適追先志, 屢煩于旌. 公乎邈邈, 愧我菲誠. 瀝忠獻章, 言危識宏. 朝晡對越, 以代屛屛. 庶幾公來, 作我股肱. 詎意一疾, 少微告徵. 濟川誰倚, 高山何仰. 士子疇依, 生民誰望. 言念及此, 予心惻愴."
2) 『宣祖實錄』 권7, 6년 11월 30일조, 12월 2일조.
3) 『宣祖修正實錄』 권1, 11년 6월 1일조.

선조 6년(1573)에 정인홍(鄭仁弘)과 최영경(崔永慶)에게 육품직이 제수되었다.[4] 이 이후로 정인홍은 지평(持平), 장령(掌令) 등직을 맡아 그 강직함을 널리 떨쳤다.

그러다가 남명의 제자들의 성가(聲價)가 급격히 부상한 것은 임진왜란(壬辰倭亂) 때의 의병활동(義兵活動) 때문이었다. 선조 25년 6월 29일 비변사(備邊司)에서 의병을 일으켜 싸워 공을 세운 남명의 제자 및 그 제자의 제자들에게 관직을 제수(除授)할 것을 건의하였다.

> 비변사가 아뢰기를 "전 장령 정인홍(鄭仁弘), 전 좌랑 김면(金沔)·박성(朴惺), 전 참봉 노흠(盧欽), 유학(幼學) 곽재우(郭再祐)·전우(全雨)·이대기(李大期) 등이 변란을 듣고 소매를 걷어붙이고 일어나 의논하여 의병(義兵)을 모아 왜적의 무리들을 기필코 섬멸하기로 작정하였으니, 그들이 뜻이 지극히 가상합니다. 모두 서용(叙用)하여 뒷날 힘쓰도록 하는 것이 좋겠으며, 혹 죄를 받고 있는 사람일지라도 역시 죄를 면해 주어 의거(義擧)를 돈독히 해주는 것이 마땅하겠습니다"하니, 임금님이 그대로 따랐다.[5]

선조는 비변사의 건의를 그대로 받아들였고, 또 정인홍(鄭仁弘)과 김면(金沔)에게 폐간(肺肝)에서 우러나온 감사의 교서(敎書)를 내렸다.

> 내가 서쪽으로 파천(播遷)한 뒤로 이미 남도(南道)에 대해서는 절망적이었는데, 어찌 뜻하였으랴! 인홍(仁弘)과 면(沔)이 앞장서서 군사를 모아서 결심하고 적을 쳐서 수개월 사이에 벌써 수천의 군사를 얻었다 하는구나. …… 관군은 어찌 그리도 잘 무너지며, 의병은 어찌 그리도 잘 이기는고? 이는 관군이 겁내는 것은 군법인데, 군법이 엄히 시행되지 못했고, 의병이 결합된 것은 의(義)이데, 의는 퇴각을 생각지 않음이라. 예악(禮樂)의 고장에서 오랑캐의 기운을 쓸어버리고, 태산이 숫돌처럼 닳고 황하가 띠처럼 줄어들 때까지 영원히 봉작(封爵)의 영화를 누리도록 하자.[6]

---

4) 『宣祖實錄』 권7, 6년 6월 5일조.
5) 『宣祖實錄』 권27, 25년 6월 29일조.

　　남명의 제자인 정인홍과 김면에게, 선조 임금이 얼마나 감사해 하며 얼마나 정신적으로 의지하고 있는가를 알 수 있다.

　　그 뒤 임진왜란을 지나고 선조 35년(1602)에 이르러 선산(善山)에 사는 선비 김휘(金輝)가 성혼(成渾)을 변호하는 상소를 했으나, 선조는 기축옥사(己丑獄事) 때 최영경(崔永慶)을 죽인 사람은 정철(鄭澈)과 성혼(成渾)이라고 생각하면서, 정인홍(鄭仁弘)에 대해서는 여전히 두터운 신임을 하고 있었다.

　　　　선산(善山) 유생 김휘(金輝)의 상소에 비답(批答)하기를, "무릇 최영경(崔永慶)이 억울하게 죽은 것은 천하의 지극한 원통이며, 정철(鄭澈)이 간사하고 악독한 것은 천고(千古)의 으뜸이다. 성혼(成渾)은 정철의 심복이 되었으니, 정철의 마음이 곧 성혼의 마음으로 둘이면서도 하나인 것이다. 네가 감히 정인홍(鄭仁弘)을 지척(指斥)하여 무함(誣陷)할 꾀를 쓰고 있는데, 정인홍의 인간됨은 금수와 초목까지도 모두 그 이름을 알고 있다. 너가 이에 또 정철의 당파가 최영경을 무함한 수단을 본받으려 하는 것이 아니냐?"라고 하였다.[7]

　　선조의 두터운 신임을 받던 정인홍은 선조 39(1606)년 선조의 유일한 적자인 영창대군(永昌大君)이 태어나자, 선조는 이미 책봉되어 있던 세자 광해군(光海君) 대신 영창대군으로 세자를 개봉(改封)하려는 뜻을 가지게 되었다. 당시 실권을 잡고 있던 영의정 유영경(柳永慶) 등 소북파(小北派)는 선조의 이런 뜻에 영합하려고 하였다.

　　정인홍(鄭仁弘)은 세자인 광해군(光海君) 보호하려고 유영경과 대결하였는데, 정인홍의 이런 태도를 본 선조는 못마땅하게 생각하여 이런 비망기(備忘記)를 내렸다.

---

6) 『亂中雜錄』(大東野乘 제6책 所收) 540, 541쪽.
7) 黃赫 『己丑錄』 하권, 「幼學韓浩上疏回啓公事」.

정인홍은 세자(世子)로 하여금 빨리 왕위를 물려받도록 하려고 한 것이니,
저로서의 생각은 세자에게 충성을 다한 것이라 생각할는지 모르지만, 사실
은 매우 불충한 것이다.8)

선조는 광해군을 보호하려고 노력한 정인홍 등을 강계(江界)로 귀양가
도록 했다. 그러나 강계에 가기 전에 선조가 승하하였기에 광해군은 귀양
가던 정인홍을 불러 자헌대부(資憲大夫) 한성부판윤(漢城府判尹)에 제수
하였다.9)
정인홍이 이에 대해 광해군에게 감사하는 상소를 하면서 같이 귀양가던
이이첨(李爾瞻)과 이경전(李慶全)을 광해군에게 적극 추천하다.

신과 함께 귀양 명령을 받은 사람으로 이이첨(李爾瞻)과 이경전(李慶全)
등은 평소 겨우 한 번 보아 알기도 하고, 혹은 전혀 안면이 없습니다. 터무니
없이 죄에 얽혀 다 같이 헤아릴 수 없는 재앙에 빠지게 되었으니, 전하께서
용서해 주시고, 등용하심이 당연한 일이겠습니다.10)

곧바로 벼슬을 버리고 영남(嶺南)으로 내려가는 정인홍(鄭仁弘)을 광해
군(光海君)은 예관(禮官)을 보내어 만류하면서 이런 교서(敎書)를 내렸다.

처음에 경(卿)이 대궐 앞에 나왔다는 말을 듣고서 내가 비록 애구(哀疚)
중에 있었지만, 마음 속으로는 기쁘고 위로가 되었소. 경과 함께 어렵고 위태
로운 일을 해 나갈 생각이었기 때문이었소. 그러나 하루도 지나지 않아 한강
(漢江)을 지나 영남(嶺南)으로 내려가 버리니, 고단한 이 사람으로서 섭섭한
마음 견딜 수가 없어 어쩔 줄을 모르겠소. 경은 산림(山林)의 영수(領袖)로서
학문적 업적이 깊고, 청백한 이름과 강직한 기풍이 온 세상에서 숭앙(崇仰)

8)『亂中雜錄』권4(大東野乘 제7책 所收) 353쪽.
9)『亂中雜錄』권4(大東野乘 제7책 所收) 367쪽.
10)『亂中雜錄』권4(大東野乘 제7책 所收) 368쪽.

하는 바이기에, 우리 선왕(先王 : 宣祖)께서 사랑하고 대우함이 특별히 후하
였소. 내리신 말씀은 어제 들은 듯한데, 이는 경(卿)도 기억하지 않소? 경이
과거에는, 몸은 비록 물러가 있어도 마음은 왕실에 있었는데, 지금에 와서는
과감하게 세상을 잊어버리고 훌쩍 내려가 버리는구려. 경은, 국가의 일은
어찌할 수가 없고, 과인은 우매하여 함께 일을 할 수 없다고 생각하여, 영원
히 가버리고 돌아올 줄을 모르시오? 내가 매우 부끄럽소. 내가 비록 천하
일을 담당할 만한 선비를 오래도록 머물게 하기에는 부족하지만, 옛 사람들
가운데는, 선왕의 특별한 대접을 생각하여 그 자손들에게 보답하려고 한
사람도 있었는데, 경은 이런 데는 생각이 없는지요? 예관(禮官)을 보내어
나의 뜻을 전하노니, 마음을 돌려 돌아와 나의 갈망에 부응하도록 하오.11)"

광해군은 정인홍을 산림(山林)의 영수라고 일컬으며 극도로 존경하면
서 새로 국사를 맡아 간절하게 도움을 받고 싶었다. 그래도 정인홍이 서울
로 돌아오지 않자, 광해군은 두 번째 교서(敎書)를 내렸다.

국가의 형세는 점점 쇠퇴해지고 시국의 일이 흐트러진 것을 돌아볼 때,
한 세상의 태산(泰山) 같은 높은 명망을 가진 사람으로서 중류(中流)에 지주
(砥柱)가 되어주지 않는다면, 장차 위험한 지경에 빠지고 말 것이므로 내가
이를 두렵게 생각하여 경(卿)을 등용하여 사헌부(司憲府) 지평(持平)에 임명
하오. 이는 경에게 천 길이나 되는 벼랑처럼 높은 절개가 있다는 것을 내가
알기 때문이오. 무너져 가는 물결을 돌리고 세상의 도리를 회복하는 일을
오늘날 경이 아니면 누가 하겠소?12)

광해군(光海君)은 국가를 위기에서 구출해 줄 능력을 가진 정인홍을
의지할 만한 인물로 생각하여 다시 한 번 간절한 교서(敎書)를 내렸다.
광해군 6년 정인홍이 스승 남명(南冥)을 위해 영의정(領議政) 증직(追
贈)과 시호(諡號)를 내릴 것을 요청하자, 조정에서 남명에게 영의정에 추

11) 『亂中雜錄』 권4(大東野乘 제7책 所收) 371쪽.
12) 『亂中雜錄』 권4(大東野乘 제7책 所收) 399쪽.

증하고 문정(文貞)이라는 시호를 내렸다. 그리고 광해군 7년에는 이이첨 (李爾瞻)의 주도로 양주(楊州)에 남명을 모시는 백운서원(白雲書院)을 건립하여 춘추(春秋)로 향사(享祀)를 거행하였고, 광해군 12년에는 성균관 생원 우방(禹舫) 등에 의하여 남명의 문묘종사(文廟從祀)의 건의가 있었는데, 이에는 모두 정인홍의 영향이 크게 작용하였다.

그러나 정인홍은 실제로는 광해군 7년(1612)부터 우의정·좌의정·영의정의 직책을 갖고 있으면서도 조정에 있지 않고 고향에서 지냈으나, 조정의 큰 일에 대해서만 자문에 응하였다.

남명(南冥) 제자인 약포(藥圃) 정탁(鄭琢)은 명종(明宗) 때 문과(文科)에 급제하여 임진왜란(壬辰倭亂) 때는 좌의정(左議政) 등의 직책에 있으면서 활약하였는데 조정에서 관직에 있으면서 임진왜란을 극복하는 데 큰 공을 세웠다. 그러나 정인홍(鄭仁弘)과는 의견이 맞지 않았고, 또 선조 (宣祖) 38년에 세상을 떠났기 때문에 남명학파(南冥學派)의 일원으로서는 별 역할이 없었다.

동강(東岡) 김우옹(金宇顒)은 일찍 문과(文科)에 급제하여 출사하여 이조참판(吏曹參判)에 이르렀으나, 선조(宣祖) 36년 세상을 떠났기 때문에 광해군 때의 정치적 소용돌이에 휘말리지는 않았다.

한강(寒岡) 정구(鄭逑)는 추천으로 출사(出仕)하였으나 주로 외직(外職)에 나가 있었고, 광해군(光海君) 때는 벼슬하지 않았다.

망우당(忘憂堂) 곽재우(郭再祐)는 임진왜란(壬辰倭亂) 때의 군공(軍功)으로 인하여 난이 끝난 뒤 한성부좌윤(漢城府左尹) 등 여러 차례 관직을 제수받았으나 부임하지 않아 정치에 관여하지 않았다.

Ⅲ. 남명학파(南冥學派)와 다른 학파와의 갈등

1. 퇴계학파(退溪學派)와의 갈등

정인홍(鄭仁弘)은 조정에 나와서 벼슬하는 동안 퇴계의 제자 우성전(禹性傳)·이경중(李敬中) 등 여러 사람을 논핵(論劾)하였다.

> 1581년 2월에 정인홍(鄭仁弘)이 장령(掌令)으로 있으면서 수원현감(水原縣監) 우성전(禹性傳)이 직책을 버리고 서울에 있었다 하여 과격하게 논핵(論劾)하여 파면시켰다. 이때 대사헌 이양원(李陽元)은 정인홍의 뜻을 좇지 않으려고 했으나 정인홍이 심하게 다투어 임금님에게 홀로 아뢰겠다고 하자 억지로 따랐다. 이때문에 그 무리들은 모두 불평을 품게 되었다.
> 1581년 3월에 이조좌랑 이경중(李敬中)이 오랫동안 그 자리에 있으면서 혼자 멋대로 일을 처리하는 버릇이 있었다. 정인홍(鄭仁弘)이 이를 미워하여 탄핵하려 했는데, 대사헌 정탁(鄭琢)이 따르지 않으므로, 각각 소견대로 아뢰고 피혐(避嫌)하여 사퇴하였다. 사간원에서는 정탁을 갈고 정인홍은 출사(出仕)하게 할 것을 청하였더니, 드디어 경중을 탄핵하여 파면하였다. 그 무리들은 의심과 두려움을 품어 뜬 논의가 분분하였다. 이 일에 대해서 유성룡(柳成龍)도 자못 좋아하지 않았다.[13]

그 뒤 임진왜란 직후인 1598년에 이르러 정인홍의 제자인 문홍도(文弘道)가 이이첨(李爾瞻), 이경전(李慶全), 남이공(南以恭) 등과 모의하여 퇴계(退溪)의 제자인 유성룡(柳成龍)을 탄핵하여 삭탈관작(削奪官爵) 당하도록 만들었다.[14] 임진왜란 때 호성공신(扈聖功臣) 2등으로 책록(策錄)된 유성룡이 화의(和議)를 주장했다는 이유로 삭탈관작 당하였고, 이 이후 다시는 조정에 발을 들여놓지 못하게 되었다. 그 당시 문홍도는 정인홍의 사주를 받아 상소를 했다는 여론이 있었다.

---

13) 『石潭日記』 하권 1581년조.
14) 『宣祖修正實錄』 권32, 31년 11월 1일조.

또 유성룡(柳成龍)의 제자인 정경세(鄭經世)가 거상(居喪) 중에 삼가지
않고, 복수(復讐)의 일로 관동(關東)지방에 갔을 때 기생을 끼고 놀았다
하여 파직시킬 것을 정인홍이 주청(奏請)하여 임금이 따랐다.15)

남명에게 절교 당했던 퇴계의 제자 이정(李楨)이 그 일을 퇴계에게 하소
연하자, 퇴계는 "친구 사이의 사소한 일로 서로 외면하여 화해하지 못하는
것은 나로서는 이해가 가지 않는다"라고 답장을 했는데, 퇴계의 답장 내용
은 남명의 태도가 좀 지나치다는 뜻이었다. 이 편지가 세상에 알려지자
정인홍은 퇴계를 비난·공박하고 공격하는 글을 써서 퇴계의 편지와 함께
『남명집(南冥集)』 뒤에 붙여 실었다.16)

퇴계·남명 양문에 출입한 정구(鄭逑)도 만년에 정인홍(鄭仁弘)과 사이
가 좋지 않아 정구가 산골에 들어가 피해 살았다.17) 정구가 지은 김우옹(金
宇顒) 만사(挽詞)에 "퇴도(退陶)의 정맥(正脈), 산해(山海)의 고풍(高風)"
이라는 구절이 있었는데, 정인홍은 크게 성을 내어 「고풍정맥변(古風正脈
辨)」을 지어 정구와 절교하였다18) 한다.

그리고 퇴계학파에 대한 정인홍의 가장 극렬한 공격은 퇴계의 문묘종사
(文廟從祀)가 부당하다 하여 반대한 상소문이다.

　　신이 젊어서 조식(曺植)을 섬겼는데, 열어주고 이끌어주는 은혜를 중하게
　　입었으니 그를 섬김에 군사부(君師父) 일체의 의리가 있습니다. 그 뒤 늦게
　　사 신은 성운(成運)의 인정을 받았는데, 마음을 열고 신을 허여(許與)하여
　　후배로 보지 않았습니다. 의리는 비록 경중이 있으나, 두분 모두가 신의 스승
　　이라 하겠습니다. 신이 일찍이 고 찬성(贊成) 이황(李滉)이 조식을 비방한
　　것을 보았는데, 하나는 '사물을 오만하게 대하고 세상을 경멸한다'는 것이고,
　　또 하나는 '높고 뻣뻣한 선비라 중용(中庸)의 도(道)로 요구하기가 어렵다'는

15) 『宣祖修正實錄』 권36, 3년 3월 1일조.
16) 『宣祖修正實錄』 권3, 2년 5월 1일.
17) 『光海君日記』 권68, 5년 7월 5일조.
18) 『光海君日記』 권26, 2년 3월 21일.

것이고, 또 하나는 '노장(老莊)이 문제다'라는 것이었습니다. 그리고 성운에 대해서는 '청은(淸隱)'이라 지목하여 '한 조각의 작은 절개를 지키는 사람'으로 인식하였습니다. 신이 일찍이 원통하고 분하여 한번 변론하여 밝히려고 마음먹은 지 여러 해입니다.

조식과 성운은 같은 시대에 태어나서 뜻이 같고 도가 같았습니다. 태산교악(泰山喬嶽) 같은 기상과 정금미옥(精金美玉) 같은 자질에 학문의 공부를 독실히 하였으니, 작게는 사귀고 주고 거절하고 받는 사이와 크게는 행하고 감추고 나가고 들어앉는 즈음에 옛 사람들에 대해서도 부끄러움이 없었습니다. 그들의 바르고 바른 규모는 모두 사범(師範)이 될 만하니, 성문(聖門)의 고상한 길을 걷는 사람이며 성세(盛世)의 숨은 어진이라고 함이 옳을 것입니다. 한 세상의 사람들이 보고 느끼기만 해도 권면(勸勉)될 뿐만 아니라 백세(百世)의 뒤에 듣는 사람들도 역시 느껴 일어나게 될 것이니, 구구(區區)한 문자의 학문으로 이룰 수 있는 바가 아닙니다.

이황은 두 사람과 한 나라에 태어났고 또 같은 도에 살았습니다만, 평생에 한번도 얼굴을 마주한 적이 없었고 또한 자리를 함께 한 적도 없었습니다. 그런데도 한결같이 이토록 심하게 비방하였는데, 신이 그들을 위해서 변론해 보겠습니다.

이황은 과거(科擧)를 통해서 벼슬에 나와서는, 완전히 나가지도 않고 완전히 물러나지도 않은 채 서성대며 세상을 기롱(譏弄)하면서 스스로 중용(中庸)의 도(道)라고 여겼습니다. 조식과 성운은 일찍부터 과거를 단념하고 산림(山林)에서 빛을 감추었고 도를 지켜 흔들리지 않아 부름을 받아도 나서지 않았습니다. 그런데 황(滉)이 대번에 '괴이한 행실'과 '노장(老莊)의 도'라고 인식하였으니, 너무나도 이들을 모르는 것입니다. 《주역(周易)》에 이르지 않았습니까. '왕후(王侯)를 섬기지 않고 그 일을 고상(高尙)하게 한다.'라고 하였는데, 공자(孔子)가 이에 대해 말하기를, '그 뜻이 법칙이 될 만하다'라고 하였고, 정자(程子)는 또 이에 대해 증거를 대기를, '이윤(伊尹)과 태공망(太公望)과 같은 인물이 처음이고 증자(曾子)·자사(子思)의 무리이다'라고 하였습니다.

이언적(李彦迪)과 이황(李滉)은 지난날 가정(嘉靖) 을사(1545)년과 정미(1547)년 사이에 혹은 극도로 높은 벼슬을 하였고, 혹은 청요직(淸要職)을 지냈으니, 그 뜻이 과연 벼슬할 만한 때라고 여겨서입니까? 이것은 진실로 논할 것도 못 되거니와, 만년에 이르러서는 결연히 물러나 나라에서 여러 번 불러도 나가지 않았으니, 이 또한 높은 채하며 뻣뻣하게 처신한 일이고 세상을 경멸한 행위입니다. 어찌하여 조식과 성운이 행한 바를 탐탁하게 여기지 않고 도리어 지나치게 높은 노장(老莊)을 본받았단 말입니까.

대저 '지나치게 고상하다'라고 하는 말은 옛날에는 없었는데, 이황에게서 시작되었습니다. 그가 한 세상을 우롱하고 나 외에는 세상에 사람이 없는 것처럼 보았으니, 그의 병통(病痛)은 어진이나 지혜 있는 사람이 아니라도 알 수 있습니다. 그런데 따라서 호응하여 혀를 놀리는 자가 너무도 많습니다. 조식과 성운이 무함(誣陷)을 받았을 뿐 아니라 옛날 성현에게까지 무함이 미치고, 또 장차 후학(後學)을 속여 사도(斯道)를 해칠 것이니, 이는 작은 우려가 아닙니다. 신이 논변(論辨)해 밝혀서 언어와 문자 사이에 드러내지 않을 수 없는 것은 이때문입니다.

이황(李滉)이 조식(曹植)과 성운(成運)에 대하여 '기절(氣節)'이요 '이단(異端)'이라고 하여 다시는 돌아보지 아니하였습니다. 그러나 시속을 좇고 세력에 붙어 이익을 탐하여 수치가 없으며 시종 권간(權姦)의 문객(門客)이 되어 맑은 논의에서 버림을 받은 이정(李楨)과 황준량(黃俊良) 같은 몇몇 무리들을 도학(道學)으로 허여(許與)하기도 하고 성현(聖賢)으로 기대하기도 하여, 그들과 왕복한 편지가 쌓여 책을 이루었습니다. 어찌 앞서서 나가고 앞서서 숨어 명리(名利)의 마당에서 늙은 자를, 하루아침에 도학(道學)의 공정(工程)과 성현의 사업으로 바랄 수 있겠습니까. 이황이 좋아하고 미워함과 취하고 버림이 이처럼 종잡을 수 없는데, 이것이 과연 천부적 본심과 올바른 성정(性情)에서 나온 것입니까. 이때문에 신이 더욱 마음에 불만스럽게 여긴 것입니다.

삼가 선대(先代) 조정에서 전하신 비망기(備忘記)를 보니, 한 군데서는 "신하가 임금을 섬기는 도리를 밝혔다"라고 하였고, 다른 한 군데서는 "선비가 벼슬에 나아가고 버리는 의리를 바로하였다"라고 하였으며, 또 "전에도 후에도 발명하지 못한 바른 논의(論議)를 발명하였다"고 하고는, 이어서 무고한 왕자의 사형을 청한 사실을 언급하였습니다. 선왕(先王)께서는 이언적의 일이라고 여기셨으나 혹자는 이언적이 아니라 이황이라고 합니다. 그 일을 국가의 문적(文籍)에서 비록 누구라고 명확하게 지적하지는 않았지만 선왕의 전교(傳敎)가 근거 없는 것이 아님은 명백합니다.

  이언적(李彦迪) 이황(李滉) 두 사람은 모두 유학(儒學)하는 사람이라는 칭호를 지니고서, 소인이 득세하여 군자를 해칠 때에 구하지 못하고 그들과 같이 행동한 수치(羞恥)가 있었습니다. 신하가 도(道)로써 임금을 섬기다가 불가하면 그만두는 의리와 돌처럼 단단한 절개로 속히 떠나는 의리와는 또한 너무나도 다르지 않습니까?

  이 일이 속인(俗人)에게 있는 일이라면 진실로 별 것 아니지만, 조금이라도 유학(儒學)을 한다는 이름이 있는 자에 있어서는 작은 일이 아니라는 것이 확실합니다. 이황이 자기를 살피는 데에는 어둡고 남을 책망하는 것은 심하니, 이것이 어찌 군자의 심사이겠습니까?

  신의 구구한 견해가 대개 이와 같았기 때문에 일찍이 조식과 성운이 무함(誣陷)을 입은 것에 대해 변론하고, 이어서 이와 같은 일들을 언급하여 후학(後學)의 의혹을 풀고자 하였습니다. 그런데 도리어 시배(時輩)들의 분노를 사서 무리 지어 욕하고 배척하여 팔도에 알림으로써 신으로 하여금 나라 안에 붙어 있지 못하게 하였습니다. 지금 비망기(備忘記)의 먹이 아직도 선명한데도 불구하고 유생이 소를 올리고 대신이 의논하고 전하께서 들으시어 문묘(文廟)에 종사(從祀)하게 되어, 그들은 높여짐이 지극하고 명성이 매우 성하여 그 기세가 두려워할 만합니다. 그리하여 조정의 신하와 재야의 유생들이 서로 이끌고 나서서 좌지우지하는데, 그들이 추켜세운 자를 전하께서 이미 추켜세우셨고, 그들이 좌절시킨 자들 역시 전하께서도 당연히 좌절시킨 것입니다. 그러므로 조식과 성운의 무함은 더욱 두터워지고 보잘것없는 신을 배척하는 것은 장차 전날 하던 정도에 그치지 않을 것입니다.[19]

  정인홍(鄭仁弘)의 이 상소는 퇴계(退溪)의 폄하로 인하여 성가가 많이 떨어진 남명(南冥)의 진면목을 밝혀 남명을 문묘(文廟)에 종사(從祀)시키도록 하려는 의도였다. 그리고 문묘에 종사되기로 결정된 회재(晦齋)와 퇴계의 흠을 잡아 깎아내림으로서 문묘 종사의 결정을 취소하도록 유도하려는 의도였다. 그러나 정인홍의 이 상소는 남명의 제자인 정인홍 자신과 그의 추종자들이 중심이 된 북인(北人)들의 고립을 결정적으로 자초했다.

19) 『光海君日記』 권39, 3년 3월 26일.

정인홍은 남명(南冥)의 성가(聲價)가 퇴계의 남명에 대한 비판 때문에 많이 훼손되었다는 사고에서 출발하였으므로 퇴계를 매우 못마땅하게 생각하였다. 평일에 퇴계가 남명을 어떻게 공격했는가를 상세히 논급(論及)하였다.

그러나 퇴계(退溪)는 동서분당(東西分黨) 이전에 활동한 인물이고, 초기의 서인들 가운데도 율곡(栗谷) 우계(牛溪) 등 퇴계의 제자가 많았기 때문에 그 당시 남인(南人)은 물론이고 대부분의 서인들도 퇴계의 학덕(學德)을 추앙하고 있었다. 그러므로 퇴계를 문묘에 종사하자는 논의는 당파에 관계없이 대부분의 관원(官員)들과 유림(儒林)에서 찬동하는 바였다. 그런데 당시의 여론을 잘 파악하지 못한 정인홍이 퇴계에 대해 지나칠 정도로 감정적인 공격을 가했던 것이다. 아울러 퇴계와 함께 문묘종사(文廟從祀)가 논의되던 회재(晦齋) 이언적(李彦迪)까지도 공격하였으니, 그 고립의 정도는 더욱 심했다. 정인홍이 이러한 논변을 한 것은 퇴계가 자기의 스승인 남명에 대해 비평한 것을 분하게 여긴 마음에서 나온 것이다.

퇴계는 평생 남명과 만난 적은 없었지만 남명을 근본적으로 인정하여 "오늘날 남쪽 지방의 고상한 선비로 이 한 사람을 꼽는다", "평생토록 정신적으로 사귄 관계", "평소 깊이 흠모해 왔다" 등등의 말을 하였다. 정인홍이 퇴계가 남명을 헐뜯은 말로 인용한 말들도 남명의 학문이나 처신의 특징을 이야기한 것이지 꼭 훼손한 것으로 보기는 어려웠다.

그리고 정인홍은 퇴계의 학문과 출처(出處)까지도 문제가 있다고 보았다. 그러나 퇴계가 조선의 끊어진 학문을 다시 일으켜 크게 완성시킨 대학자이고, 그 학문을 흠모하여 많은 사람들이 따라 배울 정도로 영향력이 컸다. 초년에 과거를 통해서 벼슬에 나갔지만, 벼슬에 연연하여 출처(出處)를 구차하게 한 적이 없었다는 것은 그 당시 사람들 대부분이 다 알고 있는 사실이었다. 그리고 퇴계를 문묘에 종사하자는 논의가 40여 년 동안 지속되어 왔으므로, 퇴계의 학문과 출처는 그 당시 이미 공인된 것이라 볼 수 있었다. 그런 까닭에 정인홍의 상소에 동조하는 사람은 거의 없었다.

정인홍(鄭仁弘)의 의도는 남명(南冥)은 퇴계보다 못할 것이 없고 퇴계
는 흠이 적지 않으나, 남명은 평생 흠이 없으므로 남명이 당연히 먼저
문묘(文廟)에 종사(從祀)되어야 한다는 것이었다. 그런데 그 당시 퇴계만
여러 관원들이나 유생들의 지지를 받아 문묘에 종사된 것은, 평소 퇴계가
지속적으로 남명을 무함해 온 결과라고 판단하여 퇴계의 처신을 신랄하게
비판하였다.

그러나 정인홍의 상소는 남명을 높이려고 하다가 도리어 당시의 공론
(公論)에 거스르는 결과를 가져와, 남명학파를 퇴계학파와 완전히 대결구
도로 만들었다. 당시 정인홍은 실권자의 위치에 있었는데도 이 상소로
인하여 조정의 대부분의 관원들의 지지를 잃게 되었고, 성균관(成均館)
유생들은 정인홍을『청금록(靑衿錄)』에서 삭제해 버릴 정도로 과격하게
배척하였다.

정인홍은 회재 이언적 및 퇴계 이황을 극렬하게 공격하였고, 또 서애(西
厓) 유성룡(柳成龍), 구암(龜巖) 이정(李楨), 약포(藥圃) 정탁(鄭琢) 등 유
림이나 조정에 큰 영향력을 갖고 있는 퇴계학파의 인물들과의 관계를 악
화시켜 대북파(大北派)의 앞날이 험난하도록 만들었다.

2. 율곡학파와의 갈등

정인홍(鄭仁弘)은 율곡과 동년배로서 과거를 통해서 일찍부터 조정의
요직에 있던 율곡(栗谷) 이이(李珥)는 정인홍을 크게 인정하였으므로 출
사(出仕) 초기에는 비교적 관계가 좋았다.

율곡은 남명(南冥) 문하의 개결(介潔)한 선비로 김우옹(金宇顒), 정인
홍(鄭仁弘), 정구(鄭逑)를 꼽았다.[20] 이 가운데서 특히 정인홍에 대해서는

---

20)『石潭日記』상권, 1572년조.

정인홍(鄭仁弘)은 남명의 고제(高弟)로서 강직하고 엄숙하며 효제(孝悌)
에 독실하였다.[21]

정인홍을 사헌부(司憲府) 지평(持平)으로 삼았다. 인홍의 청명(淸名)이
성혼(成渾)의 다음이었다.[22]

정인홍이 장령(掌令)으로서 서울에 올라왔다. 인홍은 청명(淸名)으로 세
상에서 중히 여겼는데, 이때 장령이 되어 오니, 사람들이 그 거동을 바라보려
고 하였다.[23]

1573년 정인홍이 처음 출사했을 때 율곡은 정인홍을 개결(介潔)하고
강직하고 엄숙하고 효제(孝悌)에 독실한 사람으로 보았다. 그리고 남명의
뛰어난 제자로 인정하였다.

그러나 10여 년의 세월 동안 정인홍을 지켜보고 난 뒤 율곡은, 정인홍의
처신에 문제가 있다고 생각하였다.

1581년 4월에 장령(掌令) 정인홍(鄭仁弘)이 사헌부(司憲府)에 있으면서
위풍(威風)으로 제재(制裁)하여 여러 관료들이 진작(振作)되고 숙정(肅正)
되었고, 거리의 장사하는 이들도 감히 금지하는 물건을 밖에 내놓지 못하였
다. 어떤 무인(武人)이 시골에서 서울로 올라와 "장령 정인홍은 그 모양이
어떻게 생겼는가? 그 위엄이 먼 외방에까지 뻗치어 병사(兵使), 수사(水使)
나 수령(守令)들까지도 두려워하고 삼가고 경계하니, 정말 장부다"라고 다
른 사람에게 말하였다. 이 말을 이이(李珥)가 듣고 웃으면서 "덕원(德遠 :
鄭仁弘의 字)이 사헌부의 관원이 되자, 많은 사람들이 꺼려하고 미워하는
데, 이 무인은 칭찬하니 그가 바로 장부다"라고 말했다. 이때에 이르러 어버
이를 뵈러 고향으로 돌아가니, 서울 성안의 방종한 자들이 모두 기뻐하며

---

21) 『石潭日記』 상권, 1573년조.
22) 『石潭日記』 하권 1576년조.
23) 『石潭日記』 하권, 1581년조.

"이제야 어깨를 좀 펴겠다"라고 말하였다. 다만 정인홍은 기운이 경박하고 도량이 좁아서 처사가 혹 조급하고 떠들썩함을 면치 못하였으므로 이이가 매양 글을 보내 권하고 경계하기를 "큰 일에는 마땅히 분발하여 일어날 것이지마는 작은 일은 혹 간략하게 처리하는 것이 좋소. 뭇사람들의 말썽이 떼지어 일어나게 되면 시사(時事)가 더욱 어쩔 수 없게 될 것이요"라고 하였다. 정인홍은 이이가 지나치게 유약하다고 의심하여 안민학(安敏學)에게 말하기를 "이이는 군세게 꿋꿋하게 일할 사람이 아니오"라고 했다 하기에, 이이가 "나는 마땅히 덕원(德遠 : 鄭仁弘의 字)의 위(韋)가 되고 덕원은 마땅히 나의 현(弦)이 되어, 덕원과 내가 힘을 합친다면 어찌 일을 하지 못하겠는가?"라고 하였다.[24)]

정인홍은 도량이 좁고 조급하여 율곡 자신과 맞지 않았지만, 이때까지는 그래도 강직(剛直)한 태도로 일을 바로 처리하는 것은 인정하였다. 율곡은 자신의 완만한 자세와 서로 조화를 이루면 크게 문제 될 것이 없다고 보았다.

그러다가 율곡이 세상을 떠나기 얼마 전에 심의겸(沈義謙)의 탄핵문제를 두고 서로 의견 차이가 생겨 관계가 나빠지게 되었다.

1581년 7월 양사(兩司)에서 청양군(靑陽君) 심의겸(沈義謙)의 파직을 요청하였으나, 임금이 윤허하지 않았다. 이때 이이(李珥)가 입조(立朝)하여 한두 명의 사류(士類)와 함께 나라의 형세를 붙들어 세도(世道)를 만회하려고 하였다. 그런데 정인홍(鄭仁弘)은 강직하기만 할 뿐 도량이 좁고 계획하고 사려(思慮)하는 것이 주도하지 못해, 누구를 미워하기 시작하면 원수처럼 미워하였는데, 이미 우성전(禹性傳), 이경중(李敬中) 등을 논핵(論劾)하였다. 그런 뒤에 당시의 무리들은 이이가 여론을 주노하여 동인(東人)을 억압하고 서인(西人)을 옹호한다고 의심하여 불평을 품은 사람이 많았다. 이발(李潑)은 평소에 심의겸을 미워하여 죄를 들어 반드시 축출하려고 하였는데, 그 당시 무리들은 이이는 모르고 오직 이발과 김우옹(金宇顒)만을 높이고

---

24) 『石潭日記』 하권, 1581년조.

신뢰하였다. 그런 가운데 심의겸이 지금 임금이 왕위를 계승했을 때 몰래 궁중에 연줄을 대어서 기복(起復)을 꾀하여 권력을 독점하려고 했다는 유언 비어가 있었다. 이 말은 사실에 가깝지 않았는데도 사류(士類)들은 다 격분 하였다. 정인홍이 더욱 분해 하며 말하기를, "의리상 이런 적신(賊臣)과는 같은 조정에서 지낼 수 없다"라고 하였다. 성혼(成渾)과 이이(李珥)가 말하 기를, "이 말은 사실에 가깝지 않아 믿을 수 있는 것도 아니지만, 지금 심의겸 은 외로운 새 새끼나 썩은 쥐와 다를 바 없으니, 그를 한쪽에 밀쳐놓고서 나라 일을 볼 수 있지 않은가? 만약 지금 논핵(論劾)한다면, 인심이 의혹하게 되어 불안의 실마리를 만들어 낼 것이다. 어찌 꼭 일이 없는 데서 일을 만들 어 내야하겠는가?"라고 하였다. …… 정인홍이 이이를 보고 심의겸을 논핵하 라고 힘써 권하였으나, 이이가 듣지 않자, 정인홍은 벼슬을 버리고 돌아가려 고 하였다. ……하루는 사헌부(司憲府)의 동료들이 모여 앉아 있는데, 정인 홍이 심의겸의 일을 발의(發議)하여 논핵(論劾)하여 파직시키자고 했다. 이 이가 "차자(箚子)를 올려 그 위인(爲人)만을 논하는 것이 어떻겠소?"라고 물었더니, 정인홍은, "그보다는 논핵하여 파직시키는 것이 분명하고 바르지 않겠소?"라고 했다. 이이가, "이 일은 계사(啓辭)가 중용(中庸)을 얻어야지 만약 조금이라도 과격하면 일이 확산될까 걱정이오. 그리고 기복(起復)에 관한 문제는 계사에 넣지 맙시다"라고 주장하자, 동료들이 모두 따랐다. 이이 가 계사(啓辭)를 지었고, 정인홍에게, "뒷날 아뢰는 말도 반드시 이대로 할 것이며, 어구를 첨가하여 남의 의혹을 사지 않도록 하시오"라고 당부했다.

8월, 정인홍이 약속과 달리 그 다음날 심의겸에 대해서 아뢴 말이 좀 과격 하였고, 또 "심의겸이 사류(士類)들을 끌어당겨 성세(聲勢)를 조장했습니다" 라는 말을 첨가했다. 임금이 "사류란 누구 누구인가?"라고 묻자, 정인홍은, "소위 사류란, 윤두수(尹斗壽), 윤근수(尹根壽), 정철(鄭澈) 등입니다"라고 했다. 이이가 이 계사(啓辭)를 보고 정인홍에게, "정계함(鄭季涵 : 鄭澈의 字)은 심의겸의 당이 아니오. 계함은 개결(介潔)한 선비인데, 만약 '의겸과 체결하여 형세를 조장했다'고 한다면, 매우 억울한 일이오"라고 했다. …….

장령 정인홍(鄭仁弘)이 휴가를 얻어 귀향하였다. 안민학(安敏學)이 사람 들에게 말하기를, "정덕원(鄭德遠)은 산림(山林)의 선비로 조정에 들어와서 는 한 때의 청망(淸望)을 지녔으면서도 원대한 경세적(經世的)인 정책에는 힘쓰지 아니하고, 급급히 힘을 내어 동인(東人)의 기세만 도우니, 동인에게는 공이 크다. 반드시 명망이 더 성할 것이나, 은일(隱逸)에게는 큰 수치다.
정덕원은 참으로 가석(可惜)하다"라고 하였다. 이이가, "덕원은 강직하나 계
책이 두루 소상하지 못하고, 학식이 밝지 못하니, 용병(用兵)에 비유하자면
돌격장(突擊將)에 해당될 것이오"라고 하였다.[25]

　이때 율곡은 사헌부(司憲府)의 책임자인 대사헌(大司憲)이고, 정인홍은
그 하급 관직인 장령(掌令)이었는데도 결국 정인홍의 주장대로 심의겸(沈
義謙)을 논핵(論劾)하여 파면시켰다. 율곡은 직책상 상관이었고 또 심의겸
과는 오랜 교분이 있었는데도, 정인홍의 주장을 저지시키지 못했으므로
마음 속으로 정인홍을 지나치게 과격하고 자기 주장이 강다고 생각하였다.
　그러나 율곡은 그 1584년에 세상을 떠나게 되어 더 이상 정인홍과는
갈등이 없었지만 율곡의 제자인 이귀(李貴)가 정인홍(鄭仁弘)과 장기적으
로 심각한 알력관계를 형성하였고, 두 사람 사이의 알력이 결국 인조반정
(仁祖反正)의 장본(張本)이 되었다고 말할 수 있다.
　율곡 사후 18년 뒤인 1602년(선조 35) 부사과(副司果)로 있던 이귀(李
貴)가 상소하여 정인홍을 완전히 향곡(鄕曲)에서 무단(武斷)을 부리는 인
간으로 보아 극렬하게 논핵(論劾)하였다.

　　지난해 겨울 신이 체찰사(體察使) 이덕형(李德馨)의 소모관(召募官)이 되
　었을 때 신에게 호남(湖南)과 영남(嶺南)으로 가라고 명하시면서 전하께서
　종이 한 장에다 신에게 분부하는 말을 써 주셨는데 '백성들의 고통을 두루
　찾아 살피도록 하라'라고 한 것이 그 가운데 한 가지였습니다. 신이 호남과
　영남을 지나면서 병폐(病弊)를 찾아보았더니, 호남의 폐단은 토호(土豪)들
　이 군정(軍丁)과 전결(田結)을 숨기고 빠뜨린 것에 지나지 않습니다. 그러
　나 영남의 폐단을 보니, 이름으로는 선비라고 하는 자들이 수령(守令)들을
　위협하고 압박하여 도류장살(徒流杖殺)의 권한이 모두 그들의 손에서 나오
　는데, 실로 정인홍이 앞장서서 주창한 짓이었습니다.

---

25) 『石潭日記』 하권, 1581년조.

　신이 거창(居昌)에 이르러 하리(下吏)가 올린 글을 보니 '합천(陜川)에 사는 정참의(鄭參議)가 지나가므로 현령이 경계까지 대접하러 나갔다'라고 하였습니다. 신은 품계가 낮으나 공적인 행차고 인홍은 벼슬이 높으나 개인적인 나들이인데도, 각 고을의 수령들이 공적인 행차는 돌보지 않고 모두 분주하게 그를 마중하러 나갔으니, 인홍의 기세를 이로 보아서도 알 수가 있습니다. 신이 도내(道內)에서 들은 인홍의 호강(豪强)하고 방자한 실상을 낱낱이 들어서 합천에 이문(移文)하여 그 종들을 추열(推閱)하고 서울에 들어와 글을 올려 직척(直斥)하려고 하였더니, 이덕형이 '이 사람이 이러하지만 이미 선비라고 스스로 이름하고 있으니 경솔히 할 수 없다'라고 하였으므로, 신이 그저 대충 양남(兩南)의 강한 토호들에 대한 폐단만을 진술하고 말았습니다.

　그런데 인홍은 이런 이야기들이 신의 족질(族姪)인 거창에 사는 이시익(李時益)에게서 나왔다고 여겨, 자기의 문도(門徒)들을 시켜 경상우도(慶尙右道)에 통문(通文)을 돌려 끝내 고향에서 쫓아내기에 이르렀고, 또 신이 지나면서 머문 여사(閭舍)를 태워 버리려고까지 하였습니다. 심지어는 한 번 만난 적이 있는 이성식(李誠植)·이경일(李景一) 등도 인홍에 의해서 쫓겨났습니다.

　신이 한 번 인홍의 허물을 말하자 그의 도당들이 멋대로 신의 일족(一族)을 거리낌없이 쫓아내었고 심지어는 집을 부수고 고향에서 내쫓기까지 하였습니다. 시익이 곤궁하여 의지할 곳이 없게 되자 멀리 신에게 찾아와 울부짖으며 말하기를 "인홍의 죄상은 저의 입에서 나온 것이 아닌데, 어디서 듣고서 이런 재앙을 초래하게 되었는지요?'라고 하였습니다. 신이 마음놓고 행동한 것이 일족(一族)이나 한 번 만난 적이 있는 사람에게까지 재앙이 미치게 하였으니, 신은 원통하고 경악스러움을 견딜 수가 없습니다.

　신이 당시 보낸 관문(關文) 가운데 인홍의 죄목을 조목별로 진술한 것이 있습니다. 이른바 여러 곳의 의병(義兵)에 대해 조정에서는 모두 해체하도록 명하였는데도 인홍은 그것을 자신의 소유로 만들고서 감사(監司)와 병사(兵使)로 하여금 손을 쓰지 못하게 하였습니다. 무술년(1598)간에 정경세(鄭經世)가 감사가 되어, 인홍이 별장(別將)을 거느린 정상을 따져물었던 것을 사람들이 모두들 말하고 있습니다. 왜적이 물러간 지 이미 3년이 지났는데도 의병에 속했던 관노(官奴)와 우마(牛馬)를 아직도 자기 집에 두고 부리는 실정을 그 도에서는 모르는 사람이 없습니다.

전 감사 서성(徐渻)이 이미 판결한 옥사(獄事)를, 인홍의 문도인 하혼(河渾)이 갑자기 다시 문제를 야기시켜, 실정을 파헤치기도 전에 추관(推官)을 협박하여 대좌(對坐)시켜 두세 명의 유생(儒生)에게 엄형을 내렸습니다. 이런 까닭에 체찰사(體察使) 이덕형이 그 사실을 듣고 그 당시의 담당 아전에게 장(杖)을 쳤습니다. 성주목사(星州牧使) 유영순(柳永洵)이 한 번 인홍의 허물과 악행을 말하자, 인홍의 무리들이 심하게 비방하고 배척하여 못하는 짓이 없었기 때문에, 이덕형이 영순이 비방 당한 실상을 들어 해당 아전을 추궁하였습니다. 합천 군수 이숙(李潚)이 인홍이 관의 명령을 거역한 것을 분히 여겨 반민(叛民)이라 꾸짖었더니, 인홍이 감사와 대좌한 자리에서 이숙의 죄를 열거하였습니다. 유생(儒生)의 정거(停擧)는 사관(四館)에서 하는 일인데, 도내의 선비가 인홍에게 잘못 보이면 곧바로 모두 정거시켰습니다. 지난번 문위(文緯)·이경일(李景一) 등 10여 인이 문경호의 상소에 참여하지 않자 아울러 통문을 돌려 쫓아냈습니다. 또 적에게 잡혔던 부녀자를 인홍이 도망친 중국군으로서 풍수를 볼 줄 아는 자에게 억지로 시집보냈고, 사족(士族)의 딸을 자기 집과 친한 천인(賤人)에게 강제로 혼인시켰습니다. 또 자기의 도당들을 그 고을의 풍헌(風憲)과 유사(有司)로 삼아 관부(官府)에 출입하게 하면서 사명(使命)을 협박하여 통제하였습니다. 이런 정상은 신이 모두 온 도에 전파되어 있는 말들을 들은 것이지 시익(時益) 등이 말한 것이 아닙니다. ……

하혼(河渾)이 추관(秋官)을 협박하여 유생과 공노비(公奴婢)를 죽인 것이 네 사람이나 되므로 봉사(奉事) 사봉례(史奉禮)란 사람이 법사(法司)에 글을 올려 그 죄를 다스리려 했더니, 하혼이 또 추관을 협박하여 봉례의 노모를 장살(杖殺)하기까지 하였습니다. 아! 죄 없이 선비를 죽이는 일은, 나라의 임금도 오히려 감히 못하는 것인데, 더구나 필부의 경우이겠습니까? 국가가 만들어 놓은 법으로도 이 무리들이 사사로이 원한을 보복하는 짓을 막지 못하고 있습니다.

오늘날 인홍의 도당들이 인홍의 세력을 빌어 선비를 멋대로 죽이는데도 사람들이 감히 말을 하지 못하니, 신은 위복(威福)의 권한이 아래로 옮겨가 조정의 명령이 영남 지방에는 시행되지 못할까 걱정스럽습니다. 신이 인홍으로 인한 피해를 낱낱이 거론하여 본 고을에 이문(移文)하여 자세히 조사하게 하였으나 본 고을에서 감히 힐문(詰問)하지 못하였고, 또 체찰부(體察府)에 보고하여 전계(轉啓)해 줄 것을 기대하였으나 체찰부도 감히 묻지 못하였고, 또 상소로 그 호강(豪强)의 폐해(弊害)를 진달(陳達)하였으나 조정도 묻지 못했으니, 국가의 기강이 떨치지 못함을 이로써 알 수 있습니다. 그런데 지금에 와서 그를 포장(褒奬)하고 발탁해서 그로 하여금 조정의 기강을 총괄하게 하였으니, 신은 중외(中外)의 선비들의 전통이 이때문에 더욱 무너지고, 다투어 인홍의 행위를 본받지 않을까 두렵습니다. 이는 국가에 이로운 일이 전혀 아닙니다.

고(故) 병사(兵使) 김면(金沔)은 인홍(仁弘)과 평소 정의(情誼)가 형제와 같았는데 인홍이 군대를 거느리고 있으면서도 왜적을 토벌하지 않는다고 그가 꾸짖자 인홍이 그와 절교하였고, 김면의 영구(靈柩)가 그의 집 문 앞을 지나가도 끝내 조문조차 하지 않았습니다. 양희(梁喜)는 그의 처부(妻父)인데 희가 중국에서 죽어 그의 영구가 경저(京邸)에 이르렀으나, 인홍은 처남인 양홍주(梁弘澍)와 사이가 나빴기 때문에 6일이 지나도록 가서 곡하지 않았습니다. 이숙(李潚)은 그 고을의 수령인데도 감사(監司)가 앉은 좌석에서 면대하여 그의 죄를 따졌고, 한준겸(韓浚謙)은 그 도의 감사인데도, 인홍은 자기 집을 찾아보지 않았다 하여 자신의 일당을 사주하여 논죄(論罪)하게 하였습니다. 유성룡(柳成龍)의 청렴함은 모든 사람이 다 칭송하는 바인데도, 인홍에게 관계되는 말을 하자, 인홍은 즉시 자기의 문객(門客)을 사주하여 탄핵, 파직시켰습니다. 이덕형(李德馨)은 체찰사(體察使)인데, 한 번 자기의 별장(別將)과 담당 아전에게 장(杖)을 친 뒤로 그의 무리들이 멋대로 조롱하고 꾸짖었습니다. 이시발(李時發)이 성주 목사로 있을 때 한 가지 명령을 내리면 그 경내의 유생(儒生)이 와서 '반드시 인홍에게 아뢴 뒤에야 시행할 수 있다'고 하기에, 시발이 그 유생을 꾸짖기를 '수령의 명령을 이웃 고을의 품관(品官)에게 아뢰어 결정할 수 있는가?'라고 하였습니다. 근래 영남의 방백(方伯)이 된 사람 가운데 한준겸이 가장 뛰어났습니다만, 이시발에 이르러서는 준겸보다 몇 배나 더 뛰어났을 뿐 아니라 그를 칭송하는 소리가 길거리에 흘러 넘치는데도, 이 무리들의 비위에 어긋나 앉아서 교체되어 돌아가기만을 기다리는 실정입니다.

아! 한 번 인홍의 비위에 어긋나면 체찰사와 감사도 모두 그 사이에서 손을 쓸 수가 없게 되니, 신이 본 바로는 국가의 명령이 인홍 때문에 시행되

지 못하고 기강(紀綱)이 인홍 때문에 확립되지 못하고 있습니다. 지난날 향
곡(鄕曲)에 물러가 살 적에는 그 재앙이 그래도 적었지만 이제는 조정의
높은 자리에 올라와 있으니, 그 횡포의 양상이 지난날보다 열 배는 될 것이어
서 국가의 위란(危亂)을 날짜를 꼽아 기다릴 수 있습니다.26)

이귀가 합천(陜川)을 지나면서 보고들은 정인홍의 죄악을 갖추어 진술
하였는데, 특히 정인홍이 자기 고향에서 무단(武斷)을 자행하여 경사감사
와 각 고을 수령들이 마음대로 공무를 집행할 수 없도록 하고, 자기 세력을
규합하여 자기 말을 듣지 않는 사람은 살 수 없도록 했다는 것이다.

그런데 이 상소문은 북인정권 때 편찬한『선조실록(宣祖實錄)』에는 실
려 있지 않고, 서인정권에서 편찬한『선조수정실록(宣祖修正實錄)』에만
실려 있다. 이 상소문 뒤에 "이이첨의 무리가 역사를 기술할 때 삭제하고
싶지 않았다. 그들이 인홍을 위하여 숨겨주는 것이 여기에 이르렀으니,
진실로 통탄스러운 일이다"라는 사관(史官)의 평이 실려 있다.『선조수정
실록』은 인조반정 뒤 서인들이 북인들의 집권 때 편찬된『선조실록』에
북인들은 좋게 기록되어 있고, 서인들은 좋지 않게 기록되어 있다고 생각
하여 개정한 것이다. 정인홍을 이미 처형한 뒤에 그의 처형을 정당화하기
위하여 이 상소를 추가로 게재하였던 것이다.

그리고 이 상소문은 이귀가 소모관(召募官)으로 갔을 때 보고들은 정인
홍의 죄상을 10년 뒤에 상소하는 것으로 되어 있다. 정인홍의 죄상을 알았
으면 곧바로 상소할 것이지, 10년이 지난 뒤에 상소한 것은 의도적으로
정인홍의 위상을 훼손시켜 날로 강성해져 가는 그 세력을 저지하려는 치
밀한 의도에 의한 것이라 할 수 있다. 이는 이귀(李貴)가 율곡(栗谷) 이이
(李珥)와 우계(牛溪) 성혼(成渾)의 제자였으므로, 전날 자기 스승들을 공
격한 정인홍이 선조(宣祖)의 신임을 얻어 가는 것을 견제하고 자기 스승들
의 명예를 회복하려고 이런 탄핵 상소를 했던 것이다.

26)『宣祖修正實錄』권36, 35년 2월 1일.

이때 대사헌(大司憲)으로 있던 정인홍은 이귀(李貴)의 탄핵을 당하자 차자(箚子)를 올려 면직(免職)을 요청했지만 선조(宣祖)는 허락하지 않았고, 이귀를 "어리석고 망령되고 음험(陰險)하여 온 세상의 웃음거리가 되었다"라고 나무랐다. 정인홍의 제자 오여은(吳汝檼)이 이귀의 상소 내용을 반박하며 정인홍을 변호하였다.

그 뒤 광해군 6(1614)년에 이르러 이귀(李貴)는 없는 사실을 얽어 정인홍을 무함(誣陷)했다하여, 대간(臺諫)들의 주청(奏請)으로, 삭탈관작(削奪官爵)되었다가 곧이어 도성(都城) 밖으로 쫓겨났다.[27]

그 2년 뒤 이귀는 유배되어 가다가 강원도 이천(伊川)에 중도부처(中途付處)되었다.[28] 이후 7년 동안 유배생활을 하다가 1621년에 방송(放送)되었다. 그러다가 반정(反正) 1년 전에 평산부사(平山府使)로 서용되었으나 제도를 멋대로 바꾸고 인근수령들에게 강압적인 자세를 취했다 하여, 사헌부(司憲府)에서 논핵(論劾)하여 파면시켰다.[29]

이귀는 정인홍을 논핵하는 상소를 했다가 대북정권(大北政權)이 집권하고 있던 광해조(光海朝)에서는 유배와 파직 등으로 철저히 고난의 길을 걸었다. 대북정권(大北政權)을 축출하고 새로운 정권의 창출해야겠다는 결심을 하게 되었고, 그 일을 실현하기 위해서 암암리에 지속적으로 노력했던 것이다. 반정을 준비하는 입장에서 본다면 파직되어 지내는 것이 훨씬 유리하고 자유로왔다. 대북정권은 이귀를 논핵하고 파면하는 일만 생각하였지, 그의 행동을 주시할 생각은 하지 못했는데 결국 이귀의 파직과 유배가 인조반정의 실마리로 작용하였다.

---

27) 『光海君日記』권82, 6년 9월 9일.
28) 『光海君日記』권105, 8년 7월 15일.
29) 『光海君日記』권184, 14년 12월 9일.

3. 우계학파(牛溪學派)와의 갈등

남명(南冥)과 우계(牛溪) 성혼(成渾)의 집안과는 본래 밀절(密切)한 관계가 있었다. 우계의 아버지 청송(聽松) 성수침(成守琛)과 남명은 어려서부터 절친한 친구였고, 우계의 당숙인 대곡(大谷) 성운(成運)과, 성우(成遇) 형제들과도 절친한 친구였다. 그리고 대곡은 남명과 출처(出處)의 원칙을 같이하였고, 남명 사후 남명을 가장 잘 안다 하여 남명의 사우(師友)들의 요청으로 묘갈명(墓碣銘)을 지었다. 남명의 제자인 정인홍은 또 성운을 자신의 스승이라고 스스로 말하였다.

처음 출사하여 정인홍(鄭仁弘)은 성혼(成渾)과 관계가 좋았다. 성혼은 정인홍을 아주 깨끗한 선비로 인정하였다.

그러나 정인홍은 성혼이 심의겸(沈義謙)과 정철(鄭澈)과 교제가 친밀한 것을 보고서는 내심 비루(鄙陋)하게 생각하였고, 또 기축옥사(己丑獄事) 때 위관(委官)을 맡아 최영경(崔永慶)을 죽인 정철(鄭澈)을 성혼이 뒤에서 사주했다고 생각하여, 이런 상소를 했다.

신이 20년 전 본직(本職)에 있을 때 심의겸(沈義謙)이 권세를 탐하고 사사로이 편당을 세워 은밀히 기복(起復)하려 한 죄를 탄핵하면서 정철(鄭澈)도 관련시켰습니다. 당시 성혼(成渾)은 심의겸·정철·이이(李珥) 등과 생사를 같이 하는 관계를 맺고 있었으므로, 성혼이 정철과 심의겸이 모두 논핵(論劾) 당하는 것을 보자 분하게 여겨 원망하는 기색이 말과 얼굴에 나타났으며, 심지어는 긴 글을 보내어 다투어 변론하기까지 하였습니다. 그처럼 끝내 서로 받아들이지 못하던 상황에서 신이 마침 조정을 떠나게 되어 그대로 서로 끊어지고 말았습니다. 신은 성혼이 심의겸이나 정철과 교제가 친밀한 것을 보고 내심 매우 비루하게 여겼습니다. 이는 정철의 악은 아직 드러나지 않았으나 심의겸은 척리(戚里)의 신분으로서 그 흉악한 정상이 명약관화(明若觀火)했는데도 오히려 미워할 줄을 몰랐고, 또 사사로이 편당을 세운다는 말이 자못 자신에게도 적용되자 갑자기 남에게 사기(辭氣)를 더했으니 그 사람됨을 짐작할 만했기 때문입니다.

　　기축년 무렵에 그 마음의 자취가 드러났다고는 하나, 어찌 시종 정철과
함께 일을 꾸며 참혹한 독을 죄 없는 선비에게까지 미칠 줄이야 생각이나
했겠습니까. 성혼이 최영경(崔永慶)을 삼봉(三峰)이라고 배척한 사실은 진
실로 김종유(金宗儒)의 말에서 나왔고 산을 뚫어 길을 낸다는 설도 성혼의
입에서 나왔다는 말을 들었으니, 최영경을 성혼이 죽인 것이 아니고 그 누가
죽였겠습니까? 그렇지 않다면, 정철은 성혼을 의지하여 중하게 여기면서
성혼의 말이라면 무조건 따르는 형편이었으니, 만약 한 마디라도 꾸짖으며
정지시켰던들 결코 죽이기까지는 하지 않았을 것이고, 정철이 혹 따르지
않았을 경우 글을 올려 해명을 했더라도 정철로서는 감히 그 사이에서 그대
로 행동하지는 못하였을 것입니다. 신은 일찍이 생각하기를, '정철은 최영경
과 처음부터 면식이 없었는데, 본래의 성품이 소인이라는 배척을 받았으니,
정철의 악독한 기질로 봐서 시기를 틈타 감정을 푼 것은 괴이하게 여길 것도
없습니다. 그러나 성혼은 최영경과 소년 때부터 서로 알고 왕래한 사이였으
면서도 지향하는 바가 한번 갈리자 최영경과 원수가 되어 정철과 더불어
함께 끝내 달가운 마음으로 그 일을 처리하고 말았다'고 하였습니다. 그래서
'정철의 악은 적고 성혼의 악은 크며, 정철의 죄는 가볍고 성혼의 죄는 무겁
다'라고 한 것이었습니다.[30]

　　정인홍은 정철을 사주하여 자기의 동문(同門) 친구인 최영경(崔永慶)을
죽일 책략을 꾸민 사람으로 성혼을 지목하여 논핵(論劾)하였고, 마침내
성혼의 관작(官爵)을 삭탈(削奪)하도록 만들었다.

　　이귀(李貴)는 성혼(成渾)의 문하에도 출입하였으므로 성혼을 삭탈관작
시키자 정인홍에 대한 원한이 더 깊어지게 되었다.

　　정인홍은 1602년 성혼의 문인인 황신(黃愼)을 권간(權奸)에 붙어 임금
을 미혹하게 하였다 하여 삭탈관작(削奪官爵) 당하도록 만들었다.[31] 이런
등등의 일로 우계학파(牛溪學派)와 사이가 원수처럼 되었고, 그 계열의
정철(鄭澈)과 그 주변인사들과도 관계가 악화되게 되었다.

---

30) 『宣祖實錄』 권148, 35년 3월 6일.
31) 『宣祖修正實錄』 권36, 3년 3월 1일조.

Ⅳ. 남명학파(南冥學派) 내부의 분열

선조(宣祖) 말년부터 광해조(光海朝) 전체에 걸쳐 조정에 진출하여 남
명학파(南冥學派)를 이끈 대표적인 인물이 정인홍(鄭仁弘)이었다. 그는
임금의 신임을 두터이 받아 관직이 영의정에까지 이르렀고 영향력도 대단
히 컸다. 그러나 그는 강직하나 포용력이 부족하여 다른 학파는 물론이고,
사소한 일로 남명학파에 속하는 인사들과도 관계가 좋지 않았다. 당시
같은 대북파(大北派)에 속하던 허균(許筠)마저도 정인홍 등 대북파(大北
派)의 권력 독점에 대해서 그 불합리성을 이렇게 지적하였다.

> 서인(西人)들이 송강(松江) 정철(鄭澈)을 옹호하는 것은 또한 각자 그들
> 의 의견을 지키는 것이니, 본래부터 모두 다 나쁜 것은 아니다. 성우계(成牛
> 溪)나 이율곡(李栗谷)의 문인에 이르러서는 재주를 가지고서도 침체되어
> 있는 사람이 매우 많다. 관작(官爵)이란 것은 국가의 공기(公器)이고, 천지와
> 사시(四時)에는 순환이 있다. 어찌 오로지 한쪽 사람들에게만 벼슬을 주어
> 어진 인재로 하여금 하급관료의 자리에서 헛되어 늙게 할 수 있겠는가? 이와
> 같이 하기를 그치지 않는다면, 하늘이 인재를 낳은 어진 정신에 어긋나는
> 것으로서, 나라가 나라답지 못하게 될 것이다.[32]

대북파들이 권력을 독점하고 관직에서 배제된 우계(牛溪)·율곡(栗谷)
계열의 인사들이 하급관료로서 침체되어 있는 상황은 관직을 공평하게
안배하는 이치에도 맞지 않고 천리에도 맞지 않다는 것을 지적하여, 나라
가 나라답지 못할 것이라고 하여 그 앞날에 야기될 문제를 암시하였다.
허균(許筠)의 예견은 정확하게 적중하여, 율곡·우계의 문인들 가운데서
대북파 집권 이후 관직에서 축출되어 불우하게 지낸 이들이 결사(結社)하
여 마침내 인조반정(仁祖反正)을 성사시켜 새로운 서인정권을 탄생시키
고 대북파 정권을 타도했던 것이다.

---

32) 許筠 『惺所覆瓿藁』 권9 7장, 文部, 「上完城第二書」.

 광해조에 이르면 정인홍(鄭仁弘), 정구(鄭逑), 곽재우(郭再祐) 등을 제
외하고는 남명의 제자들은 거의 모두 세상을 떠났고, 남명의 재전제자(再
傳弟子)들이 활약하던 시기였는데, 대북파(大北派) 안의 인물들은 대부분
정인홍의 제자들이었다. 그러나 정인홍은 자기의 노선에 따르지 않으면
자기 제자라도 가차없이 핍박을 가하였다.

 그 대표적인 경우가 1613년 영창대군(永昌大君)을 죽인 정항(鄭沆)을
죽이라고 상소한 동계(桐溪) 정온(鄭蘊)을 제주도로 귀양보낸 일이었다.
동계는 당시의 실권자인 이이첨(李爾瞻)을 찾아가, 옥사를 일으켜서는 안
된다는 의견을 개진하였다. 그리고 정인홍(鄭仁弘)에게도 서신을 보내어
그 부당성을 지적하였다. 그러나 영창대군(永昌大君)은 역모(逆謀)의 죄
를 덮어쓰고 강화도(江華島)에 유폐(幽閉)되었다가 살해되었고, 인목대비
(仁穆大妃)의 아버지 김제남(金悌男)은 역모죄로 처형되었다. 나중에 대
북파 정권은 이 사건으로 인하여 강상(綱常)에 죄를 얻어, 동계(桐溪) 정온
(鄭蘊)이 말한 대로 어떤 말로도 변명할 수 없는 패륜적인 정권으로 후세
의 비판을 받게 되고 말았다.

 정온은 봉사(封事)를 올려 영창대군의 위호(位號)를 추복(追復)하여 대
군(大君)의 예(禮)로 장사지내고 정항(鄭沆)을 목 벨 것을 요청하고, 또
폐모(廢母)·살제(殺弟)의 논의를 맨 먼저 낸 정조(鄭造), 윤인(尹訒), 정
호관(丁好寬)을 먼 변방으로 추방할 것을 요청하였다. 당시 조정의 관료들
은 대부분 대북파의 위세에 눌려 누구도 감히 과감하게 바른 말을 못하던
그런 상황이었다. 정온은 이 일로 10년 동안 제주도에 위리안치(圍籬安置)
되어 있다가 인조반정 이후에야 풀려 날 수 있었다.

 정온을 신구(伸救)하려고 노력한 정인홍의 제자 문경호(文景虎), 오장
(吳長), 강대수(姜大遂), 이대기(李大期) 등은 모두 삭탈관작되거나 유배
당하는 처벌을 당하였다.

 나중에 남인(南人)으로 활약했지만 북인계열에 속하던 윤선도(尹善道)
도 1616년 11월 이이첨(李爾瞻) 등의 전천(專擅)을 지적했을 때 윤선도의

말이 옳았지만 대북파 정권에서는 조금의 자기들에 대한 성찰 없이 윤선도를 경원(慶源)에 귀양보냄으로서 언로(言路)를 차단하고 말았다. 윤선도가 지적한 이이첨 등의 문제점은 과거(科擧)의 부정, 집권자 자제들의 요직 독점, 이원익(李元翼), 이덕형(李德馨), 심희수(沈喜壽) 등 사직지신(社稷之臣)을 내쫓은 일 등이었다.[33]

  영창대군(永昌大君) 옥사(獄事)와 폐모론(廢母論)이 일어났을 때 반대의견을 개진한 원로대신 이덕형(李德馨), 이항복(李恒福), 이원익(李元翼), 심희수(沈喜壽), 정창연(鄭昌衍), 오윤겸(吳允謙) 등을 대북정권은 모두 삭탈관작하거나 유배를 보내고, 독단적으로 정권을 운용하였기 때문에 민심(民心)을 많이 잃었다. 특히 이덕형, 이항복, 이원익, 심희수 등은 당파적인 색채가 거의 없는 인물이었는데도 북인(北人)들의 핍박을 받음으로해서 당파를 갖게 된 것이다. 또 남명의 제자 가운데 생존해 있던 정구(鄭逑)와 곽재우(郭再祐) 등의 전은(全恩)의 주장도 받아들이지 않았다.

  폐모론(廢母論)이 일어난 이후 더 이상 대북파 정권에게 기대할 것이 없다고 생각한 이항복(李恒福)은 대북파의 핍박을 받는 상황에서 그 제자 및 후배들에게 대북정권(大北政權)을 무너뜨릴 반정(反正)을 암묵적으로 지시한 적이 있었다.

  오성부원군(鰲城府院君) 이항복(李恒福)이 서울에 있을 때, 서인(西人)인 동지중추부사(同知中樞府事) 김유(金瑬)를 만나보고 가만히 말하기를, "요즘 시국이 말이 아니고, 국모(國母) 역시 보전하기 어려우니, 여러 사람 가운데서 종묘사직(宗廟社稷)을 보전할 만한 사람으로는 오직 그대가 있을 뿐이다"라고 하고 통곡하였다. 이항복은 유배지에서 원통함을 못 이겨 죽었다. 김유는 문관 홍서봉(洪瑞鳳), 박동선(朴東善), 유학(幼學) 심기원(沈器遠) 등과 비밀리에 의거할 것을 도모하였다.[34]

---

33) 『續雜錄』 권1(大東野乘 제7책 所收) 485~493쪽.
34) 『續雜錄』 권2(大東野乘 제8책 所收) 12쪽.

대북파 정권의 전천(專擅)에 대해서 조야(朝野)의 인사들은 어느 당파를 막론하고 강한 불만을 갖게 되었고, 이 것이 서인(西人) 소장세력들이 일으킨 인조반정(仁祖反正)을 성공하게 만들었다. 김유는 김유대로 동지들을 규합하고, 율곡(栗谷)·우계(牛溪)의 제자인 이귀(李貴)는 이귀대로 동지를 규합하여 일을 추진하다가 마침내 힘을 합쳐 대북정권을 축출하게 되었던 것이다.

IV. 인조반정(仁祖反正)과 사계학파(沙溪學派)의 등장

사계(沙溪) 김장생(金長生)은 율곡(栗谷) 우계(牛溪)의 제자인데, 율곡의 학통(學統)을 계승한 수제자였다. 그의 제자들 가운데 신독재(愼獨齋) 김집(金集) 우암(尤庵) 송시열(宋時烈) 동춘(東春) 송준길(宋浚吉) 등은 학자로서 문묘(文廟)에 종사(從祀) 될 정도였으니, 학자로서 그의 위상은 대단히 높았다. 그 자신도 문묘에 종사되었음은 물론이다.

또 그의 제자들 가운데서 김유(金瑬), 이귀(李貴), 신경진(申景禛), 구굉(具宏), 구인후(具仁垕), 장유(張維), 홍서봉(洪瑞鳳), 최명길(崔鳴吉), 심명세(沈鳴世) 등이 주축이 되어 1623년 3월 13일 광해군(光海君)을 폐출(廢黜)하고 인조(仁祖)를 옹립한 인조반정(仁祖反正)을 성공시켰다. 이들 반정공신(反正功臣) 가운데는 율곡(栗谷) 이이(李珥)나 우계(牛溪) 성혼(成渾)의 제자였다가, 다시 같은 제자면서도 연장자인 김장생(金長生)의 제자가 된 사람이 많았다.

광해군(光海君) 때 처벌 당했거나 소외되었던 세력들이 다시 조정을 차지하게 되었다. 특히 남인(南人)들은, 본래 북인(北人)과는 같은 뿌리인 동인(東人)에서 갈려져 나왔지만, 광해군 때 대북의 핍박을 받은 같은 처지에 있었던 점과 민심 수습을 위한 목적에서 서인들이 수용하여 공동정권에 참여시켰다.

　반정세력들은 광해군(光海君)을 36조의 죄목으로 수죄(數罪)하여 강화
도(江華島)에 유폐(幽閉)시켰고, 정인홍(鄭仁弘), 이이첨(李爾瞻) 등 대북
세력(大北勢力)들을 처형하거나 유배보냈다.

　　이이첨(李爾瞻) 삼부자, 한찬남(韓纘男) 삼부자, 이위경(李偉卿), 백대형
　　(白大珩), 정조(鄭造), 윤인(尹訒), 박정길(朴鼎吉), 이정원(李挺元) 등을 잡
　　아다가 군문(軍門)으로 끌어내어 능지처참(陵遲處斬)하고 가산(家産)을 적
　　몰(籍沒)하였고, 법에 의하여 연좌률(連坐律)을 썼다.
　　금부도사(禁府都事) 선전관(宣傳官)을 보내어 정인홍(鄭仁弘), 통제사(統
　　制使) 원수신(元守愼), 충청병사(忠淸兵使) 한희길(韓希吉), 순천부사(順天
　　府使) 이원엽(李元燁), 등을 끌어다가 법에 의해서 처참(處斬)하였다. 평안
　　감사(平安監司) 박엽(朴曄), 의주부윤(義州府尹) 정준(鄭遵)은 각각 그들이
　　있는 곳에서 베어 죽이니, 사형 당한 자가 거의 6,70명에 이르렀다. 그 나머지
　　는 죄의 경중을 조사해서 모두 귀양보냈다.35)

　대북세력을 처벌하고 나서 인조(仁祖)는 종묘(宗廟)에 고하고 나서 팔
도(八道)에 이런 교서(敎書)를 내렸다.

　　역적 괴수 정인홍(鄭仁弘)은 뱀과 전갈 같은 성질이요, 귀신이나 물귀신
　　같은 심장으로 처음에는 비록 산림(山林)에서 허명(虛名)을 얻었으나 다만
　　하나의 사나운 관원에 불과했다. 중간에 의병(義兵)에 몸을 의탁하였으나
　　오직 시골에서 무단(武斷)만 일삼았다. 그리고 모질고 둔한 무리들을 모아
　　사사롭고 괴이한 학문을 제창하여, 이언적(李彦迪), 이황(李滉) 등 동방(東
　　方)의 대현(大賢)을 여지없이 배척하였고, 정온(鄭蘊)이나 이대기(李大期)
　　는 바른 말을 하다가 죄를 입었는데도, 구렁창에 밀어넣고서 또 돌까지 던지
　　는 짓을 하며 조금도 구제해 주지 않았다. 그래서 선비들은 마음으로 모두
　　분하게 여기고, 제자들은 모두 다 배반하였다. 또 역적 괴수 이이첨(李爾瞻)
　　과 안팎으로 호응하여 서로 추천하여 산림(山林)을 주름잡고 재상의 자리를

---

35) 『續雜錄』 권2(大東野乘 제8책 所收) 14-15쪽.

차지하였다. 흐릿한 광해군(光海君)을 오도하여 반드시 형벌과 옥사(獄事)를 일삼았다. 사람을 불러모으되, 아첨하는 자들을 반드시 우선하였다. …….

　계축년 옥사에는 상소를 하여 포학함을 멋대로 부리고 영창대군(永昌大君)을 우리 안에 든 돼지로 비유였고, 폐비론(廢妃論)이 나오자, 우선 먼저 폐출(廢黜)하고 나중에 종묘(宗廟)에 아뢰자는 의논을 제창하여 심지어 대비를 애강(哀姜)·문강(文姜)에까지 비교하였고, 불공대천(不共戴天)의 원수로 여겨 별궁(別宮)에 유폐(幽閉)하게 했던 화(禍)가 그의 말에 의해서 결정되어 강상(綱常)이 무너지고, 인도(人道)가 끊어지게 했다. 사람이 아무리 악하지만 누가 이 정도로 극단에 이르리라고 생각이나 했겠는가? 늙어도 죽지 아니한 것은 하늘이 오늘날을 기다리게 한 것이리라.[36]

　광해군 때 대북파(大北派)에서 행한 일 가운데서 가장 큰 실책으로는 영창대군(永昌大君)을 살해한 것와 인목대비(仁穆大妃)를 유폐(幽閉)한 것이다. 정인홍(鄭仁弘)이 행한 일 가운데서 가장 큰 실수는 퇴계(退溪)와 회재(晦齋)의 문묘종사(文廟從祀)를 반대하며 두 사람에게 인신공격을 가한 것과, 정온(鄭蘊)과 그 동조세력을 처벌한 것이었다. 대북파의 정책은 이이첨(李爾瞻)에 의해서 집행되었다 해도 그는 정인홍(鄭仁弘)의 제자였고, 정인홍이 광해군에게 이이첨을 가장 믿을 만한 사람으로 강력하게 추천했기 때문에 정인홍이 비록 광해조정권기간 동안 대부분 고향에서 지냈다고 해도 완전히 책임을 면하기는 어려울 것이다.

　또 새로 정권을 잡은 서인(西人)들의 입장에서 보면 대북파의 정신적인 핵심인 정인홍(鄭仁弘)에게 무거운 죄를 씌워 처형하지 않고서는 자신들의 정치적 정당성을 확보할 수가 없었다. 본래 대신(大臣)에까지 오른 사람에게는 몸에 형벌을 가하지 않는 법이고, 또 평민이라도 나이가 일흔이 넘으면 형벌을 가하지 않는 법이다. 정인홍에게 자결하도록 할 수는 있을지 몰라도 여든아홉의 노대신(老大臣)에게 형벌은 가한 것은 서인들이

36) 『續雜錄』 권2(大東野乘 제8책 所收) 27-28쪽.

자행한 불법(不法)이었다. 그러나 패배한 대북파(大北派)를 위해서 아무도 옹호해 주는 사람이 없었고, 새로 집권한 서인들의 불길 같은 세력에 제재를 가할 사람이 없었던 것이다.

인조반정으로 인하여 대북파의 대부분은 처형되거나 유배되어 대북파는 존재가 소멸되게 되었다. 인조반정 이후의 정국에서 북인 가운데 살아남은 사람들은 다른 당파로 전환하였다. 어떤 사람은 본래 뿌리가 같은 남인으로 돌아가기도 하고, 어떤 사람은 서인(西人)으로 변신하기도 하였다. 경향각지에 존재하던 정인홍(鄭仁弘)의 제자나 친인척들은 인조반정(仁祖反正) 이전에 정인홍과 맺어진 관계를 부정하기에 바빴다. 심지어 정인홍의 사촌형제들까지도 정인홍 생존시 정인홍의 잘못을 지적하였고, 그 말로가 이러할 줄 알았다는 등 관계를 끊기에 급급하였다. 마음 속으로는 몰라도 공개적으로 그 억울함을 항변하거나 명예를 회복해 주려는 사람은 없었다. 그리고 이들의 후손들은 지금까지도 정인홍과의 관계를 부정하고 있고, 문집(文集) 등 각종 문적(文籍)에서 정인홍과 관계 있는 글은 빼거나 개변(改變)하여, 정인홍(鄭仁弘)이 주도한 대북파의 실상을 파악하기 어렵게 만들어 놓았다.

반정공신(反正功臣)들은 대부분 율곡(栗谷)의 제자거나 우계(牛溪)의 제자들이었는데, 율곡은 1584년에 우계는 1598년에 세상을 떠났으므로 제자 가운데서 가장 연장자이고 학문적인 수준이 높은 사계(沙溪) 김장생(金長生)이 선조(宣祖) 말기부터 광해조(光海朝)에 걸쳐 이들을 규합하여 지도하고 있었다. 율곡·사계의 제자들 가운데는 다시 김장생을 스승으로 모신 사람도 많이 있었다.

김장생은 북인(北人)이 득세하던 1605년부터는 조정에서 벼슬한 적이 없고, 주로 향리에서 학문연구와 제자양성에만 전념하여 중앙정치에 별 영향력이 없었지만, 인조반정 이후로 반정의 원훈(元勳)들이 대부분 그의 제자들인 관계로 대단한 학문적으로 대접 받는 것은 물론이고, 정치적으로도 매우 큰 영향력을 갖게 되었다.

　김장생은 이귀(李貴), 김유(金瑬), 장유(張維), 최명길(崔鳴吉) 등 반정 성공 직후 공신인 된 제자들에게 이런 편지를 보내어 정치적 방향을 제시하여, 그들의 정신적인 지주로서의 역할을 뚜렷이 할 자세를 취하였다.

　　국가가 불행하여 적신(賊臣)들이 선동하고 어지럽혀 임금의 마음을 고혹 (蠱惑)하게 하여 인륜(人倫)을 끊어 없애, 이백 년 동안 예의를 지켜온 우리 동쪽 나라를 모두 금수의 지경으로 빠뜨렸는데, 이 일에 대해서는 이루 다 말로 할 수 있겠소?

　　일찍이 생각지도 못했는데, 하늘을 떠받치고 태양을 목욕시킬 만한 큰 공업(功業)이 문득 그대들의 손에서 나와, 이미 떨어진 데서 떳떳한 윤리를 바로잡고, 거의 망해 가는 데서 나라의 운명을 붙들었으니, 이 정말 세상에 잘 없는 의거(義擧)였소. 이런 일은 비록 옛날 사람들에게서 구해 봐도 이보다 더 나을 수가 없을 것이오.

　　생각해보니 모든 일은 시작하는 것이 어렵지 않고, 오직 끝맺음이 있는 것이 어렵소. 반드시 처음과 끝을 잘 처리해야 사람들의 마음이 흡족해 할 것이고, 그렇게 한 뒤에라야 뒷날 할 말이 있을 것이고, 사우(師友)들을 저버리지 않게 될 것이오

　　후세의 사람들이 모두 말하기를, "아무개의 아들과 아무개의 문인(門人)들이 이 일을 해냈다"라고 한다면, 어찌 아름답지 않겠소? 만약 한 번 잘못이 있어 사람들의 마음에 차지 않는다면, 후세 사람들이 반드시 말하기를, "지금 의거(義擧)를 일으킨 것은 국가를 위해 역적을 친 것이 아니고, 오로지 자기들의 부귀를 위해서 한 짓이다"라고 한다면, 공의(公議)에 비난을 얻을 뿐만 아니라, 또한 사우(師友)들에게도 부끄러움을 끼칠 것이오. 두려워하지 않을 수 있겠소? 두려워하지 않을 수 있겠소?

　　오늘날의 책임은 모두 그대들의 몸에 다 모여 있으니, 그대들은 반드시 조처할 방법을 생각하는 것이 옳겠소 지금 임금의 덕을 인도하는 일, 백성들을 구제하는 일, 폐위된 왕을 보전하는 일, 여러 옥사(獄事)를 살펴 신중히 하는 일, 인재를 거두어 쓰는 일, 기강을 떨쳐 일으키는 일, 공도(公道)를 넓혀 펴는 일, 탐학스런 분위기를 크게 고치는 일 등 이 여덟 가지가 급선무요

　　대저 임금이 즉위한 처음은 애가 처음 태어난 것과 같습니다. 하물며 우리

새 임금님은 춘추가 한창 때이시고, 옥 같은 바탕이 어려서부터 나타나셨으니, 지금이 바로 쇠퇴한 것을 일으키고 막힌 것을 형통하게 할 때오. 마땅히 바른 말과 지극한 논의를 날마다 앞에서 아뢰어 한 마디 말과 한 가지 일도 반드시 착한 길로 인도하여 일상생활의 보고 듣는 사이에서 기이한 것과 간사한 것이 섞여 나아가는 염려가 없게 해 주시오. ……

　지금 만약 미적미적하여 대충해치우거나 빠뜨리는 일이 있으면서 백성들 구제하는 일을 열심히 하지 않는다면, 크게 바라던 나머지 원망이 일어날 것이오. 임진왜란(壬辰倭亂) 이후 백성들을 병들게 하는 폐정(弊政)과 잡세(雜稅)를 모두 다 감소해 버리고 공안(貢案)을 고쳐 정하여 간략하게 마련하고, 또 방납(防納)의 폐단을 막은 그런 뒤에라야 도탄 속에서 고통 받는 백성들을 위로할 수 있을 것이오. 급히 통변(通變)하지 않을 수 있겠소?

　폐세자(廢世子)를 살려 준 것은 중종반정(中宗反正) 때 세자와 왕자들을 다 죽인 것보다 천만배 잘 한 것이요 적신(賊臣)들을 죄의 등급에 따라 차등 있게 처벌하되 공정하고 하나로 된 여론을 중시하시오. 자기 당파라고 용서하거나 외척이라고 봐주어서도 안 되지만, 인명을 경시하지 않도록 하시오. 기축옥사(己丑獄事) 때 서인(西人)들이 별로 잘못한 것도 없는데도, 저 남인(南人) 및 북인(北人)들이 지금까지도 원망하면서 모함할 기화(奇貨)로 삼고 있으니, 이 점 염두에 두지 않을 수 없소.

　광해조(光海朝) 때 뇌물을 받고 사람을 쓰다가 망했는데, 지금 널리 인재를 등용하도록 하시오. 폐모론(廢母論)에 가담한 사람이나 자기 인척들은 쓰지 마시오. 관리와 스승들이 서로 규제하여 당파를 짓지 마시오. 광해조(光海朝) 때 인사(人事)와 과거(科擧)가 가장 불공정했으니, 그 전철을 밟지 마시오. 검약하여 모범을 보이고 염치를 숭상하시오. 중종반정(中宗反正) 뒤 중국(中國)에 보고하기를, "연산군(燕山君)이 병이 있어 선양(禪讓)했다"라고 하다가, 중국에서 책봉을 즉시 해 주지 않았는데, 사실대로 아뢰어 전날의 잘못을 되풀이하지 마시오.

　나는 의리상 그대들과 한 몸이니 시비(是非)·득실(得失)에 관계되지 않음이 없어 매우 염려가 되오. 그대들의 덕업(德業)이 성하여 태평한 세상을 이룬다면, 나는 시골에 묻혀 있어도 내가 혜택 받는 바가 많지만, 그렇지 못하면 모두 나쁜 이름을 다 뒤집어쓰게 될 것이니, 내가 시골에 있다고 하나 그대들의 일을 모른채 할 수 있겠소? 나를 대관(臺官)에 임명해 준

임금님의 은혜에 감사하오.37)

이 편지를 통해 볼 때 그는 반정공신(反正功臣)들과 의리상 한 몸이라 하여, 정신적 지도자로서의 책임을 강하게 느끼고서 구체적으로 정치적인 문제의 해결 방안을 제시하고 있다. 또 스승인 율곡(栗谷)과 우계(牛溪)의 명성과 학덕(學德)에 누가 되지 않도록 하라고 충고하고 있다. 그리고 자기를 학덕(學德)이 있는 인물이라 하여 장령(掌令)에 제수한 것에 대해서 감사하는 마음을 표시하고 있다.

이 편지를 이귀(李貴) 등은 인조(仁祖)에게 올려 김장생의 우국충정(憂國衷情)을 알려줌으로서 김장생의 존재를 인조에게 각인시켜 주었고, 이 편지가 나중에 서인들에 의해서 『인조실록(仁祖實錄)』에 실음으로써 김장생의 위상을 한껏 높였고, 율곡(栗谷)·우계(牛溪)의 학통(學統)이 수립되도록 만들었다.

김장생은 특히 기축옥사(己丑獄事)와 연루되어 계속 북인(北人)들의 공격의 대상이 되어 왔던 성혼(成渾)과 정철(鄭澈)의 누명을 벗기고, 동인(東人 : 나중의 南人, 北人)들의 잘못을 부각할 것을 암시하고 있다.

이런 김장생의 지시에 따라 반정 직후 이귀가 건의하여 성혼과 정철을 신원(伸寃)하고 그 관작(官爵)을 복구시켜 주었다. 이때 남인인 이원익(李元翼) 등도 이 일에 찬동하였으니, 정인홍이 전에 성혼과 정철을 삭탈관작시킨 일을 지나치다고 본 것이었다.

동인(東人)들은 본디 율곡에게 붙은 송익필(宋翼弼)을 기축옥사(己丑獄事)를 조작해 내어 동인들을 타도하려는 음모를 꾸민 원흉으로 쳤는데, 김장생(金長生)은 서성(徐渻), 정엽(鄭曄) 등과 상소하여 송익필(宋翼弼)의 신원(伸寃)을 요청하였다.

또 대부분의 반정공신(反正功臣)들은 요직을 차지하고서 자신들의 동

---

37) 『沙溪全書』 권2 16-21장, 「與李玉汝金冠玉張持國崔子謙書」.

문인 김집(金集), 송시열(宋時烈), 송준길(宋浚吉) 등을 추천하여 출사(出仕)하게 함으로써 김장생의 제자들은 거의 대부분 조정의 높은 자리를 차지하게 되었다.

인조반정 이후 김장생의 문인들 가운데 정계에서 활약하며 판서(判書) 이상의 관직을 지낸 인물로는 김류(金瑬), 이귀(李貴), 최명길(崔鳴吉), 강석기(姜碩期), 정홍명(鄭弘溟), 이후원(李厚原), 송시열(宋時烈), 송준길(宋浚吉), 장유(張維), 조익(趙翼), 이경직(李景稷), 이시백(李時白), 신경진(申景禛), 구굉(具宏), 구인후(具仁垕), 이홍연(李弘淵), 윤리지(尹履之), 이경석(李景奭), 오준(吳竣)이고, 정승을 지낸 인물만도 김류 등 10여 명이 넘었다.

학계에서는 김집(金集), 송시열(宋時烈), 송준길(宋浚吉), 이유태(李惟泰), 최명룡(崔命龍), 조익(趙翼) 등이 있었고, 이후 김집(金集), 송시열(宋時烈)로 이어지는 학통(學統)이 율곡학파(栗谷學派)의 적통(嫡統)을 계승하여 그 학파의 학자들이 전국적으로 두루 퍼져나갔다. 윤선거(尹宣擧)는 우계학파(牛溪學派)를 계승하였고, 나중에 그 아들 윤증(尹拯)이 소론계(少論系) 학파를 열었다.

문학자로는 장유(張維), 정홍명(鄭弘溟), 이후원(李厚原), 임숙영(任叔英) 등이 대제학(大提學)을 맡는 등 나라의 문운(文運)을 주도하였다.

김장생은 정묘호란(丁卯胡亂) 때 송흥갑(宋興甲), 윤전(尹烇), 안방준(安邦俊), 고순후(高循厚) 등과 의병(義兵)을 규합하여 왕세자(王世子)를 보호하는 등 국가를 위해서도 충성을 다 바쳤다.

김장생 자신의 시의적절한 처신과 그 제자들의 관계(官界)에서의 현달과 학문적 성취로 인하여, 인조반정 이후 사계학파(沙溪學派)는 급부상하여 이후 조선의 관계와 학계를 주도하는 위치를 계속 유지하였다.

V. 인조반정(仁祖反正) 이후 남명학파의 변화

정인홍(鄭仁弘)에 의해서 유지되어 오던 남명학파(南冥學派)는 인조
반정(仁祖反正)으로 대북정권(大北政權)이 소멸되자 크나큰 변화를 가
져왔다.

정인홍은 스승 남명을 위해서 영의정(領議政)에 증직되게 하고, 시호(諡
號)를 받게 하고, 서울 근교에 백운서원(白雲書院)을 세워 남명을 향사(享
祀)하였다. 또 문묘종사(文廟從祀)를 위해서 많은 노력을 하였다. 그러나
광해군(光海君)을 둘러싼 대북정권(大北政權)의 모든 죄악을 정인홍이 다
둘러썼다. 그리고 서인들은 교묘하게 정인홍이나 대북정권의 잘못을 그
스승인 남명(南冥)에게 전가하여 사실화시켜 나감으로 해서, 이후 남명학
파는 큰 손해를 입게 되었고 결과적으로 세력이 위축되어 점덤 몰락하게
되고 말았다.

정인홍과 그 제자 이이첨(李爾瞻) 등 대북파의 중심인물이 처형되거나
유배 당하고 나자, 대북파는 사라지게 되었다. 살아남은 인물들은 남인으로
편입되거나 서인으로 변신하였다. 학파적(學派的)으로는 살아남은 정인홍
(鄭仁弘)의 제자들은 정구(鄭逑)의 제자로 변신하였다. 실제로 정인홍과
정구는 사는 곳이 가까웠으므로 두 사람이 살아 있을 때 그 제자들 가운데는
양문(兩門)에 출입한 경우가 많았으므로, 변신이라고 말하기 어렵지만 인
조반정 이후로는 정인홍의 제자라고는 표방하지 않으므로 자연히 정구의
제자로만 되었던 것이다. 그리고 정구는 퇴계(退溪)와 남명(南冥) 양문에
다 출입했지만, 인조반정 이후 한강의 제자들은 한강의 연원(淵源)이 퇴계
라고만 밝혀 한강을 남명과 의도적으로 격리시키려 했으므로 한강의 제자
들은 자연히 퇴계학파의 학맥(學脈)을 이은 것처럼 되어 버렸다.

인조반정 이후의 정계에서는 정인홍(鄭仁弘)의 제자였던 정온(鄭蘊),
강대수(姜大遂) 등이 다시 등용되어 상당히 중요한 자리를 맡았지만, 이들
은 이미 남인(南人)으로 변신하였으므로 남명학파(南冥學派)를 위해서 별

로 큰 역할도 하지 못하고 말았다. 또 정인홍에게는 핍박을 받은 처지였으므로 정인홍의 억욱한 점을 밝혀주려는 노력도 하지 않았다.

그리고 서인들의 원격조종에 의하여 덕천서원(德川書院)에 출입하는 유림(儒林)들마저도 남인(南人)과 서인(西人)으로 나뉘어져 대립하였으므로 덕천서원의 위상(位相)이 추락하고 남명학파는 유림에서의 영향력도 거의 없어졌다.

덕천서원(德川書院)에 출입하는 선비들 가운데 서인(西人)으로 전환하여 서인 추종자들이 있었지만, 서인들은 끊임없이 남명(南冥)을 정인홍(鄭仁弘)과 연관시켜 계속해서 악의적으로 폄하(貶下)하였다.

신흠(申欽)은 남명(南冥)을 정인홍(鄭仁弘)과 연관시켜 정인홍의 문제점이 남명의 학문 때문인 것처럼 말하였다.

> 다만 한 가지 괴이한 것은 남명의 학문이 일차로 정인홍에게 전해졌는데, 정인홍이 허다한 형벌과 살육을 만들어 내어 백년의 윤기(倫紀)를 무너뜨린 것이다. 그러나 양구산(楊龜山)도 육당(陸棠)을 어떻게 할 수 있었던가?[38]

그러나 신흠(申欽)은 남명(南冥)의 제자인 이제신(李濟臣)의 사위로 남명의 호장(豪壯)한 기상은 인정하였고 남명의 시(詩)도 인정하였다. 그러나 정인홍이 남명의 영향을 받아 나쁜 짓을 한 것처럼 서술하여 남명이 사람을 잘못 본 것으로 만들었다. 그러나 양시(楊時)의 경우를 들어 사후(死後)에 배반하는 제자를 스승이 어쩔 수 없다는 말을 붙임으로서 정인홍이 한 일을 남명이 어떻게 할 수 없었다는 남명이 이런 훼손을 당하는 것은 부당하다는 뜻을 이느 징도 붙이고 있기는 하다.

이식(李植)은 서인들 가운데서도 철저하게 남명(南冥)을 훼손(毀損)하고 퇴계(退溪)를 존숭(尊崇)한 인물이었다. 그는 또 북인(北人)들에 의해

---

38) 申欽『象村雜錄』(大東野乘 所收) 271쪽.

서 편찬된 『선조실록(宣祖實錄)』의 문제점을 지적하여 『선조수정실록(宣
祖修正實錄)』을 편찬하도록 건의하였고, 나중에 자신이 『선조실록』의 수
정하는 일에 직접 종사하였다. 그러면서 남명에 관계된 기사가 나오면
은근히 훼손하고 폄하하는 필치로 수정하였다.

이런 시각을 가진 이식(李植)은 남명학파의 학문은 후세에 전승되지
못하고 단절되었다고 보았다.

> 남명(南冥)의 뛰어난 제자로는 한강(寒岡)과 동강(東岡)이 최고지만, 그
> 성가(聲價)는 둘 다 정인홍(鄭仁弘)에게 미치지 못했다. 한강 동강 두 사람은
> 퇴계(退溪)도 겸하여 높였으므로 정인홍과는 조금 달랐다. 정인홍의 죄악은
> 목 벰을 기다리지 않고서도 날로 드러났고, 그 문도(門徒)들도 모두 법망(法
> 網)에 걸려들게 되었고, 이로부터 영남(嶺南)의 하도(下道)에는 학자(學者)
> 가 없어지게 되었다. 오직 한강(寒岡)만이 흠이 없는 사람인데, 여헌(旅軒)이
> 그 뛰어난 제자이다. 여헌이 죽자 그 학문을 전할 제자가 없으니, 영남의
> 학문은 이에서 그쳤다.39)

남명(南冥)의 학문이 정인홍(鄭仁弘)에게만 전해진 것도 아니고, 또 학
문적으로 꼭 한강(寒岡) 정구(鄭逑)와 동강(東岡) 김우옹(金宇顒)이 정인
홍에게 미치지 못한다고 보기도 어렵다.

송시열(宋時烈)의 제자인 김창협(金昌協)은 아예 남명(南冥)을 기절(氣
節)만 있는 처사(處士) 정도의 인물이지 학문을 모르는 사람이라고 매우
악랄하게 모멸하였다.

> 남명(南冥), 일재(一齋), 청송(聽松), 대곡(大谷)은 같은 시대에 대단한 명
> 성이 있었는데, 더욱이 남명은 사도(師道)로 스스로 책임을 맡은 듯이 했다.
> 그 문도(門徒)가 성한 것이 퇴계(退溪)와 더불어 거의 영남(嶺南)의 반을
> 나누었다. 그러나 남명은 실제로는 학문을 모르고 단지 처사(處士) 가운데서

---

39) 李植 『澤堂別集』 권15, 7장, 「示兒代筆」.

기절이 있는 사람일 뿐이다. 그 언론(言論)과 풍채(風采)는 비록 사람을 움직이게 하는 점이 있지만, 병폐 또한 적지 않았다. 그 문하에서 노는 사람들은 대개 모두 기(氣)를 숭상하고 기이한 것을 좋아하였는데, 심한 경우에는 정인홍(鄭仁弘)이 되고, 심하지 않으면 최영경(崔永慶)이 되었다. 순자(荀子)의 문하에서 이사(李斯)가 나온 것처럼 그 유래가 있다.

남명의 병통은 하나의 자랑할 '긍(矜)'자에 있다.

　일재(一齋)의 학문적 공력(功力)이 남명보다 나은 것 같다.

　남명의 시문(詩文)은 일반적으로 말이 안 되는 것이 많다. 비록 지나치게 기이함을 숭상한 때문이지만, 요컨대 도리(道理)가 분명하지 못하고, 심지(心地)도 온당하지 못하다.

　남명이 '경(敬)'을 간직하는 공부가 보통 사람들보다 뛰어난 것 같지만, 잡아 붙든 것 같고, 조용히 함양(涵養)하여 얻은 것은 아니다.[40]

　김창협(金昌協)은 남명(南冥)과 남명학파(南冥學派)를 폄하(貶下)하기 위해서 악의적으로 이런 글을 썼다. 남명은 학문을 모르는 사람이라고 모멸적인 언사를 사용했는데, 남명南冥)을 두고 학문을 모른다고 한다면 학문을 아는 사람이 누가 있겠는가? 남명은 사도(師道)로 자처(自處)하는 일재(一齋) 이항(李恒)에 대해서 못마땅해 생각하여 경고하였는데, 그런 남명을 두고 김창협은 사도(師道)로 자처(自處)하여 많은 사람들을 그르쳤다 라고 근거없는 말을 마음대로 하였다. 기(氣)를 숭상하고 기이한 것을 좋아하다 보니까 정인홍(鄭仁弘), 최영경(崔永慶) 같은 제자가 나오는 것은 당연한 귀결이다. 남명에게는 백여 명의 제자가 있는데 유독 정인홍, 최영경만 거론하는 것은 남명이 그런 제자만 기른 것으로 보이게 하려는

40) 金昌協 『聾巖集』 권32 32-33장, 「雜識」. 이 이하의 인용문은 모두 雜識에서 나왔다.

의도라 할 수 있다. 인조반정을 일으킨 서인정권(西人政權)의 정당성을 확보하기 위해서는 힘 닿는 데까지 정인홍을 폄하하려고 하는 것은 서인인 김창협으로서는 당연히 그렇게 말하지 않을 수 없었을 것이다. 기축옥사(己丑獄事)로 인하여 죽임을 당한 최영경도 정철(鄭澈)·성혼(成渾) 등 서인들의 행위를 정당화하기 위해서는 지속적으로 미워하고 훼손하지 않을 수 없는 대상이었다. 그리고 남명의 시문(詩文)은 말이 안 된다고 적고 있다. 사람마다 시나 문장은 다 특색이 있는 것인데, 김창협은 이런 점을 인정하지 않고 남명의 위상을 훼손하기에 급급하여 설득력 없는 흠을 계속 찾아내려고 하고 있다. 김창협이, 남명은 학문도 모르고 시문도 되지 못하고 남명이 중시한 경(敬) 공부도 틀렸다고 말하였는데, 이는 남명에 대하여 근본적으로 무시하려는 말이다.

김창협(金昌協)이 남명에 대해서 마음놓고 이렇게 악의적으로 모독하는 발언을 계속 했는데도 남명학파(南冥學派)에서는 이에 대해서 아무런 문제제기도 하지 않고 반박도 하지 못했다. 인조반정(仁祖反正)이 가져온 타격으로 남명학파는 더 이상 정치적으로나 학문적으로 대응할 결집된 힘이 없어졌다는 점이다. 얼마 간 남아 있던 남명학파 계열의 속한다고 할 수 있는 인물들도 자기 보호를 위해 정인홍과의 관계를 지우고 퇴계학파(退溪學派)로 전향하기에 급급하였다.

조선(朝鮮) 전기나 중기에는 많은 인재들이 영남(嶺南)에서 나왔지만, 인조반정(仁祖反正) 이후 남명학파(南冥學派)가 몰락한 이후로는 인재의 중심이 경상도(慶尙道)에서 서울로 옮겨갔다. 특히 경상우도(慶尙右道)에서는 인조반정 이후 정치적인 요인으로 전국적인 영향을 가진 학자나 정치가가 나오지 못했다.

상하 수천년 동안 이 한 도(道) 안에 장수와 정승 등 높은 벼슬과 문장(文章) 덕행이 있는 사람 공훈을 세우고 절개를 지킨 사람, 도사(道士) 승려 등이 많이 나와 '인재의 부고(府庫)'라고 불렀다. 우리 왕조에서는 선조(宣

祖) 이전에 나라의 권세를 잡은 사람은 모두 이 도의 사람이었고, 문묘(文廟)에 종사(從祀)된 사현(四賢)도 이 도의 사람이었다. 인조(仁祖)가 율곡(栗谷) 이이(李珥), 우계(牛溪) 성혼(成渾), 백사(白沙) 이항복(李恒福) 등의 문생(門生) 및 자제들과 더불어 반정(反正)을 한 뒤로부터는 굳이 서울에 살며 대대로 벼슬해 온 집안의 사람들만 썼다.[41]

　　퇴계학파(退溪學派)가 주축이 된 남인(南人)들은 인조반정(仁祖反正) 이후에도 서인(西人)과의 연합정권에 참여하여 어느 정도 지분을 확보하여 대제학(大提學), 이조판서(吏曹判書) 등의 요직도 역임하였으므로, 영남(嶺南) 사람으로서 어느 정도 벼슬길은 열려 있었다. 그러나 진정하게 남명학파(南冥學派)에 속하는 지역의 인물들은 전혀 등용이 되지 못했다.

VI. 결론

　　실천을 중시한 남명(南冥) 조식(曺植)의 교육방법에 힘입어 남명의 제자들이 임진왜란(壬辰倭亂)을 당하여 목숨을 걸고 의병(義兵)을 일으켜 나라를 구출한 공을 세우게 되었다.

　　평소에 남명의 학덕(學德)을 흠모하여 같이 정치하기를 간망(懇望)했던 선조(宣祖)는 남명 사후 남명의 제자들을 조정에 많이 발탁하였고, 이들은 선조 후기의 조정에서 힘을 얻어 광해군(光海君)의 즉위를 도왔고, 드디어 광해조에서는 정인홍(鄭仁弘), 이이첨(李爾瞻)을 중심으로 대북정권을 형성하여 막강한 힘을 발휘하게 되었다.

　　그러나 정인홍(鄭仁弘)이 영향력 아래에 있던 대북정권은 율곡학파(栗谷學派), 우계학파(牛溪學派)와의 갈등, 퇴계학파(退溪學派)에 대한 비판, 영창대군(永昌大君) 옥사, 폐모론(廢母論) 주창 등으로 인하여 고립을 자

---

41) 李重煥 『擇里志』, 15장, 慶尙道條.

초하여 결국 인조반정(仁祖反正)의 빌미를 제공하였다. 정인홍(鄭仁弘)을 위시한 수많은 인물들이 처형되거나 파면되었고, 이는 결국 남명학파(南冥學派)의 침몰을 가져오고 말았다. 반면 사계학파(沙溪學派)는 정국을 완전히 장악하여 수많은 사람들이 요직을 거의 다 차지하였고, 학계에서도 율곡학파(栗谷學派)가 주도권을 쥐게 되어, 이후 조선(朝鮮) 사회의 각방면에서 가장 중요한 영향력을 행사할 수 있게 되었다.

대북파(大北派)의 소멸로, 남명학파는 정계에서는 물론 학파적(學派的)으로도 거의 단절되는 불행을 겪게 되었고, 이후 조선시대(朝鮮時代)가 끝날 때까지 다시 부흥(復興)하지 못하고 말았다.

남명 제자인 정인홍은 남명을 존숭(尊崇)하는 마음에서 남명을 높이기 위해서 많은 노력을 했지만, 자신이 인조반정으로 인하여 역적으로 몰려 처형됨에 따라 정인홍의 의도와는 달리 반대파의 사람들이 남명을 부정적으로 평가할 때 정인홍의 정치적 과오가 마치 남명에 원인인 있는 듯이 확대 전가하여 남명학파를 공격하는 데 이용하였다.

반면 김유(金瑬), 이귀(李貴) 등 반정공신(反正功臣) 대부분이 제자인 사계(沙溪) 김장생(金長生)이 이끄는 사계학파(沙溪學派)는 인조반정(仁祖反正) 이후 조정의 정권은 물론, 송시열(宋時烈), 송준길(宋浚吉) 등이 나와 조선의 학계를 주도하게 되었다.

나중에 서인(西人)들이 노론(老論)과 소론(少論)으로 분리되기는 했어도 사계학파(沙溪學派)의 범주에서 벗어난 것은 아니었고, 조선말기까지 우리나라 정계와 학계를 주도한 학파는 사계학파였다고 할 수 있다.

결론적으로 말하여 인조반정(仁祖反正)으로 인한 최대의 피해자 집단은 남명학파(南冥學派)이고, 최고의 수혜자 집단은 사계학파(沙溪學派)라고 할 수 있다.

近畿南人 學者들의 南冥에 대한 關心

I. 序論

南冥 曹植(1501-1572)은 공허한 이론보다는 실천적 학문을 중시하였다. 그의 실천을 중시하는 교육방법에 힘입어 남명의 제자들이 壬辰倭亂을 당하여 목숨을 걸고 義兵을 일으켜 나라를 구출한 공을 세웠다.

평소 南冥의 學德을 흠모하여 남명이 정치에 참여하기를 懇望했던 宣祖임금은 남명에 대한 그리움으로 달래려는 의도에서 남명 사후 남명의 제자들을 조정에 많이 발탁했다. 이들은 宣祖 후기의 조정에서 힘을 얻어 光海君의 즉위를 결정적으로 도왔고, 드디어 光海朝에서 남명의 제자인 鄭仁弘과 그 제자 李爾瞻을 중심으로 大北政權을 형성하여 조정에서 강력한 힘을 발휘하게 되었다.

그러나 鄭仁弘이 영향력 아래에 있던 대북정권은 栗谷學派, 牛溪學派와의 갈등, 退溪學派에 대한 비판, 永昌大君 살해, 廢母論 주창 등으로 인하여 고립을 자초하여 결국 仁祖反正의 빌미를 제공하였고, 급기야 1623년 인조반정으로 인하여 정인홍을 위시한 대북파에 속하는 수많은 인물들이 처형되거나 파면되었고, 이는 결국 南冥學派의 쇠퇴를 초래하고 말았다.

鄭仁弘에 의해서 주도되어 오던 南冥學派는 仁祖反正으로 大北政權이 소멸되자, 크나큰 변화를 가져왔다.

정인홍은 일생 동안 스승 南冥을 높이기 위해서 노력했지만, 그가 죄인으로 몰린 이후에는 다른 당파에서 좋지 않은 시각을 갖고 그를 보게 되었고, 그 결과 남명에게도 좋지 않은 영향이 미치게 되었다. 정인홍은 남명을 領議政에 贈職되고 諡號를 받는데 큰 작용을 하였고, 서울 북쪽 三角山 기슭에 白雲書院을 세워서 남명을 享祀하는 등 남명의 推崇事業에 身命을 다했다. 또 남명을 文廟에 從祀되게 하기 위해서 많은 노력을 하였다.

그러나 仁祖反正 이후 鄭仁弘이 정치적 패배자가 되자, 光海君을 둘러싼 大北政權의 모든 죄악을 정인홍이 다 둘러썼다. 그리고 서인들은 교묘하게 정인홍이나 대북정권의 잘못이 그 스승인 南冥에게 원인이 있는 것처럼 의도적으로 전가하여 사실인 것처럼 만들어 나감으로 해서, 이후 남명학파는 큰 손해를 입게 되었고 결과적으로 세력이 위축되어 점점 몰락하게 되고 말았다.

鄭仁弘과 그 제자 李爾瞻 등 大北派의 중심인물이 처형되거나 유배당하고 나자, 대북파는 완전히 사라지게 되었다. 살아남은 대북파의 인물들은, 南人으로 편입되거나 西人으로 轉變하였다. 학파적으로는 살아남은 鄭仁弘의 제자들은 대부분 寒岡 鄭逑의 제자로 轉變하였다. 실제로 정인홍과 정구는 사는 곳이 가까웠으므로 두 사람이 살아 있을 때 그 제자들 가운데는 兩門에 아울러 출입한 경우가 적지 않았으므로, 轉變이라고 말하기 어렵지만, 인조반정 이후로는 감히 정인홍의 제자라고는 표방하지 못했으므로 자연히 정구의 제자로만 되었던 것이다. 그리고 정구는 南冥과 退溪 양문에 다 출입했지만, 인조반정 이후 한강의 제자들은 한강의 淵源이 퇴계라고만 밝혀 한강을 남명과 의도적으로 격리시키려 했으므로 한강의 제자들은 자연히 퇴계학파의 學脈만을 이은 것처럼 행세하는 경우가 많았다. 또 鄭仁弘의 제자들의 후손들에 의해서 기록을 왜곡 조작하여, 자기 조상들과 정인홍의 관계를 끊은 적이 많았다.

인조반정 이후 서울 경기지역에서 南人의 위치에서 활약하는 일파를 近畿南人이라고 하는데, 이들은 退溪學派의 계승자로서 寒岡의 학문을 이은 사람들이다. 그 대표적인 인물이 龍洲 趙絅, 眉叟 許穆이고 星湖 李瀷 등을 통해서 朝鮮 말기 性齋 許傳에까지 그 學統이 전해져 내려온다.

本考에서는 서울 京畿지역을 중심으로 활동하던 近畿南人들이 南冥에 대해서 어떤 생각을 갖고 있었으며, 남명을 위해서 어떤 일을 하였는가를 고찰하여, 南冥의 歷史的 位相을 밝히고자 한다.

II. 仁祖反正 이후 近畿南人의 南冥에 대한 관심

仁祖反正 이후의 정계에 鄭仁弘의 제자였던 桐溪 鄭蘊, 寒沙 姜大遂 등이 다시 등용되어 상당히 중요한 자리를 맡았다. 桐溪는 평소에 남명을 두고 "敬義의 학문에 정력을 다 쏟아 이미 성현의 경지에 이르렀다"[1]라 하여 극도로 추앙했지만, 이미 南人으로 변신하였으므로 南冥學派를 위해서 별로 큰 역할을 하지 못하고 말았다. 또 정인홍이 이미 역적으로 몰려 처형 받은 판국에서 정인홍의 억울한 점을 밝혀주려는 노력을 할 수 없었다. 정인홍이 기피인물이었으므로 그 스승인 南冥에 대해서 언급하는 사람도 별로 없었다.

南冥을 享祀하는 주된 서원인 德川書院에 출입하는 선비들 가운데 西人으로 전환하여 서인 추종자가 된 儒生이 없지 않았다. 그러나 서인들은 남명을 좋게 평하지 않았다. 申欽, 李植 金昌協, 金昌翕 등 서인들은 끊임없이 南冥을 鄭仁弘과 연관시켜 계속해서 악의적으로 폄하했다. 특히 李植은 서인들 가운데서도 대표적으로 철저하게 南冥을 훼손하고 退溪를 존숭한 인물이었다. 그는 또 대북정권에 의해서 편찬된『宣祖實錄』의 문제점을 지적하여『宣祖修正實錄』을 편찬하도록 건의하였고, 나중에 자신이『선조 실록』의 수정하는 일에 직접 종사하였다. 그러면서 남명에 관계된 기사가 나오면 암암리에 의도적 훼손하고 폄하하는 필치로 수정하였다.

이렇게 남명이 계속 폄하를 당하는 상황에서 그래도 南冥을 옹호하고

---

1) 鄭蘊『桐溪集』권2 24장,「南冥曺先生學記類編後跋」. 專精敬義之學, 已至聖賢之域.

남명의 위상을 유지해 주려고 노력한 사람들이 近畿南人 학자들이었다. 梧里 李元翼은 南人으로서 仁祖反正 이후 領議政을 맡아 정국안정에 노력한 인물이지만, 그는 학문을 전문적으로 한 사람이 아니었기 때문에, 南冥이나 退溪의 학문에 대해서 언급한 것이 없다.

梧里의 뒤를 이어 잠시 桐溪가 南人의 영수의 지위에 올랐지만, 丙子胡亂 이후 벼슬을 그만두고 金猿山에 숨어 세상과 완전히 단절된 생활을 하였으므로 중앙정계에 영향력이 별로 없었다. 近畿南人으로서 본격적으로 南冥에 관심을 가진 인물로는 龍洲 趙絅이 처음이다.

1. 龍洲 趙絅

仁祖反正 이후 최초로 南冥에 관심을 갖고 있었던 인물은 龍洲 趙絅이었다. 그는 西人政權에서도 여러 차례 大提學을 지낼 정도로 비중 있는 인물이었고, 梧里 李元翼 이후 近畿南人을 주도하는 領袖의 위치에 있었다.

龍洲는 光海君 시기에 한 동안 居昌에서 살았다. 이유는 그의 조모 李氏가 거창 출신이기 때문이었다. 그래서 용주는 어려서부터 거창에 가서 지낸 적이 많았다. 그의 할아버지 趙玹은 한 때 거창에서 寓居한 적이 있었고,2) 그 아버지 趙翼南은 거창의 유명한 학자 茅谿 文緯와 절친한 친구 관계였다. 그래서 용주는, 문위를 처음에는 부친의 친구로 섬기다가, 얼마 지난 뒤 스승으로 섬겼다.3) 이때 眉叟 許穆의 부친 許喬가 거창 군수로 재직하고 있어 미수가 거창에 와서 산 적이 있었는데, 미수 역시 문위의 문하에 출입하게 되었다. 후일 차례로 近畿南人의 중심인물이 된 두 사람이 청년 시절 거창에서 처음 만난 이후로부터 학문적인 선후배로서 평생 두터운 관계를 유지하였다.

文緯는 德溪 吳健과 寒岡 鄭逑의 제자이고, 덕계와 한강은 南冥·退溪

---

2) 趙絅 『龍洲遺稿』 卷15 23張, 「祖考墓碣陰記」.
3) 『龍洲遺稿』 권14 18장, 「茅谿墓誌銘」.

兩門에 모두 출입했으므로, 문위는 南冥과 退溪의 再傳弟子가 되는 셈이다. 문위를 통해서 용주는 퇴계와 남명의 학파에 接脈될 수가 있었던 것이다. 또 용주는 鄭仁弘의 제자인 桐溪 鄭蘊을 스승으로 삼았지만, 정인홍에 대한 감정이 안 좋았기 때문에 동계를 통해서 南冥學派에 접맥되기는 어려웠다.

龍洲의 학맥은 그 스승 文緯를 통해서 남명에게 연결될 수 있다. 용주는 젊은 시절 居昌에 살면서, 남명의 출생지이면서 청장년기를 보냈던 三嘉縣 兎洞을 방문한 적이 있었다. 그러나 그는, 南冥의 神道碑를 지으면서, 남명의 인품이 高古하고 器局이 峻整하며 그 疏나 封事에 세상을 구제할 뜻이 있는 것은 칭송했고, 남명의 秋霜烈日 같은 기상은 잊지 않고 존경한다는 뜻을 밝혔을 뿐이다. 그러나 자신은 남명과는 학문적인 淵源關係는 밝히지 않았다. 南冥의 神道碑銘을 지었으면서도, 학문을 하는 순서나 학문에 들어가는 동기 등 남명의 학문과 관계되는 문제에 대해서는 大谷 成運이 지은 「南冥墓碣銘」에 다 들어 있기 때문에 사족을 덧붙이지 않겠다는 태도를 취하여, 직접적인 언급을 회피하고 있다. 그리고 남명의 학문적 연원이나 門人들에게의 傳授關係에 대해서도 아무런 언급을 하지 않고 있다.[4]

이 이유는 무엇일까? 龍洲 자신이 인조반정 이후 西人執權 아래에서 桐溪의 落鄕 이후 南人을 영도하는 위치에 서서 近畿의 남인과 영남 남인의 힘을 규합해야 할 임무를 맡고 있는 입장이었다. 광해조에 정인홍을 위시한 大北政權에게 시달린 많은 南人들 가운데는 남명에 대한 시각도 정인홍 등 그 일파로 말미암아 굴절되어 있는 경우가 적지 않았다. 그래서 퇴계의 학문연원으로 이미 구심점이 잡혀 있는 近畿南人의 思考 속에, 다시 남명의 학문 성격이나 수준에 대한 자신의 높은 평가로 인해서 문제를 야기시키고 싶지 않은 게 용주의 심정이었던 것이다.

---

4) 『龍洲遺稿』 권18 8-11장, 「南冥先生神道碑銘」.

龍洲는 西人의 공격으로부터 南冥을 옹호하려는 생각은 있었지만, 退溪
와 대등한 위치까지 추앙할 생각은 거의 없었기에, 남명과는 일정한 거리
를 두고 있었던 것이다.

그러나 용주는 남인 내부의 결속력을 다지기 위해서 퇴계학파와 남명학
파와의 융합을 도모하였다. 그는 두 학파의 후계자들끼리 관계가 나빠져야
할 이유가 없다고 생각하였고, 또 서로 대립적인 관계를 만들려는 폐습을
바로잡으려고 노력하였다. 「南冥神道碑銘」에서 이 점에 대해서 특별히
이렇게 언급하였다.

> 南冥先生은 사람을 쉽게 인정하지 않았다. 유독 退溪先生에게만은 하루도
> 만난 적이 없는 것을 안타깝게 생각하여 편지를 자주 주고받았으며, 반드시
> 선생이라고 일컬었다. 후세에 와서 말하는 사람들 가운데서 어떤 사람들은
> 두 선생이 서로 용납하지 않았다고 생각하고 있으니, 이상한 일이다.[5]

鄭仁弘 일파가 득세했던 光海朝에, 龍洲는 주로 居昌에서 寓居하고 있
었다. 남명의 제자 가운데서 가장 영향력이 컸던 鄭仁弘은 南冥을 높이려
고 하였고, 退溪의 文廟從祀를 반대하여 강도높고 비난하는 상소를 광해
군에게 올린 적이 있다. 정인홍의 추종자들은 정인홍보다 더 격렬하게
퇴계 및 퇴계의 제자들을 비난하였다. 그래서 두 학파의 관계는 점점 나빠
졌고, 인조반정 이후 정인홍 일파가 실각한 뒤에도 남명학파의 일부 인사
들은 퇴계학파에 대하여 좋지 않은 감정을 갖고 있었다. 그래서 용주는,
남명학파 일부 인사들의 편견을 바로잡으려는 의도에서 「南冥趙先生神道
碑銘」에 퇴계와 남명의 관계는 각별하였는데, 후세의 몇몇 사람들이 퇴계
와 남명의 관계가 서로 용납하지 못할 정도였다고 말하는 것은 전혀 사실
이 아니라는 것을 강조하고 있다.

---

5) 『龍洲遺稿』 권18 8~11장, 「南冥先生神道碑」. 先生, 於人少許可, 獨於退溪先生, 不以無一
   日雅爲嫌. 往復書牘甚數, 必稱先生. 後之論者, 或以爲, 二先生不相能, 異哉!

龍洲가『桐溪集』서문을 지으면서 "桐溪가 圃隱, 晦齋, 退溪의 학문을
계승한 바탕에서 義理의 문장을 지은 것으로만 말했을 뿐6) 자신의 스승인
동계를 남명학파와 관계가 있다는 언급을 전혀 하지 않고 있다. 이에서
嶺南의 학문에 대한 용주의 태도를 알아 볼 수 있다. 용주는 본디 남명의
학문태도에 그렇게 만족하지 않은 데다 정인홍의 독단으로 인하여 많이
굴절된 남명학파에다 자기 스승을 소속시키고 싶지 않았던 것이다.

龍洲의「南冥神道碑銘」는 慶尙右道 南人系 儒林들의 요청으로 지은
것이다. 남명의 墓道文字는 여섯 종류가 있는 바 남명이 逝世한 직후 그
절친한 친우인 大谷 成運이 지은 墓碣銘이 맨 먼저 지어졌던 글인데, 남명
과 오랜 기간 동안 직접 교우를 했으므로 남명의 학덕과 행적을 상세하면
서도 곡진하게 묘사했다. 寒岡 鄭逑는 이 글을 "大賢의 風貌를 잘 서술했
다"7)고 평한 적이 있다. 그 뒤 光海君 때 남명에게 領議政이 추증되어
神道碑를 세울 필요가 있게 되자, 제자 鄭仁弘이『南冥神道碑銘』을 지어
세웠다. 그러나 1623년 仁祖反正으로 인하여 鄭仁弘이 역적으로 몰려 처
형되자, 그 비석도 없애 버렸다. 그러나 현재 그 碑文은 남아 전한다.

仁祖反正 이후부터는 慶尙右道에 근거지를 두었던 大北追從勢力은 南
人이나 혹은 西人으로 전향했다. 그래서 南冥을 推崇하는 德川書院 유림
사이에도 당파가 갈리게 되었다. 서인계열의 덕천서원 유림들과 일부 후손
들은 남인계열의 학자에게 신도비를 부탁한다면 틀림없이 퇴계와 같은
반열까지 이를 정도로 남명의 學德을 칭송하지 않을 것이라고 생각하여,
西人系列의 학자에게 신도비명을 청하게 되었다. 맨 먼저 淸陰 金尙憲에
게 神道碑銘을 청했으나, 청음이 응하지 않았다. 그래서 다시 그의 제자인
尤庵 宋時烈에게 청하여 글을 얻었다.

남인계열의 유림과 남명의 손자 曺晋明, 曺俊明 등은 남명의 神道碑銘

---

6) 趙絅『龍洲遺稿』권11 37장,「桐溪先生集序」. 若圃隱, 若晦齋, 若退陶先生, 無所事於文,
而流出胸中者, 盡義理也. 其後百有餘年, 聞三先生之風而悅之者, 先生庸非其人哉?

7)『南冥別集』권7 12장,「師友錄」鄭寒岡條. 成大谷所撰曺先生碣文, 善形容大賢氣像.

은 남인계열의 학자가 지어야 한다고 생각하여 1657년 수백 명의 儒林을
모아 회의를 거쳐 당시 남인의 領袖인 龍洲에게 글을 청하였다. 그러나
용주가 시일을 너무 遷延하는 바람에 지을 뜻이 없는 것으로 간주하여
다시 용주의 후배이자 남인의 대표적인 학자인 眉叟 許穆에게 부탁하였던
것인데, 미수는 곧 지어 보내주었다. 미수가 지은 신도비명이 刻字되어
南冥의 산소 밑에 세워진 뒤에야 용주가 신도비명을 지어 보냈으므로 용
주가 지은 신도비명은 애초에 刻字되어 세워진 적은 없었고, 다만『南冥別
集』에만 실리게 되었다.8)

　眉叟가 지은 남명의 碑를 이미 세웠으므로 尤庵이 지은 神道碑銘은
이중으로 세울 수가 없어 世系 부분을 삭제하여 三嘉縣에 있던 龍巖書院
의 廟庭碑로 세웠다. 1920년대 德川書院에 출입하는 老論系列의 유생 및
남명후손들과의 사이에 眉叟가 지은 신도비에 문제가 있다 하여, 新都에
는 우암이 지은 신도비로 바꾸어 세우고, 미수가 지은 碑는 땅속에 묻어
버렸다. 南人系列의 유생들은 이 처사에 극력 반대하였지만, 일은 그대로
진행되었다.

　龍洲는「南冥神道碑銘」에서 남명의 成學過程, 出處大節 및 남명 疏箚
의 내용이 국가 통치의 藥石이 된다는 점을 강조하고, 남명은 주장은 단순
한 處士의 큰 소리가 아니라는 점을 밝혀, 남명의 經世濟民의 큰 학문을
인정하였다.

　다만 용주는 "남명의 고향에 들러 그의 곁에서 그 가르침을 듣는 듯하
다"9)라고 말하여 존모하는 뜻을 나타내긴 했지만, 자신의 學統을 남명에
게 대지는 않았다.

　8)『南冥集』권5 25장,「龍洲所撰神道碑後注」. 孝廟八年丁酉, 院儒數百人, 與先生諸孫相議,
　　聯名上書于趙龍洲, 乞銘, 而久不製送矣. 先生諸孫更請於許眉叟. 旣入石之後, 此銘又來, 故
　　並錄于此, 以備參考焉.
　9)『龍洲遺稿』卷18 8張,「南冥曺先生神道碑銘」. 唯其昔客南土, 過先生桑梓鄉, …… 怳若挹
　　先生之謦欬其側也.

2. 眉叟 許穆

龍洲의 뒤를 이어 近畿南人의 영수로서 남인을 주도한 인물이 眉叟 許穆이다. 앞에서 언급한 바와 같이 그는 南冥의 神道碑에 해당되는 「德山 碑」를 지었다. 그러나 이 글은 처음부터 말썽의 소지가 없지 않았다.

眉叟의 문집은 『記言』이라 하는 독특한 이름을 붙였다. 原集은 자신의 손으로 편찬하였으므로 시문의 순서나 제목도 자신이 정했는데, 남명 신도 비의 명칭을 「南冥曹先生神道碑銘」이라 하지 않고, 「德山碑」라 하였다. 眉叟의 『記言』에서 「德山碑」 바로 다음에 들어 있는 寒岡 鄭逑의 墓誌銘은 「文穆公壙銘」이라 하여 諡號를 사용하였고, 그 다음의 桐溪 鄭蘊 行狀은 「桐溪先生行狀」이라고 하였다. 그 규모에 있어서도 「文穆公壙銘」이 2600 여자인데 비해서 「德山碑」는 1216자에 불과하다. 그리고 비문 속에 이미 역적으로 처형된 鄭仁弘의 이름을 넣었고, 子孫錄이 없고, 그 氣節만 강조 한 듯 한 것 등등은 西人을 추종하는 유림과 일부 후손들의 불만이었다.

그러다가 『記言』別集에 실린 「答學者書」가 세상에 공개되자, 미수가 지은 비문에 불만을 갖고 있던 후손들이나 老論系列 유림들이 남명에 대 한 미수의 정신적 자세를 가지고 크게 문제로 삼았다. 眉叟의 「答學者書」 는 이러하다.

> 나는 능한 것이 없고 단지 古文으로 세상에 이름이 났습니다. 늙은 이후로 부터는 그 문장이 더욱 간결해지고 깊어져서, 글을 지을 때, 가볍게 취급할 것이냐 중요하게 취급할 것이냐 취할 것이냐 버릴 것이냐 하는 데 있어서 한 글자 한 구절도 아무렇게나 하지 않습니다. 이 것이 옛날 사람들이 어떤 일을 논히여 글을 짓는 體裁와 법도입니다. 이런 것은 아는 사람과 더불어 이야기할 수 있는 것이지, 속된 무리들의 귀나 눈을 즐겁게 할 수 있는 바는 아닙니다.
> 보내주신 서신에서 뭐라고 하셨던데, 과연 이런 이야기가 있었군요. 무릇 사실을 기록하는 글을 짓는 법은, 큰 것은 상세히 다루고 작은 것은 생략해

버리는 것입니다. 빛나는 것을 취급하되 중요한 것에 더욱 뜻을 다합니다.
그래서 「孔子 本紀」[10]에는, 공자가 집안에 거처하면서 부모를 섬기고 형님
을 따르고 하는 예절에 관한 것은 말하지 않았습니다. 그 제자들의 列傳
가운데서 顔子 열전에서는 孝에 대해서 이야기하지 않았고, 曾子나 閔子의
경우에만 효에 대해서 이야기했습니다. 이 것은 다 큰 것만 들어서 이야기
한 것이지, 공자나 안자의 행실이 증자나 민자보다 못하다는 것은 아닙니다.

　세속 사람들의 논의는, 세세한 행실을 들어 언급하지 않으면 그 실상을
매몰시켜 일컫지 않았다고 생각하고, 큰 줄거리를 이야기하면 뭇 사람들이
다 아는 평범한 것이니 취할 것이 없다고 생각합니다. 어찌 웃지 않을 수
있겠습니까?

　南冥 같은 사람은, 큰 말을 하며 고상한 행동을 하는 데 능하여, 우뚝이
서서 돌아보지 않습니다. 萬乘天子 같은 존귀한 사람에게도 굽히지 않고,
부귀를 뜬구름처럼 여깁니다. 온 세상을 가벼이 보고 옛날 사람들에 대해서
도 오만한 생각을 갖고 있습니다. 그가 취하여 숭상하는 바는 오로지, '추상
열일(秋霜烈日), 벽립만인(壁立萬仞)' 여덟 글자에 있습니다. 그 뜻이 높지
않은 것이 아닙니다.[11]

　여기까지는 어떤 사람이, "미수가 지은 남명의 신도비가 너무 간단하다"
라고 불만을 말해 온 것에 대해서 미수 자신의 글 짓는 원칙을 이야기했고,
'秋霜烈日'·'壁立萬仞'을 남명의 특징으로 삼았으니 크게 문제 될 것은
없다.

　그러나 眉叟가 이 서신에서 남명의 학문을 논하면서 남명을 보는 시각
에 존경하는 뜻이 없어 온당하지 못했다. 남명은 자신의 스승 寒岡의 스승

---

10) 「孔子本紀」: 司馬遷이 지은 『史記』에는 「孔子世家」로 되어 있지, 「孔子本紀」는 없다.
11) 許穆 『眉叟記言』 別集 권6 9장, 「答學者書」. 吾以無能, 徒以古文名世. 老來, 其文, 益簡奧,
　其輕重取捨, 無一字一句散漫. 此, 古論撰者之體法, 如此. 此, 可與知者言, 非俗輩耳目所悅
　也. 來示云云, 果然有此說也. 凡記事之法, 詳其大而略其小, 取其華而尤致志於其要. 故, 孔
　子紀, 不言居家事親從兄之節. 其弟子傳, 顔淵不言孝, 惟曾子閔子言之. 此皆擧其大而言之,
　非孔子顔淵之行, 不賢於曾子閔子也. 世俗之論, 不擧細行, 則以爲沒其實而無稱, 稱大節, 則
　以爲衆人所知, 尋常而不取, 豈不可笑? 如南冥者, 能大言高行, 特立不顧, 不屈於萬乘之尊,
　視富貴如浮雲, 輕一世而傲前古. 其所取尙, 專在於秋霜烈日, 壁立千仞八字, 其志不爲不高.

이니까 자신에게 師祖가 되는 셈이다. 그러나 서신의 내용은 마치 남명을 한번 시험해 보겠다는 듯한 느낌이 없지 않다.

그 학문을 두고 논하건대 한번 전수되어 仁弘을 얻었습니다. 인홍의 방식은 오로지 法家의 방식을 사용하는데, 참혹하고 각박하여 은혜가 없습니다. 말만 했다하면 春秋의 의리를 들먹이는데, 그 법을 바로잡는다고 하면서 그 아들이 어머니의 나쁜 점을 廢黜할 수 있다고 생각하여, 인륜의 중요한 점을 돌아보지도 않습니다. 제 몸이 極刑을 당하는 데 이르렀으면서도 오히려 깨우치지 못했습니다. 지금도 그 사람들은 은연중에 그를 존경하여 스승으로 여기고 있습니다. 그들은 마음으로, "남명이 전한 법이 여기에 있다"라고 남몰래 생각하고 있는 것입니다. 이런 자들은 마땅히 사방 변방으로 쫓아보내야지, 더불어 나라 가운데서 같이 살 수는 없습니다. 남명의 末弊는 이러함에 이르렀습니다.

그러나 남명 같은 사람은 옛날의 이른바 고상한 선비[高士]입니다. 만약그 사람[南冥]이 세상에 살아 있다면, 나도 또한 그 사람을 만나보고서 그사람됨을 알기를 원합니다. 그러나 그와 더불어 벗하는 것은 나는 하지 않겠습니다.

龜巖은 옛날의 어진 大夫로서 禮를 알고 옛 것을 좋아하는 사람입니다. 두 분을 비교하면, 남명은 높으나 구암은 높지 않습니다. 남명은 기이하나구암은 기이하지 않습니다. 사람들의 마음은, 기이한 것을 좋아하고 높은것을 흠모하지 않음이 없습니다. 그러나 구암은 폐단이 없습니다.[12]

眉叟는 "남명의 학문이 鄭仁弘에게서 轉變되어 형성된 말폐가 있고, 지금도 정인홍에게 남명의 학문이 남아 있다고 사람들이 생각한다"라고

---

12) 許穆『眉叟記言』별집 권6 9장,「答學者書」. 論其學, 則一傳而得仁弘. 仁弘之術, 專用法家, 慘刻無恩, 言必稱春秋之義, 正其法, 則其子可以廢母之惡, 去人倫之重而不顧. 至於身被極刑, 而不覺悟. 至今, 其人, 隱然尊師. 其心竊謂曰, 南冥之傳法, 在此. 此當迸諸四荒, 不與同中國者也. 南冥之末弊, 至於如此. 然南冥者, 古之所謂高士, 若其人在, 吾亦願見而一識其爲人也. 然與之友, 則吾不爲也. 龜巖, 古之賢大夫之知禮好古者也. 視二人, 則南冥高, 龜巖不高, 南冥奇, 龜巖不奇, 人情莫不好奇而慕高也. 然龜巖無弊.

미수는 말했다. "나는 남명을 벗삼지는 않겠다. 어떤 사람인지 한번 만나 보겠다"라고 했으니, 남명을 기이하게 여길지언정 尊仰하는 마음은 없다는 것을 미수 자신이 밝혔다.

그리고 南冥과 絶交한 적이 있는 龜巖 李楨을 언급하여 남명과 비교하였고, 끝에 가서 "龜巖은 폐단이 없습니다"라고 한 말투에서 마치 남명은 폐단이 없지 않다는 것을 부각하려는 것 같은 어투로 되어 있다.

정인홍을 극악무도하여 사형받아도 당연하다는 투로 말하면서 남명의 신도비에 군이 정인홍의 이름자를 넣는 것은 미수 자신의 생각에 前後矛盾되는 면이 있다. 이런 점이 미수가 지은 德山碑가 제거 당하게 된 결정적인 원인이 되었다.

晚醒 朴致馥 등은 "이 글이 『眉叟記言』에 실려 있는 것은 眉叟의 본의가 아닐 것이니, 논의해서 빼어버리는 것이 좋겠다"는 취지로, 『眉叟記言』 補刊所 편집자들에게 서신을 보냈다. "南冥은 남명으로서의 평가가 있는데, 이 글을 남겨두어 봐야, 미수의 盛德大業에 손상만 끼친다"고 했다.[13]

眉叟는 남명의 제자인 東岡 金宇顒의 문집 서문에서 "처음에 南冥에게 배웠다가 마침내 陶山에서 큰 도를 들었다"[14]라고 표현하였다. 동강은 남명의 외손서로서 젊은 시절부터 남명에게 주로 배웠고, 남명의 임종 때도 지켜본 대표적인 제자이다. 동강 스스로 退溪는 "서울의 여관에서 한 번 뵈었다"라고 했는데, 眉叟가 동강이 퇴계에 의해서 학문을 완성한 것처럼 기술한 것은 동강을 退溪 계열로 끌어가려는 의도가 다분히 보인다.

眉叟는 南冥學派 인물의 應酬文字를 많이 지었다. 곧 남명의 제자인 寒岡의 문집 서문, 묘지명, 守愚堂 崔永慶의 문집 서문, 忘憂堂 郭再祐의 神道碑를 지으면서 남명의 학문이나 그 연원관계에 대해서 언급한 것이

---

13) 朴致馥 『晚醒集』 권6 27장, 「「山天齋抵京中記言補刊所文」. 是書之載在刊集, 非先生之本意也. 審矣. 天幸斯文, 補刊之役, 又丁斯時. ……此等文字, 當在可議. 若曰, "事體難愼, 誰敢刪拔云乎, 則非鄙等之所與聞也.

14) 許穆 『眉叟記言』 권10 5장, 「東岡先生文集序」. 初學於南冥, 卒聞大道於陶山.

없다. 寒岡의 묘지명에서 '退陶李先生', '南冥先生' 등 분명히 尊崇하는
데도 차이를 두고 있다.

眉叟는 近畿南人의 領袖로서 嶺南南人들과 많은 교유를 하였고, 嶺南
의 應酬文字를 수없이 많이 지었고, 南冥의 생장지인 三嘉縣 兎洞과 지극
히 가까운 거리에 있는 宜寧郡 大義面 中村에서 10여 년 寓居했고, 또
泗川·咸安·漆原·昌原 등 南冥의 영향권인 경상우도에서 살았지만, 南
冥에게 별다른 관심을 보이지 않았고 또 남명을 위해서 한 일이 별로 없다.

3. 星湖 李瀷

星湖 李瀷은 眉叟 許穆의 私淑人으로 近畿南人의 學統을 이었다. 그러
나 미수와는 달리 南冥에 대해서 적극적으로 존경하는 자세를 취했다.
그는 少陵 李尚毅의 후손인데 이상의는 大北政權에 끝까지 참여하였으므
로 北人계열이고 인조반정 이후 남인으로 전환한 가문이라 할 수 있다.
성호는 退溪에 대한 尊仰이 지극하여 李子라고 존칭했지만, 남명에 대해
서도 거의 차이 없을 정도로 존앙하고 옹호했다.

慶尚左道와 右道의 풍속의 성향과 퇴계 남명의 학문의 특징을 星湖는
이렇게 표현하였다.

　　성스러운 우리 조정이 세워지자 人文이 비로소 열렸다. 중세 이후로 退溪
　는 小白山의 아래에서 태어났고, 南冥은 頭流山의 동쪽에서 태어났는데, 모
　두 다 嶺南 땅이다. 上道는 仁을 숭상하고, 下道는 의를 숭상한다. 유교의
　교화와 氣節이 바다가 너른 것이나 산이 높은 것과 같다. 이에 문명이 극치에
　이르렀다.
　　나는 두 분 大賢의 뒤에 태어났지만 지금까지도 그 문화가 땅에 떨어지지
　않았다. 마치 여울을 내려가는 배 같아 그 형세가 멈출 수 없는 것이다. 다시
　몇 리나 더 세찬 여울과 구덩이가 있을지 알지 못하겠다. 후세의 사람들이
　나를 바라보고 부러움을 일으킬 것이다.15)

慶尙左道는 仁을 숭상하고 慶尙右道는 義를 주로 하므로 두 지역 사람들의 경향이 다르고, 그런 풍토에서 태어난 退溪와 南冥도 당연히 학문태도와 기질이 다르다고 보았다. 퇴계는 儒敎를 통한 敎化를 위주로 하고 그 기상이 너른 바다 같고, 남명은 氣節이 높아 마치 높은 산 같다는 것이다. 자기는 두 선생이 남긴 혜택을 받아 학문을 이루기가 쉽다는 것을 다행으로 여기며 고마움을 표시하고 있다.

星湖는 退溪와 南冥을 대등하게 존경하였고 늘 두 선생을 동시에 일컬었다.

> 弘治 辛酉年(1501)에 이르러 우리 유학이 쇠퇴하지 않아 그 기운이 힘차게 나왔으니, 太白山 小白山 아래서 退溪가 태어나고 頭流山 아래서 南冥이 태어났다. 나라가 있은 이래로 일찍이 없던 일로서, 이는 하늘의 뜻이다. 두 선생이 이미 돌아가시고 난 뒤에는 그 문하에서 배운 제자들이 그 법도를 그대로 따라 지켜 世敎를 붙들어 세우고 도왔다. 오늘날에 이르기까지 儒者의 관을 쓴 사람들이 누가 두 선생이 남긴 혜택을 입지 않은 사람이 있겠는가? 謙齋河先生 같은 사람은 남명의 고을에서 나서 다른 사람을 통해 私淑하여 남명을 배운 사람이다. …… 겸재가 말하기를 "…… 근세에 曹文貞公이 그 칼에 새기기를 '안으로 밝히는 것은 敬이고, 밖으로 결단하는 것은 義이다'라고 하시고는 이 敬義를 벽에 깃든 해와 달로 삼고 이 말을 가슴에 새기고 다니면서 안과 밖을 서로 연관시켜 앎과 행실이 동시에 나갔다. 그러한즉 德川洞天의 문에만 들어가면 程子 朱子로 거슬러 올라가 泰山 같은 공자도 우러를 수 있을 것이다"라고 했다.[16]

15) 『星湖僿說』 권1 天地門 33장, 「東方人文」. 聖朝建極, 人文始闢. 中世以後, 退溪生於小白之下, 南冥生於頭流之東, 皆嶺南之地. 上道尙仁, 下道主義, 儒化氣節, 如海闊山高. 於是乎, 文明之極矣. 余生兩賢之後, 猶是文未墜地. 自此以後, 如下灘之舟, 其勢難佳, 不知更有幾里激灘坎窞在也. 後來者, 必將企余而起羨.

16) 李瀷 『星湖全集』 권50 4-5장, 「謙齋河先生文集序」. 至弘治辛酉, 斯文不墜, 蔚發於一區. 有若退溪李先生, 降生於大小白山之下, 亦越 南冥曹先生, 降生於頭流之東. 自有邦有始有焉. 此, 天意也. 李先生, 旣沒, 及門諸子, 步趨矩蠖, 扶佑世敎, 式至今冠儒冠者, 孰非餘澤. 若謙齋河先生, 生於南冥之鄕, 私淑諸人者也. …… 其言曰, "……近世曹文貞公, 銘其劍曰,

星湖는 우리나라에 退溪와 南冥이 태어난 것은 하늘의 뜻으로서 朝鮮이 건국한 이래로 가장 큰 의미가 있는 일로 보았다. 성호 당대까지도 두 선생의 제자들이 두 선생한테서 배운 法度를 전하여 世敎를 扶植하는 하였는데, 이는 모두 두 선생의 혜택이라는 것이다. 謙齋 河弘度의 말을 인용하여 德川 일대에는 남명선생의 敎化의 혜택이 그대로 남아 있어, 그것을 거슬러 올라가면 程朱의 학문과 공자의 학문에도 이를 수 있다고 하였다.

晉州 사람들이 節義를 숭상하고 名敎를 세우고, 자신을 엄격하게 유지하고 일을 과감하게 추진하는 것은 남명의 영향이라고 밝혔다.

> 晉州는 옛날 南冥曺先生의 고을이다. 조선생은 壁立萬仞의 기상이 있었는데, 그 남긴 영향이 아직 없어지지 않았다. 그 습속은 대개 節義를 숭상하고 名敎를 세우고, 자신을 유지하는 것이 엄하고 일을 만나면 과감하게 행한다.17)

星湖는 退溪學派와 南冥學派 사이의 갈등을 되도록 이면 해소시켜 嶺南의 학자들이 서로 화합하게 하려고 노력했다.

> 錦溪 黃俊良이 退溪에게 올린 서한에서 "南冥은 의리를 깊이 파고들지 못했다"라고 논했다. 퇴계가 답하기를 "이 사람들은 老莊이 문제가 된 경우가 많은데, 우리 학문에 있어서는 대개 깊지 못하다오. 깊이 파고들지 못한 것을 어찌 괴이하게 여길 것이 있겠소? 요컨대 마땅히 그 장점만 취하면 될 뿐이오"라고 했다.
>
> 副提學 開巖 金宇宏이 그 서한을 보고서 크게 놀라 이에 퇴계에게 이런 서신을 올렸다. "南冥先生이 右道에 계신 것과 선생께서 左道에 계신 것은 마치 하늘에 해와 달이 있는 것과 같습니다. 그러나 모두 다 우리 유학을

'內明者敬, 外斷者義', 用爲棲壁日月, 佩服此言, 表裏互參, 知行竝進, 則入自德川洞門, 直可以溯伊洛, 仰泰山矣.

17) 李瀷『星湖全集』권55 36장,「台溪集附錄跋」. 晉, 古南冥曺先生之鄉. 曺先生有壁立萬仞氣像, 遺韻未沫, 其俗大抵尚節義立名敎, 持己刻厲, 遇事敢行.

일으키는 것을 자신의 임무로 삼고 있습니다. 선비의 습성이 한번 변하면 道에 이를 수 있으니 마치 黃河의 많은 물을 각자가 마셔서 자기 배를 채우는 것과 같습니다. 깐깐하게 통이 좁은 사람이라도 그 언행이 신실하고 과단성이 있게 되는 것입니다. 曺先生께서는 더욱이 下學을 위주로 하여 말씀하시기를 '공부하는 것은 어버이를 섬기고 형을 따르는 것에서 벗어나지 않는다, 만약 이 것에 힘쓰지 않는다면 이는 사람의 일에서 天理를 구하는 것이 아니니, 끝내 얻는 것이 없을 것이다'라고 한 것에서 보듯이 한 마디라도 허무한데 가까운 것이 없습니다. '이제 老莊이 문제다. 학문이 깊지 못하다'라고 하시는데, 저는 망령되이 '학문은 인륜의 일상에서 벗어나지 않는 것으로, 마음을 간직하여 살펴서, 그 일에 익숙하게 된 그런 뒤에 실질적인 얻음이 있다'고 생각합니다. 우리 학문이 이 밖에 어디에 있는지를 감히 묻겠습니다. 선생께서 멋대로 異端이라고 헐뜯고 배척하시는데 아마도 선생의 큰 도량에 손상이 있을 것입니다. 시원하게 말씀해 주시어 갈수록 심한 저의 의혹을 풀어주시기 바랍니다".

퇴계가 답하기를 "나는 남명에 대하여 매우 흠모하는데 어찌 감히 멋대로 헐뜯고 배척하겠소? 다만 너무 입에 넘치게 남명을 칭찬하지는 못했던 것이오. 그래서 문을 닫고 공부하고 있는 것에 대한 평이 있게 되었는데, 淳厚하지 못한 논의가 있을 따름이오."라고 하였다.

경오(1570)년에 남명은 퇴계가 일생을 마쳤다는 소식을 듣고 슬퍼하여 눈물을 흘리며 말하기를 "같은 해에 태어나 같은 도에서 살면서도 70년 동안 서로 만나보지 못한 것은 어찌 운명이 아니겠는가? 이 사람이 죽었으니, 나도 가겠구나!"라고 했다. 2년 뒤 임신년에 남명도 세상을 마쳤다.

대개 퇴계가 남명을 인정하려 하지 않은 것은 한 두 마디가 아니나, 남명은 퇴계에 대하여 한 마디도 말한 적이 없었다. 퇴계의 순수한 덕은 흠이 없지만, 남명이 한 점의 시기나 혐의가 없었던 점은 본받을 만하다. 鄭寒岡은 말하기를 "남명은 동방에 다시 태어난 호걸이 아니겠는가?"라고 했고, 李栗谷은 "세상의 도덕을 만회한 공은 동방의 여러 학자들의 아래에 있지 않다"라고 했다. 그 壁立千仞의 기상은 가히 모진 사람을 청렴하게 만들고 나약한 사람을 일으켜 세울 만하니, 이른바 百世의 스승이다.

근세의 유학자 가운데서 퇴계의 평으로 인해서 간혹 儒家가 아니고 處士 가운데 俠氣가 있는 사람으로 말하는 사람이 있는데, 가소로운 일이다.[18)

　南冥을 "老莊的 경향이 문제이고 학문이 깊지 못하다"라고 退溪가 제자 黃俊良과의 서신왕복에서 한 말을 開巖 金宇宏이 알고서, 남명을 위해 퇴계에게 단호하게 따져 물으니, 퇴계는 자신이 '남명을 흠모하고 있는데 어찌 멋대로 헐뜯고 배척할 리가 있겠는가?'라고 하여 사실을 부인하였다. 자기가 남명을 좀 넘칠 정도로 칭찬하지 않는 것을 사람들이 헐뜯는다고 잘못 옮긴 것이라고 해명하였다.

　남명은 퇴계의 서거 소식을 듣고 눈물을 흘리며 슬퍼할 정도였다. 퇴계는 몇 차례 남명을 비판하는 말을 했지만, 남명은 퇴계를 비판하는 말을 한 마디도 하지 않았으니, 후세 사람들이 본받을 점이라고 성호는 말했다. 퇴계가 평한 말에 따라 남명에게 老莊적 경향이 있어 儒者가 아닌 것으로 말하는 것은 터무니없는 말이라고, 남명의 노장적 경향을 星湖는 완전히 부인하였다.

　성호는 남명의 도량이 퇴계에 비해서 더 우위에 있다고 본 것이다. 그리고 남명의 壁立千仞의 기상은 百世의 스승이 될 수 있다고 했다.

　星湖는 남명과 퇴계의 문장 특징을 비교하여 이렇게 말했다.

---

18) 『星湖僿說』人事門 권9 68,69장, 「退溪南冥」. 黃錦溪上退溪書, 論南冥義理未透. 退溪答曰, "此等人, 多是老莊爲崇. 於吾學, 例不深邃, 何怪其未透也? 要當取其所長耳." 開巖金副學宇宏得見其書, 大驚, 乃上退溪書曰, "南冥先生之於右道, 先生之於左道, 如日月然. 皆以興起斯文爲己任. 士習一變, 可以至道, 如飮河充腹. 雖磑磑小人, 言行信果. 曹先生則尤以下學爲主曰, '爲學不出事親從兄, 若不務此, 是不於人事上求天理, 終無所得', 無一言近於虛無, 今乃曰, '老莊爲崇, 學不深邃'. 小子妄以爲, 學問不出人倫日用間, 存心省察, 習於其事, 然後爲實得. 敢問吾學此外安在? 今先生肆然詆斥, 至比於異端, 恐有損於先生大度. 願賜開釋, 以解滋甚之惑". 退溪答曰, "吾於某, 慕用之甚, 安敢肆然詆斥? 但不能溢口稱譽, 故有下帷之評, 未醇之論耳". 庚午, 南冥聞退溪之卒, 悲悼流涕曰, "生同年, 居同道, 七十年未相見, 豈非命也? 斯人云亡, 吾其逝矣夫!" 越二年壬午, 南冥卒. 盖退溪斳許南冥, 不止一言, 而南冥無一句及退溪. 不但退溪純德無瑕, 亦可見南冥之無一點猜嫌, 可以爲法. 鄭寒岡有言, "南冥, 夫豈東方再生之傑也". 李栗谷有言, "挽回世道之功, 恐不在東方諸子之下. 若其壁立千仞氣像, 可以廉頑立懦", 則所謂百世之師也. 近世儒者, 或因退溪之評, 乃謂'非儒家者流', 創處士中有俠氣者; 亦可咍耳.

　　曺南冥선생이 문장을 짓는 것은 매우 기이하였다. 退溪가 그의 「鷄伏堂
銘」 등을 보고 말하기를 "莊子의 『南華經』 가운데서도 이런 글은 보지 못했
다."라고 했는데, 대개 비판한 것이었다. 남명은 일찍이 말하기를 "나의 문
장은 비단을 짜다가 匹을 이루지 못한 것이고, 퇴계의 문장은 베를 짜서
필을 이룬 것이다"라고 했으니, 또한 자신을 안 것이다.[19]

　남명은 젊은 시절에 『春秋左氏傳』과 柳宗元의 문장을 좋아했다. 본격
적으로 문장공부를 하여 名文章을 지어보려고 하다가 爲己之學에 침잠하
는 바람에 문장에 더 이상 신경을 쓰지 않게 되었다. 반면 퇴계는 科擧에
합격하였고 朱子 및 韓愈 歐陽脩 曾鞏 등의 문장을 좋아하였는데, 내용
위주의 평범한 문장을 지었으므로 이렇게 말한 것이다. 남명과 퇴계가
각자 문장을 보는 시각이 다르기 때문에 평하는 것도 당연히 달라야 한다.
星湖는 남명이 지은 「三足堂墓碣銘」을 예로 제시하면서 남명의 문장에
기이함이 있음을 증명하였다.
　남명의 시 가운데서 「題德山溪亭柱」라는 시를 인용하여 남명 시의 특징
을 논하였다.

　　남명에게 일찍이 이런 시가 있었다. "천석 들이 종을 보게나. 크게 치지
않으면 소리 없다네. 萬古의 天王峯은 하늘이 울어도 울지 않는다네". 이
어떤 역량이며 기백이냐? 초봄의 바람 같은 退溪에 비교할 수는 없지만,
이 시는 사람의 심장과 간담으로 하여금 큰 물결이 일어나게 한다.[20]

　남명의 기상이 가장 잘 표현된 시를 골라 남명의 力量과 기백에 讚歎하
고 있다. "만고의 천왕봉은[萬古天王峯]"이 『南冥集』에는 "어떻게 하면

---

19) 『星湖僿說』 詩文門 권30, 「南冥先生文」. 曺南冥先生作文甚奇. 退溪見其鷄伏堂等銘曰,
　　"南華書中, 不曾見此", 盖譏之也. 南冥嘗云, "吾之文, 織錦而未成匹者也. 退溪之文, 織布而
　　成匹者也." 亦自知矣.
20) 星湖僿說 詩文門 권30 53장,, 「南冥先生詩」. 嘗有詩云, "請看千石鍾, 非大叩無聲. 萬古天
　　王峯, 天鳴猶不鳴. 此何等力量氣魄, 雖不可比論於退溪之一月春風, 令人心膽爲之壯浪.

지리산처럼[爭似頭流山]"으로 되어 있다. 지리산의 그 웅장한 기백을 담
으려는 남명의 정신을 잘 파악하였다.

또 남명의 惺惺子를 두고 그 의미를 부연해 樂府詩를 지어『海東樂府』
에 편입시켰다. 그 작품에 자신의 서문을 이렇게 붙였다.

> 南冥曹先生이 일찍이 말씀하시기를 "배우는 사람은 잠을 많이 자서는 안
> 된다. 사색하는 공부는 밤에 더욱 專一할 수가 있다"라고 하시고는 일찍이
> 스스로 쇠방울을 차고 다녔는데, 그것을 惺惺子라고 했다. 때때로 흔들어
> 마음을 깨우쳤다.[21]

성호가 지은 「惺惺子」 시는 이러하다.

> 惺惺子여!
> 위대한 선생이 존경하던 바라네.
> 마음이 있으면 입으로 짓는 말 허물 있나니
> 움직이면 반드시 살피게 되고 살피면 말하게 되네.
> 살피면 두려움을 알게 되고,
> 말하게 되면 흠칫 놀란다네.
> 처음부터 모름지기 따라 고쳐나가,
> 마침내는 허물없기를 기약한다네.
> 몸 바깥을 단속하지 않으면서,
> 안으로 곧은 것 어찌 바랄 소냐?
> 쥐구멍을 지키며 움직이지 않듯,
> 닭이 알 품고서 잊지 않듯 해야 해.
> 당당당 옥이 소리를 내 듯이,
> 쟁반에 가득히 받쳐든 듯이 하여,
> 고요함을 주로 하여 근본으로 삼고,

21) 李瀷『星湖全集』권18 27장,「惺惺子小序」. 南冥曹先生, 嘗語學者曰, "無多着睡. 思索工
夫, 於夜尤專, 嘗自佩金鈴, 號曰, 惺惺子, 時振以喚醒.

서는 걸 體로 삼고 다니는 걸 用으로 삼네.
오직 높디높은 선생의 氣節은,
반드시 조심조심하는 데서 길러낸 것.
거동에서 한 번만 잘못 되어도,
바로 마음에 경고를 보낸다네.
밥 한 그릇 먹는 동안도 어기지 않아야 하고,
다급할 때도 마땅히 여기에 있어야 한다네.
선생이 선생 되게 된 까닭은,
오직 惺惺子 때문이로다.[22]

星湖는 南冥이 혼미해진 정신을 수시로 일깨우기 위해서 차고 다니던 성성자에 큰 의미를 부여하여 '남명선생이 남명선생이 될 수 있었던 이유는 오직 이 성성자 때문이다'라고 단적으로 말하고 있다. 사람의 바깥 행동이 바르지 않으면서 안으로 敬이 될 수 없고, 體가 바르지 않으면서 用이 바를 수 없다고 보았는데, 바깥 행동을 바르게 인도하여 마음을 바로잡는 것으로서 성성자의 기능을 성호는 인정하였다.

성성자는 본래 송나라 延平 李侗이 자기 수양 방법으로 찼던 것인데 우리나라에서 남명이 다시 부활시켜 일생동안 수양의 방법으로 썼고, 임종시 이를 제자 東岡 金宇顒에게 전해 주었다. 그러나 尤庵 宋時烈은 李喜朝가 "남명의 성성자가 수양하는 데 어떤 효과가 있느냐?"고 물었을 때 "선비가 꼭 그렇게 할 것까지 있느냐?"고 대답하여 별로 긍정적인 반응을 보이지 않았다.

星湖는 南冥의 기질과 학문 시문 등 다방면에 걸쳐 관심을 가졌고, 특히 南冥의 수양방법의 하나인 惺惺子를 차는 것에 대해 대단히 의미 있는

---

22) 李瀷『星湖全集』권8 17장,「惺惺子」. 惺惺子! 大人先生所敬尊. 有心有口過, 動必察察必言. 察則知懼, 言乃惕然. 始要從改, 卒期無慝. 苟外體之不飭, 豈內直之可望. 鼠守穴而不動, 雞伏卵而不忘. 維嵬赫之氣節, 必臨履中養來. 纔差失於擧止, 輒先警于靈臺. 罔終食之或違, 宜造次之於是. 先生所以先生, 維惺惺子.

것으로 평가했다.

4. 順菴 安鼎福

順菴 安鼎福은 星湖 李瀷의 得意弟子로서 많은 저술을 남긴 實學者였다. 그는 嶺南 선비들과 교유가 많았고, 영남의 문화와 인물에 경도되어 있었다.

嶺南은 땅이 두텁고 물이 깊고 산과 물이 한 곳으로 모여들어 산만한 기세가 없습니다. 그래서 그 곳 사람들은 質直하고 剛毅하고 실질에 힘쓰는 사람이 결과적으로 많습니다. 그래서 한 모퉁이에 있던 신라가 三韓을 능히 통일할 수 있었던 것도 실로 인재가 있었기 때문에 그렇게 된 것입니다. 우리 조정을 두고 말하건대 전후의 道學之士나 經國濟世를 아는 사람이 모두 영남에서 나왔습니다. 영남은 과연 사대부의 鄒魯之鄕이자 冀北입니다. 저는 영남의 친지들에 대해서 친소를 묻지 않고 마음을 기울여 그리워합니다.[23]

順菴은 近畿南人 學者로서 특히 江右地域의 應酬文字를 많이 지었다. 남명에 대해서 관심이 많은 학자의 한 사람으로서 江右地域의 應酬文字를 지을 때 꼭 남명의 淵源임을 밝혔다.

南冥이 退溪의 제자들이 너무 성리학의 이론적인 탐구에 치우치는 것을 보고 충고하는 서신을 보낸 적이 있었는데, 順菴은 남명의 그 말의 의미가 자기 당대에도 그대로 적용된다고 말했다.

退溪 당시에는 이 儒道의 근본이 밝혀지지 않았으므로 반드시 濂溪의

---

23) 安鼎福『順菴集』권8 38장,「答李仲章書」. 山南, 土厚水深, 山水歸一, 無散漫之勢. 故其人果多質直剛毅務實之人. 所以一隅新羅能統三韓者, 實由人才而然. 以本朝言之, 前後道學之士, 經濟之人, 皆出嶺南, 果是士大夫之鄒魯冀北, 愚於嶺中親知, 不問親疎, 傾心向慕, 實由於此也.

「太極圖說」로써 우선으로 삼았고, 당시의 의리상 그럴 수밖에 없었습니다. 당시 남명은 '손으로는 물 뿌리고 비질하고 사람 접대하는 예절도 모르면서 입으로는 天理를 논한다'는 비판이 있었습니다. 이는 老先生[退溪]의 본의를 몰라서 그랬던 것입니다.

　지금 세상에는 의리의 학설이 이미 충분히 퍼져 있습니다만, 학자들이 행하는 바는 사실 남명이 비판한 말에서 벗어나지 않습니다. 저도 많은 세월을 지나면서 이런 사람들을 많이 보았습니다. 하늘을 속이고 다른 사람을 속이고 자기 마음을 속이면서, 능히 학문을 할 수 있겠습니까?[24]

　남명이 지적한 공부하는 사람의 병통은, 오랜 세월 동안 만연되어 내려오면서 허위적인 학자를 양산하는 폐습이 되었다. 순암은 많은 세월을 지나오면서 하늘을 속이고 남을 속이고 자신을 속이는 학자라는 사람들을 많이 보아왔으므로 남명의 말이 학자들에게 頂門一鍼의 箴言임을 절실히 느끼고 있고, 남명의 선견지명에 감복하는 마음으로 嶺南의 친구 損齋 南漢朝의 서신에 답하였다.

　順菴은『南冥年譜』가운데 연대를 잘못 고찰하여 틀린 것을 지적해 냈다. 이는 100여 년 동안 아무도 발견해 내지 못한 것이었다.

　　내가 보니,『南冥年譜』에 이르기를 "嘉靖 기축(1529)년 6월에 文定王后가 왕후 자리에 올랐고, 같은 달 그믐날에 궁궐에 들어갔다. 7월 초1일에 큰 눈이 내렸고, 두 尹氏가 서로 다투었다. 선생은 그로 인하여 벼슬에 나갈 뜻을 끊었다."라고 되어 있다. 국사 및『璿源錄』을 살펴보았더니, 문정왕후가 궁궐에 들어간 것은 정축년(1517)이었다. 이 조항은 사실과 맞지 않는다는 것은 의심할 것이 없다.

　　또 을사년(1945) 아래 註에 이르기를 "이 해에 李芑 등이 直筆史臣 安名世

---

24) 安鼎福『順庵集』권8 35장,「答南宗伯書」. 退溪之時, 此道之原本不明, 故必以濂溪圖說爲 先, 時義然矣. 當時, 南冥有手不知灑掃應對之節, 而口談天理之識. 此則不知老先生本意而 然也. 當今之世, 義理之說, 已爛漫矣. 學者所行, 實不出南冥之語. 僕則, 閱歷多少歲月, 見如 此人多矣. 欺天欺人欺心, 而能有爲學乎?

를 죽였다"라고 되어 있다. 안명세가 죽은 것은 무신년(1548)이니, 이 또한 잘못 인용한 것이다.

정묘년(1567)에 이르기를 "8월에 선생이 東洲成先生을 海印寺에서 만났다"라고 되어 있고, 그 아래 註에 "작년 선생이 서울에서 남쪽으로 돌아올 때 俗離山에 들어가 大谷成先生을 방문했다. 그때 東洲는 고을원으로서 그 자리에 있었는데, 선생과는 처음 만나 이야기했지만 마치 옛날부터 사귄 사람 같았다. 이별하는 자리에서 '내년 8월 15일 해인사에서 만나자'고 했다"라고 되어 있다. 살펴보건대, 동주는 正德 병인년(1506)에 태어나 嘉靖 기미년(1559)에 세상을 마쳤다. 여기서 정묘년이라고 했으니, 동주가 세상을 떠난 지 이미 오래 되었다. 다시 살펴보건대 "임자년(1552)에 동주가 報恩縣監이 되었고, 을묘년(1555) 현감 자리를 버리고 돌아갔다. 관직에 있을 때 동주가 大谷을 만나뵈었고, 남명이 마침 왔다고 한다". 이 기록은 草堂 許曄이 기록한 『前言往行錄』에 나온다. 이 기록에 근거하면, 伽倻山에서의 모임은 을묘년과 병진년 사이에 있었던 것 같다.

『南冥年譜』는 无悶堂 朴絪, 謙齋 河弘度, 澗松 趙任道 의 손에서 이루어졌다. 이 세 분은 다 嶺南의 문학하는 선비다. 뚜렷한 사적도 실상을 잃는 것이 이와 같다. 정말이로다! 책을 짓기가 어렵다는 것이.[25]

『南冥年譜』는 남명의 再傳弟子에 해당되는 私淑人 无悶堂 朴絪이 초고를 만들고 謙齋 河弘度, 澗松 趙任道 등이 장기간에 걸쳐 검토한 뒤에 편찬해 낸 것이다. 누구도 지적하지 않았던 사실을 順菴은 정밀하게 살펴

---

25) 安鼎福『順菴集』권13 2-3장,「橡軒隨筆」下編. 余觀, 南冥年譜云, 嘉靖己丑六月, 文定王后升位, 同月晦日, 入宮, 七月初一日, 大雪, 兩尹相軋, 先生因絶仕進之意. 據國史及璿源錄, 文定入宮, 在於丁丑, 則此條爽實, 無疑. 又乙巳年下註云, 是年, 李芑等殺直筆史臣安名世. 按名世之死, 在戊申, 則此亦誤引. 又丁卯年云, 八月先生會東洲成先生于伽倻之海印寺. 其下註云, 去年, 先生自京南歸, 入俗離山, 訪大谷成先生. 時東洲, 以邑宰在座. 先生初面接話, 若舊交. 臨別, 期以明年八月十五日會於海印寺云. 按, 東洲, 以正德丙寅生, 嘉靖己未卒. 此云, 丁卯, 則東洲之喪, 已久矣. 更按, 壬子年, 東洲爲報恩縣監, 乙卯棄歸. 在官時, 東洲謁大谷, 南冥適來云. 此出於許草堂曄所記前言往行錄矣. 據此, 則伽倻之會, 似在乙卯丙辰年間也. 南冥年譜, 成於朴无悶絪, 河謙齋弘度, 趙澗松任道之手. 三公, 皆嶺中文學士也. 事蹟之顯著者, 爽實如此, 信乎纂述之難也.

세 곳을 바로 잡았다. 순암이 평소에 남명에 관심이 많았고『남명연보』를 여러 차례 정독하였다는 사실을 알 수 있다.

　順菴은 또『南冥集』에 실려 있는『無題』라는 시는 元나라 사람의 시라는 것도 밝혀 내었다.

　　南冥의 詩集은 刪定한 곳이 많다. 그 가운데「無題」라는 절구 한 수는 이렇다. "服藥求長年, 不如孤竹子. 一食西山薇, 萬古猶不死." 이 시는 元나라 사람 盧處道의「夷齊採薇詩」인데, 胡應麟의『詩藪』에서 나왔다. 위의 '不'자가 거기서는 '孰'자로 되어 있다.
　　또「謾成」이라는 제목으로 되어 있는 절구 한 수는 이렇다. "取捨人情不足誅. 寧知雲亦獻深諛. 先乘霽日爭南下, 却向陰時競北趨." 李淸江의『鰋鯖錄』에는 이 시를「茅齋觀雲詩」라 하였고, '先'자가 '旋'자로 되어 있다.[26]

　順菴이『南冥集』을 정밀하게 보고서 중국 사람의 시가 잘못 들어가 있는 것을 지적해 내었고, 또「謾成」이라는 제목으로 실린 시의 정확한 詩題인「茅齋觀雲詩」를 찾아내었다. 順菴은 평소에 남명의 시문에 깊은 관심을 갖고 있었음을 알 수 있다.

　空疏한 學風이 학자의 병통이라는 南冥의 지적이, 順菴 자기 시대에도 여전히 좋은 잠언이 되고 있다는 사실을 밝힘으로서 남명의 학문에 實學的 요소가 들어 있다는 것을 은연중 증명하고 있다.

5. 樊巖 蔡濟恭

　樊巖은 正祖 시대 南人 정승으로서 정조의 두터운 신임을 입었고, 특히 嶺南에 관심이 많았다. 慶尙右道 지역에 학문의 분위기가 다시 일어나는

---

26) 安鼎福 順菴集 권13 20장,「橡軒隨筆」下篇. 南冥詩集, 多有刪定處. 其無題一絶曰, "服藥求長年, 不如孤竹子. 一食西山薇, 萬古猶不死." 此元人盧處道「夷齊採薇詩」也, 出胡應麟『詩藪』. 上'不'字, 作'孰'. 又「謾成」一絶曰, "取捨人情不足誅. 寧知雲亦獻深諛. 先乘霽日爭南下, 却向陰時競北趨."李淸江鰋鯖錄, 以此爲茅齋觀雲詩. '先'作'旋'.

데 樊巖의 후원에 힘입은 바 크다. 그는 陶山書院 원장으로 추대되기도
했지만, 德川書院 원장으로도 추대되어 여러 해 동안 원장직에 있었다.

그의 부친 蔡膺一이 丹城縣監을 오래 지냈기 때문에 그는 어릴 때 德川
書院을 방문한 적이 있어, 나이가 들어 서울에 있으면서도, 德山의 분위기
와 덕천서원의 규모와 배치를 잘 기억하여 운치 있게 묘사해 내었다.

德川은 方丈山 속에 있는데, 南冥曹先生이 살아 계실 때는 여기서 道學을
강론하고, 돌아가셔서는 여기에 安葬하여 享祀하고 있으니, 천하의 특이한
지역이다. 내가 어릴 때, 丹城縣 관아에서 아침저녁으로 지냈기에, 일찍이
한 번 방문한 적이 있었다. 洞天 입구에 돌이 서 있는데 '入德門'이라는 세
글자를 새겨 놓았다. 물이 두 산을 끼도 나는 듯이 소리내며 흐르는데, 아득
하여 근원지가 어디인지를 알지 못하지만, 처음 이르자 나도 모르는 사이에
마음이 툭 트이고 시원해져 왔다. 돌 문을 통과하여 얼마 가지 않아 문득
시원하게 큰 벌판이 나왔는데 바둑판처럼 평평하였다. 벼 기장 뽕나무와
삼 등이 들판을 덮고 있었다. 높은 산이 사방을 둘러싸고 있는데, 마치 부채
를 펼친 듯, 장막을 두른 듯했다. 나는 구불구불하여 마치 헤엄치는 용과
같았는데, 들판 끝 부분에 가서 굽어져서 돌 문을 빠져나갔다.

德川書院은 들판 가운데 있으며 물가에 임해 있었는데, 그 규모가 크고
엄숙했다. 서원의 밖에는 날아갈 듯 정자가 솟아 있으니, 醉醒亭 洗心亭이라
고 했다. 물이 정자 아래에 이르러서는 시퍼렇고 깨끗하여 빙빙 돌았다. 노는
물고기들이 어떤 것은 뛰기도 하고 어떤 것은 잠기기도 했는데, 난간에 기대
어 셀 수 있었다. 내가 마음 속으로 즐거워하면서 시를 읊으며 돌아왔다.
그로부터 40여 년의 세월 동안 물과 돌과 烟霞가, 때로 내 꿈과 생각 속에
들어왔다.[27]

---

27) 『樊巖集』 권23 24장, 「送趙文然歸德川序」. 德川, 在方丈山中, 南冥曹先生, 生而講道於是,
   歿而葬, 而俎豆於是, 蓋天下之異區也. 余, 少也, 晨昏丹丘庭, 嘗一訪焉. 有石立洞門口, 刻入
   德門三字, 流水挾兩山飛鳴, 窅不知其源. 始至, 已不覺鬆爽. 穿石門行, 無幾, 忽曠然有大野,
   其平如局, 禾黍桑麻被之. 高山四擁, 扇鋪而幬圍也. 有川蜿蜿, 若游龍, 竟其野, 然後屈折而
   出石門. 院宇, 中於野, 而臨其水, 制甚閎嚴, 院之外, 有亭翼然而起, 曰醉醒也, 曰洗心也.
   水之到亭下, 紺潔瀏淪, 遊魚, 或躍或沈, 可倚欄而數也. 余心樂之, 詠以歸. 伊後四十年之間,

樊巖은 1787년 德川書院 원장으로 추대되어, 1799년까지 재직하였다. 그가 직접 원장으로 부임하여 行公은 못했지만, 1796년 晉州牧使이자 사돈인 丁載遠에게 부탁하여 德川書院을 대대적으로 중수하도록 하였다. 樊巖의 제자인 錦帶 李家煥이 쓴 「德川書院重修記」는 다음과 같다.

> 晉州牧에 있는 南冥先生의 德川書院은 우리 宣祖大王 9년 병자년(1576)에 세워졌다가, 25년 임진에 이르러 왜적에게 불탔다. 왜적이 물러간 뒤 35년 임인년(1602)에 다시 세웠다. 그 뒤를 이어 중수한 것은 光海君 기유년(1609)과 肅宗大王 29년 계미년(1703)이다.
>
> 계미년으로부터 지금까지 90여 년이 되었다. 견고하던 것이 무너지고, 바로 섰던 것이 기울어지고, 신선하던 것이 흐릿해졌다. 서원원장 樊巖 蔡相國이 진주목사 丁載遠에게 부탁하여, 고을의 선비 河應德, 李必茂 및 선생의 후손 龍玩 등과 더불어 재목을 모으고, 목수를 불러와 옛 것에 바탕으로 하여 새롭게 하였다.
>
> 공사는 병진년(1796) 仲春에 마쳤다. 여러 선비들이 記文이 없을 수 없다 하여 나에게 명한다. …….
>
> '雷龍'이란 것은 강건하게 떨쳐서 힘써 여기에 나가는 것이다. 여기는 무엇인가? 敬義다. 위대한 『周易』에서 처음으로 말하였고, 程子 朱子가 거듭 나타내었고, 선생에 이르러 참되게 알고서 실천하여, 끊어진 학문 가운데서 떨쳐 일어나 우뚝이 백세의 스승이 되었다. 그리고 그 효과는 후세의 학자들로 하여금 入德門으로 들어가 神明舍를 주로 하여 光明正大함을 극도로 하였다. 혹 여기서 한 터럭만큼만 미진한 것이 있어도 모두 구차할 따름이니, 아아! 위대하도다.[28]

水石烟霞, 時入夢想.

28) 李家煥 『錦帶詩文鈔』 하권 20-21장, 「德川書院重修記」. 晉州牧南冥先生德川之院, 始建于我宣祖大王九年丙子, 至二十五年壬辰, 燬于倭賊. 賊退, 復建于三十五年壬寅. 嗣後重修者, 光海君己酉, 肅宗大王二十九年癸未也. 自癸未距今, 凡九十餘年, 固者, 毁, 竪者, 欹而衰, 新鮮者, 漶漫. 山長蔡相國, 屬州牧丁載遠, 與州之士河應德, 李必茂, 及先生之後孫龍玩, 鳩材庀工, 仍舊而新之. 告功于丙辰之仲春. 多士以其不可無記, 以命家煥. ……. 雷龍者, 剛健奮迅, 以勉進乎此者也. 此者, 何也? 曰敬義也. 大易, 始言之, 程朱申闡之, 至先生, 爲能眞知, 而實踐之, 以奮於絕學之中, 巍然爲百世師., 而其效又使後之學者, 由入德之門, 主神明之舍,

樊巖은 비록 원장으로 부임하여 행공은 못했어도 德川書院에 관심을 갖고서 晋州牧使에게 명해서 중수하도록 최선의 노력을 다했던 것이다.

이 해에 正祖가 南冥에게 致祭文을 내렸는데, 남인의 영수로서 당시 德川書院 院長으로 있던 樊巖의 영향이 컸을 것으로 생각된다.

> 생각건대 文貞公 曺植은 그 규모와 기상이, 나약한 사람으로 하여금 제대로 서게 하고 頑惡한 사람으로 하여금 청렴해지도록 할 만하였고, 능히 심오한 경지에까지 나아가 지킨 바가 탁월하였다. 오늘날과 같이 쇠퇴하고 퇴폐해진 풍속에서 어떻게 하면 문정공을 오도록 하여 이들을 단련시키는 일을 맡길 수 있겠는가? 문정공 조식의 집안에 써서 내린 제문을 가져가는 관리를 보내어 致祭하도록 하라.[29]

정조가 그 20년에 德川書院에 賜祭文을 내려 관리를 보내 致祭하게 했는데, 정조는 당시 퇴폐해진 도덕윤리를 바로잡을 수 있는 사람을 그리워하면서 南冥을 생각해 냈으니, 남명의 영향이 세상을 떠난 지 200여 년 지난 그때까지도 國王의 腦裏에 남아 있었음을 알 수 있다.

樊巖 같은 역량 있는 인물이 南冥과 德川書院에 관심을 가짐으로 해서 그 위상을 높이는 데 크게 작용했던 것이다.

6. 性齋 許傳

性齋 許傳은 宣祖 때 東人의 영수로 있었던 草堂 許曄의 10대손이고 그 아들 岳麓 許筬의 9대손이다. 岳麓은 大北政權 초기에 세상을 떠났으니, 대북정권에 깊이 관여하시는 않았다. 그러나 草堂 岳麓 부자는 南冥의

有以極其正大光明, 而或有一毫未盡於是者, 皆苟焉而已. 嗚呼! 偉哉.

29)『正祖實錄』권45, 20년 8월 13일조. 文貞公曺植, 規模, 氣像, 可使懦夫立, 頑夫廉, 克造奧處, 所守卓爾. 如今委靡頹惰之俗, 安得文貞公來任砥礪之功? 文貞公曺植家, 以書下之祭文, 遣官致祭.

제자라고 할 수 있다. 南冥이 세상을 떠났을 때 草堂과 그 장자 岳麓 및 차자 荷谷 許筬 삼부자가 모두 남명의 영전에 挽詞를 지어 올려 남명의 서거를 깊이 애도하였다. 그 아우 蛟山 許筠은 대북정권의 실세로 참여하였으나, 1618년에 이르러 허균이 처형 당하고, 岳麓의 아들 許實은 유배됨에 따라 性齋의 家門은 대북정권과 관계가 끊어졌다. 이로 인하여 그의 가문은 인조반정 이후로 南人으로 전환하였지만, 北人에 대해서 동정하는 심리가 깔려 있을 수 있는 배경이 있다.

性齋는 朝鮮後期 정치권에서 南人의 영수로서 4조의 判書를 지내고 知中樞府事에 이르렀다. 조정의 요직에 있으면서 近畿南人은 물론이고, 영남 남인의 위치를 유지하기 위해서 많은 노력을 했다.

영남학문적으로 그는 近畿南人의 대표적인 학자로서 星湖, 順菴, 下廬 黃德吉 등의 학통을 이었다.

그가 1864년 金海府使로 부임하여 관아에 公餘堂을 열어 제자들을 가르쳤다. 仁祖反正 이후 南冥學派가 와해됨에 따라 江右地域의 學者들이 退溪學派나 栗谷學派를 찾아 학문을 추구했고, 대부분은 스승을 만날 기회를 얻지 못하여 鄕曲의 小儒로 일생을 마치게 되었고, 따라서 江右地域에서는 큰 학자가 나오지 못했다. 그러다가 性齋 같은 대학자가 내려와 제자를 가르치니, 강우지역 학자들의 배움에 대한 갈망을 일조에 해소할 수 있게 되었다. 그래서 晋州, 丹城, 三嘉, 咸安, 宜寧, 固城 등지의 학자들이 그 문하에 수백 명이 모여들었고, 이들이 학문을 이룸에 따라 江右地域의 학문이 다시 부흥하게 되었다.

性齋는 부임 이후 강우지역의 書院과 祠堂 등을 두루 참배했고, 또 인조반정 이후 거의 매몰되어 있던 이 지역의 선현들의 墓道文字, 文集과 實紀 등의 序跋, 齋舍와 亭子 등의 記文 등을 지어 주어, 그들의 學問과 事行을 적극적으로 顯揚하였다. 강우지역이 학문적으로 다시 부흥하고, 정신적인 자부심을 회복하는 데 있어 성재가 끼친 공로는 지극히 컸으니, 가히 강우지역 學問復興의 견인차라고 할 수 있다.

性齋는 우리나라 역대 先賢들 가운데서 남명을 최고의 인물로 추앙하였다.

> 내가 일찍이 東岡 金文貞公이 지은 「南冥先生行狀」 및 「言行錄」, 寒岡 鄭文穆公이 지은 祭文, 龍洲 趙文簡公과 眉叟 許文正公이 지은 神道碑를 읽어 보고서, 천지를 다하고 만세에 걸쳐서 우뚝이 서서 홀로 그 뜻을 행한 사람으로는 東方에 오직 선생 한 사람만 있을 뿐이라는 것을 알았다. 시대가 뒤라서 惺惺子 앞에서 친히 가르침을 받들지 못하는 것을 혼자서 가만히 한탄하였다.
> 일흔의 나이가 되어서 德川書院에 가서 拜謁하고서, 洗心亭과 山天齋를 둘러보고서 敬義 두 글자를 얻어서 돌아오니, 평생의 소원이 조금 이루어진 것 같다.[30]

평소에 南冥에 대해서 관심이 많아 남명에 관계되는 글을 두루 읽고서 金海府使로 부임한 이후에 덕천서원을 참배하고 최고로 敬仰하는 마음을 얻고, 남명에게서 敬義를 배워 자기 것으로 하고 있다. 남명은 모든 성현의 학문은 敬義로 귀결한다고 생각하여, 경의를 유학의 핵심으로 삼았다.

性齋는 1883년에 士林을 대표해서 남명선생을 成均館 文廟에 從祀해 달라는 疏를 지었는데, 여기서 남명의 학문과 사상을 종합적으로 잘 요약해 내었다.

> 孔孟과 程朱에 淵源하여 陰陽과 性命을 꿰뚫었고, 道가 이루어지고 德이 형성되었고, 伊尹의 뜻을 뜻으로 삼았고, 顏淵의 학문을 학문으로 삼아, 君子의 出處之節에 합당하여 우리 東方의 大賢으로 일컬이지며 우리 儒林의 師表가 되는 사람은, 先正臣 文正公 曺植이 실로 그 사람입니다.

---

30) 『性齋集』 권13 4장, 「山天齋講會詩軸序」. 余嘗讀東岡金文貞公所撰南冥先生行狀, 及言行錄, 寒岡鄭文穆公祭文, 及龍洲趙文簡公, 眉叟許文正公所撰神道碑, 乃知窮天地, 亙萬世, 卓然特立而獨行己志者, 東方惟先生一人耳. 竊自歎世之相後, 不得親承警咳於惺惺子之前矣. 七十之年, 往謁德川書院, 因遍觀洗心亭·山天齋, 得敬義二字而歸, 少遂平生之願矣.

그가 살아 있을 때, 明宗은 그 도덕이 높은 것을 칭찬하여 여러 차례 벼슬로 불렀고, 그가 일생을 마치자 선조는 우리 儒學이 시들게 되었다 하여 매우 슬퍼하였습니다. 이런 까닭으로 돌아간 지 몇 년만에 많은 선비들이 추모하여 세 군데 서원을 창설하게 되었으니, 德川書院과 新山書院과 龍巖書院입니다. 아울러 賜額하여 崇仰하고 獎勵하였습니다.

이어서 文廟에 從祀해 달라는 요청이 있었는데, 처음에는 그 문인 文穆公 鄭逑에서 시작되어 朝野에서 서로 앞서거니 뒤서거니 하여 疏箚를 아뢰었습니다. 玉堂에서 한 번, 兩司에서 두 번, 成均館과 四學에서 열두 번, 嶺南에서 열세 번, 湖西에서 여덟 번, 湖南에서 네 번, 開城에서 한 번, 기호와 영남의 연합상소가 두 번, 팔도의 연합상소가 두 번, 모두 마흔다섯 번이나 되고, 처음 요청하기 시작한 때부터 지금까지 300여 년이 되는데, 온 나라 사람들이 한 가지로 이야기하여 다른 말이 없습니다. 公議가 정해졌으니 어찌 크지 않겠습니까? 또한 오래 되지 않았습니까? …….

曺植은 실로 李滉과 같은 시대에 살면서 德을 같이 했습니다. 살아 있을 때나 죽었을 때 슬퍼하고 영예롭게 해 준 혜택과 顯彰해 주고 높여주는 조처는 일체 유감이 없었습니다만, 오직 이 文廟從祀하는 禮典만은 나타나고 매몰되는 것이 길을 달리하여 시대가 지나도 그 뜻을 이루지 못하니 여러 선비들이 답답해하고 우울해 하는 것이 이때문입니다. …….

지금 이 시대는 異端의 논설이 시끄럽고 邪敎가 횡행하는데, 우리 儒道는 미미하여 마치 머리카락에 3만 근의 무게를 달아놓은 것 같습니다. 이런 때를 당하여 참된 선비를 表揚하여 백성들의 나아갈 방향을 제시해 준다면, 儒化에 도움되고 名敎를 붙들어 세우는 데 마땅히 어떠하겠습니까?[31]

---

31) 許傳『性齋續集』권1 19-21장, 「請南冥先生從祀文廟疏」. 淵源乎洙泗濂洛, 貫穿乎陰陽性命, 道成德立, 志伊尹之志, 學顏淵之學, 合於君子出處之義, 稱東方大賢, 爲吾儒師表者, 先正臣文貞公曺植, 實其人也. 其生也, 明宗稱道德之高, 而屢徵之, 其辛也, 宣祖謂斯文之枝, 而震悼之. 是以, 卒之數年, 而多士追慕, 剙立三書院, 曰德川, 曰新山, 曰龍巖, 幷賜額號, 以崇獎之. 繼而有從祀文廟之請, 始於門人文穆公臣鄭逑, 而朝野相先相後, 而陳疏箚. 玉堂一, 兩司二, 館學十二, 嶺南十三, 湖西八, 湖南四, 開城一, 畿湖嶺聯章二, 八道聯章二, 凡四十五度. 自初至今, 三百餘年, 而擧國人士, 並爲一談, 俱無異辭, 公議之定, 不亦大乎? 不亦久乎? …… 曺植, 實與李滉, 並世同德, 存沒哀榮之施, 襃崇尊尙之擧, 一體無憾, 而惟此從祀之典, 顯晦殊塗, 歷世未伸, 多士之所以感慨鬱悒者, 此也. …… 且夫今之時, 異言喧虺, 邪敎橫流, 吾道之微, 凜凜如一髮千鈞. 誠以此時, 表章眞儒, 示民趨向, 則其於裨益儒化, 扶樹名敎,

性齋는 南冥의 文廟從祀를 요청하면서 이렇게 자신의 견해를 피력하였다. 南冥은 退溪와 그 德에 있어서 전혀 다를 바 없다. 국가에서 贈職하고 諡號 내리고 書院에 賜額하고 하는 禮典에 있어서는 차이를 안 두면서, 文廟從祀에서만은 南冥을 退溪와 달리 대우하여, 퇴계는 顯著하게 해 주면서 南冥은 침체되게 하여 많은 선비들이 답답해하고 우울해 한다. 또 天主敎가 들어와 만연하는 시대에 참된 선비 南冥을 表揚하면 백성들에게 바른 길을 제시해 주는 것이 되어 儒化에 도움이 되고 名敎를 붙들어 새울 수 있다. 그러니 남명을 문묘에 종사하는 것이 사상적으로 혼란한 것을 막을 수 있다.

南冥을 최고의 인물로 쳐서 士林을 대표해서 南冥의 文廟從祀를 요청하는 疏章을 지었으니, 近畿南人 학자 가운데서도 性齋가 가장 남명에 관심이 깊었고, 현창하는 데 적극적으로 노력했음을 알 수 있다.

III. 結論

仁祖反正 이후 새로 결성된 南人들은, 본래의 南人에다 인조반정으로 인하여 몰락한 北人일부가 새로 편입한 것이다. 이들 남인은 서울 경기지역에 기반을 두고서 西人들과 연합정권을 형성하여 官職에도 나갔으므로 嶺南南人을 포함한 전체 南人을 주도하였고, 많은 학자 문인들이 나왔다. 이들을 특별히 近畿南人學派라 일컫는다.

이들은 退溪學派의 한 갈래로서 寒岡 鄭逑의 제자인 眉叟 許穆을 통해서 近畿地域에 退溪學脈을 전파시켰다. 이들은 줄곧 嶺南에 근거를 둔 南人들과 활발하게 교류를 했다.

이 近畿南人學者들의 대표라 할 수 있는 龍洲 趙絅, 眉叟 許穆, 星湖

李瀷, 順菴 安鼎福, 樊巖 蔡濟恭, 性齋 許傳 등이 近畿南人學派의 學統을 이어왔다. 이들은 退溪의 학문을 계승 발전시켜 實學과 접목시켜 독특한 학문을 형성하였다.

이들 近畿南人학자들은 仁祖反正 이후 西人들의 의도적인 칩요한 南冥 貶下의 상황에서 南冥을 옹호하고 南冥의 位相을 높이기 위해 계속해서 노력해 왔다. 그들은 비록 南冥을 尊崇하는 정도가 退溪에게는 미치지 못했지만, 南冥學이 명맥을 유지하는 데 크게 도움을 주었다. 그 가운데서도 특히 英祖朝의 星湖 李瀷, 正祖朝의 樊巖 蔡濟恭과 朝鮮末期의 性齋 許傳 등은 南冥의 位相을 提高하기 위해서 많은 노력을 했다. 오늘날 南冥學이 다시 일어날 수 있는 것은 이 세 분의 학자가 노력한 것에 힘입은 바 크다.

南冥神道碑와 後世 儒林들의 論難

Ⅰ. 서론

일반적으로 어떤 한 인물에 대한 傳記文字는 行狀·碑碣·墓誌銘 등 세 종류가 있는 것이 일반적이다. 그러나 南冥 曹植의 경우는 아주 특별하게도 傳記文字에 해당되는 글이 여러 種의 것이 여러 편 있다. 行狀이 2편, 墓碣銘이 1편, 神道碑가 4편, 行錄이 1편, 墓誌銘이 1편이다. 이 밖에도 言行錄에 해당되는 것이 두 편 있다. 하나는 東岡 金字顒이 지었고, 나머지 하나는 편자를 정확하게 알 수 없는 것이다.

특히 4편이나 되는 남명의 神道碑는 지어질 때부터 각 편마다 여러 가지 사연을 갖고 있고, 또 세워진 뒤에도 논란이 계속되다가 1926년에 와서 이미 세워져 있던 眉叟 許穆 所撰의 南冥神道碑를 넘길 정도로 격렬한 논란이 진행되어 왔다.

本考에서는 南冥에 관계된 傳記文字를 개관하여 각각의 創作 機緣과 특징을 밝히고, 가장 논란이 되었던 眉叟 所撰의 神道碑와 尤庵 宋時烈 所撰의 神道碑에 얽힌 事案에 대해서 자세히 論及하여 거기에 담긴 역사와 교훈을 밝혀 보고자 한다.

本考에서는 德川書院의 역사와 1900년대 전반기 江右儒林들의 동향을 밝힌다는 목적에서 신도비와 관계되는 주변 사정을 다소 폭 넓게 다루었다.

II. 南冥 대상의 傳記文字 槪觀

南冥의 생애에 대한 가장 상세하고 종합전인 「南冥行狀」 두 편은 남명 서거 직후에 남명을 가까이서 모시던 제자인 東岡 金宇顒과 來庵 鄭仁弘이 거의 동시에 지었다. 정상적인 경우 한 사람만 지으면 되는데 스승의 행장을 두 사람이 동시에 짓게 된 연유는 정확하게 알 수 없다.

근세의 유학자 重齋 金榥은 "東岡이 먼저 지어 놓았는데, 鄭仁弘이 나중에 『南冥集』 편찬을 주도하면서 다시 지었다"[1]라고 주장했지만, 어디에 근거했는지는 밝히지 않았다.

동강이 지은 「남명행장」은 남명의 정신세계를 좀 더 상세하게 서술하였고, 來庵이 지은 행장은 出處大節을 더 강하게 부각시켜 서술하였다.

아무튼 가까이서 모시던 두 제자가 각자가 보고 느낀 것에 따라 각자 행장을 지어 남긴 일은, 오늘날 南冥에 대한 연구 자료라는 측면에서 보면 오히려 다행한 일이다. 남명에 관한 기록이 하나라도 더 필요한 형편인데, 일생을 상세하게 기록한 장편의 행장이 두 편 있다는 것은 南冥의 전기 자료를 풍성하게 해 주는 것이다.

그러나 조선조 말기에 이르러 남명의 후손인 復菴 曺垣淳(1850-1903)과 그 아들 弦齋 曺庸相(1870-1930) 등 남명 후손들은 행장 두 편 모두에 대해서 불만이 많았다. 특히 弦齋는 「先子門下敍述考證」이란 글을 지어, 주로 東岡이 지은 「南冥行狀」과 來庵이 지은 「南冥行狀」의 불만스런 곳을 지적하여 거기에 대한 자신의 견해를 밝혔다.[2] 또 진주 동쪽 鴨峴에

---

1) 重齋 金榥은 『重齋文集』, "「南冥先生行狀」은 우리 東岡 선조의 손에서 완성되었는데, 그 당시 믿어서 다른 말이 없었고, 통행하여 막히거나 미혹함이 없었다. 직접 배우기를 오래하고 嫡傳의 명망이 있었고, 능히 진면목을 묘사해 냈기 때문이다. 그 뒤 伽倻의 鄭[鄭仁弘]이 『南冥集』의 편집을 주도하면서 따로 「남명행장」을 지었는데, 그 의도가 무엇인지 모르겠다"라고 하여, 동강이 먼저 「남명행장」을 지었는데, 나중에 「남명문집」을 편찬하면서 정인홍이 「남명행장」을 따로 지었다고 주장했다. 그러나 정인홍이 지은 남명행장 뒤에는 지은 일시가 "임신(壬申 : 1572) 윤2월"로 되어 있으니, 남명이 세상을 떠난 한 달 뒤이다. 중재의 주장은 사실과 거리가 멀다. 중재가 어떤 자료에 근거했는지 밝히지 않았다.

사는 東岡 후손들의 門中에 서신을 보내어『東岡集』을 재간할 때, 「南冥行狀」을 자신들의 요구대로 고쳐 줄 것을 요구하였다.[3]

이 밖에 행장에 준하는 洛川 裵紳이 지은 「南冥先生行錄」이 있다. 남명이 세상을 떠났을 때 조정에서 남명에게 贈職하기 위해서 급히 남명의 행장을 들이라고 명하였으므로, 당시 서울에 있던 洛川이 급하게 지어 올린 글이다. 내용이 간단하게 되어 있고 체재도 갖추어지지 않았고, 또 사실과 맞지 않은 것이 적지 않아 적지 않은 문제가 있었다. 나중에『남명집』을 편집할 때 수록 여부로 後學들 사이에서 논란이 있었다.

東岡이 지은 「南冥先生行錄」이라는 26조로 된 언행록이 있다. 동강은 남명의 외손서로서 남명을 가장 가까이서 오래 동안 모신 제자인데, 직접 들은 남명의 언행을 기록한 것이다. 행장이나 묘갈명 등 체재를 갖춘 글에 들어가기 어려운 일상의 친근한 언행이 담겨 있어 남명의 기상과 생활상, 사고방식 등을 아는 데 중요한 자료가 된다.

南冥의 墓碣銘은 大谷 成運이 지었다. 대곡은 어릴 때부터 남명과 친교를 맺고서 남명을 보아왔고 남명과 대화도 나누었다. 또 남명과 기질과 생활방식도 비슷했고, 남명을 잘 알기 때문에 남명에 관한 여러 편의 傳記資料 가운데서 大谷이 지은 碣文이 가장 남명을 잘 묘사했다는 평을 받아 왔다.

南冥은 생전에 벼슬하지 않았고, 사후에 大司諫에 追贈되었으므로 그 품계의 제한으로 인하여 처음에는 神道碑를 세울 수가 없었고 墓碣만 세울 수 있었다. 그러나 대곡이 지은 묘갈명은 체재는 비록 묘갈명이지만 실제로는 2207자에 이르는 大作으로 웬만한 신도비 못지 않게 규모가 크고 내용도 상세하다. 그리고 남명의 學德과 기질을 잘 묘사하였다.

남명의 제자인 寒岡 鄭逑는 이 묘갈명을 극도로 칭송하여 "이 묘갈명은

---

2) 曺庸相『弦齋集』권5 14-17장.
3) 曺庸相『弦齋集』권4 1-2장, 「與鴨峴金氏門中」.

大賢[南冥]의 기상을 잘 형용하였으므로 각자 자리 옆에 걸어두고 보았으면 한다. 그렇지만 탁본을 계속 뜨면 비석을 두드려 상할까 걱정이 된다"4) 라고 하였는데, 자신이 安東府使로 나갔을 때 묘갈명을 木板에 옮겨 새겨 德川書院으로 보내어 많은 사람들이 묘갈명을 찍어 가서 자기 집에 걸어 두고 읽을 수 있도록 배려를 할 정도였다.

이 묘갈은 濯溪 全致遠5)의 글씨로 새겨 남명 묘소 앞에 세웠고 그 뒤 세 차례 改碣6)하여 오늘에 이르고 있다.

弦齋 등 대부분의 남명의 후손들이 南冥을 대상으로 한 碑誌類 문자 가운데서 그 내용과 체재를 두고 가장 만족스럽게 생각하는 글이다.7)

1609년 南冥에게 領議政이 추증되었다. 영의정에 증직되면 神道碑를 세울 수 있는 자격이 주어지므로 남명의 산소에도 신도비를 세울 필요가 있었다. 이에 남명의 큰 아들 曺次石이 당시 남명의 제자 가운데서 가장 영향력이 컸던 來庵 鄭仁弘에게 남명의 신도비명을 지어 줄 것을 부탁하였다.

내암은 신도비를 지으면서 남명의 산소 앞에 이미 大谷이 지은 묘갈명이 있어 남명의 생애에 대해서 상세히 기록되어 있다는 점을 감안하여, 중복되지 않게 간단하게 지었다. 모두 861자에 불과했다. 글씨는 당시의 명필이고 내암의 제자인 慕亭 裵大維가 썼다.

그러나 내암은 비문을 지으면서 세상에서 남명을 두고 '고상하고 뻣뻣

---

4) 『南冥別集』 제7권 12장, 「山海師友淵源錄」 鄭寒岡.

5) 지금 남명 산소 앞에 뉘어져 있는 옛날 묘갈명 가운데 書者가 '濯溪 全致遠'으로 되어 있는 것으로 봐서, 지금 남아 있는 碣石이 맨 처음 세워진 갈석은 아닌 듯하다. 兪弘濬교수가 『나의 문화유산답사기 I 』에서 남명 묘소 앞에 뉘어져 있는 비석들에 대해서 서술하면서 黨爭으로 비석이 뽑혀 눕혀져 있는 것이라 했으나, 그런 것이 아니고 마모되어 글자가 보이지 않기 때문에 새로 새운 것일 뿐이다.

6) 朝鮮 末期에 凝窩 李源祚가 글씨를 쓴 墓碣銘과 일제 때 深齋 曺兢燮이 쓴 墓碣銘이 묘소 앞에 놓여져 있다. 지금 세워져 있는 묘갈명은 1956년 心齋 權昌鉉이 쓴 것이다.

7) 大谷이 지은 墓碣銘과 寒岡이 지은 「祭南冥先生文」을 曺庸相이 칭송하는 말이 『弦齋集』 곳곳에 실려 있다.

하다'라고 비판한다는 것을 너무 의식하여 남명의 出處를 변호하는 것에 신경을 많이 기울였다. 그리고 지나칠 정도로 『周易』을 많이 인용하여 내용이 상당히 난삽하고 모호하게 되어 있다. 이 비문은 내암 만년인 1622년에 간행한 壬戌本 『南冥集』에 수록되어 있다.

1623년 仁祖反正이 일어나자 大北派의 영수격인 來庵은 西人 反正 세력들에 의하여 역적으로 몰려 처형되었다.

그러자 역적으로 몰린 사람이 지은 비석을 세워둘 수가 없었다. 내암이 처형된 그 날 당장 글자를 지워 비석을 없애 버렸다.[8]

또 내암과 밀접한 관계를 가져왔던 晉州를 중심으로 한 慶尙右道의 儒林사회에서는 내암과의 관계된 흔적을 지우려고 다투어 노력하였다. 그래서 校正이라는 이름으로 『南冥集』改刊 작업이 시작되어, 이후 여러 차례 계속되었다.

얼마간의 세월이 지난 뒤 남명의 맏손자 察訪 曹晉明이 남명의 再傳弟子格인 謙齋 河弘度에게 「南冥神道碑銘」을 지어달라고 부탁했다.[9] 그러나 겸재는 허락하지 않았다. 대신 당시 淸西派의 영수로 명망이 높았고, 淸나라에서 막 풀려 돌아와 左議政으로 있던 淸陰 金尙憲에게 비문을 받을 것을 권유하였다. 그리고 겸재는 조진명을 대신해서 청음에게 올리는 서신까지 대신 지어 주어 비문을 받을 수 있도록 정성을 다해 주선을 했다. 이때는 1647년이었다.[10]

南冥의 학통을 이은 謙齋가 서인의 영수인 淸陰에게 남명의 神道碑銘을 받도록 지도한 이유는, 인조반정 이후로 매우 어려워진 南冥學派의 존속을 위해서 그런 시도를 했던 것으로 여겨진다.

曹晉明이 직접 서울 정음의 집을 방문하여 請文하였으나 받아들여지지

---

8) 河弘度 『謙齋集』 제4권 24장, 「代曹君晉明上金尙書尙憲」. "逮癸亥其人爲國家罪人, 卽日磨去.
9) 河弘度 『謙齋別集』 『師友淵源錄』 9장, 「曹察訪條」.
10) 『謙齋集』 제4권 24장, 「代曹君晉明上金尙書尙憲」.

않았다.

그 뒤 1657년 曺晉明은 사촌 曺浚明과 함께 다시 여러 선비들의 뜻을 모아 당시 南人의 영수의 위치에 있던 龍洲 趙絅에게 찾아가 간절히 부탁했다.

그러나 용주는 시일을 지체하여 지어주지 않았으므로 지어줄 뜻이 없는 것으로 간주하였다. 그래서 이번에는 용주의 후배로 남인의 영수가 된 眉叟 許穆에게 청문하여 비문을 받아와 산소 아래 신도비를 세웠다. 미수가 남명 신도비문을 지은 것은 1672년으로 그의 나이 78세 때의 일이었다.11)

미수가 지은 신도비를 세우고 난 뒤 용주가 신도비를 지어 보냈으므로 용주가 지은 신도비명은 새겨 세우지는 못하고 『南冥集』 부록에 싣기만 했다.12)

거의 동시대에 남명 후손들이 老論의 영수인 尤庵 宋時烈에게 신도비명을 청문하였다. 우암이 비문을 완성하여 보낸 날짜는 정확히 알 수 없으나, 1673년 11월 24일 玄石 朴世采에게 보낸 서신에서 "南冥 비문의 초고를 만든 것이 이미 10년 전입니다"13)라고 했으니, 1663년 경에 청문을 받고서 10여년 만에 여러 차례 修補를 거쳐 완성했음을 알 수 있다.14)

그리고 우암은 비문을 지으면서 박세채, 明齋 尹拯 등과 상의를 하였는데, 특히 神道碑文 가운데

---

11) 『眉叟年譜』, 제1권 19장.

12) 『南冥集』 권5, 25장, 26장에 다음과 같은 주석이 붙어 있다. "孝宗 8(1657, 丁酉)년에 德川書院 유생 1백 명과 선생의 여러 후손들이 서로 의논하여 趙龍洲에게 연명으로 서신을 올려 神道碑銘을 요청하였다. 그러나 오래 되어도 지어 보내지 않았다. 선생의 여러 후손들이 다시 許眉叟에게 요청하여 이미 돌에 새긴 뒤에서야 이 신도비명이 또 도착했다. 그래서 아울러 여기에 수록하여 참고에 대비하도록 한다".

13) 宋時烈 『宋子大全』 제66권 2장, 「答朴和叔」.

14) 弦齋 曺庸相은, 남명의 손자 曺晉明이 淸陰에게 청문하여 뜻을 이루지 못한 직후에 바로 尤庵에게 청문한 것으로 기록해 두었으나, 사실과 거리가 멀다. 曺庸相 『弦齋集』 권6 16장, 「謹書河謙齋代察訪公與金淸陰書後」.

孟子께서 "聖人은 百世토록 스승인데, 바로 伯夷와 柳下惠 같은 사람이 그런 사람이다"라고 하였다. 朱夫子가 이 말을 인용하여 東溪 高公을 칭찬했다. 만약 주부자께서 다시 살아나신다면 남명선생에게 이 말을 쓰지 않을 것인지? 쓸 것인지? 반드시 이에 대해서는 아는 사람이 있을 것이다.

라는 이 단락을 두고 상호간에 논의가 많이 오갔던 것 같다.[15]

우암은 "嶺南 선비들의 요청으로 비문을 지었다"[16]라고 했는데, 구체적으로 請文者가 누군지는 밝히지 않았다. 단지 비문을 찾아간 사람은 남명의 후손이었고, 중간에 소개한 사람은 우암의 제자로서 天安郡守로 있던 曺敬彬이었다.[17]

이에 앞서 尤庵은 德川書院 원장 崔綗(1608-?)의 요청에 의하여『南冥集』刪改의 방침을 설정하여 지시하였다.[18]

그러나 당시 원래 南人이던 유림과 大北派에서 南人系로 바뀐 유생들이 德川書院을 주도했으므로 남인의 영수인 眉叟가 지은 신도비문을 새겨 산소 아래 세웠다. 西人의 영수인 尤庵이 지은 신도비문은 그 당시는 신도비로 쓰이지 못하고, 나중에 비문 가운데 있는 子孫錄을 삭제하여 三嘉 龍巖書院의 廟庭碑로 세웠다.[19]

1903부터 우암이 지은 神道碑文을 새겨 세울 계획을 추진하여 남명 산소 밑에 세웠다.[20] 2001년 山天齋 뒤쪽 南冥記念館 경내로 옮겨 놓았다.

15)『宋子大全』제67권 9장,「答朴和叔」, 제111권 2장,「答尹拯」.

16)『宋子大全』제67권 9장,「答朴和叔」.

17)『宋子大全』제66권 19장,「答朴和叔」.

18)『宋子大全』續拾遺 권1 22장,「答德川院儒崔綗」.

19) 尤庵이 지은 비석을 언제 세웠는지는 정확하게 알 수 없으나, 尤庵의 후손인 淵齋 宋秉璿이 쓴「南冥曺先生神道碑追記」에, "이 碑銘은 우리 선조 文正公께서 지으신 것인데 墓道의 앞에는 세워지지 못 하고 龍巖書院의 廟庭碑로 새겨진 것이 이미 수백여 년이 되었다"했으니, 오래 되었음을 알 수 있다.

20) 정확하게 언제 尤庵이 지은 신도비를 세웠는지는 기록을 찾지 못 했으나, 1903년에 이미 비문을 다 썼으므로, 眉叟가 지은 神道碑를 넘기기 전에 세웠을 가능성이 있다. 權道溶『秋帆文苑』原集 권14 16장,「德山碑訟槪況」.

1926년에 와서 미수가 지은 신도비를 쓰러뜨리고 묻어 버렸다. 지금은 미수가 지은 비석의 행방도 모른다.

미수가 지은 신도비에는 子孫錄이 없고 鄭仁弘의 이름이 실려 있고, 남명의 氣節만 부각시켰고, 그의 문집『眉叟記言』에서는 비문 제목을「南冥曹先生神道碑銘」이라 하지 않고,「德山碑」라는 제목으로 실려 있는 것 등을 후손들이 문제로 삼았다.

용암서원에 세워졌던 우암이 지은 비문은 1868년 용암서원이 훼철된 뒤에도 그 자리에 서 있었으나, 그 뒤 1984년 합천댐 건설로 인하여 妙山面 길가에 옮겨 세워져 있었는데, 2011년 三嘉面 兎洞[지금의 外土里]에 새로 복원된 龍巖書院 경내로 옮겨 세웠다.

弦齋 曹庸相은 南冥 神道碑의 撰著에 관계된 전후 사정을 이렇게 밝히고 있다.

> 정해년(1647)에 金淸陰에게 비문을 요청했으나 지어 주지 않았다. 또 宋尤庵에게 요청했으나 짓지 않았다. 정유년(1657)에 또 趙龍洲에게 요청하여 허락은 받았으나, 지어 보내지 않았다. 경자년(1660)에 또 河謙齋에게 요청했으나, 굳이 사양했다. 임자년(1672)에 許眉叟에게 요청했는데, 그 뒤 13년 된 을축년(1685)에 비로소 세웠으니, 곧 이른바「德山碑」이다.
>
> 대개 桐溪가 짓지 않은 것은 곧 謙齋의 뜻이었으나, 杜門自靖하는 중이라 처신하기가 더욱 어려웠을 것이다. 淸陰이 짓지 않은 것은 行狀의 글이 글 같지 않아 분명히 살피지 못 할까 두려워했기 때문이다. 尤庵이 지은 글은, 大谷이 지은 墓碣文의 큰 줄거리는 얻었지만, 寒岡先生이 지은 祭文을 자세히 살피지는 못 했다. 그래서 淵源이나 學統을 전했다는 말은 없고, 단지 '百世의 스승'이라는 말로 일컬었다. 龍洲도 行狀의 글이 글 같지 않다는 것은 알았으므로 "학문의 차례는 墓碣文에 갖추어 새겨져 있다"라고 했는데, 역시 한강선생의 글은 살피지 못 한 것이다. 眉叟의 글은 스승 寒岡의 가르친 뜻을 완전히 잃었고, 단지 行狀의 글에서부터 나온 것이다.
>
> 아아! 50년 동안 모든 고생을 다 겪었으면서도 끝내 귀로 들은 것만 숭상하는 병통을 면하지 못 했다. 그러니 淸陰처럼 짓지 않는 것이 지은 사람이

잘못 지은 것보다 혹 더 낫지 않을까?[21)]

仁祖反正 이후 南冥의 神道碑가 지어지게 된 과정과 각 神道碑文의
장단점을 다 이야기했다. 眉叟가 지은 神道碑가 문제가 많은데도 그의
位相만 보고 南人系 유림들이 옹호하고 있는 것에 강한 불만을 갖고 있었
다. 尤庵이 지은 신도비에 대해서는 비록 寒岡의 제문을 참고하여 學問淵
源을 밝히지는 못 한 점이 있긴 해도, 아주 좋게 평가하고 있다. 그러나
弦齋의 글은 정확한 근거 없이 자신의 추측에 의한 것이기에 신빙성이
크지 않다.

墓誌銘은 본래 무덤 속이나 무덤 앞 땅속에 묻어 난리나 재해 등으로
산소가 유실되는 것을 방지하기 위한 것인데, 내용은 비문과 크게 다를
바가 없다. 보통 장례지내면서 묻는 것이 관례다. 그러나 南冥 같은 위대한
인물의 행적이나 학문을 단시일에 평가하여 짓기가 어려우므로 장례 때
誌石을 지어 묻지 못했다.

그 뒤 이왕 늦었으니 南冥이 文廟에 從祀되게 되면, 더 이상 남명을
推崇할 일이 없으므로 문묘종사를 기다려서 墓誌를 작성할 생각을 하였다.
그러다 보니 朝鮮王朝가 망할 때까지도 남명의 문묘종사는 이루어지지
않고 말았다.

나라가 망해 버렸으니 文廟從祀라는 제도 자체가 없어진 마당에 더 이
상 기다릴 필요가 없게 되었다. 남명의 후손 曺庸相이 집안의 의견을 모아
당시의 대학자 俛宇 郭鍾錫에게 墓誌銘을 지어줄 것을 요청하여 1912년에
완성하였다. 면우가 墓誌銘을 지어 曺庸相에게 주면서 深齋 曺兢燮, 晦峯
河謙鎭에게 보여 보완을 하도록 했는데, 深齋는 상당 부분에 의견을 개진
하여 俛宇로 하여금 고치게 했다.[22)]

21) 曺庸相『弦齋集』권6 16장,「謹書河謙齋代察訪公與金淸陰書後」.
22) 郭鍾錫『俛宇集』「與曺彝卿」.

이 묘지명은 모두 3164자에 달하는 장편으로, 남명에 대한 傳記文字
가운데서 가장 포괄적이고 종합적인 서술이라 할 수 있다. 남명 전기문자
의 최후결정판이라 해도 좋을 정도로 남명에 관한 거의 모든 것을 빠짐없
이 수록해 놓았다.

이상에서 2편의 행장, 2편의 행록, 4편의 신도비명, 1편의 묘지명을 그
저술하게 된 과정과 배경 및 특징을 개괄적으로 고찰해 보았다.

남명이 직접 지은 詩文만 보아서는 남명의 언행과 생활상을 이해할 자
료가 거의 없는데, 제자나 친구 後學들이 지은 이런 다양한 종류의 傳記
文字가 존재함으로 해서 남명을 연구하는 자료로서 아주 가치가 높은 것
이다.

이런 자료들을 면밀히 검토한다면 남명의 생애와 학문 사상을 더 깊게
정확하게 밝혀낼 수 있다.[23]

III. 眉叟와 尤庵 所撰 神道碑에 관련된 論難

1685년 4편의 南冥 神道碑 가운데서 眉叟가 지은 神道碑가 채택되어
산소 아래에 서게 되었다.

南冥의 후손들 가운데는 간혹 眉叟가 지은 神道碑의 내용이나 체재에
불만을 가진 사람들이 있었지만, 事體가 중대하고 또 유림에서 주관하는
것이고, 南人의 領袖인 미수한테서 글을 받았고 德川書院을 南人들이 주
도하기 때문에 감히 거론을 하지 못한 채 오랜 세월을 지내 왔다.

그 뒤 『眉叟記言』이 세상에 간행되게 되자,[24] 그 속에 「答學者書」라는

---

23) 許捲洙 『南冥 그 위대한 일생』 경인문화사 2010년.
24) 『眉叟記言』은 1772년 이전에 1차로 간행되었으나, 慶尙右道 지방에서는 얻어 보기 힘들었
    을 것이다. 1905년에 宜寧 二宜亭에서 다시 간행하자, 江右 유림들이 쉽게 얻어 볼 수 있었
    고, 南冥 후손들도 이때부터 본격적으로 문제를 삼기 시작했던 것으로 생각된다.

글이 실려 있었는데, 그 내용은 '南冥을 詆斥하고 남명의 문인들을 鄭仁弘의 영향권 안에 있는 인물로 여기는 것' 등이었다.

이 글이 심각한 문제가 되자 眉叟를 모시던 嵋淵書院이 훼철되고 남은 宜寧 二宜亭에서 道會를 열어 이 글을 깎아 없애기로 했다. 그런데 그 뒤에 許氏 성을 가진 어떤 사람이 간행하면서 이 글을 몰래 도로 넣었다.

미수가 지은 신도비에 강한 불만을 가졌던 復菴 曹垣淳이 眉叟가 지은 비석을 넘어뜨리려고 했으나 뜻을 이루지 못했다. 대신 尤庵이 지은 神道碑를 세우는 일을 추진했다.[25]

문제가 된 眉叟의 「答學者書」는 이러하다.

> 나는 능한 것이 없고 단지 古文으로 세상에 이름이 났습니다. 늙은 이후로부터는 그 문장이 더욱 간결해지고 깊어져서, 글을 지을 때 가볍게 취급할 것이냐 중요하게 취급할 것이냐 취할 것이냐 버릴 것이냐 하는 데 있어 한 글자 한 구절도 아무렇게나 하지 않습니다. 이것이 옛날 사람들이 어떤 일을 논하여 글을 짓는 體裁와 法道입니다. --中略--
>
> 무릇 사실을 기록하는 글을 짓는 법은, 큰 것은 상세히 다루고 작은 것은 생략해 버립니다. 빛나는 것을 취급하고 중요한 것에 더욱 뜻을 다합니다. 그래서 孔子의 本紀[26]에는 공자가 집안에 거처하면서 부모를 섬기고 형님을 따르고 하는 예절에 관한 것은 말하지 않았습니다. 그 제자들의 列傳 가운데서 「顔子傳」에서는 孝에 대해 이야기하지 않았고, 曾子나 閔子의 경우에만 孝에 대해 이야기했습니다. 이런 것은 모두 그 큰 것만 들어 이야기 한 것이지, 공자나 안자의 행실이 증자나 민자보다 못하다는 것은 아닙니다.
>
> 세속 사람들의 논의는 세세한 행실을 들지 않으면 그 실상을 매몰시켜 일컫지 않았다고 생각하고, 큰 줄거리를 이야기하면 뭇 사람들이 다 아는 평범한 것이니 취할 것이 없다고 생각합니다. 어찌 웃지 않을 수 있겠습니까?

25) 權道溶 『秋帆文苑』 原集 권14 16장, 「德山碑訟槪況」.
26) 孔子의 本紀 : 司馬遷의 『史記』에는 「孔子世家」가 있고, 本紀는 없는데, 眉叟가 잠시 착각한 것 같다.

南冥 같은 사람은 큰 말을 하며 고상한 행동을 하는 데 능하여 우뚝이 서서 돌아보지 않았습니다. 萬乘天子 같은 존귀한 사람에게도 굽히지 않았고, 부귀를 뜬구름처럼 여겼습니다. 온 세상을 가벼이 보고 옛날 사람들에 대해서도 오만한 생각을 갖고 있었습니다. 그가 취하여 숭상하는 바는 오로지, '秋霜烈日, 壁立萬仞' 여덟 글자에 있었습니다.

그 뜻은 높지 않은 것이 아닙니다만, 그 학문을 두고 논하건대 한번 전수되어 仁弘을 얻었습니다. 인홍의 방식은 오로지 法家의 방식을 사용하였는데, 참혹하고 각박하여 은혜가 없었습니다. 말만 했다하면 春秋의 의리를 들먹였는데, 그 법을 바로잡는다고 하면서 '아들이 어머니의 나쁜 점을 廢黜할 수 있다'라고 생각하여, 인륜의 중요한 점을 돌아보지도 않았습니다. 자기 몸이 極刑을 당하는 데 이르렀으면서도 오히려 깨우치지 못했습니다. 지금도 그 사람들은 은연중에 그를 존경하여 스승으로 여기고 있습니다. 그들은 마음으로 "남명이 전한 법이 여기에 있다"라고 남몰래 생각하고 있는 것입니다. 이런 자들은 마땅히 사방 변방으로 쫓아보내야지, 더불어 나라 가운데서 같이 살 수는 없습니다. 남명의 末弊가 이러한 데까지 이르렀습니다.

그러나 남명 같은 사람은 옛날의 이른바 고상한 선비[高士]입니다. 만약 그 사람[南冥]이 세상에 살아 있다면, 나도 또한 그 사람을 만나보고서 그 사람됨을 알고자 합니다. 그러나 그와 더불어 벗하는 것은 나는 하지 않겠습니다.

龜巖[李楨]은 옛날의 어진 大夫 가운데서 禮를 알고 옛 것을 좋아하는 사람입니다. 두 사람을 비교해 보면 남명은 높으나 구암은 높지 않습니다. 남명은 기이하나 구암은 기이하지 않습니다. 사람들의 마음은 기이한 것을 좋아하고 높은 것을 흠모하지 않음이 없습니다. 그러나 구암은 폐단이 없습니다.

鯤變(龜巖의 손자 李鯤變)씨에 이르러서는 그 인품이 높고 낮은 것이 또 같지 않습니다. 사람이 聖人이 아닌데 어찌 허물이 없을 수 있겠습니까? 그 곤변씨는 사람됨이 준엄하여 다른 사람들의 비방을 적지 않게 들었습니다. 그러나 그 심사는 구차하지 않아 이미 어른들로부터 칭찬을 들었습니다. 내가 일찍이 그의 시를 보고서 보통 사람들보다 훨씬 뛰어났다는 것을 알았습니다. 이른바 "鶴峯한테 거절을 당했다"라는 말은 무슨 일인지 모르겠습니다. 반드시 이 사람에게 마땅히 끊어야 할 나쁜 자식이 있었다 해도, 학봉이 너무 지나친 점이 없지 않겠습니까?

남명이 구암을 끊었을 때부터 인홍은 구암을 공격하여, 이치에 닿지도 않은 말을 끝없이 만들어내었습니다. 이것은 세상이 다 아는 바입니다. 그[鄭仁弘]는 평생 동안 어질고 착한 사람을 모함하고 해쳐서 자기 마음을 통쾌하게 하고자 했던 자입니다.

곤변씨는 구암의 자손으로서 晉州의 남쪽 지방에서 늙도록 살았습니다. 그가 일생 동안 당한 곤욕은 매우 극심했다고 할 수 있습니다. 禍變과 실패를 당하지 않고 세상을 마친 것이 다행입니다. 그를 욕하고 헐뜯는 것이 만 가집니다. 나도 60년 동안 귀로 듣기가 괴로울 지경입니다. 학봉이 그 허물을 보고서 끊었는지 그 허물을 듣고서 끊었는지는 모르겠습니다. 또 끊었다는 말이 정말인지 정말이 아닌지도 모두 다 알 수가 없습니다.

당파가 있은 이래로 시비가 어둡고 막힌 지가 오래 되었습니다. 하물며 인홍 같은 자의 경우 그 흘러오는 폐단을 내가 일찍이 내 눈으로 확실히 보았습니다. 어찌 다 말할 수 있겠습니까? 나는 한 평생 남의 말을 듣고서 돌이켜 생각하여 힘쓰지 않은 적이 없습니다. 이 일에 이르러서는 유독 전적으로 믿을 수가 없습니다만, 또한 후회로 생각하지 않습니다. 만약 학봉에게 이런 일이 없는데도 이런 말이 있다면, 이는 반드시 인홍을 편드는 자가 있어 이런 말을 만들어냈을 것입니다.[27]

眉叟는 南冥의 제자인 寒岡 鄭逑의 제자로 남명에게는 再傳弟子에 해당된다. 德川書院 儒林들이 그에게 神道碑를 요청한 이유는 남인의 영수인 것도 있지만, 남명의 재전제자라는 점도 크게 작용했던 것이다. 그러나 이 서신을 보면 미수는 南冥을 '고상한 선비'로 인정은 하지만 尊慕하는 생각은 거의 없는 것처럼 보인다. 다만 남명을 正確하게 簡明하게 표현하겠다는 의지는 뚜렷이 보인다. 그리고 '南冥의 末弊가 鄭仁弘의 처사로 나타났다'고까지 말하여 남명 학문의 영향이 잘못되어 있다는 것을 밝히고 있다.

이 「答學者書」는 미수가 남명의 신도비를 지은 뒤에 어떤 사람이 그

---

27) 『眉叟記言』別集 권6 9-11장, 「答學者書」.

글의 문제점을 지적하자 이렇게 대답한 것 같다.

南冥 後孫들이나 西人系 儒林들의 眉叟에 대한 반감을 해소시키기 위해 晚醒 朴致馥이 나섰다. 그는 「答學者書」는 眉叟의 본의가 아닌 것이 분명하니, 『眉叟記言』 재간할 때 빼어 버리라고 강력히 권유하였다. 晚醒의 서신은 이러하다.

『眉叟記言』 가운데 「與學者」라는 한 통의 서신은 오로지 李鯤變을 위해 해명하기 위해서 지어진 것으로, 한 편의 전체적인 뜻은 襃貶이 너무 심합니다. 모든 사람들이 눈을 부릅뜨고 여러 사람들이 듣고서 놀랐습니다. 당시의 형편으로 미루어보건대 혹 그럴 수도 있습니다.

眉叟는 冥翁과는 시대적으로 100년의 선후가 있고, 사는 지역이 떨어진 것이 천리나 됩니다. 남명의 '壁立千仞'이나 '秋霜烈日'의 기상에 대해서는 대개 들어서 알았겠지만, 학문이 깊고 독실한 것과 조예가 정밀하고 깊은 것은 살피지 못했던 것이 있었을 것입니다.

眉叟가 남쪽으로 내려오던 날 맨 먼저 李氏[龜巖 李楨] 집안과 연락이 됐습니다. 이씨의 말이 믿을 수 없으리라고 누가 생각했겠는가? 그가 河謙齋 선생과 어울리면서 冥翁의 실질적인 학문을 많이 듣고 놀라 말하기를 "그대의 말을 듣지 않았더라면 거의 冥翁의 죄인이 될 뻔 했소"라고 했다 합니다. 대개 전에 들었던 것이 사실 아닌 것에 깊이 개탄을 했던 것입니다.

그러나 이 서신이 간행된 문집에 실린 것은 미수선생의 본 뜻이 아닌 것이 확실합니다.

하늘이 다행히 우리 유학을 도와 보완해서 간행하는 일이 지금 있게 되었습니다. 程子의 글에 대해서 朱子가 철저히 교정하듯 退溪의 문집을 제자들이 철저히 교정하던 前例대로 한다면, 이런 글은 마땅히 논의해 볼 만 합니다. 만약 "일의 체재가 신중히 하기 어려운데, 누가 감히 刪削하고 뽑아버리려 하겠는가?"라고 한다면, 저희들이 참여해서 들을 바가 아닙니다.

또 碑文을 가지고 고찰해 본다면, 寒岡은 일찍이 冥翁을 師事하였고, 眉叟는 또 한강의 學統을 전한 확실한 제자입니다. 이 글을 그대로 놔두어 후세에 보여준다면, 어찌 南冥先生을 높이는 사람들이 편안히 여기는 바가 되겠소?

옛 사람이 말하기를 "선비는 좋은 금이나 아름다운 옥과 같아 저절로 정해

진 값이 있다"라고 했습니다. 이름 하나 가진 선비도 그러한데, 하물며 大賢
이겠습니까? 冥翁은 그 자체로 冥翁으로서 백세가 되어도 평판이 고쳐지지
않을 것입니다. 한 마디 말이 혹 맞지 않는다면 선생의 盛德大業에 해되는
것이 없겠습니까? 저희들이 眉叟를 尊仰하는 것이 여러분들과 어찌 차이가
있겠습니까? 지금 여기에서 누누이 아뢰어 허락을 받고 싶은 것은 冥翁을
위한 것뿐만은 아닙니다.[28]

晚醒은 眉叟를 변호하고 南冥學派와 眉叟 家門間의 갈등을 해소하기
위해 山天齋 儒林의 명의로 서신을 지어 '이 서신은 미수의 본 뜻이 아니
니, 문집을 새로 보완하여 간행하면서 이 글을 빼어버리시오'는 뜻을 『眉叟
記言』刊所에 전하였다. 미수가 이런 생각을 하게 된 것은 丙子胡亂 때
남쪽으로 와서 살게 되면서 龜巖 李楨의 후손들을 맨 먼저 만나 南冥에
대해 잘못된 이야기를 듣고 남명에 대해서 좋지 않게 생각해 왔는데, 나중
에 謙齋와 사귀면서 남명에 대해 바로 듣고서 자신이 전날 남명에 대해서
가졌던 생각을 후회하며 고쳤기 때문에, 그 글은 설령 眉叟가 썼다고 해도
미수의 본 뜻은 아니라는 것이었다. 그래서 『眉叟記言』에서 빼라고 한
것이었다.

晚醒은 南冥學派 지역에서 생장한 인물이면서 性齋 許傳의 제자이므로
眉叟學派와 밀접한 관계가 있는 학자였다. 두 학파간의 분쟁을 미리 막을
책임을 절실히 느꼈다. 그래서 南冥學派의 유림을 대표하여 미수의 서신
으로 인해서 야기될 문제를 미리 진화하여 南冥 後孫과 老論系 인사들의
반발을 사전에 차단하려고 재빨리 노력했다.

眉叟를 지지하는 유림 중에는 「答學者書」는 贋作이라고 주장하는 사람
이 많이 있었다. 秋帆 權道溶은 "평소에 남명의 후손들을 안 좋아하는
사람이 있어 거짓 이야기를 지어내어 私憾을 풀기 위해서 공적인 비방이
여러 곳에서 나오도록 한 것을 따름이다. 그렇지 않다면 法統을 받은 再傳

---

28) 朴致馥 『晚醒集』 권9 26~27장, 「山天齋抵京中奇言補刊所」

弟子[眉叟]가 祖師[寒岡]를 이런 식으로 욕할 수 있겠는가?"라고 보았다.
濟南 河經洛 같은 이는 "미수는 결코 이 글을 짓지 않았다. 어떻게 알
수 있느냐? 道理로써 알 수 있다"라고 했다.[29]

　　반대로 深齋 曺兢燮 같은 이는 "이 서신은 眉叟가 아니면 지을 수가
없다. 어떻게 아느냐 하면, 그 문장 체재로 알 수 있다"라고 미수의 작품이
라고 단정을 하였다.[30]

　　논자의 견해로는 「答學者書」는 眉叟가 지은 글이 확실하고, 미수 연세
70 이후에 지은 글이고, 南冥神道碑를 짓고 나서 신도비에 대해서 상대가
'너무 간단하고 빠진 것이 많다'라고 의의를 제기한 것에 대해서 자기 作文
原則으로 설득하는 내용이다. 그리고 南冥이 南冥되는 특징, 남명과 來庵
의 관계, 남명과 龜巖의 관계 등을 비교하여 자세히 설명하였다.

　　眉叟의 「答學者書」가 알려지자 老論系 學者들이 크게 문제를 삼기 시
작했다.

　　尤庵의 후손 淵齋 宋秉璿이 1879년 음력 8월 초순경에 여러 날 동안
智異山 일대를 유람하다가 德山을 방문하고서 이런 기록을 남겼다.

　　　　山天齋 뒤 수십 보 되는 곳에 南冥先生의 묘소가 있기에 올라가 절을
　　하였다. 神道碑文은 우리 선조[尤庵]가 일찍이 지었으나, 지금 새겨 세워진
　　것은 곧 許穆이 지은 것이다. 이는 후손들이 편파적으로 당파적 습속을 옹호
　　한 것이다. 하물며 그 稱道한 것이 우리 선조의 것에 미치지 못함에랴? 진실
　　로 개탄스럽다.[31]

　　그때 淵齋가 「答學者書」를 보았는지 아직 못 보았는지는 모르겠으나,
眉叟가 지은 神道碑가 세워져 있는 것을 보고 자신의 선조인 尤庵이 지은

---

29) 權道溶 『秋帆文苑』 原集 권8 9장, 「重答河聖權書」.
30) 權道溶 『秋帆文苑』 原集 권8 9장, 「答河聖權論記言書」.
31) 宋秉璿 『淵齋集』 권21 32장, 「頭流山記」.

글보다 못한 것을 세워 놓았다고 매우 개탄하면서 남명 후손들이 黨習을 지나치게 따른 것이라고 하고 불만을 표시하고 있다.

1902년 勉庵 崔益鉉이 江右地域을 여행하다가 음력 8월 1일 晋州의 유림 鄭流石, 河宗植, 鄭鴻錫등의 요청으로 「書尤翁所撰南冥先生神道碑後」라는 글을 지었는데, 그 글에서 이렇게 眉叟가 지은 「德山碑」를 尤庵이 지은 「南冥神道碑」와 비교하여 이렇게 비판하였다.

　　내가 일찍이 『宋子大全』을 읽다가 「南冥先生神道碑銘」에 이르러서 혼자 가만히 생각하기를 "南冥이 尤翁을 만난 것은 바로 이른바 후세의 子雲이나 堯夫를 만난 것이다."라고 생각했었다.
　　임인년(1902) 頭流山 속에 들어갔다가 山天齋 뒤에서 南冥先生의 묘소를 참배하였다. 얼마 있다가 尤翁이 지은 神道碑銘을 읽으려고 하니, 嶺南의 선비들은 단지 '吏部의 문장은 해와 달처럼 빛난다[吏部文章日月光]'라는 구절만 외울 따름이었다. 아아! 人心과 세상의 道義를 여기서 볼 수 있도다! 세상의 논의하는 사람들[眉叟 등]이 모두 선생을 蠱卦의 上九[不事王侯, 高尙其事]에 두었는데, 오직 尤翁만이 宣祖朝의 인물들을 죽 쳐서 道學으로 南冥先生을 일컬으며 退溪 이후 여섯 군자와 나란히 나열했다. 어찌 자신이 좋아하는 것에 아첨한 것이겠는가? 眉叟 정승이 學者에게 답한 서신과 비교해 보면, 燕나라와 越나라의 차이가 있다.
　　「答學者書」를 쓴 솜씨를 가지고 선생의 묘소에 神道碑銘을 짓고서도 龜趺와 螭首가 아직도 우뚝하니, 천년 뒤에 「淮西碑」를 지은 段文昌이 되지 않으리라는 것을 어찌 알겠는가?
　　식견 있는 사람들이 이 비석에 분개를 한 지 오래 되었다. 장차 비석을 다듬어서 尤翁이 지은 神道碑銘을 새기려고 하니, 南冥先生의 道는 이에 또 해와 달처럼 빛날 것이다. 또한 기대하는 바가 있도다. 내가 비록 늙고 추하지만, 한 마디 말로써 이 일을 도우고 싶다.[32]

勉菴 崔益鉉이 南冥 묘소에 참배하고 나서 尤庵이 지은 南冥神道碑文

32) 崔益鉉 『勉菴集』 권24 1장, 「書尤翁所撰南冥先生神道碑後」.

을 읽어보려고 하니, 嶺南 인사들이 '吏部文章日月光'이라는 구절만 외웠
다고 하는데, 吏部는 韓愈를 지칭한다. 唐나라 憲宗 때 吳元濟의 모반을
평정하자 憲宗 황제의 명령으로 당시의 대문장가 韓愈가「平淮西碑」를
지었다. 功을 모두 승상 裵度에게 돌렸다. 그러자 오원제를 사로잡은 공이
있는 李愬의 부인이 공주였는데, 황제에게 하소연하여 韓愈가 지은 비문
을 넘기고, 段文昌을 시켜 비문을 다시 지어 李愬의 공을 부각시켜 세웠다.
韓愈의 비문이 월등히 나은데도 세워지지 못했다. 勉菴은 尤庵의 글이
眉叟의 글보다 월등하게 나은데도 南冥을 잘 形像하지 못한 眉叟가 지은
비석을 세워놓았으니, 언젠가는 제거될 것임을 예언한 것이다.

그리고 眉叟가 지은 神道碑에 대해서 분개함을 느끼는 인사들이 이미
돌을 다듬어 尤庵이 지은 神道碑를 세우려고 계획하고 있다는 사실도 밝
혔다.

俛宇 郭鍾錫은 南人系의 대표적인 학자지만, 尤庵이 지은「南冥神道
碑」를 두고 "우암이 지은 神道碑文은 분명하고 치밀하고 우뚝하고, 밝고
단단하여 범할 수 없는 늠름한 기색이 있고, 낡아질 수 없는 환한 문채가
있다[尤庵所撰神道文字, 昭森宏落, 光明俊偉, 稜稜乎有不可犯之色, 煥煥
乎有不可漓之章]"[33]라고 극구 칭찬하였고, 또 "天地間의 有數文字다"라
고 칭찬하였다.

이즈음에 老栢軒 鄭載圭가 眉叟가 지은 神道碑의 문제점을 구체적으로
지적하였다.

> 眉叟의 문장은 全篇의 서술이 南冥을 겨우 시골에서 혼자 절개를 지키는
> 사람의 수준 정도로 설정했고, 南冥先生의 진면목은 감추어 흐려지게 만들
> 었다.

---

33) 俛宇가 南冥의 후손 復菴 曺垣淳에게 주는 서신으로『俛宇集』에는 실리지 않았고, 金海文
化院에서 영인한『南冥先生文集』에 들어 있는『德川師友淵源錄』의 부록에 실려 있는 것을
박병련교수가「南冥學派의 계승과 전개」에 인용한 것을 재인용하였다.

또 南冥先生의 奏疏는 聖學을 勉勵하고 당시의 폐단을 구제하는 것을 君王이 지극히 경계해야 할 일이고 나라를 다스리는 사람이 늘 법도로 삼아야 할 일이라고 했으나, 眉叟의 비문에서는 그런 내용은 하나도 節錄하지 않았고, 유독 '궁중의 과부, 대궐의 고아' 등 당시 조정을 헐뜯던 한 단락의 말만 표출시킨 것은 어째서인가?

講學을 하지 않는 것을 南冥선생의 斷案으로 삼았는데, 大谷이 지은 碣銘과 서로 어긋난다. 대곡이 지은 묘갈명에는 '독실하게 공부하여 참되게 축적해가는 노력'과 '사람을 가르쳐 깨우치는 뜻'이 갖추어 실려 있다. 만약 과연 미수의 비문처럼 '강학을 일삼지 않았다'면, 대곡이 '학문을 축적하고 열어주었다'는 것이 무슨 일이겠는가? 대곡은 남명선생의 知己다. 서술한 바는 모두 평일에 귀로 듣고 눈으로 본 바이다. 寒岡은 또 南冥先生의 衣鉢을 전수받은 어진이다. 대곡이 지은 묘갈명을 '大君子의 道德을 잘 형용했다'고 여겼는데, 돌에 새긴 것이 오래되면 혹 이지러질까 두려워하여 나무에 새겨서 널리 유포시켜 오래도록 전하도록 하였다. 이제 미수의 문장이 이러하니, 誣陷하는 것에 가깝지 않은가?

眉叟의 비문에서 '병이 위독하게 되자 仁弘을 불렀다'는 한 항목에 이르러서는 사람으로 하여금 이맛살을 찌푸리게 한다. 설령 이런 일이 있었다 해도, 정인홍은 이미 나라의 법을 바로 적용해서 공개적으로 사형을 당했다. 나라의 법을 두려워하여 어진이를 위해서 감추는 것이 도리이니, 진실로 미수가 감히 이렇게 할 수 없는 것이 있다. 하물며 仁弘이 南冥 영전에 드리는 祭文에서 '喪이 났다는 것을 듣고 달려오는 것이 다른 사람보다 늦어 斂할 때 관에 기대지도 못 했습니다'라는 말이 있으니, 그가 촛불을 잡는 대열에 들지 못한 것은 분명하다. 그런데도 이 사람 이름을 특별히 써서 마치 남명선생께서 인홍에게 道를 전해준 것처럼 했으니, 이는 무슨 事理이며 무슨 의견인가?

眉叟가 지은 비문에서 역대 임금들이 벼슬로 남명선생을 부른 것에는 廟號를 쓰지 않으면서 다만 諡號를 준 것에만 어떤 朝代[光海君]라고 썼는데, 남명선생에게 시호를 준 것은 마치 광명정대하지 못하거나 신선하지 않은 것처럼 만든 것은 또 어째서인가?

墓道文字는 傳記와 같지 않은데 神道碑文에 자손을 적지 않은 것이 옛날에도 그런 前例가 있었던가?

대저 銘이란 것은 이른바 '아름다운 것을 일컫고 나쁜 것을 일컫지 않는 글'인데, 무슨 까닭으로 이렇게 지었는가? 평소에 의심해 왔다. 근래에 들으니 眉叟의 문집에서 '[南冥]先生'이라고 일컬어야 할 곳에 반드시 '隱者'라고 했다고 한다. '은자'라는 호칭은 '處士'와 같지 않다. 처사는 벼슬하지 않은 사람이고, 은자는 자기 몸을 깨끗이 하여 멀리 간 사람이다. 미수가 지은 이 銘 네 구절은 바로 은자를 일컫는 것이다. 남명선생이 벼슬하러 나가지 않은 것은 시대가 그런 것이지, 어찌 멀리 가서 돌아오지 않고 세상을 잊는 데 과감한 사람이라서 그랬겠는가?

眉叟가 지은 「東山鄭斗傳」에서 "土亭이 남쪽 지방을 유람하다가 南冥 隱者를 보고 나서 또 東山翁을 보고서 '고상한 선비다. 江右지역에는 이 한 사람이 있을 따름이다'라고 했다"라고 했다. 토정의 말을 끌어와서 東山을 찬미할 것이면 단지 "東山翁이……"라고 쓰면 충분하다. 반드시 '南冥 은자를 만났다[見南冥隱者]' 다섯 글자를 끼워넣은 것은 그 의도가 따로 있지 않겠는가? 동산이 비록 효행이 있지만, 그 기이한 소문과 특이한 일은 단지 하나의 方外人 무리일 뿐이지 결코 학문하는 사람이 아니다. 그런데 선생을 東山보다 한 단계 낮은 데다 두었는데, 선생이 과연 어떤 사람이 되겠는가?

또 들으니, 그[眉叟]가 學者에게 준 서신에는 "같은 시대에 살면 친구하고 싶지 않다"라는 말을 했다는데, 아! 너무 심하다. 설사 그의 道가 이미 높고, 德이 이미 이루어져 이미 성현의 지위에 이르렀다 해도 남명선생은 선배다. 선배에 대해서 경홀히 보고 능멸하여 이렇게까지 꺼리는 바가 없다. 비록 子貢 이상으로 능가하는 사람이라 해도 이 정도에 이르지는 않을 것 같다.

또 仁弘이 인륜을 무너뜨리고 나라를 그르친 일의 근원을 남명선생에게 그슬러 올라가려고 하여 그 이야기가 매우 장황하니, 아아! 슬프다. 인홍은 문하에 출입한 지가 몇 년 되지 않았다. 남명선생이 세상을 별세하셨을 때 그의 나이는 겨우 30여 세였다. 4, 50년 뒤에 나쁜 짓을 저질렀는데, 선생과 무슨 관계가 있단 말인가? --中略--

그[眉叟]는 스스로 寒岡 문인이라고 하니, 곧 南冥선생의 淵源이 흘러간 바다. 스승의 道로써 스승의 道를 해치니, 庚公之斯의 죄인이 되지 않을 수 있겠는가? 그의 평소의 마음가짐이 이러하니, 그가 교묘하게 틀을 설치해서 諷刺를 붙인 것은 괴상하게 여길 것이 없다.

어떤 사람은 "碑銘의 序文에서 '先生'이란 글자는 후세 사람이 고친 것이고, 본문에는 '公'으로 되어 있다" 하는데, 이는 더욱 말할 것이 못 된다. 어찌 벗하고자 하지 않는 사람에게 '선생'이라고 일컬을 수 있는가? 구차하게 사사로이 고친다 해도 남명선생에게는 욕됨이 심하다. --中略--

　이제 曺氏 자손들이 그[眉叟]에게 서신을 보내어 더할 것은 더하고 뺄 것은 빼려고 해도 그 사람이 살아 있지 않다. 완성되어 있는 碑文에서 깎아 버리려 해도 朱子가 警戒한 것을 범하게 된다. 眉叟는 원래 '南冥과 친구하지 않겠다'고 한 사람이니, 큰 體裁가 이미 잘못됐다. 神道碑銘이 잘 되고 못 되고를 어찌 논할 것이 있겠는가? 그렇다면 曺氏들의 義理는 마땅히 의리를 끌어와 단절을 고할 따름이다. --中略--

　眉叟의 글은 비록 全篇이 헐뜯고 모욕한 것인데도, 眉叟 지지자들이 꼭 온갖 방법으로 덮고 숨기려고 한다. 그들은 차라리 南冥先生을 저버릴지언정, 당파는 차마 저버릴 수가 없는 것이니, 아아! 黨論이 사람의 知覺을 좀먹는 것이 이러하니, 정말 통탄할 따름이다.[34]

　老栢軒은 眉叟가 지은 南冥神道碑을 정밀하게 분석하여 신랄하게 비판하고 있다. 대체로 12가지의 문제점을 지적하였는데, 南冥을 시골에서 절개를 지키며 살아가는 사람 정도의 수준으로 설정한 점, 상소에 좋은 내용이 많은데도 '궁중의 과부'니, '대궐의 고아' 등 당시 조정을 헐뜯던 한 단락의 말만 표출시킨 점, 남명을 講學은 하지 않는 사람처럼 묘사한 점, 鄭仁弘을 불렀다는 내용을 부각시킨 점, 光海君 때 諡號 받았다는 사실을 특별히 밝힌 점, 神道碑文에 자손을 적지 않은 점, 眉叟 자신의 글에서 南冥을 '先生'이라고 해야 할 곳에서 '隱者'라고 일컬은 점, 東山을 칭찬하면서 南冥과 비교하여 고의로 南冥을 폄하하려 한 점, 「答學者書」에서 眉叟가 '南冥과는 친구하지 않겠다', '南冥의 말폐가 鄭仁弘에게서 나타났다'고 한 점 등이다.

　그런데도 眉叟를 지지하는 일부 南人系 유림들은 南冥을 저버릴지언정 자기 黨派는 저버리지 않으려고 한다고 했다. 眉叟가 지은 神道碑를 그대

---

34) 鄭載圭 『老栢軒集』 권32 16-19장, 「偶記」.

로 세워두면 南冥에게 누가 되는데도 문제없다고 그대로 자신들의 주장을 밀고 나간다고 했다.

반대로 老栢軒은 尤庵이 지은 「南冥神道碑」에 대해서는 찬탄을 아끼지 않고 있다.

尤翁 같은 분은 평소에 南冥先生을 尊仰하여 奏箚에서는 반드시 先正이라 했고, 당시 인물을 평론할 때는 남명선생을 道學者群에 열거하여 退溪, 栗谷과 아울러 일컬었다. 이는 평소의 바른 견해요 확정된 持論으로 정확하게 파악한 결과였다. 우옹이 남명선생을 칭찬한 글에 대해서 반대파에서 도리어 교묘하게 變改시키려고 하니, 한갓 識者들의 비난만 받을 것인저!35)

老栢軒은 또 尤庵의 지은 비문에 대해서 비판하는 것을 적극 해명 옹호하고 있다.

"尤翁이 지은 神道碑에서 '선비는 더욱 구차해지고 풍속은 더욱 거짓스러워졌다'라는 구절을 가지고 三疾로 南冥先生을 비유한 것으로 말을 하는 사람이 있습니다"라고 누가 물었다. 이는 교묘하게 흠잡으려는 것이다. '더욱 거짓스러워졌다'라는 말은 시대를 아파하고 풍속을 걱정할 때 늘 쓰는 文字다. --中略--

尤翁이 南冥神道碑銘에서 '南冥先生은 百世의 스승이다'라고 했는데, 孟子가 이 말을 가지고 이미 聖人을 칭찬했다. 성인을 칭찬한 말을 가지고 감히 남명선생을 칭찬할 수가 없었다. 朱子가 이 말을 가지고 東溪를 칭찬했으므로 동계를 칭찬한 말을 가지고 남명선생을 칭찬한 것이다.36)

氣節만 있는 東溪를 들어 비유한 것은 南冥을 氣節로만 인정한 것이라는 南人系 儒林들의 주장을 老栢軒은 일축하고, '南冥을 百世의 스승'이라

35) 鄭載圭 『老栢軒集』 권32 20장, 「偶記」.
36) 鄭載圭 『老栢軒集』 권32 20장, 「偶記」.

는 비유를 하기 위해서 東溪를 끌어왔을 뿐이라는 점을 강조했다.

1903년부터 南冥의 후손들은 尤庵이 지은 神道碑를 세우기 위해 일을 추진하기 시작했다. 먼저 당시의 老論系 대학자 艮齋 田愚의 글씨를 받고, 吏曹判書 金聲根의 篆額을 받아 세울 준비를 했다. 이 일을 추진하던 중에 이 일을 주도하던 남명의 후손 曹垣淳은 1903년 갑자기 세상을 떠났고 후손 曹龍淳, 曹鉉承과 前府使 鄭圭錫 등이 힘을 써 일을 완공하였다.[37]

비를 세우는 과정에서 艮齋 글씨 대신 吏曹參判 金鶴洙의 글씨로 바뀌었다. 艮齋가 써둔 글씨는 1930년에 목판에 새겨 白雲精舍에 보관했다.[38]

그 이후 1926년 이르러 南冥의 후손인 弦齋 曹庸相 등은 「踣德山碑理由」라는 글을 지어 眉叟가 지은 南冥의 「神道碑銘」을 새긴 비석을 넘겨야 할 이유를 밝혔다. 그 글의 요지는 이러하다.

1. 眉叟의 碑文에서 "스스로 一家의 학문을 이루었다.……전체적으로 기운이 잘 조화 되는 것[沖漠]을 근본으로 삼았다.……토론하고 답하여 이야기 하는 것을 좋아하지 않았다"고 했다.

弦齋는 이렇게 辨駁하였다. "서로 전수되어 오던 학문을 잘 이었는데, '一家의 학문을 이루었다'라고 이른 것은 어째서인가?", "明誠으로써 근본을 삼았고 敬義를 위주로 했는데, '沖漠으로 근본을 삼았고, 論難하고 答述하는 것을 좋아하지 않았다'라고 한 것은 어째서인가?"

眉叟의 碑文에서 "사람을 가르칠 때는 책을 펴 강론하지 않았으며, 經書를 이야기하는 것은 자신에게 돌이켜 구하여 스스로 터득하는 것만 같지 못하다. 책을 볼 때는 일찍이 한 章이나 한 句씩 해석한 적은 없었다"라고 했다.

弦齋는 이렇게 辨駁하였다. "南冥先生께서 일찍이 말씀하시기를 '배우는 사람은 四書를 정밀하게 알아 참되게 쌓고 오래 힘을 들이면 道를 안다'라고 했고, 또 '窮理의 바탕으로 삼아 글을 읽고 의리를 강론하여 밝혔다'라고 하셨다. 大谷先生은 墓碣銘을 지어 '의심스런 내용을 분석하여, 가을 털 같은

---

37) 宋秉璿 『淵齋集』 권32 25장, 「南冥先生神道碑追記」.
38) 權九煥 「南冥曺先生神道碑銘跋」.

세세한 부분까지 들어갔다'라고 했으니, 眉叟는 비문에서 마땅히 '사람들에
게 四書를 정밀하게 알도록 가르쳤다'라고 했어야 할 것인데, 이에 '책을
펴 강론하지 않았다'라고 한 것은 어째서였는가? 마땅히 '글을 읽어 의리를
강론하여 밝혔다'라고 했어야 할 것인데 '經書를 이야기하는 것은 돌이켜
구하여 스스로 터득하는 것만 못하다'라고 한 것은 어째서였는가? 마땅히
'의심스런 내용을 분석하여, 가을 털 같은 세세한 부분까지 들어갔다'라고
했어야 할 것인데 '일찍이 한 章이나 한 句씩 해석한 적은 없었다'라고 한
것은 어째서였는가?"

2. 眉叟의 비문에서는 南冥의 上疏 가운데서 '慈殿은 진실하고 깊고 殿下
는 어리고'라는 구절을 인용하였고, 經筵에서 왕을 접견하는 부분을 인용하
면서도 '三顧草廬'를 인용했다.

弦齋는 이렇게 辨駁하였다. "南冥先生의 疏章 가운데는 '聖學에 힘쓰고,
지금의 폐단을 구제하십시오'라는 등등의 일에 대해서 간곡하게 거듭 거듭
이야기한 것은 한 마디도 취하지 않았다. 또 經筵에서 접견한 내용 가운데서
도 '학문하는 방법'이나 '정치하는 도리'에 대해서 말한 것은 취하지 않고,
단지 '慈殿은 진실하고 깊고, 殿下는 어리고'라는 말과 '三顧草廬'만 취했는
데, 이것은 무슨 의도인가? 그의 「答學者書」를 보면 가히 그 의도를 알 수
있다".

3. 眉叟의 碑文에서 "병이 위독했을 때 鄭仁弘을 불렀다"라고 했다.

弦齋는 이렇게 辨駁하였다. "寒岡의 祭文에 '무릇 南冥先生의 평소의 學
行, 志槪, 出處, 語默, 進退, 行藏 등에 관한 의리는 한 마디 말씀도 혹시라도
숨기지 않고, 다 우리들과 가슴을 열고 말씀하셨다'라고 했고, 또 '남명선생께
서 병환으로 눕게 되었다는 소식을 듣고는 급히 달려가 살피고 반 달 동안
머물러 모시고 있다가 왔다'라고 했다. 그러니 한강 같은 분을 비문에 마땅히
써야 하는데 쓰지 않았다. 鄭仁弘은 이미 사형을 당했으니, 나라의 법을 두려
워하는 사람이라면 마땅히 그런 사실은 숨겨야 할 것인데, 특별히 그의 이름
을 취한 것은 무슨 뜻인가?……하물며 남명선생께서 세상을 떠난 지 53년
뒤에 사형을 당한 자가 선생과 무슨 관계가 있다는 것인가? 眉叟의 「答學者
書」를 보면 그가 특별히 鄭仁弘의 이름을 취한 의도를 알 수 있다."

4. 眉叟의 비문에서 南冥의 자손을 기록하지 않았다.

弦齋는 이렇게 辨駁하였다. "神道碑文에서 자손을 쓰지 않은 옛날 前例가

있었던가?"

5. 眉叟 碑文의 銘에 "고결함을 스스로 지켰고, 은거하여 의리를 행하였네. 그 몸을 욕되게 하지 않았고, 그 뜻을 낮추지도 않았다네.[高潔自守, 隱居行義. 不辱其身, 不降其志.]"라고 했다.

弦齋는 이렇게 辨駁하였다. "南冥先生께서 일찍이 '원하는 바는 孔子를 배우는 것이다'라고 하셨다. 退溪先生께서는 '지금 일어나 임금님의 부르는 命에 응한다면 군자가 때에 맞추어 出處하는 義理에 합당합니다'라고 하셨다. 그러니 남명선생은 中庸에 의거한 것이지, 세상에서 은둔하여 사람들을 떠난 것에 비교할 분이 아니다. 그런데 은둔하여 자신을 더럽히지 않는 것에 귀결시켰으니, 그가 끌어와 비유한 뜻을 알 만하다."39)

弦齋가 辨駁한 내용은 老栢軒이 지적한 문제점과 크게 다르지 않았다. 辨駁한 論旨도 거의 같다.

眉叟가 지은 神道碑를 넘어뜨린 1926년 음력 6월에 濟南 河經洛이 「德山曺氏破滅其祖南冥先生神道碑理由書條卜」이라는 글을 지어 弦齋 曺庸相이 眉叟가 지은 神道碑를 두고 문제 삼은 주장을 조목조목 辨斥하였다.

濟南의 條卜 첫머리에서 曺氏들이 말한 "비석의 큰 제목을 「南冥先生神道碑」라 하지 않고, 「德山碑」라 한 것은 옛날 法道인가? 지금의 글인가? 존경한 것인가? 외면한 것인가?"라는 이유를 인용하였다.40)

濟南은 이렇게 辨斥하였다. "이런 것은 옛날의 법도이고, 지금의 글에도 있다. 존경한 것이지 외면한 것은 아니다. 대개 南冥先生에게 德山은 곧 孔夫子의 闕里와 같았다. 역대 제왕들이 聖林을 奉審할 때면 반드시 御製의 글이 있었다. 曺氏들의 말과 같이 하려면 반드시 「孔先生碑」라고 큰 제목을 붙여야 할 것인데도 바로 「闕里碑」라고 했다. 聖人 孔子의 祠堂을 瞻謁하고서 그 일을 노래로 읊은 사람들이 曺氏들의 말과 같이 하려면 반드시 '孔先生廟'라 해야 할 것인데도 '闕里祠'나 '闕里堂'이라고 했다. 그러나 공자의 후손들은 曺氏가 번성한 것 정도가 아닌데도 돌을 메고 와서 그 비석에 이른 사람이나 노끼를 쳐들고서 그 비석을 겨눈 사람이 있다는 것을 듣지 못했다. 근세에

39) 曺庸相『弦齋集』권5 19-21장,「踏德山碑理由」.
40) 이 條는 弦齋의「踏德山碑理由」에는 나와 있지 않다. 이 조는,『弦齋集』을 편집하면서 삭제했는지? 아니면 曺氏들이 말로 주장한 것인지? 현재의 이유서 이외에 다른 이유서가 있었는지 알 수 없다. 曺氏 집안에서 말로 계속 불만을 계속 토로해 왔을 가능성이 크다.

는 蘆沙 奇公이 그 선대의 墓碣을 지으면서 「石底阡表」라고 했다. 그 후손들이 이것을 외면했다고 여긴다는 것을 듣지 못했다. 조씨들이 그 선조를 위하는 것은 정상적인 사람들의 인정과 달라서 그런 것인가?

弦齋의 1번 理由에 대해 濟南은 이렇게 辨斥했다. "眉叟의 碑文에서 '스스로 一家의 학문을 이루었다'라고 했는데, 얼른 보면 혹 좁은 듯한 면이 있지만 자세히 보면 그 나름대로 맥락이 있고 내력이 있다. 대개 그 위의 글에 이미 『左傳』과 柳氏의 글을 읽기를 좋아했다'라고 했고, 또 '百氏를 널리 보고서 돌이켜서 約을 지켰다'라고 했다. 그러니 여기서 '一家'라 한 것은 곧 우리 儒家. '百氏'에 대응해서 '一家'라고 한 것이다. 南冥先生께서 일찍이 '敬義는 우리 집의 해와 달이다'라고 하셨다. 대저 '敬義'라는 두 글자는 여러 聖人들이 전해 온 것인데 꼭 '우리 집'이라 했으니, 우리 儒家의 학문은 여러 성인으로 一家로 삼은 것이다. 蘇老泉이 孟子의 학문을 논하여 '스스로 一家의 글을 이루었다'라고 했는데, 조씨들의 말과 같이 한다면 이 또한 맹자를 모욕한 것인가?

眉叟가 지은 비문에서 '沖漠으로 근본을 삼았다'라고 한 것은 남명선생이 될 수 없다는 것인가? 沖漠은 '太極의 體'로 '動靜과 陰陽의 이치'가 그 속에 다 갖추어져 있다. --中略--

南冥先生은 배우는 사람들이 知行을 並進하지 못하기 때문에 왕왕 '口談天理' 등의 경계가 있었는데, 眉叟의 碑文에서 '談論이나 答述을 좋아하지 않았다'는 것은 바로 이런 뜻이다.

대저 이미 잘 알려져 있는 것은 좀 줄이고 그윽하여 잘 드러나지 않는 것은 드러내는 것이 글을 짓는 사람들의 正法이다. 南冥先生이 남명선생이 되는 것은 과연 무슨 일 때문이겠는가? --중략-- 남명선생의 道學과 文章은 다른 여러 선배들과 한 가지로서 특별하게 다른 것이 없다. 名節을 砥礪하여 後學들을 獎進한 功은 또 한층 더 높다. 비록 千古에 우뚝하다 해도 혹 지나친 것은 아니다. 그래서 許先生이 다른 사람과 같은 것은 좀 느슨하게 서술하고 다른 사람이 미치지 못한 것에는 꼭 신경을 썼던 것이다. 대개 文字라는 것은 氣數에 관계가 있는 것이니, 꼭 그 사람을 위해서 짓는 것만이 아니고 世教를 위해서 짓는 것이다. 선생께서 名節로써 後學들을 이끌지 않았더라면 壬辰倭亂 때 국가를 다시 만드는 功績을 쉽게 기약할 수 없었을 것이다. --中略-- 또 남명선생의 氣象 같은 것은 大谷先生이 이미 다 해놨는데,

어찌 꼭 책상 위에 책상을 포개 놓아야 하겠는가?"

弦齋의 2번 이유에 대해서 濟南은 이렇게 辨斥하였다. "글을 짓는 사람이 取捨, 與奪, 屈曲, 變化하는 것은 글 짓는 사람 자신의 저울과 역량에 달려 있는 것이다. 賤工, 拙匠이 잘잘못을 비교하거나 헤아릴 수 있는 것이 아니다. '慈殿은 진실하고 생각이 깊으나……, 전하는 어리고……'라는 선생의 上疏는 얼마나 懇側하고 얼마나 直截한가? 그런데 曹氏들은 그들의 뜻에 차지 않아 처음에는 도려내려 하다가 되지 않자, 또 다른 사람이 일컫는 것도 싫어하는 것이 이런 지경에 이르렀다.

'三顧草廬'라는 말은 임금님이 이 말로 시험 삼아 물었기에 신하로써는 이 말로 사실대로 답한 것이다. 이런 말들이 모두 道德의 바름에서 나오지 않았고, 강직함을 돋보이게 하려는 선비가 스스로 자랑하는 말 같기 때문에 曹氏들이 취하지 않으려는 것이다." --下略-

弦齋의 3번 이유에 대해서 濟南은 이렇게 辨斥하였다. "鄭仁弘 아래에 東岡의 성명이 있다. 이것은 그 당일의 사실이다. 曹氏들은 왜 『來庵集』 12권 16판 「南冥先生病時事蹟」을 가져와 상고하지 않는가?

曹氏들의 이야기와 같이 하자면 '鄭仁弘은 형벌을 받았고 寒岡은 衣鉢을 傳受받았으니, 남명선생이 비록 仁弘에게 이야기해도 마땅히 寒岡이라고 써야 한다는 것인가? 이것은 무슨 心法인가?" --下略--

弦齋의 4번 이유에 대해서 濟南은 이렇게 辨斥하였다. "唐宋 이래로 그런 사례가 많이 있다. 가장 잘 알려진 것으로는 歐陽公[歐陽脩]이 「范文正公碑」를 지으면서 자손을 서술하지 않았고, 伊川先生이 伯先生[程顥]의 墓誌銘을 지으면서 자손을 서술하지 않았다. 그러니 眉叟가 이 神道碑에서 南冥先生의 자손을 서술하지 않은 것은 副室 소생이기 때문에 그런 것은 아니다. 조씨들이 이것을 가지고 비석을 부수는 이유로 삼은 것은 너무 심하지 않은가? 선생의 下系는 그다지 중요한 것이 아닌데도 이런 처사를 하는데, 이런 것이 모두 先祖를 높이는 참된 정성에서 나온 것인지 모르겠다."

弦齋의 5번 이유에 대해서 濟南은 이렇게 辨斥하였다. "南冥先生은 과연 隱逸로써 일어나 임금님의 부르는 命을 받은 사람이 아니던가? 이미 이유에서 '남명선생은 中庸에 의거했다'라고 하고는 또 '遯世가 아니다'라고 했으니, 『中庸』에 나오는 '세상에서 숨어 살면서 알려지지 않아도 후회하지 않는 것'으로는 선생에게 해당될 수 없단 말인가? 조씨들은 '남명선생은 孔子를 배우

기를 원했고, 또 中庸에 의거했다'하면서도 '遯世' 이하는 배우기를 원하지
않는 것인가? 眉叟가 經典의 뜻을 분석하여 선생을 밝혀낸 것은 지극히 정밀
하고 지극히 오묘하다. 이런 것은 어찌 다른 사람이 능히 말할 수 있겠는가?
무릇 神道碑銘의 銘辭에서 말한 것 가운데 어느 것이 聖賢의 일 아닌 것이
있던가? 조씨들은 오히려 이것도 족히 할 수 없다고 여기니, 오늘날 이 비석
이 보존되지 못하는 것은 마땅하도다."[41]

　　濟南은 眉叟의 神道碑는 전혀 문제가 없는데 후손들이 잘못된 시각을
가지고서 잘못 알고 신도비를 넘겼다고 나무랐다. 眉叟가 「德山碑」라고
한 것은 孔子의 비를 「闕里碑」라고 한 先例가 있다. 자손을 수록하지 않는
것은, 「范文正公碑」나 「程明道墓誌銘」처럼 선례가 다 있는 것이지, 眉叟
가 南冥의 후손들을 무시해서 그런 것이 아니라고 했다.

　　弦齋는 또 眉叟의 비문은 南冥을 잘 안 그 스승 寒岡의 글은 따르지
않고 남명선생을 모르는 鄭仁弘의 「南冥行狀」을 따랐다고 비판하였다.

　　　寒岡의 글[祭南冥先生文]을 보면 南冥 선조께서 사람을 옳게 가르쳤다는
　　것을 알게 한다. 한강이 남명선생을 높이는 것은 한 마디 말도 道에 합치되지
　　않는 것이 없다. 이른바 「南冥行狀」 글이라는 것은 선생을 아는 사람이 지은
　　것이 아니다. 아아! 許眉叟는 한강선생의 문인으로서 「德山碑」를 지으면서
　　행장의 글을 따라 짓고 그 스승의 이야기는 배반하여 버렸으니, 유독 무슨
　　마음인가?[42]

　　弦齋는 또 尤庵에 대해서 매우 호감을 가지면서 眉叟와 대비하여 이렇
게 말했다.

　　　尤庵은 栗谷의 私淑으로써 廟庭碑를 지으면서 大谷과 寒岡의 논의를 들

41) 河經洛 『濟南集』 권5 30-34장, 「德山曺氏破滅其先祖南冥先生神道碑理由書條卞」.
42) 曺庸相 『弦齋集』 권6 6장, 「謹書先子文三節後」.

음이 있었다. 또 어떤 사람에게 준 서신에서 "宣祖朝의 인물을 논하자면 다섯 분야로 나눌 수 있는데 그[南冥]를 道學에 열거할 수 있다"라고 했으니, 그 스승인 栗谷이 내놓지 못한 논의를 내놓은 것이다. 夫子[南冥]를 도리어 해치는 사람[眉叟]과 비교한다면 서로 떨어진 거리가 얼마나 먼가? 또 스스로 처신하는 말에 "南冥先生 門下에서 물 뿌리고 비질하며 모시지 못한 것이 한스럽다"라고 했다. "그[南冥]와 벗하는 것은 내[眉叟]는 하지 않겠다"라고 한 것과 누가 謙恭하고 누가 驕傲한지 알지 못하겠다. 마음 쓰는 것이 공정함과 사사로움을 여기서 볼 수 있다.[43]

弦齋는 眉叟와 來庵, 東岡 등은 南冥의 德을 모르는 사람이라는 것을 부각시키기 위해서 다음과 같이 말했다.

보지 않고서도 안 사람은 退溪先生 한 사람일 따름이고, 大谷과 寒岡은 보고서 안 사람이고, 배워서 안 사람이다. 들어서 안 사람은 鶴峯, 桐溪, 尤庵 등 몇몇 현자에 불과하다. 아아! 德을 아는 사람이 드물구나.[44]

이 말을 통해 보면 弦齋는 南冥의 行狀을 지은 來庵 鄭仁弘, 東岡 金宇顒, 眉叟 許穆 등에 대해서 불만을 많이 가졌다는 의미를 내포하고 있다. 특히 眉叟에 대해서 불만에 제일 많았다가 「答學者書」의 출현을 계기로 신도비를 넘어뜨리게 되었다.

眉叟가 지은 비석을 넘기자 德川書院에 출입하는 南人과 南冥 後孫들과의 의견 대립이 더 격렬해졌다.

1920년대 초반 마침 德川書院의 敬義堂을 復原하여 復享할 때 守愚堂을 配享할 것이냐 말 것이냐? 다른 제자들을 추가로 配享할 것이냐? 등의 문제로 이들 사에에 대립이 심각하게 되어 가고 있었다. 守愚堂은 己丑獄事 이후로 西人들이 가장 꺼려하는 인물이기 때문에 弦齋 등 南冥의 후손

43) 曺庸相『弦齋集』권5 19장,「私識」.
44) 曺庸相『弦齋集』권5 19장,「私識」.

들은 西人들도 德川書院에 끌어들여 南冥을 尊慕하는 대열에 참여시키기
위하여 守愚堂을 배향하지 않으려고 했다. 또 弦齋 등은 德溪 吳健이나
寒岡 鄭逑를 두고 守愚堂을 배향한 것은 애초에 鄭仁弘의 의도가 작용한
것이라고 생각하였다.[45] 남명 후손들은 寒岡을 특별히 높게 생각하였다.
南人系列의 유림들은 守愚堂의 배향을 강력하게 주장하였다.

또 이때 南冥의 후손들은 남명 가문에 보내온 俛宇 郭鍾錫의 문집인
『俛宇集』에 퇴자를 놓아 돌려보냈다.『俛宇集』가운데 있는「入德門賦」
등에 南冥과 退溪를 묘사하면서 퇴계를 더 높였다는 이유에서였다.

막상 眉叟가 지은 神道碑를 넘기자 사건이 더욱 확대 되었다. 이 사정에
대해서 秋帆 權道溶이 자세한 기록을 남겼다. 그 가운데서 중요한 것을
골라 아래에 시간순으로 연달아 인용한다.

> 원근에서 그 소식을 듣고 크게 놀라 "고금에 어찌 자손이 되어 그 선조의
> 神道碑를 부수어 부러뜨리는 자들이 있느냐? 그 罪를 성토하는 조처가 없을
> 수 없다"라고 하여, 여러 고을의 인사들이 二宜亭에 모여 通文을 급히 보내
> 돌리며 曺庸相 등의 죄를 성토하였다. "太一君의 亂臣이요, 老先生의 賊子
> 로, 그 종자에 그 종자가 나니 대대로 그 악함을 전한다"라고 했다. 대개
> 復菴이 南冥先生의「神明舍圖」를 고쳐 바꾸더니, 그 아들 庸相이 또 신도비
> 를 넘겼다는 것이다.[46]

> 이에 앞서 神道에 碑銘을 지은 사람[眉叟]이 老先生의 學問의 宗旨를 깊
> 이 알지 못하면서, 단지 선생의 학문을 가리고 속이는 말만 주워 모았다.
> 嶺南의 선비들 가운데 그런 줄 안 사람들은 분개하고 한탄하는 사람이 많았
> 고, 曺氏가 된 사람은 더욱 분하게 여기고 한탄하였다. ――中略――
> 병인년 봄에 公[弦齋]의 집안 사람 몇 명이 자기들끼리 이르기를 "「答學者
> 書」는 碑文의 註釋이니, 마땅히 비석을 넘겨야 한다"라고 무리로 일어나

45) 曺庸相『弦齋集』.
46) 權道溶『秋帆文苑』권14 16장,「德山碑訟槪況」.

넘어뜨렸다.47)

　이로 말미암아 나라 안의 성토가 고슴도치 털 일어나듯이 일어났다. 공을 일러 '配享한 인물[守愚堂]을 좇아내고 비를 넘어뜨린 괴수'라 하여 모욕하는 말이 이르렀는데, 위로 復菴[曺垣淳]에게까지 이르렀다.
　그래도 진주 사람들은 오히려 구칠 줄 몰라 법원에 고소하여 曺氏를 괴롭힌 것이 5년을 끌었다.48)

　정묘년(1927) 4월 21일에 南人系 儒林 2백 여명이 淸源에 世居하는 李氏의 杏亭에 모여 曺氏들의 죄를 성토하면서 '書院制度를 복원하고, 옛날 비석[眉叟所撰]을 다시 세운다'는 결의를 했다. 曺氏들의 罪目을 "선조를 배반하고 선현을 모욕했으니, 儒案에서 영원이 삭제한다"라고 정하고, 서로 맹세하는 글에 "이번 道會 석상에서 연명하여 曺氏들과 斷絶을 통고했으니, 우리들 가운데서 만약 서로 왕래하는 자가 있으면 같은 죄목으로 처벌한다"라고 하였다. 며칠 뒤 간부 되는 몇 사람은 다시 召南의 趙氏 齋室에 모여 先賢을 誣辱한 죄를 성토했는데, 네 조항의 죄목은 '守愚堂을 廢黜한 죄', '東岡을 원수처럼 대한 죄', '神道碑를 부순 죄', '眉叟를 거절한 죄' 등이었다.

　이해 3월에 晉州 鄕校에서 "德山 曺氏 집안은 나라의 법으로 용서 받을 수 없으니 마땅히 법률을 맡은 官署의 처벌을 받아야 한다"는 요지의 通文을 발송했다. 南冥 嗣孫 曺東煥 등 후손 30여 명은 「布告域中文」이라는 글을 지어 통렬하게 반박하고 「踣碑理由」라는 글을 첨부하였다. 진주 향교에서는 즉각 반박하는 글이 있었다. 曺氏들이 또 답변했다.

---

47) 松山 權載奎가 쓴 「弦齋墓碣銘」고, 果齋 李敎宇가 쓴 「弦齋墓誌銘」에는, '眉叟가 지은 神道碑를 넘길 때 집안 사람들이 弦齋에게 알리지 않았기 때문에 현재는 모르고 있었는데, 사람들이 모두 현재를 비를 넘긴 괴수로 여기고 있다'라고 했다. 그러나 이 글은 弦齋를 유림들의 비난으로부터 보호하려는 의도에서 쓴 것으로 보인다.
48) 『弦齋集』 권7 附錄 盧普鉉 所撰 「弦齋行狀」.

얼마 지나 泗川 大觀臺에서 유림들이 모여 대표 몇 사람이 晋州檢事局에 고소를 하였다. 그러자 德山警官所에서 조씨들을 호출하여 비석을 세운 전말과 비석을 넘어뜨린 이유를 심문하였다. 그러나 그 이듬해 정묘년(1927) 여름 晋州에서 不起訴 선언을 하였다.

이해 7월에 서울의 유림 李文敎 등 30여 명이 여러 고을에 通文을 보내 四大罪로 曹氏들을 성토하였다. 죄목은 이러하다. 첫째 御製碑文을 훼손하여 폐기한 죄, 둘째 神道碑를 부순 죄, 셋째 配享 인물을 廢黜한 죄, 넷째 文集[南冥集]을 削板한 죄 등이었다. 끝에 '御製文 및 神道碑를 원래대로 세우고, 配享 인물을 옛날처럼 奉安하고, 문집의 新本을 빨리 간행하라'[49]는 요구를 하였다.

이해 8월에 儒林들이 士谷의 落水庵에 크게 모여 "이번 秋享 때 모든 南人들은 西人들과는 일절 일을 같이 하지 말라"라는 論議를 내놓았다.

立石의 사는 權氏와 培山의 李氏들은 애초부터 이 시비의 와중에 들어가지 않았기 때문에 시종 모임에 참여하지 않았다. 유림측에서는 모두 "立石 權氏들은 德山 曹氏들의 후원자다"라고 간주했다.

이해 秋享은 여러 가지 준비가 안 되어 뒤로 미루어 9월 28일로 정했다. 추향 때가 되자 참석한 사람들은 西人들이 많았다. 그래서 다시 契를 결성했는데 돈을 낸 사람이 매우 많았다. 이때 남명 후손으로 監察을 지낸 曹鉉承이 '尊眉叟者, 不入此門[미수를 존경하는 자들은 이 문을 들어서지 말 것]'이라는 여덟 글자를 山天齋 위에다가 걸었다.

이해 겨울 沃川의 宋氏 문중에서 德山에 聯函을 보내어 "尤庵이 지은 神道碑를 뽑아 없애라"고 했다. '새로 세우면서 앞뒤 문장을 잘라내어 완전한 글이 안 된다'는 이유에서였다.

---

49) 秋帆 權道溶은, 이 사실에 대해서 부연 설명하기를, "御製碑文이라는 것은 正祖가 지은 賜祭文으로, 옛날 서원 앞 길가에 새겨 세웠는데, 근세에 길을 닦을 때 없애버렸다. '문집' 운운하는 것은 曹氏들이 東岡이 지은 「南冥先生行狀」에 크게 불만을 갖고 附錄을 붙이지 않았기 때문이다"라고 했다.

이때 淵齋의 아우 心石齋 宋秉珣[50]이 南冥 후손 曹鉉承에게 항의하는 서신을 보내왔다.

간접적으로 들으니 "우리 선조께서 지으신 冥翁의 碑文의 마지막 단락인 '孟子曰聖人百世師'라고 한 그 이하의 말을 깎아 버리고 새겨서 세웠다"하는 군요? 이 것은 무슨 도리입니까? 아니면 '冥翁이 百世師에 해당될 수 없으니, 지나치게 아름답게 서술했다'고 결론을 내려 그러신 겁니까?

萬古 天下에 사람의 紀綱이 있은 이래로 사람의 후손된 자들은 모두 그 조상을 높일 줄 압니다. 그대들은 선조의 아름다움을 깎아내려 손상시키는 것으로 能事로 삼는 것은 어째서입니까? 개탄하여 마지 않는 바이오.

하물며 先賢이 지은 文字를 감히 임의로 깎아 버리니, 교만하고 경솔한 것이 누가 이보다 심하겠소? 더욱 놀라고 개탄함을 금하지 못하겠소. 즉각 모름지기 고쳐 새겨, 백세에 걸친 士林의 비난과 조소가 없도록 하시오. 그렇게 하지 않는다면 세우지 않는 것만 못하니, 비석을 뽑아서 묻어버리는 것이 어떻겠소?

이 경고는 격분하고 개탄하는 데서만 나온 것이 아니고 실로 衷情에서 나온 것이니, 특별히 잘 조처하여 先祖 및 先賢에게 죄를 얻지 마시기를 천만번 바라오.[51]

1903년 尤庵이 지은 神道碑를 새길 때 淵齋의 追記를 붙였는데, 사실상 연재가 멀리서 지휘를 하면서 문제되는 부분의 해결 방안을 제시하였다.

先先生 神道碑의 글은 우리 선조께서 지은 것인데 아직 세워지지 못하여 정말 매우 개탄했는데, 이제 선비들의 논의가 일제히 나와 이런 성대한 조처가 있게 되었으니, 듣고서 欽仰하고 감탄함을 감당하지 못했습니다.

世系가 譜牒과 서로 어긋난 것은 당시 狀草에 잘못 기록된 것 때문일

---

50) 宋秉珣의 『心石齋集』에 「與曹和允」이라는 서신이 실려 있는데, 내용으로 볼 적에 송병순이 지어 門中의 聯函으로 쓴 것 같다.

51) 宋秉珣 『心石齋集』 권10 12장, 「與曹和允」.

것입니다. 과연 이대로 새기기가 어렵다면 麗朝 '外祖'의 '祖'자를 '孫'자로
바꾸십시오. '自國朝……六代祖'까지의 17자는 깎아버리시지요. 어쩔지 모
르겠습니다.

　朱夫子가 東溪를 칭찬했다는 說은 본래 『孟子』에서 나온 것으로, 선조께
서 인용하여 南冥先生을 칭찬한 것입니다. 대개 高公의 氣節을 가져다 비교
한 것이 아니고, 오로지 '百世師'라는 데 비중을 둔 것입니다. 嶺南의 갈라진
논의에 어찌 시끄러울 것이 있겠습니까?

　아래로 부탁한 追記는 없어서는 안 되지만 事體가 매우 중요하니, 사람도
미미하고 글도 서툰 저 같은 사람이 맡을 수 있겠습니까? 그러나 여러분들의
성대한 뜻을 저버릴 수가 없어 외람됨을 생각지 않고 몇 줄 얽어 올립니다.
혹 수정하고 보완해서 처분을 내리는 것이 어떨지요?[52]

　尤庵이 지은 神道碑에는 조선 초기 領議政 曺錫文이 남명의 6대조로
되어 있는 등 先系가 잘못되어 있다. 東溪 高登은 南宋 초기의 氣節로
이름난 인물인데, 南冥을 東溪에게 비교한 것은 남명의 기절만 인정한
것이라는 남인들의 논란이 있었다. 그래서 淵齋는 그런 것이 아니고, 尤庵
은 南冥을 '百世師'라고 한 것에 비중을 두었으니 문제 없다고 본 것이고,
그대로 사용할 것을 권유한 것이었다.

　그런데 心石齋는 南冥 후손들이 '孟子曰'부터는 깎아 버리고 세웠다는
소문을 듣고 항의를 했다. 조씨들로서는 자신들의 큰 후원 세력이 될 尤庵
후손들의 항의 서신을 받았다.

　그러나 이는 宋氏들이 잘못 알고 항의하는 서신을 보낸 것이었다. 누군
가가 曺氏와 尤庵 후손들 사이를 이간시키려고 거짓 소문을 퍼뜨린 것으
로 볼 수 있다. 새로 세운 현존의 尤庵이 지은 神道碑에는 '孟子曰'에서부
터 '銘曰' 위에까지의 사이에 한 글자도 깎지 않고 尤庵이 지은 원본 그대
로 새겨져 있고, 또 세워지지는 않았지만 艮齋가 써서 木板에 새긴 神道碑
에도 한 글자도 깎지 않고 그대로 새겨 놓았다.

―――――――――――――――――
52) 宋秉璿 『淵齋集』 권 15 20장, 「答曺氏門中」.

1928년 겨울에 晉州 법원의 判事 書記 및 변호사 몇 사람이 山天齋에다 임시재판소를 열었다. 曹氏와 증인들은 모두 "神道碑는 분명히 후손들이 세웠다가 후손들이 넘긴 것인데 무슨 잘못이 있소?"라고 말했다. 증인들의 말도 후손들의 말과 같은 사람이 많았으므로 판사도 그렇다고 여겼다.

1929년 春享 때 山淸郡守 金基俊가 서울에서 온 명령을 가지고 실지조사를 나왔다. 曹庸相을 만나 抱川 龍淵書院 儒會에서 京城府에 보낸 진정서를 보여주었다. 대개 原告인 南人들이 비밀리에 사건의 전말을 갖추어 용연서원의 유림들에게 보내어 진정서를 만들어 京城府에 보내도록 하였고, 경성부에서는 道廳으로 하여금 산청군수에게 조사하도록 했던 것이다. 조용상은 계속 묵비권을 행사하였다. 그러자 서기 李某는 몇 조를 보여주면서 답변을 하라고 했는데 이른바 聲明書였다. 진정서의 내용인즉 "국가의 법령이 없이 서원을 멋대로 설립하는 것은 단연코 폐지해야 할 일이다"라는 것이었다. 성명서의 내용은 "지금 지은 건물은 世德祠이지 서원은 아니다"라는 것이었다.[53]

그 동안 南人들은 법의 힘을 빌려 후손들로부터 德川書院의 대지를 빼앗아 서원을 다시 세우고, 조씨들이 德川書院이라 하여 향사하는 敬義堂은 서원으로 인정하지 않으려고 물밑 작업을 했던 것이다.

山天齋 釋菜日에 남명 후손 10여 명이 모여 장차 通文을 내어 龍淵書院 유림들의 죄를 성토하기로 하고 먼저 그 사정을 알아보았다.

1929년 5월 초순 경 雷龍亭에 모여 通文을 작성하고 따로 龍淵書院 유림들에게 실제적인 질문을 하였는데, 끝내 답변이 없었고 통문은 반려되어 왔다. 남명 후손과 유림 몇 사람이 抱川에 있는 용연서원에 가보니, 서원은 이미 훼철되어 존재하지 않는 것이었고, 진정서를 낸 대표 權泰鉉은 다른 사람에게 이용 당한 것으로 자신이 "일이 이미 이렇게 되었으니, 저는 南冥先生의 죄인이 되는 것을 면할 수 없습니다"라고 했다.

---

53) 權道溶 『秋帆文苑』 권14 17장, 「德山碑訟槪況」.

1929년 8월 원고와 피고가 立證을 하여 25일에 審理를 하여 언도를 하려고 했다. 이 소송의 주안점은 配享하는 문제에 있었으나, 眉叟가 지은 神道碑 넘어뜨린 것이 더 큰 문제였다. 曺氏들은 南冥 獨享으로 결심하고 죽어도 후회하지 않는다고 밀고 나가니, 신도비를 다시 새우느냐 마느냐 하는 문제는 두 번째 중요한 문제로 밀려났다.

결국 曺氏들이 1차 소송에서 졌다. 이해 10월말에 서울 大東斯文會에서 山天齋로 公函을 보내왔는데, 그 내용은 "우리 儒林의 오늘날의 현상을 볼 때 同心合力해도 퇴폐한 것과 몰락한 것을 구제할 수 없는데, 서로 해쳐서 不敬한 죄로 빠져드시오?"라는 쌍방의 화합을 촉구하는 것이었다.

이때 또 京城府에서 서기와 도청 군청의 관리를 보내어 서원 및 경의당의 緣起를 조사했다.

1930년 정월에 曺庸相은 병으로 세상을 떠났으나, 曺氏들은 계속 앞으로 나가기로 결심하고 조금도 꺾이지 않았다.

4월에 大邱覆審院에서 직접 와서 조사하는 조처가 있었다. 南冥의 후손들을 불러서 "왜 비석을 세우지 않소?"라고 하자, "비문의 내용이 선생을 해치는 것이 많아서 세울 수 없소"라고 답변했다. 그러자 "선생을 해치는 곳은 잘라내고 세워도 되오"라고 했지만, 조씨들은 끝내 듣지 않았다.

재판은 끝났으나 서류를 공포하지 않은 것은 양쪽의 화해를 바랐기 때문이었다. 그러나 조씨들은 상고했다.

1931년 정월에 上告審의 판결이 나왔다. 요지는 "그 비석을 지주를 붙여서라도 원래 모양을 복구하시오"라는 것이었다. 소송 비용에 대해서는 언급이 없었다. 대개 각자 부담하라는 의미였다.

3월에 丹城 浣溪精舍에서 釋菜禮를 한 뒤 德山碑를 다시 세우는 일로 한 차례 회의를 열었다. 회의 결과는 "德山에 내용증명을 보낸다"는 것이었다.

10월 경에 京城 유림 金宗漢 등 20인이 晋州 鄕校에 通文을 보내 통고하기를 "연전에 세운 尤庵이 지은 神道碑를 멋대로 筆削을 가하였으니 그대로 둘 수 없소. 모름지기 함께 넘기시오. 그러지 않으려면 尤庵이 지은 본문 그대로 고쳐 세우는 것이 옳소"라고 하였다.

대개 유림측에서 서울에 사람을 보내어 서울 유림의 통문을 얻어서 보내온 것이었다. 曹氏들은 따르지 않자, 서울에서는 그 통문을 환수하였다.

1932년 曹氏들이 소송비용 2백원을 부담하였다. 덕천서원의 원래 터를 曹氏들로부터 빼앗으려 했던 시비는 원고인 南人들이 일찍이 취하를 했다.

眉叟가 지은 南冥神道碑를 넘긴 때로부터 시작해서 南冥 後孫들과 南人系 유림들 사이의 소송이 5년 동안 지속되었다가 1932년에 이르러서야 겨우 진정되었다. 어떤 소설가가 『南冥先生爭奪戰』이라는 소설을 지어 전국에 공포하여 유림을 모멸하고 비난하였다.

1932년 이후로 南人系 儒林들과 南冥의 후손들은 다시는 서로 비난하지 않고 강호에서 서로 잊고 지냈다.[54]

그러나 오랫 동안 兩派 사이에 격렬하게 싸우는 모습을 보고 많은 유림들이 德川書院에 발길을 끊고 관심을 두지 않는 지경에 이르렀고, "남쪽 지방에 사람이 없다"는 말까지 나오게 되었다.[55]

1936년에 이르러 秋帆 權道溶이 「請復德川書院院制通文」을 지어 淵源家 후손들에게 돌려 尊賢衛道의 정성에 호소했으나 반응은 냉담하였다[56].

이후 南人系 儒林들은 德川書院에 발을 끊었다. 1956년도에 이르러 『德川師友淵源錄』을 편찬하면서 남명 후손들의 간청으로 澹軒 河禹善 등이 들어간 것이 南人系列의 선비로는 처음이었다. 그 이후로 남인계 유생들은 점차적으로 출입하기 시작했다. 아직도 그 여파로 출입하지 않는 淵源家 후손들이 많이 있다.

---

54) 權道溶 『秋帆文苑』 권14 16-18장, 「德山碑訟槪況」.
55) 權道溶 『秋帆文苑』 原集 권12 13장, 「請復德川書院院制通文」.
56) 權道溶 『秋帆文苑』 原集 권12 13장, 「請復德川書院院制通文」.

Ⅳ. 결론

南冥은 여느 인물들과는 달리 하나만 있는 것이 원칙인 神道碑가 네 개나 존재한다. 1609년 領議政에 追贈됨으로 해서 당시 대표적인 제자인 來庵 鄭仁弘이 神道碑를 지었다. 그러나 1623년 仁祖反正이 일어나 來庵이 처형되자 그가 지은 神道碑는 즉각 없애버렸다.

다시 神道碑의 글을 받아 세울 필요가 있을 때 남명의 손자 曺晉明이 謙齋 河弘度에게 請文했다. 겸재는 不堪當의 뜻을 표하면서 西人의 대표적인 학자로서 志節로 널리 알려진 淸陰 金尙憲에게 請文하도록 주선해 주었으나 淸陰은 지어주지 않았다. 당시 남명의 弟子나 後學들로 주축을 이루었던 大北派가 몰락한 직후라 南冥學派는 매우 곤경에 처해 있었다. 南冥學派를 존속시키기 위해서는 西人들과 제휴할 필요를 절실히 느꼈기 때문에 西人 가운데서 영향력이 있는 淸陰에게 청문하도록 주선했던 것이다.

淸陰이 지어주지 않자 당시 南人의 영수였던 龍洲 趙絅에게 청문했다. 그러나 그는 오랫동안 지어주지 않았다. 그 뒤 용주보다 후배로 南人의 영수인 眉叟 許穆과 西人의 영수인 尤庵 宋時烈에게 청문하여 두 편의 神道碑文을 받았다. 그 당시는 德川書院을 南人들이 주도하였으므로 南冥의 묘소 밑에 眉叟가 지은 神道碑를 세웠다. 尤庵이 지은 神道碑文은 나중에 三嘉 龍巖書院의 廟庭碑로 세워졌다. 1764년 『南冥別集』을 만들어 南冥에 관계된 附錄文字를 수록할 때도 眉叟와 龍洲가 지은 神道碑文은 수록되었지만, 尤庵이 지은 神道碑文은 수록되지 않았다.

처음에 南人의 영수와 西人의 영수에게 南冥의 碑文을 동시에 받은 것이 論難의 발단이었다. 두 사람은 學問의 方法이나 文章體裁가 다르기 때문에 보는 시각에 따라 그 碑文은 처음부터 문제가 될 수 있었다. 眉叟는 스스로 '漢나라 이후의 글은 안 본다'라고 선언할 만큼 六經에 바탕한 古學 위주의 학문을 했고, 文章도 아주 簡明하면서 含蓄的이었다. 반면 尤庵은 철저한 朱子學 신봉자였고, 문장도 朱子처럼 내용 위주의 雄渾, 質朴한 文體를 즐겨 사용하였다.

南冥의 후손들은 애초에 어느 특정 黨派에 얽매인 것은 아니었지만, 眉叟가 지은 神道碑文에서 제목을 「南冥先生神道碑」라 하지 않고 「德山碑」라고 한 점 , 南冥이 學問淵源이 없이 독자적으로 一家의 學問을 이룬 것처럼 서술한 점, 氣節만 강조한 점, 이미 처형된 鄭仁弘의 이름을 비문에 특별히 기록한 점, 자손을 수록하지 않은 점 등에 강한 불만을 갖고 있었다.

그래도 南人系 儒林들이 眉叟를 워낙 尊崇하기 때문에 불만을 가진 南冥 후손들은 어쩌지는 못 하고 오랜 세월을 지내왔다. 그러다가 眉叟가 南冥을 존경하지 않는 느낌을 주는 내용이 담긴 「答學者書」를 남명 후손들이나 西人系列의 인사들이 입수하여 보게 되자, 眉叟가 지은 神道碑에 대한 불만이 더욱 크게 고조되었다.

1879년부터 勉菴 崔益鉉, 淵齋 宋秉璿, 心石齋 宋秉珣, 老栢軒 鄭載圭 등 老論系 學者들이 眉叟가 지은 神道碑文의 문제점을 지적하면서 尤庵이 지은 神道碑를 칭찬하자, 南冥 後孫과 西人系 儒林들은 尤庵이 지은 碑文을 세울 운동을 하였다.

훼철되었던 德川書院의 강당인 敬義堂이 1926년 복원되어 南冥을 復享하면서 守愚堂 配享 문제로 南人系 儒林과 南冥 後孫들 사이에 격렬한 의견충돌이 있었다. 南人系 儒林들은 서원을 復原하는 것이니, 원래대로 守愚堂을 배향해야 한다는 주장을 고수하였다. 南冥 후손들은 "守愚堂만 배향하면 南人系 유림들만 德川書院에 출입하게 되고 西人系 유림들은 출입을 하지 않을 것이다. 또 수우당을 배향한 것은 鄭仁弘이 주도한 것이다. 배향을 하려면 德溪나 寒岡이 있는데 꼭 守愚堂만 고집하느냐?"라고 생각하면서 자신들의 뜻을 굽히지 않았다. 그 사이에 配享人物을 德溪, 守愚堂 二賢으로 하자는 설, 德溪, 守愚堂, 寒岡, 東岡 四賢으로 하자는 설, 四賢에다 覺齋를 더하여 五賢으로 하자는 설 등이 있었으나, 曹氏들은 南冥 獨享을 강하게 밀어붙였다.[57] 이런 상황에서 眉叟가 지은 南冥 神道

碑에 강한 불만을 갖고 있던 남명 후손들이 1926년에 이르러 眉叟가 지은 神道碑를 넘겨 버렸다.

그러자 南人들은 南冥 후손들을 대대적으로 성토하면서 법원에 소송을 제기하였다. 大邱覆審院에까지 가는 5년 간의 치열한 공방전이 벌어졌다. 결과적으로 1차·2차 소송에서는 남인들이 이겼지만 최종심에서는 조씨들이 이겼다.58) 眉叟가 지은 神道碑는 다시 서지 못 하고,59) 묘소 밑에는 尤庵이 지은 神道碑만 서 있게 되었다. 두 비석이 다 특징이 있고, 濟南 河經洛의 條卞처럼 자세히 들여다보면 眉叟가 지은 碑文도 큰 문제가 없지만, 이해하기 쉽고 南冥을 尊崇하는 점은 尤庵碑가 더 낫다고 볼 수 있다.

격렬한 대립으로 인하여 대부분의 南人系 儒林들은 1926년 이후로 德川 書院에 출입을 하지 않았고, 본래 당파에 얽매이지 않았던 남명 후손들은 자연히 西人들과 가까워지게 되었다.

그러나 네 개의 南冥神道碑는 각각 특색이 있고, 또 그 撰者들은 모두 학문적으로나 영향력에 있어서 당대의 최고의 인물이었으므로 오늘날 와서 보면 남명을 연구하는데 네 개의 신도비가 있는 것은 오히려 크게 도움이 된다.

---

57) 權道溶 『秋帆文苑』 권14 17장, 「德山碑訟概況」.

58) 曺義生 『須知』 복인본.

59) '支柱를 붙여 다시 세우라'는 판결을 내렸으나, 그 뒤 다시 넘어지는 것에 대해서는 아무런 언급이 없었기 때문에, 판결에 따라 마지 못해 잠시 세웠다 해도 곧 바로 넘어졌다고 한다.

俛宇 郭鍾錫 所撰 南冥墓誌銘에 대한 小考

Ⅰ. 서론

南冥 曺植에 관계된 傳記文字가 많다. 그가 서거한 직후에 친구 大谷 成運이 지은 墓碣銘 1편, 제자인 來庵 鄭仁弘, 東岡 金宇顒이 지은 行狀이 2편, 정인홍, 후학 龍洲 趙絅, 眉叟 許穆, 尤庵 宋時烈이 지은 神道碑銘 4편, 제자 洛川 裵紳과 金宇顒이 지은 行錄 2편, 후학들이 편찬한 年譜 1종, 編年 1종이 남아 있다.

남명의 墓誌銘은 지어진 적이 없었다. 1912년에 이르러서야 후손 弦齋 曺庸相 등의 요청하여 그 해에 俛宇 郭鍾錫이 「南冥墓誌銘」을 지었다. 이 「묘지명」은 남명의 傳記文字 가운데서 가장 늦게 나온 것으로, 남명에 관한 事蹟과 후세의 推崇事業까지 포괄적으로 다룬 것으로 내용이 가장 풍부하다. 비록 묘지명이라 이름했지만, 상당히 자연스러운 형식으로 지어진 문장이다.

아직 「南冥墓誌銘」에 대한 연구는 없다. 「南冥墓誌銘」이 지어지게 된 동기와 과정, 그 내용, 문장의 구조, 銘辭의 특징 등을 분석해서 그 의의를 찾아보고자 한다.

II. 墓誌銘에 대한 전반적 고찰

1. 墓誌銘의 유래와 風格

일반적으로 銘이라는 文體의 역사는 墓誌銘보다 훨씬 오래되었다. 『禮記』「大學篇」에 나오는 '湯임금의 盤銘'이 지금까지 남아 있는 것 가운데서 가장 오래된 銘이라 할 수 있다. 銘이란, 원래 생활하는 자기 주변의 그릇 등에 새겨 두고 늘 보면서 자기를 성찰하기 위한 것이었다. 周나라 때에 이르러서 鐘鼎에 새긴 銘은, 學德이나 功績 등을 새긴 것이 많아졌다. 주로 功德을 기록하고 찬양하여 후세에 전하려는 내용이 많은데, 대체로 定型化된 韻文이 많다.

옛날 장례를 치르고 나서 丘陵이나 골짜기가 변하여 후손들이 누구의 墓인지 모를까 하는 것을 염려하여, 墓誌銘이라는 글을 만들어 무덤 壙中에 넣었다. 토목공사나 지형 변동이 있은 후세에 가서도 누구의 묘인지 알 수 있게 하기 위해서였다.

墓誌銘의 구성은 크게 誌와 銘으로 나눌 수 있는데, 전반부인 墓誌는 傳과 비슷하고 후반부에 붙은 銘은 詩와 비슷하다. 옛날의 墓誌에는 꼭 銘이 있지 않았고, 또 銘에도 꼭 誌가 있었던 것은 아니었다.

엄밀하게 말하면 묘지명의 앞 부분, 즉 생애를 산문체로 서술하는 부분은 誌에 해당되는데 墓主에 대한 傳記이다. 뒷부분은 생애의 특징과 의미를 韻文體로 개괄하여 칭송한 것이 銘인데, 詩와 같은 형태로 대체로 四言詩로 된 것이 많다. 그러나 墓誌라고만 이름하고서도 銘이 있는 경우도 가끔 있기도 하다.

묘지명은 埋銘·壙銘·壙誌·壙誌銘·葬志·葬銘·窆石誌銘 등의 異稱이 있다.

孔子의 喪禮 때 제자 公西赤이 孔子의 墓誌를 지었고, 子張의 喪禮에 公明儀가 子張의 墓誌를 지은 것을 墓誌銘의 시초로 보고 있다. 그러나 이런 묘지명은 실물이 남아 있지 않기 때문에 정확히 그 내용이나 체재를 알 수 없는데, 후세의 묘지명과 꼭 동일한 것이라고 보기는 어렵다.

후세의 일반적인 墓誌銘은 後漢 때 杜子夏가 처음으로 새겨서 무덤 속에 넣음으로써 시작되었다.[1] 묘지명에는 기본적으로 墓主의 世系, 名, 字, 官爵, 故里, 行治, 生卒年, 葬地 및 娶嫁, 子孫 등을 수록해 넣었다. 그 외 撰者의 評價, 感懷, 論議 등을 첨가할 수도 있다. 처음에는 고정된 창작형식이 없다가 南北朝時代를 거치면서 점차 정형화된 형식을 갖추게 되었다. 남북조시대와 唐代의 墓誌銘 가운데는 시대적인 文體傾向에 따라 騈儷文으로 된 것이 많고, 자연히 典故와 修辭에 치중하였다.[2]

후세로 오면서 文人, 學者들이 광범위하여 묘지명의 창작활동에 참여하여 묘지명의 문학예술로서의 가치와 역사문헌으로서의 가치를 提高시켜 나왔다. 묘지명은 墓主를 지금 사람들에게 알리는 것도 있지만, 후세에 전하려는 목적이 더 컸다. 묘주의 사적을 기술하고 공적을 찬양하여 묘주에 대한 존경과 安慰를 부여하고 아울러 살아 있는 사람들의 애도의 뜻을 더하여 창작했다.

묘지명은 또 生者와 死者間의 교류할 수 있는 연결고리이다. 생자가 사자를 懷念할 수 있는 가장 좋은 문장으로, 사자를 영원히 기념할 수 있는 것이다.[3]

後漢 말기에 이르러 曹操가 禁碑令을 내림에 따라 무덤 앞에 세우는 碑石보다는 무덤 속에 묻는 墓誌銘이 더욱더 유행하게 되었다. 이런 경향은 魏晉南北朝時代에도 그대로 답습하게 되었고, 隋唐에서도 크게 유행하였다. 宋元 이후로는 碑碣이 墓誌銘보다 더 성행하게 되었다.

墓誌銘의 撰者는 當代의 文學大家들이 많은데, 墓主의 친족이나 제자들이 요청해서 지어지거나 묘주와의 관계에 의해서 지어진 경우가 대부분이

1) 吳曾祺 『涵芬樓古今文鈔』 卷首 「文體芻言」. 上海涵芬樓 刊.
　　徐師曾 『文體明辨』.
2) 翁育瑄 「唐宋墓誌的書寫方式比較」 臺灣 東吳大學 歷史學系 2003年 宋史座談會.
3) 中國 淸明網, 「中國古代墓志銘的源流及其現實意義」.

다. 간혹 墓主 자신이 자은 自撰墓誌銘도 있다. 後漢의 蔡邕, 唐나라 韓愈, 宋나라 歐陽脩, 朱子가 대표적인 墓誌銘 撰者이다. 문학대가들이 어떤 인물의 묘지명을 지었을 경우에는 대가들은 대부분 사후에 시문을 정리해서 문집으로 남기기 때문에, 墓主들의 생애는 대가들의 문집을 통해서 자연스럽게 후세에 널리 전해지는 효과가 있다. 그래서 후세로 오면 올수록 묘지명을 당대의 문학대가들에게 요청해서 받는 경우가 많았다.

묘지명을 지을 때는 제일 먼저 고려해야 할 두 가지 특성이 있는데, 첫째는 槪括性이고, 둘째는 獨創性이다. 곧 독자가 읽고 쉽게 이해하고 기억하도록 하기 위해서 문장을 簡潔, 明瞭하게 지어면서 墓主의 生平에서 누락된 것이 없어야 하고, 墓主를 부각시킬 수 있는 독창적인 문체형식과 표현력이 갖추어져야 한다.

墓誌銘은 내용에 있어서는 墓碑銘·墓碣銘 등과 큰 차이가 없지만, 가장 큰 차이는 墓誌銘은 땅 속에 묻히는 것이고, 묘비명은 무덤 앞에 세우는 것이다. 오늘날 서양의 유명인들의 碑文을 墓誌銘이라고 번역하는 경우가 많은데, 이는 묘지명과 묘비명의 차이를 혼돈한 것이다.

2. 韓國漢文學史上 墓誌銘의 출현과 발전

우리나라 최초의 墓誌는 百濟 武寧王의 墓誌石이다. 525년에 지어진 것으로 誌만 있고 銘은 없다. 三國時代 유일한 誌石으로 전부 52자이다. 卒年月日과 造陵 관계 기록만 들어 있는 아주 간략한 것으로, 문학작품으로 보기는 힘들다.

統一新羅시대의 墓誌銘은 지금까지 발견된 것은 하나도 보이지 않는다.

다만 渤海의 墓誌銘은 지금까지 2편 발견되었다. 792년(文王 56)에 지어진「貞孝公主墓誌銘」과 800년(文王 44) 7월 4일에 지어진「貞惠公主墓誌銘」이 남아 있다. 정혜공주와 정효공주는 친자매인데 정혜공주는 渤海文王의 제2녀이고, 정효공주는 제4녀이다.

이 묘지명은, 序文 부분은 騈儷文으로 지은 아주 수준 높은 散文이고, 銘은 四言 八句가 한 章으로 모두 六章으로 된 252자의 장편시이다. 詩經 詩를 본받은 작품으로 비유와 상징이 뛰어나고 抒情性이 아주 높다. 다만 아직까지 작자는 알 수 없다. 두 공주의 墓誌銘은 두 편으로 되어 있지만, 두 편이 序와 銘이 꼭 같다. 묘지명 제목이나 二女와 四女, 卒年, 墓地의 地名만 다를 뿐 나머지 문장은 다 꼭 같다. 아마 한 사람이 지어 틀을 만들어 놓고, 공주들의 墓誌銘으로 공통으로 쓰인 것 같다.

高麗朝에 들어와서도 한 동안 墓誌銘의 출현이 없었다. 현존 最早의 高麗朝 墓誌는 1045년(靖宗 11) 지어진 「劉志誠改葬墓誌」인데, 銘이 없다.4) 엄밀하게 말하면 墓誌銘이라 하기 어렵다. 銘이 붙은 墓誌銘은, 1051년(文宗 5)에 지어진 柳邦憲의 墓誌銘이 현존 최초의 작품인데, 정식 제목은 「有宋高麗國故內史令諡貞簡公墓誌」이다. 그러나 撰者를 알 수가 없다.

高麗朝 文人들의 문집 가운데 墓誌銘이 실린 것은 李奎報의 『東國李相國集』이 처음이다. 銘이 붙은 墓誌銘 10편이 실려 있으니, 우리나라 문인으로서 본격적으로 묘지명을 지은 문인으로는 李奎報가 처음이다. 銘은 長短句體, 楚辭體, 詩經體 등을 골고루 썼다.

李奎報 이후 拙翁 崔瀣는 15편의 墓誌銘을 지었고, 稼亭 李穀은 7편을 지었다. 牧隱 李穡에 이르러서 20편의 묘지명을 지었으니, 고려말기에 이르러서는 묘지명을 문인으로부터 받아 무덤에 묻는 일은 널리 보급되어 일반화되었음을 알 수 있다.

朝鮮時代에 이르러서는 저명한 인물이나 학자일 경우 일반적으로 묘소에 墓誌銘을 지어 묻고, 文集 附錄에 墓誌銘이 갖추어지는 것이 하나의 常例를 이루게 되었다. 朝鮮 肅宗朝의 尤庵 宋時烈은 75편, 玄石 朴世采는 64편, 明谷 崔錫鼎 37편, 陶庵 李縡는 119편의 墓誌銘을 지었으니, 조선 후기로 오면 墓誌銘이 일반화되어 더욱 크게 유행했음을 증명해 준다.

---

4) 劉承幹 『海東金石苑補遺』 권2 1장. 亞細亞文化社 影印本.

III. 俛宇의「南冥墓誌銘」撰述과 修訂 논란

墓誌銘은 본래 무덤 속이나 무덤 앞 땅 속에 묻어 난리나 재해 등으로 산소가 유실되는 것을 방지하기 위한 것인데, 내용은 비문과 크게 다를 바가 없다. 다만 墓誌石이 크기에 제한이 있으므로 일반적으로 비문보다는 내용이 간단하다. 그러나 예외도 많이 있다.

선비 이상의 신분이면 옛날에는 작고한 지 한 달이 넘어서야 장례를 치렀으므로, 원칙적으로는 묘지명을 下棺하기 전에 지어 제작하여 壙中에 묻는 것이 정상이다. 그러나 南冥 같은 위대한 인물의 행적이나 학문을 단시일에 평가하여 짓기가 어려우므로 장례 때 墓誌銘을 지어 묻지 못했다.

그 뒤 후손이나 後學이나 이왕 늦었으니, 南冥이 文廟에 從祀되기를 기다려서 지어야겠다는 생각을 하게 되었다. 文廟에 從祀되면 더 이상 남명을 推崇할 일이 없게 된다. 그러다가 朝鮮王朝가 망할 때까지도 남명의 문묘종사는 이루어지지 않았고, 따라서 묘지명도 지어 묻지 못하고 말았다. 1910년 나라가 망해 버렸으니, 文廟從祀라는 제도 자체가 없어진 마당에 더 이상 기다릴 필요가 없게 되었다. 그러나 이미 적절한 시기를 놓쳐 버렸고, 또 神道碑 등 남명에 관한 여러 편의 碑誌類文字가 있은 상태였으므로 꼭 墓誌銘을 더 지을 필요도 없었다.

德川書院이 이미 훼철된 형편에서 후손 弦齋 曺庸相 등은 처음에는 南冥을 추모할 遺墟碑를 세우려고 계획을 했다. 1911년 겨울 曺庸相은 居昌 茶田으로 俛宇 郭鍾錫을 찾아가 遺墟碑에 대해서 請文하는 말을 꺼내자, 면우는 "遺墟碑라는 제목은 그 성격상 범위가 너무 좁아서 남명의 學行 전체를 다 형용할 수가 없소"라는 의견을 내 놓았다. 그래서 曺庸相이 다시 墓誌銘을 요청해서 면우의 허락을 받았다.[5]

---

5) 曺庸相『弦齋集』권2 25장,「與河叔亨」.

　俛宇는「南冥墓誌銘」撰述의 요청을 받은 뒤『南冥集』에 실린 南冥 자신의 詩文을 참고함은 물론이고, 기존의 大谷 成運이 지은 墓碣銘, 來庵 鄭仁弘이 지은 行狀, 東岡 金宇顒이 지은 行狀, 來庵 鄭仁弘, 龍洲 趙絅, 眉叟 許穆, 尤庵 宋時烈이 지은 神道碑 등과 그 밖의 知人 제자들이 지은 挽詞, 祭文 등 여러 자료를 참고하여 1912년 墓誌銘을 완성하였다. 俛宇는 大谷이 지은 墓碣銘을 가장 신뢰하여 칭송하였다.6)

　면우는 자신이 남명묘지명을 짓는 것에 대해서 끝까지 不堪當의 뜻을 표하면서 자신이 지은 글에 대해서 이렇게 自評을 하였다.

　　선생의 묘지명이 갖추어지지 못 한 것에 대해서는 사람들이 함께 탄식해 왔으니, 지금 와서 늦었지만 짓는 일은 늦출 수 없습니다.
　　그러나 글 짓는 일은, 어리석고 몽매한 형편없는 저로서는 감당할 바가 아닙니다. 전후로 여러 차례 굳게 사양했는데, 감히 스스로 외면하려는 것이 아닙니다만, 그대의 부탁이 괴로울 정도로 거듭되었고, 또 여러 분들이 가끔 독촉을 하기에 병든 몸에 억지로 힘을 내어 겨우 한 편을 이루었습니다.
　　아이들로 하여금 정서해서 드리게 했습니다만, 文辭가 얕고 거칠어 선생의 도덕의 실체를 충분히 나타낼 수가 없습니다. 文字의 體裁에 있어서도 常格을 삼가 지키지도 못했습니다. 이런 것을 일러 墓誌銘이라 하면 너무 장황하고, 行狀이라 하면 너무 짧고, 碑碣이라 한다면 분명히 언급 안 한 부분이 있기도 하고 슬며시 특별히 상세하게 쓴 부분도 있습니다. 또 대수롭지 않은 이야기를 넣어놓아 그다지 긴요한 것은 없는 듯도 하니, 墓誌銘 가운데서 變體입니다. 大家들이 슬며시 비웃을 것임을 미리 짐작할 수 있습니다.
　　가만히 仲謹과 叔亨에게 보여 그들로 하여금 잘라내고 고치고 지우게 하시기 바랍니다. 혹 요행히 큰 허물에서 면할 수 있다면, 저가 살아서 僭濫되고 誣罔하다는 죄는 면할 수 있을 것입니다. 만약 두 사람이 손대기 힘들어하여 대충대충 훑어본다면, 전혀 가치 없는 것이 확실합니다. 번거롭게 여러 사람들에게 절대 보이지 마시고, 접어 봉해서 돌려보내주어 그 흔적을 없게

6) 郭鍾錫『俛宇集』권 149 19장,「南冥曺先生墓誌銘」.

하는 것이 어떻겠습니까?

　遺墟碑까지 다시 저에게 강요해서는 안 되니 너그럽게 봐주시고, 모름지
기 대문장가에게 따로 구하시기를 매우 바라는 바입니다.[7]

　면우 자신의 평으로는 墓誌銘의 變體로서 묘지명으로서는 장황하다는
점을 스스로 인정하였다. 또 문장에 뛰어난 제자 深齋 曺兢燮과 晦峰 河謙
鎭에게 반드시 보내어 문제점을 지적받아 보완해야 허물을 면할 수 있다
고 말하고 있다.

　면우는 수 많은 글을 지었지만 「남명묘지명」을 지으면서 대단히 고심하
였고, 發想이 잘 안 된다는 사실과 어떻게 지을지의 설계도 스스로 알
수 없었다는 사실을 晦峯에게 털어놓았다.[8]

　1907년 이르러 曺庸相 등 南冥 후손들은 1868년 이래로 훼철되어 폐허
가 된 德川書院 터에 南冥遺墟碑를 세우려고 俛宇에게 碑文을 요청했는
데, 면우는 묘지명이 이루어진다면 유허비는 긴요하지 않은 사실의 나열에
불과할 것이니 지어도 되고 안 지어도 된다는 생각을 가지고 있었는데,[9]
이때 묘지명을 짓고는 유허비는 자기에게 강요하지 말라고 분명히 이야기
하였다.

　「南冥墓誌銘」을 다 완성하여 曺庸相에게 보내주었는데, 조용상이 감
사하는 서신을 보내왔으므로 거기에 대하여 答信한 것이 바로 이 서신
이다.[10]

　조용상은 1912년에 俛宇에게 이렇게 서신을 보냈다.

---

7) 郭鍾錫 『俛宇集』 권71 17-18장, 「答曺庸相」.

8) 『俛宇集』 권74 21장, 「答河叔亨」.

9) 『俛宇集』 권74 21장, 「答河叔亨」.

10) 『俛宇集』에는 「答曺庸相」이라는 제목으로 실려 있어 答書로 되어 있으나, 전후 맥락을
　　보면, 면우가 조용상에게 남명묘지명을 지어 보내면서 보낸 서신인 것 같다.

先祖의 墓誌銘은 충분히 道學을 밝히고, 다가오는 후세 사람들을 열어줄
수 있어 六經의 글과 같습니다. 선조의 道學이 이 묘지명의 덕으로 세상에서
영원히 없어지지 않겠으니, 감사하여 흐느낍니다. 감사하여 흐느낍니다.……
다만 한두 군데 다시 의논할 곳이 없지 않은데, 감히 서신으로 장황하게
할 수는 없고, 조용한 때를 기다려 찾아뵙고 아뢰어 可否와 增減에 대해서
듣도록 하겠습니다. 官職 品階는 혹 빠뜨린 것인지요? 子孫錄 가운데 縣監이
잘못 監察로 되어 있는데, 정리해 주시기를 아울러 바랍니다.[11]

조용상은 전반적으로는 면우가 지은 「南冥墓誌銘」에 크게 만족하여 六
經과 같은 글이라고 극찬을 하였다. 그러나 한두 군데 다시 의논할 곳이
있으니 찾아뵙고 아뢰겠다고 이야기하였다.

또 면우가 深齋, 晦峯에게 보여 보완을 하라고 이야기했으므로 조용상
이 두 사람에게 「南冥墓誌銘」을 보내어 의견을 듣고 참고할 생각을 하고
있었다. 그때까지 深齋에게는 인편이 없어서 못 보냈고, 晦峯에게는 草稿
를 적어 보냈으나 의견을 듣지 못하고 있다고 말했다.

면우는 「남명묘지명」을 다 짓고 나서 다시 회봉에게 서신을 보내어 교
정을 가하여 허물이 없게 해달라고 이렇게 요청하였다.

冥翁의 묘지명은 彝卿[曺庸相의 字]과 여러 사람들에게 번갈아 가면서
재촉을 받아 왔으므로 병든 몸에 억지로 힘을 내어 草稿를 완성했소 그러나
體裁를 완전히 파괴해서 장황하고 번잡하오. 의견대로 지어내었으니 定本은
아니오. 모름지기 그대의 대대적인 수정을 거친 그런 뒤에라야 큰 허물이
없기를 바랄 수 있을 것이오. 이미 이경에게 부탁하여 그대에게 나가서 바로
잡도록 했으니, 形體를 남기지 말고 자기 일로 여겨 勘整을 특별히 해 주시기
를 매우 바라는 바오.[12]

---

11) 曺庸相『弦齋集』권2 3장,「上俛宇先生」.
12) 『俛宇集』권 74 22장,「與河叔亨」.

그 뒤 晦峯은 「南冥墓誌銘」에 대해서 다음과 같은 의견을 개진하였다.

> 山海先生의 墓誌銘을 彝卿에게서 한 통 빌려 와서 봤습니다. 선생께서
> 南冥先生의 道學을 논한 것은 물샐 틈 없이 되었다 말할 수 있으니, 남명선생
> 께서 '후세의 堯夫를 얻었다'라고 말할 수 있겠습니다.
> 다만 '退陶先生과 같은 시대에 태어나 끊어진 학문을 倡明하였다'라는 사
> 실을 말하지 않았던데, 이 점이 혹 미진한 것 같습니다.13)

晦峯은 俛宇가 지은 「南冥墓誌銘」을 두고 어디에도 흠결이 없다고 극
찬을 하였다. 다만 退溪와 동시대에 태어나 다 함께 끊어졌던 학문을 불러
일으킨 점을 언급하지 않은 것을 지적하여 俛宇로 하여금 고치게 했다.

그러나 면우는 「남명묘지명」에서 퇴계에 대해서 언급하는 것은 분명히
반대하는 뜻을 전하는 서신을 晦峯에게 직접 보냈다.

> 나도 이 점에 대해서 일찍이 여러 차례 생각하다가 마침내 언급하지 않았
> 소. 대개 南冥先生과 退溪先生의 관계는 오랜 세월 정신적으로 사귀었던
> 관계지만, 朱子가 張南軒이나 呂東萊와 맺은 것 같은 그런 관계처럼 일찍이
> 切磋하거나 학문적 도움을 서로 주고받은 것은 아니었소. 墓誌銘은 간결하
> 면서도 실질적인 것을 귀하게 여기는 글로서, 行狀처럼 글이 범위가 넓은
> 것과는 같지 않소. 동시대에 높이 칭송되는 사람이라 하여 반드시 널리 거두
> 어 넣어야 되는 것은 아닌 것이오.14)

晦峯의 지적에 대해서 면우는 南冥이 退溪와 더불어 직접 학문을 강론
하면서 도움을 주고받은 사실이 없었고, 또 묘지명은 간결하면서도 실질적
인 글이라는 점을 내세워 회봉의 南冥과 退溪의 關係된 사실을 수록하라
는 권의를 받아들이지 않았다.

---

13) 河謙鎭『晦峯遺書』, 권9, 7-8장, 「答俛宇先生」.
14) 『俛宇集』 권71 18장, 「答曺彝卿」.

深齋는 「南冥墓誌銘」 가운데서 '9세 때 병에 걸렸을 때 대담하게 처신한 사실'을 넣지 않은 것을 지적하였다. 그러자 면우는 그런 사실은 넣지 않는 것이 더 낫다고 반대했다.

내 생각에는 이것은 모친을 위로하는 말이오. 사람이 오래 사느냐 일찍 죽느냐에 하늘이 어찌 뜻이 있은 적이 있겠소? 이런 내용을 가지고 대단하게 이야기할 것은 없지 않나 하오. 墓碣 序文이라면 넣어도 되겠지만, 묘지명의 경우에는 넣지 않는 것이 더 나을 것이오.[15]

深齋는 또 「묘지명」 가운데 "'下必有甚焉者'라는 구절 바로 아래에 '又 極言胥吏專國之害' 등등의 글자를 더 넣었으면 합니다"라고 했다.

俛宇는 이렇게 답변하고 심재의 건의를 수용하지 않았다.

여러 선배들 가운데서 南冥이 "우리나라는 반드시 아전들에게서 망할 것이다"라고 말한 것을 칭찬하여 큰 일인 것처럼 여겨 왔소. 그러나 일찍이 나 혼자 생각하기를 "서리들이 훔치고 장난치는 것은 개나 쥐 정도의 무리일 따름이다. 만약 조정의 기강을 떨쳐 일으키고 조정이 사람을 얻는다면, 이 무리들은 소리치거나 낯 빛을 변하며 힘을 들이지 않아도 저절로 사라질 것이야"라고 하였소.

또 자기가 조정에 있다면 힘을 다하여 그 폐단을 말하여 바로잡고 고칠 바를 생각해야 할 것이고, 山林에 있는 儒賢의 말을 부드럽게 해서 올리는 상소는 군왕의 덕이 훌륭한지의 여부와 조정 정사상 중요한 원칙과 법에 관계되는 것을 급히 아뢰어야 하오. 하찮은 자의 자질구레한 일 가운데서 좀도둑이 되는 것을 하나하나 다 따질 필요는 없는 것이오.

또 오늘날의 일로 보건대 나라가 망한 허물을 서리들에게 돌리는 것은 옳지 않소. 그래서 붓을 잡고 생각하다가 빼게 된 것이오.

또 보내주신 서신을 받아보니 "그 아래 단락의 '恩威紀綱' 등의 말씀은, 來歷이 부족한 것 같다"라고 하셨던데, 그런 식으로 하면 당시 나라 일이

15) 『俛宇集』 권85 30장, 「答曹仲謹」.

날로 잘못된 것을, 더욱 서리들을 가지고 큰 실마리로 삼는 것이 되니, 말하지 않는 것이 내력이 적은 것이 되는 것만 못할 것이오.[16]

'恩威紀綱' 등의 말의 내력을 설명해 주는 말을 더 보충하라는 深齋의 건의 면우는 받아들이지 않았다.

深齋가 "'皆其自鬻'이라는 구절은 너무 노골적입니다. '自'자 위에 '不恥於'라는 세 글자를 더 넣으면 자못 雅馴해질 것입니다"라고 건의했다.

俛宇는 그 건의는 받아들여 「묘지명」의 문구를 고쳤다. 深齋가 "庶幾乎紫陽先生而追及之'를 '固已無愧於紫陽之室矣'로 고쳤으면 합니다"라고 건의를 했다. 면우는 이 건의에 대해 절충해서 '固已無愧於紫陽之室矣'로 고쳤다.

俛宇가 字句를 손보라는 深齋의 두 가지 건의를 받아들이면서 "고친 것이 매우 타당합니다. 이른바 한 마디 말이 나라의 큰 보물보다 더 귀중한 것이니, 저도 모르게 매우 탄복이 됩니다"[17]라고 심재의 건의를 칭찬했다.

면우가 「南冥墓誌銘」을 지은 지 5년이 지난 1917년까지도 曺庸相 등 남명 후손들은 묘지명을 묘소에 묻지 않았다. 조용상은 다시 深齋가 「남명묘지명」을 논한 서신을 초록하여 면우에게 올리면서 자신이 문제점을 지적한 서신에 대해서 하나하나 비판하고 반박해 달라고 요청하였다.[18]

면우는 계속 되는 수정 요청에 자기가 지은 「남명묘지명」을 찢어 버리고 지금 세상의 다른 大家에게 가서 새로 묘지명을 받는 것이 제일 나을 것이라고 했다. 曺庸相의 서신에 이런 답서를 보냈다.

墓誌銘의 묘사가 타당함을 잃은 것은 형편상 실로 면하기 어려운 것입니다. 애초에 내가 굳이 사양한 것도 이런 점을 염려해서였던 것입니다. 그런데

---

16) 『俛宇集』 권85 30-31장, 「答曺仲謹」.
17) 『俛宇集』 권85 31쪽, 「答曺仲謹」
18) 曺庸相 『弦齋集』 권2 4장, 「上俛宇先生」.

그대가 강하게 요청하였기에 감히 외면하지 못하여 거칠고 속된 저의 능력을 다했던 것입니다. 안목을 갖춘 사람의 비판과 攻斥을 들어 보려고 한 것도 부득이한 것이었습니다.

그대와 叔亨 등 여러분들은 바로잡아주는 한 마디 말도 없었기에 定本으로 삼은 듯함이 있었습니다. 이 점은 내가 주야로 두려워하면서 감히 편안해하지 못했던 바였습니다.

오직 仲謹만이 시종 나를 사랑하여 흠을 지적하고 증거를 끌어오는 것이 갖추어 지극했습니다. 나는 이에 가려운 데를 긁을 수 있는 것 같았습니다. 어찌 절하고 가상하게 여기지 않겠습니까?

비천한 나의 뜻으로는 옛 사람들이 '似'자를 쓴 것은 그 용례가 한 가지가 아닙니다.……이제 南冥先生의 한 가지 일로써 周濂溪, 程子, 張橫渠, 邵康節의 한 가지 일에 비슷하다[似]고 한 것이, 어찌 꼭 '선생은 여러 선현들의 大成한 것을 모았고, 여러 선현들은 한 가지 일에 치우쳤다'고 이른 것이겠습니까? 歐陽玄이 魯齋를 찬양하면서 끝에 가서 이르기를 "다른 몇 사람이 미칠 바가 아니다"라고 했습니다. 그 의미의 맥락이 쏠리는 곳은 오로지 노재를 추앙하려는 데 있었으므로 魯齋가 우뚝이 周濂溪, 程子 등의 위에서 자리를 독점하고 있게 된 것일 따름입니다.

내가 비록 지극히 어둡고 완고하다고 해도 결코 이런 견식은 갖고 있지 않습니다. 한 때 말을 적절하게 하지 못 한 점은 어진 사람들이 오히려 양해해 줄 수 있을 것입니다.

그러나 仲謹은 지금 文壇에서 눈이 밝고 귀가 밝은 사람입니다. 그의 道가 세니 나는 그에게 의지할 따름입니다.

하물며 大賢을 묘사함에 있어 털끝만큼도 비슷하지 않아 다른 사람이 되어 버렸으니, 그 죄가 마땅히 어떠하겠습니까?

이제 全文을 찢어버리고 다시 지금 세상의 大家에게 도모하여 百世를 기다려 의혹되지 않게 하는 것이 제일 낫습니다. 「南冥墓誌銘」은 이미 내 원고에서 지워버렸습니다. 그러고 나니 이 마음이 비로소 시원합니다.

그대는 이 점을 이해하여 용서해 주기 바라오.[19]

---

19) 『俛宇集』 권71 19장, 「答曺彛卿」.

이때에 이르러 俛宇는 몹시 기분이 상했던 것으로 보인다. 자기의 '草稿는 찢어 없애 버리고 다른 大家한테 가서 새로 글을 받아서 쓰라. 내 草稿에서 「南冥墓誌銘」은 지워버렸다'라는 최후통첩적인 선언을 하였다.

'大賢을 묘사함에 있어 털끝만큼도 비슷하지 않아 다른 사람이 되어 버렸다'라는 말은 '南冥은 中庸에 精微했는데도 退溪보다 못한 것으로 묘사되어 있다'고 한 深齋의 여러 차례 지적에 대한 반감의 표시인 것이다.

俛宇는 曺庸相이 처음에는 '六經과 같은 문장'이라고 「南冥墓誌銘」에 대해서 극찬을 했다가 深齋의 말을 듣고 자꾸 자기 글에 瑕疵를 찾으려는 曺庸相의 태도와 뒤에 숨어 조종하는 듯한 제자 深齋의 태도가 못마땅했던 것 같다. 자신의 제자면서 자신의 글을 몇 년 동안 계속 문제 삼는 심재의 태도에 염증을 느꼈을 수도 있다. 심재는 면우의 제자이지만 俛宇의 스승인 寒洲의 '心卽理說'을 深齋는 극력 반박하여 면우와 학설이 달랐다. 또 나중에 四未軒 張福樞, 西山 金興洛, 晚求 李種杞 등의 문하에도 출입하며 제자 노릇을 하고 있었으므로 면우와 심재의 관계는 일반적인 사제관계와는 좀 다른 바가 있었다.

1917년 深齋가 「南冥墓誌銘」 가운데서 "'似'자 이하는 未安합니다"라는 논의를 펴자, 曺庸相도 처음에는 "무슨 미안함이 있다는 것인지요?"라는 말로 동의하지 않았다. 深齋가 "「남명묘지명」은 모아서 꾸며 지은 것으로서 修辭를 하여 德을 形像한 실체와 관계가 없습니다"라고 주장했는데, 曺庸相은 "그렇지 않은 것 같습니다"라는 생각으로 동의하지 않았다. 또 深齋가 "억지로 끌어다 붙여 사치스럽고 크게만 하여 좋게 보이려고 했습니다"라고 주장하자, 조용상은 "어리석은 나의 의혹이 더욱 심해집니다. 그대의 말에 따라 면우 어른에게 여쭈어 본 그런 뒤에 다시 가르침을 구해도 늦지 않을 것입니다. 그래서 자세히 이야기하지 않겠소"라고 해서 신중을 기했다.[20]

---

20) 曺庸相『弦齋集』권3 5장, 「答曺仲謹」.

曺庸相은 俛宇가 지은 「南冥墓誌銘」에 그렇게 심한 문제를 느끼지 못하여 자신의 태도를 확실히 정하지 못한 때 심재가 지적한 문제에 대해서도 공감을 하지 않는 상태에서 深齋가 지적한 문제를 면우에게 문의하기 위하여 보냈는데, 이런 조처가 면우의 심기를 불편하게 만들었던 것이다. 면우는 사실 조용상보다는 深齋의 태도에 기분이 더 상했던 것이다.

이렇게 관계가 좋지 않은 상황에서 俛宇는 1919년 8월 세상을 떠났다. 1925년부터 그 제자들과 後學들이 『俛宇集』 編刊의 일을 시작하여 1926년 봄에 면우의 문집을 간행하여 南冥 後孫 門中에 보냈다.

그러나 남명 문중에서는 『俛宇集』을 돌려보냈다. 그 이전에 남명 후손들은 면우가 지은 「入德門賦」·「面上村詩」·「春來亭記」 등의 글은, 尊賢衛道의 도리에 부족함이 있고 退溪보다 낮게 평가했다고 생각하여, 俛宇를 享祀하는 尼東書堂에 사람을 보내, 그 부분을 刪削하여 改板할 것을 의논하려고 했다. 그러나 『면우집』 편찬의 일을 맡은 俛宇의 여러 제자들이 냉담하게 대하며 들어주지 않았다. 그래서 남명 문중에서는 投牌하여 『면우집』에 퇴자를 놓았다. 德山 근방의 南冥 淵源家 후손들이 '남명 후손들이 글의 뜻도 바로 알지 못하면서 이런 짓을 한다'고 비난했다. 이러던 때에 마침 眉叟가 지은 「南冥神道碑」를 넘기는 일이 거의 동시에 있었으므로, 이 지역에 사는 여러 儒林들이 通文을 내어 南冥 後孫들 특히 曺庸相을 혹독하게 攻斥하였다. 각자 자기들 입장을 고수했기 때문에 남명 후손들과 南人 위주의 儒林들과는 이후 날이 갈수록 화합이 되지 않았다.[21]

그 이후 俛宇가 지은 「南冥墓誌銘」은 南冥 墓前에 묻히지 않고 말았던 것이다.

---

21) 曺庸相 『弦齋集』 권3 10장, 「答曺仲謹」.

Ⅳ. 南冥墓誌銘의 內容과 敍述上의 특징

1. 南冥의 偉大性 부각

南冥이라는 人物의 탄생과 서거는 단순히 한 인물의 生卒이 아니고, 天地가 뜻을 모아 그 精氣를 부여하여 남명을 탄생시켰다는 점을 글의 첫머리에 두어 南冥의 偉大性을 부각시키고 있다. 묘지명의 보편적인 체재인 "선생의 諱는 某이고, 字는 某이고, 號는 某이다. 姓은 某이고, 本貫은 某鄕이다. 그 시조는 ……"로 시작하는 글과는 처음부터 완전히 다르다.

> 우리 朝鮮朝 燕山君 7년 신유년(1501) 음력 6월 26일에 三嘉縣의 兎洞에서 南冥先生께서 태어나시었다. 집의 우물에서 무지개가 생겨나 검붉은 빛이 집안에 그득하였다.
> 隆慶 6년 우리 昭敬大王 5년 임신년(1572) 음력 2월 초8일에 晋州 頭流山 아래 絲綸洞에 있는 집의 몸채에서 天壽를 다하고 일생을 마치었으니, 산이 무너지고 나무에 상고대가 생기는 이변이 있었다. 선생께서 태어날 때는 천지가 그것을 영광으로 여겼고, 돌아가실 때는 천지가 그때문에 슬퍼한 것이니, 위대한 인물의 좋은 일과 나쁜 일에 있어서 옛날부터 다 그랬던 것이다. 아아! 어째서이겠는가?[22]

오늘날의 관점에서 보면 비과학적이라고 말할 수 있겠지만, 조선 말기까지 널리 전해져 온 이야기다. 南冥이라는 인물은 그만큼 朝鮮의 많은 백성들의 關心과 尊敬의 대상이었다는 점을 인식시키기 위해서 묘지명의 첫머리에 이런 말을 배치한 것이다.

그리고 이 단락 바로 뒤에서 俛宇는 "선생은 해와 달이다"라고 하여 南冥을 더없이 극찬하고 있다. '해와 달'이라는 표현은 君王 정도의 인물에게 맞는 찬사다. 그런데 벼슬하지 않은 선비에 불과한 남명을 두고 이렇게

---

22) 『俛宇集』 권149 19장, 「南冥曺先生墓誌銘」.

표현한 것은 극찬 중에서도 극찬이라고 하지 않을 수 없다.

2. 敬義의 강조

南冥 學問의 핵심이 敬義이고, 南冥 자신이 세상을 떠나는 날까지 여러 번 敬義를 강조했다. 앞서 다른 사람이 지은 墓碣銘·行狀·神道碑 등에도 敬義가 강조되었지만, 면우가 강조한 것은 敬義가 남명 생존시에만 존재하는 것이 아니고, 남명이 서거한 뒤에도 영원히 존재하여 南冥精神이 되었음을 강조하였다. 敬義의 永久性을 밝힌 것으로 경의에 대한 俛宇의 강조가 남명을 두고 지은 다른 傳記文字보다 가장 그 정도가 높다.

> 남명선생께서 일찍이 말씀하시기를 "우리 집에 '敬'과 '義'가 있는 것은 마치 하늘에 해와 달이 있는 것과 같아서 만고의 오랜 세월이 흘러가도 바뀔 수 없을 것이다"라고 했다. 아아! 선생께서 살아계시는 것은 그 당시 존재하던 敬과 義이고, 선생이 돌아가셔도 그 마음은 오히려 없어지지 않았으니, 만고에 바뀔 수 없는 敬과 義이다. 선생은 해와 달과 같은 존재다. 해와 달을 그려서 전할 수 있겠는가? 여러 번 사양해도 되지 않아, 삼가 선생의 일생의 처음과 끝의 대략을 차례로 서술하여 만고의 세월 동안 많은 사람들이 보기를 기다린다.[23]

그 뒤 1566년 南冥이 明宗을 만났을 때 명종이 '학문하는 방법'을 물었을 때도 남명은 "그 요점은 '敬'에 있습니다"라고 대답한 사실도 면우는 묘지명에 수록했다.

1567년 宣祖에게 올린 疏章에서도 "자신을 수양하기를 '敬'으로써 하면 天德을 이룰 수 있고 王道를 행할 수 있고, 정치와 敎化에 '敬'을 베풀면 바람에 움직이듯 구름이 몰려가듯 할 것이고, 아래에서는 그보다 효과가 더 클 것입니다"라고 했다.

---

23) 『俛宇集』 권149 19장, 「南冥曺先生墓誌銘」.

"많은 성현들의 心法이 확실히 '敬義'라는 두 글자에서 벗어나지 않는다
는 것을 남명은 보았다"라고 하여, 남명이 학문을 하고서 최종적으로 그
핵심이 '敬義'라는 점을 알았음을 밝혔다.

또 마지막의 銘辭에서도 "'敬義'가 만고에 전해지리니, 해와 달의 精氣
로다"라고 하여 경의를 특별히 강조하여 남명정신의 특징으로 삼고 있다.

3. 治學方法을 體系的으로 정리

俛宇는 「南冥墓誌銘」 속에서 남명의 공부하는 방법을 이전의 여러 다른
傳記文字에서 끌어와 자기 나름대로 체계화했다. 讀書에서 시작하여 반복
독서하고, 그 다음에 熟知하고 숙지한 뒤 마음으로 이해하고 몸으로 체험
하여 학문이나 인격을 완성해 가는 과정을 체계화했다.

> 南冥은 25세 때 산속의 절에서 『性理大全』을 읽다가 許魯齋가 말한 "伊尹
> 이 뜻 둔 바에 뜻을 두고, 顏淵이 배운 바를 배워야 한다.……"라는 구절에
> 이르러서 드디어 마음이 가벼워지며 깨달은 바가 있었다.
> 그때부터 오로지 성현의 학문에 뜻을 두어 六經과 四書 및 周濂溪, 朱子가
> 남긴 책을 거듭거듭 반복해서 읽어 숙지하였다. 낮 시간을 다 사용해서 공부
> 하고 나서 밤 시간에 계속하여 정밀한 것을 연구하여 알맹이를 맛보고, 마음
> 으로 이해하고 몸에 돌이켜서 징험하니, 아는 바는 날로 극도로 높고 밝아지
> 고, 행하는 바는 날로 평상적으로 되었다. 안으로 간직한 바가 더욱 무거워짐
> 에 바깥으로 그리워하는 벼슬이나 명리 등에 대한 생각이 더욱 가벼워졌다.
> 마음으로 만족하며 즐겨, 장차 자신을 써 주면 자신의 道를 행하고 자신을
> 써 주지 않으면 숨겠다는 뜻을 가졌다.[24]

남명의 治學方法의 특징은 다른 학자들과 같이 讀書, 窮理를 하지만,
궁리에 더 치중하고 나아가 實踐을 강조한 점에 있다. 핵심을 마음으로

---

24) 『俛宇集』 권149 19-20장, 「南冥曺先生墓誌銘」.

이해하여 몸으로 징험하는 단계에까지 이른 것이다.

당시 학자들이 空疏한 性理說을 강론하는 분위기가 학계에 풍미하였는데, 남명은 실질적이고 구체적인 방법으로 자신이 治學의 모범을 보였고, 또 그런 방법을 제자들에게 쉽게 말해 주었다.

> 선생이 공부하는 사람들과 이야기할 때는 정성스럽고 절실하였는데, 가까운 것은 버려두고 높고 먼 곳으로 달려가는 것을 경계하여, 어버이를 섬기고 형을 공경하고 어른을 잘 모시고 어린애들을 자애롭게 대하는 데 힘을 다하도록 했다. 평소에 "사람의 일에서 하늘의 이치를 구하지 않으면 끝내 실제적으로 얻는 것이 없다"라고 말했다. 늘 佛敎에서 上達에만 곧장 힘쓰는 것을 두고 '발로 땅을 밟는 것이 없는 것'이라고 말했고, 陸氏가 講學에 종사하지 않는 것을 잘못됐다고 보았다.
>
> 의심나는 것을 묻고 도와줄 것을 요청하는 사람이 있으면 그를 위해서 정밀하게 분석해 주었는데 터럭만큼도 틀리지 않았고, 듣는 사람도 마음이 후련해졌다.
>
> 매양 말씀하시기를 "공부를 하려면 지식을 高明하게 만들어야 한다. 마치 泰山에 올라가면 온갖 사물이 다 낮게 보이는데, 그렇게 된 뒤에라야 내가 행하는 바가 순조롭지 않음이 없게 되는 것이다"라고 했다. 그러나 일찍이 글을 장황하게 쓰고 저술을 현란하게 하여서 귀로 들은 것을 말로 나타내어 허황하게 자랑하는 습관을 기른 적은 없었다. 그래서 孔子의 말씀을 직접 들을 기회를 얻은 子貢의 대열에 있는 사람이 아닌 사람들은 本性과 하늘의 도리의 오묘함은 대체로 듣지 못하고서 "선생의 학문은 실행하는 것에만 독실하여 아는 것은 요긴하게 여기지 않았다"라고 생각했던 것이다.[25]

4. 憂國憐民精神 강조

國事의 잘못을 지적하면서 國王이나 母后의 잘못까지 바로 지적한 「丹城疏」는 우리나라 역사상 처음 있는 글이다. 면우가 「단성소」를 인용한

---

25) 『俛宇集』 권149 22장, 「南冥曺先生墓誌銘」.

것은 앞서 나온 南冥에 대한 다른 傳記文字와 마찬가지지만, 남명이 "나라
일을 바로잡는 것은 殿下의 마음에 있습니다. 만약 하루라도 두려워하며
경계하고 깨우쳐 학문에 힘을 다 쏟으면 밝은 德을 밝히고 백성을 새롭게
할 도리를 얻어 모든 좋은 일이 갖추어 있게 되고 모든 敎化가 거기서
나오게 됩니다"라고 한 말을 발췌해 수록하여, 국가를 바로잡는 일은 임금
한 사람의 마음에 달렸고, 임금이 정신을 차리고 공부에 힘쓰면 가능하다
는 점을 밝혔다.

　남명은 본래 세상을 잊고 은둔하려는 사람이 아니고, 세상에 나가 자신
의 經綸을 펼치려는 사람이었다. 다만 때를 만나지 못했고 같이 일할 만
한 임금을 만나지 못하여 出處大節의 기준에 맞추어 때를 기다린 것이라
는 점과, 벼슬하는 사람 못지 않게 국가와 백성에 관심이 많았음을 부각
시켰다.

> 　선생은 세상에 간혹 나오는 뛰어난 자질로서 經綸을 갖고 왕을 도울 재주
> 를 간직하고 있었다. 임금을 사랑하고 나라를 사랑하고 시대를 구제하고
> 사물에 혜택을 줄 정성이 늘 간절했다. 道를 굽혀서 들어가거나 들어간 뒤에
> 헤아리는 것은 군자의 도리가 아니라고 생각했다. 선생께서 늘 말씀하시기
> 를 "자기를 행하는 처음에 금이나 옥과 같아야 하여, 조그만 티끌의 오염도
> 받지 않아야 하고, 行動擧止는 壁立萬仞의 산악과 같아야 한다. 때가 오면
> 펼쳐서 많은 사업을 해야 한다"라고 하셨다. 그래서 종신토록 때를 만나지
> 못 하여 초야에서 堯舜의 道를 즐겼고, 홀로 그윽한 곳에서 朱子의 학문을
> 즐긴 것이었다. 그 出處하는 데 있어 헤아려 판단하는 것이 정확하고 적절하
> 여 터럭만큼의 구차함이 있을 수 없었다. 세상에서 혹 고상하게 處士로 살다
> 간 사람이거나 세상을 과감하게 잊어버린 方外人으로 의심하는 사람들은
> 모두 자신을 파는 데 부끄러움이 없는 것이다. 선생은 일찍이 "子陵과 나는
> 道를 같이하지 않는다. 나는 세상을 잊은 적이 없다"라고 하셨으니, 선생의
> 뜻은 바로 伊尹의 뜻이다. 바탕을 둔 바가 있으니 '顔淵이 배운 바를 배우겠
> 다'라고 한 것이 바로 그것이다.26)

흔히 다른 학파에 속하는 사람들이 南冥을 잘 모르거나 혹은 의도적으로 南冥을 폄하하여 평가하는 경우가 많았다. 남명이야 말로 出處大節에 맞게 처신한 인물인데, 남명을 고상한 處士 정도나 세상을 잊은 方外人으로 평가하는 사람은 자신이 志節을 버리고 벼슬 얻기에 급급하여 부끄러운 줄도 모르는 사람들이라고 은근하면서도 강하게 반격을 가하였다.

5. 宋朝 諸賢과 비교

俛宇는 宋學을 일으켜 완성한 宋나라 학자 濂溪 周敦頤로부터 延平 李侗까지를 인용하여 그들의 特長을 한 가지씩 들어 南冥과 비교하였고, 마지막에 朱子를 끌어와 敬義와 太極動靜 등 모든 학문을 통달한 것은 南冥이 朱子의 경지에 이르렀다고 할 수 있다 하여, 남명의 學問을 극찬하였다.

　　선생께서 명분과 덕행을 연마한 것은 無極翁[周敦頤]와 비슷하다. 뛰어나고 고상하여 세상을 덮을 수 있는 것은 邵堯夫[邵雍]와 비슷하다. 정밀하게 생각하여 힘써 실천하는 것은 橫渠氏[張載]와 비슷하다. 엄숙하고 整齊한 것은 伊川子[程頤]와 비슷하다. 著述을 숭상하지 않고 고요히 보고서 묵묵히 알아 산뜻하고 밝은 것은 延平氏[李侗]와 비슷하다. 敬에 입각해서 살고 義에 정밀하고, 太極과 動靜의 이치에 들어맞아 어두운 것 밝은 것 큰 것 작은 것 할 것 없이 하나로 관통하지 않은 것이 없는 것에 있어서는 진실로 紫陽[朱熹]의 핵심에까지 들어갔다고 하기에 부끄러움이 없다고 하겠다.[27)]

이 부분의 서술에 대해서 深齋가 많은 문제를 제기했는데, 특히 '似'자를 가지고서 '그 분들의 경지와 같다는 말입니까?'라고 따졌다. 俛宇는 "'似'자를 써서 비교하는 방법에도 여러 가지가 있는데, 남명의 어떤 점과 그

26) 『俛宇集』 권149 21장, 「南冥曺先生墓誌銘」.
27) 『俛宇集』 권149 24장, 「南冥曺先生墓誌銘」.

분들의 어떤 점이 비슷하다는 뜻이오"라고 말하여 심재를 이해시키려고
하였다.

　倪宇만의 이런 비교방법은 獨創的인 着想이고 과감한 시도다. 일반적으
로 中國 學者를 무조건 숭배하면서 우리나라 학자는 중국만 못하다는 고
정관념을 갖고 있는 유학자들이 보면 倪宇가 비교하는 방법을 쓴 것이
僭濫하다고 여길지 모르겠지만, 우리나라의 학문이나 학자들의 수준이
중국 一流學者들의 수준에 못하지 않다는 것을 말함으로써 남명의 位相을
提高뿐만 아니라 우리의 自尊心을 고도로 높였다.

6. 雅號 堂號의 의미 해석

　南冥은 南冥 이외에도 여러 가지 號가 있었는데 南冥 자신이 어떤 연유
로 지었고, 어떤 뜻을 함축하고 있다는 것을 어떤 이전의 南冥 傳記文字에
서 밝힌 적이 없었다. 倪宇가 처음으로 그 의미를 밝혀 일목요연하게 정리
하여 남명의 학문정신을 정확하게 이해할 수 있게 만들었다.

　　선생은 일찍이 南冥이라고 스스로 호를 지었는데, 대개 자신을 감추는
　데 뜻을 둔 것이었다. 마음을 오로지하여 공부하던 집 가운데서 金海에 있는
　것을 山海亭이라 했는데, 泰山에 올라가서 바다를 본다는 뜻을 붙인 것이다.
　三嘉에 있는 것을 鷄伏堂이라고 했는데 涵養한다는 뜻이 있었다. 雷龍亭은
　'연못처럼 묵묵히 있다가 우레처럼 소리치고, 尸童처럼 가만히 있다가 용처
　럼 나타난다'는 뜻을 취한 것이다. 晋州에 있는 것을 山天齋라고 했는데,
　'앞 시대 분들의 말과 행실을 많이 알아서 그 德을 쌓아 剛健하고 篤實하게
　살아 빛을 내어 날로 새로와진다'는 뜻을 취한 것이다. 여기에서 선생이 일생
　토록 功力을 들인 바를 뚜렷이 볼 수가 있다.[28]

　그러나 方丈山人이라는 호는 여기서 빠졌다. '방장산에 사는 사람' 정도

---

28) 『倪宇集』 권149 23장, 「南冥曺先生墓誌銘」.

의 뜻으로서 무슨 큰 뜻이 없어 학문적인 해석을 할 필요가 없다고 생각했
거나, 道敎的 색채가 짙어 해석하지 않았을 가능성이 크다.

7. 推崇事業과 文廟從祀 疏請 사실 수록

南冥을 享祀하는 서원의 내력과 贈職, 贈諡의 사실과 成均館과 文廟從
祀 疏請의 사실을 종합적으로 수록했다. 면우가 지은 「南冥墓誌銘」은 傳
記文字 가운데서 가장 늦게 나온 것이기 때문에 다른 글에 수록되지 않은
이런 내용이 포괄적으로 수록된 것이다.

> 병자년[1576]에 士林들이 德川에 서원을 세워 선생을 제사지냈다. 三嘉의
> 龍巖書院과 金海의 新山書院도 같은 체제로 선생의 位牌를 奉安하였다.
>   光海君 기유년[1609]에 여러 서원에 함께 賜額하였다. 얼마 있다가 議政府
> 領議政 兼 領經筵弘文館藝文館春秋館觀象監事 世子師를 더 추증하였고, 太
> 常寺에서 諡號를 논의하여 文貞이라고 내렸다.
>   三司와 成均館, 三南의 선비들이 여러 번 상소하여 文廟에 從祀해 줄 것을
> 요청했지만, 조정에서 답이 없었다.[29]

남명의 文廟從祀 운동이 여러 지역에서 지속적으로 일어났던 사실을
밝혀 南冥이 현실적으로는 文廟에 從祀되지 못했지만, 공정하게 이야기
하면 문묘에 종사된 학자 못지 않다는 점을 밝히고자 그 사실을 「남명묘
지명」에 수록한 것이다. 또 南冥學派의 역사를 이해하는 데 도움이 되는
내용이 적지 않게 수록되어 있다.

---

29) 『俛宇集』 권149 21장, 「南冥曺先生墓誌銘」.

V. 文體的인 특징과 銘의 분석

俛宇의 글은 일반적으로 文章이 길면서 자세하게 설명하는 蔓衍體에 가깝다고 할 수 있다. 「南冥墓誌銘」 역시 蔓衍體的 文體의 특성을 갖고 있다. 또 對偶를 특별히 많이 사용하여 文藝的 造形美와 均衡美를 짙게 하였으니, 이 글의 문체적 특징이라 할 수 있다.

『南冥墓誌銘』에 보이는 騈儷句를 摘示하면 다음과 같다.

> 其生也, 天地爲之榮,
> 其歿也, 天地爲之哀.

> 進學成德之實,
> 出處動止之節.

> 所知日極乎高明,
> 而所行日就乎平常.

> 存乎內者益重,
> 而慕於外者益輕.

> 心者, 是理所會之主也,
> 身者, 是心所盛之器也.

> 窮其理, 將以致用也,
> 修其身, 將以行道也.

> 三嘉之龍巖,
> 金海之新山.

> 以間世豪傑之姿,

抱經綸王佐之才.

樂堯舜於畎畝,
媚寒雲於幽獨.

處士之高蹈,
方外之果忘.

幽獨之居而可以肅鬼神而參天地,
纖微之接而有如持權衡而稱毫釐.

一動一靜, 一言一默,
一視一聽, 一事一行.

己私淨盡,
天質融化.

襟宇灑落,
氣象清通.

目無淫視,
耳無傾聽.

淫媟之評, 不出於口,
惰慢之容, 不設于體.

靜室潛居, 晨興夜寐,
冠帶整飭, 生腰尸坐.

敬如賓客,
肅如朝廷.

布褐而有尊禮王公者,
軒冕而有鄙夷泥梗者.

井然有條,
確然有據.

無一念苟且以自欺,
無一事糊塗以自便.

人之知我, 春風之樂, 湖海之豪.
人不知我, 雷首之淸, 富春之高.

我則有志, 行而爲勻天之簫韶.
我則無憫, 藏之爲陋巷之簞瓢.

天人理事本無間,
明誠博約匪二途.

　銘의 요점은 크게 出과 處를 다 포괄하고 있는데, 出해서는 出한 대로
세상을 위해서 일할 수 있고, 處해서는 處한 대로 伯夷叔齊나 嚴子陵처럼
지절을 지킬 수 있는 南冥의 특징을 밝히고 있다. 벼슬하는 것을 고집하지
도 않지만 완전히 국가와 백성들을 잊은 것이 아니고, 顔子처럼 陋巷에
처한다 해도 능히 감내할 수 있음을 말한 것이다.
　그의 학문을 나타낸 작품은 「神明舍圖」가 최고의 것으로 간주하여 周濂
溪의 「太極圖」의 靈妙함에 견줄 수 있다고 했고, 그의 사상의 핵심은 敬義
로서 해와 달과 같은 존재라고 극도의 尊崇을 표했다.
　하늘과 사람, 이치와 일의 관계는 둘로 나누어지는 것이 아니고 하나이
고, 明과 誠, 博學과 約禮는 두 가지가 아니라는 것을 이야기하여, 南冥이
天人合一思想을 구현하였고, 남명의 학문과 실천은 하나의 뿌리임을 밝

했다.

곧 남명의 실천은 감정에 따른 일시적인 실천이 아니고 깊은 학문에
뿌리를 둔 실천이라는 점을 강조하였다.

VI. 결론

俛宇 郭鍾錫이 지은 「南冥墓誌銘」은 모두 3164자에 달하는 장편 傳記
文字로 남명에 대한 전기문자 가운데서 가장 포괄적이고 종합적인 서술이
라 할 수 있다. 남명 전기문자의 최후결정판이라 해도 좋을 정도로 남명에
관한 거의 모든 것을 빠짐없이 수록해 놓았다.[30]

묘지명으로서는 상당히 긴 작품으로 스스로 묘지명의 正體는 아니고,
變體에 해당된다고 평했다.

면우는 지으면서 신중에 신중을 기하였고, 다 완성된 뒤에도 당시 慶尙
道 지역에서 문장으로 손꼽히는 제자 深齋 曺兢燮과 晦峯 河謙鎭에게
문제점을 지적하여 같이 수정하고 보완하여 완성도 높은 작품으로 만들려
고 노력했다. 그 과정에서 원래의 請文者 弦齋 曺庸相을 통하여 深齋가
사소한 문제로 지나치게 장기간 문제를 지적하고 나오자 마침내 자기가
지은 「南冥墓誌銘」은 폐기하라고 선언하기에 이르렀다.

그 9년 뒤인 1926년에 간행된 『俛宇集』 속에 실린 俛宇의 시문 가운데
南冥을 낮게 평가했다는 혐의를 받을 글이 발견되었고, 남명 후손들은
頒帙되어 온 『俛宇集』을 退斥하는 사건이 발생하여 俛宇 측과 관계가
멀어져, 「남명묘지명」은 실제로 남명 묘소에 묻히지 못했다.

---

30) 深齋 曺兢燮이 曺庸相에게 준 서신 한 통이 『巖棲集』에 실려 있으나, 「南冥墓誌銘」에
   대한 언급은 전혀 없다. 그러나 조용상의 『弦齋集』에 실린 「答曺仲謹」에는 俛宇가 지은
   「남명묘지명」에 대한 문답이 별지로 수록되어 있다. 河謙鎭의 문집 『晦峯遺書』에는 「與曺
   彛卿書」가 한 통 실려 있으나, 「남명묘지명」에 대한 언급은 없다. 『弦齋集』에는 晦峯에게
   준 서신은 한 통도 실려 있지 않다.

「南冥墓誌銘」에서 俛宇는 南冥의 偉大性을 부각시키고 敬義가 南冥思想의 핵심임을 밝히고, 南冥의 治學方法을 체계화하고, 南冥의 憂國憐民 사상을 부각시키고, 南冥의 學德의 특징을 宋朝 諸賢에 비교하였고, 南冥의 雅號의 의미를 밝히고, 文廟從祀 疏請 등 남명 推崇事業을 소개하는 등 내용이 가장 다양하면서 풍부하다.

단언컨대 「南冥墓誌銘」은 남명에 관한 傳記文字 가운데서 가장 종합적이고 체계적이고 심도 있는 자료라 할 수 있다.

남명이 직접 지은 詩文에는 남명의 언행과 생활상을 이해할 자료가 거의 없는데, 제자나 친구 後學들이 지은 이런 다양한 종류의 傳記文字가 존재함으로 해서 남명을 연구하는 자료로써 유용하게 활용할 수 높은 것이다.

허권수 許捲洙

1952년 경상남도 함안에서 출생하여, 國立慶尙大學校 師範大學 國語教育科를 졸업하고 韓國精神文化研究院 韓國學大學院 韓國學科 漢文學專攻으로 석사학위를, 成均館大學校 大學院 漢文學科에서 문학박사학위를 받았다. 1988년 國立慶尙大學校 人文大學 漢文學科를 설립하고 교수로 재직하여 천여 명의 제자를 양성하였으며, 2017년 2월 28일 정년퇴임을 하였다.

韓國漢文學史·韓國人物史·韓中文學交流史·경남지역의 南冥學 등을 집중 연구하여, 연구논문 103편을 발표하고 저역서 100여 권을 출간하였다. 특히 지역학 연구를 위해 1991년 校內에 南冥學研究所를 설립하고 '자료 수집 및 정리, 학술대회 개최, 학회지 간행, 지역유림과의 연대 강화' 등을 중심으로 운영하여 국내외의 명실상부한 대학 연구소로 성장하는데 크게 기여하였다.

許捲洙 全集 I-2

慶南地域 儒教文化의 形成과 展開

2017년 3월 3일 초판 1쇄 펴냄

저 자 허권수
발행인 김흥국
발행처 보고사

등록 1990년 12월 13일 제6-0429호
주소 경기도 파주시 회동길 337-15 보고사 2층
전화 031-955-9797(대표)
      02-922-5120~1(편집), 02-922-2246(영업)
팩스 02-922-6990
메일 kanapub3@naver.com / bogosabooks@naver.com
http://www.bogosabooks.co.kr

ISBN 979-11-5516-645-1
      979-11-5516-643-7 94810(세트)
ⓒ 허권수, 2017

정가 40,000원